I0592321

Michael Constantinides, Henry T. Rogers

Neohellenica

an introduction to modern Greek in the form of dialogue containing specimens of

the language from the third century B.C. to the present day

Michael Constantinides, Henry T. Rogers

Neohellenica
an introduction to modern Greek in the form of dialogue containing specimens of the language from the third century B.C. to the present day

ISBN/EAN: 9783337303419

Printed in Europe, USA, Canada, Australia, Japan

Cover: Foto ©Andreas Hilbeck / pixelio.de

More available books at **www.hansebooks.com**

NEOHELLENICA

AN INTRODUCTION TO MODERN GREEK IN THE FORM
OF DIALOGUES, CONTAINING SPECIMENS OF THE
LANGUAGE FROM THE THIRD CENTURY B.C.
TO THE PRESENT DAY

TO WHICH IS ADDED AN APPENDIX

GIVING EXAMPLES OF

THE CYPRIOT DIALECT

BY

PROFESSOR MICHAEL CONSTANTINIDES

TRANSLATED INTO ENGLISH IN COLLABORATION WITH

MAJOR-GEN. H. T. ROGERS, R.E.

London

MACMILLAN AND CO.

AND NEW YORK

1892

PREFACE

THE object of this book is to give the English student a knowledge of pure modern Greek, as it is now written and spoken by educated people, and also to make him acquainted with the more or less corrupt forms of the language which have prevailed at different times and in different parts of Greece, and which still linger in secluded localities where the peasantry have not been in a position to take advantage of the gratuitous education now provided by the State. The subject of the purification of the Greek language from the barbarisms which at one time disfigured it, is well explained in a letter of the celebrated scholar Philippos Johannou which forms the opening chapter.

Modern Greek, like many other European languages, has only in comparatively recent times assumed the form of a single fixed and definite language understood by the whole nation, and in this form it differs so little from ancient Greek that were a foreigner to address a Greek in the language of Lucian, he would be readily understood; in fact many of my pupils, reading with me a passage from a good modern author, have asked me whether it was ancient or modern Greek, and were not a little astonished when they were told that they might regard it as either. It is not too much to say that any one who has a competent knowledge of ancient Greek can learn to speak the modern language in a month, though of course fluency can only be acquired by constant practice.

The pronunciation of Greek presents no difficulty, being perhaps easier to acquire than that of any other language, and since the accent of every word is marked, it is impossible

to pronounce a word with the accent on the wrong syllable. Unfortunately Englishmen pronounce ancient Greek like English and totally disregard the accents, so that when they take up the modern language, they have before them the disheartening task of unlearning what they have been taught.

Although the book has been written for the use of Englishmen, it is hoped that Greeks will derive advantage from it in the study of English. The translation has been very carefully made as literal as possible with due regard to the difference of idiom in the two languages.

I have to express my thanks for the assistance rendered by H.E. Mons. J. Gennadius, who very kindly perused the proof sheets and suggested emendations which were of great value.

MICHAEL CONSTANTINIDES.

CONTENTS

DIALOGUE VIII

DIALOGUE IX

DIALOGUE X

DIALOGUE XI

DIALOGUE XII

DIALOGUE XIII

DIALOGUE XIV

DIALOGUE XV

DIALOGUE XVI

APPENDIX I

APPENDIX II

APPENDIX III

ΕΠΙΣΤΟΛΗ
ΦΙΛΙΠΠΟΥ ΙΩΑΝΝΟΥ
ΠΕΡΙ ΤΗΣ
ΝΕΩΤΕΡΑΣ ΕΛΛΗΝΙΚΗΣ ΓΛΩΣΣΗΣ.

Φίλε Κύριε Μαρῖνε Π. Βρετὲ,

Ἀπὸ ὀκτὼ ἤδη δεκαετηρίδων, ἀφ' οὗ τὸ Ἑλληνικὸν γένος ἤρχισε νὰ ἐξέρχηται ἀπὸ τῆς μακρᾶς ἐκείνης πνευματικῆς νάρκης, εἰς ἣν ὁ βαρὺς τῆς δουλείας χειμὼν εἶχε βυθίσῃ αὐτὸ, καὶ, οἷον νέου ἤδη ἔαρος ἀρχομένου, νέαν πνευματικὴν ζωὴν εἰς τὰ διάφορα μέλη ἑαυτοῦ νὰ αἰσθάνηται διαχεομένην, τὸ περὶ κοινῆς τῶν Ἑλλήνων γλώσσης ζήτημα πολλάκις ἀνεκινήθη ὑπὸ τῶν λογίων ὁμογενῶν καὶ ἔπρεπε φυσικῷ τῷ λόγῳ ν' ἀνακινηθῇ. Πόσον τὸ ζήτημα τοῦτο εἶναι σπουδαῖον καὶ πόσην ἡ τοιάδε ἢ τοιάδε λύσις ἔχει ἐπιρροὴν ἐπὶ τῆς πνευματικῆς τοῦ γένους ἡμῶν ἀναπτύξεως, εὐκόλως καταλαμβάνει ὅστις ἀναλογισθῇ ὅτι ἡ

A LETTER
OF
PHILIPPOS JOHANNOU
UPON
THE MODERN GREEK LANGUAGE.

Dear Mr. Marinos P. Vretos,

During the eighty years which have now passed since the Greek nation began to awake from that long intellectual torpor into which the terrible winter of subjection had plunged it, and, as if on the advent of a new spring-time, to feel a new intellectual life running through its various members, the question of a common Greek language was often raised by the learned of our nation, and it was natural that it should be raised: for how important this question is, and how great an influence this or that solution of it has upon the intellectual development of our nation, any one readily understands who reflects that language is not only an instrument for the communica-

K D

B

γλῶσσα δὲν εἶναι μόνον τὸ
ὄργανον τῆς εἰς ἀλλήλους μετα-
δόσεως τῶν ἡμετέρων ἐννοιῶν,
ἀλλὰ καὶ μέσον κυριώτερον
τῆς ἀναπτύξεως τοῦ ἡμετέρου
πνεύματος, καὶ τῆς αὐξήσεως καὶ
διευκρινήσεως τῶν ἡμετέρων
γνώσεων. Διὰ τῶν λέξεων
οὐχὶ μόνον ὁρίζονται τὰ ἄλλως
ἀόριστα καὶ μονιμοῦνται τὰ
ἄλλως ῥέοντα στοιχεῖα τῆς
ἡμετέρας συνειδήσεως, ἀλλὰ καὶ
διευκολύνεται τὰ μέγιστα ἡ
ποικίλη τῶν ἐννοιῶν πρὸς
ἀλλήλας σύγκρισις, ἑπομένως
ἡ εὕρεσις τῶν ποικίλων αὐτῶν
ἀναφορῶν. Οὕτω δὲ εὐρύνεται
μὲν ὁ ὁρίζων τῶν ἡμετέρων
γνώσεων, κατορθοῦται δὲ ἡ
συστηματικὴ αὐτῶν διάταξις
καὶ ἡ ἀναγωγὴ αὐτῶν εἰς μίαν
ἑνότητα. Αἱ λέξεις χρησιμεύ-
ουσιν εἰς τὰς διανοητικὰς ἐρ-
γασίας τοῦ πνεύματος, ὡς εἰς
τὰς ἀριθμητικὰς οἱ ἀραβικοὶ
χαρακτῆρες, δι' ὧν ἡ σύγκρισις
καὶ σύναψις τῶν ἀριθμῶν καὶ ἡ
εὕρεσις τῶν πολυπλόκων αὐτῶν
πρὸς ἀλλήλους ἀναφορῶν ἐξευ-
μαρίζεται θαυμασίως. Ἡ ἐπι-
στημονικὴ ἄρα ἀνάπτυξις ἄνευ
γλώσσης ἐπιτηδείας εἶναι ἀδύνα-
τος· ἡ δὲ γλῶσσα παριστάνει τὸν
βαθμὸν καὶ τὸν χαρακτῆρα τῆς
ἐπιστημονικῆς τῶν τε λαῶν καὶ
τῶν καθ' ἕκαστον ἀνθρώπων
μορφώσεως. Ἐκ τῶν ῥηθέντων
καταφαίνεται πόσον ἀναγκαία
εἶναι ἡ τῆς γλώσσης ἐπιμέλεια
καὶ παρασκεύασις ὡς μέσου
προαπαιτουμένου πάσης περὶ

tion of our thoughts to each other,
but also the principal means for
developing our intellect and in-
creasing and analysing our know-
ledge. By means of words, not
only that which would otherwise
be undefined becomes defined,
and the elements of our percep-
tions which would be otherwise
unstable are fixed, but also the
comparison in various ways of
our ideas with each other is im-
mensely facilitated, and conse-
quently the elucidation of their
various relations with each other.
Thus the horizon of our percep-
tions is widened, their systematic
arrangement is effected, and they
are brought under one head.
Words are of service for the
intellectual work of the mind,
just as the Arabic figures are for
arithmetical work, for by means
of these the comparing and con-
necting of numbers and the dis-
covery of the complex relations
they bear to each other are
marvellously facilitated. Conse-
quently, scientific development
without a suitable language is
impossible. Language represents
the degree and the character of
the scientific training of nations
and individuals. From what I
have said it is evident how
necessary it is to give the utmost
attention to a language in pre-
paring it as an instrument which
is indispensable before any
scientific study can be pursued,
and consequently how important

τὴν ἐπιστήμην σπουδῆς, ἑπο-
μένως πόσου λόγου ἄξιον καθί-
σταται τὸ ζήτημα περὶ τῆς
παραδεκτέας κοινῆς τοῦ ἡμετέρου
ἔθνους γλώσσης.

Πληρῶν τὴν ὑμετέραν ἐπι-
θυμίαν ἐκφέρω ἐνταῦθα, μετὰ
πάσης συντομίας αὐτοσχέδιον
περὶ τοῦ ῥηθέντος ζητήματος
γνώμην ἥτις, ὡς τοιαύτη, εἶναι
βεβαίως ἐν πολλοῖς ἀτελὴς καὶ
ἐπιδεκτικὴ ἀναπτύξεώς τε καὶ
διορθώσεως, ἀλλὰ κατὰ τὰς
βάσεις μοὶ φαίνεται ἱκανῶς
στερεά, τεθεμελιωμένη ἐπὶ τῆς
πέτρας τοῦ ὀρθοῦ λόγου.

Περιττὴν κρίνω ἐνταῦθα τὴν
ἱστορικὴν ἔκθεσιν τῶν διαφόρων
γνωμῶν, αἵτινες ὑπὸ διαφόρων
εἰς λύσιν τοῦ ζητήματος προετά-
θησαν μέχρι τοῦδε· ἀρκεῖ δὲ
νὰ εἴπω, ὅτι τρεῖς κυριώτεραι
γνῶμαι, ὧν ἑκάστη ἐπιδέχεται
διαφοράς τινας λεπτοτέρας,
διαιροῦσι νῦν τοὺς λογίους τοῦ
γένους. Οἱ μὲν αὐτῶν πιστεύου-
σιν ὅτι ἡ κοινὴ τοῦ Ἑλληνικοῦ
γένους γλῶσσα ὑπάρχει ἤδη
ὡρισμένη, κατ᾽ εἶδος τοὐλάχιστ-
ον, ὑπ᾽ αὐτοῦ τοῦ Ἑλληνικοῦ
λαοῦ· εἶναι δηλονότι αὐτὴ ἡ
χυδαία γλῶσσα, ὁποία ὑπὸ τοῦ
Ἑλληνικοῦ λαοῦ αὐτομάτως
μορφωθεῖσα λαλεῖται. Οἱ δὲ,
καταφρονοῦντες τὴν ῥηθεῖσαν
γλῶσσαν ὡς πτωχὴν καὶ πολὺ
βαρβαρίζουσαν, δοξάζουσι τού-
ναντίον, ὅτι κοινὴ τῶν Ἑλλήνων
γλῶσσα πρέπει νὰ δογματισθῇ
ἡ ἀρχαία Ἑλληνική· ὥστε
ταύτης ἡ χρῆσις ἀπαιτεῖται νὰ

is the question of the common
language which is to be accepted
for our nation.

Complying with your desire,
I here set forth as briefly as
possible a rough statement of
my view of the question, a view
which, so expressed, is certainly
in many respects susceptible of
development and emendation,
but which appears to me suffi-
ciently firm on its foundation,
resting, as it does, upon the rock
of reason.

I think it superfluous to give
here an historical exposition of
the different opinions which have
been advanced by different people
for the solution of the question
up to the present day : it is
sufficient for me to say that
three principal opinions, each of
which admits of certain more
minute differentiations, now di-
vide the learned men of our
nation. One section holds that
the common language of the
Greek race is already defined,
specifically at least, by the Greek
people themselves, that is to say,
that it is the actual vulgar tongue
which, spontaneously formed, is
spoken by the Greek people.
Another section, despising this
language as poor and utterly bar-
barous, think on the contrary that
ancient Greek should be laid
down as the common language
of the Greeks : in this case its

ἐκταθῇ βαθμηδὸν καὶ καταστῇ γενική. Οἱ δὲ, κρίνοντες τὴν μὲν χυδαίαν γλῶσσαν ἀνεπιτήδειον εἰς τὴν ἐπιστημονικὴν τοῦ γένους ἀνάπτυξιν διά τε τὴν πτωχείαν τῆς ὕλης καὶ τὸ ἀκανόνιστον καὶ ἀόριστον τοῦ βαρβαρίζοντος εἴδους, τὴν δὲ ἀνάστασιν τῆς ἀρχαίας Ἑλληνικῆς καὶ τὴν εἰσαγωγὴν αὐτῆς εἰς τὰς διαφόρους τοῦ κοινωνικοῦ βίου σχέσεις ἀδύνατον, ἀσπάζονται μέσην τινὰ τῶν ῥηθεισῶν δύο γνώμην, ἀποφαινόμενοι ὅτι ἀπαιτεῖται νὰ διαπλασθῇ κοινή τις τοῦ γένους γλῶσσα, μὴ μακρυνομένη μήτε καθ' ὕλην μήτε κατ' εἶδος ἀπὸ τῆς χυδαίας ἐπὶ τοσοῦτον ὥστε ν' ἀποβαίνῃ εἰς τὸν λαὸν ἀκατάληπτος, διορθουμένη δὲ καὶ ῥυθμιζομένη, ὅσον ἐνδέχεται, κατὰ τὸν τύπον τῆς ἀρχαίας καὶ ἐκ τοῦ θησαυροῦ ἐκείνης πλουτιζομένη. Ἂς ἐξετάσωμεν ἑκάστην τῶν γνωμῶν τούτων ἰδίως.

Ἡ πρώτη τῶν ῥηθεισῶν γνωμῶν εἶναι καθ' ἡμᾶς ἀπαράδεκτος·

α΄) Διότι ἤθελεν ἐμποδίσει καὶ αὐτὴν τὴν δυνατὴν καὶ εὔκολον πρὸς τὸν ἀρχαῖον τύπον τῆς γλώσσης προσέγγισιν, καθιεροῦσα πάντα τυχαῖον βαρβαρισμὸν ἐπὶ μόνῳ τῷ λόγῳ ὅτι εὑρίσκεται ἤδη εἰς τὰ στόματα τοῦ λαοῦ ἐπαρχίας τινὸς ἢ νήσου Ἑλληνικῆς.

employment would have to be extended by degrees, and ultimately become general. The third section, considering that the vulgar tongue is unfit for the scientific development of the nation, on account both of the poverty of the material and the want of regularity and precision in its ungrammatical style, but that the restoration of ancient Greek and its adaptation to the various relations of every-day life is impossible, embrace an opinion midway between the two which have been mentioned, declaring that some common language must be formed for the nation which does not depart either in substance or form from the vulgar tongue to such an extent as to be unintelligible to the people, but corrected and harmonised, as far as it allows of this, on the model of the ancient Greek and enriched by its wealth. Now let us examine each of these opinions separately.

The first of the above-mentioned opinions, according to my judgment, is inadmissible :

1st. Because it would hinder the actually practicable and simple process of approximating the language to its ancient type, for it sanctions every casual barbarism for the sole reason that it happens to be found at the present day in the mouth of the people of some Greek province or island.

β') Διότι ήθελεν ἐμβάλει ἡμᾶς εἰς λαβύρινθον δυσεξίτητον ποικιλωτάτων χυδαίων τύπων καὶ εἰς ἀδιαλύτους ἔριδας. Ἐὰν δὲν πρέπῃ νὰ ἐπιχειρήσωμεν τὸ ἀδύνατον, τὴν ἀνάστασιν δηλονότι τῆς ὑπὸ τὰ ἐρείπια τοῦ ἀρχαίου κόσμου πρὸ αἰώνων ταφείσης προγονικῆς ἡμῶν γλώσσης, διατί νὰ ἀμελήσωμεν καὶ αὐτοῦ τοῦ δυνατοῦ καὶ εὐκόλου, τῆς ἐφικτῆς δηλονότι διορθώσεως τῆς χυδαίας γλώσσης καὶ τῆς εὐκατορθώτου διατιπώσεως αὐτῆς πρὸς τὴν ἀρχαίαν γραμματικήν; Διατί νὰ καθιερώσωμεν παρεφθαρμένους τινὰς καὶ βαρβάρους τύπους, οἵτινες εὐκόλως διορθοῦνται καὶ εὐκόλως εἰσάγονται διωρθωμένοι εἰς τὰ στόματα τοῦ λαοῦ, ὡς μὴ διαφέροντες πολὺ τῶν συνήθων, ἢ ὡς εὐκόλως ὑπ' αὐτοῦ ἐννοούμενοι; Διατί π. χ. νὰ λέγωμεν καὶ γράφωμεν ἡ γρῃὰ, ᾗ γρῃαῖς—ἡ πόλη, τῆς πόλης—ὁ κόρακας, τοῦ κόρακα —ὁ βασιλιᾶς, τοῦ βασιλιᾶ— ἐκειὸς, ἐκειοῦ—πᾶς, πᾶμεν, πᾶτε, πᾶν—λὲς, λέτε, λέμεν, λέν— ἐλεγόμουν, ἐλεγόσουν, ἐλεγότουν, ἐλεγόμασθε, ἐλεγόσασθε, ἐλεγόντουν—καὶ ἄλλα πολλὰ τοιαῦτα βάρβαρα καὶ παρακεκομμένα, ἢ καὶ ἔτι βαρβαρώτερα, ἐνῷ δυνάμεθα ἀντ' αὐτῶν νὰ λέγωμεν καὶ νὰ γράφωμεν ὀρθότερα, εἰς δὲ τὸν λαὸν ἐπίσης καταληπτὰ, ἡ γραῖα, αἱ γραῖαι— ἡ πόλις, τῆς πόλεως—ὁ κόραξ, τοῦ κόρακος—ὁ βασιλεὺς, τοῦ

2d. Because it would involve us in an inextricable labyrinth of all sorts of vulgar forms and in endless disagreement. If we are not to undertake the impossible, that is to say, the restoration of our ancestral language, buried ages ago under the ruins of the ancient world, why should we neglect what is practicable and simple, namely, the readily effected correction of the vulgar tongue and the easy process of making it conform to the ancient grammar? Why should we sanction certain corrupt and barbarous forms which could be easily corrected and easily introduced, so corrected, into the vernacular of the people, as they differ but little from those now in use and would be readily understood by them? Why, for example, should we say and write ἡ γρῃὰ, ᾗ γρῃαῖς—ἡ πόλη, τῆς πόλης—ὁ κόρακας, τοῦ κόρακα —ὁ βασιλιᾶς, τοῦ βασιλιᾶ— ἐκειὸς, ἐκειοῦ — πᾶς, πᾶμεν, πᾶτε, πᾶν — λὲς, λέτε, λέμεν, λέν — ἐλεγόμουν, ἐλεγόσουν, ἐλεγότουν, ἐλεγόμασθε, ἐλεγόσασθε, ἐλεγόντουν—and many other such barbarous and mutilated expressions, and some even yet more barbarous than these, when we can, in their stead, speak and write forms more correct and equally well understood by the people, ἡ γραῖα, αἱ γραῖαι— ἡ πόλις, τῆς πόλεως—ὁ κόραξ, τοῦ κόρακος—ὁ βασιλεὺς, τοῦ

βασιλέως — ἐκεῖνος, ἐκείνου — ὑπάγεις, ὑπάγομεν, ὑπάγετε, ὑπάγουσιν — λέγεις, λέγομεν, λέγετε, λέγουσιν — ἐλεγόμην, ἐλέγεσο, ἐλέγετο, ἐλεγόμεθα, ἐλέγεσθε, ἐλέγοντο; Καὶ ἂν δέ τις ἀποφασίσῃ ἐναντίον τοῦ ὀρθοῦ λόγου νὰ θυσιάσῃ τόσους τύπους τῆς ἀρχαίας γραμματικῆς, δυναμένους εὐκόλως καὶ εὐκαταλήπτως νὰ εἰσαχθῶσιν εἰς τὴν κοινὴν τοῦ Ἑλληνικοῦ γένους γλῶσσαν, νὰ καθιερώσῃ δὲ τοὺς συνήθεις βαρβαρισμοὺς, μένει πάλιν τὸ ἑξῆς πολλῶν δυσχερειῶν καὶ ἀδιαλύτων ἐρίδων ἔγκυον ζήτημα. Ἐπειδὴ ἡ χυδαία γλῶσσα δὲν εἶναι μία καὶ ὁμοιόμορφος, ἀλλὰ διαιρεῖται εἰς διαφόρους τοπικὰς διαλέκτους, οἷον τὴν Πελοποννησιακὴν, τὴν Ἑπτανησιακὴν, τὴν Ἠπειρωτικὴν, τὴν Θεσσαλικὴν, τὴν Χιακὴν καὶ Κυπριακὴν κ.τ.λ. πῶς ὁριστέον τὴν κοινὴν τῶν Ἑλλήνων γλῶσσαν; Πρὸς τὸ ἐρώτημα τοῦτο τρεῖς διάφοροι ἀποκρίσεις εἶναι δυναταί, αἱ ἑξῆς.

α΄) Δυνάμεθα νὰ καθιερώσωμεν ὡς κοινὴν τῶν Ἑλλήνων γλῶσσαν μίαν τινὰ τῶν διαφόρων τοπικῶν διαλέκτων, ἀποδοκιμάζοντες τὰς λοιπάς. Ἀλλὰ τότε τίνα τούτων προτιμητέον; Πῶς θέλουσι συμφωνήσει εἰς τὴν ἐκλογὴν αὐτῆς οἱ διαφόρους διαλέκτους λαλοῦντες Ἑλληνικοὶ λαοί; ἢ διὰ τίνος νομοθεσίας θέλει στηριχθῆ ἡ ἐκλογή; ἐπὶ τῆς

βασιλέως — ἐκεῖνος, ἐκείνου — ὑπάγεις, ὑπάγομεν, ὑπάγετε, ὑπάγουσιν — λέγεις, λέγομεν, λέγετε, λέγουσιν — ἐλεγόμην, ἐλέγεσο, ἐλέγετο, ἐλεγόμεθα, ἐλέγεσθε, ἐλέγοντο? And if any one, in defiance of common sense, should decide to sacrifice so many forms of the ancient grammar which could be easily and intelligibly introduced into the common language of the Greek nation, and should sanction the ordinary barbarisms, there still remains the following question which teems with difficulties and with disagreements impossible to settle. Since the vulgar tongue is not one uniform language, but is divided into many local dialects, such as that of the Peloponnesus, of the Ionian islands, of Epirus, of Thessaly, of Chios, of Cyprus, etc., how are we to define the common language of the Greeks? To this question the following three different answers are possible.

1st. We can sanction as the common language of the Greeks some one of the different local dialects, rejecting the others. But then to which of them are we to give the preference? How will the Greeks speaking different dialects agree to the choice? Or by means of what legislation will the choice be confirmed? By a majority of votes? Nothing could be more absurd than this.

πλειονοψηφίας ; οὐδὲν τούτου ἀτοπώτερον. Ἡ κρίσις περὶ τοῦ ἐπιτηδειοτέρου τοῦ νοῦ καὶ τῆς ἐπιστήμης ὀργάνου, ὁποῖον εἶναι ἡ γλῶσσα, εἰς μόνον ἀνήκει τὸν νοῦν· νοῦς ὅμως καὶ ἀριθμὸς εἶναι πάντη ξένα πρὸς ἄλληλα καὶ ἀλλότρια. Ἐπὶ τῆς μεγαλειτέρας πρὸς τοὺς τύπους τῆς ἀρχαίας γραμματικῆς συμφωνίας; ἀλλὰ τότε διατί νὰ μὴ διατυπωθῇ ἡ κοινὴ τῶν Ἑλλήνων γλῶσσα ἔτι συμφωνοτέρα πρὸς τὴν ἀρχαίαν, ἀπεκδυομένη ὅσον πλείονας βαρβαρισμοὺς δύναται ν' ἀπεκδυθῇ χωρὶς νὰ καταστῇ πρὸς τὸν λαὸν ξένη καὶ ἀκατάληπτος;

β') Δυνατὸν νὰ δοθῇ κῦρος ἴσον εἰς πάσας τὰς τοπικὰς διαλέκτους καὶ ἀφεθῇ εἰς πάντα ἐλευθέρα ἡ ἐκλογὴ τῆς διαλέκτου ἐν ᾗ θέλει νὰ λαλῇ καὶ γράφῃ. Ἀλλὰ τότε τὸ Ἑλληνικὸν γένος, καὶ μόνον τὸ Ἑλληνικὸν γένος, οὐδεμίαν θέλει ἔχει γλῶσσαν κοινὴν, ἑπομένως οὐδεμίαν θέλει ἔχει γλῶσσαν ἱκανῶς πλουσίαν καὶ προσηκόντως διατετυπωμένην, ἐπιτηδείαν εἰς πλήρη παράστασιν τοῦ μεγάλου καὶ καθ' ἡμέραν αὐξανομένου ἀριθμοῦ τῶν τεχνικῶν, ἐπιστημονικῶν κ.τ.λ. ἐννοιῶν, εἰς διάκρισιν τῶν λεπτοτάτων αὐτῶν διαφορῶν καὶ ἀποχρώσεων πρὸς ἀλλήλας, εἰς πλήρη καὶ ἀκριβῆ μετάφρασιν τῶν ἐκλεκτῶν ποιημάτων, τῶν ῥητορικῶν, φιλοσοφικῶν, ἱστορικῶν, ἐπιστημονικῶν ἀριστουρ-

The decision regarding the most suitable instrument for the mind and for scientific knowledge, which language really is, is the province of the intellect alone ; but intellect and numerical superiority have nothing whatever to do with each other. By its closer agreement with the forms of the ancient grammar ? But in that case why should not the common Greek vernacular be brought more into accordance with the ancient language, throwing off as many barbarisms as it can get rid of, without becoming strange and unintelligible to the people ?

2d. It is possible for equal authority to be given to all the local dialects, and a free choice permitted to every one of the dialect in which he shall speak and write. But in that case the Greek nation, and the Greek nation alone, will have no common language, and consequently will have no language sufficiently rich and properly formed, capable of expressing fully the ideas of the great and daily increasing number of arts, sciences, etc., of distinguishing the minute and subtle shades of difference between them, and of supplying a complete and accurate translation of select poems and of the best oratorical, philosophical, historical, or scientific works of civilised nations. The formation of such a language is a

γημάτων τῶν πεπολιτισμένων ἐθνῶν. Ἡ διάπλασις γλώσσης τοιαύτης εἶναι μέγα καὶ δυσχερέστατον ἔργον, ἀπαιτοῦν ἐπ' αἰῶνας τὴν συνεργίαν πάντων τῶν λογίων καὶ σοφῶν τοῦ ἔθνους· καθίσταται δὲ ἀδύνατος, ὅταν αἱ πνευματικαὶ τούτου δυνάμεις δὲν συνεργάζωνται πρὸς ἕνα καὶ τὸν αὐτὸν σκοπόν, ἀλλὰ διαιρῶνται καὶ κατατέμνωνται ἀσχολούμεναι εἰς διάπλασιν πολλῶν ὁμοῦ διαλέκτων· ἐὰν μάλιστα τὸ ἔθνος τύχῃ ὂν οὕτω μικρὸν ὡς τὸ ἡμέτερον, καὶ οἱ σοφοὶ αὐτοῦ ὀλιγάριθμοι.

γ') Δυνατὸν νὰ συγχωρηθῇ ἡ ἀναμὶξ χρῆσις τῶν διαφόρων διαλεκτικῶν τύπων, θεωρουμένων πάντων ἐπίσης ὀρθῶν καὶ εὐχρήστων· ἀλλὰ τότε πᾶς λόγος προφορικὸς ἢ γραπτὸς θέλει εἶσθαι γελοῖον φύραμα ἀνομοίων τύπων, πολυμιγής τις καὶ ἀηδὴς φωνῶν κυκεών. Ἕνεκα δὲ τῆς μεγάλης ποικιλίας τῶν χυδαϊκῶν τύπων, ὧν ἕκαστος λογίζεται ἔχων ἴσον δικαίωμα ἐν τῇ δημοκρατίᾳ τῆς γλώσσης, ἤθελε καταστῇ ἡ σύνταξις Ἑλληνικῆς γραμματικῆς καὶ ὁ κανονισμὸς τῆς Ἑλληνικῆς γλώσσης ἀδύνατος. Καὶ ὅμως ἀνάγκη πᾶσα νὰ ἔχῃ ἡ Ἑλληνικὴ γλῶσσα, ὡς πᾶσαι τῶν πεπολιτισμένων ἐθνῶν αἱ γλῶσσαι, κοινήν τινα γραμματικήν, περιέχουσαν τοὺς κανόνας πρὸς οὓς ὀφείλει νὰ ῥυθμίζηται πᾶς ὁ θέλων νὰ λαλῇ καὶ νὰ

great and most difficult task, demanding for a very long time the combined labour of all the learned and able men of the nation, and it becomes an impossible one, when its intellectual forces do not co-operate to one and the same end, but are divided and subdivided, in the effort to form several dialects at the same time; especially when the nation is so small as ours is, and its learned men but few.

3d. It is possible for the promiscuous use of the different dialectic forms to be permitted, all being regarded as equally accurate and serviceable; but in that case every sentence oral or written will be a ridiculous mixture of incongruous forms, a confused and disagreeable medley of sounds. On account of the immense variety of vulgar forms, each of which is considered to have equal rights in the democracy of the language, the construction of a Greek grammar, and the regulation of the Greek language by rules, would be impossible. And yet there is every necessity for the Greek language to possess, like all the languages of civilised nations, some common grammar comprising rules to which every one must conform, whether

γράφῃ ὀρθῶς τὴν γλῶσσαν, εἴτε ὁμογενὴς, εἴτε ἀλλογενής.

Ἐκ τῶν ῥηθέντων συνάγεται ὅτι αἱ διάφοροι τοπικαὶ διάλεκτοι, εἰς ἃς ἡ χυδαία τῶν Ἑλλήνων γλῶσσα διαιρεῖται, δύνανται μὲν νὰ χρησιμεύσωσιν εἰς ᾄσματα δημοτικὰ, εἰς κωμῳδίας, εἰς μύθους καὶ διηγήματα, ὡρισμένα πρὸς διδασκαλίαν καὶ τέρψιν τοῦ ὄχλου, οὐχὶ ὅμως καὶ εἰς σπουδαίαν καὶ ὑψηλὴν ποίησιν, εἰς ἐπιστημονικὰ συγγράμματα, εἰς νομοθεσίαν, δικηγορίαν κ.τ.λ. Πᾶσαι τῶν μεγάλων καὶ πεφωτισμένων τῆς Εὐρώπης ἐθνῶν αἱ γλῶσσαι ἔχουσιν, ὡς καὶ ἡ ἡμετέρα, διαφόρους ἀδιαπλάστους διαλέκτους, ἄλλην ἐν ἄλλῃ ἐπαρχίᾳ, ὑπὸ τοῦ ὄχλου λαλουμένας, ὧν γίνεται χρῆσις εἰς ᾄσματα δημοτικὰ, κωμῳδίας κ.τ.λ. οὐδεὶς ὅμως οὐδεμίαν τῶν ῥηθεισῶν διαλέκτων μεταχειρίζεται εἰς σύνταξιν ποιήματος σπουδαίου, συγγράμματος ἐπιστημονικοῦ, ἢ ὡρισμένου εἰς χρῆσιν καὶ ὠφέλειαν τῶν παιδείας μετόχων ἢ γεγραμματισμένων· ἀλλὰ τὰ τοιαῦτα ποιήματα καὶ συγγράμματα συντάσσονται εἰς τὴν κοινὴν τοῦ ἔθνους καὶ γραμματικῶς κεκανονισμένην γλῶσσαν.

Ἐρχόμεθα ἤδη εἰς τὴν ἐξέτασιν τῆς δευτέρας τῶν ῥηθεισῶν γνωμῶν, καθ' ἣν ἡ κοινὴ τοῦ ἡμετέρου γένους γλῶσσα πρέπει νὰ ὁρισθῇ ἡ ἀρχαία Ἑλληνική. Ἐὰν ἡ ἀρχαιότης ἐκληφθῇ ἐνταῦθα

Greek or foreigner, who wishes to speak and write the language correctly.

From what has been said it may be gathered that the various local dialects, into which the vulgar language of the Greeks is divided, may be useful for popular songs, comedies, fables and tales, matters confined to the instruction and entertainment of the common people, but not for serious and lofty poetry, scientific works, legislation, advocacy, etc. All the languages of the great and enlightened nations of Europe have, as ours has, various crude dialects, different in different provinces, spoken by the common people, of which use is made for popular songs, comedies, etc.: but no one employs any one of those dialects in the composition of a serious poem or of a scientific work, or one intended for the use and advantage of cultivated and educated people, but such poems and writings are composed in the language common to the nation and regulated by grammatical rules.

We now come to the consideration of the second of the above-mentioned opinions, according to which ancient Greek ought to be fixed as the common language of our race. If by the

κατά τε τὴν ὕλην καὶ τὸ εἶδος,
ἤτοι κατά τε τὸ λεξικὸν καὶ
κατὰ τὴν γραμματικήν, ἐννοοῦ-
μεν ἀμέσως, ὅτι οἱ τὴν ῥηθεῖσαν
γνώμην ἀποφαινόμενοι ἀπο-
φαίνονταί τι ἀδύνατον. Τὸ
λεξικὸν τῆς ἀρχαίας Ἑλληνικῆς
γλώσσης εἶναι ὅλως ἀνεπαρκὲς
εἰς παράστασιν τῶν πολυαρίθ-
μων ἐννοιῶν μὲ ὅσας ἡ ἀπὸ
τῶν ἀρχαίων αἰώνων μέχρι τῶν
ἡμερῶν ἡμῶν γενομένη πρόοδος
τῶν τεχνῶν καὶ ἐπιστημῶν ἐπ-
λούτισε τὸ ἀνθρώπινον πνεῦμα·
ἀνάγκη δὲ πᾶσα νὰ δημιουργη-
θῶσι πολυάριθμοι νέαι λέξεις
εἰς παράστασιν τῶν νεωτέρων
ἐκείνων ἐννοιῶν. Ἀλλ' οὕτως
ἡ ἀρχαία Ἑλληνικὴ γλῶσσα
δὲν μένει πλέον ἀληθῶς ἀρχαία·
θέλει ὁμοιάζει ἀρχαῖον ἄγαλμα
ἐνδεδυμένον κατὰ τὰς ἀπαιτήσεις
τοῦ νέου συρμοῦ, ἢ ὡπλισμένον
μὲ τηλεβόλον, ἢ τηλεσκόπιον,
ἢ μικροσκόπιον κ.τ.λ.· ἀνάγκη
ἄρα νὰ νοηθῇ ἐνταῦθα ἀρχαία
Ἑλληνικὴ γλῶσσα μόνον κατὰ
τὸ εἶδος, ἤτοι κατὰ τὴν γραμ-
ματικήν.

Ἀλλὰ καὶ ἂν κατὰ τὴν περι-
ωρισμένην ταύτην σημασίαν
νοηθῇ, ἡ κοινὴ αὐτῆς χρῆσις
μένει ἀκατόρθωτος. Πολλοὶ
τύποι τῆς ἀρχαίας γραμματικῆς
κατέστησαν ἀπ' αἰώνων εἰς τὸν
λαὸν πάντη ξένοι καὶ ἀκατά-
ληπτοι, πολὺ δὲ ἀλλοτριωτέρα
κατέστη εἰς αὐτὸν ἡ ἀρχαία σύν-
ταξις· διότι ἡ νέα τῶν Ἑλλήνων
γλῶσσα μιμεῖται τὸ ἀνεπτυγ-
μένον τῶν νεωτέρων τῆς Εὐρώπης

ancient language is here meant
both the substance and the form,
that is to say, both the vocabulary
and the grammar, we see at once
that those who put forward this
opinion propose an impossibility.
The vocabulary of ancient Greek
is utterly insufficient to express
the innumerable ideas with
which the progress of the arts
and sciences from ancient times
to the present day has enriched
the human intellect: there is
therefore an absolute necessity
for the creation of innumerable
new words to express those
modern ideas. But in this case
the ancient Greek language re-
mains no longer really ancient:
it will resemble an antique
statue which has been clothed
to meet the requirements of
modern fashion, or furnished
with a gun, a telescope, or a
microscope, etc.: by the ancient
Greek language, then, we are
obliged to understand that only
its form is here meant, that is to
say, its grammar.

But even if we take it in this
restricted sense, its universal
employment remains an impos-
sibility. Many forms of the
ancient grammar have been for
ages altogether strange and
unintelligible to the common
people, far stranger to them
the ancient syntax; for the
modern language of the Greeks
imitates the diffuse style of
the more modern languages of

γλωσσῶν, ἐκφράζοισα διὰ προ-
θέσεων πολλὰς ἀναφορὰς δηλου-
μένας ἐν τῇ ἀρχαίᾳ γλώσσῃ διὰ
τῆς καταλήξεως, ἀναλύοισα δὲ
συνηθέστερον τὰς μετοχὰς εἰς
προτάσεις ἀναφορικὰς, αἰτιολο-
γικὰς, ὑποθετικὰς, ἐναντιωματι-
κὰς κ.τ.λ.· ἡ δὲ ἀκριβὴς χρῆσις
τῶν ἐγκλίσεων τῆς ἐνεργητικῆς
καὶ μέσης φωνῆς τῶν ῥημάτων
καὶ ἔτι πολλῶν μορίων ἀπαιτεῖ
διακρίσεις οὕτω λεπτὰς ὁποῖαι
ὑπερβαίνουσι τὴν δύναμιν τῆς
πνευματικῆς τοῦ λαοῦ ὁράσεως.
Τοιαύτη οὖσα ἡ ἀρχαία
Ἑλληνικὴ γλῶσσα καὶ τόσον
τοῦ λαοῦ ἀλλοτρία, εἶναι ἀπίσ-
τευτον ὅτι θέλει ποτὲ καταστῇ
καταληπτὴ εἰς αὐτὸν, ἀδύνατον
δὲ νὰ εἰσαχθῇ εἰς τὰ στόματα
αὐτοῦ. Ὅ τι καὶ ἂν εἴπωσί
τινες, ἀφαρπαζόμενοι μᾶλλον
ὑπὸ τῆς ζωηρᾶς φαντασίας ἢ
ὁδηγούμενοι ὑπὸ τῆς κρίσεως,
ἡ ἀρχαία Ἑλληνικὴ γλῶσσα
δὲν δύναται νὰ ἐγερθῇ ἐκ τοῦ
τάφου καὶ καταστῇ ζῶσα τοῦ
λαοῦ γλῶσσα.

Ὅθεν ὀφείλουσι μὲν οἱ νέοι
ὁμογενεῖς, ὅσοι θηρεύουσιν ἐν
τοῖς γυμνασίοις καὶ ἐν τῷ Παν-
επιστημίῳ ἀνωτέραν παιδείαν,
νὰ καταβάλλωσι πᾶσαν σπουδὴν
περὶ τὴν ἀπαράμιλλον γλῶσσαν
τῶν ἡμετέρων προγόνων καὶ
ἀσκῶνται ἐπιμελῶς εἰς τὸ γρά-
φειν αὐτὴν εὐχερῶς καὶ κομψ-
ῶς, ἵνα μεταχειρίζωνται αὐτὴν
εὐδοκίμως ὅπου οἱ σοφοὶ τῆς
Εὐρώπης μεταχειρίζονται τὴν

Europe, expressing by means of prepositions many relations which in the ancient language were shown by the termination, more usually resolving participles into relative, causal, hypothetical, adversative and other clauses : the correct use of the moods of the active and middle voice of verbs, and also of many particles, demands an amount of subtle discrimination which is beyond the power of the mental perception of the common people. The ancient Greek language being of this character, and so strange to the common people, it is impossible to believe that it will ever become intelligible to them, and out of the question that it can become their vernacular. And whatever some may say, who are carried away by their vivid imagination rather than guided by their judgment, the ancient Greek language cannot rise from its tomb and become the living language of the people.

Therefore our young fellow-countrymen, who in the colleges and the university are pursuing a course of higher education, should exert themselves to the utmost to acquire the unrivalled language of our ancestors, and carefully exercise themselves in it, so as to be able to write it with facility and elegance, in order that they may employ it with success where the scholars

Ῥωμαϊκὴν, εἰς ποιήματα δηλον-
ότι καὶ συγγράμματα συντασσό-
μενα διὰ τοὺς σοφούς· ἀλλ'
ἐπειδὴ ἡ ὑπὸ πάντων ἐκμάθησις
καὶ ἡ κοινὴ χρῆσις τῆς ἀρχαίας
Ελληνικῆς γλώσσης εἶναι
ἀδύνατος, μένει ἀναγκαία καὶ
ἀπαραίτητος ἡ διατύπωσις κοινῆς
τινος γλώσσης χρησίμου εἰς
τὰ λοιπὰ συγγράμματα καὶ
ποιήματα, εἰς τὴν ἀπὸ τοῦ
ἄμβωνος διδασκαλίαν, εἰς τὴν
νομοθεσίαν, εἰς τὰς κοινοβουλ-
ιακὰς συζητήσεις, εἰς τὰ δικασ-
τήρια, εἰς τὴν ἐφημεριδογραφίαν,
καὶ εἰς τὰς διαφόρους τοῦ
κοινωνικοῦ βίου σχέσεις.

Αὕτη δὲ εἶναι ἡ τρίτη γνώμη εἰς
ἧς τὴν ἐξέτασιν μεταβαίνομεν.

Τὴν τρίτην γνώμην καθ' ἦν
ἀνάγκη νὰ διαπλασθῇ ὡς κοινὴ
τῶν Ἑλλήνων γλῶσσα μέση τις
μεταξὺ τοῦ χυδαϊσμοῦ τῶν κατὰ
τόπον διαλέκτων καὶ τῆς καθαρό-
τητος καὶ γραμματικῆς ἀκρι-
βείας τῆς ἀρχαίας Ἑλληνικῆς,
ἀσπάζονται ὡς ἐλλογωτέραν οἱ
πλεῖστοι τῶν λογίων τοῦ ἔθνους·
ἀλλὰ δὲν συμφωνοῦσι πάντες
περὶ τοῦ τύπου αὐτῆς, περὶ τοῦ
βαθμοῦ τῆς καθαρότητος καὶ
τῆς πρὸς τὴν ἀρχαίαν γραμμα-
τικὴν ἐγγύτητος. Εἶναι φανερὸν
ὅτι ἡ κοινὴ αὕτη γλῶσσα πρέπει
νὰ ἔχῃ βάσιν τὴν νῦν λαλου-
μένην, ἵνα μὴ καταστῇ τοῦ λαοῦ
ἀλλοτρία· ἀλλ' ἐνταύτῳ πρέπει
νὰ καθαρισθῇ τῶν κατὰ τόπους
ποικίλων χυδαϊσμῶν καὶ ῥυθ-
μισθῇ κατὰ τὸν κοινὸν τῆς
ἀρχαίας γραμματικῆς τύπον ἐπὶ

of Europe make use of Latin,
for poetry for example, and for
such works as are composed for
the use of the learned : but since
it is impossible for all to master
ancient Greek and make a com-
mon use of it, it still remains
absolutely and indispensably
necessary to create some com-
mon language which can be
employed for other works and
poems, for the teaching from
the pulpit, for legislation, for
parliamentary debates, for the
courts of justice, for the daily
press, and for the various rela-
tions of social life.

We now pass to the examina-
tion of the third opinion.

The third opinion is the one
which the majority of the learned
men of the nation embrace as
being the most reasonable, which
lays down that for the common
use of the Greeks there must be
formed a language which is mid-
way between the vulgarity of
local dialects and the purity and
grammatical accuracy of ancient
Greek ; but they do not all agree
about the form that this language
must take, nor about the degree
of purity and approximation to
the ancient grammar. It is
evident that this common lan-
guage should .have for its basis
that which is now spoken, in
order that it may not be strange
to the common people ; but at
the same time it must be purified
from various local vulgarities,

τοσοῦτον ἐφ' ὅσον ἡ ῥύθμισις εἶναι δυνατή, ἤτοι ἐφ' ὅσον ἡ κατάληψις καὶ ἡ κατὰ μικρὸν εἰς κοινὴν χρῆσιν εἰσαγωγὴ τῆς οὕτως ἐρρυθμισμένης γλώσσης δὲν ὑπερβαίνει τὴν νοητικὴν τοῦ λαοῦ δύναμιν. Ὁ κανὼν οὗτος ἁπλῶς οὕτω τιθέμενος εἶναι ὀρθός· ἀλλ' ἡ ἐφαρμογὴ αὐτοῦ εἰς τὰ καθ' ἕκαστον παρέχει πολλὰς δυσκολίας καὶ γεννᾷ νέαν διαίρεσιν τῶν γνωμῶν. Ἀπ' ἀρχῆς τῆς παρούσης ἑκατονταετηρίδος πολλὰ περὶ τούτου ἐγράφησαν. Πρὸ τῆς Ἑλληνικῆς μάλιστα ἐπαναστάσεως ὁ Κοραῆς, ὁ Κοδρικᾶς, Νεόφυτος ὁ Δούκας, ὁ Γαζῆς, ὁ Φαρμακίδης, ὁ ἰατρὸς Κανέλλος καὶ ἄλλοι κατέστησαν τὸ περὶ τῆς νέας Ἑλληνικῆς ζήτημα ὑπόθεσιν σπουδαίων διατριβῶν καὶ πολλῶν φιλεριστικωτέρων ἐν ταῖς φιλολογικαῖς ἐφημερίσιν ἄρθρων· ὑπερενίκα δὲ ἡ γνώμη τοῦ Κοραῆ, πρὸς ἢν οἱ πλεῖστοι τῶν λογίων ἀπέκλινον. Ἀλλ' ἡ ἐπανάστασις τῶν Ἑλλήνων κατέπαυσε τὸν περὶ γλώσσης ἐκεῖνον διὰ γραφίδος καὶ μέλανος πόλεμον ὃν διεδέχθη ὁ ὑπὲρ πολιτικῆς ἀνεξαρτησίας διὰ ξίφους καὶ αἵματος· ἀπὸ δὲ τῆς περατώσεως τούτου ἐπικρατεῖ εἰς τὰς περὶ γλώσσης δοξασίας τῶν λογίων ὁμογενῶν ἀληθὴς ἀναρχία, τῶν μὲν ἀποκλινόντων εἰς τὸν δημοτικώτερον τύπον, τῶν δὲ ἀναρριχωμένων πρὸς τὸν ἀρχαῖον, τῶν δὲ κράμά τι τύπων, ἀρχαίων καὶ νέων, ἐκλεκτῶν καὶ

and adjusted in accordance with the ordinary form of the ancient grammar, as far as such adjustment may be practicable, that is to say, as far as it can be carried without the language, so adjusted, being unintelligible to the common people, and its gradual introduction as their vernacular beyond their mental capacity. This rule, thus simply stated, is correct; but its adaptation to every detail presents many difficulties, and gives rise to fresh differences of opinion. From the beginning of the present century much has been written upon this subject. Before the Greek revolution especially Coraës, Codricas, Neophytos Ducas, Gazes, Pharmacides, Canellos the physician, and others, made the question of modern Greek the subject of important essays, and of many contentious articles in the philological journals, but the opinion of Coraës, to which most of the learned inclined, was gaining the ascendency. The Greek revolution, however, put a stop to that pen-and-ink war about language, and its place was taken by the sword-and-blood war for political independence: after the termination of the latter there has prevailed among our learned fellow-countrymen a veritable anarchy in their opinions about the language, some inclining to the more

χυδαίων, ἀκρίτως ἀσπαζομένων, καὶ ἐν τῷ αὐτῷ συγγράμματι, καὶ ἐν τῷ αὐτῷ κεφαλαίῳ καὶ πολλάκις ἐν τῇ αὐτῇ περιόδῳ ἀρχαίους τύπους μετὰ νέων χυδαίων ἀηδῶς μιγνυόντων. Πάντες αἰσθάνονται τὴν ἀνάγκην τῆς ἀπὸ τῆς ἀναρχίας ταύτης ἀπαλλαγῆς· ἀλλὰ πῶς κατορθοῦται αὕτη; Ἡ φύσις ἢ ἡ τύχη τοῦ Ἑλληνικοῦ γένους εἶναι παράδοξος. Ὡς ἐπὶ τοῦ ὑπὲρ τῆς πολιτικῆς του ἀνεξαρτησίας ἀγῶνος πολλοὶ μὲν γενναῖοι καὶ εἰς τὴν πατρίδα ἀφωσιωμένοι ἄνδρες ἀνεφάνησαν, μεγάλα κατορθώσαντες ἔργα καὶ μεγάλων ἐπαίνων ἀξιωθέντες, οὐδεὶς ὅμως ἀνεδείχθη ὑπερέχων τῶν ἄλλων ὑπεροχὴν τοιαύτην ὁποία ἦτο ἱκανὴ νὰ ἑλκύσῃ πρὸς αὐτὸν τὴν κοινὴν πάντων ἐμπιστοσύνην, καὶ τὸν καταστήσῃ κέντρον ἑνότητος τῆς ὅλης πρὸς τὸν σκοπὸν ἐνεργείας τοῦ ἔθνους, οὕτω καὶ εἰς τὸν πνευματικὸν ὑπὲρ τῆς διαπλάσεως κοινῆς τοῦ ἔθνους γλώσσης ἀγῶνα, πολλοὶ μὲν λόγου ἄξιοι ἐφάνησαν ἀγωνισταί, πολύ τι ἢ ὀλίγον εἰς τὴν διόρθωσιν καὶ τὸν πλουτισμὸν αὐτῆς συντελέσαντες, οὐδεὶς ὅμως ἴσχυσε νὰ ἑνώσῃ ὑπὲρ τῆς γνώμης του πάσας τῶν λογίων ὁμογενῶν τὰς ψήφους, καὶ διὰ τῶν ἰδίων του βημάτων νὰ χαράξῃ τὴν ὁδὸν ἣν ἤθελον βαδίσει πάντες ἢ οἱ πλεῖστοι λόγιοι Ἕλληνες· Οὕτω τῶν πραγμάτων ἐχόντων τίς ἐλπὶς ὑπολείπεται, ὅτι ἡ

popular form; others clambering upwards to the ancient form; some heedlessly accepting a sort of mixture of forms ancient and modern, select and vulgar, and in the same work, in the same chapter, often in the same sentence, mixing ancient forms with modern vulgar ones in a disgusting manner. All recognise the necessity of a deliverance from this anarchy: but how is it to be accomplished? The nature or the fate of the Greek nation is peculiar. As in the struggle for its political independence there came forward many brave men who devoted themselves to their country, performing great deeds and gaining high praise, yet no one displayed a superiority above the rest so marked as to attract the confidence of all, and make him the common centre of all the efforts of the nation towards the end they had in view; so in the intellectual struggle for the formation of a common language for the nation, many noteworthy combatants came forward who contributed more or less to its correction and enrichment, yet no one was able to unite all the votes of our learned fellow-countrymen in favour of his opinion, and by his own footsteps mark out the track which all, or the greater part of the learned Greeks, would follow. In this state of affairs what hope is

προβαλλομένη ἐνταῦθα ὑπ' ἐμοῦ
γνώμη θέλει ἀξιωθῇ πλειοτέρας
ἐπιδοκιμασίας· Οὐδεμία τοιαύτη
ἐλπὶς ἤθελεν ὑπάρχει ἐὰν ἡ
γνώμη αὕτη ἦτο ἰδία τις ἐπίνοια,
ἀλλ' ἐνταῦθα δὲν ἐκφέρω γνώμην
ἰδίαν, μᾶλλον δὲ τὸ συναγόμενον
τῆς παρατηρήσεως τοῦ τρόπου
τοῦ γράφειν ὃν οἱ πλεῖστοι καὶ
κριτικώτεροι τῶν λογίων, μικ-
ρῶν τινων διαφορῶν ἐξαιρου-
μένων, σιωπηλῶς παραδέχονται.
Παρατηροῦνται μὲν ἐκκλίσεις
τινὲς καὶ ἐκτροπαὶ ἀπὸ τῆς
σχεδιαζομένης ἐνταῦθα τροχιᾶς,
παρ' ἄλλοις λογίοις ἄλλαι·
ἀλλὰ ταύτας λογιστέον ὡς τὰς
διαταράξεις ἐκείνας τῶν κινου-
μένων οὐρανίων σωμάτων, ἃς
τυχαῖαι καὶ μεταβληταὶ ἐπιδρά-
σεις ἄλλων τινῶν σωμάτων
παράγουσι, καὶ ἃς ἀφαιροῦντες
οἱ ἀστρονόμοι εὑρίσκουσι τὴν
κανονικὴν αὐτῶν τροχιάν.

Καθόλου παραδέχομαι τὸν
ὑπὸ τοῦ ἀειμνήστου Κοραῆ ἔν
τισι τῶν ἐπιστολῶν του τεθέντα
κανόνα ὅτι ἕκαστος ὀφείλει
γράφων νὰ γράφῃ οὕτως ὥστε
ἐκ τῶν ὑπ' αὐτοῦ γραφομένων
νὰ ἦναι δυνατὸν νὰ ἐξαχθῇ
γραμματική τις τῆς γλώσσης·
τοῦτο σημαίνει ὅτι ὀφείλει ὁ
γράφων νὰ ἦναι τοὐλάχιστον
σύμφωνος πρὸς ἑαυτὸν, ἤτοι ν'
ἀκολουθῇ σταθερῶς κανόνας
τινὰς, ἑπομένως νὰ μὴ μεταχει-
ρίζηται ἄλλοτε ἄλλους τύπους,

left that my opinion here ad-
vanced should gain any greater
approbation ? There would be
no such hope, were this opinion
an original idea of my own ;
but here I do not proffer my
individual opinion, but rather
the conclusion I have come to
from observing the style of
writing which the majority, as
well as the more critical of
our scholars, with the exception
of some slight differences of
opinion, tacitly accept.   There
are certainly observed certain
deflections and deviations from
the orbit here traced, in differ-
ent directions among different
scholars ; but these must be re-
garded in the same light as
those perturbations in the move-
ments of the heavenly bodies
which the accidental and vari-
able influences of certain other
bodies produce, and by the elim-
ination of which astronomers
discover their normal orbit.

On the whole I accept the rule
which has been laid down by the
famous Coraës in some of his
letters, that every one, when he
writes, ought to write in such a
way that from his writings some
kind of grammar of the language
might be deduced : this means
that a writer ought at least to
agree with himself, that is to say,
that he ought to follow steadily
certain rules, and consequently
not employ different forms at
different times, and one kind

καὶ ἄλλοτε ἄλλον τρόπον συν-
τάξεως, ὁτὲ μὲν αἰρόμενος ὑπόπ-
τερος εἰς τὰς ὑπερνεφεῖς κορυφὰς
τοῦ ἀρχαίου Ἑλικῶνος, ἄλλοτε
δὲ καταπίπτων εἰς τὰ χθαμαλὰ
πεδία ἅτινα γεωργεῖ ὁ ὄχλος
πρὸς ὑλικήν του τροφήν· ὁτὲ
μὲν ἀντλῶν ἐκ τῆς Κασταλίας
ἢ Ἱπποκρήνης τοῦ ἀρχαίου
Ἑλληνισμοῦ, ἄλλοτε δὲ ἐκ
τῶν ἰλυωδῶν τεναγῶν τοῦ
χυδαϊσμοῦ. Τὸν κανόνα τοῦ-
τον θέλω ἔχει ὑπ' ὄψιν σχεδιά-
ζων ἐν τοῖς ἑξῆς τὸν τύπον τῆς
κοινῆς ἡμῶν γλώσσης. Ἐπειδὴ
δὲ ἐπὶ τῆς γλώσσης θεωροῦν-
ται δύο τινά, ἡ ὕλη καὶ τὸ εἶδος,
θέλω λαλήσει περὶ ἑκατέρων ἐν
ἄλλῳ ἄρθρῳ.

Ἐν Ἀθήναις 31 Αὐγούστου
1860.

Ὁ φίλος ὑμῶν

ΦΙΛΙΠΠΟΣ ΙΩΑΝΝΟΥ.

of syntax at one time and one
at another, now soaring on
wings up to the heights of
ancient Helicon above the
clouds, now suddenly descend-
ing to the low-lying plains
which the vulgar cultivate for
their material sustenance ; at
one time drawing water from
the Castalia or Hippocrene of
ancient Hellenism, at another
from the muddy swamps of
vulgarity. This rule I shall
keep in sight when, in what is
to follow, I sketch out the form
of our common language. Since
in a language there are two
things to be considered, the
material and the form, I will
speak about both in another
treatise.

Athens, 31 August 1860.

Your friend,

PHILIPPOS JOHANNOU.

ΔΙΑΛΟΓΟΣ Α′

Καλὴ ἡμέρα σας. Εἶσθε ὁ Κύριος Ἀνδροκλῆς ;

Μάλιστα. Δύναμαι νὰ σᾶς ἐρωτήσω μὲ ποῖον ἔχω τὴν τιμὴν νὰ ὁμιλῶ ;

Ὀνομάζομαι Οὐίλσων· εἶμαι δὲ καθηγητὴς τῆς Ἑλληνικῆς ἐν Κανταβριγίᾳ. Αὕτη ἡ ἐπιστολὴ εἶναι δι᾽ ὑμᾶς παρὰ τοῦ ἐνταῦθα πρέσβεως τῆς Ἑλλάδος.

Καθίσατε παρακαλῶ. Πλησιάσατε εἰς τὴν φωτιάν, διότι τὸ ψῦχος σήμερον εἶναι δριμύ.

Ἔχετε δίκαιον. Ἔξω πνέει ψυχρότατος ἀνατολικὸς ἄνεμος.

Ὁ πρεσβευτὴς μοὶ γράφει ὅτι σκοπεύετε προσεχῶς νὰ ἐπισκεφθῆτε τὴν Ἑλλάδα. Ἐπειδὴ δὲ καὶ ἐγὼ προτίθεμαι νὰ πράξω τὸ αὐτὸ κατὰ τὸν προσεχῆ Ἀπρίλιον πολὺ θὰ χαρῶ νὰ σᾶς ἔχω συνταξειδιώτην.

Τοῦτο θὰ ἦναι πολὺ εὐχάριστον εἰς ἐμέ, διότι θὰ μάθω πολλὰ παρ᾽ ὑμῶν περὶ Ἑλλάδος καὶ ἰδίως περὶ τῆς Ἑλληνικῆς ὡς ὁμιλεῖται καὶ γράφεται νῦν.

Θά με εὕρητε πρόθυμον νὰ σᾶς δώσω πᾶσαν πληροφορίαν.

DIALOGUE I

Good-morning. Are you Mr. Androcles ?

Yes. May I ask you whom I have the honour of addressing ?

My name is Wilson. I am professor of Greek at Cambridge. This letter is for you from the Greek ambassador here.

Pray take a seat. Come near the fire, for it is bitterly cold to-day.

You are right. Out of doors there is a very cold east wind blowing.

The ambassador writes me that you intend shortly to visit Greece. Since I also propose to do the same next April, I shall be delighted to have you as a fellow-traveller.

This will be very pleasant for me, for I shall learn a great deal from you about Greece, and especially about the Greek language, as it is now spoken and written.

You will find me quite ready to give you every information.

Διὰ ποίας ὁδοῦ νομίζετε θὰ ἦναι καλλίτερον νὰ ταξειδεύσωμεν;

By which route do you think it will be better for us to travel?

Ἐὰν σᾶς πειράζῃ ἡ θάλασσα προτιμότερον νὰ ὑπάγωμεν διὰ Βρεντησίου· ἐὰν ὅμως ὄχι, ἐγὼ προκρίνω τὴν διὰ Μασσαλίας ὁδόν.

If the sea disagrees with you it will be preferable to go by Brindisi: if not, I prefer the Marseilles route.

Εὐτυχῶς ἡ θάλασσα δέν με ἐνοχλεῖ· ἐπειδὴ ὅμως πολὺ ἐπιθυμῶ νὰ ἴδω τὴν Κέρκυραν, ἐὰν δέν σας μέλει, ἂς ὑπάγωμεν διὰ Βρεντησίου.

Fortunately the sea gives me no trouble: but as I am very anxious to see Corfu, if you do not mind, let us go by Brindisi.

Πολὺ καλά. Συμφωνῶ πληρέστατα, καθ' ὅσον μάλιστα θὰ δυνηθῶ νὰ ἴδω ἀρχαίους τινὰς φίλους ἐν Κερκύρᾳ.

Very good, I am quite agreeable, especially as I shall have the opportunity of seeing some old friends in Corfu.

Δύνασθε νά μοι δώσητε πληροφορίας τινὰς περὶ τῶν ἀποστάσεων τῆς ὁδοῦ τὴν ὁποίαν μέλλομεν νὰ λάβωμεν;

Can you give me any information about the distances along the route we are going to take?

Μάλιστα. Ἐάν τις δὲν διατρίψῃ καθ' ὁδὸν δύναται νὰ φθάσῃ ἐκ Λονδίνου εἰς Βρεντήσιον εἰς ἑξήκοντα ὥρας. Ἐκεῖθεν δὲ εἰς Κέρκυραν δι' ἀτμοπλοίου εἰς δεκατέσσαρας ὥρας. Ἐκ Κερκύρας εἰς Πάτρας εἰς δεκαὲξ ὥρας. Ἐκ Πατρῶν δὲ δύναταί τις νὰ μεταβῇ εἰς Ἀθήνας εἰς ὀκτὼ ὥρας διὰ τοῦ σιδηροδρόμου.

Certainly. If one does not stop on the way, starting from London, one can arrive at Brindisi in sixty hours: and thence by steamer to Corfu in fourteen hours: from Corfu to Patras in sixteen hours: and one can go by rail from Patras to Athens in eight hours.

Εὐχαριστῶ. Καὶ πότε νομίζετε θὰ ἦσθε ἕτοιμος διὰ τὸ ταξείδιον;

Thank you. And when do you think you will be ready for the journey?

Εἰς τὰς ἑπτὰ Ἀπριλίου ἐλπίζω νὰ ἦμαι ἕτοιμος, ὥστε ἂν ἀγαπᾶτε ἀπερχόμεθα ἐκείνην τὴν ἡμέραν.

I hope to be ready by the seventh of April, so, if you like, we will start on that day.

Ἐγὼ καὶ τώρα εἶμαι ἕτοιμος, ὥστε προθύμως συμφωνῶ νὰ ἀπέλθωμεν εἰς τὰς ἑπτὰ Ἀπριλίου.

I am quite prepared even now, so I readily agree to start on the seventh of April.

Ποίαν γραμμὴν λέγετε νὰ λάβωμεν;

What line do you say we should take?

Ἐπειδὴ δέν μοι ἀρέσκει νὰ ταξειδεύω τὴν νύκτα προτείνω νὰ λάβωμεν τὴν γραμμὴν Τσάταμ καὶ Δόβερ.

As I do not like to travel by night, I propose we should take the Chatham and Dover line.

Συμφωνῶ. Εἰξεύρετε ποίαν ὥραν ἀναχωρεῖ ἡ διὰ Παρισίους ἁμαξοστοιχία;

Agreed. Do you know at what o'clock the train for Paris starts?

Εἰς τὰς ὀκτὼ καὶ τριάντα τὸ πρωί, καὶ φθάνει εἰς Παρισίους εἰς τὰς πέντε καὶ τριανταεπτὰ μ.μ.

At half-past eight in the morning, and it arrives at Paris at five thirty-seven P.M.

Εἰς καλὴν ὥραν θὰ φθάσωμεν εἰς Παρισίους, διότι θὰ ἔχωμεν καιρὸν νὰ ἀναπαυθῶμεν ὀλίγον καὶ νὰ δειπνήσωμεν.

We shall arrive in Paris in good time, and so shall have leisure to rest a little and get some dinner.

Κατὰ τὴν ἡμέραν τῆς ἀναχωρήσεως πρέπει νὰ ἤμεθα εἰς τὸν σταθμὸν Βικτωρίας κατὰ τὰς ὀκτώ, διὰ νὰ ἔχωμεν καιρὸν νὰ φροντίσωμεν διὰ τὰ πράγματά μας καὶ νὰ λάβωμεν εἰσιτήρια.

On the day of our departure we must be at Victoria Station about eight o'clock, so as to have time to look after our luggage and get our tickets.

Εἰς τὰς ὀκτὼ ἀκριβῶς θὰ ἦμαι ἐκεῖ. Χαίρετε.

I will be there at eight punctually. Good-bye.

Μὴ λησμονήσητε νὰ λάβητε καλὸν πρόγευμα πρὶν ἐξέλθητε τῆς οἰκίας σας, διότι δὲν θὰ ἔχωμεν καιρὸν εἰς τὸν σταθμὸν νὰ λάβωμεν τίποτε.

Do not forget to eat a good breakfast before you leave your house, for we shall have no time to get anything at the station.

Περὶ τούτου θὰ λάβω καλὴν φροντίδα. Χαίρετε καὶ πάλιν. Καλὴν ἐντάμωσιν.

I will take very good care about that. Good-bye again. Au revoir.

Χαίρετε.

Good-bye.

Καλὴ ἡμέρα σας. Βλέπω ἤλθετε πρὸ ἐμοῦ. Πότε ἐφθάσατε;

Εἰς τὰς ὀκτὼ παρὰ τέταρτον.

Ἐπήρατε εἰσιτήριον;

Ὄχι ἀκόμη. Περίμενα ὑμᾶς νὰ ἔλθητε, διότι δὲν εἴξευρον ποίας θέσεως εἰσιτήρια θέλετε νὰ λάβωμεν.

Ἐγὼ πάντοτε ταξειδεύω πρώτην θέσιν, ἀλλ᾽ ἂν ἀγαπᾶτε νὰ λάβωμεν δευτέρας θέσεως, εἶμαι πρόθυμος.

Ὄχι, καλλίτερα νὰ λάβωμεν πρώτης θέσεως, διότι τὸ ταξείδιον θὰ ἦναι μακρόν.

Δότε μοι, παρακαλῶ, δύο εἰσιτήρια πρώτης θέσεως διὰ Βρίντιζι. Πόσα θὰ σᾶς πληρώσω δι᾽ ἕκαστον;

Δώδεκα λίρας, ὀκτὼ καὶ ἕξ.

Ἰδοὺ εἴκοσι τέσσαρες λίραι καὶ δεκαεπτὰ σελλίνια διὰ τὰ δύο.

Τώρα πρέπει νὰ κυττάξωμεν διὰ τὰ πράγματά μας. Τὰ ἰδικά μου εἶναι ἐδῶ. Ποῦ εἶναι τὰ ἰδικά σας;

Ὁ ἀχθοφόρος τὰ ἔχει ἐκεῖ. Ἄκουσε σύ. Σένα λέγω. Ἔλα ἐδῶ. Τὰ πράγματα τοῦ κυρίου

Good-morning. I see you have come before me. When did you arrive?

At a quarter to eight.

Have you taken your ticket?

Not yet. I was waiting for you to come, because I did not know what class tickets you wish that we should take.

I always travel first-class, but if you like us to take second-class tickets, I am quite willing.

No. Better to take first-class, because the journey will be a long one.

Please give me two first-class tickets for Brindisi. How much have I to pay you for each?

Twelve pounds eight and six.

Here are twenty-four pounds seventeen shillings for the two.

Now we must look after our luggage. Mine is here. Where is yours?

The porter has it there. Here! I say! Come here. Take care to put this gentle-

τούτου καὶ τὰ ἰδικά μου φρόντισε
νὰ τὰ βάλης ὁμοῦ εἰς καλὴν
θέσιν. Ἰδοὺ κάτι τι διὰ σέ.

Εὐχαριστῶ κύριε. Μὴ σᾶς
μέλῃ, ἐγὼ θὰ κυττάξω νὰ τὰ
τοποθετήσω καλῶς.

Μετὰ πέντε λεπτὰ κινοῦμεν,
ὥστε ἀς ἔμβωμεν εἰς τὴν ἅμαξαν.
Εἴμεθα τυχηροί, διότι θὰ ἤμεθα
μόνοι.

Τοῦτο εἶναι εὐτύχημα. Ἀλλὰ
ποῦ εἶναι τὸ ἐπανωφόρι σας;

Καλὰ καί μοι τὸ ἐνθυμίσατε.
Ἐγὼ ἐντελῶς τὸ ἐλησμόνησα.
Εἶναι εἰς τὴν αἴθουσαν τοῦ
σταθμοῦ.

Σπεύσατε νὰ τὸ λάβητε· δύο
μόνον λεπτὰ μᾶς μένουσι.

Βλέπω ὁ ἄνθρωπος τὸ φέρει.

Ἔχετε ψιλά; ἀλλάξατέ μοι
τοῦτο τὸ σελλίνιον διὰ νὰ
δώσω ἓξ πένας εἰς τὸν ἄνθρω-
πον.

Ὁ κώδων ἠχεῖ. Ἐκινήσαμεν.

Ἀκριβῶς εἰς τὴν ὥραν.

Ἤδη ἐπεράσαμεν τὸν Τάμεσιν.
Θὰ σταθῶμεν εἰς κανὲν μέρος;

Ὄχι. Ἡ ταχεῖα ἀμαξο-
στοιχία πηγαίνει κατ᾽ εὐθεῖαν
εἰς Δόβερ χωρὶς νὰ σταθῇ καθ᾽
ὁδόν.

Θέλετε νὰ ἴδητε τὰς πρωϊνὰς
ἐφημερίδας; Ἔχω τοὺς Καιρούς,
τὴν Σημαίαν καὶ τὰ Ἡμερήσια
Νέα.

Δότε μοι τὰ Ἡμερήσια Νέα,
ἢ ἂν θέλετε τὴν Σημαίαν· μοὶ
εἶναι ἀδιάφορον ἂν ἦναι συντη-
ρητικὸν ἢ φιλελεύθερον φύλλον.

man's luggage and mine together
in a good place. Here is some-
thing for you.

Thank you, sir. You need not
be anxious about it, I will take
care to have it properly placed.

We shall start in five minutes,
so let us get into our carriage.
We are lucky, for we shall be
by ourselves.

It is a piece of good-fortune.
But where is your overcoat?

A good thing that you re-
minded me of it. I quite
forgot it. It is in the waiting-
room.

Make haste and get it; we
have only two minutes left.

I see the man is bringing it.

Have you any change?
Change me this shilling, so that
I may give sixpence to the
man.

There goes the bell! We
are off.

At the exact time.

We have already crossed the
Thames. Are we going to stop
anywhere?

No. The express goes straight
to Dover without stopping any-
where on the road.

Would you like to see the
morning papers? I have *The
Times*, *The Standard* and *The
Daily News*.

Give me *The Daily News*, or,
if you like, *The Standard*. It is
indifferent to me whether it is a
Conservative or a Liberal paper.

Ἔχει τίποτε σπουδαῖον;

Δὲν βλέπω τίποτε ἄξιον λόγου.

Εἰς τοὺς Καιροὺς βλέπω μίαν μακρὰν ἀλληλογραφίαν ἐκ Παρισίων.

Περὶ τίνος;

Περὶ τῆς Αὐτοκρατείρας Φρεδερίκου, ἥτις εὑρίσκεται τώρα ἐκεῖ.

Δὲν πιστεύω νὰ ἐπιτύχῃ εἰς τὸν σκοπὸν διὰ τὸν ὁποῖον μετέβη εἰς Παρισίους.

Οὔτ' ἐγὼ πιστεύω . . . ἀλλὰ βλέπω ἐφθάσαμεν εἰς Καντερβουρίαν. Ἐπεσκέφθητέ ποτε τὸν περίφημον αὐτῆς καθεδρικὸν ναόν;

Τὸν ἐπεσκέφθην δίς. Εἶναι τῷ ὄντι μεγαλοπρεπὲς κτίριον.

Ποίαν ὥραν θὰ φθάσωμεν εἰς Δόβερ;

Εἰς τὰς δέκα καὶ τέταρτον ἀκριβῶς. Ἔχομεν ἀκόμη δεκαεπτὰ μίλια νὰ διατρέξωμεν.

Δὲν ἔμεινε πολύ. Πόσον γρήγορα τρέχει ἡ ἁμαξοστοιχία! δὲν προφθάνει τις νὰ ἴδῃ τὴν πέριξ χώραν.

Ἰδού, βλέπω τὴν θάλασσαν. Ὦ θάλασσα, θάλασσα, πόσον σὲ ἀγαπῶ.

Ἐφθάσαμεν εἰς Δόβερ. Εἴμεθα ἐν τῷ σταθμῷ. Δὲν θὰ ἐξέλθωμεν;

Ὄχι. Ἡ ἁμαξοστοιχία θὰ μᾶς ὑπάγῃ μέχρι τοῦ ἀτμοπλοίου.

Εἴμεθα ἐπὶ τῆς προκυμαίας.

Does it contain anything important ?
I see nothing of any importance.
In *The Times* I see a long correspondence from Paris.

About what ?
About the Empress Frederick, who is there now.

I do not think she will succeed in the object for which she went to Paris.
Nor I either . . . but here we are at Canterbury. Have you ever paid a visit to its famous cathedral ?

I have been to see it twice. It is indeed a magnificent building.
At what o'clock shall we arrive at Dover ?
At a quarter past ten exactly. We have still seventeen miles to run.
There is not much left. What a pace the train goes at ! One has not time to see the country around.
Look ! there is the sea ! The great sea, how fond I am of it !
Here we are at Dover. We are in the station. Shall we not get out ?
No. The train will take us up to the steamer.

We are on the pier. Take

Λάβετε τὸν σάκκον σας. Ποῦ εἶναι τὸ ῥαβδί μου ;

your bag. Where is my stick ?

Εἰς τὴν γωνίαν, ὄπισθέν σας.

In the corner, behind you.

Εἶσθε ἕτοιμος ; μήπως ἐλησμονήσατε τίποτε ; ἔχετε τὸ ἀλεξίβροχον ;

Are you ready ? Take care that you have forgotten nothing. Have you got your umbrella ?

Μάλιστα. Ἂς εἰσέλθωμεν εἰς τὸ ἀτμόπλοιον. Ἡ θάλασσα εἶναι ἥσυχος.

Yes. Let us go to the steamer. The sea is calm.

Τί ὥρα εἶναι ;

What o'clock is it ?

Δέκα καὶ τέταρτον.

A quarter past ten.

Πότε ἀποπλέει τὸ ἀτμόπλοιον ;

When does the steamer sail ?

Μετὰ πέντε λεπτά.

In five minutes.

Ἂς σπεύσωμεν λοιπὸν διὰ νὰ καταλάβωμεν καλὴν θέσιν.

Let us make haste then, so as to get a good place.

Τὸ πλῆθος τῶν ἐπιβατῶν δὲν εἶναι μικρόν. Οἱ περισσότεροι μοὶ φαίνονται ὡς Ἀμερικανοί.

There are a good many passengers. The greater number seem to me to be Americans.

Μάλιστα, εἶναι Ἀμερικανοί.

Yes. They are Americans.

Αἱ μηχαναὶ ἤρχισαν νὰ κινῶνται. Ἰδοὺ ἀποσύρουσι τὴν κλίμακα, ἔλισαν τὰ σχοινία. Ἀποπλέομεν ἤδη.

The engines have begun to move. Look, they are drawing away the steps ; they have let go the ropes. We are under weigh now.

Πόσον μεγαλοπρεπὴς φαίνεται ἡ προκυμαία τοῦ ναυαρχείου!

How grand the Admiralty pier looks.

Εἶναι μέγα ἔργον τῷ ὄντι. Ἡ οἰκοδομὴ αὐτῆς ἤρχισε κατὰ τὸ ἔτος 1847 καὶ ἐδαπανήθησαν δι' αὐτὴν ἑπτακόσιαι πεντήκοντα χιλιάδες λίραι. Ἐκτείνεται δὲ ἐντὸς τῆς θαλάσσης ὑπὲρ τοὺς χιλίους πεντακοσίους πόδας.

It is indeed a fine work. It was begun in 1847, and it cost seven hundred and fifty thousand pounds. It extends into the sea more than fifteen hundred feet.

Ἂς ὑπάγωμεν νὰ καθίσωμεν ἐκεῖ εἰς τὴν πρῶραν, ὅπως ἀναπνέωμεν καθαρὸν ἀέρα.

Let us go and sit there, in the bow, so that we may inhale the pure air.

Εὐχαρίστως. Ἡ αὔρα τῆς θαλάσσης εἶναι εὐάρεστος.

By all means. The sea-breeze is pleasant.

Πόσον ταχέως ἐφθάσαμεν εἰς Καλαί! Εἶναι ἀκριβῶς μεσημέριον.	How soon we have arrived at Calais! It is exactly midday.
Ἐτοιμάσατε τὸ διαβατήριόν σας, διότι βλέπω ἐπὶ τῆς ἀποβάθρας ὑπαλλήλους τῆς ἀστυνομίας.	Get your passport ready, for I see the police-officers at the landing-place.
Ποίαν ὥραν ἀναχωρεῖ ἡ ἁμαξοστοιχία ἐκ τῆς προκυμαίας;	At what o'clock does the train start from the pier?
Εἰς τὰς δώδεκα καὶ σαράντα, ὥστε ἔχομεν καιρὸν νὰ πάρωμεν κάτι τι, διότι ἐγὼ ἔχω τρομερὰν πεῖναν.	At forty minutes past twelve, so that we have time to take something, for I am frightfully hungry.
Καὶ ἐγὼ πεινῶ. Ἂς εἰσέλθωμεν εἰς τὸ ἑστιατόριον.	And I too am hungry. Let us go into the refreshment-room.
Φέρε μας δύο πινάκια ζωμοῦ πρῶτον, καὶ κατόπιν μίαν μερίδα ψητοῦ βῳδινοῦ διὰ δύο. Χορταρικὰ δὲν θέλομεν. Ὀλίγον τυρὶ εἰς τὸ τέλος καὶ μίαν φιάλην κρασὶ τῶν δύο φράγκων.	Bring us two plates of soup first, and afterwards one portion of roast beef for the two of us. We do not want any vegetables. A little cheese to finish with, and a two-franc bottle of wine.
Νὰ πάρωμεν καὶ ἀπὸ μίαν κούπαν καφέ;	Shall we each have a cup of coffee?
Ναί· ἀλλ' ἔχομεν καιρόν;	Yes. But have we time?
Ἀτυχῶς δὲν ἔχομεν, ὥστε ἂς σπεύσωμεν εἰς τὴν ἅμαξαν.	Unfortunately we have not: so let us make haste and get into the carriage.
Μόλις ἐφθάσαμεν εἰς τὸν σταθμὸν τῆς πόλεως καὶ εὐθὺς ἀναχωροῦμεν.	We have hardly arrived at the station in the town, and we are off again.

Ἡ ὥρα εἶναι ἀκριβῶς δώδεκα καὶ σαρανταεπτά. Εἰς τὴν μίαν καὶ τριανταπέντε φθάνομεν εἰς Βουλώνην, εἰς δὲ τὰς τρεῖς καὶ εἰκοσιοκτὼ εἰς Ἀμιένην, καὶ εἰς τὰς πέντε καὶ τριανταεπτὰ εἰς Παρισίους.

Εὐτυχῶς εἴμεθα πάλιν μόνοι ἐν τῇ ἁμάξῃ, ὥστε δυνάμεθα ν' ἀναγνώσωμεν κανὲν βιβλίον τῆς Νεοελληνικῆς, καὶ οὕτω πρὶν φθάσω εἰς τὴν Ἑλλάδα νὰ βελτιώσω τὰς γνώσεις μου εἰς τὴν Ἑλληνικήν.

Ἀνέγνωτέ ποτε τὰς ἐπιστολὰς τοῦ Κοραῆ ;

Ὄχι πολλάς. Πρότινος ἀνέγνων τὴν βιογραφίαν του, καὶ ἐν αὐτῇ μέρη τινὰ ἐκ τῶν ἐπιστολῶν τοῦ σοφοῦ τούτου ἀνδρὸς καὶ πολύ μοι ἤρεσαν.

Ἐννοεῖτε τὴν ὑπὸ τοῦ Κυρίου Δ. Θερειανοῦ ἀρτίως ἐκδοθεῖσαν;

Μάλιστα. Τὸ σύγγραμμα τοῦτο εἶναι τῷ ὄντι πολύτιμον καὶ ἐκ τῆς ἀναγνώσεως αὐτοῦ καταφαίνεται οὐχὶ μόνον ἡ τοῦ συγγραφέως πολυμάθεια, ἀλλὰ καὶ τὸ φιλόπονον τοῦ ἀνδρὸς καὶ ὁ ἀκραιφνὴς αὐτοῦ πατριωτισμός. Τὸ ἀξιόλογον τοῦτο πόνημα περιποιεῖ μεγίστην τιμὴν εἰς τὴν νεοελληνικὴν φιλολογίαν.

Χαίρω ὅτι ἐσχηματίσατε ὀρθὴν καὶ δικαίαν ἰδέαν περὶ τοῦ καλλίστου τούτου μνημείου ὅπερ ἀνήγειρεν εἰς τὸν Ἀδαμάντιον Κοραῆν ἡ φιλοπονία τοῦ πολυμαθοῦς συγγραφέως . . . ἀλλ' ἔλθετε πλησίον μου

It is exactly forty - seven minutes past twelve. At one thirty-five we arrive at Boulogne, at three twenty-eight at Amiens, and at five thirty-seven at Paris.

Fortunately we again have the carriage to ourselves, so that we can read some modern Greek book, and so before I arrive in Greece, I may improve my knowledge of the language.

Have you ever read the letters of Coraïs ?

Not many. Some time ago I read his life, and in it some extracts from the letters of this great scholar, and I was greatly pleased with them.

Do you mean the one lately published by Mr. D. Thereianos ?

Yes. This work is indeed a valuable one, and on reading it one sees clearly not only the deep learning of the author but also his industry, and his pure patriotism. This remarkable work reflects the greatest credit on modern Greek literature.

I am glad you have formed a correct and just idea regarding this noble monument which the industry of the learned author has raised to Adamantios Coraïs . . . but come close to me, that you may better hear the words

διὰ νὰ ἀκούητε καλλίτερα τὰς λέξεις τῆς ἐπιστολῆς τὴν ὁποίαν θὰ σᾶς ἀναγνώσω.

Εὐχαρίστως. Μοὶ κάμνετε τὴν χάριν νά μοι εἴπητε πότε καὶ εἰς ποῖον ἔγραψε ταύτην τὴν ἐπιστολὴν ὁ Κοραῆς;

Τῇ δεκάτῃ πέμπτῃ Νοεμβρίου τοῦ ἔτους 1791 ἐκ Παρισίων εἰς Σμύρνην εἰς τὸν φίλον του Πρωτοψάλτην.

Δηλαδὴ ἀκριβῶς πρὸ ἑκατῶν ἐτῶν. Εἶμαι περίεργος νὰ ἴδω πῶς ἐγράφετο ἡ Νεοελληνικὴ κατ᾽ ἐκείνην τὴν ἐποχήν. Ἀρχίσατε λοιπόν· παρακαλῶ, ἐπιτρέψατέ μοι νὰ βλέπω καὶ ἐγὼ εἰς τὸ βιβλίον.

'Εκ Παρισίων, 15 Νοεμβρίου 1791.

Φίλτατέ μου Πρωτοψάλτα,

'Ηθέλησεν ἡ τύχη μου νὰ εὑρεθῶ εἰς τὴν Γαλλίαν εἰς τὸν παρόντα καιρόν, διὰ νὰ γενῶ αὐτόπτης καὶ αὐτήκοος τοιαύτης πολιτικῆς μεταβολῆς, ὁποίας μόλις εὑρίσκονται παραδείγματα εἰς τὴν Ἑλληνικὴν καὶ Ῥωμαϊκὴν ἱστορίαν.

Αἱ συγχύσεις τῆς Γαλλίας ἦσαν σχεδὸν πρὸς τὸ τέλος των τὴν εἰκοστὴν πρώτην τοῦ παρελθόντος 'Ιουνίου, καὶ ὅλοι ἠλπίζαμεν ὅτι ἐπλησίασεν ὁ καιρὸς νὰ ἐλευθερωθῶμεν ἀπὸ τοὺς καθημερινοὺς κινδύνους καὶ βάσανα, ὁπόταν ὁ βασιλεύς, ἢ ἀφ᾽ ἑαυτοῦ, ἢ κακῶς παρ᾽ ἄλλων συμβουλευθείς, τὸ μεσονύκτιον τῆς

---

of the letter which I am going to read to you.

By all means. Will you do me the favour to tell me when and to whom Coraïs wrote this letter?

On the fifteenth of November of the year 1791 from Paris to his friend Protopsaltes at Smyrna.

That is to say exactly a hundred years ago. I am curious to see how modern Greek was written at that time. Begin then. Pray allow me too to look at the book.

PARIS, 15th November 1791.

My dear Protopsaltes,

It was the will of fate that I should find myself in France at the present juncture, so as to see with my own eyes and hear with my own ears everything regarding a political change, of which examples are scarcely to be found in the Greek or Roman history.

The disturbances in France were almost at an end on the twenty-first of last June, and we were all in hope that the time was near for us to be delivered from our daily dangers and sufferings, when the king, either of his own accord, or ill-advised by others, at midnight, between the 20th and 21st, took his children,

κ΄. πρὸς τὴν κα΄. λαμβάνει τὰ
τέκνα του, τὴν βασίλισσαν καὶ
τὴν ἀδελφήν του, καὶ φεύγει
μετασχηματισθεὶς εἰς δοῦλον
τῆς βασιλίσσης, ἡ ὁποία ἔλαβεν
ὄνομα πλαστὸν μιᾶς κομη-
τίσσης.

Τὸ πρωὶ τῆς κα΄. εἰς τὰς ὀκτὼ
ὥρας, οἱ σωματοφύλακες, μὴν
αἰσθανόμενοι παρουσίαν ἀνθρώ-
πων, μήτε εἰς τὴν κάμεραν τοῦ
βασιλέως, μήτε εἰς τὸν θάλαμον
τῆς βασιλίσσης, ἐμβαίνουσιν
εἰς ὑποψίαν, ἀνοίγουσι τὰς θύρας
καὶ δὲν εὑρίσκουν οὐδένα. Ἀφίνω
σε νὰ στοχασθῆς τὴν ταραχὴν
καὶ τὸν θόρυβον ὅλης τῆς πόλεως.
. . . Φεύγων ὁ βασιλεὺς ἀπὸ
Παρισίους ἀφῆκε μίαν ἐπιστολὴν
σφραγισμένην πρὸς τὴν Σύνοδον,
εἰς τὴν ὁποίαν παρεπονεῖτο καὶ
ἔλεγεν ὅτι αἴτιον τῆς φυγῆς του
ἦτον, ἐπειδὴ ἡ Σύνοδος παρέβη
τὰ ὅριά της, ὅτι ὁ λαὸς ἔλαβεν
ὑπερβολικὴν ἐξουσίαν καὶ αὐ-
θαδίασε κατ᾽ αὐτῶν τῶν δεσπο-
τῶν του, καὶ ἄλλα τοιαῦτα,
χωρὶς ὅμως νὰ φανερώσῃ μήτε
τί ἐμελέτα νὰ κάμῃ, μήτε ὅτι
εἶχε σκοπὸν νὰ ἐξέλθῃ παντά-
πασιν ἀπὸ τὴν Γαλλίαν.

Εἰς τὰ σύνορα ἦτον ἐκ προσ-
ταγῆς του ἕνας στρατηγὸς μὲ
μερικὰς φάλαγγας στρατιωτῶν
διὰ νὰ δεχθῇ τὸν βασιλέα καὶ
νὰ τὸν περάσῃ ἀσφαλῶς εἰς τὴν
Γερμανίαν.

Τοιαύτην φοβερὰν ἡμέραν, ὡς
τὴν κα΄, δὲν εἶχον ἰδεῖν ποτέ μου,
μήτε ἴσως θέλω ἰδεῖν εἰς τὸ
ἐπίλοιπον τῆς ζωῆς μου. Ὅλος

the queen, and his sister, and
fled in the disguise of a servant
of the queen, who took the ficti-
tious name of a countess.

On the morning of the 21st,
at eight o'clock, the body-guard,
observing that there seemed to
be nobody either in the king's
apartment or in the queen's
bedroom, began to have suspi-
cions, and on opening the doors
found no one. I leave you to
imagine the confusion and up-
roar throughout the city.

. . . When the king fled from
Paris he left a sealed letter
addressed to the Assembly, in
which he made complaints, and
said that the reason of his flight
was that since the Assembly had
exceeded the limits of its author-
ity, the people had obtained too
much power, and were insolent to
their very rulers, and so forth ;
without however disclosing what
he intended to do, or whether
his object was to leave France
altogether.

On the boundary, by the
king's command, a general with
some companies of soldiers was
waiting to receive him, and pass
him safely into Germany.

Such a fearful day as the
21st I never witnessed, nor
probably ever shall as long
as I live. All the populace

ὁ λαὸς σκορπισμένοι εἰς τὰς πλατείας καὶ ῥύμας τῆς πόλεως, ἄνδρες, γυναῖκες, παιδία, λέγοντες ἄλλος τὸ μακρύ του καὶ ἄλλος τὸ κοντό του, βλασφημοῦντες καὶ λοιδοροῦντες καὶ βασιλέα καὶ βασίλισσαν, ὀνομάζοντες οὗτος προδότην, ἐκεῖνος ἐπίορκον, καὶ δίδοντες εἰς αὐτὸν ὅσα ἔντιμα ἐπίθετα δύνασαι νὰ φαντασθῇς.

Ἡ Σύνοδος, φοβηθεῖσα τὰ ἐνδεχόμενα δεινὰ ἀπὸ τὴν ἀγανάκτησιν τοῦ λαοῦ, ἐπρόσταξε παρευθὺς νὰ ὁπλισθῶσιν ὅλοι οἱ πολῖται, καὶ οὕτως ἐπεράσαμεν ὅλην τὴν ἡμέραν τῆς κα΄, καὶ τὴν ἐπομένην νύκτα, εἰς τὴν ὁποίαν σχεδὸν κανεὶς δὲν ἐκοιμήθη, ἄλλος ἀπὸ φόβον, καὶ ἄλλος ἀπὸ περιέργειαν τοῦ τί μέλλει νὰ συμβῇ ἐκ τούτων.

Ἡ Σύνοδος ἐκράτησεν ὅλην ἐκείνην τὴν ἡμέραν, τὴν ἐπομένην νύκτα, καὶ τὴν ἀκόλουθον ἡμέραν, κβ΄, καὶ τὴν νύκτα τῆς κβ΄, τεσσαράκοντα σχεδὸν ὥρας, συμβουλευόμενοι τί ποιητέον εἰς τοιαύτην δεινὴν περίστασιν.

Ἔξω ἀπὸ τὴν Σύνοδον ἦσαν συναθροισμένοι ὡσαύτως εἰς μερικὴν Σύνοδον καὶ τῶν Παρισίων οἱ δημογέροντες προσμένοντες κατὰ πᾶσαν στιγμὴν ἀπόκρισιν ἀπὸ τοὺς διαφόρους ταχυδρόμους, ὅσους εἶχαν πέμψειν εἰς ὅλα τὰ μέρη τῆς βασιλείας, διὰ νὰ πιάσωσιν, ἂν ἦτο δυνατόν, τὸν βασιλέα.

Εἰς τὰς εἰκοσιδύο λοιπὸν τοῦ μηνός, ὥρα ἑνδεκάτη τῆς νυκτός,

scattered throughout the squares and streets of the city, men, women and children, some saying one thing, some another, cursing and abusing both the king and the queen, one calling the king a traitor, another a perjurer, and bestowing on him as many complimentary epithets as you can imagine.

The Assembly, being afraid of the terrible consequences likely to arise from the rage of the populace, ordered all the citizens to arm themselves forthwith. In this way we passed the whole of the day of the 21st and the following night, when scarcely any one went to bed, some from fear, others out of curiosity as to what would be the result of these events.

The Assembly sat all that day, the following night, and the next day, the 22d, and the night of the 22d, nearly forty hours, consulting as to what ought to be done in such a dreadful state of affairs.

Besides the Assembly, the Notables of Paris were also collected in a subordinate assembly, awaiting every moment a reply from the different couriers whom they had despatched to every part of the kingdom, in order, if possible, to seize the king.

Accordingly, on the 22d, at 11 o'clock at night, instead of

ἀντὶ νὰ κοιμηθῶ ὑπῆγον κ' ἐγὼ
εἰς τὸ κελλίον τῆς χώρας, ὁμοῦ
μὲ τὸν φίλον μου (εἰς τοῦ ὁποίου
τὸν οἶκον εὑρίσκομαι) καὶ ἐστά-
θημεν ἀκροαταί, καθὼς καὶ ἄλλοι
πολλοί, τῆς βουλῆς τῶν δη-
μογερόντων. Μετὰ μίαν ὥραν,
τὸ μεσονύκτιον δηλονότι, μὴν
ὑποφέροντες τὴν καῦσιν, καὶ τὸ
ὑπερβολικὸν πλῆθος τοῦ λαοῦ,
ἡτοιμαζόμεθα νὰ ἐπιστρέψωμεν,
ὁπόταν παρ' ἐλπίδα ἰδοὺ ἀνε-
φάνη ἕνας ταχυδρόμος μὲ τὴν
εἴδησιν ὅτι ὁ βασιλεὺς μὲ τὴν
φαμηλίαν του γνωρισθεὶς ἐπι-
άσθη εἰς ἕνα μικρὸν πολίχνιον
ὀνομαζόμενον Βαρέννας, πέντε
λεύγας μόνον μακρὰν ἀπὸ τὰ
σύνορα. Ἀφίνω σε νὰ στοχασ-
θῇς εἰς πόσην χαρὰν μετεβλήθη
ἡ λύπη καὶ ἡ κατήφεια ὅλης
τῆς πόλεως, χωρὶς ὅμως νὰ
μεταβληθῇ ἡ ἀγανάκτησις.
Ἀκόμη δύο ὥρας βραδύτερον,
καὶ ὁ βασιλεὺς ἦτο ἐξ ἅπαντος
ἔξω ἀπὸ τὰ σύνορα. Ἀλλὰ
καθὼς ἀπ' ἀρχῆς οἱ σύμβουλοί
του ἐστάθησαν ἠλίθιοι, οὕτω
καὶ εἰς ταύτην τὴν περίστασιν
ἔδειξαν τὴν ἀφροσύνην των.
Εἶναι πέντε λεύγας μακρὰν ἀπὸ
τὰ σύνορα, καὶ ἀντὶ νὰ βιάσωσι
τοὺς ἵππους, νὰ τελειώσωσι καὶ
τὰς ὑπολοίπους δύο ὥρας, 'κατα-
βαίνουσιν εἰς πανδοχεῖον, διὰ
νὰ ἀναπαυθῶσιν ὀλίγον.

Εἰς αὐτὸ τὸ πανδοχεῖον, εἰς
τὴν κάμεραν ὅπου ὁ βασιλεὺς
ἀνεπαύετο, ἦτον μία εἰκὼν τοῦ
βασιλέως κρεμασμένη εἰς τὸν
τοῖχον. Ὁ πανδοχεὺς βλέπων

going to bed, I too went to the
town hall, in company with my
friend (in whose house I am
staying), and we stood there
listening, like many others, to
the debate in the council of the
Notables. After an hour, that
is to say at midnight, not being
able to bear the heat and the
excessive crowd, we were think-
ing of returning, when unex-
pectedly, all of a sudden, a
courier appeared with the news
that the king with his family
had been recognised and cap-
tured in a small village called
Varennes only five leagues from
the boundary. I leave you to
imagine into what joy the sorrow
and dejection of the whole city
was converted, without, however,
its anger undergoing any change.
Two hours later and the king,
most assuredly, would have been
outside the boundary. But his
advisers, just as they had shown
themselves stupid from the
beginning, so on this occasion
they displayed their imbecility.
They were only five leagues
from the boundary, when, in-
stead of urging on the horses,
so as to finish the two remaining
hours' journey, they alighted at
an inn, to take a little rest.

In that inn, in the room
where the king was reposing,
there was a picture of his
majesty hanging on the wall.
The innkeeper observing that

τὸ πρόσωπον τοῦ βασιλέως ὅμοιον μὲ τὴν εἰκόνα, ὑπωπτεύθη τὸ πρᾶγμα καὶ τέλος πάντων ἀφοῦ ἐπληροφορήθη, ἀνακαλύπτει τὴν κεφαλήν του, καὶ πλησιάσας μὲ σέβας, "διὰ ποίαν αἰτίαν εὑρίσκεσαι ἐδῶ, ὦ βασιλεῦ," τὸν λέγει. Ὁ βασιλεὺς φοβηθείς, εὐθὺς τὸν λέγει νὰ σιωπήσῃ. Τὸν παρακαλεῖ καὶ αὐτὸς καὶ ἡ βασίλισσα· τὸν ὑπόσχονται πολλὰ καὶ μεγάλα. Ἀλλ' αὐτὸς ἀδυσώπητος, δὲν γίνομαι, τοὺς ἀπεκρίθη, προδότης τῆς πατρίδος μου· ἂν ἡ βασιλεία σου ἐξέλθῃς ἀπὸ τὴν Γαλλίαν, ἡμεῖς ἀφανιζόμεθα. Ἐξυπνίζει παρευθὺς τὴν πόλιν ὅλην (ἐπειδὴ ἦτο νὺξ βαθεῖα), σημαίνει τὰς καμπάνας καὶ συνάζει ὅλα τὰ πέριξ χωρία εἰς βοήθειαν, διὰ νὰ μὴ φύγῃ ἀπὸ τὰς χεῖράς των, καὶ δίδει τὴν εἴδησιν πρὸς τὴν ἐν Παρισίοις Σύνοδον.

... Εἰς τὰς 25 λοιπὸν τοῦ μηνὸς μετὰ τὸ μεσημέριον ἐμβῆκεν ὁ βασιλεὺς εἰς τοὺς Παρισίους συνωδευμένος ἀπὸ πολλὰς μυριάδας λαοῦ, ἀνδρῶν, γυναικῶν, παιδίων, οἱ ὁποῖοι τὸν ἠκολούθησαν ἀπὸ διαφόρους πόλεις. Πρόσθες εἰς αὐτὰς καὶ ἄλλας πολλὰς μυριάδας Παρισινῶν, οἱ ὁποῖοι ἐξῆλθαν εἰς ἀπάντησίν του, ὄχι διὰ νὰ τὸν δοξάσωσι καθὼς ἄλλαις φοραῖς, ἀλλ' ἄλλοι μὲν ἀπὸ ἀγανάκτησιν ὅτι ἐδραπέτευσε, καὶ ἄλλοι ἀπὸ χαρὰν ὅτι ἐπιάσθη, ὅλοι ὅμως μὲ σιωπὴν μεγάλην καὶ θάμ-

the king's countenance resembled the picture, conceived suspicions, and at last, when he was quite sure, uncovering and approaching respectfully, he said, "How is it that you are here, your majesty?" The king, alarmed, at once told him to keep silence. Both king and queen entreat him and make him many splendid promises. But he was inexorable and replied, "I will not be a traitor to my country. If your majesty leaves France it is all over with us." He at once rouses the whole town (for it was the dead of night), he rings the bells, and collects the inhabitants of all the villages around to help him, so that the king may not escape from them, and sends the news to the Assembly in Paris.

On the 25th of the month, then, in the afternoon, the king entered Paris accompanied by many thousands of people, men, women and children, who had followed him from various cities. Add to these many thousands of Parisians who came out to meet him, not to do him honour as at other times, but some enraged against him for his flight, others rejoicing that he was captured, but all in profound silence and amazement, and with downcast faces.

βος, καὶ κατήφειαν τοῦ προσώπου.

Καὶ ἐνταῦθα συνέβη πρᾶγμα σημειώσεως ἄξιον, τὸ ὁποῖον ἀποδεικνύει, ὅτι τῶν φωτισμένων ἐθνῶν καὶ αὐτοὶ οἱ γυμνόποδες φαίνονται εἰς πολλὰς περιστάσεις συνετοί. Ἄγκαλα καὶ ἡ ἐθνικὴ Σύνοδος εἶχε δώσειν μεγάλας προσταγὰς εἰς τὸν λαὸν νὰ μὴ πράξωσι κανένα ἄτοπον εἰς τὸν βασιλέα, ὁ λαὸς ὅμως ἦτο τόσον πολὺς καὶ τόσον ἀγανακτημένος, ὥστε, ἂν εἶχε γνώμην νὰ τὸν ἀτιμάσῃ ἢ νὰ τὸν κακοποιήσῃ, μήτε θεοὶ μήτε δαίμονες ἠδύναντο νὰ τὸν ἐμποδίσωσιν. Ἕνας λοιπὸν ἀπὸ αὐτοὺς τοὺς γυμνόποδας γράφει εἰς χαρτίον μὲ μεγάλα γράμματα, καὶ προσκολλᾷ αὐτὸ εἰς ἕνα τοῖχον, εἰς τὰ μέρη ὅθεν εἶχε νὰ περάσῃ ὁ βασιλεύς, διὰ νὰ ἀναγνωσθῶσι παρὰ πάντων ταῦτα τὰ ἀξιοσημείωτα λόγια·

"Ὁ βασιλεὺς ἐμβαίνει εἰς Παρισίους, ὅστις ἐκβάλλει τὸ καπέλον του διὰ νὰ τὸν χαιρετήσῃ, θέλει ξυλοφορηθῆ· ἀλλ' ὅστις τολμήσῃ νὰ πράξῃ εἰς αὐτὸν ὁποίαν δήποτε ὕβριν ἢ ἀτιμίαν, θέλει κρεμασθῆ."

Σᾶς εὐχαριστῶ πολύ. Αἱ λεπτομέρειαι αὗται περὶ τῆς Γαλλικῆς ἐπαναστάσεως μοὶ ἦσαν ἐντελῶς ἄγνωστοι.

Πῶς εὑρίσκετε τὴν γλῶσσαν;

Σχεδὸν ὁμοίαν μὲ τὴν νῦν γραφομένην.

Ἀνεγνώσατε πολλὰ συγ-

And now an occurrence took place, worthy of remark, which shows how, among civilised nations, even the very lowest of the people display intelligence on many occasions. Although the National Assembly had given strict orders to the people not to be guilty of any unworthy conduct towards the king, the populace was in such numbers and so enraged that if they had been inclined to insult or outrage him, neither gods nor demons could have prevented them. One then of the actual mob wrote upon a paper in large letters and fastened it on a wall upon the route by which the king had to pass, so that the following remarkable words might be read by all :

"The king is now entering Paris ; whoever takes off his hat to greet him will be flogged ; but whoever shall dare in any way to insult or abuse him will be hanged."

Thank you very much. These details regarding the French revolution were quite unknown to me.

What do you think of the language ?

It seems very nearly the same as is written now.

Have you read many works

γράμματα τῆς καθ᾽ ἡμᾶς Ἑλλη-
νικῆς;

Ὄχι πολλά· τακτικῶς ὅμως
ἀναγινώσκω τὴν "Νέαν Ἡμέρ-
αν" τῆς Τεργέστης καὶ τὸν
"Νεολόγον" τῆς Κωνσταντι-
νουπόλεως.

Ἡ ἐκλογή σας εἶναι ἀρίστη,
διότι τὰ δύο ταῦτα φύλλα εἶναι
ἐκ τῶν ἀξιολογωτάτων τῆς Ἑλ-
ληνικῆς δημοσιογραφίας.

Ἐκοπιάσατε πολὺ νὰ μάθητε
τὴν σημερινὴν Ἑλληνικήν;

Δὲν ἀπήντησα τὴν ἐλαχίστην
δυσκολίαν. Ὅταν γνωρίζῃ τις
καλῶς τὴν ἀρχαίαν Ἑλληνικὴν
δύναται νὰ μάθῃ τὴν σημερινὴν
εἰς ὀλίγα μαθήματα, διότι ἡ
διαφορὰ εἶναι ἀσήμαντος. Τὸ
μόνον τὸ ὁποῖον ἐπιθυμῶ τώρα
εἶναι νὰ συνηθίσῃ τὸ αὐτί μου
εἰς τὴν ὁμιλίαν.

Θὰ προσπαθήσω νὰ σᾶς βοη-
θήσω εἰς τοῦτο· ἀλλὰ πρέπει
καθ᾽ ὅλον τὸ ταξείδιόν μας νὰ
ὁμιλῶμεν Ἑλληνικά.

Εἶμαι πρόθυμος εἰς τοῦτο·
ἀλλὰ φοβοῦμαι μήπως σᾶς
κάμω νὰ ἀηδιάσητε μὲ τὴν
κακήν μου προφοράν.

Μὴ ἔχετε τοιοῦτον φόβον·
ἂς κάμωμεν λοιπὸν καλὴν
ἀρχήν.

Σᾶς παρακαλῶ ὅμως νά με
διορθώνητε ὅταν προφέρω τὰς
λέξεις κακῶς.

Τοῦτο θὰ πράττω προθύμως.
Κυττάξατε παρακαλῶ τί ὥρα
εἶναι, διότι νομίζω εἴμεθα πλη-
σίον τῆς Ἀμιένης.

Εἶναι τρεῖς καὶ εἰκοσιπέντε,

in the Greek of our own
time ?

Not many ; but I read
regularly the *Nea Hemera* of
Trieste, and the *Neologos* of
Constantinople.

Your choice is an excellent
one, for these two papers are
among the best in Greek
journalism.

Did you take much pains to
learn modern Greek ?

I did not find the least
difficulty. When any one has
a good knowledge of ancient
Greek, he can learn the modern
language in a few lessons, for
the difference is trifling. All I
want now is to accustom my ear
to conversation.

I will endeavour to help you
in this : but we must talk Greek
during the whole of our journey.

I am quite ready to do this :
but I am afraid that I shall
make you disgusted with my
bad pronunciation.

Do not be afraid of that. Let
us make a good beginning then.

But I beg you will correct me
whenever I pronounce the words
badly.

I will do so willingly. See
what o'clock it is, please, for I
think we are near Amiens.

It is twenty-five minutes past

ὥστε εἰς τρία λεπτὰ θὰ ἤμεθα εἰς Ἀμιένην.—Ἰδοὺ ἐφθάσαμεν. Εἰς πέντε λεπτὰ ἀναχωροῦμεν.

Ἐπεσκέφθητέ ποτε τὴν Ἀμιένην;

Ὄχι, ἂν καὶ πολὺ ἐπεθύμουν· διότι πολλάκις ἤκουσα νὰ ἐπαινῶσι τὸν καθεδρικὸν αὐτῆς ναόν.

Εἶναι λαμπρὸν οἰκοδόμημα, ἀριστούργημα Γοτθικῆς ἀρχιτεκτονικῆς τοῦ δεκάτου τρίτου αἰῶνος. Περὶ τοῦ θαυμασίου τούτου ναοῦ ὁ Viollet-le-Duc λέγει ὅτι εἶναι γνησίου καὶ ἀμέμπτου Γοτθικοῦ ῥυθμοῦ καὶ δύναται νὰ ὀνομασθῇ ὁ Παρθενὼν τῆς Γοτθικῆς ἀρχιτεκτονικῆς.

Ἐνταῦθα, ἐὰν δὲν ἀπατῶμαι, κατὰ Μάρτιον τοῦ 1802 ὑπεγράφη ἡ ὀνομαζομένη "Εἰρήνη τῆς Ἀμιένης," ὅτε ἀνεγνωρίσθη καὶ ἡ δημοκρατία τῶν Ἰονίων νήσων.

three, so we shall be at Amiens in three minutes.—We have arrived. In five minutes we shall start again.

Have you ever visited Amiens?

No, though I have much wanted to do so, for I have often heard people praising its cathedral.

It is a splendid edifice, a masterpiece of the Gothic architecture of the thirteenth century. Regarding this wonderful church, Viollet-le-Duc says that its style is pure and faultless Gothic, and that it may be called the Parthenon of Gothic architecture.

It was here, if I am not mistaken, that in March 1802 was signed the so-called " Peace of Amiens," when the republic of the Ionian islands was also recognised.

ΔΙΑΛΟΓΟΣ Δ΄   DIALOGUE IV

Ἐφθάσαμεν τέλος εἰς Παρισίους.

Here we are at last at Paris!

Αἴ, σένα λέγω, λάβε τὰ πράγματά μας καὶ φώναξε μίαν ἅμαξαν.

Here! I say! take our luggage and call a cab.

Εἰς ποῖον ξενοδοχεῖον θὰ ὑπάγητε κύριοι;

To what hotel are you going, gentlemen?

Εἰς τὸ Μέγα ξενοδοχεῖον.
Ἀλλὰ πόσα θὰ σὲ πληρώσωμεν;

To the Grand Hotel. But how much are we to pay you?

Τρία φράγκα καὶ κἄτι τι ὡς δῶρον.

Three francs and something as a present.

Πολὺ καλά. Κάμε γρήγορα, διότι θέλομεν νὰ προφθάσωμεν εἰς τὸ γεῦμα.

Very good. Make haste, for we want to be in time for dinner.

Ὁρισμός σας κύριοι· εἰς δεκαπέντε λεπτὰ θὰ ἤμεθα εἰς τὸ ξενοδοχεῖον.—Ἰδοὺ ἐφθάσαμεν.

All right, gentlemen. We shall be at the hotel in a quarter of an hour.—Here we are!

Ποῦ εἶναι ὁ διερμηνεὺς τοῦ ξενοδοχείου;

Where is the interpreter of the hotel?

Τί ἀγαπᾶτε κύριοι;

What do you wish, gentlemen?

Θέλομεν δύο καλὰ δωμάτια τοῦ ὕπνου εἰς τὸ δεύτερον πάτωμα.

We want two good bedrooms on the second floor.

Τὰ θέλετε διὰ πολλὰς ἡμέρας;

Do you want them for long?

Ὄχι, μόνον διὰ δύο νύκτας.

No. Only for two nights.

Δεῖξε εἰς τοὺς κυρίους τὰ ὑπ᾽ ἀριθμὸν 24 καὶ 25 δωμάτια.

Show the gentlemen rooms number 24 and 25.

Εἶναι εὐρύχωρα καὶ εὐάερα δωμάτια.

They are spacious and airy rooms.

Πότε ἀρχίζει τὸ γενικὸν γεῦμα;

When does the table d'hôte begin?

Εἰς τὰς ἑπτὰ καὶ τέταρτον.

Φέρε μας σαποῦνι καὶ καθαρὰ προσόψια.

Εἶναι ἕτοιμα ἐπὶ τοῦ νιπτῆρος. Ἰδοὺ σᾶς ἔφεραν καὶ ζεστὸν νερόν.

Ἡ λεκάνη εἶναι πολὺ μικρά —δὲν εὑρίσκω τὸ σφογγάρι μου —δὲν εἰξεύρω ποῦ ἔβαλα τὸ κτένι μου—ποῦ νὰ ἦναι ἡ ψήκτρα μου;—ἄ, τώρα ἐνθυμοῦμαι. Τὰ ἔχω εἰς τὸ κιβώτιον.

Ἀκόμη δὲν ἐνίφθητε;

Ὄχι, ἀλλ᾽ εἰς πέντε λεπτὰ θὰ ἦμαι ἕτοιμος.

Θὰ σᾶς περιμένω εἰς τὴν αἴθουσαν.

Ἐκτύπησαν τὸν κώδωνα; Εἶναι τὸ γεῦμα ἕτοιμον;

Μάλιστα κύριοι. Ἐντεῦθεν, παρακαλῶ. Πρὸς τὰ δεξιά σας θὰ εὕρητε τὸ ἑστιατόριον.

Ποῦ θὰ καθίσωμεν; ἐφυλάξατε δύο θέσεις δι᾽ ἡμᾶς;

Τὰ δύο ταῦτα καθίσματα εἶναι δι᾽ ὑμᾶς. Μήπως αἰσθάνεσθε τὸ ῥεῦμα τοῦ ἀέρος; θέλετε νὰ κλείσω τὸ παράθυρον;

Θὰ μᾶς ὑποχρεώσητε.

Τί θὰ πάρετε πρῶτον; θέλετε σαρδέλλας ἀλατιστὰς ἢ τοῦ λαδιοῦ; τὰ ῥεπανάκια εἶναι τρυφερά. Αἱ καρίδες εἶναι τῆς ἡμέρας. Τὸ χαυγιάρι εἶναι ἀρίστης ποιότητος.

Δός μοι, παρακαλῶ, τὰς ἐλαίας. Μὲ ὀλίγον λάδι καὶ λεμόνι γίνονται νοστιμώταται. Δοκιμάσατε νὰ ἴδητε ἂν θὰ σᾶς ἀρέσουν.

At a quarter past seven.

Bring us some soap and clean towels.

They are ready on the washing-stand. Here is some hot water they have brought for you.

The basin is very small. I cannot find my sponge. I do not know where I put my comb. —Where can my brush be?— Ah! I remember now, I have them in my box.

Have you not yet washed?

No, but in five minutes I shall be ready.

I will wait for you in the drawing-room.

Have they rung the bell? Is dinner ready?

Yes, gentlemen. This way, if you please. You will find the dining-room on your right.

Where shall we sit? Have you kept two places for us?

These two seats are for you. Do you feel the draught? Would you like me to shut the window?

You will oblige us.

What will you take first? Would you like some salted sardines or in oil? The radishes are tender. The shrimps were caught to-day. The caviare is of the best quality.

Give me the olives, please. With a little oil and lemon they become most delicious. Try them and see if you will like them.

Περάσατέ μοι τὸ ἅλας παρα-
καλῶ—δότε μοι τὸ πεπέρι—
ἀλλάξατε τὰ μαχαιροπέρονα.

Pass me the salt, please—give
me the pepper — change the
knives and forks.

Ἡ σούπα εἶναι ἀξιόλογος—
εἶναι ὀλίγον ἁλμηρά—εἶναι ἀνά-
λατος—εἶναι πολὺ ζεστή.

The soup is excellent. It is
a little salt—it is without salt—
it is very hot.

Τί θὰ ἔχωμεν μετὰ τὴν σού-
παν;

What have we got after the
soup?

Πρόβειον μὲ σπανάκια καὶ
γεώμηλα τηγανιστά.

Mutton with spinach and fried
potatoes.

Φέρετέ μοι ὄρνιθα μὲ ρύζι ἢ
μὲ πιζέλια. Ὀλίγον ψωμί,
παρακαλῶ.

Bring me some fowl with rice
or peas. A little bread, if you
please.

Δὲν ἔχω καθαρὸν περόνι—
δότε μοι ἓν ἄλλο μικρότερον
μαχαίρι.

I have not got a clean fork.
Give me another knife, a smaller
one.

Φέρε μίαν μικρὰν μποτίλιαν
κρασὶ διὰ τὸν φίλον μου, καὶ
μίαν μποτίλιαν ζύθου δι᾽ ἐμέ.

Bring me a small bottle of
wine for my friend, and a bottle
of beer for me.

Ὁ ζύθος δὲν ἀξίζει—εἶναι
ξεθυμασμένος.

The beer is not good: it is
flat.

Ἡ σαλάτα εἶναι νοστιμωτάτη
—σύγκειται ἐκ πολλῶν σαλατι-
κῶν—περιέχει μαρούλια, ἀντίδι,
κοκκινογοῦλι καὶ ὀλίγον μαϊδα-
νόν.

The salad is most delicious.
It consists of many vegetables.
It contains lettuce, endive, beet-
root, and a little parsley.

Τὸ κακὸν τῆς σαλάτας εἶναι
ὅτι εἶναι πολὺ ὀρεκτικὴ καὶ
κάμνει τὸν ἄνθρωπον νὰ τρώγῃ
πολύ.

The worst of salad is that it
is very appetising, and makes
one eat a great deal.

Ἔχετε δίκαιον εἰς τοῦτο· ἀλλ᾽
ὅταν ταξειδεύῃ τις πρέπει νὰ
καλοτρώγῃ διὰ νὰ εἰμπορῇ εὐκό-
λως νὰ ὑπομένῃ τοὺς κόπους·
ὥστε ἂς πάρωμεν καὶ ἀπὸ ἓν
ὀρτύκι· φαίνονται πολὺ ὀρε-
κτικά.

You are right in this; but
when any one travels he should
feed well, that he may easily
bear the fatigue: so let us take
also a quail each; they look very
tempting.

Φέρε μας τὸ γλύκυσμα.
Ἔχετε κανὲν ζυμαρικόν;
Φέρε μας τυρόπητα.
Δύο κούπας καφέ, παρακαλῶ.

Bring us the sweets.
Have you any pastry?
Bring us some cheese-pie.
Two cups of coffee, please.

Ποῦ εἶναι τὸ καπνιστήριον;

Δύνασθε, ἂν ἀγαπᾶτε, νὰ καπνίσητε ἐδῶ.

Τόσον τὸ καλλίτερον.

Θέλετε νὰ σᾶς φέρω σιγαρέττα ἢ σιγάρα;

Ὄχι, εὐχαριστῶ, ἔχομεν.

Καπνίσατε ἓν σιγαρέττον ἐκ τῶν ἰδικῶν μου. Εἶναι ἀρίστης ποιότητος. Τὰ ἔφερα μετ᾽ ἐμοῦ ἐκ Λονδίνου. Πῶς σᾶς φαίνονται;

Εἶναι τῷ ὄντι καλά. Πόθεν τὰ ἠγοράσατε;

Τὰ ἠγόρασα ἐν Λονδίνῳ ἐκ τοῦ καταστήματος ᾽Αδελφῶν Δ. Παπαδοπούλου Leadenhall Street.

Πρὸ εἴκοσιν ἐτῶν δυσκόλως εὕρισκέ τις ἐν Λονδίνῳ καλὰ σιγαρέττα, διότι ὁ κόσμος ἐκάπνιζε σιγάρα μόνον ἢ πίπας.

Ἡ ὥρα παρῆλθε καὶ ἤρχισα νὰ νυστάζω· παρακαλῶ νά με συγχωρήσητε ν᾽ ἀποσυρθῶ εἰς τὴν κλίνην μου.

Καὶ ἐγὼ θὰ πράξω τὸ αὐτό, διότι εἶμαι πολὺ κουρασμένος.

Ποίαν ὥραν νὰ σηκωθῶμεν τὸ πρωΐ;

Εἰς τὰς ἐννέα.—Καλὴν νύκτα.

Καλὴν ἡμέραν σας. Πῶς ἐκοιμήθητε τὴν νύκτα;

Πολὺ εὐχάριστα. Εὐθὺς ἅμα ἔπεσα εἰς τὴν κλίνην μ᾽ ἐπῆρεν ὁ ὕπνος. Τὸ κρεββάτι ἦτο πολὺ ἀναπαυτικόν.

Καὶ ἐγὼ ἐκοιμήθην πολὺ καλά, καὶ δὲν αἰσθάνομαι τὴν ἐλαχίστην κούρασιν.

Where is the smoking-room ?

You can smoke here if you like.

So much the better.

Would you like me to bring you cigarettes or cigars ?

No, thank you, we have some.

Smoke one of my cigarettes. They are of the best quality. I brought them with me from London. How do you find them ?

They are indeed good. Where did you buy them ?

I bought them in London at D. Papadopoulo Brothers in Leadenhall Street.

Twenty years ago one had a difficulty in getting good cigarettes in London, because every one used to smoke only cigars or pipes.

It is late and I am beginning to feel sleepy. I beg you to excuse my withdrawing to bed.

And I shall do the same, for I am very tired.

At what o'clock shall we get up in the morning ?

At nine.—Good-night.

Good-morning. How did you sleep last night ?

Very well indeed. The moment I lay down on the bed I fell asleep. The bed was a very comfortable one.

And I too slept very well, and I do not feel the least fatigue.

Ἄς ὑπάγωμεν τώρα νὰ προγευματίσωμεν καὶ ἔπειτα ἐξερχόμεθα εἰς περίπατον.

Let us go now to breakfast, and afterwards we will go out for a walk.

Τὸ πρόγευμα εἶναι ἕτοιμον. Διέταξα αὐγὰ τηγανιστὰ μὲ χοιρομέρι καὶ καφέ.

Breakfast is ready; I have ordered fried eggs with some ham, and coffee.

Ἐκάμετε πολὺ καλά.—Παιδί, φέρε μας καὶ δύο νεφρὰ ψημένα 'στὴν 'σχάραν.

You did quite right. Waiter! Bring us two kidneys cooked on the gridiron.

Προθύμως κύριοι.

Certainly, gentlemen.

Φέρε μας καὶ ἄλλο γάλα· τοῦτο δὲν ἀρκεῖ. Ποῦ εἶναι τὸ ζάχαρι;—Ἰδοὺ κύριοι.

Bring us some more milk: this is not enough. Where is the sugar?—Here it is, gentlemen.

Εἶσθε ἕτοιμος νὰ ἐξέλθωμεν; Μάλιστα. Ποῖον δρόμον νὰ πάρωμεν; Θέλετε νὰ ὑπάγωμεν εἰς τὸ Λοῦβρον;

Are you ready to come out? Certainly. What road shall we take? Shall we go to the Louvre?

Τὸ Λοῦβρον τὸ ἐπεσκέφθην πολλάκις.

I have often been to see the Louvre.

Ἄς ὑπάγωμεν νὰ ἴδωμεν τὴν Παναγίαν τῶν Παρισίων. Εἶναι πανάρχαιον οἰκοδόμημα. Ὁ ναός, ὡς ἔχει νῦν, εἶναι ἀπὸ τοῦ δωδεκάτου αἰῶνος. Ἡ νῆσος ἐπὶ τῆς ὁποίας εἶναι ᾠκοδομημένος ὀνομάζεται "Νῆσος τοῦ ἄστεως."

Let us go and see Notre Dame de Paris. It is a very ancient building. The church, as it now stands, dates from the twelfth century. The island on which it is built is called "Île de la cité."

Ἐπὶ Ῥωμαίων ἐκαλεῖτο Λουτετία τῶν Παρισίων. Ὁ Στράβων ὀνομάζει αὐτὴν Λουκοτοκίαν· ὁ δὲ Ἰουλιανὸς Λουκετίαν. Τὸ χωρίον ἐν τῷ ὁποίῳ γίνεται λόγος περὶ τῆς νήσου ταύτης ἀντέγραψα πρό τινων ἡμερῶν εἰς τὸ σημειωματάριόν μου ἐκ τοῦ Μισοπώγωνος τοῦ Ἰουλιανοῦ καὶ ἂν θέλετε νὰ σᾶς τὸ ἀναγνώσω.

In the time of the Romans it was called Lutetia Parisiorum. Strabo calls it Lucotocia; but Julian, Lucetia. The passage in which mention is made of this island I copied a few days ago in my note-book, from Julian's *Misopogon*, and if you like, I will read it to you.

Πολὺ θά με ὑποχρεώσητε.

You will greatly oblige me.

"Ἐτύγχανον ἐγὼ χειμάζων

"I happened to be passing the

περὶ τὴν φίλην Λουκετίαν· ὀνο-
μάζουσι δ᾽ οὕτως οἱ Κελτοὶ τῶν
Παρισίων τὴν πολίχνην· ἔστι
δ᾽ οὐ μεγάλη νῆσος ἐγκειμένη
τῷ ποταμῷ, καὶ αὐτὴν κύκλῳ
πᾶσαν τεῖχος καταλαμβάνει,
ξύλιναι δ᾽ ἐπ᾽ αὐτὴν ἀμφοτέ-
ρωθεν εἰσάγουσι γέφυραι, καὶ
ὀλιγάκις ὁ ποταμὸς ἐλαττοῦται
καὶ μείζων γίνεται, τὰ πολλὰ δ᾽
ἔστιν ὁποῖος ὥρᾳ θέρους καὶ
χειμῶνος, ὕδωρ ἥδιστον καὶ
καθαρώτατον ὁρᾶν καὶ πίνειν
ἐθέλοντι παρέχων. Ἅτε γὰρ
νῆσον οἰκοῦντες ὑδρεύεσθαι μά-
λιστα ἐνθένδε χρή. Γίνεται δὲ
καὶ ὁ χειμὼν ἐκεῖ πρᾳότερος εἴτε
ὑπὸ τῆς θέρμης τοῦ ὠκεανοῦ,
στάδια γὰρ ἀπέχει τῶν ἐννα-
κοσίων οὐ πλείω, καὶ διαδίδοται
τυχὸν λεπτή τις αὔρα τοῦ
ὕδατος, εἶναι δὲ δοκεῖ θερμότερον
τὸ θαλάττιον τοῦ γλυκέος· εἴτε
οὖν ἐκ ταύτης εἴτε ἔκ τινος
ἄλλης αἰτίας ἀφανοῦς ἐμοί, τὸ
πρᾶγμά ἐστι τοιοῦτον, ἀλεεινό-
τερον ἔχουσι οἱ τὸ χωρίον οἰ-
κοῦντες τὸν χειμῶνα, καὶ φύεται
παρ᾽ αὐτοῖς ἄμπελος ἀγαθή, καὶ
συκᾶς ἤδη τινές εἰσιν οἵ ἐμη-
χανήσαντο, σκεπάζοντες αὐτὰς
τοῦ χειμῶνος ὥσπερ ἱματίοις τῇ
καλάμῃ πυροῦ καὶ τοιούτοις
τισίν, ὅσα εἴωθεν εἴργειν τὴν ἐκ
τοῦ ἀέρος ἐπιγιγνομένην τοῖς
δένδροις βλάβην. Ἐγένετο
δὴ οὖν ὁ χειμὼν τοῦ εἰωθότος
σφοδρότερος, καὶ παρέφερεν ὁ
ποταμὸς ὥσπερ μαρμάρου πλά-
κας· ἴστε δήπου τὸν Φρύγιον
λίθον, ᾧ ἐῴκει μάλιστα τοῦ

winter in my beloved Lucetia : this is the name which the Kelts give to the town of the Parisians. It is a small island lying in the river and a wall entirely surrounds it, and wooden bridges lead to it from both sides, and the river seldom falls and rises ; generally it is the same in summer and winter, supplying water very pleasant to drink and bright to look at, for any one who wants it. As the people live on an island, they are of course obliged to draw their water from it. The winter there is rather mild either from the heat of the ocean, for it is distant not more than nine hundred stadia, and perhaps some light sea-breeze distributes itself, and sea-water is supposed to be warmer than fresh water ; either from this cause or from some other which is not known to me, it is a fact that the inhabitants of the place have a rather warm winter, and the vine grows well on their land, and some of them have now contrived to rear fig-trees, covering them up in the winter (just as if with clothes) with wheat-straw and similar substances, such as possess the power of protecting the trees from the injury they sustain by exposure. Now the winter happened to be more severe than usual, and the river brought along with it ice like slabs of marble : you know,

λευκοῦ τούτου τὰ κρύσταλλα,
μεγάλα καὶ ἐπάλληλα φερόμενα·
καὶ δὴ καὶ συνεχῆ ποιεῖν ἤδη
τὸν πόρον ἔμελλε καὶ τὸ ῥεῦμα
γεφυροῦν. Ὡς οὖν ἐν τούτοις
ἀγριώτερος ἦν τοῦ συνήθους,
ἐθάλπετο δὲ τὸ δωμάτιον οὐδα-
μῶς, οὗπερ ἐκάθευδον, ὅνπερ
εἰώθει τρόπον ὑπὸ ταῖς καμίνοις
τὰ πολλὰ τῶν οἰκημάτων ἐκεῖ
θερμένεσθαι, καὶ ταῦτα ἔχον
εὐπρεπῶς πρὸς τὸ παραδέξασθαι
τὴν ἐκ τοῦ πυρὸς ἀλέαν· συνέβη
δ᾽ οἶμαι καὶ τότε διὰ σκαιότητα
τὴν ἐμὴν καὶ τὴν εἰς αὑτὸν
πρῶτον, ὡς εἰκός, ἀπανθρωπίαν·
ἐβουλόμην γὰρ ἐθίζειν ἐμαυτὸν
ἀνέχεσθαι τὸν ἀέρα ταύτης
ἐνδεῶς ἔχοντα τῆς βοηθείας.
Ὡς δὲ ὁ χειμὼν ἐπεκράτει καὶ
ἀεὶ μείζων ἐγίνετο, θερμῆναι
μὲν οὐδ᾽ ὡς ἐπέτρεψα τοῖς ὑπη-
ρέταις τὸ οἴκημα, δεδιὼς κινῆσαι
τὴν ἐν τοῖς τοίχοις ὑγρότητα,
κομίσαι δ᾽ ἔνδον ἐκέλευσα πῦρ
κεκαυμένον καὶ ἄνθρακας λαμ-
προύς ἀποθέσθαι παντελῶς με-
τρίους. Οἱ δὲ καίπερ ὄντες οὐ
πολὺ παμπληθεῖς ἀπὸ τῶν
τοίχων ἀτμοὺς ἐκίνησαν, ὑφ᾽
ὧν κατέδαρθον. Ἐμπιπλαμένης
δέ μοι τῆς κεφαλῆς ἐδέησα μὲν
ἀποπνιγῆναι, κομισθεὶς δ᾽ ἔξω,
τῶν ἰατρῶν παραινούντων ἀπορ-
ρῖψαι τὴν ἐντεθεῖσαν ἄρτι τρο-
φήν, οὔτι μὰ Δία πολλὴν οὖσαν,
ἐξέβαλον καὶ ἐγενόμην αὐτίκα
ῥᾴων."

I suppose, the Phrygian stone—
the ice very much resembled it
in whiteness, large pieces of it
being brought down heaped one
over the other; and indeed
almost made a continuous pass-
age so as to bridge the river.
Meanwhile the weather was
more inclement than usual, and
the room where I slept was
not heated at all, in the usual
way, by the stoves underneath,
as most of the houses were,
although it was properly pre-
pared to receive the heat of
the fire. This too happened,
I suppose, through my stu-
pidity, and my want of hu-
manity towards myself, of
course, in the first place : the
fact was that I wished to
accustom myself to bear the
cold atmosphere without the
help of these appliances. Per-
sistent as the winter was and
constantly increasing in severity,
still I did not allow the servants
to heat the house, fearing to
bring out the moisture in the
walls, but I ordered them to
bring inside some dull fire with
a very small quantity of red-hot
charcoal. Although there was
but little, it set ·in motion the
vapour out of the walls of the
room where I was sleeping. As
my head became filled with it,
I was nearly suffocated : but
being carried out and advised
by the doctors to throw up what
I had lately eaten, which, by

Τὸ σπουδαῖον τοῦτο χωρίον εἶναι πλῆρες ἐνδιαφέροντος· ἐντρέπομαι δὲ νὰ σᾶς εἴπω ὅτι οὐδέποτε ἀνέγνων τὰ συγγράμματα τοῦ Ἰουλιανοῦ. Ὅταν ἐπανέλθω εἰς Κανταβριγίαν ἡ πρώτη μου φροντὶς θὰ ἦναι νὰ τὰ διέλθω.

Σᾶς συμβουλεύω ν' ἀναγνώσητε καὶ τὸ περὶ Ἰουλιανοῦ κεφάλαιον τοῦ Γίββωνος, τὸ ὁποῖον εἶμαι βέβαιος ὅτι θὰ εὕρητε πολὺ σπουδαῖον.

Θὰ πράξω ὡς μοι συμβουλεύετε.—Ἀλλὰ τώρα ποῦ νὰ ὑπάγωμεν; Τὰ ἀξιολογώτερα μέρη τοῦ ναοῦ τὰ εἴδομεν.

Θέλετε νὰ ὑπάγωμεν εἰς τὸ δάσος τῆς Βουλώνης;

Εὐχαρίστως.—Ἁμαξᾶ, εἰς τὸ δάσος τῆς Βουλώνης.

Ἐφθάσαμεν εἰς τὴν κώμην Auteuil. Ἐνταῦθα εἶχον τὰς κατοικίας των ὁ Βοαλὼ καὶ ὁ Μολιέρος. Εἴμεθα παρὰ τὴν εἴσοδον τοῦ δάσους.

Στάσου ἁμαξᾶ. Θὰ καταβῶμεν ἐνταῦθα. Ἂς προχωρήσωμεν πρὸς τὰ ἐδῶ. — Ἂς ὑπάγωμεν εἰς τὸ γαλακτοπωλεῖον ἐκεῖνο νὰ πίωμεν ὀλίγον γάλα.—Δύο ποτήρια γάλακτος παρακαλῶ.

Τὸ θέλετε θερμὸν ἢ ψυχρόν;

Ψυχρόν. Δότε μας καὶ δύο παξιμάδια. Τί θὰ σᾶς πληρώσω;

Ἥμισυ φράγκον, κύριοι.

Τώρα ἂς περιπατήσωμεν ὀλί-

Jove! was not very much, I vomited and immediately felt easier."

This important passage is full of interest, but I am ashamed to say that I have never read the works of Julian. When I go back to Cambridge my first care shall be to go through them.

I advise you also to read Gibbon's chapter about Julian, which I am sure you will find highly interesting.

I will do as you advise me. But where shall we go now? The more interesting parts of the church we have seen.

Shall we go to the Bois de Boulogne?

By all means. Coachman! To the Bois de Boulogne.

Here we are at the village of Auteuil. It was here that Boileau and Molière lived. We are at the entrance of the wood.

Stop, coachman! We will alight here. Let us go this way. Let us go to that milk-shop and drink a little milk. Two glasses of milk, if you please.

Do you wish it hot or cold?

Cold. And give us two biscuits. What have I to pay you?

Half a franc, gentlemen.

Now let us walk about a

γον.—Ἂς στραφῶμεν πρὸς τὰ δεξιά.—Τί ὡραῖοι διάδρομοι. Πόσον δροσερὸν φαίνεται τὸ ὕδωρ τοῦ μικροῦ τούτου ῥυακίου. Κυττάξατε τὸν καταράκτην ἐκεῖνον· πόσον χαριέντως τὸ ὕδωρ πίπτει διὰ τῶν πετρῶν καταδροσίζον τὰς πτέρεις.—Ἂς καταβῶμεν διὰ τῆς ἀτραποῦ ταύτης πρὸς τὴν μικρὰν ἐκείνην λίμνην. Θέλετε νὰ καθίσωμεν ὑπὸ τὴν πτελέαν ταύτην;

Εὐχαρίστως. Ἡ τοποθεσία εἶναι λαμπρά. Πόσον εὔμορφα κολυμβᾷ ὁ κύκνος οὗτος. Ἠκούσατέ ποτε κύκνον νὰ κελαδῇ;

Ἐγὼ οὐδέποτε ἤκουσα, οὐδὲ πιστεύω ὅτι ᾄδουσιν οἱ κύκνοι, ἂν καὶ λόγος ὑπάρχει ὅτι εἶναι μελῳδικοί.

Ἀλλ’ ἂς ἀφήσωμεν τοὺς κύκνους καὶ τὰ ᾄσματά των· ἔχετε κανὲν βιβλίον εἰς τὴν Νεοελληνικὴν ν’ ἀναγνώσωμεν διὰ νὰ περάσῃ ἡ ὥρα;

Ναί, ἔχω εἰς τὸ θυλάκιόν μου τὸν Ἀμλέτον εἰς τὴν ὁμιλουμένην Ἑλληνικήν. Θέλετε νὰ σᾶς ἀναγνώσω ὀλίγον;

Σᾶς παρακαλῶ.

Ἀκούετε λοιπόν.

“Ὁράτιος. Αὐθέντα, καλῶς σ’ ηὕραμεν!

Ἀμλέτος. Καλῶς τους!—
Ἐσὺ εἶσαι, .

Ὁράτιε; ἢ ὡς κ’ ἐγὼ ἐξέχασα ποιὸς εἶμαι;

Ὁρατ. Ὁ ἴδιος, — δοῦλός σου πιστός, αὐθέντα, διὰ βίου!

Ἀμλ. Ὁ φίλος λέγε μου,

little. Let us turn to the right. What beautiful paths! How cool the water of this little brook looks! Look at that waterfall; how prettily the water falls among the rocks, refreshing the ferns! Let us go down this path to that little pond. Shall we sit under this elm tree?

Certainly. The situation is a splendid one. How gracefully this swan swims! Have you ever heard a swan sing?

I have never heard it, and I do not believe that swans do sing, although it is said that they can sing.

But let us drop the swans and their singing. Have you any book in modern Greek for us to read, so as to pass the time?

Yes, I have in my pocket Hamlet in vernacular Greek. Shall I read you a little of it?

If you please.
Listen, then.
Horatio. Hail to your lordship!
Hamlet. I am glad to see you well:
Horatio,—or I do forget myself.

Hor. The same, my lord, and your poor servant ever.

Ham. Sir, my good friend;

καθὼς κ' ἐγὼ σὲ λέγω
φίλον.
Τί σ' ἔφερεν, Ὁράτιε, ἀπὸ τὴν
Βιτεμβέργην;
Σύ, Μαρκέλλε;
Μαρκέλλος. Αὐθέντα μου—
'Αμλ. Μετὰ χαρᾶς σὲ
βλέπω. (Πρὸς τὸν Βερ-
νάρδον)
Καλὴ ἑσπέρα κύριε. 'Αλλὰ μὰ
τὴν ἀλήθειαν,
Τί σ' ἔκαμε καὶ ἄφησες τὴν
Βιτεμβέργην φίλε;
'Ορατ. Τάσις τυχοδιωκτική,
ἀγαπητὲ αὐθέντα.
'Αμλ. Αὐτὸ δὲν θὰ μοῦ
ἤρεσκε κ' ἐχθρός σου νὰ
τὸ λέγῃ,
Καὶ μὴ βιάζῃς οὔτε σὺ τ' αὐτιά
μου νὰ τ' ἀκούσουν,
Νὰ καταμαρτυρῇς ἐσὺ κατὰ τοῦ
ἑαυτοῦ σου.
Τὸ ξεύρω 'γὼ δὲν εἶσαι σὺ τυ-
χοδιώκτης. Ὄχι!
'Αλλὰ 'σ τὴν Ἐλσινόρην μας τί
σ' ἔκαμεν νὰ ἔλθῃς;
Πρὶν φύγῃς θὰ σὲ μάθωμεν νὰ
πίνῃς ὡς τὸν πάτο!
'Ορατ. Ἦλθα νὰ ἰδῶ τὴν
ἐκφοράν, αὐθέντα, τοῦ πα-
τρός σου.
'Αμλ. Παρακαλῶ, συμμα-
θητά, νὰ μή με περιπαίζῃς·
Ἦλθες νομίζω νὰ ἰδῇς τοὺς
γάμους τῆς μητρός μου.
'Ορατ. Ὀλίγον καταποδι-
αστὰ ἦσαν τὰ διὸ τῷ ὄντι.
'Αμλ. Οἰκονομίας, φίλε
μου, οἰκονομίας χάριν!
Σ τοῦ γάμου τὸ συμπόσιον κόλ-
λυβα εἶχαν κρύα.

I'll change that name with
you :
And what make you from
Wittenberg, Horatio ?
Marcellus ?
Marcellus. My good lord—
Ham. I am very glad to
see you. (To Bernardo)
Good even, sir.
But what, in faith, make you
from Wittenberg ?

Hor. A truant disposition,
good my lord.
Ham. I would not hear your
enemy say so,
Nor shall you do mine ear that
violence,
To make it truster of your own
report
Against yourself : I know you
are no truant.
But what is your affair in Elsi-
nore ?
We'll teach you to drink deep
ere you depart.

Hor. My lord, I came to see
your father's funeral.

Ham. I pray thee, do not
mock me, fellow-student ;
I think it was to see my mother's
wedding.
Hor. Indeed, my lord, it
followed hard upon.
Ham. Thrift, thrift, Horatio !
the funeral baked meats
Did coldly furnish forth the
marriage tables.

Καλλίτερα νὰ πήγαινα 'σ τοὺς
　　οὐρανοὺς νὰ εὕρω,
Ὁράτιέ μου, τὸν ἐχθρὸν τὸν
　　ἀσπονδότερόν μου,
Παρὰ ποτέ μου νὰ ἰδῶ ἐκείνην
　　τὴν ἡμέραν!
Πατέρα μου, πατέρα μου!—
　　Νομίζω πῶς τὸν βλέπω!
Ὁρατ. Ὤ! Ποῦ καλέ!
Ἀμλ. Μὲ τῆς ψυχῆς,
　　Ὁράτιε, τὰ 'μάτια.
Ὁρατ. Κ' ἐγὼ τὸν εἶδα μιὰ
　　φορά. Τί βασιλεὺς γεν-
　　ναῖος!
Ἀμλ. Ὤ! ἦτο ἄνδρας . . .
　　Πάρε τον εἰς ὅλα του ἐν
　　γένει,
Δὲν θὰ ἰδῶ ἐπὶ τῆς γῆς ποτὲ
　　τὸν ὅμοιόν του!
Ὁρατ. Αὐθέντα μου, μοῦ
　　φαίνεται τὸν εἶδα χθὲς
　　τὴν νύκτα.
Ἀμλ. Εἶδες; Ποιόν;
Ὁρατ. Τὸν πατέρα σου, τὸν
　　βασιλέα λέγω,
Τὸν εἶδα.
Ἀμλ. Τὸν πατέρα μου;
　　Τὸν βασιλέα;
Ὁρατ. 　　　　Στάσου,
Χαλίνωσε τὸν θαυμασμὸν μὲ
　　προσοχὴν ὀλίγην,
Νὰ σοῦ εἰπῶ μὲ μάρτυρας αὐτοὺς
　　τοὺς δύο φίλους,
Τὸ θαῦμα τοῦτο.

Ἀμλ. Λέγε μου, δι' ὄνομα
　　Κυρίου.
Ὁρατ. Δύο νυκτιαῖς κατὰ σει-
　　ρὰν οἱ δυό των, ὁ Βερνάρδος
Κ' ὁ Μάρκελλος, εἰς τὴν φρουράν,
　　εἰς τῆς νυκτὸς τὰ βάθη,

Would I had met my dearest
　　foe in heaven
Ere I had ever seen that day,
　　Horatio!
My father!—methinks I see my
　　father.

Hor. O, where, my lord?
Ham. 　　　　In my mind's
eye, Horatio.
Hor. I saw him once; he
was a goodly king.

Ham. He was a man, take
him for all in all,
I shall not look upon his like
again.

Hor. My lord, I think I saw
him yesternight.

Ham. Saw? who?
Hor. My lord, the king your
father.

Ham. 　　　　The king my
father!
Hor. Season your admiration
for a while
With an attent ear, till I may
deliver,
Upon the witness of these gentle-
men,
This marvel to you.
Ham. 　　　　For God's love,
let me hear.
Hor. Two nights together
had these gentlemen,
Marcellus and Bernardo, on their
watch,

Τὸν εἶδαν μὲ τὰ 'μάτια των:
τὸ σχῆμα τοῦ πατρός
σου,
.Μὲ πανοπλίαν ἐντελῆ σιδερο-
φορεμένον,
'Εμπρός των ἐμφανίζεται καὶ μὲ
πομπῶδες βῆμα
'Αργὰ καὶ μεγαλοπρεπῶς περνᾷ
ἐνώπιόν των.
'Σ τὰ 'μάτια των τὰ ἔκθαμβα
ἐμπρός, τὰ φοβισμένα,
'Επῆγε κ' ἦλθε τρεῖς φοραὶς
τόσον πλησίον, ὥστε
Τοὺς ἤγγιζε τὸ σκῆπτρόν του
σχεδόν, ἐνῷ ἐκεῖνοι
'Ακίνητοι καὶ ἄλαλοι, λυωμένοι
ἀπ' τὸν φόβον,
Δὲν τοῦ ὡμίλησαν. Αὐτὰ τὰ
εἶπαν εἰς ἐμένα
Μὲ ἄκραν μυστικότητα κ' ἐγὼ
τὴν τρίτην νύκτα
Μαζῆ των ἐξενύκτισα, καὶ ὅπως
μοῦ τὸ εἶπαν,
Τὴν ἰδίαν ὥραν τῆς νυκτὸς καὶ
μὲ τὸ ἴδιον σχῆμα
Λέξιν πρὸς λέξιν κάθε τί, τὸ
φάντασμα ἐφάνη!
Τὸν ξεύρω τὸν πατέρα σου· τόνα
μου χέρι τἄλλο
Δὲν 'μοιάζει περισσότερον.

    Αμλ. Πλὴν ποῦ συνέβη
τοῦτο;
    Μαρκ. 'Εκεῖ ποῦ εἴχαμεν
φρουράν, 'σ τὸν προμαχῶν'
αὐθέντα.
    Αμλ. Καὶ πῶς; δὲν τοῦ
ὡμίλησες;
    Ορατ. Τοῦ 'μίλησα, ἀλλ'
ὅμως
'Απόκρισιν δὲν ἔδωκε. Μίαν
φορὰν μ' ἐφάνη

In the dead waste and middle of
    the night,
Been thus encountered : a figure
    like your father,
Armed at point exactly, cap-à-pé,
Appears before them and with
    solemn march
Goes slow and stately by them :
    thrice he walked
By their oppressed and fear-
    surprisèd eyes,
Within his truncheon's length ;
    whilst they, distilled
Almost to jelly with the act of
    fear,
Stand dumb and speak not to
    him. This to me
In dreadful secrecy impart they
    did ;
And I with them the third night
    kept the watch :
Where, as they had delivered,
    both in time,
Form of the thing, each word
    made true and good,
The apparition comes. I knew
    your father ;
These hands are not more like.

    Ham. But where was this?

    Mar. My lord, upon the plat-
form where we watched.

    Ham. Did you not speak to it ?

    Hor. My lord, I did ;
But answer made it none ; yet
    once, methought,
It lifted up its head and did address

"Οτι κινεῖ τὴν κεφαλὴν καὶ ὅτι
κάμνει νεῦμα
'Ωσὰν νὰ ἑτοιμάζεται νὰ ὁμι-
λήσῃ, ὅταν
Νὰ κράζῃ μεγαλόφωνα ὁ πε-
τεινὸς ἠκούσθη,
Κ' εἰς τὴν φωνήν του ἔξαφνα μὲ
βίαν ἀπεσύρθη
Κ' ἐχάθη ἀπ' τὰ 'μάτια μας.
'Αμλ. Παράδοξον.
'Ορατ. Αὐθέντα,
"Αν ἀληθεύῃ ὅτι ζῶ καὶ τοῦτο
ἀληθεύει!
Καθῆκον ἐνομίσαμεν αὐτὰ νὰ
σοῦ τὰ 'ποῦμεν.
'Αμλ. Καὶ βέβαια, καὶ
βέβαια! Πλὴν τοῦτο μὲ
ταράζει.
Εἶσθε κι' ἀπόψε 'σ τὴν φρου-
ράν;
Μαρκ. καὶ Βερν. Θὰ ἤμεθα
αὐθέντα.
'Αμλ. Καὶ ἔνοπλον μοῦ
εἴπατε;
Μαρκ. καὶ Βερν. Ναί, ἔνο-
πλον αὐθέντα.
'Αμλ. 'Από τὰ νύχια 'σ τὴν
κορφήν;
Μαρκ. καὶ Βερν. 'Από ἐπάν'
ὡς κάτω.
'Αμλ. Τότε λοιπὸν τὸ πρό-
σωπον δὲν εἶδες.
'Ορατ. Ναί, τὸ εἶδα.
Τὴν περικεφαλαίαν του τὴν
εἶχε σηκωμένην.
'Αμλ. Πῶς ἦτο; ἦτο σκυ-
θρωπόν;
'Ορατ. 'Η ἔκφρασίς του ἦτο
'Η λύπη μᾶλλον ἢ ὀργή.
'Αμλ. Χλωμὸ ἢ ἀναμμένο;
'Ορατ. Κατάχλωμο.

Itself to motion, like as it would
speak;
But even then the morning cock
crew loud,
And at the sound it shrunk in
haste away,
And vanished from our sight.

Ham. 'Tis very strange.
Hor. As I do live, my
honoured lord, 'tis true;
And we did think it writ down
in our duty
To let you know of it.
Ham. Indeed, indeed, sirs,
but this troubles me.
Hold you the watch to-night?

Mar. and Ber. We do my
lord.
Ham. Armed, say you?

Mar. and Ber. Armed, my
lord.
Ham. From top to toe?

Mar. and Ber. My lord,
from head to foot.
Ham. Then saw you not his
face?
Hor. O, yes, my lord; he
wore his beaver up.

Ham. What, looked he
frowningly?
Hor. A countenance more
in sorrow than in anger.
Ham. Pale or red?
Hor. Nay, very pale.

'Αμλ. Ἐπάνω σας ἐστύλονε
τὰ 'μάτια;

'Ορατ. Ὅλην τὴν ὥραν.

'Αμλ. Ἤθελα παρὼν ἐκεῖ
νὰ ἤμην!

'Ορατ. Θὰ ἔμενες ἐμβρόν-
τητος.

'Αμλ. Πιστεύω. Ναί, πι-
στεύω!—
Ὡς πόσην ὥραν ἔμεινε;

'Ορατ. Περίπου ὅσον θέλει
Νὰ ἀριθμήσῃς ἑκατὸν χωρὶς
μεγάλην βίαν.

Μαρκ. καὶ Βερν. Πλειότερον,
πλειότερον.

'Ορατ. Ὅταν τὸν εἶδα,
ὄχι.

'Αμλ. Ἦσαν τὰ γένειά του
ψαρά, ἢ μαῦρα;

'Ορατ. Ὅπως ἦσαν
Ὅταν τὸν εἶδα ζωντανόν, ἀλευ-
ρωμένα μαῦρα.

'Αμλ. Ἔρχομ' ἀπόψε 'ς τὴν
φρουράν. Ἴσως φανῇ καὶ
πάλιν.

'Ορατ. Τὸ ἐγγυοῦμαι, θὰ
φανῇ.

'Αμλ. Τοῦ εὐγενοῦς πατρός
μου
Ἐὰν θὰ ἔχῃ τὴν μορφήν, ἐγὼ θὰ
τοῦ λαλήσω,
Ἀκόμη κι' ἂν μ' ὀρθάνοικτο τὸ
στόμα του ὁ Ἅδης
Μοῦ ἐπιβάλῃ σιωπήν!—Αὐτὴν
τὴν ὀπτασίαν
Ἐὰν τὴν εἴχετε κρυφὴν κι' οἱ
τρεῖς σας ἕως τώρα,
Παρακαλῶ κρατήσατε τὴν σιω-
πὴν ἀκόμη.
Καὶ ὅ τι ἄλλο ἂν συμβῇ τὴν
ἐρχομένην νύκτα,

Ham.   And fixed his
eyes upon you?

Hor. Most constantly.

Ham.   I would I had
been there.

Hor. It would have much
amazed you.

Ham. Very like, very like.
Stayed it long?

Hor. While one with moder-
ate haste might tell a
hundred.

Mar. and Ber. Longer, longer.

Hor. Not when I saw't.

Ham.   His beard was
grizzled,—no?

Hor. It was, as I have seen
it in his life,
A sable silvered.

Ham.   I will watch to-
night:
Perchance 'twill walk again.

Hor.   I warrant it will.

Ham. If it assume my noble
father's person,
I'll speak to it, though hell itself
should gape
And bid me hold my peace. I
pray you all,
If you have hitherto concealed
this sight,
Let it be tenable in your silence
still;
And whatsoever else shall hap
to-night,
Give it an understanding, but
no tongue:

'Σ τὸν νοῦν σας νὰ τὸ ἔχετε,
ἀλλὰ 'σ τὴν γλῶσσαν ὄχι.
'Η φιλικὴ ἀγάπη σας θὰ λάβῃ
τὸν μισθόν της.
'Ανάμεσα 'σ τὰς ἔνδεκα καὶ
δώδεκα θὰ ἔλθω
'Σ τὸν προμαχῶνα. Χαίρετε!
Πάντες. Τὸ ταπεινόν μας σέβας
Αὐθέντα.
'Αμλ. Τὴν ἀγάπην σας καὶ
σεῖς τὴν ἰδικήν μου!
"Ὥρα καλή σας."
Πῶς σᾶς φαίνεται ἡ μετά-
φρασις;
Πολὺ καλή· ἀλλὰ πρέπει νὰ
ὁμολογήσω ὅτι λέξεις τινὰς καὶ
φράσεις δὲν ἐνόησα καλῶς.

Τοῦτο ἦτο φυσικόν, διότι ὁ
μεταφράσας τὸ δρᾶμα ἔχει ὡς
βάσιν τὴν λαλουμένην καὶ ὄχι
τὴν ὑπὸ τῶν λογίων γραφομένην
γλῶσσαν· ὅταν ὅμως μάθητε
καλῶς ἀμφοτέρας δὲν θὰ εὕρητε
μεταξὺ αὐτῶν μεγάλην διαφο-
ράν.
'Υπὸ τίνος ἔγεινεν ἡ μετάφρα-
σις;
'Υπὸ τοῦ Κυρίου Δημητρίου
Βικέλα, ὅστις μετέφρασεν εἰς
τὴν λαλουμένην 'Ελληνικὴν καὶ
διάφορα ἄλλα δράματα τοῦ
Σαικσπείρου.
Τὸ ὄνομα τοῦ Κυρίου Βικέλα
μοὶ εἶναι γνωστόν, διότι ἀνέγνων
ἐν ἱστορικόν του διήγημα, τὸ
ὁποῖον πολύ μοι ἤρεσε.
'Εννοεῖτε τὸν Λουκῆν Λάραν;
Μάλιστα· τὸν ὁποῖον τόσον
ἐπιτυχῶς μετέφρασεν εἰς τὴν
'Αγγλικὴν γλῶσσαν ὁ ἐν Λον-

I will requite your loves.   So,
   fare you well :
Upon the platform, 'twixt eleven
   and twelve,
I'll visit you.

All.   Our duty to your
   honour.
Ham. Your loves, as mine
   to you : farewell.

What do you think of the
translation ?
Very good : but I must con-
fess that there were some words
and phrases which I did not
understand very well.

That was natural, for the
translator of the play employs
principally the vernacular and
not the language as it is written
by the learned : but when you
have thoroughly learnt both,
you will not find much differ-
ence between them.
By whom was the translation
made ?
By Mr. Demetrius Bikelas,
who has translated into vernac-
ular Greek several other plays
of Shakespeare.

The name of Mr. Bikelas is
familiar to me, for I have read
an historical tale of his, which
pleased me very much.
Do you mean *Loukis Laras* ?
Yes.   The work which was
translated into English so suc-
cessfully by the Greek am-

δίνῳ πρεσβευτὴς τῆς Ἑλλάδος Κύριος Γεννάδιος.

Βλέπω ὁ οὐρανὸς ἤρχισε νὰ καλύπτηται ἀπὸ σύννεφα καὶ φοβοῦμαι μήπως βρέξῃ.

Ναί, νομίζω ὁ καιρὸς κλίνει εἰς βροχήν, ὥστε ἂς σπεύσωμεν εἰς τὸ ξενοδοχεῖον.

Ἰδού, ἤρχισεν ἤδη νὰ ψηχαλίζῃ. Ἀνοίξατε παρακαλῶ τὸ ἀλεξίβροχόν σας, διότι ἐγὼ δὲν ἐπῆρα τὸ ἰδικόν μου νομίζων ὅτι θὰ ἔχωμεν καλὸν καιρόν.

Ἀλλὰ δὲν εἶναι ἀνάγκη. Ἦτο μόνον περαστικὸν σύννεφον· ὁ δ᾽ ἥλιος ἔλαμψε πάλιν χαριέντως.

Τοῦτό μ᾽ ἐνθυμίζει τὸ Ἀνακρεόντειον—

"Ἀφελῶς δ᾽ ἔλαμψε Τιτάν,
Νεφελῶν σκιαὶ δονοῦνται."

Καὶ μὰ τὴν ἀλήθειαν καλὰ κάμνοισι καὶ δονοῦνται· δὲν ἀμφιβάλλω δὲ ὅτι πορεύονται πρὸς τὸ Λονδῖνον, τὴν πατρίδα των. Πόσον χρησιμώτεραι θὰ ἦσαν ἂν μετέβαινον εἰς τὴν Ἑλλάδα!

Τόσον λοιπὸν περιζήτητοι εἶναι ἐκεῖ;

Ὄχι μόνον περιζήτητοι, ἀλλὰ καὶ περιμάχητοι, ὡς τοῦτο γίνεται κατάδηλον ἐκ τῆς "Ὑπὲρ ὄνου σκιᾶς" παροιμίας.

Ἐὰν οὕτως ἔχει τὸ πρᾶγμα, θα κάμωμεν καλὰ πρὶν φθάσωμεν εἰς τὴν Ἑλλάδα νὰ ἀγοράσωμεν πίλους πλατυγύρους καὶ καλὰ ἀλεξήλια.

Ἂς ὑπάγωμεν λοιπὸν εὐθὺς τώρα νὰ τὰ ἀγοράσωμεν, διότι μετὰ τὸ γεῦμα δὲν θὰ ἔχωμεν καιρόν.

bassador in London, Monsieur Gennadius.

I see the sky has begun to be overcast, and I am afraid that it will rain.

Yes, I think the weather is turning to rain, so let us hasten to the hotel.

There, it has already begun to drizzle. Put up your umbrella, please, for I did not bring mine, as I thought we should have fine weather.

There is no occasion. It was only a passing cloud, and the sun has shone out again charmingly.

That reminds me of the passage attributed to Anacreon—
"The Titan shone out softly,
the cloud-shadows are moving."

And upon my word it is a good thing they do move : and I have no doubt that they are going towards London, their native land. How much more useful they would be if they went to Greece !

Are they then so much desired there ?

Not only desired but quarrelled about, as is clear from the proverb "For the shade of the donkey."

If that is so, we should do well, before arriving in Greece, to buy broad-brimmed hats and good sun-shades.

Let us go then now at once and buy them, for after dinner we shall have no time.

Ὁ πῖλος οὗτος σᾶς πηγαίνει πολὺ καλά. Τώρα φαίνεσθε ὡς ἀληθὴς περιηγητής. Τὰ ἀλεξήλια ταῦτα εἶναι ἐπίτηδες διὰ θερμὰ κλίματα. Ἂς ὑπάγωμεν τώρα νὰ γευματίσωμεν.

Τί ὥρα ἀναχωροῦμεν;

Εἰς τὰς ὀκτὼ καὶ σαράντα ἀκριβῶς.

Ἔχομεν λοιπὸν δύο ὥρας εἰς τὴν διάθεσίν μας.

Ἂς εἰσέλθωμεν εἰς τὸ ἀπέναντι ἑστιατόριον. Εἶναι περίφημον διὰ τὰ ψητά του. . . .

Τώρα ἂς ὑπάγωμεν εἰς τὸ ξενοδοχεῖόν μας νὰ πληρώσωμεν τὸν ξενοδόχον καὶ νὰ ἀπέλθωμεν.

Τὸν λογαριασμόν μας παρακαλῶ.—Ἑβδομῆντα φράγκα.

Πληρώσατε ὑμεῖς καὶ ἐγὼ σᾶς δίδω τὰ τριανταπέντε φράγκα ὅταν φθάσωμεν εἰς τὸν σταθμόν.

Ἡ ἄμαξα εἶναι ἑτοίμη. Ἂς ἐπιβῶμεν. — Εἰς τὸν σταθμὸν τοῦ Λυών.—Πολὺ καλά.

This hat suits you very well. Now you look like a real traveller. These sun-shades are on purpose for hot climates. Now let us go and have our dinner.

At what o'clock do we start?

At eight forty precisely.

We have then two hours at our disposal.

Let us go to the restaurant opposite. It is famous for its roast meat. . . .

Now let us go to our hotel and pay the hotel-keeper and be off.

Our bill, if you please.— Seventy francs.

You pay, and I will give you the thirty-five francs when we arrive at the station.

The carriage is ready. Let us get in.—To the station for Lyons.—All right!

ΔΙΑΛΟΓΟΣ Ε'

'Εφθάσαμεν ἐγκαίρως εἰς τὸν σταθμόν. Αἱ ἀποσκευαὶ ἡμῶν ἐτέθησαν ἀσφαλῶς εἰς τὴν φορτηγὸν ἅμαξαν. Τώρα μένει νὰ εὕρωμεν, εἰ δυνατόν, μίαν κενὴν ἅμαξαν. 'Ιδοὺ μία. Εἰσέλθετε. 'Υμεῖς λάβετε ἐκείνην τὴν γωνίαν, διότι εἰξεύρω ὅτι προτιμᾶτε νὰ ἔχητε τὴν ῥάχιν πρὸς τὴν μηχανήν. 'Εγὼ θὰ ἐξαπλωθῶ ἐδῶ, διότι εἶμαι τρομερὰ κουρασμένος. 'Ιδοὺ ἡ ἁμαξοστοιχία κινεῖται. 'Αναχωροῦμεν.

Θέλετε νὰ κλείσω τὸ παράθυρον;

Παρακαλῶ· διότι ὁ ἀὴρ τῆς νυκτὸς εἶναι ψυχρός.

Ἔχει καλῶς. Εἴμεθα πολὺ ἀναπαυτικά. Εὔχομαι νὰ μὴ μᾶς ἐνοχλήσῃ κανεὶς τὴν νύκτα.

Ἂς κοιμηθῶμεν τώρα, διότι ἐγὼ πολὺ νυστάζω. Σᾶς εὔχομαι καλὴν νύκτα.

Καλημέρα σας. 'Εκοιμήθημεν πολὺ καλά. Εὐτυχῶς κανεὶς δέν μας ἠνώχλησε τὴν νύκτα. Τί ὥρα εἶναι;

Ἔξ παρὰ τέταρτον. 'Αλλ' ἂς ἀνοίξωμεν τὰ παράθυρα ὅπως ἀναπνεύσωμεν ὀλίγον καθαρὸν ἀέρα.

DIALOGUE V

We have arrived in good time at the station. Our luggage has been safely put in the luggage-van. It now remains for us to find, if possible, an empty carriage. Here is one. Get in. You take that corner, for I know that you prefer having your back to the engine. I shall lie down here, for I am dreadfully tired. There now, the train is moving. We are off.

Would you like me to shut the window?

If you please : for the night-air is cold.

That is all right. We are very comfortable. I hope no one will disturb us during the night.

Now let us go to sleep, for I am very sleepy. I wish you good-night.

Good - morning. We slept very well. Fortunately no one disturbed us in the night. What o'clock is it?

A quarter to six. But let us open the windows, so as to get a little breath of fresh air.

Τί λαμπρὸς καιρός! Πόσον εὐχάριστος εἶναι ἡ πρωϊνὴ αὔρα. Ἡ κοιλὰς διὰ τῆς ὁποίας διερχόμεθα εἶναι γραφικωτάτη. Κυττάξατε πόσον χαριέντως ῥέει ὁ ποταμὸς Λαῖσσις! Αἱ ὄχθαι αὐτοῦ εἶναι κατάφυτοι. Ἡ μικρὰ ἐκείνη πεδιὰς εἶναι πλήρης ἐαρινῶν ἀνθέων. Ὅλη ἡ πέριξ χώρα εἶναι τερπνοτάτη.

Πλησιάζομεν νομίζω εἰς σταθμόν τινα, διότι ἠλαττώθη ἡ ταχύτης τῆς ἀμαξοστοιχίας.

Εἶναι ὁ σταθμὸς τῆς κωμοπόλεως Σαμβερύ. Πέντε μόνον λεπτὰ μένομεν ἐνταῦθα. Ἰδοὺ πάλιν ἐκινήσαμεν. Παρετηρήσατε εἰς τὸν σταθμὸν τὸ πλῆθος τῶν θεατῶν; Δὲν νομίζετε ὅτι οἱ πλεῖστοι ὡμοίαζον μὲ Ἰταλούς;

Εἰς ταῦτα τὰ μέρη τὰ δύο ἔθνη, οἱ Γάλλοι καὶ Ἰταλοί, εἶναι ὀλίγον ἀναμεμιγμένοι, ἀλλ᾿ ἐπικρατεῖ βεβαίως τὸ Γαλλικὸν στοιχεῖον. Ἴσως οἱ ἐν τῷ σταθμῷ ἦσαν ταξειδιῶται ἐκ τῆς Βορείου Ἰταλίας.

Πολὺ πιθανόν. Ἀλλ᾿ εἴτε Ἰταλοὶ εἶναι, εἴτε Γάλλοι, ἡ γλῶσσα ἀμφοτέρων εἶναι τρανὸν τεκμήριον τῆς μεγάλης δυνάμεως τοῦ ἀρχαίου Ῥωμαϊκοῦ κράτους.

Οἱ Ῥωμαῖοι εἶχον ὡς κύριον αὐτῶν μέλημα νὰ ἐπικρατῇ ἡ γλῶσσά των εἰς τὰ μέρη τὰ ὁποῖα ὑπέκειντο εἰς τὴν κυριαρχίαν των, καὶ ὡς ἐκ τούτου περὶ τὰ τέλη τῆς τετάρτης ἑκατονταετηρίδος ἡ Λατινικὴ

What splendid weather! How pleasant the morning breeze is! The valley through which we are passing is most picturesque. See how gracefully the river Laisse flows. Its banks are covered with vegetation. That little plain there is full of spring flowers. The whole of the country around is most delightful.

We are approaching some station, I think, for the train has lessened its speed.

It is the station of the little town of Chambery. We only stay five minutes here. There, we are on the move again. Did you notice in the station the number of spectators? Don't you think the majority looked like Italians?

In these parts the two nations, the French and Italians, are rather mingled, but the French element decidedly prevails. Perhaps the people in the station were travellers from North Italy.

Very likely: but whether they be French or Italians, the language of both is clear evidence of the great power of the ancient Roman empire.

The Romans took especial care that their language should prevail in those parts which were under their sway; consequently about the end of the fourth century the Latin tongue became general in the Roman

γλῶσσα κατέστη γενικὴ ἐντὸς
τοῦ Ῥωμαϊκοῦ κράτους, ἐκ τῶν
ἀκτῶν τῆς Βρεττανίας μέχρι
τῶν παραλίων τῆς Ἀδριατικῆς
θαλάσσης.

Εἶναι θαῦμα πῶς δὲν ἐπε-
κράτησε καὶ εἰς τὸ ἀνατολικὸν
τμῆμα τοῦ Ῥωμαϊκοῦ κράτους.
Ὁ λόγος εἶναι ἁπλούστατος.
Τὰ ἐν τῇ ἑσπερίᾳ Εὐρώπῃ ἔθνη
οὔτε πολιτισμόν τινα οὔτε ἐθνι-
κὴν φιλολογίαν εἶχον τότε, καὶ
ὡς ἐκ τούτου ἡ γλῶσσα τῶν κατα-
κτητῶν αὐτῶν, ὡς καὶ τὰ ἤθη καὶ
ἔθιμα αὐτῶν, εὐκόλως εἰσήγοντο
παρ' αὐτοῖς· ἐν τῇ Ἀνατολῇ
ὅμως τὸ πρᾶγμα εἶχεν ἄλλως.
Ἐν αὐτῇ ὁ Ἑλληνικὸς πολι-
τισμὸς δημιουργηθεὶς ἐν Ἑλλάδι
καὶ ἐπεκταθεὶς διὰ τοῦ Μεγάλου
Ἀλεξάνδρου καὶ τῶν διαδόχων
αὐτοῦ ἐφ' ὅλων τῶν χωρῶν ἃς
ὁ Μακεδὼν οὗτος δορυκτήτωρ
κατέκτησεν, εἶχε βαθείας ῥίζας,
ἡ δὲ Ἑλληνικὴ γλῶσσα ἦτο τὸ
κοινὸν ὄργανον πάντων εἴς τε,
τὴν φιλολογίαν καὶ τὸ ἐμπόριον.
Οἱ Ῥωμαῖοι διὰ παντοίων μέσων
προσεπάθησαν ὅπως καὶ ἐνταῦθα
ὑπερισχύσῃ ἡ γλῶσσα αὐτῶν,
ἀλλ' οὐ μόνον οὐδὲν κατώρθωσαν,
ἀλλὰ καὶ εἰς αὐτὴν ἀκόμη τὴν
Ῥώμην εἰσῆλθε τροπαιοφόρος
ἡ Ἑλληνικὴ καὶ εἰς τοιοῦτον
βαθμὸν κατεγοήτευσε τοὺς
Ῥωμαίους, ὥστε οὐδεὶς πολίτης
ἐθεωρεῖτο ὡς ἔχων ἁρμόζουσαν
καὶ καλὴν ἀνατροφὴν ἐὰν δὲν
ἐγνώριζε τὴν Ἑλληνικήν.

Ὅσα εἴπετε εἶναι ἀληθέστατα·
διότι καὶ νῦν ἔτι εἶναι φανερὰ ἡ

empire, from the cliffs of Britain
to the shores of the Adriatic.

It is a wonder that it did
not prevail also in the eastern
division of the Roman empire.
The reason is very simple.
The nations in western Europe
had in those days neither any
civilisation nor any national
literature, and consequently the
language of their conquerors, as
well as their manners and cus-
toms, were easily introduced
among them ; but in the East
the case was different. Here
the Hellenic civilisation, which
originated in Greece, and was
disseminated by Alexander the
Great and his successors through-
out all the countries which this
Macedonian conqueror subdued,
had taken deep root, and the
Greek language was the common
medium for everybody, both in
literature and trade. The Rom-
ans tried by every kind of means
to make their own language pre-
vail also here, but not only had
they no success at all, but the
Greek language made a tri-
umphal entry into Rome itself,
and cast its magic spell upon the
Romans to such a degree that no
citizen was considered to have re-
ceived a befitting and really good
education unless he knew Greek.

What you say is very true,
for even at the present day the

δύναμις καὶ ἡ ἀθανασία τῆς
Ἑλληνικῆς γλώσσης. Ἡ Λα-
τινικὴ γλῶσσα ὡς καλὴ μήτηρ
ἐγέννησε καὶ ἀνέθρεψε πολλὰς
γλώσσας, τὴν Ἰταλικήν, τὴν
Γαλλικήν, τὴν Ἰσπανικήν, τὴν
Πορτογαλικὴν καὶ τὴν Ρου-
μουνικήν, ἀλλ᾽ αὐτὴ ὡς γλῶσ-
σα ζῶσα πρὸ πολλῶν αἰώνων
ἀπέθανεν. Ὑπάρχει εἰς κανὲν
μέρος τῆς γῆς ἔθνος τὸ ὁποῖον
νὰ λαλῇ Λατινικά; Ἡ Ἑλλη-
νικὴ γλῶσσα, τοὐναντίον, ἀπὸ
τῶν ἀρχαιοτάτων χρόνων μέχρι
τῆς σήμερον μένει ζῶσα. Περι-
έλθετε σύμπασαν τὴν ἐλευθέραν
Ἑλλάδα, τήν τε ἠπειρωτικὴν
καὶ τὰς νήσους· ὑπάγετε εἰς
τὴν Ἤπειρον, Μακεδονίαν καὶ
Θράκην· μετάβητε εἰς τὴν Κων-
σταντινούπολιν· ἐπισκέφθητε
πάσας τὰς παραλίους πόλεις
τῆς Μικρᾶς Ἀσίας καὶ τὰς ὑπὸ
τὴν Τουρκίαν νήσους· πανταχοῦ
θὰ ἀκούσητε τοὺς ἐγχωρίους
λαλοῦντας τὴν Ἑλληνικήν.

Τοῦτο ὁμολογεῖται ὑπὸ πάν-
των τῶν περιηγητῶν· δὲν δύ-
νασθε ὅμως ν᾽ ἀρνηθῆτε ὅτι ἡ
σημερινὴ Ἑλληνικὴ δὲν εἶναι
καθ᾽ ὅλα ὁμοία μὲ τὴν ἀρχαίαν.

Μήπως ἡμεῖς λέγομεν ὅτι
εἶναι; Ἡ Ἑλληνικὴ γλῶσσα,
ὡς καὶ πᾶσα ἄλλη, ἐν τῷ μακρῷ
αὐτῆς βίῳ, ὑπέστη μεταβολὰς
τινας καὶ ἀλλοιώσεις, αὗται ὅμως
δὲν ὑπῆρξαν ὀργανικαί, ἀλλὰ
μόνον ἐξωτερικαί. Ἡ γλῶσσα
τοῦ Ὁμήρου παραβαλλομένη
πρὸς τὴν τοῦ Πλάτωνος καὶ
τῶν συγχρόνων του, ἐκ πρώτης

power and imperishable nature
of the Greek language is manifest.
The Latin language, like a good
mother, gave birth to and fos-
tered many languages, Italian,
French, Spanish, Portuguese
and Roumanian, but she herself,
as a living language, has ceased
to exist for many ages. Is there
in any part of the world a nation
which speaks Latin? The Greek
language, on the contrary, from
the earliest ages down to the
present day remains a living
tongue. Travel all over in-
dependent Greece, both the
continent and the islands ; go
to Epirus, Macedonia and Thrace ;
pass to Constantinople ; visit
all the maritime cities of Asia
Minor, and the islands under
Turkish rule : everywhere you
will hear the inhabitants speak-
ing Greek.

This is acknowledged by all
travellers ; but you cannot deny
that the Greek of the present
day is not in all respects like
the ancient language.

But do we say that it is
so? The Greek language, like
every other, has in the course
of its long life undergone certain
changes and alterations, but these
were never fundamental but only
external. The language of
Homer, when compared with
that of Plato and his contem-
poraries, at first sight appears

ὄψεως φαίνεται οὐσιωδῶς διάφορος, ἀλλ' ὅταν τις ἐξετάσῃ αὐτὴν καλῶς εὑρίσκει ὅτι εἶναι ἡ αὐτή. Ἡ ἀττικὴ διάλεκτος ἐπὶ Ἀλεξάνδρου τοῦ μεγάλου καὶ τῶν διαδόχων του, καταστᾶσα παγκόσμιος, ἀπέβαλε μέγα μέρος τῆς ἀρχικῆς αὐτῆς λεπτότητος· ἐπὶ Ρωμαίων ἔτι περισσότερον· ἐπὶ δὲ Βυζαντινῶν ἡ διαφθορὰ αὐτῆς ὑπῆρξε μεγίστη· οὐδεὶς ὅμως ἐτόλμησέ ποτε νὰ εἴπῃ ὅτι ἡ γλῶσσα τῶν Βυζαντινῶν συγγραφέων δὲν εἶναι Ἑλληνική. Τὴν Ἑλληνικὴν γλῶσσαν δύναταί τις νὰ παραβάλῃ μὲ ἄνθρωπον πλούσιον, ὅστις ἀπώλεσε πλεῖστον μέρος τῆς περιουσίας του, ἀλλ' ὄχι ὅλην.

Ἡ παρομοίωσις εἶναι κατάλληλος.

Ἡ παρακμὴ ὅμως τῆς Ἑλληνικῆς γλώσσης φαίνεται ἐναργέστατα καὶ πρὸ τῆς Βυζαντινῆς ἐποχῆς. Παραβάλετε π. χ. τὸ πρῶτον κεφάλαιον τῆς Γενέσεως κατὰ τοὺς ἑβδομήκοντα μὲ τὴν νῦν γραφομένην Ἑλληνικὴν καὶ θὰ εὕρητε μεγάλην ὁμοιότητα. Ἔχω μετ' ἐμοῦ ἓν ἀντίτυπον τῆς Παλαιᾶς Διαθήκης. Ἰδοὺ τὸ πρῶτον κεφάλαιον. Παρακαλῶ κάμετέ μοι τὴν χάριν νά μοι ἀναγνώσητε μέρος αὐτοῦ μεταφράζοντες αὐτὸ συγχρόνως εἰς τὴν σημερινὴν Ἑλληνικήν.

Εὐχαρίστως.

materially different, but if any one examines it carefully, he finds that it is the same. The Attic dialect, in the time of Alexander the Great and his successors, having become universal, lost much of its original subtlety; in the time of the Romans still more; and in the time of the Byzantines its corruption was very great; still no one ever ventured to say that the language of the Byzantine authors was not Greek. The Greek language may be compared to a wealthy man who has lost a great part of his property, but not the whole.

The comparison is appropriate.

The decay, however, of the Greek language can be seen very clearly even before the Byzantine epoch. Compare, for instance, the first chapter of Genesis according to the Septuagint with the Greek language as now written, and you will find great similarity. I have with me a copy of the Old Testament. Here is the first chapter. I beg you to do me the favour to read me a part of it, translating it at the same time into modern Greek.

With pleasure.

1. Ἐν ἀρχῇ ἐποίησεν ὁ θεὸς τὸν οὐρανὸν καὶ τὴν γῆν.	Ἐν ἀρχῇ ἐποίησεν ὁ θεὸς τὸν οὐρανὸν καὶ τὴν γῆν.	In the beginning God created the heaven and the earth.

2. Ἡ δὲ γῆ ἦν ἀόρατος καὶ ἀκατασκεύαστος, καὶ σκότος ἐπάνω τῆς ἀβύσσου· καὶ πνεῦμα θεοῦ ἐπεφέρετο ἐπάνω τοῦ ὕδατος.

Ἡ δὲ γῆ ἦτο ἀόρατος καὶ ἀκατασκεύαστος, καὶ σκότος ἐπάνω τῆς ἀβύσσου· καὶ πνεῦμα θεοῦ ἐφέρετο ἐπάνω τοῦ ὕδατος.

And the earth was without form, and void; and darkness was upon the face of the deep. And the Spirit of God moved upon the face of the waters.

3. Καὶ εἶπεν ὁ θεὸς Γενηθήτω φῶς, καὶ ἐγένετο φῶς.

Καὶ εἶπεν ὁ θεός, Ἂς γείνῃ φῶς, καὶ ἔγεινε φῶς.

And God said, Let there be light: and there was light.

4. Καὶ εἶδεν ὁ θεὸς τὸ φῶς ὅτι καλόν. καὶ διεχώρισεν ὁ θεὸς ἀνὰ μέσον τοῦ φωτὸς καὶ ἀνὰ μέσον τοῦ σκότους.

Καὶ εἶδεν ὁ θεὸς τὸ φῶς ὅτι ἦτο καλόν, καὶ διεχώρισεν ὁ θεὸς τὸ φῶς ἀπὸ τοῦ σκότους.

And God saw the light, that it was good: and God divided the light from the darkness.

5. Καὶ ἐκάλεσεν ὁ θεὸς τὸ φῶς ἡμέραν, καὶ τὸ σκότος ἐκάλεσε νύκτα. καὶ ἐγένετο ἑσπέρα καὶ ἐγένετο πρωΐ, ἡμέρα μία.

Καὶ ἐκάλεσεν ὁ θεὸς τὸ φῶς ἡμέραν, καὶ τὸ σκότος ἐκάλεσε νύκτα. καὶ ἔγεινεν ἑσπέρα, καὶ ἔγεινε πρωΐ, ἡμέρα πρώτη.

And God called the light Day, and the darkness he called Night. And the evening and the morning were the first day.

6. Καὶ εἶπεν ὁ θεὸς Γενηθήτω στερέωμα ἐν μέσῳ τοῦ ὕδατος καὶ ἔστω διαχωρίζον ἀνὰ μέσον ὕδατος καὶ ὕδατος. καὶ ἐγένετο οὕτως.

Καὶ εἶπεν ὁ θεός, Ἂς γείνῃ στερέωμα ἐν μέσῳ τοῦ ὕδατος, καὶ ἂς διαχωρίζῃ ὕδατα ἀπὸ ὑδάτων. καὶ ἔγεινεν οὕτως.

And God said, Let there be a firmament in the midst of the waters, and let it divide the waters from the waters: and it was so.

7. Καὶ ἐποίησεν ὁ θεὸς τὸ στερέωμα· καὶ διεχώρισεν ὁ θεὸς ἀνὰ μέσον τοῦ ὕδατος, ὃ ἦν ὑποκάτω τοῦ στερεώματος, καὶ ἀνὰ μέσον τοῦ ὕδατος τοῦ ἐπάνω τοῦ στερεώματος.

Καὶ ἐποίησεν ὁ θεὸς τὸ στερέωμα· καὶ διεχώρισεν ὁ θεὸς ἀνὰ μέσον τοῦ ὕδατος, τὸ ὁποῖον ἦτο ὑποκάτω τοῦ στερεώματος, καὶ ἀνὰ μέσον τοῦ ὕδατος τοῦ ἐπάνω τοῦ στερεώματος.

And God made the firmament, and divided the waters which were under the firmament from the waters which were above the firmament.

8. Καὶ ἐκάλεσεν ὁ θεὸς τὸ στερέωμα οὐρανόν· καὶ εἶδεν ὁ θεὸς ὅτι καλόν· καὶ ἐγένετο ἑσπέρα, καὶ ἐγένετο πρωΐ, ἡμέρα δευτέρα.

Καὶ ἐκάλεσεν ὁ θεὸς τὸ στερέωμα οὐρανόν· καὶ εἶδεν ὁ θεὸς ὅτι ἦτο καλόν· καὶ ἔγεινεν ἑσπέρα, καὶ ἔγεινε πρωΐ, ἡμέρα δευτέρα.

And God called the firmament Heaven: and God saw that it was good: and the evening and the morning were the second day.

9. Καὶ εἶπεν ὁ θεός, Συναχθήτω τὸ ὕδωρ τὸ ὑποκάτω τοῦ οὐρανοῦ εἰς συναγωγὴν μίαν, καὶ ὀφθήτω ἡ ξηρά, καὶ ἐγένετο οὕτως· καὶ συνήχθη τὸ ὕδωρ τὸ ὑποκάτω τοῦ οὐρανοῦ εἰς τὰς συνα-

Καὶ εἶπεν ὁ θεός, Ἂς συναχθῇ τὸ ὕδωρ τὸ ὑποκάτω τοῦ οὐρανοῦ εἰς συναγωγὴν μίαν, καὶ ἂς φανῇ ἡ ξηρά, καὶ ἔγεινεν οὕτως· καὶ συνήχθησαν τὰ ὕδατα τὰ ὑποκάτω τοῦ οὐρανοῦ εἰς τὰς συνα-

And God said, Let the waters under the heaven be gathered together unto one place, and let the dry land appear: and it was so: and the waters under the heaven were gath-

γωγὰς αὐτῶν, καὶ ὤφθη ἡ ξηρά.

γωγὰς αὐτῶν καὶ ἐφάνη ἡ ξηρά.

ered together unto one place, and the dry land appeared.

10. Καὶ ἐκάλεσεν ὁ θεὸς τὴν ξηρὰν γῆν, καὶ τὸ σύστημα τῶν ὑδάτων ἐκάλεσε θαλάσσας.

Καὶ ἐκάλεσεν ὁ θεὸς τὴν ξηρὰν γῆν, καὶ τὸ σύστημα τῶν ὑδάτων ἐκάλεσε θαλάσσας.

And God called the dry land Earth : and the gathering together of the waters called he Seas.

Τοῦτο νομίζω ἀρκεῖ ἐκ τῆς Γενέσεως. Ἂς ἀναγνώσωμεν τώρα καὶ μέρος τι ἐκ τῆς Καινῆς Διαθήκης. Ἀνοίξατε τὸ ΙΔ΄ κεφάλαιον τῆς Ἀποκαλύψεως. Ἐπιτρέψατέ μοι, ἐγὼ ν' ἀναγινώσκω τὸ ἀρχαῖον κείμενον, ὑμεῖς δὲ μεταφράζετε αὐτὸ κατὰ λέξιν εἰς τὴν σημερινὴν Ἑλληνικήν.

I think this is enough from Genesis. Now let us read a portion from the New Testament. Open the 14th chapter of the Apocalypse. Allow me to read the ancient text, and you translate it word for word into modern Greek.

14. Καὶ εἶδον, καὶ ἰδοὺ νεφέλη λευκή, καὶ ἐπὶ τὴν νεφέλην καθήμενος ὅμοιος υἱῷ ἀνθρώπου, ἔχων ἐπὶ τῆς κεφαλῆς αὐτοῦ στέφανον χρυσοῦν, καὶ ἐν τῇ χειρὶ αὐτοῦ δρέπανον ὀξύ.

Καὶ εἶδον, καὶ ἰδοὺ νεφέλη λευκή, καὶ ἐπὶ τῆς νεφέλης ἐκάθητό τις ὅμοιος μὲ υἱὸν ἀνθρώπου, ἔχων ἐπὶ τῆς κεφαλῆς αὐτοῦ στέφανον χρυσοῦν, καὶ ἐν τῇ χειρὶ αὐτοῦ δρέπανον ὀξύ.

And I looked, and behold, a white cloud, and upon the cloud one sitting like unto a son of man, having on his head a golden crown, and in his hand a sharp sickle.

15. Καὶ ἄλλος ἄγγελος ἐξῆλθεν ἐκ τοῦ ναοῦ κράζων ἐν μεγάλῃ φωνῇ τῷ καθημένῳ ἐπὶ τῆς νεφέλης, "Πέμψον τὸ δρέπανόν σου καὶ θέρισον, ὅτι ἦλθέ σοι ἡ ὥρα τοῦ θερίσαι, ὅτι ἐξηράνθη ὁ θερισμὸς τῆς γῆς."

Καὶ ἄλλος ἄγγελος ἐξῆλθεν ἐκ τοῦ ναοῦ κράζων μετὰ μεγάλης φωνῆς πρὸς τὸν καθήμενον ἐπὶ τῆς νεφέλης, "Πέμψον τὸ δρέπανόν σου καὶ θέρισον, διότι σοὶ ἦλθεν ἡ ὥρα νὰ θερίσῃς, ἐπειδὴ ἐξηράνθη ὁ θερισμὸς τῆς γῆς."

And another angel came out from the temple, crying with a great voice to him that sat on the cloud, Send forth thy sickle and reap : for the time has come to thee to reap, for the harvest of the earth is over-ripe.

16. Καὶ ἔβαλεν ὁ καθήμενος ἐπὶ τὴν νεφέλην τὸ δρέπανον αὐτοῦ ἐπὶ τὴν γῆν, καὶ ἐθερίσθη ἡ γῆ.

Καὶ ὁ καθήμενος ἐπὶ τῆς νεφέλης ἔβαλε τὸ δρέπανον αὐτοῦ ἐπὶ τὴν γῆν, καὶ ἐθερίσθη ἡ γῆ.

And he that sat on the cloud cast his sickle upon the earth ; and the earth was reaped.

17. Καὶ ἄλλος ἄγγελος ἐξῆλθεν ἐκ τοῦ ναοῦ τοῦ ἐν τῷ οὐρανῷ, ἔχων καὶ αὐτὸς δρέπανον ὀξύ.

Καὶ ἄλλος ἄγγελος ἐξῆλθεν ἐκ τοῦ ναοῦ τοῦ ἐν τῷ οὐρανῷ, ἔχων καὶ αὐτὸς δρέπανον ὀξύ.

And another angel came out from the temple which is in heaven, he also having a sharp sickle.

18. Καὶ ἄλλος ἄγ-

Καὶ ἄλλος ἄγγελος

And another angel

γελος ἐξῆλθεν ἐκ τοῦ θυσιαστηρίου, ἔχων ἐξουσίαν ἐπὶ τοῦ πυρός, καὶ ἐφώνησε κραυγῇ μεγάλῃ τῷ ἔχοντι τὸ δρέπανον τὸ ὀξύ, "Πέμψον σου τὸ δρέπανον τὸ ὀξύ, καὶ τρύγησον τοὺς βότρυας τῆς γῆς, ὅτι ἤκμασαν αἱ σταφυλαὶ αὐτῆς."

19. Καὶ ἔβαλεν ὁ ἄγγελος τὸ δρέπανον αὐτοῦ εἰς τὴν γῆν, καὶ ἐτρύγησε τὴν ἄμπελον τῆς γῆς, καὶ ἔβαλεν εἰς τὴν ληνὸν τοῦ θυμοῦ τοῦ θεοῦ τὴν μεγάλην.

20. Καὶ ἐπατήθη ἡ ληνὸς ἔξω τῆς πόλεως, καὶ ἐξῆλθεν αἷμα ἐκ τῆς ληνοῦ ἄχρι τῶν χαλινῶν τῶν ἵππων, ἀπὸ σταδίων χιλίων ἑξακοσίων.

ἐξῆλθεν ἐκ τοῦ θυσιαστηρίου, ἔχων ἐξουσίαν ἐπὶ τοῦ πυρός, καὶ ἐφώνησε μετὰ κραυγῆς μεγάλης πρὸς τὸν ἔχοντα τὸ δρέπανον τὸ ὀξύ, "Πέμψον τὸ δρέπανόν σου τὸ ὀξύ, καὶ τρύγησον τοὺς βότρυς τῆς γῆς, διότι ἤκμασαν αἱ σταφυλαὶ αὐτῆς."

Καὶ ἔβαλεν ὁ ἄγγελος τὸ δρέπανον αὐτοῦ εἰς τὴν γῆν, καὶ ἐτρύγησε τὴν ἄμπελον τῆς γῆς καὶ ἔβαλε τὰ τρυγηθέντα εἰς τὸν ληνὸν τοῦ θεοῦ τὸν μέγαν.

Καὶ ἐπατήθη ὁ ληνὸς ἔξω τῆς πόλεως, καὶ ἐξῆλθεν αἷμα ἐκ τοῦ ληνοῦ ἕως τῶν χαλινῶν τῶν ἵππων, εἰς διάστημα χιλίων ἑξακοσίων σταδίων.

came out from the altar, he that hath power over fire ; and he called with a great voice to him that had the sharp sickle, saying, Send forth thy sharp sickle, and gather the clusters of the vine of the earth ; for her grapes are fully ripe.

And the angel cast his sickle into the earth, and gathered the vintage of the earth, and cast it into the great winepress of the wrath of God.

And the winepress was trodden without the city, and there came out blood from the winepress, even unto the bridles of the horses, as far as a thousand and six hundred furlongs.

'Η Παλαιὰ Διαθήκη κατὰ τοὺς ἑβδομήκοντα ἐγράφη ἐπὶ Πτολεμαίου τοῦ Λάγου κατὰ τὸ ἔτος 283 π.Χ., ἡ δὲ Ἀποκάλυψις Ἰωάννου περὶ τὰ τέλη τῆς πρώτης μ. Χ. ἑκατονταετηρίδος, καὶ ὅμως, ἂν καὶ παρῆλθον ἔκτοτε τόσοι αἰῶνες, δὲν βλέπει τις μεγάλην διαφορὰν μεταξὺ τῆς τότε καὶ τῆς νῦν Ἑλληνικῆς, οὔτε εἰς τὰς λέξεις, οὔτε εἰς τὰς κλίσεις τῶν ὀνομάτων, οὔτε εἰς τοὺς σχηματισμοὺς τῶν ῥημάτων, οὔτε εἰς τίποτε ἄλλο σπουδαῖον, τὸ ὁποῖον νὰ ἀλλοιοῖ τὴν φύσιν τῆς γλώσσης. Ἀπορεῖ τις τῷ ὄντι εἰς τί νὰ ἀποδώσῃ τὴν ἐκπληκτικὴν ταύτην ὁμοιότητα.

The Old Testament according to the Seventy was written in the time of Ptolemaeus, the son of Lagus, in the year 283 B.C., and the Revelation of St. John about the end of the first century after Christ, and yet, although so many centuries have passed since then, one sees no great difference between the Greek of that time and the present, either in the words or the declensions of the nouns or the conjugations of the verbs, or in any other important particular such as would alter the character of the language. In fact one is at a loss to know to what cause to ascribe this astounding similarity.

Ἐὰν ἡ Παλαιὰ Διαθήκη μετεφράζετο καὶ ἡ Καινὴ Διαθήκη ἐγράφετο εἰς τὸ ὕφος τῶν τότε ἀττικιστῶν ἡ ὁμοιότης βεβαίως δὲν θὰ ἦτο τόσον μεγάλη, ἀλλ' εὐτυχῶς τὰ ἱερὰ βιβλία ἐγράφησαν οὐχὶ εἰς τὴν τότε ἐπιτετηδευμένην γλῶσσαν τῶν λογίων, ἀλλ' εἰς τὴν τοῦ λαοῦ, τὴν καταληπτὴν εἰς πάντας· ἡ δὲ τοιαύτη γλῶσσα δὲν ἀλλοιοῦται εὐκόλως ὑπὸ τοῦ χρόνου. Ὁ Κοραῆς λέγει που, "Γλῶσσα οὔτε δημιουργεῖται οὔτε μεταβάλλεται εἰς ὀλίγων ἐτῶν διάστημα. Μακρὸς χρόνος τὴν πλάσσει, καὶ μακρὸς χρόνος τὴν μεταπλάσσει, οὐδ' ἐμπορεῖ νὰ τὴν ἐξαλείψῃ ὁλότελα, ἂν δὲν ἐξαλείψῃ πρότερον αὐτὸ τὸ ἔθνος." Ἐκτὸς τούτου τὸ Ἑλληνικὸν ἔθνος ἂν καὶ ἀπώλεσε τὴν αὐτονομίαν του καὶ τὴν ἀρχαίαν αὐτοῦ εὔκλειαν, οὐδέποτε ὅμως ἐξεβαρβαρώθη τελέως, ἀλλὰ τοὐναντίον καὶ ἐν τῇ ἐσχάτῃ αὐτοῦ καταπτώσει διετήρει πάντοτε ζώπυρόν τι τοῦ ἀρχαίου αὐτοῦ πολιτισμοῦ. Λόγιοι ἄνδρες ἐκ τοῦ Ἑλληνικοῦ ἔθνους οὐδέποτε ἐξέλιπον· μαρτύριον δὲ τρανὸν τούτου τὰ συγγράμματα αὐτῶν ἅπερ ἀποτελοῦσι σειρὰν ἀδιάκοπον ἀπὸ τῶν ἀρχαιοτάτων χρόνων μέχρι τῆς σήμερον.

Τοῦτο ὁμολογεῖ καὶ ὁ Γίββων λέγων, "Οἱ ὑπήκοοι τοῦ Βυζαντινοῦ θρόνου καὶ ἐν τῇ ἐσχάτῃ αὐτῶν δουλείᾳ καὶ ταπεινώσει κατεῖχον ἔτι χρυσῆν κλεῖδα

If the Old Testament had been translated and the New Testament written in the style of the Atticists of the time, the similarity certainly would not have been so great, but fortunately the Holy Scriptures were written not in the affected language of the learned of those days, but in that of the people which was intelligible to all : a language of this kind does not readily undergo any change from the effect of time. Coraïs says somewhere, "A language is neither created nor changed in the space of a few years. A long time is required to form it, and a long time to effect any change in it, but it cannot entirely efface it unless it first effaces the nation itself." Besides, the Greek nation, although it lost its independence and its ancient glory, never lapsed completely into barbarism, but, on the contrary, even in its utmost prostration, always kept alive a spark of its ancient civilisation. Learned men were never wanting in the Greek nation, as is plainly testified by their writings, which form an unbroken chain extending from the earliest times down to the present day.

Gibbon acknowledges this when he says, "In their lowest servitude and depression the subjects of the Byzantine throne were still possessed of a golden

ἀνοίγουσαν τοὺς ἀρχαίους θη-
σαυροὺς ἐναρμονίου καὶ γονίμου
γλώσσης, ἥτις εἰς μὲν τὰ αἰσ-
θητὰ δίδει ζωήν, εἰς δὲ τὰ νοητὰ
ὑπόστασιν."

Ἀλλ' ἀτυχῶς τὴν πολύτιμον
ταύτην κλεῖδα ὀλίγιστοι τὴν
μετεχειρίζοντο καὶ ἐκεῖνοι ἀδε-
ξίως. Καὶ ὅσοι μὲν ἐξ αὐτῶν
κατώρθουν νὰ εἰσδύσωσί πως
εἰς τὰ ἐνδότερα τοῦ θησαυρο-
φυλακίου, οὗτοι καταγοητευό-
μενοι ἐκ τοῦ κάλλους τῶν ἀρ-
χαίων κειμηλίων προσεπάθουν
νὰ μιμηθῶσίν αὐτὰ καὶ ἔγραφον
εἰς γλῶσσαν πλήρη μὲν ἀττι-
κῶν φράσεων καὶ λέξεων, ἀλλὰ
παρασάγγας ὅλους ἀπολειπομέ-
νην τῶν πρωτοτύπων· ὅσοι δὲ
μόνον ἐκ μικρᾶς θυρίδος ἐνέ-
κυψαν εἰς τὸν θησαυρόν, καὶ
δὲν ᾐσθάνθησαν τὴν μαγευτι-
κὴν τῶν ἐμπεριεχομένων ἐν αὐτῷ
δύναμιν, ἔγραφον ἀνεπιτηδεύτως
εἰς τὴν τότε γλῶσσαν τοῦ λαοῦ.
Τοιοῦτοι εἶναι ὁ Παχώμιος, ὁ
Παλλάδιος, Κύριλλος ὁ Σκυθο-
πολίτης, ὁ Εὐάγριος, Ἰωάννης
ὁ Μόσχος καὶ ὁ γράψας τὸ
Μέγα Λειμωνάριον.

Πότε ἤκμασαν οὗτοι; καὶ
περὶ τίνος ἔγραψαν; διότι πρέ-
πει νὰ ὁμολογήσω ὅτι πρώτην
φορὰν τώρα ἀκούω τὰ ὀνόματα
αὐτῶν.

Ἀκριβῶς νὰ σᾶς εἴπω δὲν
δύναμαι, νομίζω ὅμως ὅτι ἤκ-
μασαν κατὰ τὸ χρονικὸν διά-
στημα τὸ μεταξὺ τοῦ τετάρτου

key that could unlock the treas-
ures of antiquity—of a musical
and prolific language, that gives
a soul to the objects of sense,
and a body to the abstractions
of philosophy."

But unfortunately this valu-
able key very few employed,
and they unskilfully. And those
of them who managed somehow
to penetrate into the interior of
the treasury, enchanted with the
beauty of its ancient treasures,
attempted to imitate them, and
wrote in a language full indeed
of Attic phrases and words, but
miles behind the original; but
those who only peeped into the
treasury through a little window
and did not feel the magic
power of its contents, wrote in
an unstudied style in the lan-
guage of the people of their day.
Such are Pachomios, Palladius,
Cyrillus the Scythopolitan, Eu-
agrios, Johannes Moschus, and
the author of the *Great Limo-
narium.*

When did these authors
flourish? and what did they
write about? For I must
acknowledge that this is the
first time I have heard their
names.

I cannot tell you exactly, but I
think that they flourished in the
period between the fourth and
the eighth century after Christ.

καὶ ὀγδόου αἰῶνος μ.Χ. Συνέγρα-
ψαν δὲ βίους μαρτύρων, ἀσκητῶν
καὶ ἁγίων. Ἰδοὺ περικοπαί τινες
ἐκ τοῦ Μεγάλου Λειμωναρίου,
ὅπερ κοινῶς πιστεύεται ὅτι
συνεγράφη κατὰ τὸ ἔτος 490
μ.Χ. Ἀντέγραψα αὐτὰ εἰς τοῦτο
τὸ τετράδιον πρὸ πολλοῦ ὡς δείγ-
ματα τῆς τότε κοινῆς γλώσσης.

Ἀλλὰ βλέπω ὅτι δὲν περιω-
ρίσθητε μόνον εἰς ταῦτα, ἀλλ'
ἔχετε μεγάλην συλλογὴν δειγ-
μάτων τῆς γλώσσης τοῦ παρακ-
μάζοντος Ἑλληνισμοῦ.

Θέλετε νὰ σᾶς ἀναγνώσω τινὰ
ἐξ αὐτῶν;

Πολὺ θά με ὑποχρεώσητε.
Παρακαλῶ ὅμως τηρήσατε
χρονολογικὴν τάξιν ὅπως γείνῃ
φανερὰ ἡ βαθμιαία κατάπτωσις
τῆς γλώσσης.

Ἰδοὺ μία περικοπὴ ἐκ τοῦ
Λαυσαϊκοῦ τοῦ Παλλαδίου ἀκ-
μάσαντος κατὰ τὸ 408 μ.Χ.
" Εἴδομεν καὶ πατέρα τινὰ τῶν
ἐκεῖ Ἀμμώνιον ὀνόματι ἐξαίρετα
κελλία ἔχοντα καὶ αὐλὴν καὶ
φρέαρ καὶ τὰς λοιπὰς χρείας.
Ἐλθόντος δὲ πρὸς αὐτόν τινος
ἀδελφοῦ σωθῆναι σπεύδοντος
καὶ λέγοντος αὐτῷ ἐπινοεῖν αὐτῷ
κελλίον πρὸς οἴκησιν, ὡς ἐπὶ
τούτῳ ἐξελθὼν παρήγγειλεν αὐ-
τῷ μὴ ἀναχωρεῖν αὐτὸν ἐκ τῶν
κελλίων, ἄχρις ἂν εὕρῃ αὐτῷ
ἐπιτήδειον καταγώγιον. Καὶ
καταλιπὼν αὐτῷ πάντα ὅσα
εἶχε σὺν αὐτοῖς τοῖς κελλίοις,
ἑαυτὸν εἰς μικρόν τι κελλίον
μακρὰν ἐκεῖθεν ἀπέκλεισεν."

They wrote the lives of martyrs,
ascetics, and saints. Here are
some extracts from the *Great
Limonarium*, which is commonly
believed to have been written
about 490 A.D. I copied them
into this note-book a long time
ago as specimens of the ordinary
language of those days.

But I see that you have not
confined yourself entirely to
these, but that you have a large
collection of specimens of the
Greek language in its decline.

Would you like me to read
some of them to you?

You will oblige me very
much. But I beg you to keep
to the chronological order so
that the gradual decline of the
language may be apparent.

Here is an extract from the
Lausaïcon of Palladius who
flourished in 408 A.D. "We
saw also one of the fathers who
lived there, by name Ammon-
ius, who had excellent cells
and a courtyard and a well and
other accommodation. When
one of the brethren came to
him who was anxious to be
saved, and begged him to find
for him a cell to live in, he
went out as if for this purpose,
after telling him not to leave
the cells until he had found for
him a fitting residence. Then
leaving to him everything he
possessed, cells and all, he went
and shut himself up in a little
cell far away from there."

Ἡ ἑξῆς περικοπὴ εἶναι ἐκ τοῦ Μεγάλου Λειμωναρίου, 490 μ.Χ. (Θεόδωρος). "Ἠλθόν ποτε ἐπάνω αὐτοῦ τρεῖς λῃσταί, καὶ οἱ δύο ἐκράτουν αὐτόν, ὁ δὲ εἷς ἐκουβάλει τὰ σκεύη αὐτοῦ. Ὡς δὲ ἐξήνεγκε τὰ βιβλία καὶ τὸν λεβίτωνα ἤθελε λαβεῖν. Τότε λέγει αὐτοῖς, 'τοῦτο ἀφίετε.' Οἱ δὲ οὐκ ἤθελον. Καὶ κινήσας τὰς χεῖρας αὐτοῦ ἔρριψε τοὺς δύο. Καὶ ἰδόντες ἐφοβήθησαν. Καὶ λέγει αὐτοῖς ὁ γέρων, 'μηδὲν δειμάσητε· ποιήσατε αὐτὰ εἰς τέσσαρα μέρη, καὶ λάβετε τὰ τρία καὶ ἄφετε τὸ ἔν.' Καὶ οὕτως ἐποίησαν διὰ τὸ λαβεῖν τὸ μέρος αὐτοῦ τὸν λεβίτωνα τὸν συνακτικόν."

Τὸ δὲ ἀκόλουθον εἶναι ἐκ τῶν τοῦ Ἰωάννου Μόσχου, 614 μ.Χ. " Γέρων ἐκαθέζετο ἔξω τῆς πόλεως Ἀντινῶ, μέγας, ποιήσας εἰς κελλίον αὐτοῦ ἔτη περὶ τὰ ἑβδομήκοντα. Εἶχεν δὲ μαθητὰς δέκα· ἕνα δὲ ἔσχεν πάνυ ἀμελοῦντα ἑαυτοῦ. Ὁ οὖν γέρων πολλάκις ἐνουθέτει καὶ παρεκάλει αὐτὸν λέγων, 'ἀδελφὲ φρόντιζε τῆς ἑαυτοῦ ψυχῆς· ἔχεις ἀποθανεῖν καὶ εἰς κόλασιν ἀπελθεῖν.' Ὁ δὲ ἀδελφὸς πάντοτε παρήκουεν τοῦ γέροντος μὴ δεχόμενος τὰ λεγόμενα ὑπ' αὐτοῦ. Συνέβη οὖν μετά τινα χρόνον τελευτῆσαι τὸν ἀδελφόν· πολὺ δὲ ἐλυπήθη ἐπ' αὐτῷ ὁ γέρων· ἤδη γὰρ ὅτι ἐν πολλῇ ἀθυμίᾳ καὶ ἀμελείᾳ ἐξῆλθεν τοῦ κόσμου τούτου. Καὶ ἤρ-

The following extract is from the *Great Limonarium*, 490 A.D. (Theodorus). "Three robbers once attacked him, and while two of them held him, the third carried off his effects : and having taken away his books he also wanted to take his surplice. Then he said to them, 'let that alone.' But they would not. And with a movement of his arms he threw the two men down. Seeing this they were frightened. Then the old man said to them, 'do not be afraid, divide the things into four parts, take three and leave one.' And they did so, by his taking as his portion the surplice which he wore at mass.".

The following is from the works of Johannes Moschus, 614 A.D. "An old man was seated outside the town of Antino, a great man, who had passed about seventy years in his cell. He had ten disciples, and he had one who was utterly careless about himself. So the old man used often to admonish and exhort him, saying, 'brother, take thought for your soul ; you will have to die and go to the place of punishment.' But the brother always disobeyed the old man, not accepting his advice. It happened that after some time the brother died ; and the old man was very sorry for him, for he knew that he had departed from this world in entire des-

ξατο ὁ γέρων εὔχεσθαι καὶ λέγειν, 'Κύριε Ἰησοῦ Χριστὲ ὁ ἀληθινὸς ἡμῶν θεός, ἀποκάλυψόν μοι τὰ περὶ τῆς ψυχῆς αὐτοῦ τοῦ ἀδελφοῦ.' Καὶ δὴ θεωρεῖ, ἐν ἐκστάσει γενόμενος, ποταμὸν πυρὸς καὶ πλῆθος ἐν αὐτῷ τῷ πυρὶ καὶ μέσον τὸν ἀδελφὸν βεβαπτισμένον ἕως τραχήλου. Τότε λέγει αὐτῷ ὁ γέρων, 'Οὐ διὰ ταύτην τὴν τιμωρίαν παρεκάλουν σε ἵνα φροντίσῃς τῆς ἰδίας ψυχῆς, τέκνον;' Ἀπεκρίθη ὁ ἀδελφὸς καὶ εἶπε τῷ γέροντι, 'εὐχαριστῶ τῷ θεῷ, πάτερ, ὅτι κἂν ἡ κεφαλή μου ἄνεσιν ἔχει· καὶ γὰρ τὰς εὐχάς σου ἐπάνω κορυφῆς ἵσταμαι ἐπισκόπου.' "

Ἐκ τοῦ Χρονικοῦ Πασχαλίου 610 μ.Χ. " Τούτῳ τῷ ἔτει μηνὶ ὑπερβερεταίῳ, κατὰ Ῥωμαίους Ὀκτωβρίου Γ', ἡμέρᾳ Ζ' ἀναφαίνονται πλοῖα ἱκανὰ κατὰ τὸ στρογγυλοῦν καστέλλιν, ἐν οἷς ἦν καὶ Ἡράκλειος ὁ υἱὸς Ἡρακλείου. Καὶ τότε εἰσέρχεται Φωκᾶς κατ' αὐτὴν τὴν ἡμέραν ἀπὸ τοῦ προκέσσου τοῦ Ἑβδόμου περὶ ἑσπέραν, καὶ ἔρχεται καβαλλάρις εἰς τὸ παλάτιν τῆς πόλεως. Καὶ τῇ ἑξῆς ἡμέρᾳ, τουτέστιν τῇ κυριακῇ, πλησιασάντων τῶν πλοίων τῇ πόλει, Βόνωσος, ὅστις τὰ πάνδεινα ἐν Ἀντιοχείᾳ τῇ μεγάλῃ κατ' ἐπιτροπὴν Φωκᾶ διεπράξατο εἰσηγήσει Θεοφάνους τοῦ τῆς ἀνασκάφου μνήμης, τότε ὧδε ὢν ἐν

pondency and carelessness. And the old man began to pray, saying, 'Lord Jesus Christ, our true God, reveal to me all about the soul of this brother.' And he actually saw, while he was in a state of ecstasy, a river of fire and a crowd of people in the fire itself, and in the midst of them the brother sunk up to his neck. Then the old man said to him, 'Did I not, my child, exhort you to take thought for your soul on account of this punishment?' Then the brother answered and said to the old man, 'I thank God, father, that my head at least is at ease, for through your prayers I am standing on the top of a bishop's head.' "

From the *Chronicon Paschale*, 610 A.D. "In this year, in the month of Hyperberetaeus, or, according to the Romans, on the 3d of October, on the 7th day of the week, a great many ships appeared off the round castle, and in one of them was Heraclius, the son of Heraclius. And on the same day towards evening Phocas entered the city on his return from his procession to Hebdomon, and came on horseback to the palace there. And on the following day, that is to say on Sunday, when the ships had approached the city, Bonosus, who had perpetrated such atrocities in Great Antioch, as a viceroy under

τῇ πόλει, μετὰ τὸ βαλεῖν αὐτὸν
πῦρ πλησίον τῶν Καισαρίου καὶ
ἀστοχῆσαι, ἔφυγεν, καὶ ἐλθὼν
μετὰ καράβου εἰς τὸν Ἰουλιανοῦ
λιμένα κατὰ τὰ λεγόμενα Μαύ-
ρου, στενωθεὶς ἔρριψεν ἑαυτὸν
εἰς τὴν θάλασσαν καὶ λαβὼν
μετὰ σπαθίου πληγὴν ἀπὸ ἑνὸς
ἐξκουβίτορος, ὡς ἦν εἰς θάλασ-
σαν, ἀπέθανεν. Καὶ ἐκβλη-
θέντος τοῦ σκηνώματος αὐτοῦ
ἐσύρη καὶ ἀπηνέχθη εἰς τὸν
Βοῦν καὶ ἐκαύθη."

Τὸ ἑξῆς τεμάχιον εἶναι ἐκ τῶν
τοῦ Λέοντος τοῦ γραμματικοῦ,
1013 μ.Χ. "Ἐν τῇ προελεύσει
δὲ τῆς Πεντηκοστῆς τοῦ βασι-
λέως Λέοντος ἀπελθόντος εἰς τὸν
ἅγιον Μώκιον καὶ εἰσοδεύοντος,
ὅτε ἦλθε πλησίον τῆς σολέας
ἐξελθών τις ἐκ τοῦ ἄμβωνος
δέδωκεν αὐτὸν κατὰ κεφαλῆς
μετὰ ῥάβδου ἰσχυρᾶς καὶ πα-
χείας. Καὶ εἰ μὴ ἡ φορὰ τῆς
ῥάβδου εἰς πολυκάνδηλον ἐμπο-
δισθεῖσα διεχαυνώθη παρευθὺ
ἂν τοῦτον ἀπήλλαξεν."

Phocas, at the instigation of
Theophanes of accursed memory,
and who was then in the city,
after attempting to set fire to
the neighbourhood of Cæsarium
and failing in his design, took
to flight, and coming in a ship
to the harbour of Julian, in what
is called the Maurus quarter, was
so hard pressed by his pursuers
that he threw himself into the
sea, and being wounded while
in the water by the sword of a
life-guardsman, died then and
there. And when his body
was cast ashore, it was dragged
off and taken to the Bull and
burnt."

The following passage is from
Leo Grammaticus, 1013 A.D.
"In the royal procession dur-
ing Pentecost, when King Leo
went to St. Mocius, and while
making his solemn entry was
approaching the daïs, somebody
coming out of the pulpit struck
him on the head with a strong
and thick stick, and if the force
of the stick had not been dead-
ened by its coming in contact
with the chandelier, it would
have killed him on the spot."

ΔΙΑΛΟΓΟΣ Ϛ΄

Ἡ γλῶσσα τῶν περικοπῶν, ἃς ἀρτίως μοι ἀνέγνωτε, καίπερ ἁπλῆ καὶ εὔληπτος, διατηρεῖ ὅμως ἐν πολλοῖς τὸν τύπον τῆς ἀρχαίας. Ἐκεῖνο τὸ ὁποῖον πολὺ ἐπεθύμουν νὰ μάθω εἶναι πότε ἤρχισε ν' ἀναφαίνηται εἰς τὸν γραπτὸν λόγον ἡ Ἑλληνικὴ ὡς ὁμιλεῖται νῦν.

Νὰ ὁρίσῃ τις ἀκριβῶς τὴν ἐποχὴν καθ' ἣν ἡ Ἑλληνικὴ γλῶσσα ἔλαβε τὸν τύπον τῆς σημερινῆς δὲν εἶναι πρᾶγμα εὔκολον. Ἀπὸ τοῦ ὀγδόου αἰῶνος ἀρχίζουσι ν' ἀναφαίνωνται εἰς τὰ συγγράμματα τῶν Βυζαντινῶν συγγραφέων τεκμήρια τῆς γλώσσης τοῦ λαοῦ, καὶ διὰ νὰ σχηματίσητε ἰδέαν τινὰ περὶ αὐτῶν ἀνάγνωτε τὰς ἐξῆς περικοπὰς ἐκ τῶν προλεγομένων τοῦ Σ. Ζαμπελίου εἰς τὰ Δημοτικὰ Ἄσματα (Ἐν Κερκύρᾳ, 1852).

"Ἐὰν κατ' εὐτυχίαν εἶχον διασωθῆ πολλὰ καὶ διεξοδικὰ τεκμήρια γλώσσης ἀγοραίας ἐν ταῖς διαδοχικαῖς τῆς ἱστορίας ἐποχαῖς, ἠθέλομεν ἐνισχυθῆ διὰ

DIALOGUE VI

The language of the extracts which you have just read to me, though simple and easily intelligible, preserves nevertheless in many respects the character of the ancient language. What I should very much like to learn is, at what time the Greek, as it is now spoken, began to make its appearance in the written language.

To fix exactly the epoch when the Greek language assumed the character which it has at the present day is not an easy matter. From the eighth century there begin to appear in the writings of the Byzantine authors signs of the popular language; and in order that you may form some idea about them, read the following extracts from the preface of S. Zampelius to the *Songs of the People* (Corfu, 1852).

"If by good fortune many extensive examples of the vulgar tongue had been preserved in the successive historical epochs, we should have been more com-

συγκριτικῆς μελέτης νὰ συμ-
περάνωμεν τόσον περὶ τῶν ἐθνο-
λογικῶν αἰτίων, ὅσα συνέβαλον
εἰς τὴν ἀλλοίωσιν τῆς ἀρχαίας
γλώσσης, ὅσον καὶ περὶ τῶν
ἄλλων αἰτίων, ἅπερ προεξένησαν
τὴν συγχώνευσιν τῶν διαφόρων
ἀρχαίων Ἑλληνικῶν διαλέκτων.
Δυστυχῶς ὅμως σπάνις κυριεύει
μεγίστη περὶ τὰ τοιαῦτα καθ᾽
ὅλας τὰς ἐποχὰς, καὶ ἐξαιρέτως
παρὰ τοῖς Βυζαντινοῖς συγγρα-
φεῦσιν, ὅθεν εἴμεθα κατηναγκασ-
μένοι νὰ προσφύγωμεν εἴς τινα
βραχέα, ἀσυνάρτητα, καὶ ἐνίοτε
ὑπὸ τῶν κατὰ καιροὺς φιλολόγων
νενοθευμένα τεκμήρια, ἐκ δὲ
τούτων τῶν ὀλίγων καὶ ἀτελῶν
δειγμάτων νὰ ἐξεικάσωμεν περὶ
τῶν φάσεων καὶ περιπετειῶν τῆς
νεοελληνικῆς ἡμῶν διαλέκτου.
Ἡ ἀρχαιότης καὶ ὁ μεσαιὼν
ἄχρι τῆς ΙΒ΄ ἑκατονταετηρίδος
ὑπὸ διαλεκτολογικὴν ἔποψιν
ὀλιγίστας παρέχουσιν εἰδήσεις.
Φοβούμεθα δὲ μὴ τὸ κενὸν τοῦτο
μείνῃ διὰ παντὸς ἀπλήρωτον ὡς
ἐκ τῆς ἀμελείας τῶν χρονογρά-
φων. Μετέπειτα ἔπεται ἡ τῶν
Κομνηνῶν ἐποχὴ, ἧς δείγματα
διαλεκτικὰ πιθανὸν πολλὰ νὰ
ἀνακαλυφθῶσιν εἰς τὰς βι-
βλιοθήκας τῆς Εὐρώπης, δια-
τελέσαντα μέχρι τῆς σήμερον
ἀνέκδοτα. Ἐπειδὴ δὲ προτιθέ-
μεθα νὰ σχεδιάσωμεν ἐφεξῆς
μέθοδόν τινα διαλεκτολογικῆς
ἐρεύνης, κυρίως τοῦ μεσαιῶνος,
κρίνομεν εὔλογον νὰ κατα-
χωρίσωμεν ἐπὶ τοῦ παρόντος
ὀλίγα τινὰ χωρία τῆς ἰδιώτιδος

petent, by means of comparative
study, to come to a conclusion,
both as to the ethnological causes
which contributed to the alter-
ation of the ancient language,
and as to the other causes which
produced the amalgamation of the
different ancient Greek dialects.
But unfortunately the greatest
scarcity of such examples prevails
throughout all the epochs, and
especially among the Byzantine
authors, and we are therefore
obliged to have recourse to
certain short unconnected ex-
amples, sometimes garbled by
the scholars of the day, and
from these scanty and incom-
plete specimens to make our
conjectures regarding the changes
and vicissitudes of our modern
Greek dialect. The ancient
times and the middle ages up
to the twelfth century afford
very little information from a
dialectological point of view.
We fear that this gap will re-
main for ever unfilled owing
to the negligence of the chroni-
clers. After this period follows
the epoch of the Comneni, of
which it is probable that there
will be discovered in the lib-
raries of Europe many dialectic
examples which have remained
unpublished to this day. Since
we propose hereafter to sketch
out a plan of dialectological
research, especially with regard
to the middle ages, we think it
right, just for the present, to

γλώσσης, ἀναγόμενα εἰς τὴν Η′,
Θ′, Ι′, ΙΑ′, καὶ ΙΒ′, ἑκατονταετη-
ρίδα, χωρία ἅπερ σποράδην
συνελέξαμεν πολλαχοῦ, ὅπως
χρησιμεύσωσιν ὡς ὕλη μελέτης
πρὸς τοὺς περὶ τὰ τοιαῦτα κατα-
γινομένους.

Τεκμήριον τῆς Η′ ἑκατονταε-
τηρίδος. Ὁ Κοπρώνυμος προση-
νέχθη ἀπρεπῶς πρὸς καλογραιάν
τινα προβεβηκυῖαν μὲν τῇ ἡλι-
κίᾳ, πλὴν ὡραιοτάτην· Ἱππικοῦ
δὲ ἀγομένου, ἔκραξεν ὁ δῆμος ἐμ-
μέτρως ἐνώπιον τοῦ βασιλέως—
‘‘Ἡ Ἀγάθη μας ἐγήρασε,
καὶ σὺ τὴν ἀνανέωσας!’
Τῆς ἐνάτης. Μιχαὴλ ὁ
Τραυλὸς πολιορκῶν τὴν Σανι-
άναν, ἠπάτησε διὰ μέσου τοῦ
Οἰκονόμου τῆς πόλεως τὸν
Γαζαρινὸν, διοικητὴν αὐτῆς, ἀπο-
στείλας ἄνδρα τινὰ ἄγροικον
ὑπὸ τὰ τείχη, ψάλλοντα τὸ
ἑξῆς δημοτικὸν ᾀσμα πρὸς τὸν
αὐτὸν Οἰκονόμον—

‘‘Ἄκουσον κὺρ Οἰκονόμε
τὸν Γυβέρην τί σοῦ λέγει·
Ἂν μοῦ δῷς τὴν Σανιάναν
Μητροπολίτην σὲ ποίσω
Νεοκαισσάρειαν σοῦ δώσω.’
Ὁ βασιλεὺς Θεόφιλος ἀφι-
κόμενος εἰς Κωνσταντινούπολιν
νικητὴς, καὶ ἱππικὸν ποιήσας
ἠμφιεσμένος εἰς τὸ βένετον
χρῶμα, χαιρετᾶται ὑπὸ τῶν
δήμων, ὡς ἕπεται—

insert some passages in the
vulgar language belonging to the
eighth, ninth, tenth, eleventh,
and twelfth centuries, which we
have picked up here and there
from many sources, that they
may serve as material for study,
for those who devote themselves
to such matters."

8th Century. "The emperor
Copronymus behaved improperly
to a nun who was advanced in
age but very beautiful : accord-
ingly during a horse-race the
people shouted in the presence of
the king the following verse—
'Our Agatha had grown old,
and you made her young again.' "

9th Century. "The emperor
Michael the Stammerer, when he
was besieging Saniana, played
a trick upon the governor
Gazarinus through the agency
of the Oeconomos (rector) of the
city, by sending a rustic boor to
the foot of the wall, who sang
to the Oeconomos the following
song in the vulgar language—
'Hear, reverend Oeconomos,
what Gyberes says to you :
if you give me Saniana,
I will make you a Metropolitan,
I will give you Neocaesareia.' "
"The emperor Theophilus,
when he returned victorious to
Constantinople, and celebrated
a horse-race dressed in the
colour of the Blues (one of
the two factions of the circus),
was greeted by the people with
the following address—

'Καλῶς μᾶς ἦλθες ἀσύγκριτε φακτονάρη!'

Ἡ βασίλισσα Θεοδώρα διαρκούσης τῆς εἰκονομαχίας, διετηρεῖτο μυστικῶς ὀρθόδοξος. Μιᾷ δὲ τῶν ἡμερῶν ὁ γελωτοποιὸς τῆς αὐλῆς Δένδερης, κρύφιος κατάσκοπος τοῦ αὐτοκράτορος, συλλαβὼν αὐτὴν ἐπ' αὐτοφώρῳ προσκυνοῦσαν εἰκονίσματα, ἐρωτᾷ αὐτὴν τί τ' ἀντικείμενα ἐκεῖνα· ἡ δὲ βασίλισσα τὸν γελωτοποιὸν ἀπατῶσα, ἀποκρίνεται· 'τὰ καλά μου τὰ νινία, καὶ ἀγαπῶ τα πολλά.' (Τὰ νινία ταῦτα τῆς εὐσεβοῦς Θεοδώρας διατηροῦνται εἰς τὸ ὄρος ᾿Αθως, ἐν τῇ μονῇ τοῦ Βατοπεδίου.)

Ἐπὶ Θεοφίλου βασιλέως, Νικηφόρος τις Πραιπώσιτος ἀφήρπαξε κουμβαρίαν (πλοῖον μέγα) χήρας γυναικός. Αὕτη δὲ κατέφυγεν εἰς τοὺς παιγνιώτας τοῦ Ἱπποδρομίου, οἵτινες ὑπέσχοντο αὐτῇ διορθῶσαι τὴν ἀδικίαν διά τινος μηχανῆς. Ποιήσαντες δὲ οἱ αὐτοὶ παιγνιῶται κουμβαρίαν μικρὰν ἐν σχήματι πλοίου μετὰ ἀρμένου καὶ θέντες αὐτὴν ἐφ' ἁμάξης μετὰ τροχῶν, γενομένου ἱππικοῦ, ἔστησαν ἔμπροσθεν τοῦ βασιλικοῦ στάματος φωνοῦντες ἀλλήλοις· Χάνε, κατάπιε αὐτό· ὁ δ' ἔλεγεν· Οὐδὲν δύναμαι ἵνα ποίσω τοῦτο· καὶ πάλιν ὁ ἕτερος· Ὁ Νικηφόρος κατέπιε γέμον τὸ πλοῖον τῆς χήρας, καὶ σὺ οὐδὲν ἰσχύεις ἵνα φάγῃς αὐτό; ᾿Ακούσας ταῦτα ὁ βασιλεὺς

'You are welcome, incomparable chief of charioteers.'"

"The empress Theodora, during the iconoclastic strife, remained covertly orthodox. One day Denderes the court-jester, who was a secret spy in the service of the emperor, caught her in the act of adoring images, and asked her what those objects were. The empress, to deceive the jester, replied: 'They are my pretty dolls and I am very fond of them.' (These dolls of the pious Theodora are preserved on Mount Athos, in the monastery of Batopedion.)"

"In the time of the emperor Theophilus a certain Nicephorus, the chief of the eunuchs, took away from a widow a cumbaria (a large ship). She went for redress to the players of the hippodrome, who promised by some contrivance or other to set right the injustice. These players, having made a little cumbaria in the fashion of a ship with sails, placed it on a wheeled cart, and, when the horse-races took place, stationed it in front of the emperor's stand, calling out to one another: 'Open your mouth and swallow this'; the other said, 'I cannot do it,' and then again another said, 'Nicephorus swallowed the widow's ship cargo and all, and you cannot swallow this?'

ἔκαυσε φρυγάνοις τὸν Πραι-
πώσιτον.

'Ο Καῖσαρ Βάρδας δακνόμενος
τῷ φθόνῳ ὅτι ὁ Βασιλεὺς ἐδεί-
κνυεν ἀγάπην πρὸς τὸν Βασί-
λειον, εἶπε τοῖς αὐλικοῖς αὐτοῦ
τὸ ἑξῆς ἀγοραῖον παροιμιακόν·
'Ἐδιώξαμεν Ἀλώπεκα, καὶ
εἰσέβηκε Λεοντάριν.'
Ἀνάκρισις τοῦ Πατριάρχου
Φωτίου.
("Υφος ὁπωσοῦν νενοθευμένον
ἐπὶ τὸ ἀρχαιότερον, κατὰ τὸ
σύνηθες, ὑπὸ τῶν χρονο-
γράφων.)
Ἀνδρέας ὁ Δομέστικος. Γνωρί-
ζεις, ὦ δέσποτα, τὸν Ἀββᾶν
Θεόδωρον;
Φώτιος. Ἀββᾶν Θεόδωρον οὐ
γνωρίζω.
Δομέστ. Τὸν Ἀββᾶν Θεό-
δωρον τὸν Σανδαβαρηνὸν οὐδὲν
γνωρίζεις;
Φώτιος. Γνωρίζω μόνον
τὸν μοναχὸν Θεόδωρον, ἀρχι-
επίσκοπον ὄντα Εὐχαΐτων.
Δομέστ. Ἀββᾶ Σανδα-
βαρηνέ, ὁ βασιλεὺς ἐρωτᾷ σε·
ποῦ εἰσὶ τὰ χρήματα καὶ τὰ
πράγματα τῆς βασιλείας μου;
Σανδαβ. Ὅπου ἔδωκεν
αὐτὰ ὁ βασιλεύς· νῦν δὲ ἐπεὶ
τὰ ζητεῖ, ἐξουσίαν ἔχει ἵνα
ἀναλάβῃ αὐτά.
Δομέστ. Εἰπέ, τίνα ἤθελες
ποιῆσαι βασιλέα ὑποθέμενος εἰς
τὸν πατέρα μου ἵνα μὲ τυφλώσῃ·
σὸν συγγενῆ, ἢ τοῦ Πατριάρ-
χου;

When the emperor heard this
he had the chief eunuch burnt
with brushwood."

"Caesar Bardas, eaten up
with envy because the emperor
displayed affection for Basileius,
repeated to his courtiers the
following popular proverb—
'We drove away the fox and
the lion entered.'"

"Cross-examination of the
patriarch Photius.

(Style in some measure gar-
bled by the chroniclers, as
usual, to assimilate it to the
more ancient type.)
Andreas the Domesticus. My
lord, do you know the abbot
Theodore?
Photius. I do not know any
abbot Theodore.
Domest. Do you not know
the abbot Theodore Sandabar-
enus?
Photius. I only know the
monk Theodore who is arch-
bishop of Euchaïta.
Domest. Abbot Sandabarenus,
the emperor asks you: 'Where is
the money and the property of
my majesty?'
Sandab. Where the emperor
gave them: now that he de-
mands them, he has the power
to take them back.
Domest. (*for the emperor*). Say
whom you wanted to make
emperor when you suggested to
my father to blind me. Some
relation of yours? Or of the
patriarch?

Σανδαβ. Οὐ γνωρίζω περὶ τίνων κατηγορεῖτέ με.

Μάγιστ. Καὶ πῶς ἐμήνυσας τῷ βασιλεῖ, ἵνα ἐλέγξω περὶ τούτου τὸν πατριάρχην;

Σανδαβ. Ὁρκίζω σε, δέσποτα, κατὰ τοῦ Θεοῦ, ἵνα πρῶτον ποιήσῃς τὴν καθαίρεσίν μου, καὶ τότε γυμνὸν ὄντα τῆς ἱερωσύνης, ἃς μὲ κολάσωσιν ὡς κακοῦργον· οὐ γὰρ ἐδήλωσα ταῦτα εἰς τὸν βασιλέα.

Φώτιος. Μὰ τὴν σωτηρίαν τῆς ψυχῆς μου, κῦρι Θεόδωρε, ἀρχιεπίσκοπος εἶ καὶ ἐν τῷ νῦν αἰῶνι καὶ ἐν τῷ μέλλοντι.

Δομέστ. (θυμωθείς). Οὐδὲν ἐμήνυσας, Ἀββᾶ, δι᾽ ἐμοῦ εἰς τὸν βασιλέα, ὅτι ἵνα ἐλέγξω τὸν πατριάρχην εἰς τοῦτο; καὶ τ.λ.

Τῆς Δεκάτης.[1] Ἐκ τῆς Τακτικῆς Κωνσταντίνου τοῦ Πορφυρογεννήτου, υἱοῦ Βασιλείου τοῦ Βουλγαροκτόνου ἀπόσπασμα.

Ἁρμόζει δὲ, στρατηγὲ, ἂν κουρσεύσωσιν οἱ Σαρακηνοὶ ἔνθεν τοῦ ὄρους Ταύρου, ἵνα ἐπιτηδεύσῃ κατ᾽ αὐτῶν εἰς τὰς στενὰς κλεισούρας τοῦ ὄρους, ἐξαιρέτως ὅταν ἐπιστρέφωσι καὶ ὦσιν ἀπὸ κόπου, ἔχοντες ἴσως καὶ πραίδας ἢ κτηνῶν ἢ πραγμάτων. Τότε γὰρ ὀφείλεις ἀναβιβάζειν εἰς ὑψηλοὺς τόπους τοξότας καὶ σφενδονοβολίστας

Sandab. I do not know what you are accusing me of.

Magister. And how is it that you sent a message to the emperor for me to cross-examine the patriarch about this affair?

Sandab. (addressing the patriarch). I conjure you, my lord, before heaven, first to depose me, and then when I am deprived of my priestly office, let them punish me as a criminal: for I did not give this information to the emperor.

Photius. By the salvation of my soul, my lord Theodore, you are archbishop both in the present life and in the life to come.

Domest. (in a passion). Did you not send a message through me, Abbot, to the emperor, for me to cross-examine the patriarch about this?" etc.

10th Century. Extract from the Tactics of the emperor Constantine Porphyrogenitus, son of Basileius Bulgaroctonus.

"It is necessary, general, if the Saracens make a raid within Mount Taurus, for you to concert measures to oppose them in the narrow passes of the mountain, especially when they are on the road back, and have undergone fatigue, and perhaps having with them booty of cattle or property. For it is then that you ought to send archers

---

[1] An epic idyll called Ἡ ἀναγνώρισις, which will be found in the Appendix, belongs to this century.

ἵνα ῥίπτωσι κατ᾽ αὐτῶν. Καὶ οὕτως ἵνα ποιῇς καὶ διὰ τῶν καβαλλαρίων τὰς προσβολὰς κατ᾽ αὐτῶν· ἢ ὡς ἔχει ἀπαιτεῖν ἡ χρεία, ἢ δι᾽ ἐγκρυμμάτων ἢ δι᾽ ἄλλων ἐπιτηδευμάτων· οἷον ἵνα κυλίσῃς πέτραν εἰς τοὺς κρημνοὺς, ἢ ἵνα φράξῃς τὰς ὁδοὺς ἀπὸ δένδρων καὶ ποιήσῃς αὐτοῖς ἀδιάβατον. . . ."

and slingers up on the heights to discharge missiles upon them. And so that you may also make attacks upon them with cavalry ; or, as the exigency may demand, by ambuscades or other contrivances: such as by rolling boulders over the cliffs, or barricading the roads with trees and rendering them impassable for them. . . ."

Ταῦτα ἀρκοῦσιν ἐκ τῶν ἀξιολόγων προλεγομένων τοῦ Ζαμπελίου. Τὰ ἑξῆς εἶναι εἰλημμένα ἐκ τῶν τοῦ Κοραῆ προλεγομένων εἰς τὸν Β´ τόμον τῶν Ἀτάκτων αὐτοῦ· εἶναι δὲ ἀποσπασμάτια ἐκ τῶν " Συμβουλευτικῶν λόγων Ἀλεξίου Κομνηνοῦ πρὸς τὸν ἀνεψιὸν αὐτοῦ Σπανέαν " ἐν πολιτικοῖς ἀνομοιοτελεύτοις στίχοις. Πιθανώτατα δὲ ἀνήκουσιν εἰς τὸν ἐνδέκατον αἰῶνα.

This is sufficient of the excellent preface of Zampelius. The following is taken from the preface of Coraïs to the second volume of his *Miscellanies*: they are short extracts from the "Words of advice of Alexius Comnenus to his nephew Spaneas" in *political* blank verse. Most probably it belongs to the *eleventh century.*

Τὸ ποίημα τοῦτο φέρει ἐπιγραφὴν στιχουργημένην τὴν ἑξῆς—
" Ἐξ Ἀλεξίου Κομνηνοῦ, τοῦ μακαρίτου κείνου
Λόγοι χρηστοί, βουλευτικοί, πάνυ ὡραιομένοι,
Πρὸς τὸν ἀνεψιὸν αὐτοῦ, Σπανέας τὸ ἐπίκλην."
Ἔπειτα ἀρχίζει ἀπὸ τοὺς στίχους τούτους—
" Παιδί μου ποθεινότατον, παιδί μου ἠγαπημένον,
Ὀστοῦν ἐκ τῶν ὀστέων μου καὶ σὰρξ ἐκ τῆς σαρκός μου,"
καὶ ἐξακολουθεῖ παραινῶν—
" Υἱέ μου ἂν ἔχῃς μέριμναν ἢ ἔννοιαν εἰς νοῦν σου

This poem has the following heading in verse—
" From Alexius Comnenus of blessed memory,
good words of advice and most beautiful
to his nephew surnamed Spaneas."
Then he commences with the following lines—
" My child, dearest and best beloved,
bone of my bone, and flesh of my flesh,"
and he proceeds with his advice—
" My son, if you have any solicitude, or purpose in your mind

Νὰ κάμῃς πρᾶγμα τίποτες ὅπου
    ποθεῖς καὶ θέλεις,
Βλέπε μὴ λέγεις φανερῶς τὸν
    λογισμόν σου ὅλον."

to do anything you set your heart on and desire,
see that you do not divulge entirely your plans."

―――――

"Υἱέ μου, ἴδε ἂν ἔφαγες ξένον
    τίποτις πρᾶγμα,
Καὶ πῆρες καὶ κατέλυσες κατε-
    δαπάνησές το,
Μὴ κρύψῃς, τοῦτο μὴ ἀρνηθῇς
    μὴ τὸ ἀλληλογήσῃς.
Διατὶ οὐκ εἶχε μάρτυρες, σημά-
    διν ἐνεχύρου."

"My son, see, if you have defrauded a stranger of anything,
and taken and consumed and expended it,
that you do not conceal it, nor deny it, nor prevaricate about it,
because he had no witnesses or any pledge of security."

―――――

"Υἱέ μου ἂν ἔχῃς γείτονα,
    καὶ ἔχῃ σε κακίαν
Καὶ μαίνεταί σου ἐγκαρδιακὰ,
    γυρεύῃ τὸ κακό σου,
Καὶ μάθῃς καὶ γνωρίσῃς τον,
    υἱέ μου πρόσεξέ τον·
Καὶ βλέπε μὴ ἐμπιστευθῇς καὶ
    ποίσῃ σε ζημίαν."

"My son, if you have a neighbour and he wishes you ill,
and he rages passionately against you, and seeks to injure you,
and you have learnt and understand him, my son, beware of him,
and see that you do not trust him, lest he do you harm."

―――――

"Υἱέ μου, ἂν ἔχῃς γείτοναν
    ἢ συγγενὴν ἢ φίλον,
Καὶ ποίσετε δικάσιμον καὶ μά-
    χην ἀμφοτέρως,
Βλέπε, εἴ τι ἐπίστασαι καὶ ἦν
    εἰς ἐντροπήν των,
Μὴ φαυλατίσῃς, μὴ τὸ πῇς
    μηδὲ δημοσιεύσῃς."
Τελευτᾷ δὲ τὸ ποίημα εἰς τοὺς
ἑξῆς στίχους—
"'Επεὶ δ' ὁ λόγος ὁ βραχὺς
    κοῦφός ἐστιν τοῖς πᾶσιν,
Ἀρκοῦν καὶ σὲ ἃ σὲ ἔγραψα.
    Ἂν ταῦτα νὰ προσέχῃς,
Καὶ πρὸς τὸν νοῦν τοῦ γράμμα-
τος τὸν νοῦν σου νὰ τὸν θέσῃς,

"My son, if you have a neighbour or relation or friend,
and you do anything to make you go to law and contend with each other,
see, if you know anything and it be to their shame,
that you do not babble or talk about it, or make it public."
The poem ends with the following lines—
"Since a short speech is agreeable to all,
what I have written to you is enough for you. If you heed it,
and give your mind to the meaning of this letter,

Ἐντεῦθε ζῆς σωματικῶς τὸν
    βίον ἐν εἰρήνῃ,
Καὶ τὴν ψυχήν σου σώζεις δὲ
    εἰς λυκάβας αἰῶνας."
Μιχαὴλ ὁ Κηρουλάριος πα-
τριάρχης Κωνσταντινοιπόλεως
ἀνηγόρευσε βασιλέα Ἰσαάκιον
τὸν Κομνηνόν· ἀλλὰ μετέπειτα
ὀργισθεὶς κατ' αὐτοῦ εἶπεν ἐν
τῷ πατριαρχείῳ τὴν ἑξῆς δη-
μώδη παροιμίαν—
  ''Εγὼ σ' ἔκτισα φοῦρνέ μου
καὶ ἐγὼ νά σε χαλάσω.'
Ἐκατονταετηρὶς ΙΒ'. Τεκ-
μήρια γλωσσικὰ ταύτης τῆς
ἑκατονταετηρίδος ἔχομεν τὰ
ποιήματα τοῦ Πτωχοπροδρό-
μου τὰ ὑπὸ τοῦ Κοραῆ δη-
μοσιευθέντα ἐν τῷ πρώτῳ τόμῳ
τῶν Ἀτάκτων. Τὸ ἑξῆς ἀπό-
σπασμα ἐλήφθη ἐξ αὐτῶν.
"'Απὸ μικρόθεν μ' ἔλεγεν ὁ
    γέρων ὁ πατήρ μου,
'Τέκνον μου μάθε γράμματα, ἂν
    θέλῃς νὰ φελέσῃς·
Βλέπεις τὸν δεῖνα, τέκνον μου;
    πεζὸς ἐπεριπάτει·
Καὶ τώρα (βλέπεις) γέγονεν
    χρυσοφτερνιστηράτος,
'Αλογοτριπλοντέλινος καὶ πα-
    χυμουλαράτος.
Αὐτὸς ὅνταν ἐμάνθανεν, ὑπόδη-
    σιν οὐκ εἶχεν·
Καὶ τώρα (βλέπεις τον) φορεῖ
    τὰ μακρημίτηκά του.
Αὐτὸς μικρὸς οὐδὲν ἴδεν τοῦ
    λουτροῦ τὸ κατώφλιν,
Καὶ τώρα λουτρικίζεται τρίτον
    τὴν ἐβδομάδα.
Καβάδιν εἶχεν στούππινον τζαν-
    τζαλοφορεμένον,

you will pass your life here
bodily in peace,
and save your soul for endless
ages."

"Michael Cerularius, patri-
arch of Constantinople, invested
Isaacius Comnenus as emperor ;
but afterwards, being angry with
him, he repeated in the patri-
archal palace the following
popular proverb—
'I built you, my oven, now
let me destroy you.'"

12th Century. As specimens
of the language of this cen-
tury we have the poems of
Ptochoprodromus published by
Coraïs in the first volume of
his *Miscellanies.* The follow-
ing extract is taken from
them.

"From my boyhood, my old
father used to say to me :
' My child, get yourself educated
if you wish to be of any use.
Do you see that man, my child ?
He used to walk on foot,
and now (you see) he has golden
spurs,
he rides a horse with three breast-
straps, and mounts a fat mule.
This man, when he was study-
ing, had no shoes :
and now (you see him) he wears
boots with long pointed toes.
When he was young, the fellow
never saw the threshold of a bath,
and now he goes to the baths
three times a week.
He used to have a ragged hempen
cloak,

Καὶ φόρην τὸ μονάλλαγος χει-
μὸν καὶ καλοκαίριν,
Καὶ τώρα (βλέπεις) γέγονεν
λαμπροπουκαμισάτος,
Παραγεμιστοτράχηλος καὶ μορ-
φοπροσωπάτος.
Πείσθητι οὖν γεροντικοῖς καὶ
πατρικοῖς σου λόγοις·
Καὶ μάθε τὰ γραμματικὰ ἂν
θέλῃς νὰ φελέσῃς,
Ἂν γὰρ πεισθῇς ταῖς συμβου-
λαῖς καὶ τοῖς διδάγμασί μου,
Σὺ μὲν λοιπὸν νὰ τιμηθῇς, με-
γάλως εὐτυχήσεις·
Ἐμὲ δὲ τὸν πατέρα σου κἂν ἐν
τοῖς τελευτοῖς μου,
Νὰ θρέψῃς ὡς ἀδύνατον καὶ νὰ
γεροβοσκήσῃς.'

Ὡς δ' ἤκουσα τοῦ γέροντος,
δέσποτα, τοῦ πατρός μου
(Τοῖς γὰρ γονεῦσι πείθεσθαι
φησὶ τὸ θεῖον γράμμα),
Ἔμαθα τὰ γραμματικά, πλὴν
μετὰ κόπου πόσου!
Ἀφοῦ δὲ τάχα γέγονα γραμματι-
κὸς τεχνίτης,
Ἐπιθυμῶ καὶ τὸ ψωμὶν καὶ κύ-
ταλον καὶ ψίχαν·
Καὶ διὰ τὴν πεῖναν τὴν πολλὴν
καὶ τὴν στενοχωρίαν
Ὑβρίζω τὴν γραμματικὴν καὶ
κλαίγω καὶ φωνάζω·
Ἀνάθεμα τὰ γράμματα! Χριστέ,
καὶ ποῦ τὰ θέλει!
Ἀνάθεμαν καὶ τὸν καιρόν, καὶ
κείνην τὴν ἡμέραν,
Ὁποῦ με παρεδώκασιν εἰς τὸ
σκολιὸν ἐμέναν!
Τάχα νὰ μάθω γράμματα, τάχα
νὰ ζῶ ἀπεκεῖνα.

and wore it as his only suit in winter and summer,
and now (you see) he has come to be clothed in a splendid tunic,
with a fat neck and a sleek face.

Give heed then to the words of an old man who is your father ;
and get yourself educated if you wish to be of any use,
for if you follow my advice and instructions,
then you yourself will be honoured and very happy,
and me, your father, at least at the end of my life,
you will support in my feebleness and take care of my old age.'

And when I listened, my lord, to my aged father,
(for the Holy Scripture tells us to obey our parents)
I learnt literature, but with what trouble !
And now that I have in a way become expert in letters,
I long for bread, crust or crumb,

and from excessive hunger and distress
I abuse grammar and weep and exclaim :
'A curse on learning! O Christ, and on any one who likes it !
Cursed be the time and that day,

when they handed me over to the school
to be educated forsooth and forsooth to gain my living.'

Ἂν μ' ἔλειπαν τὰ γράμματα,   If I had left letters alone and
  καὶ μάθανα τεχνίτης   learnt to be a craftsman,
'Ἀπ' αὐτοὺς ὁποῦ κάμνουσιν τὰ   like those who work at gold-
  κλαποτὰ καὶ ζοῦσιν,   brocade and live by it,
Νά μαθα τέχνην κλαποτὴν καὶ   I would have learnt the gold-bro-
  νάζουν μετ' ἐκείνην·   cade trade and got my living by it;
Μὲ ταύτην γὰρ τὴν κλαποτὴν   for with this gold brocade which
  τὴν περισορεμένην,   is so highly regarded
Νὰ ἄνοιγα τὸ ἀρμάριν μου, νὰ   I should have opened my cup-
  τόβρισκα γεμάτον   board and found it full,
Ψωμὶν κρασὶν πληθυντικόν, καὶ   bread and wine in plenty, and
  θυνομαγερίαν,   cooked tunny-fish,
Καὶ παλαμιδοκόμματα, καὶ τζύ-   and slices of the small tunny-
  ρους καὶ σκουμπρία,   fish, and dried mackerel-fry and
    mackerel,

Παροῦ ὅτι τώρα ἀνοίγω το,   while, when I open it now, I see
  βλέπω τοὺς πάτους ὅλους,   all the bottoms (of the drawers),
Καὶ βλέπω χαρτοσάκκουλα   and I see bags filled with papers,
  γεμάτα τὰ χαρτία,
Ἴσταμαι τότε κατηφὴς καὶ ἀπο-   and then I stand downcast and
  μερμνημένος   overwhelmed with trouble,
Λιγοθυμῶ, λιγοψυχῶ ἀπὸ πολ-   my heart sinks and my soul
  λῆς μου πείνας·   faints with excess of hunger;
Καὶ διὰ τὴν πεῖναν τὴν πολλὴν   and from this great hunger and
  καὶ τὴν στενοχωρίαν   distress
'Ἀρνοῦμαι τὰ γραμματικὰ τὰ   I disown letters and prefer gold-
  κλαποτὰ προκρίνω."   brocading."
ΙΓ´ Ἑκατονταετηρίς. Ὡς   13th Century. As an ex-
γλωσσικὸν τεκμήριον τοῦ αἰῶνος   ample of the language of this
τούτου ἔστω τὸ ἑξῆς ἀπόσπασμα   century let the following extract
εἰλημμένον ἐκ τῶν "Χρονικῶν   serve, taken from the Chronicles
τοῦ Μωρέως," κατὰ τὴν ἔκδοσιν   of the Morea, according to Ellis-
τοῦ Ἕλλισσεν. Περιγράφεται   sen's edition. It is a description
δὲ ἡ κατάκτησις τῆς Πελοπον-   of the conquest of Peloponnesus
νήσου ὑπὸ τῶν Φράγκων.   by the Franks.
"'Ἀφότου γὰρ ἐμίσευσεν ὁ   "Now after the departure of
  ῥήγας Σαλονίκης,   the king of Salonica,
'Ἐνέμειν' ὁ μισὲρ Ντζεφρὲς μετὰ   Monsieur Geoffrey remained with
  τὸν Καμπανέσην,   De Champagne,
Τοὺς ἄρχοντας ἐρώτησε, τοὺς   and he inquired from the local
  τοπικοὺς Ῥωμαίους,   Greek noblemen,

Ὁποῦ τοὺς τόπους ἤξευραν, τὰ
　　κάστρα καὶ ταῖς χώραις,
Ὅλης τῆς Πελοπόννησος, ὅσον
　　κρατεῖ ὁ Μωρέας,
Τοῦ νὰ τοῦ διερμηνεύσουσι τοῦ
　　καθενὸς τὴν πρᾶξιν,
Κί ὡσὰν ἐρώτησε καλὰ καὶ
　　ἐπληροφορήθη,

Τὸν Καμπανέσην λάλησε καὶ
　　πρὸς ἐκεῖνον λέγει·
'Αὐθέντη, ἐγὼ ὡς ξενικὸς ἄν-
　　θρωπος δὲ τοῦ τόπου,
Ἐρώτησα τοὺς ἄρχοντας ὁποῦ-
　　ναι μετὰ σένα·
Κ' ὡς ἐπληροφορήθηκα ἀπ' αὔ-
　　τους τὴν ἀλήθειαν,
Καὶ εἶδα ὀφθαλμοφανῶς τὸ
　　κάστρον τῆς Κορίνθου,
Τοῦ Ἄργους καὶ τοῦ Ἀναπλιοῦ,
　　τὴν δύναμιν τὴν ἔχουν,
Ἄν θέλης νὰ καθέζεσαι, νὰ τὰ
　　παρακαθέζῃς,
Χάνεις τὰ ἐπεχείρησες, ἀπεργω-
　　μένος εἶσαι.
Τὰ κάστρα εἶναι δυνατὰ καλὰ
　　σιταρχημένα,
Κ' οὐδὲν τὰ δύνεσαι ποσῶς μὲ
　　πόλεμον νὰ τάχῃς.
Ἐγὼ γὰρ ἔμαθα καλὰ ἀπὸ
　　καλοὺς ἀνθρώπους
Ἀπὸ τὴν Πάτραν ἔμπροσθεν
　　μέχρις εἰς τὴν Κορώνην
Ἡ χώραις ἐν ἀπλώτεραις, κάμ-
　　ποι δὲ καὶ δρυμῶνες,
Ν' ἀπέρχεσαι ἐλεύθερα μ' ὅλα
　　σου τὰ φουσάτα.
Κ' ἀφοῦ κερδίσῃς τὰ χωριά, καὶ
　　νὰ σὲ προσκυνήσουν,
Τὰ κάστρα ἂν ἐμμείνουσιν ὡς
　　πότε νὰ βαστάζουν;

who knew the country, the forts
and the towns,
of all Peloponnesus, which the
Morea comprises,
that they might explain to him
the condition of each of them,
and as he questioned them
closely and received informa-
tion,

he spoke to De Champagne and
said to him :
' My lord, I, as a stranger resi-
dent in the place,
questioned the (native) noble-
men who are with you :
and as I have received accurate
information from them,
and have seen with my own
eyes the citadel of Corinth,
and of Argos and of Nauplia,
and the strength they have,
if you wish to sit down and in-
vest them,
you will fail in your attempt
and lose your labour.
The forts are strong and well
provisioned,
and you cannot at all get pos-
session of them by war.
For I obtained reliable informa-
tion from competent men
that from beyond Patras as far
as Corone
the towns are rather scanty, but
plains and forests prevail,
so that you may pass freely with
all your forces.
And when you gain the villages
and they submit to you,
if the forts stand firm, how long
will they hold out ?

"Ορισε γὰρ τὰ πλευτικὰ νὰ
    ὑπάγουν τῆς θαλάσσης,
Κ' ἡμεῖς ἂς ὑπαγένωμεν ὅλοι
    ἀπὸ τῆς στερέας·
Καὶ ἀφοῦ σώσωμεν ἐκεῖ, ὁποῦ-
    χεις τὸν λαόν σου,
Τὸν τόπον ὁποῦ ἐκέρδισες, ἐλ-
    πίζω 's ῥιζικόν σου
Κ' εἰς τοῦ Θεοῦ τὸ ἔλεος τοῦ
    νἄχῃς διαφορήσῃ.'
Ὡς τὸ ἤκουσεν ὁ εὐγενὴς
    αὐτὸς ὁ Καμπανέσης,
Μεγάλως εὐχαρίστησε τὸν πρω-
    τοστράτορά του.
"Ωρισε κ' ἐσιτάρχησαν τὴν χώραν
    τῆς Κορίνθου·
Φουσάτα ἄφηκε καλὰ τὸν τόπον
    νὰ φυλάττουν.
Κ' ὡς τὸ εἶπεν ὁ μισὲρ Ντζεφρὲς,
    καὶ ἐκαθωδήγεισέ το,

Οὕτως καὶ τὸ ἐπλήρωσε, κ' ἐπῆρε
    τὴν ὁδόν του.
Ἀπὸ τὴν Πάτραν ἤλθασι, 's τὴν
    Ἀνδραβίδα σῶσαν,
Ἐκεῖ ὁποῦ ἦσαν οἱ ἄρχοντες τοῦ
    κάμπου τοῦ Μωρέως.
Ἐτότε ὁ μισὲρ Ντζεφρὲς, ὡς
    φρόνιμος ὁποῦτον,
Ἐσύναξε τοὺς ἄρχοντας, καὶ
    λέγει πρὸς ἐκείνους.
'"Αρχοντες, φίλοι, κ' ἀδελφοὶ
    καλοὶ καὶ μοῦ συντρόφοι,
Ἐσεῖς ὁρᾶτε, βλέπετε ἐτοῦτον
    τὸν αὐθέντην,
Ὁποῦλθεν εἰς τοὺς τόπους σας,
    διὰ νὰ τοὺς κερδίσῃ.
Μηδὲν σκοπεῖτε, ἄρχοντες, ὅτι
    διὰ κοῦρσον ἦλθε,
Νὰ πάρῃ ζῷα, ῥοῦχά τε, καὶ τότε
    νὰ παγαίνῃ.

Order now your navy to go by
sea,
and let all of us go by land :

and when we arrive there, where
you have your people,
at the land which you have won,
I have faith in your fortune
and in the mercy of God that
you will be successful.'
When the noble De Champagne
heard this,
he heartily thanked his general.

He gave the command, and they
provisioned the town of Corinth ;
and he left a strong force to
guard the place,
and just as Monsieur Geoffrey
told him and showed him the
way,

so he acted, and started on his
road.
They passed by Patras and ar-
rived at Andravida,
where the chiefs of the plain of
the Morea were.
Then Monsieur Geoffrey, like
the prudent man he was,
assembled the chiefs and said to
them :
'Chiefs, friends, brethren, and
my good comrades,
you see, you behold this lord,

who came to your lands to gain
possession of them.
Do not think, chiefs, that he
came for plunder,
to carry off cattle and clothes,
and then go away.

'Ορῶ σᾶς γὰρ ὡς φρόνιμους,   I see you are sensible men and
   καὶ καθαρὰ σᾶς λέγω·   so I speak openly to you :
Θεωρεῖτε τὰ φουσάτα του, τὴν   you see his forces and the
   παρρησιὰν τὴν ἔχει·   splendour he has:
Αὐθέντης εἶναι βασιλεὺς, καὶ   he is a sovereign lord and his
   θέλει νὰ κερδίσῃ.   desire is to make conquests.
'Εσεῖς αὐθέντη οὐκ ἔχετε τοῦ νὰ   You have no lord to help you,
   σᾶς βοηθήσῃ,
Κ' ἂν δράμουν τὰ φουσάτα μας,   and if our forces set out and
   τὸν τόπον σας κουρσεύουν,   plunder your country,
Νὰ αἰχμαλωτίσουν τὰ χωριὰ,   and enslave your villages, and
   καὶ νὰ σφαγοῦν ἀνθρῶποι,   people are killed,
"Υστερον τί νὰ ποίσετε, ὅταν   what good will it be to you
   σᾶς μετανοήσῃ ;   afterwards, when you repent?
Λοιπὸν ἐμένα φαίνεται διὰ καλή-   So I think it is better for you
   τερόν σας
Νὰ ποίσωμεν συμβίβασιν, νὰ   that we make an arrangement,
   λείψωσιν οἱ φόνοι,   and that there should be no
     killing,
Τὰ κούρση κ' αἱ αἰχμαλωσιαῖς,   no carrying off plunder and
   ἀπὸ τὰ γονικά σας·   prisoners from your property ;
Κ' ἐσεῖς ὁποῦ εἶσθε φρόνιμοι,   and you who are wise, and
   κ' ἠξεύρετε τοὺς ἄλλους   know the others,
Ποῦ συγγενεῖς σας βρίσκονται,   where they are to be found,
   φίλοι σας καὶ συντρόφοι   your relations, friends and com-
     panions,
Πρᾶξιν νὰ ποίσετε 'ς αὐτοὺς,   use your efforts with them that
   διὰ νὰ προσκυνήσουν.'   they may submit.'
'Ως τ' ἤκουσαν οἱ ἄρχοντες,   When the chiefs heard this,
   ὅλοι τὸν προσκυνοῦσι·   they all submitted to him :
Καταπαντόθεν ἔστειλαν τοὺς   in all directions they despatched
   ἀποκρισαρίους,   messengers,
"Ενθ' ἤξευραν ὅτ' ἤσασι φίλοι   wherever they knew their
   καὶ συγγενεῖς τους·   friends and relations were :
Τὸ πρᾶγμα τοὺς ἐδήλωσαν κ'   they made the matter known to
   ἐπληροφόρησάν τους·   them and gave them informa-
     tion :
'Αφροντισιὰν τοὺς ἔστειλαν ἀπὸ   they sent to them from De Cham-
   τὸν Καμπανέσην,   pagne a promise of security,
"Οσοι θελήσουν νὰ ἐλθοῦν, νὰ   for as many as would come in
   ἔχουν προσκυνήσει,   and submit,

Τὰ γονικά τους νἄχουσιν, καὶ
　　πλέον νὰ τοὺς δώσῃ·

Ὅσοι ἀξιάζουν κ’ ὠφελοῦν,
　　τιμὴν μεγάλην νἄχουν.

Ὡς τ’ ἤκουσαν οἱ ἄρχοντες
　　καὶ τὸ κοινὸν ὁμοίως,
Ἄρχισαν καὶ ἐρχόντησαν, κ’
　　ἐπροσκυνοῦσαν ὅλοι.
Κ’ ἀφότου ἐσυνάχθησαν ἐκεῖ ’ς
　　τὴν Ἀνδραβίδα,
Τ’ ἀρχοντολόγι τοῦ Μωρεῶς κ’
　　ὅλης τῆς Μεσαρέας
Ἐποίησαν συμβίβασιν μετὰ τὸν
　　Καμπανέσην.”
ΙΔ΄ Ἑκατονταετηρίς. “Διή-
γησις ἐξαίρετος Βελθάνδρου τοῦ
Ρωμαίου, ὃς διὰ θλῖψιν ἦν εἶχεν
ἐκ τοῦ πατρὸς αὐτοῦ, ἀπεξενώθη,
ἔφυγεν ἐκ τῆς γονικῆς του χώρας,
καὶ πάλιν ἐπανέστρεψεν. Ἔλαβε
δὲ Χρυσάντζα, θυγατέρα ῥηγὸς
τῆς μεγάλης Ἀντιοχείας, πλὴν
κρυφίως πατρὸς καὶ μητρὸς αὐ-
τῆς.”
　Μετὰ τὴν μακρὰν ταύτην ἐπι-
γραφὴν ἄρχεται τὸ ποίημα ὡς
ἑξῆς·
“Δεῦτε προσκαρτερήσατε μι-
　　κρὸν ὡραῖοι πάντες,
Θέλω σᾶς ἀφηγήσασθαι λόγους
　　ὡραιοτάτους,
Ὑπόθεσιν παράξενην πολλὰ
　　παρηλλαγμένην,
Ὅστις γοῦν θέλει ἐξ αὐτῆς θλι-
　　βῆν τε καὶ χαρηναι
Καὶ νὰ θαυμάσῃ ὑπόθεσιν τῆς
　　τόλμης καὶ ἀνδρείας.
Λοιπὸν τὸν νοῦν ἱστήσατε, ν’
　　ἀκούσητε τὸν λόγον,

that they should keep their property and, he would give them more,

that as many as were worthy and proved of use would receive great honour.

When the chiefs heard this and the people likewise, they began to come in and all submitted.

And as soon as they were collected there in Andravida, the nobility of the Morea and of all Mesarea made terms with De Champagne.”

14th Century. “The remarkable story of Bertrand the Roman, who through the affliction he suffered from his father, went abroad, and abandoned his native land and afterwards returned. He took to wife Chrysantza, daughter of the king of Great Antioch, but without the knowledge of her father and mother.”

After this long title the poem begins as follows—

“Come now, my gentle readers, have a little patience, I am going to relate to you a most delightful tale, a strange subject with much variety of incident, so whoever of you wishes to feel grief or joy at it, and admire a story of daring and heroism, pay attention, that you may give heed to the tale,

Καὶ νὰ θαυμάσετε πολλά· ψεύ-
στης οὐ μὴ φανοῦμαι."

and be lost in admiration : I
shall not disappoint you."

Ἐν τοῖς ἐξῆς στίχοις περι-
γράφεται τὸ κάλλος τῆς Χρυ-
σάντζας·
"Ὀφρύδια κατάμαυρα ἐφύση-
σεν ἡ τέχνη,
Γυοφύρια κατεσκεύασεν ἀπὸ
πολλῆς σοφίας,
Αἱ Χάριτες ἐχάλκευσαν τὴν
μύτην τῆς ὡραίας,
Στόμα Χαρίτων Χάριτες, ὀδόντια
μαργαριτάρια,
Μάγουλα ῥοδοκόκκινα, αὐτό-
βαπτα τὰ χείλη,
Ἐμύριζε τὸ στόμα της χωρὶς
ἀμφιλογίας,
Στρογγυλομορφοπήγουνος, ὑ-
περανασταλμένη,
Λευκοβραχίων, τρυφερά . . ."

In the following lines the
beauty of Chrysantza is de-
scribed :
"The spirit of art inspired her
jet-black eyebrows,
traced their arches with great
skill ;
the Graces modelled the nose
of the beautiful one,
her mouth the Grace of Graces,
her teeth pearls,
her cheeks rose-red, her lips
with nature's dye,
the fragrance of her mouth be-
yond dispute,
with beautifully rounded chin ;
erect and stately,
white-armed and delicate . . ."

Μὲ συγχωρεῖτε νὰ σᾶς διακό-
ψω, διότι βλέπω ἐφθάσαμεν εἰς
Τουρῖνον.

Excuse my interrupting you,
for I see we have arrived at
Turin.

Θέλετε νὰ ἐξέλθωμεν νὰ πάρω-
μεν κανὲν ἀναψυκτικόν;

Πόσην ὥραν μένει ἐνταῦθα ἡ
ἀμαξοστοιχία;

Ἡμίσειαν ὥραν.

Ἃς ἐξέλθωμεν λοιπόν. Ἐγὼ
θὰ πάρω ἕν ἢ δύο παξιμάδια
καὶ ἓν ποτηράκι κρασί.

Καὶ ἐγὼ τὸ αὐτὸ θὰ πράξω.

Πῶς σᾶς φαίνεται τοῦτο τὸ
κρασί;

Τὸ εὑρίσκω νόστιμον. Εἶναι
γνήσιον κρασὶ τῆς Ἰταλίας.

Ἃς ὑπάγωμεν τώρα νὰ ἐρω-
τήσωμεν ἂν δυνάμεθα μὲ τὰ
εἰσιτήρια τὰ ὁποῖα ἔχομεν νὰ
περάσωμεν διὰ Φλωρεντίας,
διότι πολὺ ἐπιθυμῶ νὰ ἴδω τὴν
περίφημον ταύτην πόλιν.

Δὲν εἶναι καμμία ἀνάγκη νὰ
ἐρωτήσωμεν, διότι ἐγὼ εἰξεύρω
πολὺ καλὰ ὅτι ἐπιτρέπεται
τοῦτο· ἀλλ᾽ ἃς εἰσέλθωμεν εἰς
τὴν ἅμαξαν, διότι ὁ κώδων ἠχεῖ
διὰ τὴν ἀναχώρησιν.

Πότε θὰ φθάσωμεν εἰς Φλω-
ρεντίαν;

Ὀλίγον τι μετὰ τὸ μεσονύ-
κτιον. Κατὰ τὸν σιδηροδρομικὸν
χρονοπίνακα εἰς τὰς 4.14
φθάνομεν εἰς Ἀλεξάνδρειαν,

Shall we get out and take
some refreshment ?

How long does the train stop
here ?

Half an hour.

Then let us get out. I will
take a biscuit or two and a
small glass of wine.

And I will do the same.

How do you like this wine ?

I think it is very nice. It is
genuine Italian wine.

Let us go now and ask if we
can, with the tickets which we
have, pass through Florence, for
I very much wish to see that
famous city.

There is not any occasion for
us to ask, for I know very well
that this is permitted : but let
us get into the carriage, for the
starting-bell is ringing.

When shall we arrive at
Florence ?

A little after midnight. Ac-
cording to the railway time-table
we arrive at 4.14 at Alessandria,
where the train stops 7 minutes.

ἔνθα ἡ ἀμαξοστοιχία μένει ἑπτὰ
λεπτά. Εἰς τὰς 6.4 θὰ ἤμεθα
ἐν Γενούῃ, ὅπου θὰ ἔχωμεν
καιρὸν νὰ γευματίσωμεν, διότι
.ἡ ἀμαξοστοιχία μένει 38 λεπτά.
Εἰς τὰς 10.50 φθάνομεν εἰς
Πῖσαν, καὶ εἰς τὰς 12.40 εἰς
Φλωρεντίαν.

Πόσον λέγετε νὰ μείνωμεν ἐν
Φλωρεντίᾳ;

Ἐπεθύμουν νὰ ἦτο δυνατὸν
νὰ μείνωμεν πολλὰς ἡμέρας,
ἀλλ' ἐπειδὴ ἔχομεν νὰ ἐπι-
σκεφθῶμεν καὶ τὴν Ῥώμην, ἐξ
ἀνάγκης πρέπει νὰ ἀρκεσθῶμεν
εἰς μίαν ἡμέραν.

Ἔχετε δίκαιον καὶ οὕτω
πρέπει νὰ γείνῃ. Τώρα ἂν
ἀγαπᾶτε ἂς ἐξακολουθήσωμεν
τὴν ἀνάγνωσιν. Νομίζω σᾶς
διέκοψα ὅτε ἀνεγινώσκετε τὴν
περιγραφὴν τοῦ κάλλους τῆς
λευκωλένου καὶ τρυφερᾶς Χρυ-
σάντζας.

Μάλιστα, ἐκεῖ με διεκόψατε,
καὶ ἐκάμετε πολὺ καλά, διότι
πρέπει νὰ ὁμολογήσω ὅτι οὐδέ-
ποτε εἰς τὴν ζωήν μου ἀνέγνων
μωρότερον ποίημα.

Τότε λοιπὸν ἂς ἐξοδεύσωμεν
τὴν ὥραν ὁμιλοῦντες ἢ ἀνα-
γινώσκοντές τι περὶ Φλωρεντίας.

Ἴσα ἴσα καὶ ἐγὼ αὐτὸ διε-
νοούμην νὰ σᾶς προτείνω, διότι
εἰξεύρω ὅτι τὸ ὄνομα τῆς λαμ-
πρᾶς ταύτης πόλεως παρέχει
πολλὰς ἀναμνήσεις εἰς πάντα
πεπαιδευμένον Ἕλληνα.

Τοῦτο εἶναι ἀληθές, διότι τίς
Ἕλλην ὁπωσοῦν πεπαιδευμένος
ἀκούων τὸ ὄνομα τῆς Φλωρεντίας

At 6.4 we shall be in Genoa,
where we shall have time to
dine, for the train stops 38
minutes. At 10.50 we arrive at
Pisa, and at 12.40 at Florence.

How long do you say we
ought to stay at Florence?
I wish that it were possible
for us to stay several days, but
as we have to visit Rome also,
we must perforce content our-
selves with one day.

You are quite right and it
must be so. Now, if you like,
let us continue our reading. I
think I interrupted you while
you were reading the description
of the beauty of the white-armed
and delicate Chrysantza.

Yes, you interrupted me there,
and you did well, for I must
confess that I never read in my
life a more stupid poem.

Then let us spend our time
in talking or reading something
about Florence.
Just the very thing I was in-
tending to propose to you, for I
know that the name of this
splendid city affords many re-
miniscences to every educated
Greek.

This is true, for what Greek
of any education, when he hears
the name of Florence, does not

δὲν ἀναμιμνήσκεται ὅτι αὕτη ὑπῆρξεν ἐν ἡμέραις θλιβεραῖς τὸ καταφύγιον καὶ ἐνδιαίτημα τῶν Ἑλληνίδων μουσῶν; Πολλοὶ Ἕλληνες σοφοὶ μεσοῦντος τοῦ ΙΕ΄ αἰῶνος φεύγοντες ἐκ τῆς δουλωθείσης αὐτῶν πατρίδος κατέφευγον εἰς Ἰταλίαν καὶ ἰδίως εἰς Φλωρεντίαν, ὅπου εὕρισκον φιλοξενίαν καὶ περίθαλψιν.

Νομίζω ὅτι τὰ ζώπυρα τῆς ἀναγεννήσεως τῶν Ἑλληνικῶν γραμμάτων ἐκομίσθησαν εἰς τὴν Ἰταλίαν πρὸ τῆς ἁλώσεως τῆς Κωνσταντινουπόλεως, ὥστε δύναταί τις δικαίως νὰ εἴπῃ ὅτι οἱ μετὰ τὴν ἅλωσιν καταφυγόντες εἰς Ἰταλίαν Ἕλληνες σοφοὶ δὲν ἦσαν οἱ κυρίως εἰσηγηταὶ ἀλλὰ μᾶλλον οἱ τελεσιουργοὶ τῆς πνευματικῆς ταύτης ἀναγεννήσεως.

Τοῦτο εἶναι ἀληθὲς καὶ ἀναμφισβήτητον. Ἡ σπουδὴ τῆς Ἑλληνικῆς γλώσσης ἐν Ἰταλίᾳ ἤρχισεν ἐπὶ Βοκκακκίου καὶ Πετράρχου, ὀλίγιστοι ὅμως ἦσαν οἱ θιασῶται αὐτῆς. Ὁ Πετράρχης γράφων ἐν ἔτει 1360 πρὸς τὸν Βοκκάκκιον λέγει ὅτι ἐν Ἰταλίᾳ δὲν εὑρίσκοντο πλειότεροι τῶν δέκα ἀνδρῶν οἱ ὁποῖοι ἠδύναντο ν' ἀναγνώσωσι τὸν Ὅμηρον ἐν τῇ πρωτοτύπῳ γλώσσῃ, καὶ ὅτι οἱ ἡμίσεις τούτων ἦσαν ἐν Φλωρεντίᾳ.

Ἐνθυμεῖσθε τίς ἦτο ὁ διδάξας εἰς τὸν Πετράρχην τὴν Ἑλληνικήν;

recollect that in the days of affliction she was the refuge and the home of the Greek Muses? Many learned Greeks, in the middle of the 15th century flying from their enslaved country, took shelter in Italy and especially in Florence, where they were hospitably entertained and received every attention.

I believe that the vital spark of the revival of Greek literature was brought to Italy before the taking of Constantinople, so that it may be justly said that the learned Greeks who sought safety in Italy after the capture of that city did not absolutely initiate but rather completed this intellectual regeneration.

This is true and not to be disputed. The study of the Greek language in Italy commenced in the time of Boccaccio and Petrarch, but its votaries were very few. Petrarch writing to Boccaccio in the year 1360 says that in Italy there were not to be found more than ten persons who could read Homer in the original, and that half of these were in Florence.

Do you remember who it was that taught Petrarch Greek?

Ἂν δέν με ἀπατᾷ ἡ μνήμη ὠνομάζετο Βερνάρδος Βαρλαὰμ καταγόμενος ἐκ Καλαβρίας, ἀλλὰ σπουδάσας τὴν Ἑλληνικὴν ἐν Θεσσαλονίκῃ καὶ Κωνσταντινουπόλει· ταχέως δὲ διεκρίθη ὡς φιλόσοφος, μαθηματικὸς καὶ ἀστρονόμος.

Ἐγνώριζεν ὁ Βοκκάκκιος καλῶς τὴν Ἑλληνικήν;

Βεβαίως ὁ Βοκκάκκιος εἶχε πληρεστέραν γνῶσιν τῆς Ἑλληνικῆς ἢ ὁ Πετράρχης· ἐδιδάχθη δὲ αὐτὴν ἐν Καλαβρίᾳ ὑπὸ Λεοντίου Πιλάτου, ὁ ὁποῖος μετέφρασε τὸν Ὅμηρον εἰς τὴν Λατινικὴν γλῶσσαν. Ταύτην τὴν μετάφρασιν ἀντέγραψεν ὁ Βοκκάκκιος διὰ τὸν φίλον του Πετράρχην. Ὁ Βοκκάκκιος μεγάλως συνετέλεσεν εἰς τὴν ἐπίρρωσιν τῆς σπουδῆς τῆς Ἑλληνικῆς γλώσσης κατορθώσας ·νὰ ἱδρυθῇ ἰδία ἔδρα πρὸς διδασκαλίαν αὐτῆς ἐν Φλωρεντίᾳ, ὥστε ἴσως ἔχουσι δίκαιον οἱ λέγοντες ὅτι ἡ ἀναγέννησις τῆς σπουδῆς τῆς ἀρχαίας Ἑλληνικῆς δὲν χρεωστεῖται καθ᾽ ὁλοκληρίαν εἰς ξένους.

Οἱ νεώτεροι κριτικοὶ δύνανται νὰ ἔχωσι ταύτην ἢ ἐκείνην τὴν ἰδέαν περὶ τῆς ἀναγεννήσεως τῶν Ἑλληνικῶν γραμμάτων ἐν Ἰταλίᾳ, οἱ τοῦ ΙΕ΄ ὅμως αἰῶνος λόγιοι Ἰταλοὶ δὲν ἀποδίδουσιν αὐτὴν εἰς τοὺς ἑαυτῶν ὁμοεθνεῖς, ἀλλ᾽ εἰς τοὺς ἐκ Βυζαντίου καὶ Ἑλλάδος ἐλθόντας Ἕλληνας.

Τοῦτο οὕτως ἔχει· οὐδεὶς

If my memory does not betray me, his name was Bernard Barlaam, who was a native of Calabria but studied Greek in Thessalonica and Constantinople, and soon became distinguished as a philosopher, mathematician, and astronomer.

Had Boccaccio a good knowledge of Greek ?

Certainly Boccaccio had a more complete knowledge of Greek than Petrarch. He learnt it in Calabria under Leontius Pilatus, who translated Homer into Latin. This translation Boccaccio copied for his friend Petrarch. Boccaccio greatly contributed to the advancement of the study of Greek, having succeeded in securing the foundation of a special chair in Florence for the teaching of that language, so that perhaps they are right who say that the revival of the study of ancient Greek is not entirely due to strangers.

Modern critics may have this or that idea about the revival of Greek literature in Italy, but the learned Italians of the 15th century do not attribute it to their own countrymen, but to the Greeks who came from Byzantium and Greece.

This is so: but no one can

ὅμως δύναται ν' ἀρνηθῇ ὅτι
κατὰ τὴν ἐποχὴν ἐκείνην μεγάλη
τις καὶ ἔνθεος οὕτως εἰπεῖν
ὁρμὴ ὑπὲρ τῆς σπουδῆς τῶν
Ἑλληνικῶν γραμμάτων ἐπε-
κράτει ἐν Ἰταλίᾳ, ὥστε ὅτε οἱ
Ἕλληνες σοφοὶ ἦλθον εἰς αὐτὴν
εὗρον γῆν ἀγαθὴν καὶ γόνιμον,
ἑτοίμην νὰ δεχθῇ τὸν σπόρον
τῆς διδασκαλίας αὐτῶν, καὶ
οὕτως · ἡ συγκομιδὴ ὑπῆρξε
μεγάλη· ἀλλὰ τίς θεωρεῖται
ὡς ὁ πρῶτος καὶ ἐπιφανέστατος
τούτων τῶν σοφῶν σπορέων ;

Μανουὴλ ὁ Χρυσολωρᾶς.
Οὗτος ἐγεννήθη ἐν Κωνσταν-
τινουπόλει μεσοῦντος τοῦ ΙΔ΄
αἰῶνος ἐξ οἰκογενείας ἐπιφανοῦς.
Τυχὼν δὲ ἐκ φύσεως νοῦ δεξιοῦ
καὶ λαβὼν ἀρίστην ἀνατροφὴν
καὶ παιδείαν κατέστη ἀνὴρ
πολυμαθὴς καὶ ῥήτωρ δεινός.
Κατὰ τὸ ἔτος 1391 ἐστάλη ὑπὸ
Ἰωάννου τοῦ Παλαιολόγου ὡς
πρεσβευτὴς πρὸς τὸν βασιλέα
τῆς Ἀγγλίας Ῥιχάρδον τὸν Β΄
καὶ πρὸς ἄλλους ἡγεμόνας τῆς
Ἑσπερίας ὅπως ἐπικαλεσθῇ
βοήθειαν κατὰ τῶν Τούρκων,
οἵτινες τότε ἠπείλουν τὴν Κων-
σταντινούπολιν· ἀλλ' ἡ φωνὴ
αὐτοῦ ἤχησεν εἰς ὦτα μὴ ἀκου-
όντων, καὶ ἠναγκάσθη νὰ ἐπ-
ανέλθῃ εἰς Κωνσταντινούπολιν
ἄπρακτος. Ἐνταῦθα δὲν ἔμεινε
πολὺν χρόνον, διότι οἱ ἐν Ἰταλίᾳ
καὶ ἰδίως οἱ ἐν Φλωρεντίᾳ φίλοι
αὐτοῦ ἐπιμόνως προσεκάλουν
αὐτὸν νὰ μεταβῇ παρ' αὐτούς.
Δεχθεὶς τὴν πρόσκλησιν ἀπέ-
πλευσεν εἰς Βενετίαν ἔχων μεθ'

deny that at that time there
prevailed in Italy a kind of
intense and, so to speak, inspired
ardour for the study of Greek
literature, so that when the
learned Greeks came there, they
found a good and fertile soil
ready to receive the seed of
their instruction, and so the
crop was abundant : but who is
considered the first and most
distinguished of those learned
men who sowed the seed ?

Manuel Chrysoloras. He
was born at Constantinople in
the middle of the 14th cen-
tury and belonged to a dis-
tinguished family. Being by
nature talented and having been
excellently brought up and edu-
cated, he became a very learned
man and an accomplished orator.
In the year 1391 he was sent
by John Palaeologus as am-
bassador to Richard II. of Eng-
land and to other princes of the
West to ask for help against the
Turks, who were then threaten-
ing Constantinople. But his
words fell on ears that would
not listen, and he was compelled
to return unsuccessful to Con-
stantinople. Here he did not
remain long, for his friends in
Italy, and especially those in
Florence, persistently invited
him to go to them. He accepted
their invitation and sailed for
Venice, having with him Deme-
trius Cydonius, who was one of

ἑαυτοῦ καὶ τὸν Δημήτριον Κυδώνιον, ὅστις ἦτο εἰς ἐκ τῶν λογίων Ἑλλήνων τῆς ἐποχῆς ἐκείνης. Ἡ ὑποδοχὴ αὐτῶν ἐν Ἰταλίᾳ ὑπῆρξεν ἐγκάρδιος, καὶ διὰ νὰ σχηματίσῃ τις ἀμυδράν τινα ἰδέαν περὶ αὐτῆς πρέπει νὰ διέλθῃ τὴν ἑξῆς ἐπιστολὴν ἣν ἐπέστειλεν ὁ Κολούκκιος Σαλουτάτης πρὸς Δημήτριον τὸν Κυδώνιον ὅτε οὗτος προσωρμίσθη μετὰ τοῦ Χρυσολωρᾶ εἰς Βενετίαν. "... Εἰς ἐποχὴν καθ' ἣν ἡ σπουδὴ τῆς Ἑλληνικῆς γλώσσης σχεδὸν κατελείφθη καὶ αἱ διάνοιαι τῶν ἀνθρώπων εἶναι ἐντελῶς κεκυριευμέναι ὑπὸ φιλοδοξίας, φιληδονίας καὶ πλεονεξίας ἐπεφάνητε ἡμῖν ὡς ἄγγελοι παρὰ τοῦ θεοῦ κομίζοντες εἰς τὸ μέσον τοῦ ἡμετέρου σκότους τὴν δᾷδα τῶν γνώσεων. Εὐτυχὴ τῷ ὄντι θὰ νομίσω ἐμαυτόν (ἐὰν ὁ βίος οὗτος δύναται νὰ παράσχῃ εὐδαιμονίαν τινὰ εἰς ἄνθρωπον, ὅστις αὔριον θὰ κλείσῃ τὸ ἑξηκοστὸν πέμπτον ἔτος τῆς ἡλικίας του) ἐὰν δυνηθῶ, διὰ τῆς ὑμετέρας βοηθείας νὰ ἐμφορηθῶ τῶν ἀρχῶν ἐκείνων ἐκ τῶν ὁποίων προῆλθον πᾶσαι συλλήβδην αἱ γνώσεις ἃς ἡ χώρα αὕτη κατέχει. Ἴσως ἔτι καὶ νῦν τὸ παράδειγμα τοῦ Κάτωνος παρορμήσῃ με ν' ἀφιερώσω εἰς τὴν μελέτην ταύτην τὸ ἐπίλοιπον τοῦ βίου μου καὶ οὕτω δυνηθῶ νὰ προσθέσω εἰς τὰς γνώσεις μου καὶ τὴν μάθησιν τῆς Ἑλληνικῆς γλώσσης."

the learned Greeks of that time. The reception they met with in Italy was most cordial, and to form a faint idea of what it was like, one must read the following letter written by Coluccio Salutati to Demetrius Cydonius when the latter landed at Venice with Chrysoloras. ". . . . At a time when the study of the Greek language has almost been abandoned, and the minds of men are wholly engrossed by ambition, voluptuousness, and avarice, you have made your appearance before us as messengers from the divinity, bearing the torch of knowledge in the midst of our darkness. Happy indeed shall I esteem myself (if this life can afford any happiness to a man who to-morrow will close his sixty-fifth year) if I can by your assistance imbibe those principles from which all the knowledge which this country possesses is wholly derived. Perhaps, even yet, the example of Cato may stimulate me to devote to this study the remainder of my life, and I may thus be able to add to my acquirements a knowledge of the Grecian tongue."

Ὅτε ὁ Χρυσολωρᾶς ἦλθεν εἰς Ἰταλίαν τίς κατεῖχε τὴν ἕδραν τῶν Ἑλληνικῶν ἐν Φλωρεντίᾳ; Οὐδείς, διότι ἡ ἕδρα ἥτις συνέστη ἐν Φλωρεντίᾳ τῇ ἐνεργείᾳ τοῦ Βοκκακκίου, διετέλει χηρεύουσα ἐπὶ τριάκοντα ἔτη. Ὁ πρῶτος διδάξας ἐν αὐτῇ Λεόντιος ὁ Πιλάτος καταλιπὼν αὐτὴν ταχέως, ἀπῆλθεν εἰς τὴν Ἑλλάδα· ἔμεινε δὲ κενὴ ἡ ἕδρα δι᾽ ἔλλειψιν καταλλήλου καὶ ἱκανοῦ διδασκάλου. Τούτου ἕνεκα ὅτε ἦλθεν εἰς Φλωρεντίαν ὁ Χρυσολωρᾶς καὶ ἤρχισε τὰς παραδόσεις αὐτοῦ, μικροὶ καὶ μεγάλοι προσέδραμον πανταχόθεν τῆς Ἰταλίας πρὸς αὐτὸν καὶ ἠκροῶντο μετ᾽ ἀφάτου ἐνθουσιασμοῦ τῶν σοφῶν αὐτοῦ διαλέξεων. Οἱ πλεῖστοι καὶ σπουδαιότεροι τῶν λογίων τοῦ αἰῶνος ἐκείνου ὑπῆρξαν ἀκροαταὶ καὶ ὁμιληταὶ αὐτοῦ. Εἰς τὰς διαλέξεις τοῦ εὐφραδοῦς τούτου Ἕλληνος προσήρχοντο οὐ μόνον οἱ λόγιοι ἀλλὰ καὶ οἱ προεξάρχοντες τῶν εὐπατριδῶν. Ὁ Λεονάρδος Βροῦνος Ἀρετῖνος ἔν τινι συγγράμματι αὐτοῦ διηγεῖται χαριέντως πῶς ἀπεφάσισε νὰ γείνῃ εἷς ἐκ τῶν ὁμιλητῶν τοῦ Χρυσολωρᾶ. Ἰδοὺ τί λέγει κατὰ λέξιν. "Κατ᾽ ἐκεῖνον τὸν καιρὸν ἤμην σπουδαστὴς τῶν νομικῶν, ἀλλ᾽ ἡ ψυχή μου ἐφλέγετο ὑπὸ τοῦ ἔρωτος τῆς φιλολογίας καὶ ἀφιέρωσα μέρος τῶν μελετῶν μου εἰς τὴν σπουδὴν τῆς λογικῆς καὶ τῆς ῥητορικῆς

When Chrysoloras came to Italy, who occupied the chair of Greek literature in Florence ?

No one, for the chair which was founded in Florence by the efforts of Boccaccio continued vacant for thirty years. The first who taught in it, Leontius Pilatus, left it very soon and went to Greece ; and the chair remained empty for want of a fit and competent teacher. Hence, when Chrysoloras came to Florence and commenced his lectures, people of every degree flocked to him from all parts of Italy, and listened with indescribable enthusiasm to his learned discourses. The majority and the more distinguished of the learned men of that age were his hearers and disciples. Not only scholars but the prominent nobles attended the lectures of the eloquent Greek. Leonardo Bruni of Arezzo, in one of his works, gracefully relates how he decided to become a disciple of Chrysoloras. This is verbatim what he says : "At that time I was a student of the law ; but my soul was inflamed with the love of letters, and I devoted a portion of my labours to the study of the science of logic and rhetoric. On the arrival of Manuel, I began to hesitate between the considerations, whether I ought to abandon my legal studies or throw away this golden oppor-

τέχνης. Ότε ἦλθεν ὁ Μανουὴλ ἤρχισα νὰ ταλαντεύωμαι μεταξὺ τῶν ἰδεῶν, ἐὰν ἔπρεπε νὰ ἐγκαταλίπω τὰς νομικάς μου σπουδὰς ἢ νὰ ἀπορρίψω τὴν χρυσὴν ταύτην εὐκαιρίαν· καὶ ἐν τῇ ζέσει τῆς νεότητος ἔλεγον εἰς ἐμαυτόν—Θὰ φανῇς λοιπὸν οὕτως ἀνάξιος σεαυτοῦ καὶ τῆς τύχης; Θὰ ἀρνηθῇς νὰ ἔλθῃς εἰς στενὴν συγκοινωνίαν καὶ οἰκείωσιν μετὰ τοῦ Ὁμήρου, τοῦ Πλάτωνος καὶ τοῦ Δημοσθένους; μετὰ τῶν ποιητῶν, φιλοσόφων καὶ ῥητόρων ἐκείνων, περὶ τῶν ὁποίων τόσα θαυμάσια λέγονται, καὶ οἵτινες αἰωνίως ἐξυμνοῦνται ὡς οἱ κορυφαῖοι διδάσκαλοι τῶν ἐπιστημῶν; Καθηγηταὶ τῶν νομικῶν καὶ ἄνδρες νομομαθεῖς πάντοτε θὰ εὑρίσκωνται ἐν τοῖς πανεπιστημίοις ἡμῶν, ἀλλὰ διδάσκαλος τῆς Ἑλληνικῆς, καὶ διδάσκαλος τοιοῦτος, ἐὰν ἅπαξ μᾶς διαφύγῃ, ἴσως δὲν θὰ ἦναι πλέον δυνατὸν ν' ἀντικατασταθῇ. Πεισθεὶς ἐκ τούτων τῶν λόγων παρέδωκα ἐμαυτὸν εἰς τὸν Χρυσολωρᾶν, καὶ εἰς τοσοῦτον βαθμὸν ἦτο ἰσχυρὸς ὁ ἔρως μου, ὥστε τὰ μαθήματα δι' ὧν ἐνεφορούμην τὴν ἡμέραν ἐγίνοντο ἀδιάλειπτα θέματα νυκτερινῶν ὀνείρων." Κατὰ τὸν αὐτὸν χρόνον τὴν ἕδραν τῆς Λατινικῆς φιλολογίας κατεῖχεν ἐν Φλωρεντίᾳ Ἰωάννης ὁ ἐκ Ῥαβέννης, ἀνὴρ πολυμαθέστατος, καὶ οὕτως ἐκ τῶν δύο τούτων σχολῶν ἐξῆλθον οἱ ἐπιφανέστατοι ἄνδρες τῆς ἐποχῆς ἐκείνης.

tunity; and in the ardour of youth I said to myself: 'Wilt thou then prove so unworthy of thyself and thy fortune? Wilt thou refuse to be admitted to close association and familiar intercourse with Homer, Plato, and Demosthenes? with those poets, philosophers and orators, of whom such wonders are related, and who are for all ages celebrated as the highest teachers of the sciences? Professors and students of law will always be found in our universities; but a teacher, and such a teacher, of the Greek language, if he once escape us, can never perhaps be afterwards replaced.' Convinced by these arguments, I gave myself up to Chrysoloras, and the strength of my passion increased to such a degree that the lessons I imbibed by day were the constant subjects of my dreams by night." At this time Giovanni of Ravenna, a very learned man, occupied the chair of Latin at Florence, and hence from these two schools came the most illustrious men of that age.

Ἐκτὸς τοῦ ἀνωτέρω μνημονευ-
θέντος Λεονάρδου Βρούνου καὶ
οἱ ἑξῆς εἶναι ἐκ τῶν διαπρεπε-
στέρων ὁμιλητῶν τοῦ Χρυσο-
λωρᾶ Κάρολος Μαρσουππῖνος,
Πάλλας Στρότιος, ὅστις ὑπῆρξεν
ὁ ἀναμορφωτὴς τοῦ πανεπιστη-
μίου τῆς Φλωρεντίας, Ἀμβρό-
σιος ὁ Τραυερσάρις, Γουαρῖνος
ὁ ἐκ Βερώνης, Πόγγιος ὁ
Βρακκιολίνης, Φραγκίσκος ὁ
Φίλελφος, Βικτωρῖνος ὁ Ῥαμ-
βαλδόνης, Πέτρος Παῦλος ὁ
Βεργέριος, Γρηγόριος ὁ ἐκ Τιφέρ-
νης καὶ Ἰωάννης ὁ Αὐρίσπας ὁ
ἐκ Σικελίας.

Ὁ Χρυσολωρᾶς εὐλόγως δύνα-
ται νὰ θεωρηθῇ ὁ τελειωτὴς τοῦ
ἔργου, ὅπερ ἤρχισαν ὁ Πετράρ-
χης καὶ ὁ Βοκκάκκιος, καὶ ὁ
πρῶτος ὅστις εἰργάσθη τελεσ-
φόρως ὑπὲρ τῆς διαδόσεως
τῶν Ἑλληνικῶν γραμμάτων ἐν
τῇ Δύσει.

Ὁμιλοῦντες περὶ τῆς προαγω-
γῆς τῶν κλασικῶν σπουδῶν ἐν
Φλωρεντίᾳ δὲν πρέπει νὰ λησ-
μονήσωμεν τὸν ἔνδοξον οἶκον
τῶν Μεδίκων. Ἡ διαπρεπὴς
αὕτη οἰκογένεια ἥτις ἀνῆλθεν
εἰς τὴν ὑπερτάτην ἀρχὴν τῆς
Φλωρεντινῆς δημοκρατίας κατὰ
τὸν ΙΕ΄ αἰῶνα χρεωστεῖ τὴν
ἀρχικὴν αὐτῆς φήμην εἰς τὸ
ἐμπόριον. Περὶ τὰς ἀρχὰς τοῦ
ΙΓ΄ αἰῶνος μέλη ταύτης τῆς
οἰκογενείας ἤρχισαν νὰ λαμβά-
νωσι μέρος εἰς τὴν κυβέρνησιν
τῆς πατρίδος των. Κατὰ τὸν
ΙΔ΄ αἰῶνα διεκρίθη ἐπὶ πλούτῳ
καὶ δυνάμει ἐν τῇ δημοκρατίᾳ

Besides the above-mentioned
Leonardo Bruni, the following
are among the more distinguished
pupils of Chrysoloras: Carolo
Marsuppini, Palla Strozzi who
was the reformer of the Uni-
versity of Florence, Ambrosio
Traversari, Guarino of Verona,
Poggio Bracciolini, Francesco
Filelfo, Vittorini Rambaldoni,
Pietro Paulo Vergerio, Gregorio
da Tiferna, and Giovanni Aurispa
the Sicilian.

Chrysoloras may rightly be
regarded as completing the work
which Petrarch and Boccaccio
began, and as the first who
laboured with success for the
diffusion of Greek learning in
the West.

While on the subject of the
progress of classic studies in
Florence, we must not forget
the glorious house of the Medici.
This illustrious family, which
rose to supreme power in the
Florentine Republic in the 15th
century, owes its early renown
to commerce. About the be-
ginning of the 13th century,
some members of the family
began to take part in the govern-
ment of their country. In the
14th century Giovanni was dis-
tinguished for his wealth and his
influence in the republic: he was
succeeded by his son Cosimo.

ὁ Ἰωάννης τὸν ὁποῖον διεδέχθη ὁ υἱὸς αὐτοῦ Κοσμᾶς.

Ὁ βίος τοῦ Κοσμᾶ ὑπῆρξεν ἔνδοξος. Κατώρθωσε νὰ ἔχῃ τὴν συμμαχίαν ἰσχυρῶν ἡγεμόνων, νὰ διατηρῇ δὲ καὶ τὴν πόλιν ἀστασίαστον, καὶ οὕτως ἠδυνήθη νὰ στρέψῃ τὴν προσοχὴν αὐτοῦ εἰς τὴν ἀνάπτυξιν τῶν τεχνῶν καὶ ἐπιστημῶν ἐν τῇ πατρίδι αὐτοῦ, δαπανῶν ἀφειδῶς ἐξ ἰδίων. Ἀνεδείχθη μέγας προστάτης τῶν Ἑλληνικῶν γραμμάτων καὶ κατέστησεν οὕτω τὴν Φλωρεντίαν ἑστίαν τῶν κλασικῶν σπουδῶν. Τὸν Κοσμᾶν διεδέχθη ὁ υἱὸς αὐτοῦ Πέτρος ὅστις ἦτο ἀσθενὴς οὐ μόνον κατὰ τὸ σῶμα, ἀλλὰ καὶ κατὰ τὸ πνεῦμα· ἀλλ' εὐτυχῶς ὁ υἱὸς αὐτοῦ Λαυρέντιος ἦτο πεπροικισμένος διὰ πολλῶν χαρισμάτων καὶ ἐβοήθει τὸν πατέρα του ἐν τῇ κυβερνήσει τῆς πόλεως. Οὗτος εἶναι ὁ μετὰ ταῦτα ἐπικληθεὶς Λαυρέντιος ὁ Μεγαλοπρεπής. Μετὰ τὸν θάνατον τοῦ πατρὸς αὐτοῦ διαδεχθεὶς αὐτὸν ἀνεδείχθη ἄξιος ἀπόγονος τοῦ ἐνδόξου πάππου αὐτοῦ. Ἐκυβέρνησε τὴν πατρίδα αὐτοῦ μετὰ δικαιοσύνης καὶ μετριότητος. Ὑπῆρξε μεγαλόδωρος προστάτης τῶν ὡραίων τεχνῶν καὶ τῶν γραμμάτων. Ἦτο δὲ κάτοχος εὐρείας μαθήσεως καὶ ἐθεράπευεν εὐδοκίμως τὰς Μούσας, διότι ἔγραψε γλαφυρὰ λυρικὰ ποιήματα. Ἐὰν ἐπεχείρει τις νὰ περιγράψῃ ἐν ἐκτάσει τὰ δημόσια καταστή-

The life of Cosimo was a glorious one. He succeeded in allying himself with powerful princes, and in keeping the state free from revolution, and so was enabled to turn his attention to the development of the arts and sciences in his native country, spending much of his private fortune for this purpose. He was conspicuous as the great patron of Greek literature, and thus made Florence a focus of classic study. Cosimo was succeeded by his son Pietro, who was feeble not only in body but in mind; but fortunately the latter's son Lorenzo was endowed with many gifts, and assisted his father in the government of the state. It was he who was subsequently called Lorenzo il Magnifico. After his father's death, he succeeded him and showed himself a worthy descendant of his celebrated grandfather. He ruled his country with justice and moderation. He was a munificent patron of the fine arts and of literature. He was a man of extensive learning and successfully cultivated the Muses, for he wrote elegant lyric poems. If any one were to attempt to give a detailed description of the public institutions, the colleges and universities which were founded at his cost, and to recount the lives

ματα, τὰ ἐκπαιδευτήρια καὶ τὰ
πανεπιστήμια ἅπερ δαπάνῃ αὐ-
τοῦ ἱδρύθησαν, καὶ νὰ δώσῃ τὰς
βιογραφίας τῶν περιφήμων
ζωγράφων, ἀγαλματοποιῶν, ἀρ-
χιτεκτόνων, φιλοσόφων καὶ
ποιητῶν, ὑπὸ τῶν ὁποίων περιε-
βάλλετο, θὰ ἦτο τὸ αὐτὸ ὡς εἰ
ἀνελάμβανε νὰ συγγράψῃ τὴν
ἱστορίαν τῆς Ἀναγεννήσεως.
Λαυρέντιος ὁ ἐκ Μεδίκων εἶναι
ὁ πρῶτος ὅστις καθίδρυσε ἐν
Φλωρεντίᾳ ἀκαδημίαν ἐκ τῆς
ὁποίας ὡς ἐκ τοῦ Δουρείου
ἵππου ἐξεπήδησαν οἱ τῶν Ἑλλη-
νικῶν γραμμάτων ἀριστεῖς, οἵ-
τινες διέσπειραν τὴν Ἑλληνικὴν
σοφίαν οὐ μόνον εἰς σύμπασαν
τὴν Ἰταλίαν, ἀλλὰ καὶ εἰς τὴν
Γαλλίαν, τὴν Ἰσπανίαν, τὴν
Ἀγγλίαν καὶ τὴν Γερμανίαν.
Ἐκ πασῶν τούτων τῶν χωρῶν
ἦλθον πολλοὶ σπουδασταὶ εἰς
Φλωρεντίαν καὶ ἐντεῦθεν ἀπερ-
χόμενοι μετέδιδον τὰ φῶτα τῆς
παιδείας εἰς τὴν λοιπὴν Εὐρώπην.

Ἀλλ' εἰς τὸν οἶκον τῶν Μεδί-
κων ὀφείλεται πλείστη εὐγνω-
μοσύνη. καὶ διὰ τὴν ἵδρυσιν
δημοσίων βιβλιοθηκῶν. Ὁ
Κοσμᾶς καὶ ὁ υἱὸς αὐτοῦ Πέτρος
πολλοὺς κατέβαλον κόπους
πρὸς συλλογὴν Ἑλληνικῶν
χειρογράφων, ὁ δὲ Λαυρέντιος
ἐνεπνέετο, οὕτως εἰπεῖν, ὑπὸ
ἱερᾶς μανίας ὅπως αὐξήσῃ ἔτι
μᾶλλον τὸν ἀριθμὸν τῶν πολυ-
τίμων χειρογράφων, μὴ φειδό-
μενος οὔτε πόνων οὔτε δαπάνης.
Καθίδρυσε δὲ ἰδίαν βιβλιοθήκην
ἐν τῇ ἑαυτοῦ οἰκίᾳ, καὶ ὅπως

of the celebrated painters, sculp-
tors, architects, philosophers and
poets, by whom he was sur-
rounded, it would be the same
thing as if he undertook to write
the history of the Renaissance.
Lorenzo de' Medici was the first
who established in Florence an
academy, from which, as from
the Wooden Horse, emerged the
leaders in Greek literature, who
disseminated Greek philosophy
not only throughout all Italy, but
through France, Spain, England
and Germany. From all these
countries there came to Florence
many students, who going forth
from there imparted the light of
learning to the rest of Europe.

But to the house of the
Medici the deepest gratitude is
also due for having founded
public libraries. Cosimo and
his son Pietro took great pains
to collect Greek manuscripts,
and Lorenzo was inspired, so to
speak, with a divine frenzy to
increase still more the number
of valuable manuscripts, and
spared neither labour nor ex-
pense. He established a private
library in his own residence,
and, in order to enrich it, des-
patched John Lascaris twice to

πλουτίσῃ αὐτὴν ἔστειλε τὸν
Ἰωάννην Λάσκαριν δὶς εἰς τὴν
Ἑλλάδα. Ἐν τῇ δευτέρᾳ ἀπο-
στολῇ ὁ Λάσκαρις ἐκόμισεν εἰς
Φλωρεντίαν περὶ τὰ διακόσια
χειρόγραφα ἐν οἷς καὶ ὀγδοή-
κοντα τέως ἄγνωστα ἐν Ἰταλίᾳ
συγγράμματα.

Νομίζω ὅτι εἶναι ἄδικον ὁμι-
λοῦντες περὶ βιβλίων καὶ
βιβλιοθηκῶν νὰ μὴ ἀναφέρωμεν
καὶ τὸ ὄνομα τοῦ Φλωρεντινοῦ
ἐμπόρου Νικολοῦ Νικόλιο, εἰς
ὃν εἶχε καταλίπῃ ὁ Βοκκάκκιος
τὴν βιβλιοθήκην του. Οὗτος
πρὸ τῶν Μεδίκων συνέλαβε τὴν
ἰδέαν νὰ ἱδρύσῃ βιβλιοθήκην
δημοσίαν καὶ εἰργάσθη μετὰ
μεγίστου ἐνθουσιασμοῦ πρὸς
κατόρθωσιν τοῦ σκοποῦ αὐτοῦ.
Οὕτω κατήρτισε βιβλιοθήκην
ἐξ ὀκτακοσίων τόμων, ἣν εἰς
χρῆσιν τοῦ δημοσίου κατέλιπεν·
ἀλλ᾽ ἐπειδὴ οἱ δανεισταὶ αὐτοῦ
ἀντεποιοῦντο αὐτὴν Κοσμᾶς ὁ ἐκ
Μεδίκων ἔδωκεν εἰς αὐτοὺς τριά-
κοντα ἐξ χιλιάδας δουκάτα καὶ
λαβὼν τὰ βιβλία τὰ ἐναπέθηκεν
εἰς τὴν βιβλιοθήκην ἣν ἰδίᾳ
δαπάνῃ ᾠκοδόμησεν ἐν τῷ μονα-
στηρίῳ τοῦ Ἁγίου Μάρκου.

Πῶς παρέρχεται ἡ ὥρα ὅταν
τις διαλέγηται περὶ σπουδαίων.
Ἰδοὺ ἐφθάσαμεν εἰς Γενούην.

Ἂς ἐξέλθωμεν λοιπὸν νὰ
γευματίσωμεν, διότι ἐγὼ ἔχω
φοβερὰν πεῖναν.

Καὶ ἐγὼ λιμώττω. Ὡς φαίνε-
ται αἱ εὐχάριστοι συνομιλίαι
ἀνοίγουσιν ὄρεξιν.

Greece. On his second mission
Lascaris brought to Florence
about two hundred manuscripts,
among which were eighty works
till then unknown in Italy.

I think that while we are on
the subject of books and libraries
it is unjust not to mention also
the name of the Florentine mer-
chant Nicolo Nicolio, to whom
Boccaccio bequeathed his library.
It was he who, before the time
of the Medici, conceived the idea
of founding a public library, and
laboured with the utmost en-
thusiasm to carry out his design.
He formed accordingly a library
of eight hundred volumes, which
he bequeathed to the public for
their use : but as his creditors
laid claim to it, Cosimo de'
Medici paid them thirty-six
thousand ducats, and taking pos-
session of the books deposited
them in the library which he
erected at his own expense in
the monastery of St. Mark.

How the time goes by when
one is engaged in serious con-
versation ! Here we are at
Genoa.

Let us get out then and have
some dinner ; for I am dreadfully
hungry.

And I am starving. Appar-
ently pleasant conversation
sharpens the appetite.

Αἱ δὲ δυσάρεστοι καὶ ἂν ἔχῃ
τις ὄρεξιν τὴν κόπτουσιν.

Βλέπω ὅτι ἔχουσιν εἰς τὸ
ἑστιατήριον ἕτοιμον γεῦμα διὰ
τοὺς ταξειδιώτας, ἂς σπεύσωμεν
λοιπὸν νὰ καταλάβωμεν θέσεις.

And an unpleasant one blunts
the appetite, if one has one.

I see that they have dinner
ready for travellers in the dining-
room, so let us make haste and
secure places.

Ἠρωτήσατε τὸν σταθμάρχην ἂν θὰ ἔχωμεν ν' ἀλλάξωμεν ἁμαξοστοιχίαν ἐν Πίσῃ;

Μάλιστα, καὶ μοὶ εἶπεν ὅτι πρέπει νὰ μείνωμεν εἰς τὴν ἅμαξαν ἐν ᾗ εἴμεθα, διότι ὅταν φθάσωμεν ἐκεῖ, αἱ πρῶται ἓξ ἅμαξαι θὰ ἀποσπασθῶσιν ἐκ τῆς ἁμαξοστοιχίας, καὶ οὕτως ἀνενόχλητοι θὰ τραπῶμεν πρὸς Φλωρεντίαν.

Ἔχει καλῶς. Τώρα ἂς ἀνάψωμεν τὰ σιγάρα μας καὶ ἂς ἐξακολουθήσωμεν τὴν ὁμιλίαν περὶ τῶν Μεδίκων, διότι αἰσθάνομαι σήμερον ὡς νὰ ἦμαι κυριευμένος ὑπὸ Μεδικομανίας.

Καὶ ἐγὼ πάσχω τὸ αὐτό, ἀλλὰ νομίζω ὅτι ὀφείλομεν νὰ ὁμιλήσωμεν καὶ περὶ ἄλλου θέματος διὰ νὰ μὴ καταντήσῃ ἡ συνδιάλεξις ἡμῶν μονότονος.

Ἔστω ὡς λέγετε, διότι ἡ ποικιλία πάντοτε καὶ ἐν παντὶ εἶναι εὐχάριστος· περὶ τίνος λοιπὸν θέλετε νὰ ὁμιλήσωμεν;

Ἐὰν συνέβαινε νὰ ταξειδεύωμεν πρὸς τὴν Χίον ἢ τὴν Σμύρνην, περὶ τίνος νομίζετε ἠθέλομεν συνομιλεῖ;

Ἴσως περὶ πολλῶν μὲν καὶ

Did you ask the station-master whether we shall have to change our train at Pisa?

Yes, and he told me that we must remain in the carriage where we are, because, when we arrive there, the first six carriages will be taken off from the train, and thus without being disturbed we shall turn off to Florence.

That is all right. Now let us light our cigars and continue our conversation about the Medici, for I feel to-day as if I were possessed with Medico-mania.

And I have the same feeling, but I think we ought to talk upon some other subject, in order that our conversation may not become monotonous.

Let it be as you say, for variety in everything is always pleasant: what shall we talk about then?

If it had happened that we were travelling to Chios or Smyrna, what do you think we should have talked about?

Possibly about many things,

ἄλλων, ἀλλ' ὁ "Ομηρος βεβαίως
θὰ κατεῖχε τὴν πρώτην θέσιν
τῆς συνομιλίας ἡμῶν.

Οὕτω λοιπὸν πορευόμενοι εἰς
Φλωρεντίαν, δὲν νομίζετε ὅτι
εἶναι δίκαιον ν' ἀφιερώσωμεν
μέρος τῆς ὁμιλίας ἡμῶν εἰς τὸν
θεῖον ἀοιδὸν τῆς ἐνδόξου ταύτης
πόλεως ;

Δικαιότατον. Πρέπει ὅμως
νὰ σᾶς εἴπω ὅτι δὲν γνωρίζω
πολλὰ περὶ τοῦ Δάντου, ὥστε
φοβοῦμαι ὅλον τὸ φορτίον τῶν
περὶ αὐτοῦ πληροφοριῶν θὰ
πέσῃ ἐφ' ὑμᾶς.

'Αναδέχομαι τὴν φροντίδα νὰ
σᾶς εἴπω ὅσα εἰξεύρω περὶ Δάν-
του, καὶ πρῶτον ἀκούσατε ὀλί-
γα τινὰ περὶ τῆς βιογραφίας
αὐτοῦ. 'Εγεννήθη ἐν Φλωρεντίᾳ
ἐξ οἴκου περιφανοῦς κατὰ τὸ
ἔτος 1265 καὶ ἔτυχε παιδείας
καὶ ἀνατροφῆς ἐπιμεμελημένης.
"Ων ὁρμητικὸς ἐκ φύσεως καὶ
μεγαλοπράγμων ταχέως ἀνεμί-
χθη εἰς τὰ πολιτικά. Κατ' ἐκεί-
νην τὴν ἐποχὴν ἡ 'Ιταλία
εὑρίσκετο ἐν σάλῳ ἐμφυλίων
πολέμων καὶ ἐξωτερικῶν σκευω-
ριῶν. Αἱ πλεῖσται τῶν πόλεων
αὐτῆς ἀποσείσασαι τὸν αὐτο-
κρατορικὸν ζυγὸν ἐδημοκρα-
τοῦντο ἤδη, ἐν αἷς καὶ ἡ Φλω-
ρεντία, ἧς οἱ κάτοικοι ἦσαν
διῃρημένοι εἰς δύο κόμματα,
δηλαδὴ εἰς Γουέλφους ἤτοι
παπικούς, καὶ εἰς Γιβελλίνους
ἢ αὐτοκρατορικούς. 'Ο Δάντης
ἀνήκων εἰς τὸ κόμμα τῶν
Γουέλφων ἔλαβε μέρος εἰς τὰς
κατὰ τῶν Γιβελλίνων ἐκστρα-

but certainly Homer would have
held the first place in our con-
versation.

So then, as we are travelling
to Florence, do you not think
it right that we should devote
some part of our conversation
to the divine bard of this cele-
brated city ?

Quite right. But I must
tell you that I do not know
much about Dante, so that I
am afraid all the burthen of the
information regarding him will
fall on you.

I undertake the task of telling
you whatever I know about
Dante, and first of all listen to a
short account of his life. He
was born in Florence, of a dis-
tinguished family, in the year
1265, and was carefully brought
up and educated. Being by
nature impetuous and ambitious,
he soon mixed in politics. At
that time Italy was in a turmoil
of intestine wars and foreign
intrigues. Most of her cities,
having shaken off the imperial
yoke, had now become republics,
among which was Florence,
whose inhabitants were divided
into two factions, the Guelphs
or partisans of the Pope, and
the Ghibellines or imperialists.
Dante, belonging to the faction
of the Guelphs, took part in the
campaigns against the Ghibel-
lines and distinguished himself
in many battles. In the year
1300 he began his political life,

τείας καὶ διέπρεψεν εἰς δια-
φόρους μάχας. Ἐν ἔτει 1300
ἄρχεται ὁ πολιτικὸς αὐτοῦ βίος,
ὅστις ἔγεινεν εἰς αὐτὸν αἰτία
πολλῶν δεινῶν. Διωρίσθη ἄρ-
χων τῆς πόλεως μεθ᾽ ἑπτὰ
ἄλλων, ἀλλ᾽ ἡ ἀρχοντία αὕτη
διήρκεσε δύο μόνον μῆνας. Κατ᾽
ἐκείνην τὴν ἐποχὴν ἡ δημο-
κρατία κατεταράσσετο ὑπὸ τῶν
διενέξεων δύο ἰσχυρῶν μερίδων,
τῶν Λευκῶν καὶ τῶν Μελάνων.
Ὁ Δάντης ἐπιθυμῶν νὰ εἰρη-
νεύσῃ τὴν πόλιν εἰσήγαγε νόμον
καθ᾽ ὃν οἱ ἀρχηγέται τῶν δύο
φατριῶν ἔπρεπε νὰ ἐξορισθῶσιν,
ὅπερ καὶ ἔγεινεν. Ἐπειδὴ ὅμως
μετ᾽ ὀλίγον ἐπετράπη εἰς τοὺς
ἀρχηγέτας τῶν Λευκῶν νὰ
ἐπανέλθωσιν εἰς τὴν πόλιν,
ᾐτιῶντο περὶ τούτου οἱ ἐναντίοι
τὸν Δάντην· ἀλλ᾽ ἐκεῖνος εὐ-
λόγως ἀντέλεγεν ὅτι δὲν ἦτο
τότε ἄρχων.

Κατὰ τὸ προσεχὲς ἔτος (1301)
φήμη διεδόθη ὅτι ὁ Κάρολος
Βαλοὰ ἤρχετο μετὰ στρατοῦ
ὅπως καταγάγῃ εἰς Φλωρεντίαν
τοὺς ἀρχηγέτας τῶν Μελάνων.
Εὐθὺς λοιπὸν οἱ τότε κατέχοντες
τὴν ἀρχὴν ἔπεμψαν τὸν Δάντην
ὡς πρεσβευτὴν πρὸς Βονιφάτιον
τὸν Η᾽, ὑπὸ τὰς ἐμπνεύσεις τοῦ
ὁποίου ἐνήργει ὁ Κάρολος Βαλο-
ά. Ἐκ ταύτης τῆς πρεσβείας
οὐδέποτε πλέον ἐπανῆλθεν εἰς
τὴν πατρίδα αὐτοῦ, διότι ἐν ᾧ
χρόνῳ αὐτὸς ἐπρέσβευεν ἐν Ῥώ-
μῃ, ὁ Κάρολος Βαλοά, ὑπὸ τὸ
πρόσχημα εἰρηνοποιοῦ, εἰσή-
λασεν εἰς Φλωρεντίαν, καὶ εὐ-

which resulted in many misfor-
tunes for him. He was appointed
a prior of the state with seven
others, but this office of prior
only lasted two months. At
that time the republic was dis-
turbed by the contentions of two
powerful parties, the White and
the Black. Dante, desirous of
pacifying the state, introduced
a law by which the chiefs of the
two factions were to be exiled,
and this was carried out. But
as after a short time the chiefs
of the White faction were per-
mitted to return to the city, the
opposite faction threw the blame
of this on Dante; he however
argued with reason that he was
not then a prior.

In the following year (1301)
a report spread that Charles of
Valois was coming with an army
to reinstate in Florence the
chiefs of the Black faction.
Accordingly, those who then
held the government immedi-
ately sent Dante as ambassador
to Boniface VIII., under whose
inspiration Charles of Valois
was acting. From this embassy
he never returned to his native
land, for while he was perform-
ing the duties of ambassador at
Rome, Charles of Valois, under
the pretence of acting as a peace-
maker, marched into Florence,

θὺς πάντες οἱ ἀνήκοντες εἰς τὴν φατρίαν τῶν Μελάνων προσῆλθον εἰς αὐτόν, καὶ φοβερὰ μάχη συνήφθη μεταξὺ τῶν δύο μερίδων, ἥτις διήρκεσε τρεῖς ἡμέρας· ἀλλ' ἐπὶ τέλους ὑπερίσχισαν οἱ Μέλανες, καὶ τοὺς ἡττηθέντας ἀντιστασιώτας μετεχειρίσθησαν μετὰ πολλῆς σκληρότητος, διότι τοὺς μὲν ἐξ αὐτῶν κατέσφαξαν, τοὺς δὲ ἐξέβαλον, τὰς δὲ περιουσίας αὐτῶν ἐδήμευσαν. Ὁ Δάντης κατεδικάσθη ἐρήμην εἰς ἀειφυγίαν, δημευθείσης καὶ τῆς περιουσίας αὐτοῦ. Μετ' ὀλίγους μῆνας δεινοτέρα καταδίκη ἐψηφίσθη κατ' αὐτοῦ. Κατεδικάσθη ὑπὸ τῆς ἐναντίας φατρίας νὰ καῇ ζῶν ἐὰν συνελαμβάνετο. Ἡ καταδίκη αὕτη ἐπανελήφθη κατὰ τὸ ἔτος 1311, προσέτι δὲ καὶ κατὰ τὸ 1315.

Τοῦτο δεικνύει ὅτι οἱ ἐν Φλωρεντίᾳ ἰσχύοντες ἐφοβοῦντο αὐτόν.

Ἀναμφιβόλως, διότι ὁ Δάντης κατ' ἀρχὰς πάντα λίθον ἐκίνησεν ὅπως ἐπανέλθῃ ἐν θριάμβῳ εἰς τὴν πατρίδα αὐτοῦ· ἐπειδὴ ὅμως πᾶσαι αἱ ἀπόπειραι αὐτοῦ ἀπέβησαν μάταιαι, ἀπελπισθεὶς ἐτράπη εἰς βίον πλάνητα. Οὕτω δὲ ἐν ἐξορίᾳ διατελῶν συνέγραψε τὸ μέγα αὐτοῦ ἔργον, τὴν περιβόητον τριλογίαν, ἥτις ἀποτελεῖται ἐκ τοῦ Ἄδου, τοῦ Καθαρτηρίου καὶ τοῦ Παραδείσου.

Ἐνθυμεῖσθε τὴν χρονολογίαν τοῦ θανάτου αὐτοῦ καὶ τὸν τόπον ὅπου συνέβη;

Μάλιστα, ἀπέθανεν ἐν ἔτει

and all who belonged to the Black faction at once joined him, and a fearful battle took place between the two parties, which lasted three days; but at last the Blacks got the upper hand and treated with great cruelty their defeated opponents, for some of them they butchered, others they banished, and confiscated their property. Dante was condemned by default to perpetual exile and his property was confiscated. After a few months a more terrible sentence was passed upon him: he was condemned by the opposite faction to be burnt alive if captured. This sentence was repeated in 1311, and again in 1315.

This shows that the party in power at Florence was afraid of him.

No doubt; for Dante at first left no stone unturned to come back in triumph to his native country. But as all his attempts resulted in failure, in his despair he took to a wandering life. Thus it was in exile that he composed his great work, the far-famed trilogy, which consists of the Inferno, the Purgatorio, and the Paradiso.

Do you recollect the date of his death, and the place where it occurred?

Yes, he died in the year 1321

1321 ἐν Ῥαβέννῃ κατὰ μῆνα
Σεπτέμβριον καὶ ἐτάφη ἐν αὐτῇ
μετὰ μεγάλης πομπῆς ὑπὸ τοῦ
φίλου καὶ προστάτου αὐτοῦ
Γουΐδου Νοβέλλου τοῦ Πολεν-
τίου.

Ἐγκαρδίως εὐχαριστῶ ὑμᾶς
διὰ τὰς πληροφορίας ἅς μοι
ἐδώκατε περὶ Δάντου, διότι ἐγὼ
ἐλάχιστα μόνον, ὡς πρὸ ὀλίγου
σᾶς εἶπον, ἐγνώριζον περὶ αὐτοῦ.

Θέλετε νὰ σᾶς ἀναγνώσω
κανὲν ἀπόσπασμα ἐκ τῆς τρι-
λογίας αὐτοῦ ; ὡς βλέπετε ἔχω
μετ᾽ ἐμοῦ ἐν ἀντίτυπον τοῦ Δάν-
του ἐν τῇ πρωτοτύπῳ γλώσσῃ,
προσέτι δὲ καὶ τὴν ἀκριβῆ μετά-
φρασιν τοῦ Διδάκτορος Κάρ-
λαϋλ.

Κατὰ καλὴν συγκυρίαν ἔχω
καὶ ἐγὼ μετ᾽ ἐμοῦ τὴν Ἑλληνι-
κὴν μετάφρασιν, τὴν ὑπὸ Κων-
σταντίνου τοῦ Μοισούρου.

Ἀνέγνων εἰς τὰς ἐφημερίδας
καὶ εἰς τὰ περιοδικὰ κρίσεις περὶ
αὐτῆς, ἀλλ᾽ οὐδέποτε εἶδον τὸ
βιβλίον.

Ἰδού, τοῦτο εἶναι τὸ βιβλίον.

Ἐγὼ εἶχον τὴν ἰδέαν ὅτι ἦτο
εἰς τρεῖς τόμους.

Ἡ πρώτη ἔκδοσις ἦτο εἰς
τρεῖς τόμους, πρὸ ἑνὸς ὅμως
ἔτους ἔγεινε νέα ἔκδοσις ἀνατε-
θεωρημένη καὶ διωρθωμένη, ἥτις
εἰς ἕνα τόμον περιλαμβάνει ὅλην
τὴν τριλογίαν τοῦ Δάντου.

Καλῶς ἐποίησεν ὁ Μοισοῦρος
νὰ δημοσιεύσῃ τὸ βιβλίον εἰς
ἕνα τόμον, διότι οὕτω κατέστη-
σεν αὐτὸ οὐ μόνον εὔωνον, ἀλλὰ
καὶ εὐμετακόμιστον. Ἀλλ᾽ εἰ-

at Ravenna, in the month of Sep-
tember, and was buried there
with great ceremony by his
friend and protector Guido
Novello da Polenta.

I am heartily obliged to you
for the information you have
given me regarding Dante, for
I knew only a very little about
him, as I told you just now.

Would you like me to read to
you an extract from his trilogy ?
As you see, I have with me a
copy of Dante in the original,
and moreover the accurate trans-
lation of Doctor Carlyle.

By a lucky coincidence I also
have with me the Greek transla-
tion by Constantine Musurus.

I have read in the newspapers
and periodicals some criticisms
upon it, but I have never seen
the book.

Here, this is the book.

I had an idea that it was in
three volumes.

The first edition was in three
volumes, but a year ago a new
edition appeared, revised and
corrected, which contains in one
volume the whole of Dante's
trilogy.

Musurus did well to publish
the book in one volume, for thus
he made it not only cheap but
also portable. But do you know
that many people in England

ξεύρετε ὅτι πολλοὶ ἐν Ἀγγλίᾳ ἐνόμιζον ὅτι ὁ Μοισοῦρος ἦτο Τοῦρκος; Ἐνθυμοῦμαι ὅτε ἠγγέλθη διὰ τῶν ἐφημερίδων ἡ ἔκδοσις τῆς μεταφράσεως, καθηγητής τις τοῦ διεθνοῦς δικαίου ἐν συναναστροφῇ ἔλεγεν ἐν ἁπλότητι καρδίας· " Δὲν πρέπει νὰ κατηγορῶμεν τοὺς Τούρκους ἐπ' ἀμαθείᾳ, διότι ἐκ τῆς μεταφράσεως τοῦ Δάντου εἰς τὴν Ἑλληνικὴν γλῶσσαν ὑπὸ τοῦ Μοισούρου Πασᾶ καταφαίνεται ὅτι σπουδαῖοι καὶ πολυμαθεῖς ἄνδρες εὑρίσκονται εἰς τὸ ἔθνος τοῦτο, τὸ ὁποῖον τόσον ἀδίκως κατηγορεῖται ὡς βάρβαρον." "Ἀπορῶ," ὑπέλαβεν ἄλλος, " διὰ ποῖον λόγον μετέφρασε τὸν Δάντην εἰς τὴν γλῶσσαν τῶν Γκιαούριδων καὶ οὐχὶ εἰς τὴν Τουρκικὴν ἢ τὴν Ἀραβικήν;" "Ἴσα ἴσα καὶ ἐγὼ τοῦτο δὲν εἰμπορῶ νὰ καταλάβω," προσέθηκεν ἄλλος, " ἀλλ' ἴσως τὸ ἔκαμε διὰ νὰ δείξῃ πολυμάθειαν εἰς τοὺς σοφοὺς τῆς Ἀγγλίας." Τότε δὲν ἠδυνήθην νὰ κρατηθῶ πλέον καὶ εἶπον μειδιῶν πρὸς τοὺς παρόντας· " Θέλετε νὰ σᾶς εἴπω διὰ ποῖον λόγον ἔγραψεν ὁ Μοισοῦρος Ἑλληνιστί; διὰ τὸν ἁπλούστατον λόγον ὅτι ἦτο Ἕλλην καὶ ὄχι Τοῦρκος." Ἀκούσαντες ταῦτα ἐτράπησαν εἰς ἄλλας ὁμιλίας.

Ἂς ἐπανέλθωμεν τώρα εἰς τὸν Δάντην. Θὰ σᾶς ἀναγνώσω δὲ τὸ ἐπεισόδιον τοῦ δυστυχοῦς Οὐγολίνου, ὅστις ἐκδιώξας τὸν Νῖνον τῶν Βισκοντῶν ἐκ Πίσης ἀνέλα-

thought that Musurus was a Turk ? I remember that when the publication of the translation was announced in the newspapers, a certain professor of international law, at an entertainment, said in the simplicity of his heart : " We must not accuse Turks of ignorance, for from the translation of Dante into Greek by Musurus Pasha it is quite clear that there are distinguished men of great learning in this nation, which is so unjustly blamed as barbarous." " I cannot make it out," rejoined another ; " why did he translate Dante into the language of the Giaours, and not into Turkish or Arabic ?" " That is precisely what I too am at a loss to understand," added another, " but perhaps he did it to display his great learning to the scholars in England." Then I could no longer restrain myself, but said with a smile to the company : " Shall I tell you why Musurus wrote in Greek ? For the very simple reason that he was a Greek and not a Turk." As soon as they heard this, they changed the subject.

Let us now go back to Dante. I will read to you the episode of the unfortunate Ugolino, who after driving Nino de' Visconti out of Pisa, himself as-

βεν αὐτὸς τὴν ἀρχήν· ἀλλ' ὁ ἀρχιεπίσκοπος Ῥογῆρος ἐκ τῶν Οὐβαλδίνων ἐκ φθόνου κινούμενος διήγειρε τὸν λαὸν κατ' αὐτοῦ καὶ κρατῶν εἰς τὴν χεῖρα σταυρὸν συνέλαβε καὶ καθεῖρξεν αὐτὸν ἐν τῷ κατὰ τὴν πλατεῖαν τῶν Ἀντιάνων πύργῳ μετὰ τῶν δύο αὐτοῦ υἱῶν καὶ δύο ἐγγόνων. Μετά τινα χρόνον αἱ πύλαι τῆς εἰρκτῆς καθηλώθησαν καὶ ὁ δύσμοιρος Οὐγολῖνος εἶδεν ἀποθνήσκοντας τοὺς υἱοὺς αὐτοῦ καὶ ἐγγόνους ἀφοῦ ὑπέστησαν τοὺς φρικτοὺς ἀγῶνας τῆς πείνης· τέλος δὲ καὶ αὐτὸς ἀπέθανεν. Δὲν πρέπει ὅμως νὰ λησμονήσωμεν ὅτι καὶ ὁ Οὐγολῖνος ἔπραξε πολλὰ κακὰ ἐν τῷ βίῳ αὐτοῦ, δι' ὃ καὶ συνεκολάζετο μετὰ τοῦ θανασίμου αὐτοῦ ἐχθροῦ τοῦ Ῥογήρου. Ὁ Δάντης ἀφηγεῖται ὅτι εἶδε δύο ἁμαρτωλοὺς ἐν τῷ πάγῳ, ὧν ὁ εἷς ἔδακνε τὸν τράχηλον τοῦ ἑτέρου καὶ κατεβίβρωσκε τὸν ἐγκέφαλον αὐτοῦ. Ἠρώτησε λοιπὸν τοῦτον τίς ἦτο καὶ διὰ τί ἐποίει ταῦτα. Τότε ὁ ἁμαρτωλὸς καταλιπὼν τὴν φρικώδη βορὰν καὶ ὑψώσας τὴν ἑαυτοῦ κεφαλὴν ἐσπόγγισε τὸ στόμα του διὰ τῶν τριχῶν τῆς ἡμιβρώτου κεφαλῆς καὶ εἶπεν·

sumed the government : but the archbishop Ruggieri de' Ubaldini, actuated by envy, raised the people against him, and holding a cross in his hand arrested him, and imprisoned him in the tower of the Piazza de' Anziani with his two sons and his two grandchildren. After some time the gates of his prison were nailed up, and the ill-fated Ugolino saw his sons and his grandchildren dying after suffering the terrible agonies of hunger : at last he too died. But we must not forget that Ugolino also committed many wicked actions during his life, and that it was on this account that he was being punished in company with his deadly enemy Ruggieri. Dante relates that he saw the two sinners in the ice, one of whom was biting the neck of the other and devouring his brains. He asked him who he was and why he was doing this. Then the sinner leaving his horrible meal and raising his head, wiped his mouth with the hair of the half-eaten head and replied :

"Tu dèi saper ch' i' fui 'l Conte Ugolino,
  E questi l' Arcivescovo Ruggieri :
  Or ti dirò perch' i' son tal vicino.
Che per l' effetto de' suoi ma' pensieri,
  Fidandomi di lui, io fossi preso
  E poscia morto, dir non è mestieri.

Però quel, che non puoi avere inteso,
    Cioè, come la morte mia fu cruda,
    Udirai ; e saprai, se m' ha offeso.
Breve pertugio dentro dalla muda,
    La qual per me ha 'l titol della fame,
    E 'n che conviene ancor ch' altri si chiuda,
M' avea mostrato per lo suo forame
    Più lune già ; quand' io feci 'l mal sonno,
    ·Che del futuro mi squarciò 'l velame.
Questi pareva a me maestro e donno,
    Cacciando 'l lupo e i lupicini al monte,
    Per che i Pisan veder Lucca non ponno.

.   .   .   .   .

In picciol corso mi pareano stanchi
    Lo padre e i figli ; e con l' agute sane
    Mi parea lor veder fender li fianchi.
Quando fui desto innanzi la dimane,
    Pianger senti' fra 'l sonno i miei figliuoli,
    Ch' erano meco, e dimandar del pane.
Ben sei crudel, se tu già non ti duoli,
    Pensando ciò, che 'l mio cor s' annunziava :
    E se non piangi, di che pianger suoli ?
Già eran desti ; e l' ora s' appressava,
    Che 'l cibo ne soleva essere addotto,
    E per suo sogno ciascun dubitava ;
Ed io senti' chiovar l' uscio di sotto
    All' orribile torre : ond' io guardai
    Nel viso a' miei figliuoi senza far motto.
Io non piangeva ; sì dentro impietrai.
    Piangevan' elli ; ed Anselmuccio mio
    Disse : Tu guardi sì, padre : che hai ?
Perciò non lagrimai, nè rispos' io
    Tutto quel giorno, nè la notte appresso,
    Infin che l' altro Sol nel mondo uscio.
Com' un poco di raggio si fu messo
    Nel doloroso carcere, ed io scorsi
    Per quattro visi lo mio aspetto stesso ;
Ambo le mani per dolor mi morsi.
    E quei, pensando ch' io 'l fessi per voglia
    Di manicar, di subito levòrsi,
E disser : Padre, assai ci fia men doglia,

Se tu mangi di noi : tu ne vestisti
Queste misere carni, e tu le spoglia.
Quetâmi allor, per non fargli più tristi :
Quel dì, e l' altro stemmo tutti muti.
Ahi dura terra, perchè non t' apristi ?
Posciachè fummo al quarto dì venuti,
Gaddo mi si gettò disteso a' piedi,
Dicendo : Padre mio, che non m' aiuti ?
Quivi morì.   E come tu me vedi,
Vid' io li tre cascar ad uno ad uno
Tra 'l quinto dì e 'l sesto : ond' i' mi diedi
Già cieco a brancolar sovra ciascuno,
E tre dì gli chiamai, poich' e' fur morti :
Poscia, più che 'l dolor potè il digiuno.
Quand' ebbe detto ciò, con gli occhi torti
Riprese 'l teschio misero co' denti,
Che furo all' osso, come d' un can, forti."

Inferno, **xxxiii.** 13.

Translation by Musurus.	*Translation by Dr. Carlyle.*
" ' Κόμητά μ' Οὐγολῖνον ἴσθι ποτ' ὄντα.	" ' Thou hast to know that I was Count Ugolino,
Ἀρχιεπίσκοπος δ' ἔσθ' ὅδε 'Ρουγείρης·	and this the archbishop Ruggieri:
Ἐρῶ σοι δὲ νῦν, πῶς τοιόσδ' εἰμὶ γείτων.	now I will tell thee why I am such a neighbour to him.
Ὡς ταῖς πονηραῖς αὐτοῦ βουλαῖς ὑπείκων	That by the effect of his ill devices I,
Καὐτῷ πίστιν δούς, συνελήφθην χὑπέστην	confiding in him, was thereafter
Εἶτα θάνατον, λέγειν οὐκ ἔστι χρεία.	put to death, it is not necessary to say.
Ἀλλ' ὅπερ ἴσως οὐκ ἤκουσας εἰσέτι,	But that which thou canst not have learnt,
Ὅσον δὴ σκληρὸς ὑπῆρξ' ὁ θάνατός μοι,	that is, how cruel was my death,
Λέξω, καὶ γνώσῃ πόσον ἠδίκησέ με.	thou shalt hear, and know if he has offended me.
Μικρόν τι διαύγιον τῆς εἰρκτῆς ἔνδον	A narrow hole within the mew

Ἔκτοτ' ἀπ' ἐμοῦ καλουμένης τῆς πείνης,	which from me has the title of Famine,
Ἔνθ' ἔτι καθειρχθῆναι προσήκει κἄλλους,	and in which others yet must be shut up,
Διὰ τῆς ὀπῆς ὁρᾶν ἐπέτρεψέ με	had through its opening already shown me
Πολλὰς σελήνας, ὅτ' εἶδον κακὸν ὄναρ,	several moons, when I slept the evil sleep
Τὸν τοῦ μέλλοντος διασχίσαν μοι πέπλον.	which rent for me the curtain of the future.
Οὗτος αὐθέντης ἐφαίνετό μοι κἄρχων,	This man seemed to me lord and master,
Θηρεύων λύκον καὶ λυκιδεῖς πρὸς ὄρος,	chasing the wolf and his whelps upon the mountains
Ὅπερ κωλύει Πισαίους ὁρᾶν Λούκαν.	for which the Pisans cannot see Lucca.

. . . . . .

Μικρᾷ δ' ὕστερον ἐδόκουν κεκμηκότες	After short course, the father and the sons
Πατὴρ καὶ τέκνα, καὶ τοὺς ὀξεῖς ὀδόντας	seemed to me weary, and methought
Ἔβλεπον αὐτῶν σχίζοντας τὰς λαγόνας.	I saw their flanks torn by the sharp teeth.
Ὅτε δ' ἠγέρθην ἐκ κοίτης πρὸ τῆς ἕω,	When I awoke before the dawn
Κλαίοντ' ἤκουσα τὰ πεφυλακισμένα	I heard my sons who were with me weeping
Μετ' ἐμοῦ τέκν' ἐν ὕπνοις κἄρτον αἰτοῦντα.	amid their sleep and asking for bread.
Σκληρὸς ἂν εἴης, εἰ μὴ δή μοι συνάχθῃ,	Thou art right cruel if thou dost not grieve already
Σκοπῶν οἷ' ἐν καρδίᾳ συνησθανόμην·	at the thought of what my heart foreboded ;
Εἰ δὲ μὴ κλαίεις, πότ' ἄρ' εἴωθας κλαίειν ;	and if thou weepest not, at what art thou used to weep ?
Ἀνηγέρθησαν ἤδη κἀγγὺς ὑπῆρχεν	They were now awake and the hour approaching
Ὁ καιρός, καθ' ὃν ἔφερον τὰ πρὸς βρῶσιν,	at which our food used to be brought us,
Ἕκαστος δ' ἡμῶν τοὔναρ εἶχ' ἐν νῷ τρέμων,	and each was anxious from his dream,

Ὅτ᾽ ἤκουσ᾽ ὑπ᾽ ἔμ᾽ ἠλοιμένην
    τὴν θύραν

and below I heard the outlet

Τοῦ φρικαλέου πύργου. Σιωπῶν
    τότε

of the horrible tower locked up:
whereat

Εἶδον εἰς τὸ πρόσωπον τῶν
    ἐμῶν τέκνων·

I looked in the faces of my sons
without uttering a word.

Οὐκ ἔκλαιον, ἀλλ᾽ ἔνδον ἀπελι-
    θώθην.

I did not weep, so stony grew I
within.

Αὐτὰ δ᾽ ἔκλαιον· ὁ δ᾽ Ἀσελ-
    μούκιός μου

They wept and my little Anselm

Εἶπε· "Πῶς βλέπεις οὕτω,
    πάτερ; τί πάσχεις;"

said: "Thou lookest so! Father,
what ails thee?"

Οὐ μὴν ἐδάκρυσ᾽, ἀλλ᾽ οὔτ᾽ ἀπε-
    κρινάμην

But I shed no tear, nor answered

Ἡμέραν ὅλην, οὔτ᾽ ἐπιοῦσαν
    νύκτα,

all that day, nor the next night,

Μέχρις ἥλιος ἐπανέτειλ᾽ ἐν
    κόσμῳ.

till another sun came forth upon
the world.

Μικρᾶς δ᾽ ἀκτῖνος τότ᾽ ἔνδον
    παρεισδύσης

When a small ray was sent into

Τῆς φρικτῆς εἱρκτῆς εἶδον ἐν
    τοῖς προσώποις

the doleful prison, and I dis-
cerned

Τῶν τεσσάρων τὴν ἐμὴν ἀθλίαν
    ὄψιν,

in their four faces the aspect of
my own,

Ἐκ λύπης ἔδακόν μου τὰς χεῖρας
    ἄμφω·

I bit on both my hands for
grief;

Οἱ δ᾽ ἐμοὶ παῖδες ὑπολαβόντες
    τοῦτο

and they, thinking I did it

Ὡς πείνης ὁρμὴν ἀνέστησαν
    ἐξαίφνης

from desire of eating, of a sudden
rose up

Λέγοντες· "Ἧττον ἀλγεινὸν
    ἡμῖν ἔσται,

and said, "Father, it will give us
much less pain

Ἢν φάγῃς ἡμῶν, πάτερ· σὺ γὰρ
    ὁ ταῖσδε

if thou wilt eat of us; thou
didst put upon us

Οἰκτραῖς σαρξὶν ἐνδύσας, σὺ
    τάσδ᾽ ἀφαίρει."

this miserable flesh, and do thou
strip it off."

Τότ᾽ ἐπραΰνθην ὡς μὴ πλέον
    λιπήσω.

Then I calmed myself in order
not to make them more un-
happy.

Ἦμεν σιγηλοὶ κείνην ἡμέραν
    κἄλλην.

That day and the next we all
were mute.

Αἴ! γῆ σκληρά, πῶς οὐκ ἀνε-
    ῴχθης τότε;
'Ανατειλάσης τῆς τετάρτης
    ἡμέρας,
Γάδδος μοι πρὸ τῶν ποδῶν ἔπεσ'
    ἐκτάδην
Λέγων πικρῶς· "Ὦ πάτερ, οὐ
    βοηθεῖς μοι;"
'Απέθαν' ἐκεῖ, καί, καθὼς νῦν
    με βλέπεις,
Εἶδον πεσόντας τοὺς τρεῖς
    ἄλλους καθ' ἕνα
'Εντὸς τῆς πέμπτης καὶ τῆς
    ἕκτης ἡμέρας.
'Εψηλάφων ἕκαστον τυφλὸς ὢν
    ἤδη·
'Εφ' ἡμέρας τρεῖς θανόντας ἀνε-
    κάλουν·
'Η πεῖν' ἔπειτα κατίσχυσε τῆς
    λύπης.'
Ταῦτ' εἰπὼν λοξοῖς ὄμμασι τὸ
    παντάλαν
Κρανίον πάλιν ἔλαβεν, ἐπι-
    δάκνων
Τοὔστοῦν ὀδάξ, ὅμοιος κυνὶ
    λυσσώδει."
  'Η σκηνὴ ἦν παριστᾷ τὸ ἐπει-
σόδιον τοῦτο εἶναι φοβερωτάτη,
ὥστε ἀνάγνωτε κανὲν τερπνὸν
μέρος τὸ ὁποῖον νὰ προξενῇ
φαιδρότητα καὶ οὐχὶ κατήφειαν.
  Εὐχαρίστως. Ἃς ἀφήσωμεν
λοιπὸν τὸν Ἅδην καὶ ἃς μετα-
βῶμεν εἰς τὸ Καθαρτήριον. 'Ο
Δάντης μετὰ τοῦ συντρόφου
αὐτοῦ ἐξέρχεται ἐν σπουδῇ ἐκ
τοῦ Ἅδου καὶ καταθέλγεται
ἀτενίζων πρὸς τὸν διαυγῆ αἰθέρα.

Ah, hard earth, why didst thou
not open ?
When we had come to the fourth
day,
Gaddo threw himself stretched
out at my feet,
saying, "My father, why helpest
thou me not ? "
There he died ; and even as
thou seest me,
saw I the three fall one by one,

between the fifth day and the
sixth,
when I betook me, already
blind, to groping over each ;
and for three days called them
after they were dead.
Then fasting had more power
than grief.'
When he had spoken thus, with
eyes distorted,
he seized the miserable skull
again with his teeth,
which, as a dog's, were strong
upon the bone."
  The scene which this episode
presents is most horrible, so read
some pleasant part, conducive
to cheerfulness and not sadness.

  With pleasure. Let us leave
the Inferno then, and pass to
Purgatory. Dante, with his
companion, comes in all haste
out of Hell and is charmed as
he gazes at the clear air.

    " Dolce color d' oriental zaffiro,
      Che s' accoglieva nel sereno aspetto

Dell' aer puro infino al primo giro,
Agli occhi miei ricominciò diletto,
Tosto ch' io fuori usci' dell' aura morta,
Che m' avea contristato gli occhi e 'l petto.
Lo bel pianeta, ch' ad amar conforta,
Faceva tutto rider l' oriente
Velando i Pesci, ch' erano in sua scorta."

Purgatorio, i. 13.

Τώρα ὑμεῖς ἀνάγνωτε τὴν Ἑλληνικὴν μετάφρασιν τοῦ Μουσούρου καὶ ἐγὼ θὰ ἀπαγγείλω ὑμῖν ἀπὸ μνήμης τὸ χωρίον Ἀγγλιστὶ κατὰ τὴν μεταγλώττισιν τῆς Κυρίας Ὀλιφαντ.

"Θέα γλυκεῖα χρώματος σαπφειρίνου,
Ἐν τῇ γαλήνῃ τοῦ διαυγοῦς αἰθέρος
Ἐπιφανεῖσα μέχρι τοῦ πρώτου κύκλου,
Ἦρξατ' αὖθις ἡδύνειν τὰς ἐμὰς ὄψεις,
Ἄμ' ἐξελθόντος τοῦ νεκρικοῦ κευθμῶνος,
Τοῦ κακώσαντος ὄμματά μου καὶ στῆθος.
Ὁ τῶν ἐρώτων περικαλλὴς πλανήτης
Διαγελᾶν ἐποίει τὴν ἔω πᾶσαν
Τοὺς παραπομποὺς ἀποσβεννὺς Ἰχθύας."

Ὁ Δάντης μετὰ τοῦ ξεναγοῦντος αὐτὸν Βιργιλίου ἀπομακρυνθεὶς τῶν φοβερῶν κευθμώνων τοῦ Ἅδου ἐπορεύετο διὰ τερπνῆς καὶ πανταχόθεν εὐωδίαν ἀναδιδούσης πεδιάδος ἕως οὗ ἔφθασεν εἰς τὰς ὄχθας δροσεροῦ

Now you read the Greek translation of Musurus, and I will repeat to you from memory the passage in English as rendered by Mrs. Oliphant.

" The sweetest blue of eastern
sapphire, spread
O'er the serene sweet breathing
of the air,
High to the first great circle
overhead,
Woke new delight within my
heart whene'er
Out of the dark, dead sphere of
ill I came,
Which eyes and heart had so
weighed down with fear.
The lovely planet, in whose
tender flame
Love comfort finds, made all the
orient laugh,
Veiling the constellation in her
train."

Dante, with Virgil as his guide, leaving behind him the horrible gulfs of Hell, passed through a delightful plain everywhere exhaling perfume, till he came to the banks of a cool brook, of which the transparent

ρυακίου, τοῦ ὁποίου τὰ διαυγῆ ὕδατα ἔρρεον χαριέντως. Ἐνταῦθα διακόψας τὴν πορείαν του παρετήρει τοὺς πέραν τοῦ ῥυακίου λειμῶνας θαυμάζων τὸ ποικιλανθὲς τοῦ χλοεροῦ Μαΐου. Αἴφνης ἐπεφάνη γυνή, ἥτις περιπατοῦσα μόνη συνέλεγεν ἄνθη καὶ ἔψαλλεν. Ὁ Δάντης ἐπιθυμῶν ν᾽ ἀκούῃ καὶ τὰς λέξεις τοῦ ᾄσματος παρεκάλεσεν αὐτὴν νὰ ἔλθῃ πλησιέστερα· ἡ δὲ ἔχοισα τοὺς ὀφθαλμοὺς κάτω κεκλιμένους ἐξ αἰδοῦς ἐβάδισεν ἀσμένως πρὸς αὐτόν· ὅτε ἔφθασε παρὰ τὴν ὄχθην τοῦ ῥυακίου ηὐδόκησε ν᾽ ἀνατείνῃ τὰ ὄμματα πρὸς τὸν ποιητήν, καὶ ἡ γλυκεῖα αὐτῶν ἔκφρασις κατεμάγευσεν αὐτόν. Ἂν καὶ τὸ εὖρος τοῦ ῥυακίου ἦτο μόνον τριῶν βημάτων ὁ Δάντης ὅμως δὲν ἐτόλμα νὰ τὸ περάσῃ. Ὠνομάζετο δὲ ῥύαξ τῆς Λήθης. Ἡ δὲ γυνή, ἥτις ἐκαλεῖτο Ματίλδα, περιγράφει εἰς αὐτὸν ἐκ τῆς ἀπέναντι ὄχθης τὴν φύσιν τῆς ἱερᾶς χώρας ἐν ᾗ ἐπεκράτει ἀΐδιον ἔαρ καὶ οἱ κατοικοῦντες ἐν αὐτῇ ἦσαν ἀθῷοι καὶ ἁγνοί. Ἐνταῦθα ὁ Βιργίλιος ἐμειδίασεν. Ἡ δὲ ἤρχισε πάλιν νὰ ᾄδῃ ὡς κόρη ἐρωτόληπτος καὶ περιεπάτει μὲ βῆμα βραδὺ παρὰ τὸ χεῖλος τοῦ ῥύακος προβαίνοισα πρὸς τὰ ἄνω τοῦ ῥείθρου, καὶ ὁ Δάντης παρηκολούθει αὐτὴν κατὰ τὴν ἀπέναντι ὄχθην. Αἴφνης στραφεῖσα πρὸς αὐτὸν προσεφώνησεν, "Ἀδελφέ, βλέπε καὶ ἄκουε." Καὶ ἰδοὺ λάμψις

stream flowed gracefully. Halting there, he observed the meadows beyond the brook and admired the wealth of flowers of the verdant May. Suddenly a woman appeared, who walking alone gathered flowers and sang. Dante, wishing to hear the words of the song, begged her to come nearer to him: and she, with her eyes modestly cast down, gladly came towards him: when she arrived near the bank of the brook, she condescended to raise her eyes to the poet, and their sweet expression enchanted him. Though the width of the brook was only three paces, Dante did not venture to cross it. It was called the brook of Lethe. The woman, whose name was Matilda, describes to him from the opposite bank the nature of the sacred country, where perpetual spring prevailed and the inhabitants were innocent and pure. On this Virgil smiled. She began again to sing like a girl in love, and walked with a slow step along the edge of the brook, going upstream, and Dante followed her on the opposite bank. Suddenly she turned to him and said: "Brother, look and listen." And lo, a bright light shot in every direction across the great forest, and a sweet melody was heard, and seven beautiful lamps appeared flashing and approaching him with an imperceptible

διέδραμε πανταχόθεν τοῦ μεγά-
λου δρυμῶνος, καὶ μελῳδία
ἠκούετο γλυκεῖα, καὶ ἑπτὰ περι-
καλλεῖς λυχνίαι ἐπεφάνησαν
φεγγοβολοῦσαι καὶ κινούμεναι
μετ' ἀνεπαισθήτου βραδείας κιν-
ήσεως πρὸς αὐτόν. Ὁ Δάντης
ἔκθαμβος πλησιάζει ἔτι μᾶλλον
πρὸς τὸ ῥεῖθρον ὅπως βλέπῃ
κάλλιον τὰ γινόμενα κατὰ τὴν
ἀπέναντι ὄχθην. Ἀφοῦ παρ-
ῆλθον αἱ ἑπτὰ λυχνίαι, ἐφάνη-
σαν εἰκοσιτέσσαρες πρεσβῦται
λευχειμονοῦντες καὶ ἐστεμ-
μένοι διὰ κρίνων· πάντες δὲ
ἔψαλλον. Ἐγγὺς αὐτῶν ἐπο-
ρεύοντο τέσσαρα ζῷα ἐστεμμένα
διὰ πρασίνων θαλλῶν καὶ ἐ-
πτερωμένα δι' ἐξ πτερύγων,
αἵτινες ἦσαν πλήρεις ὀμμάτων.
Ἐν μέσῳ τούτων ἦτο δίτροχον
ἅρμα ἑλκόμενον ὑπὸ γρυπὸς
καλλιπτέρου. Παρὰ τὸν δεξιὸν
τροχὸν ἐπορεύοντο τρεῖς παρθέ-
νοι ψάλλουσαι καὶ χορεύουσαι·
ἦσαν δὲ αὗται αἱ τρεῖς ἀρεταί,
Πίστις, Ἐλπὶς καὶ Ἀγάπη, αἱ
ὁποῖαι ᾄδουσαι ἔρριπτον ἄνθη
ἐπὶ ὡραίας γυναικὸς καθημένης
ἐπὶ τοῦ ἅρματος. Αὕτη δὲ ἦτο
ἡ Βεατρίκη. Ἀλλ' ἃς ἀναγνώ-
σωμεν ὀλίγους στίχους ἐκ τῆς
Λ' ᾠδῆς τοῦ Καθαρτηρίου.

slow movement. Dante, amazed,
went still nearer to the stream
that he might better see what was
taking place on the opposite
bank. When the seven lamps
had passed by, there appeared
twenty-four elders clad in white
and crowned with lilies, and
all were singing. Near them
went four beasts crowned with
green boughs, and having six
wings which were full of eyes.
In the midst of them was a
two-wheeled chariot drawn by
a griffin with beautiful wings.
By the right wheel were walking
three virgins singing and danc-
ing : these were the three vir-
tues, Faith, Hope, and Charity,
who, while they were singing,
threw flowers over a beautiful
woman seated in the chariot.
This was Beatrice. But let us
read a few lines from the 30th
canto of the Purgatory.

" Io vidi già nel cominciar del giorno
La parte oriental tutta rosata,
E l' altro ciel di bel sereno adorno,
E la faccia del Sol nascere ombrata,
Sì che, per temperanza di vapori,
L' occhio lo sostenea lunga fïata :
Così dentro una nuvola di fiori,

Che dalle mani angeliche saliva,
E ricadeva giù dentro e di fuori,
Sovra candido vel cinta d' oliva
Donna m' apparve sotto verde manto
Vestita di color di fiamma viva.
E lo spirito mio, che già cotanto
Tempo era stato, ch' alla sua presenza
Non era di stupor tremando affranto,
Sanza dagli occhi aver più conoscenza,
Per occulta virtù, che da lei mosse,
D' antico amor sentì la gran potenza.
Tosto che nella vista mi percosse
L' alta virtù, che già m' avea trafitto
Prima ch' io fuor di puerizia fosse,
Volsimi alla sinistra col rispitto,
Col quale il fantolin corre alla mamma,
Quando ha paura, o quando egli è afflitto,
Per dicere a Virgilio: Men che dramma
Di sangue m' è rimasa, che non tremi;
Conosco i segni dell' antica fiamma.
Ma Virgilio n' avea lasciati scemi
Di sè, Virgilio dolcissimo padre,
Virgilio, a cui per mia saluta die' mi:
Nè quantunque perdeo l' antica madre,
Valse alle guance nette di rugiada,
Che lagrimando non tornassero adre."

Purgatorio, xxx. 22.

'Εὰν τώρα ἀναγνώσητε τὴν μετάφρασιν τοῦ Μουσούρου, θὰ ἀπαγγείλω καὶ ἐγὼ τὴν τῆς Κυρίας Ὀλιφαντ, ἥτις νομίζω ὅτι εἶναι εὐδόκιμος.

"Εἶδον ἐν ἀρχῇ τῆς ἡμέρας ποτ'
ἤδη
Τὴν ἔω πᾶσαν ἐρυθρόχρουν, τόν
τ' ἄλλον
Οὐρανὸν στολὴν κυαναυγῆ φο-
ροῦντα,
Ἡλίου τ' ἀνατέλλον τὸ φῶς
σκιῶδες,

Now if you will read Musurus' translation, I will repeat Mrs. Oliphant's, which I think is a successful one.

"As I have seen in dawning of the day
The rosy orient and the blue serene
Of the surrounding skies, and rising ray
Of the great sun, all tempered in their sheen

"Ωστ' ὄμμασιν ἀτμίδων τῇ συμ-
πυκνώσει
Δύνασθ' ἀντέχειν ἐπὶ πολὺ
τὴν αἴγλην.
Οὕτως ἐν μέσῳ νεφέλης ἐξ ἀν-
θέων
Ὑπ' ἀγγελικῶν χειρῶν ἀνυψω-
μένης,
Πάλιν ἐντὸς ἐκτός τε κατα-
πιπτούσης
Ἐπὶ καλύπτρας λευκῆς φέρουσ'
ἐλαίας
Στέμμ', ἐφάνη μοι Δέσποιν' ὑπὸ
πρασόχρουν
Πέπλον καὶ στολὴν χρώματος
φλογὸς ζώσης.
Τὸ δ' ἐμὸν πνεῦμα, τὸ πολὺν
ἤδη χρόνον
Οὐ καταβληθὲν ἐπὶ τῆς παρου-
σίας
Αὐτῆς ἐκ θάμβους, ἐκπλήξεως
καὶ τρόμου,
Πρὶν ἢ βλέμμασιν αὐτὴν ἀνα-
γνωρίσῃ,
Κρυπτῇ δυνάμει, παρ' αὐτῆς
ἐκρεούσῃ,
Ἔρωτος σφοδρὰν ἰσχὺν ἤσθετ'
ἀρχαίου.
Ἅμα δὲ προσβαλούσης τὰς ἐμὰς
ὄψεις
Τῆς θαυμαστῆς ἀρετῆς, ἥ μ'
ἔτρωσ' ἤδη
Πρὶν τῆς παιδικῆς ἡλικίας ἐξέλ-
θω,
Ἐστράφην ἐπὶ λαιὰ μεθ' οἵου
θάρρους
Τρέχει παιδίον πρὸς τὴν αὐτοῦ
μητέρα
Ὅτ' ἔχει φόβον ἢ περιπίπτει
λύπαις,
Ἵν' εἴπω Βιργιλίῳ· 'Ῥανὶς οὐ
μένει

By vapours and soft clouds, that
so the eye
Might long endure their glowing
splendour : seen
Thus 'mid a cloud of flowers,
thrown up on high
From those angelic hands, and
dropping down
In showers of bloom within,
without ; so I,
Under a snowy veil and olive
crown,
Saw now a lady with a mantle
green,
And shining like the living
flame her gown—
At which my spirit, that so long
had been
Thrilled by no tremor from her
presence fair,
While yet the eyes discerned her
not, though seen—
Felt, even though undiscerned,
some spell was there
Which potency of ancient love
renewed,
Soon as my heart was touched
by movement rare
Of that high virtue which had
deep imbued
And pierced my soul while yet
in childhood's hand.
I turned me swift to my left
side, as would
A child in fear or trouble, to
the hand
Where stood the mother, rush-
ing to her breast—
To say to Virgil, 'Nothing can
command
My heart to still its throbbing ;
thus confest,

Αἵματος ἀτρόμητος ἐν τῇ σαρκί
μου·
'Αρχαίας φλογὸς αἰσθάνομαι
σημεῖα.'
'Αλλ' οὐκ ἦν Βιργίλιος· κατέ-
λιπέ με,
Φεῦ, Βιργίλιος ὁ γλύκιστος
πατήρ μου,
Βιργίλιος, ὃς ἦν ἐμὴ σωτηρία·

Οὐδ' ὅ τι περ ἀπώλεσ' ἡ πρώτη
μήτηρ
'Εκώλυσ' ἐμὰς παρειὰς τὰς ἐκ
δρόσου
Καθαρὰς τοῦ μὴ νεφωθῆναι
δακρύοις."
Πῶς σᾶς φαίνεται ἡ 'Ελ-
ληνικὴ μετάφρασις τοῦ Μου-
σούρου;
'Ακριβεστάτη· διότι οὐ μόνον
εἶναι στίχος πρὸς στίχον μὲ
τὸ 'Ιταλικὸν πρωτότυπον, ἀλλὰ
σχεδὸν καὶ λέξις πρὸς λέξιν.
Τὸ ὕφος ὅμως μοὶ φαίνεται
ἀρχαῖον.
'Η παρατήρησις ὑμῶν εἶναι
ἀληθής, ἀλλ' ὁ μεταφράζων ἔρ-
γον τοιαύτης σπουδαιότητος δὲν
δύναται νὰ εὕρῃ καταλλήλους
λέξεις καὶ φράσεις ἐν τῇ λαλου-
μένῃ γλώσσῃ, καὶ ἐξ ἀνάγκης
πρέπει νὰ καταφύγῃ εἰς τὴν ἀν-
εξάντλητον πηγὴν τῆς ἀρχαίας
'Ελληνικῆς, τῇ βοηθείᾳ τῆς
ὁποίας εἶναι κατορθωτὸν νὰ μετ-
ενεχθῶσιν αἱ ὑψηλαὶ ἔννοιαι
τοῦ Δάντου εἰς τὴν καθ' ἡμᾶς
'Ελληνικήν.
"Εν πρᾶγμα τὸ ὁποῖον· δὲν
δύναμαι καλῶς νὰ νοήσω εἶναι
ἡ στιχουργία τῆς μεταφράσεως.

I feel the burning of the ancient fire.'

But Virgil, lo! to whom my heart address

Its inmost sighs—Virgil, the dearest sire—

Virgil, to whom I gave me up —had stole

Himself from me. Nor wonder, nor desire,

Of all that our first mother lost, my soul

Could comfort for this loss, or dry the dew

That wet my cheek for such unthought-of dole."

What do you think of the Greek translation of Musurus?

Most accurate: for not only does it agree line for line with the Italian original, but it is almost word for word. Yet his style seems to me to follow the ancient language.

Your observation is correct, but the translator of a work of such a high class as this cannot find suitable words and phrases in the vernacular language, and of necessity he must have recourse to the inexhaustible fountain of ancient Greek, by the help of which it is possible for the sublime conceptions of Dante to be transferred to the Greek of our day.

One thing which I cannot clearly understand is the metre of the translation. Will you do

Μοὶ κάμνετε τὴν χάριν νά με διαφωτίσητε περὶ αὐτῆς;

Ὁ Μουσοῦρος λέγει ἐν τῷ προλόγῳ τῆς μεταφράσεως ὅτι μετεχειρίσθη μέτρον δωδεκασύλλαβον λῆγον εἰς παροξύτονον λέξιν, ὅμοιον μὲν τῷ ἰαμβικῷ, ἐστερημένον δὲ τοῦ χρονικοῦ ῥυθμοῦ. Ἀλλ᾽ οὗτος ὁ ῥυθμός, ὡς εἰξεύρετε πολὺ καλά, πρὸ πολλῶν αἰώνων ἀπωλέσθη, καὶ φοβοῦμαι ἀπωλέσθη ἀνεπιστρεπτεί.

Ποῖον εἶναι τὸ συνηθέστερον μέτρον ἐν τῇ Νεοελληνικῇ ποιήσει;

Οἱ νεώτεροι ἡμῶν ποιηταὶ γράφουσι τὰ ποιήματα αὐτῶν σχεδὸν καθ᾽ ὅλα τὰ μέτρα· ὁ συνηθέστερος ὅμως παρ᾽ ἡμῖν στίχος εἶναι ὁ δεκαπεντασύλλαβος εἰς ὃν ἐποιήθησαν τὰ πλειότερα ἐθνικὰ ἡμῶν ᾄσματα, ὡς π. χ. τὸ ἑξῆς·
" Καλότυχα ψηλὰ βουνὰ καὶ
        κάμποι βλογημένοι
Ποῦ χάρω δὲν παντέχετε, χάρω
        δὲν καρτερεῖτε."

Οἱ στίχοι οὗτοι ὁμοιάζουσι πολὺ μὲ τὸν ἑξῆς στίχον ἐκ τῶν Νεφελῶν τοῦ Ἀριστοφάνους·
" Σοφώτατον; σοφώτατόν γ᾽ ἐκεῖνον; ὦ τί σ᾽ εἴπω!"

Ἐν τῷ στίχῳ τούτῳ, ὃν μοι ἀπηγγείλατε, συμβαίνει νὰ συμπίπτῃ ὁ τόνος ἐπὶ τῆς ἄρσεως, ὡς καὶ ἐν τοῖς ἑξῆς στίχοις ἐκ τοῦ Πλούτου τοῦ αὐτοῦ ποιητοῦ·
" Ὡς ἥδομαι καὶ τέρπομαι καὶ
        βούλομαι χορεῦσαι

me the favour to enlighten me on this point?

Musurus says, in the preface to the translation, that he employed the twelve-syllable metre ending in a paroxytone word, similar, in fact, to the Iambic, but without its rhythm of quantity. But this rhythm, as you know very well, was lost many centuries ago, and I fear lost beyond recovery.

Which is the metre more usually employed in modern Greek poetry?

Our modern poets write their poems in almost every metre: but the more usual among us is the metre of fifteen syllables, in which the greater part of our national songs has been composed; as for example, the following:
" Fortunate are ye lofty hills, and blessed are ye plains, who expect not Charon's coming, nor have to wait for death."

These verses are very similar to the following line from the *Clouds* of Aristophanes.
" The wisest? Do you say he is the wisest? O, what shall I call you!"

In this line which you have recited to me it happens that the accent coincides with the arsis, just as in the following lines from the *Plutus* of the same poet,
" How pleased and delighted I am, and I should like to dance,

Μιμούμενος καὶ τοῖν ποδοῖν ὡδὶ
παρενσαλεύων."
Ὥστε προσφιλὴς στίχος εἰς
τοὺς ὑμετέρους ποιητὰς εἶναι ὁ
δεκαπεντασύλλαβος, ὅστις νο-
μίζω καὶ πολιτικὸς λέγεται.

Μάλιστα, καὶ ἰσοδυναμεῖ μὲ
τὸν ἀρχαῖον Ἰαμβικὸν στίχον,
δηλαδὴ τὸν τετράμετρον κατα-
ληκτικόν.

Ποιοῦνται χρῆσιν τοῦ δακ-
τυλικοῦ ἐξαμέτρου οἱ παρ' ὑμῖν
ποιηταί;

Σπανιώτατα. Ὡς εὐδοκιμή-
σαντες ἐν τῇ χρήσει τοῦ μέτρου
τούτου θεωροῦνται ὁ Α. Ρ. Ῥαγ-
καβῆς, ὁ Θ. Ὀρφανίδης, ὁ Ἀν-
τωνιάδης καί τινες ἄλλοι. Ἀ-
κούσατε ὀλίγους στίχους ἐκ τῆς
ἀρχῆς τῆς πρώτης ῥαψῳδίας
τῆς Ὀδισσείας κατὰ τὴν μετά-
φρασιν τοῦ Ῥαγκαβῆ.

imitating [the Cyclops] and kick-
ing up my heels in this way."
So that the favourite metre
with your poets is the one of
fifteen syllables, which I believe
is also called the *political* metre.

Quite so, and it is equivalent
to the ancient Iambic metre,
that is to say, the tetrameter
catalectic.

Do your poets make use of the
dactylic hexameter?

Very rarely. Those who are re-
garded as successful in the use of
this metre are A. R. Rangabes,
Th. Orphanides, Antoniades, and
a few others. Now listen to a
few lines from the commence-
ment of the first rhapsody of
the *Odyssey* according to the
translation of Rangabes.

" Ψάλλε τὸν ἄνδρα, θεά, τὸν πολύτροπον, ὅστις τοσούτους
τόπους διῆλθε, πορθήσας τῆς Τροίας τὴν ἔνδοξον πόλιν·
χώρας δὲ εἶδεν ἀνθρώπων πολλάς, κ' ἐμελέτησεν ἤθη,
κ' εἰς θαλασσίας πλανήσεις ὑπέφερε λύπας μυρίας,
θέλων αὐτὸς νὰ σωθῇ καὶ τοὺς φίλους του θέλων νὰ σώσῃ.
Πλὴν δὲν τοὺς ἔσωσεν, ἂν κ' ἐπεθύμει ἐκ βάθους καρδίας
Ἀλλ' ἐξ ἰδίας αὐτῶν ἀφροσύνης ἀπώλοντο πάντες."

Τόσους μόνον στίχους ἐν-
θυμοῦμαι.
Ἀλλ' οὗτοι ἀρκοῦσι νὰ δείξω-
σιν ὅτι τὸ μέτρον τοῦτο δύναται
κάλλιστα νὰ εὐδοκιμήσῃ ἐν τῇ
σημερινῇ ὡς καὶ ἐν τῇ ἀρχαίᾳ
Ἑλληνικῇ. Θέλετε τώρα νὰ
ἀπαγγείλω καὶ ἐγὼ τοὺς αὐτοὺς
στίχους ἐν τῇ γλώσσῃ τοῦ
Ὁμήρου;

I only recollect so many lines.

But these are sufficient to
show that this metre can be
most successfully employed in
modern just as well as in ancient
Greek. Would you like me
now in my turn to recite the
same lines in the language of
Homer?

I

Θὰ μὲ ὑποχρεώσητε· σᾶς παρακαλῶ ὅμως νὰ τοὺς ἀπαγγείλητε μὲ τὴν Ἑλληνικὴν προφοράν.

Βεβαιότατα. Μόνον τὸν τόνον θά μοι ἐπιτρέψητε νὰ μεταβιβάζω εἰς τὴν ἄρσιν ὅπου εἶναι ἀνάγκη.

Τοῦτο πληρέστατα δικαιοῦσθε νὰ πράξητε, διότι καὶ ἡμεῖς πολλάκις ἐν τῇ δημοτικῇ ποιήσει μεταβιβάζομεν τὸν τόνον εἰς ἄλλην συλλαβὴν χάριν τοῦ μέτρου. Ὡς δεῖγμα τοῦ τοιούτου μεταβιβασμοῦ ἔστωσαν οἱ ἑξῆς στίχοι·

"Ἀνοῖξαν τὰ οὐράνια, καὶ βγῆκαν δυὸ ἀγγέλοι
κι ὁ Μιχαὴλ Ἀρχάγγελος αὐτὰ τοὺς παραγγέλλει."

Ἐν τῇ ὁμιλίᾳ αἱ λέξεις ἀνοῖξαν καὶ ἀγγέλοι προφέρονται ἄνοιξαν καὶ ἄγγελοι. Καὶ εἰς τὰ στιχουργήματα τοῦ μεσαιῶνος βλέπει τις τοιαύτας παραλλαγάς, ὡς συμβαίνει ἐν τῷ ἑξῆς στίχῳ τοῦ Πτωχοπροδρόμου, ὅστις εἰς τὴν λέξιν πρόνοιαν καταβιβάζει τὸν τόνον εἰς τὴν παραλήγοισαν, λέγων

"Ἐν σοὶ γὰρ ἐγκατοίκησεν ἡ τοῦ θεοῦ προνοία."

Καὶ ταῦτα μὲν ἐν παρόδῳ περὶ τῆς καθ' ἡμᾶς Νεοελληνικῆς στιχουργίας· ἐὰν ὅμως θέλετε νὰ λάβητε πληρεστέρας πληροφορίας περὶ αὐτῆς, ἀνάγνωτε τὸ προοίμιον τοῦ Ε΄ τόμου τῶν Ἀπάντων τοῦ Α. Ρ. Ραγκαβῆ, καὶ τὰς "Γραμματικὰς παρατηρήσεις" τοῦ Ε. Α. Σοφοκλέους

You will oblige me : but I beg you to recite them with the Greek pronunciation.

Most certainly. Only you will allow me to transfer the accent to the arsis whenever necessary.

You are quite justified in doing this, for in popular poetry we ourselves often transfer the accent to another syllable for the sake of the metre. Let the following lines serve as an example of such a transfer of accent :

" The heavens opened and two angels came forth,
and the Archangel Michael gives them these commands."

In conversation, the words ἀνοῖξαν and ἀγγέλοι are pronounced ἄνοιξαν and ἄγγελοι. And in the verses of the middle ages such changes may be noticed, as is the case in the following line of Ptochoprodromos, who in the word πρόνοια throws forward the accent to the penultimate, saying :

" For in you abode the providence of God."

So much then for a passing description of our modern Greek versification ; but if you wish to obtain more complete information about it, read the preface to the fifth volume of the *Complete Works* of A. R. Rangabes, and the *Grammatical Observations* of E. A. Sophocles in his intro-

ἐν τῇ εἰσαγωγῇ τοῦ Βυζαντινοῦ αὐτοῦ λεξικοῦ, καὶ θὰ μάθητε οὐκ ὀλίγα ἐξ αὐτῶν. 'Αλλ' ἀπαγγέλλετε τώρα τὸ ἀρχαῖον κείμενον καὶ θά με εὕρητε φιλήκοον ἀκροατήν.

duction to his Byzantine dictionary, and you will learn a great deal from them. But recite now the original text and you will find me an attentive listener.

"Ἄνδρα μοι ἔννεπε, μοῦσα, πολύτροπον, ὃς μάλα πολλὰ
πλάγχθη, ἐπεὶ Τροίης ἱερὸν πτολίεθρον ἔπερσεν,
πολλῶν δ' ἀνθρώπων ἴδεν ἄστεα καὶ νόον ἔγνω,
πολλὰ δ' ὅ γ' ἐν πόντῳ πάθεν ἄλγεα ὃν κατὰ θυμὸν,
ἀρνύμενος ἥν τε ψυχὴν καὶ νόστον ἑταίρων.
ἀλλ' οὐδ' ὣς ἑτάρους ἐρρύσατο ἱέμενός περ·
αὐτοὶ γὰρ σφετέρῃσιν ἀτασθαλίῃσιν ὄλοντο."

"Tell me, Muse, of that man, so ready at need, who wandered far and wide, after he had sacked the sacred citadel of Troy, and many were the men whose towns he saw and whose mind he learned, yea, and many the woes he suffered in his heart upon the deep, striving to win his own life and the return of his company. Nay, but even so he saved not his company, though he desired it sore ; for through the blindness of their own hearts they perished." —S. H. BUTCHER and A. LANG.

'Η μετάφρασις μοὶ φαίνεται ἀξιόλογος καὶ ἀκριβεστάτη, καὶ δὲν ἀμφιβάλλω ὅτι οἱ ἐγκύπτοντες εἰς τὴν μελέτην τοῦ Ὁμήρου Ἄγγλοι εὑρίσκοισιν αὐτὴν χρησιμωτάτην.

The translation appears to me very good and most accurate, and I have no doubt that those Englishmen who devote themselves to the study of Homer find it of the greatest use to them.

Τοῦτο ὁμολογεῖται παρὰ πάντων, διότι αἱ μέχρι τοῦδε γενόμεναι ἔμμετροι μεταφράσεις τοῦ Ὁμήρου εἰς τὴν Ἀγγλικὴν ἐκτὸς ὀλίγων ἐξαιρέσεων ἀπέτυχον. 'Αλλὰ βλέπω ἐφθάσαμεν εἰς Πίσαν, καὶ ἂν ἀγαπᾶτε ἂς ἐξέλθωμεν νὰ κάμωμεν ἕνα ἢ δύο γύρους εἰς τὸ κρηπίδωμα.

Εὐχαρίστως.

This is acknowledged by all, for the metrical translations of Homer into English which have hitherto been made are, with a few exceptions, failures. But I see we have arrived at Pisa, and if you like, let us get out and take a turn or two on the platform.

With pleasure.

"Ω, τί καλὴ συντυχία! Βλέπω φίλον μου τινὰ κληρικὸν ἐκ Κωνσταντινουπόλεως ζητοῦντα νὰ εὕρῃ κενὴν ἅμαξαν. Πανοσιολογιώτατε Ἀρχιμανδρῖτα, ἔλθετε εἰς ταύτην τὴν ἅμαξαν, διότι ὑπάρχει θέσις δι' ὑμᾶς.

Χαίρω ἐγκαρδίως ὅτι σᾶς ἐπαναβλέπω ὕστερον ἀπὸ τόσα ἔτη. Ἡ μορφή σας οὐδόλως ἤλλαξε, καὶ διὰ τοῦτο εὐθὺς σᾶς ἐγνώρισα.

Ἐπιτρέψατέ μοι νὰ σιστήσω εἰς ὑμᾶς τὸν Κύριον Οὐΐλσωνα. Εἶναι καθηγητὴς τῶν Ἑλληνικῶν ἐν Κανταβριγίᾳ· γνωρίζει δὲ κάλλιστα τὴν καθ' ἡμᾶς Ἑλληνικήν.

Ἔχω μεγάλην εὐχαρίστησιν. Καὶ ποῦ μεταβαίνετε, σὺν Θεῷ;

Εἰς τὴν Ἑλλάδα· ἐκρίναμεν ὅμως εὔλογον διερχόμενοι δι' Ἰταλίας νὰ ἐπισκεφθῶμεν τὴν Φλωρεντίαν καὶ Ῥώμην, μένοντες ἐν αὐταῖς ἀνὰ μίαν ἡμέραν.

Καὶ ἐγὼ μίαν ἡμέραν θὰ μείνω ἐν Φλωρεντίᾳ· αὔριον δὲ τὴν ἑσπέραν ἀπέρχομαι εἰς Ῥώμην, ὅπου θὰ διατρίψω ὑπὲρ τὴν μίαν ἑβδομάδα.

O, what a happy coincidence! I see a friend of mine, a clergyman from Constantinople, who is looking for an empty carriage. Most reverend Archimandrite, come into this carriage, for there is a place for you.

I am heartily glad to see you again after so many years. Your appearance has not changed at all, and so I recognised you at once.

Allow me to introduce Mr. Wilson to you. He is professor of Greek at Cambridge; and he has a perfect knowledge of modern Greek.

It is a great pleasure to me. And where are you going, God willing?

To Greece; but we thought it would be right, on our road through Italy, to visit Florence and Rome, staying one day at each.

I too am going to stay one day at Florence, and to-morrow evening I am off to Rome, where I shall spend more than a week.

Θὰ ἔχωμεν λοιπὸν τὴν τέρψιν νὰ συνοδοιπορήσωμεν μεθ' ὑμῶν μέχρι Ῥώμης. Μετέβητε καὶ ἄλλοτε ἐκεῖ;

Πρὸ πολλῶν ἐτῶν ἐπεσκέφθην αὐτὴν ἐπανερχόμενος ἐκ Γερμανίας, ὅπου συνεπλήρωσα τὰς σπουδάς μου· ἀλλ' ἐπειδὴ τότε ἔσπευδον νὰ φθάσω ὡς τάχιστα εἰς Κωνσταντινούπολιν, μόνον ὀλίγον χρόνον διέτριψα ἐν Ῥώμῃ.

Περὶ τοῦ ὑμετέρου κλήρου ἐν Ἀγγλίᾳ ἔχομεν συγκεχυμένας ἰδέας, καὶ ἂν μοι ἐπιτρέψητε θὰ σᾶς παρακαλέσω νά μοι δώσητε πληροφορίας τινὰς περὶ αὐτοῦ.

Εἶμαι πρόθυμος.

Ἐπεθύμουν νὰ μάθω ἐὰν οἱ ἱερωμένοι τῆς ὑμετέρας ἐκκλησίας εἶναι ἔγγαμοι ἢ ἄγαμοι.

Οἱ πατριάρχαι, οἱ ἐπίσκοποι καὶ οἱ μοναχοὶ εἶναι ἄγαμοι, οἱ ἱερεῖς ὅμως ἐν γένει εἶναι ἔγγαμοι. Κατὰ τὴν ἐν Νικαίᾳ σύνοδον ἐγένετο ἀπόπειρά τις ὅπως μὴ ἐπιτρέπηται εἰς τὸν κλῆρον ὁ ἔγγαμος βίος, ἀλλ' ἀπέτυχεν· εἶναι δὲ λίαν περίεργον ὅτι ὁ ἐν τῇ συνόδῳ μετ' ἐπιτυχίας καταπολεμήσας τὴν πρότασιν ταύτην ἦτο ὁ ἐξ Αἰγύπτου ἀσκητικώτατος ἐπίσκοπος Παφνούτιος.

Ὑπάρχουσι παρ' ὑμῖν πολλοὶ μοναχοὶ ὡς ἐν τῇ Δύσει;

Σχετικῶς ὁ ἀριθμὸς αὐτῶν δὲν εἶναι μέγας, καὶ οἱ πλεῖστοι μονάζουσιν ἐν τοῖς μοναστηρίοις τοῦ Ἄθω, ὅστις διὰ τοῦτο

We shall have then the pleasure of travelling in your company as far as Rome. Have you ever been there before?

I visited it many years ago on my way back from Germany, where I had completed my studies; but, as I was on that occasion anxious to reach Constantinople as soon as possible, I spent only a short time in Rome.

We in England have confused ideas about your clergy, and, if you would allow me, I would beg you to give me some information on the subject.

I am quite willing.

I should like to learn whether those of your church who are in holy orders are married or unmarried.

The patriarchs, the bishops, and the monks are unmarried, but the priests are generally married. At the Council of Nice an attempt was made to prohibit the married state among the clergy, but it failed; and it is very curious that the one who successfully fought against the proposal in the Council was the Aegyptian bishop Paphnoutios, a man of the most ascetic habits.

Are there among you many monks, as in the West?

Comparatively their number is not great, and most of them pass their monastic life in the monasteries of Athos, which

ἐκλήθη Ἅγιον ὄρος. Μονα-
στήρια γυναικῶν, δύναταί τις
εἰπεῖν, ὅτι σχεδὸν δὲν ὑπάρχουσι,
τόσον εἶναι εὐάριθμα. Οἱ
μοναχοὶ ὀνομάζονται ὑπὸ τοῦ
λαοῦ καλόγεροι, ἀλλ' ἡ προσω-
νυμία αὕτη κατήντησε σήμερον
νὰ ἔχῃ περιφρονητικὴν σημα-
σίαν, καὶ τοῦτο εἶναι καλὸν νὰ
τὸ γνωρίζῃ τις διὰ νὰ μὴ
προξενῇ δυσαρέσκειαν εἰς τοὺς
μοναχούς. Ὅταν προσαγορεύῃ
τις αὐτοὺς πρέπει νὰ μεταχειρί-
ζηται τὰς λέξεις, πάτερ, ὁσιώ-
τατε, ἢ πανοσιώτατε, κατὰ τὸν
βαθμὸν αὐτῶν. Τῶν ἀνωτέρων
κληρικῶν οἱ τίτλοι εἶναι ποι-
κίλοι. Τὰ τιμητικὰ ἐπίθετα
παναγιώτατος, μακαριώτατος,
σεβασμιώτατος, πανιερώτατος
καὶ θεοφιλέστατος ἐδίδοντο κατ'
ἀρχὰς ἀδιακρίτως εἰς ἐπισκόπους
ἐν γένει, νῦν ὅμως ἡ χρῆσις
αὐτῶν εἶναι καθωρισμένη. Τὸν
τίτλον παναγιώτατος φέρει
μόνον ὁ Οἰκουμενικὸς πατρι-
άρχης, ὅστις εἶναι καὶ ἀρχιε-
πίσκοπος Κωνσταντινουπόλεως·
οἱ δὲ ἄλλοι τρεῖς πατριάρχαι, ὁ
Ἀλεξανδρείας, ὁ Ἱεροσολύμων
καὶ ὁ Ἀντιοχείας τιτλοφοροῦν-
ται μακαριώτατοι. Οἱ ἀρχιεπί-
σκοποι ἢ μητροπολῖται τιμῶνται
διὰ τοῦ ἐπιθέτου σεβασμιώτα-
τος, οἱ ἐπίσκοποι προσαγορεύον-
ται πανιερώτατοι, οἱ δὲ χωρο-
επίσκοποι θεοφιλέστατοι.

Τίς εἶναι ὁ τίτλος τῶν ἱερέων
καὶ τῶν ἱεροδιακόνων;

Οἱ ἱερεῖς, εἰ μὲν ἔγγαμοι,

on this account has received the
name of the Holy Mountain.
Convents for women may be
said scarcely to exist, so small
is the number of them. The
monks are called by the people
"calogeri" (good old men), but
this epithet has now come to
have a contemptuous significa-
tion, and it is a good thing
to know this, so as not to occa-
sion unpleasantness with the
monks. In addressing them,
one must employ the terms
"father," "most holy," or "all-
sanctified," according to their
grade. The higher clergy
have various designations. The
honorific titles, "all-holy,"
"most beatified," "most vener-
able," "all sacred" and "most
beloved of God," were at first
given indiscriminately to the
bishops in general, but now
their use is restricted. The
title "all-holy" is only borne
by the Oecumenical patriarch,
who is also archbishop of Con-
stantinople. The other three
patriarchs, of Alexandria, of
Jerusalem, and of Antioch, are
entitled "most beatified." The
archbishops or metropolitans are
honoured with the epithet of
"most venerable"; the bishops
are addressed as "all-sacred," and
the suffragan bishops as "most
beloved of God."

What is the title of priests,
and of deacons?

Priests, if married, have the

τιτλοφορουνται αἰδεσιμώτατοι,
εἰ δὲ ἄγαμοι πανοσιώτατοι· οἱ
δὲ ἱεροδιάκονοι ἱερολογιώτατοι.
Οἱ ἀρχιμανδρῖται δὲ πανοσιο-
λογιώτατοι.

Ἐνθυμοῦμαι, ὅτε πρὸ δύο
ἐτῶν ἐπεσκέφθη τὴν Ἀγγλίαν
ὁ ἀρχιεπίσκοπος Κύπρου αἱ
ἐφημερίδες ἐτιτλοφόρουν αὐτὸν
μακαριώτατον· ἔχει ὀρθῶς ὁ
τίτλος οὗτος ;

Μάλιστα, καὶ νὰ σᾶς εἴπω διὰ
ποῖον λόγον. · Ἡ νῆσος Κύπρος
ἐν τῇ ἐκκλησιαστικῇ αὐτῆς διοι-
κήσει κατ᾽ ἀρχὰς ὑπέκειτο εἰς
τὸν πατριάρχην Ἀντιοχείας,
ἀλλὰ κατὰ τὸν ὄγδοον κανόνα
τῆς ἐν Ἐφέσῳ συνόδου, ὃν
ἐπεκύρωσε καὶ ὁ Αὐτοκράτωρ
Ἰουστινιανός, κατέστη ἡ ἀρχι-
επισκοπὴ αὐτῆς αὐτοκέφαλος,
εἰς δὲ τὸν τότε ἀρχιεπίσκοπον
Κύπρου Ἀνθέμιον ἐδόθη τὸ
προνόμιον νὰ ὑπογράφῃ τὸ
ὄνομα αὐτοῦ εἰς τὰ δημόσια
ἔγγραφα διὰ κοκκίνης μελάνης·
τοῦτο δὲ τὸ προνόμιον ἐπεκυρώ-
θη μετὰ ταῦτα καὶ ὑπὸ τοῦ
Αὐτοκράτορος Ζήνωνος, καὶ
διατηρεῖται μέχρι τῆς σήμερον.
Ὡς αὐτοκέφαλος δὲ ὁ ἀρχιεπί-
σκοπος τῆς νήσου τιτλοφορεῖται
μακαριώτατος.

Ὁμολογῶ ὑμῖν πλείστας
χάριτας διὰ τὰς πληροφορίας
καὶ ἰδίως διὰ τὰς ἀφορώσας τὴν
Ἐκκλησίαν τῆς Κύπρου· ἀλλ᾽
ἐὰν δὲν ·δίδω εἰς ὑμᾶς πολὺν
κόπον μεγάλως θά με ὑποχρε-
ώσητε ἄν μοι εἴπητε καὶ ὀλίγα

title of "most reverend," if
unmarried, that of "all-sancti-
fied." The deacons are called
"sacred and most learned."
The archimandrites "all-sancti-
fied and most learned."

I remember, when two years
ago the archbishop of Cyprus
visited England, the newspapers
gave him the title of "most
beatified" (his beatitude): is
this title correct ?

Yes, and I will tell you why :
the island of Cyprus, in regard
to its ecclesiastical government,
was at first subject to the
patriarch of Antioch, but by
the eighth canon of the Council
of Ephesus, sanctioned by the
Emperor Justinian, its arch-
bishopric was made independent,
and to the then archbishop of
Cyprus, Anthemius, was granted
the privilege of writing his
signature to public documents
in red ink ; and this privilege
was afterwards confirmed by the
Emperor Zenon, and is retained
to this day. As being inde-
pendent, the archbishop of the
island is designated "most
beatified."

I am very much obliged to you
for this information, and especi-
ally for that which regards the
Church in Cyprus : but if I am
not giving you too much trouble,
you will put me under great
obligation if you will also tell

τινὰ περὶ τῆς ἐν Φλωρεντίᾳ συνόδου.

Διὰ νὰ δυνηθῇ τις νὰ ἐννοήσῃ καλῶς τὸν σκοπὸν τῆς συνόδου ταύτης καὶ τὸν λόγον τῆς ἀποτυχίας τῶν ἀποφάσεων αὐτῆς, εἶναι ἀνάγκη νὰ διέλθῃ τὴν πολιτικὴν καὶ ἐκκλησιαστικὴν ἱστορίαν τῆς Βυζαντινῆς αὐτοκρατορίας ἀπὸ Φωτίου πατριάρχου Κωνσταντινουπόλεως μέχρι τῆς ἁλώσεως τῆς πόλεως ταύτης ὑπὸ τῶν Τούρκων. Σκοπὸς τῆς συνόδου ταύτης ἦτο ἡ ἕνωσις τῶν δύο ἐκκλησιῶν, τῆς Ἀνατολικῆς καὶ τῆς Δυτικῆς· τὰ πρὸς τὴν ἕνωσιν ὅμως ὠθοῦντα τοὺς Ἕλληνας ἐλατήρια δὲν ἦσαν θρησκευτικά, ἀλλὰ πολιτικά, διότι ἐπαπειλούμενοι ὑπὸ τελείας καταστροφῆς ἕνεκα τῆς καθ᾽ ἑκάστην ὑπερογκουμένης δυνάμεως τῶν Τούρκων ἠναγκάσθησαν ᾽ἀέκοντι θυμῷ᾽ νὰ προσδράμωσιν εἰς τὸν Πάπαν ὅπως δι᾽ αὐτοῦ κατορθωθῇ νὰ δοθῇ εἰς αὐτοὺς βοήθεια πρὸς ἀποσόβησιν τοῦ ἐπικειμένου κινδύνου. Τὸ Βυζαντινὸν κράτος ἤρχισε νὰ δεικνύῃ σημεῖα παρακμῆς ἀπὸ τῆς ἐποχῆς τῶν Κομνηνῶν, ἀλλὰ τρεῖς αὐτοκράτορες ἀνήκοντες εἰς ταύτην τὴν δυναστείαν, ὁ Ἀλέξιος, ὁ Ἰωάννης καὶ ὁ Μανουὴλ (1081-1180), ἠδυνήθησαν διὰ τῆς πολιτικῆς αὐτῶν ἱκανότητος καὶ τῆς ἀτομικῆς των ἀνδρείας νὰ κωλύσωσιν ἐπὶ ἕνα αἰῶνα τὴν πρὸς τὰ κάτω ῥοπὴν τῆς αὐτοκρατορίας. Ὅτε ὅμως

me a little about the Council of Florence.

To be able to understand thoroughly the object of this Council and the reason why its decisions were not carried into effect, it is necessary to go through the political and ecclesiastical history of the Byzantine empire from the time of Photius the patriarch of Constantinople to the taking of that city by the Turks. The object of this Council was to unite the two churches, the Eastern and the Western. The motives however which actuated the Greeks in their endeavour to effect the union were not religious but political, for, being threatened with complete destruction by the daily increasing power of the Turks, they were compelled, against their will, to have recourse to the Pope, in order that through him they might secure assistance to avert the impending danger. The Byzantine empire began to show signs of decay from the time of the Comneni, yet three emperors of this dynasty, Alexius, Johannes, and Manuel (1081-1180), were enabled, by their political capacity and their individual courage, to arrest for a century the downward tendency of the empire.

ἔλαβε τὰς ἡνίας τοῦ κράτους ὁ ἀνίκανος καὶ διεφθαρμένος Ἀνδρόνικος (1183-1185) ἡ κατάπτωσις ἤρχισε ν᾽ ἀναφαίνηται πανταχοῦ· τὸ ἐμπόριον περιῆλθεν εἰς χεῖρας τῶν Ἐνετῶν καὶ τῶν Γενουϊνσίων, τὸ ταμεῖον τοῦ κράτους ἐστερεῖτο χρημάτων, ὁ στρατὸς δὲν ἐπειθάρχει, ἀσφάλεια ἐν τῇ θαλάσσῃ δὲν ὑπῆρχεν ἕνεκα τῆς ἀκμαζούσης πειρατείας, καὶ τὰ πάντα ἔβαινον κακὴν κακῶς. Κατὰ τὴν ἐποχὴν ταύτην τὸ κράτος ἐπολεμεῖτο ἐν μὲν τῇ Μικρᾷ Ἀσίᾳ ὑπὸ τῶν Σελζούκων, ἐν δὲ τῇ Εὐρώπῃ ὑπὸ τῶν Βλάχων, οἵτινες ἐκυρίευσαν μέρος τῆς Θρᾴκης καὶ τῆς Μακεδονίας· πρὸς τούτοις καὶ οἱ Νορμαννοὶ ἐπερχόμενοι ἐκ Σικελίας πολλάκις εἰσέβαλλον καὶ ἐλεηλάτουν τὰς ἐπαρχίας τοῦ Βυζαντινοῦ κράτους. Περιφημοτέρα τῶν εἰσβολῶν τούτων εἶναι ἡ γενομένη κατὰ τὸ ἔτος 1185, καθ᾽ ἣν οἱ Νορμαννοὶ ἐπελθόντες μετὰ μεγάλου στρατοῦ καὶ πολιορκήσαντες κατὰ γῆν καὶ θάλασσαν ἐκυρίευσαν τὴν Θεσσαλονίκην, τοὺς κατοίκους τῆς ὁποίας μετὰ πολλῆς σκληρότητος καὶ ἀπανθρωπίας μετεχειρίσθησαν. Λεπτομερῆ περιγραφὴν τῆς πολιορκίας καὶ ἁλώσεως τῆς πλουσίας ταύτης πόλεως συνέγραψεν ὁ Εὐστάθιος, οὗ τὸ ὄνομα εἶναι γνωστότατον εἰς πάντας τοὺς ἐνδιατρίβοντας εἰς τὴν σπουδὴν τῶν Ἑλληνικῶν γραμμάτων. Ἀλλὰ τὸ φοβερώτατον τραῦμα κατήνεγκον κατὰ

But when the incompetent and profligate Andronicus assumed the reins of the empire (1183-1185), its decline began to be apparent in every quarter : trade had passed into the hands of the Venetians and Genoese, the imperial treasury was empty, the army without discipline, the sea rendered unsafe from being infested with pirates, and everything was going from bad to worse. At this time the empire was being attacked in Asia Minor by the Seljonks ; and in Europe by the Wallachians, who became masters of part of Thrace and Macedonia : moreover the Normans coming from Sicily often invaded and ravaged the provinces of the Byzantine empire. One of the most famous of these invasions was that which took place in 1185, when the Normans came with a large army and besieged Thessalonica by land and sea and captured it, treating the inhabitants with great severity and inhumanity. A detailed account of the siege and capture of this wealthy city has been written by Eustathius, whose name is very familiar to every student of Greek literature. But the most terrible blow to the Byzantine empire was inflicted by the Crusaders, who

τοῦ Βυζαντινοῦ κράτους οἱ
Σταυροφόροι, οἵτινες ὑπὸ τὸ
πρόσχημα Χριστιανικοῦ ἐν-
θουσιασμοῦ κατὰ τῶν ἀπίστων
κατέστρεψαν τὸ μόνον ἐν τῇ
Ἀνατολῇ προπύργιον κατὰ τῶν
ἀδιαλλάκτων τούτων ἐχθρῶν
τῆς ἡμετέρας θρησκείας.

Ἀλλὰ πλεῖστοι ἱστοριογρά-
φοι τῆς Δύσεως διατείνονται ὅτι
ἡ πρώτη Σταυροφορία ἔγεινε τῇ
παρακλήσει τῶν Ἑλλήνων, λέ-
γοντες ὅτι Πέτρος ὁ Ἐρημίτης
μετέβη ὡς προσκυνητὴς εἰς
Ἱεροσόλυμα καὶ ἐπανερχόμενος
εἰς τὴν Εὐρώπην ἐκόμισεν ἐπι-
στολὰς τοῦ τότε πατριάρχου
Ἱεροσολύμων πρὸς τὸν Πάπαν
καὶ πρὸς τοὺς ἡγεμόνας τῆς
Δύσεως, ἐν αἷς περιεγράφοντο
τὰ δεινὰ παθήματα τῶν Χρι-
στιανῶν καὶ ἐγίνετο παράκλησις
βοηθείας· προσέτι ὅτι καὶ αὐ-
τὸς ὁ Αὐτοκράτωρ Ἀλέξιος ὁ
Κομνηνὸς ἐπεκαλέσθη κατὰ τῶν
Τούρκων βοήθειαν παρὰ τῶν
ἡγεμόνων τῆς Εὐρώπης.

Τὰς ἐπιστολὰς τοῦ πατριάρ-
χου Ἱεροσολύμων δὲν ἀναλαμ-
βάνω ν' ἀμφισβητήσω, ἂν καὶ
ὁ τρόπος μὲ τὸν ὁποῖον προση-
νέχθησαν πρὸς αὐτὸν οἱ Σταυρο-
φόροι καθιστᾷ τὴν γνησιότητα
αὐτῶν ὕποπτον· αἱ ἐπιστολαὶ
ὅμως αἱ ἀποδιδόμεναι εἰς τὸν
Αὐτοκράτορα Ἀλέξιον εἶναι
πλασταί, διότι οἱ Βυζαντινοὶ
χρονογράφοι οὐ μόνον οὐδὲν
ἀναφέρουσι περὶ αὐτῶν, ἀλλὰ
παριστῶσι τὴν πρώτην Σταυρο-
φορίαν ὡς συμβὰν ὅλως ἀπροσ-

under pretence of Christian
enthusiasm against the infidels
destroyed the only bulwark
there was in the East against
the irreconcilable enemies of
our religion.

But many of the Western
historians insist that the first
Crusade owed its origin to the
solicitations of the Greeks, and
assert that Peter the Hermit
went as a pilgrim to Jerusalem,
and, returning to Europe,
brought letters from the then
patriarch of Jerusalem to the
Pope and to the princes of the
West, in which were described
the terrible sufferings of the
Christians and an appeal was
made for help. They also
maintain that the Emperor
Alexius Comnenus himself
begged for aid against the Turks
from the princes of Europe.

I do not undertake to dispute
the letters of the patriarch of
Jerusalem, though the way in
which the Crusaders behaved to
him renders their genuineness
open to suspicion. But the
letters which are ascribed to the
Emperor Alexius are forged,
for not only do the Byzantine
historians make no mention
whatever of them, but they
represent the first Crusade as
an event entirely unexpected
and as of a hostile character:

δόκητον καὶ ἐχθρικόν. "'Ο
'Αλέξιος," λέγει Κωνσταντῖνος
ὁ Παπαρρηγόπουλος ἐν τῇ
ἀξιολόγῳ ἱστορίᾳ αὐτοῦ, "οὐ
μόνον οὐδένα κατεπείγοντα λό-
γον εἶχε νὰ ζητήσῃ τὴν ἐπι-
κουρίαν τῆς Δύσεως, ἀλλὰ καὶ
πλείστους λόγους νὰ μὴ ζητήσῃ
αὐτήν· ἐκ τούτου δὲ ἕπεται
ἀναμφισβητήτως ὅτι τὰ περὶ
ἱκετηρίων ἐπιστολῶν αὐτοῦ καὶ
πρεσβειῶν θρυλούμενα · παρὰ
τοῖς Δυτικοῖς ἀνεπλάσθησαν
ἁπλῶς ἵνα δώσωσι πρόσχημά
τι δικαίου εἰς τὴν ἐπιχείρησιν
ταύτην, ἥτις ἐγένετο μᾶλλον
κατὰ τοῦ Ἀνατολικοῦ κράτους ἢ
κατὰ τῶν ἐν Συρίᾳ Μωαμεθανῶν.
Τὸ μέγα τοῦτο κίνημα τῆς
Δύσεως κατὰ τῆς Ἀνατολῆς, τὸ
ὁποῖον ἔμελλε νὰ διαρκέσῃ τρεῖς
περίπου ἑκατονταετηρίδας, καὶ
ἀποτελεῖ ἓν τῶν σπουδαιοτέρων
γεγονότων τῆς παγκοσμίου
ἱστορίας, παρεσκευάσθη, ὡς
προεξηγήσαμεν, διὰ ποικίλων
καὶ προαιωνίων πολιτικῶν καὶ
θρησκευτικῶν συμφερόντων,
ἰδίως δὲ ὑπὸ τῆς πεισματώδους
τῶν ἀρχιερέων τῆς Ῥώμης
ἀξιώσεως τοῦ νὰ ἐπιβάλωσι τὴν
κυριαρχίαν αὐτῶν εἰς τὴν ἀνα-
τολικὴν Ἐκκλησίαν. Ἐννοεῖται
ὅτι, καθὼς πάντοτε συμβαίνει,
συνετέλεσαν εἰς τοῦτο πολλὰ
δευτερεύοντα αἴτια· ἀλλὰ βε-
βαίως μεταξὺ τῶν δευτερευόν-
των τούτων αἰτίων οὐδένα
ἀποχρῶντα λόγον ἔχομεν νὰ
περιλάβωμεν τὰς ὑποτιθεμένας
ἐπιστολὰς καὶ πρεσβείας τοῦ

"Alexius," says Constantine
Paparregopoulos in his excellent
history, "not only had no urgent
reasons for seeking the assist-
ance of the West, but he had
many reasons for not asking
for it ; from this it follows,
beyond dispute, that the reports
about the letters and embassies
sent by him to procure help,
which were current among the
people of the West, were fabri-
cated simply to afford some pre-
text of justice for this enter-
prise which was undertaken
against the Eastern empire rather
than against the Mahomedans in
Syria. This great movement of
the West against the East, which
was to last for nearly three
centuries, and which constitutes
one of the principal events in
the history of the world, owed
its origin, as already explained,
to various political and religious
interests of long standing, and
especially to the persistent
claim of the Roman Pontiffs to
impose their authority upon the
Eastern Church. It may be
readily understood that, as is
always the case, many secondary
causes contributed their influ-
ence; but among these secondary
causes we have assuredly no
sufficient reason to include the
supposed letters and embassies
of Alexius." However this may
be, certainly no one can deny
that the warriors of the first
Crusade greatly contributed to

Ἀλεξίου." "Ὅπως καὶ ἂν ἔχῃ
τὸ πρᾶγμα, δὲν δύναται βεβαίως
ν' ἀρνηθῇ τις ὅτι οἱ πολεμισταὶ
τῆς πρώτης Σταυροφορίας συνε-
τέλεσαν μεγάλως πρὸς ἐκδίωξιν
τῶν Σελζούκων ἐκ τῶν Βυζαν-
τινῶν ἐπαρχιῶν, ἀλλ' οἱ εὐλα-
βεῖς οὗτοι στρατιῶται τοῦ
σταυροῦ ἐνόμισαν ὅτι ἦτο ὀρθὸν
καὶ δίκαιον νὰ λεηλατήσωσι
τοὺς λαούς, οὓς ἦλθον νὰ
βοηθήσωσι, καὶ οὕτως ὅτε ἐπ-
ανήρχοντο ἐκ τῆς καταδιώξεως
τῶν ἐχθρῶν ἥρπασαν ὅ τι ἠδυ-
νήθησαν ἐκ τῆς χώρας ἥτις
ἐφιλοξένει αὐτούς. Ἡ διαγωγὴ
αὕτη τῶν πρώτων Σταυροφόρων
διήγειρε αἴσθημα μίσους καὶ
ἀγανακτήσεως κατ' αὐτῶν εἰς
τὰς καρδίας τῶν λαῶν τῆς
Ἀνατολῆς, ὥστε ἐν τῇ δευτέρᾳ
καὶ τρίτῃ Σταυροφορίᾳ κατὰ
πᾶσαν εὐκαιρίαν καὶ κατὰ πάντα
τρόπον ἐδείκνυον τὴν δυσμένειαν
αὐτῶν κατὰ τῶν ἑσπερίων τού-
των ἁρπάγων. Περὶ δὲ τῆς
τετάρτης λεγομένης Σταυρο-
φορίας τί νὰ εἴπῃ τις;

Θέλετε νὰ σᾶς εἴπω ποίαν
ἰδέαν ἐκφέρει περὶ αὐτῆς ὁ
Αἰδέσιμος Ἑ. Φ. Τόζερ ἐν τῷ
πρὸ δύο ἐτῶν δημοσιευθέντι
πονηματίῳ αὐτοῦ, ὅπερ ὀνομά-
ζεται " Ἡ Ἐκκλησία καὶ ἡ
Ἀνατολικὴ Αὐτοκρατορία";
Πολὺ θά με ὑποχρεώσητε.
Ἰδοὺ τί λέγει ἐν σελίδι 24.
" Ἡ οὕτω γεννηθεῖσα ἀμοιβαία
ἔχθρα ἐπὶ τέλους ἔφθασεν εἰς
τὸ κατακόρυφον σημεῖον ἕνεκα
τῆς αἰσχρᾶς λῃστρικῆς ἐκστρα-

the expulsion of the Seljouks
from the Byzantine provinces ;
but these pious soldiers of the
cross thought it just and right
to pillage the people whom they
had come to help, and accord-
ingly, when they returned from
the pursuit of the enemy, they
carried off whatever they could
from the country which had
hospitably entertained them.
This conduct of the first
Crusaders excited a feeling of
hatred and indignation against
them in the hearts of the people
of the East, so that in the second
and third Crusades, at every
opportunity and in every
manner, they showed their
hostility to these Western
robbers. About the so-called
fourth Crusade what are we to
say ?

Would you like me to tell
you what opinion about it the
Rev. H. F. Tozer expresses in
his little work published two
years ago, entitled *The Church
and the Eastern Empire* ?

You will oblige me very much.
Here is what he says at page
24. "The mutual animosity
that was thus generated at last
came to a head in the disgraceful
buccaneering expedition, which

τείας, ἥτις τιμᾶται διὰ τοῦ
ὀνόματος τῆς τετάρτης Σταυρο-
φορίας, καθ' ἣν ἡ δύναμις ἥτις
συνηθροίσθη πρὸς καταπολέ-
μησιν τῶν ἀπίστων ἔστρεψε τὰ
ὅπλα αὐτῆς κατὰ τῆς σπουδαιο-
τάτης τότε Χριστιανικῆς πόλεως,
καὶ ἀφοῦ προσέβαλε καὶ ἐκυρί-
ευσεν αὐτήν, διεμέρισε τὴν
ἐπικράτειαν αὐτῆς εἰς τὰ ἔθνη
τὰ λαβόντα μέρος εἰς τὴν
ἐπίθεσιν (1204). Ἐκ ταύτης
τῆς συμφορᾶς ἡ Κωνσταντινού-
πολις οὐδέποτε ἠδυνήθη πλέον
νὰ ἀναλάβῃ."

Ἄξιος πολλῶν ἐπαίνων εἶναι
ὁ Αἰδέσιμος συγγραφεὺς διὰ τὴν
ἀμεροληψίαν αὐτοῦ, ἀλλ' ἀτυ-
χῶς πάντες οἱ συγγράψαντες
περὶ τῶν Σταυροφόρων δὲν ἐμπνέ-
ονται ὑπὸ δικαίων αἰσθημάτων.
Ἀλλ' ἂς ἐπανέλθωμεν εἰς τὴν
ἀφήγησιν τῶν γεγονότων ἅπερ
προηγήθησαν τῆς Φλωρεντινῆς
συνόδου. Τὸ Λατινικὸν κράτος
ὅπερ ἱδρύθη ἐν τῇ Ἀνατολῇ
ὑπῆρξε βραχύβιον, διότι ἑξή-
κοντα περίπου ἔτη μετὰ τὴν σύ-
στασιν αὐτοῦ κατελύθη ὑπὸ
Μιχαὴλ τοῦ Παλαιολόγου, τοῦ
ἱδρυτοῦ τῆς τελευταίας δυνα-
στείας, ἥτις ἐκυβέρνησε τὸ
Βυζαντινὸν κράτος. Ἀλλὰ τί
κράτος! Τὰ βόρεια παράλια
τῆς Μικρᾶς Ἀσίας ἀπετέλουν
χωριστὸν βασίλειον ὑπὸ τὴν
ἀρχὴν των ἐν Τραπεζοῦντι Κομ-
νηνῶν· ἐν Ἠπείρῳ καὶ ἐν
Θεσσαλονίκῃ ἐσχηματίσθησαν
ἀνεξάρτητοι ἡγεμονίαι· αἱ νῆ-
σοι τοῦ Αἰγαίου πελάγους ἦσαν

is dignified with the name of
the fourth Crusade, when a
force, which was assembled for
the purpose of fighting the
infidels, turned its arms against
the most important Christian
city of that time, and, after
having stormed and captured it,
partitioned its dominions be-
tween the nations who took part
in the attack (1204). From this
blow Constantinople never re-
covered."

The reverend author is de-
serving of all praise for his
impartiality, but unfortunately
all the historians of the Crusades
are not inspired with a sense of
justice. But let us return to
the narration of the events
which preceded the Council of
Florence. The Latin empire
which was established in the
East had but a short existence,
for about sixty years after its
foundation it was destroyed by
Michael Palaeologus, the founder
of the last dynasty which ruled
over the Byzantine empire.
But what an empire! The
north coast of Asia Minor
constituted a separate kingdom
under the sway of the Comneni
in Trebizond: in Epirus and
in Thessalonica independent
principalities were formed: the
islands of the Aegaean Sea were
in the power of the Venetians
and other Italian states: the

ὑπὸ τὴν κυριαρχίαν τῶν Ἐνετῶν
καὶ ἄλλων Ἰταλικῶν πολιτειῶν·
τὸ πλεῖστον μέρος τῆς Πελοπον-
νήσου κατείχετο ὑπὸ τῶν Φράγ-
κων, αἱ δὲ Ἀθῆναι καὶ τὰ βόρεια
τῆς Ἑλλάδος ἦσαν ὑπὸ τὴν
ἐξουσίαν τῆς οἰκογενείας Δὲ λὰ
Ρόςς. Μετὰ ταῦτα ἦλθον καὶ
ἄλλοι ὅπως μετάσχωσι τῆς
λείας. Ἦλθον οἱ Καταλάναι
ὡς σύμμαχοι, ἀλλὰ κατελεηλά-
τησαν τοὺς ἐλπίσαντας παρ'
αὐτῶν βοήθειαν. Οἱ Ἱππόται
τοῦ Ἁγίου Ἰωάννου κατέλαβον
τὴν νῆσον Ρόδον, οἱ δὲ Σέρβοι
ἐσχημάτισαν ἴδιον κράτος ὑπὸ
τὴν ἀρχὴν Στεφάνου τοῦ Δούσ-
σαν, ὅπερ διήρκεσε μέχρι τοῦ
ἔτους 1389, ὅτε κατελύθη ὑπὸ
τοῦ Σουλτὰν Ἀμουράτ.

Εἶναι περίεργον πῶς κατώρ-
θωσαν οἱ Παλαιολόγοι νὰ
διατηρήσωσι σχεδὸν ἐπὶ δια-
κόσια ἔτη κράτος εἰς τοιοῦτον
βαθμὸν παραλελυμένον, καὶ
μάλιστα ὅταν λάβῃ τις ὑπ'
ὄψιν ὅτι πάντες, ἐκτὸς τοῦ
τελευταίου Κωνσταντίνου τοῦ
Η' τοῦ ἡρωϊκῶς πεσόντος κατὰ
τὴν ἅλωσιν τῆς Κωνσταντινου-
πόλεως, ὑπῆρξαν φίλαυτοι, δε-
σποτικοὶ καὶ ἀνίκανοι.

Τὸ Βυζαντινὸν κράτος βεβαί-
ως ἐπὶ τῶν Παλαιολόγων ἦτο
ἀσθενέστατον, ἀλλὰ καὶ οἱ
ἀντίπαλοι αὐτοῦ κατ' ἀρχὰς
δὲν ἦσαν ἰσχυροί· ἀφοῦ ὅμως
οἱ Τοῦρκοι διαβάντες τὴν
Φρυγίαν ἵδρισαν τὴν ἑαυτῶν
ἀρχὴν ἐν Προύσῃ τῆς Βιθυνίας,
καὶ μετὰ ταῦτα περάσαντες τὸν

greater part of the Peloponnesus
was held by the Franks ; Athens
and the north of Greece was
under the rule of the family of
De la Roche. Afterwards others
came to get a share of the
plunder. The Catalans came
as allies, but they pillaged those
who expected help from them.
The Knights of St. John took
possession of the island of
Rhodes; the Servians established
a dominion of their own, under
the government of Stephen
Dushan, which lasted till the
year 1389, when it was over-
thrown by the Sultan Amurath.

It is curious how the Palae-
ologi succeeded in preserving
for nearly two hundred years
an empire which was in such a
state of paralysis, especially
when we take into consideration
that all, except the last of them,
Constantine VIII. who heroically
fell at the taking of Constanti-
nople, were selfish, despotic, and
incapable.

The Byzantine empire was
certainly very feeble in the
time of the Palaeologi, but its
opponents also, at first, were
not strong : when however
the Turks had passed through
Phrygia and established their
authority at Brusa in Bithynia
and afterwards crossing the

Ἑλλήσποντον ἐκυρίευσαν τὸ πλεῖστον τῆς Θράκης, τότε ἔγεινε πλέον κατάδηλον ὅτι ἡ γηραιὰ αὐτοκρατορία τοῦ Βυζαντίου διέτρεχε τὸν ἔσχατον κίνδυνον, καὶ ἀμφιβολία δὲν ὑπάρχει ὅτι θὰ κατελύετο ὑπὸ τοῦ ἰσχυροτάτου Σουλτὰν Βαγιαζήτ, ἐὰν οὗτος δὲν ἡττᾶτο καὶ ἠχμαλωτίζετο ὑπὸ τοῦ ἡγεμόνος τῶν Ταρτάρων Τιμοὺρ κατὰ τὴν ἐν Ἀγκύρᾳ μάχην (1402). Ὅτε κατὰ τὸ ἔτος 1425 ἀνέβη εἰς τὸν θρόνον Ἰωάννης ὁ Παλαιολόγος, τὸ κράτος αὐτοῦ συνίστατο ἐκ τῆς πρωτευούσης Κωνσταντινουπόλεως καὶ τῶν περιχώρων αὐτῆς, ἐκ τῆς Θεσσαλονίκης καὶ ἐκ μικροῦ μέρους τῆς Πελοποννήσου. Κράτος δὲ οὕτως ἀσθενὲς δὲν ἠδύνατο ν' ἀντίσχῃ πρὸ τῆς καθ' ἑκάστην κραταιουμένης δυνάμεως τῶν Τούρκων. Εἰς τοιαύτην δεινὴν θέσιν βλέπων τὸ κράτος αὐτοῦ ὁ ταλαίπωρος Ἰωάννης ὁ Ϛ' τί ἠδύνατο νὰ πράξῃ; Ἡ μόνη ἐλπὶς ἥτις τῷ ἔμενεν ἦτο ἡ φιλικὴ προσέγγισις εἰς τὴν Δύσιν διὰ τῆς ἑνώσεως τῶν Ἐκκλησιῶν.

Φοβοῦμαι ὅμως ὅτι ἡ περίστασις οὐδόλως ἦτο κατάλληλος πρὸς ἕνωσιν τῶν δύο μεγάλων Ἐκκλησιῶν τοῦ Χριστιανισμοῦ, διότι ἀπὸ τοῦ 1431 συνεδρίαζεν ἐν Βασιλείᾳ μεγάλη ἐκκλησιαστικὴ σύνοδος, σκοπὸς τῆς ὁποίας ἦτο ἡ μεταρρύθμισις τῆς Δυτικῆς Ἐκκλησίας καὶ ὁ περιορισμὸς

Hellespont had made themselves masters of the greater part of Thrace, then it became quite evident that the old empire of Byzantium ran extreme risk, and there is no doubt that it would have been overthrown by the powerful Sultan Bajazet if he had not been worsted and taken prisoner by Timour the chief of the Tartars at the battle of Angora (1402). When John Palaeologus ascended the throne in 1425, his dominions consisted of his capital, Constantinople, with the country surrounding it, of Thessalonica and a small part of the Peloponnesus. A state so weak could not stand its ground before the daily increasing power of the Turks. Seeing his empire in this terrible condition, what could the unfortunate John VI. do? The only hope left to him was to be brought into friendly relations with the West through the union of the Churches.

But I am afraid that the situation was not all favourable to a union of the two great Churches of Christendom, because a great ecclesiastical Council had been sitting at Basel since the year 1431, the object of which was the reformation of the Western Church and

τῆς δυνάμεως τοῦ Πάπα, ὅστις
μετὰ πολλῆς ἀνησυχίας ἔβλεπε
τὰ γιγνόμενα, καὶ προέτεινεν
ὡς καταλληλοτέραν πόλιν διὰ
τὴν σύνοδον τὴν Βονωνίαν.
" Ἐὰν συνέλθωσιν εἰς ταύτην
τὴν πόλιν οἱ πατέρες," ἔλεγε,
" θὰ ἦναι εὔκολον νὰ προσέλ-
θωσιν εἰς τὴν σύνοδον καὶ
ἀντιπρόσωποι τῆς Ἀνατολικῆς
Ἐκκλησίας ὅπως κατορθωθῇ ἡ
ποθητὴ ἕνωσις τῶν Ἐκκλη-
σιῶν·" ἀλλ' οἱ πατέρες ἀπέρ-
ριψαν τὰς προτάσεις τοῦ Πάπα,
κηρύξαντες ὅτι ἡ σύνοδος εἶχεν
ὑπέρτερον κῦρος τοῦ Πάπα.
Ἐνῷ λοιπὸν ἡ Λατινικὴ Ἐκ-
κλησία ἦτο οὕτω διῃρημένη εἰς
δύο ἀντιπάλους ἀρχάς, δὲν
νομίζετε ὅτι ἦτο παράλογος
πᾶσα ἀπόπειρα ἑνώσεως μετὰ
τῆς Ἀνατολικῆς;

Ἔχετε δίκαιον· τὸ πρᾶγμα
φαίνεται εἰς ἡμᾶς παράλογον·
ἀλλ' αἱ τότε περιστάσεις ἦσαν
τοιαῦται, ὥστε πάντες ἐπεθύμουν
τὴν ἕνωσιν. Καὶ διὰ τοῦτο
βλέπομεν ὅτι οἱ πατέρες τῆς
ἐν Βασιλείᾳ συνόδου ἔπεμψαν
πλοῖα καὶ χρήματα εἰς Κων-
σταντινούπολιν ὅπως παρα-
λάβωσι τοὺς ἀντιπροσώπους τῆς
Ἀνατολικῆς Ἐκκλησίας, ἀλλὰ
πρὸ αὐτῶν ἔφθασαν τὰ πλοῖα
τοῦ Πάπα, ὅστις διὰ παντὸς
τρόπου ἤθελε νὰ προσελκύσῃ
τοὺς Ἕλληνας τοῦ Βυζαντίου
πρὸς ἑαυτόν. Ὁ Αὐτοκράτωρ
Ἰωάννης ἠπόρει ποίαν ἐκ τῶν
δύο προσκλήσεων νὰ δεχθῇ,
ἀλλ' ἐπὶ τέλους ἀπεφάσισε νὰ

the limitation of the power of
the Pope, who was watching
with great uneasiness the course
of events, and proposed Bologna
as a more suitable city for the
Council. "If the fathers assemble
in this city," he said, "it will
be easy for representatives of
the Eastern Church also to
come to the Council, so that
the much-desired union of the
Churches may be effected:" but
the fathers rejected the Pope's
proposal, declaring that the
Council had higher authority
than the Pope. While, then,
the Latin Church was thus
divided into two conflicting
authorities, do you not think
that any attempt at a union
with the Eastern Church was
absurd?

You are right; it appears to
us absurd: but the state of
affairs at that time was such
that all were desirous of the
union. So we see that the
fathers of the Council of Basel
sent ships and money to Con-
stantinople to bring the repre-
sentatives of the Eastern Church,
but the Pope's ships arrived
before them, for he wished by
every means to attract the
Greeks of Constantinople to his
side. The Emperor John was
undecided which of the two
invitations to accept, but at
last he determined to sail to
Venice in the Papal ships,
promising the delegate from

πλεύσῃ εἰς Βενετίαν διὰ τῶν
παπικῶν πλοίων, ὑποσχόμενος
εἰς τὸν ἀπεσταλμένον τῆς ἐν
Βασιλείᾳ συνόδου, ὅταν φθάσῃ
εἰς Ἰταλίαν νὰ περιμένῃ ἕως οὗ
ἐπέλθῃ συμβιβασμός τις μεταξὺ
τοῦ Πάπα καὶ τῶν ἐν Βασιλείᾳ
πατέρων. Περὶ τὰ τέλη λοιπὸν
τοῦ ἔτους 1437 καταλιπὼν ἐν
Κωνσταντῖνουπόλει ὁ Αὐτο-
κράτωρ τὸν ἑαυτοῦ ἀδελφὸν
Κωνσταντῖνον ὡς ἀντιβασιλέα
ἀπέπλευσε δι' Ἰταλίαν παρα-
λαβὼν μεθ' ἑαυτοῦ τὸν ἕτερον
ἀδελφόν του Δημήτριον καὶ τὸν
γηραιὸν Πατριάρχην Ἰωσὴφ
μετὰ πολυπληθοῦς συνοδίας
ἀρχιεπισκόπων, ἐπισκόπων, ἱε-
ρέων καὶ μοναχῶν. Μεταξὺ
τούτων ἦσαν πολλοὶ ἐκ τῶν μά-
λιστα διακεκριμένων ἱεραρχῶν
τῆς Ἀνατολικῆς Ἐκκλησίας,
ἐπιφανέστατοι τῶν ὁποίων ἦσαν
Μάρκος ὁ Ἐφέσου, Διονύσιος ὁ
Σάρδεων καὶ ὁ Νικαίας Βησ-
σαρίων. Παρείπετο δὲ καὶ ὁ
μητροπολίτης Κιέβου Ἰσίδωρος
ὡς ἐπίτροπος τῆς Ῥωσσικῆς
Ἐκκλησίας. Συναπέπλευσαν
προσέτι καὶ οἱ τοποτηρηταὶ
τῶν πατριαρχῶν Ἀλεξανδρείας,
Ἀντιοχείας καὶ Ἱεροσολύμων
καὶ πάντες σχεδὸν οἱ ἐπισήμους
θέσεις κατέχοντες κληρικοί, ἐν
οἷς καὶ ὁ μέγας ἐκκλησιάρχης
Σίλβεστρος ὁ Συρόπουλος, ὅστις
συνέγραψε τὴν ἱστορίαν τῆς
Φλωρεντινῆς συνόδου. Μεταξὺ
τῶν ἀπελθόντων εἰς τὴν σύνοδον
ἦσαν καὶ οὐκ ὀλίγοι λαϊκοί, δια-
πρεπέστατοι τῶν ὁποίων εἶναι

the Council of Basel that, when
he arrived in Italy, he would
wait till some kind of agreement
had been effected between the
Pope and the fathers in Basel.
About the end then of the year
1437, the Emperor, leaving his
brother Constantine in Con-
stantinople as regent, sailed for
Italy, taking with him his other
brother Demetrius and the aged
Patriarch Joseph, with a numer-
ous retinue of archbishops,
bishops, priests and monks.
Among these were many of the
most distinguished prelates of
the Eastern Church, of whom
the most illustrious were Marcus
of Ephesus, Dionysius of Sardes,
and Bessarion of Nicaea. Isidore
the metropolitan of Kieff also ac-
companied them as a delegate of
the Russian Church. There sailed
with them moreover representa-
tives of the patriarchs of Alex-
andria, Antioch, and Jerusalem,
and almost all the clergy who
held important offices, among
whom was the great ecclesiarch
Sylvester Syropulus who wrote
the history of the Council of
Florence. Among those who
went to the Council were also
not a few laymen, of whom
the most eminent were George
Scholarius, afterwards called
Gennadius, who was appointed
the first Œcumenical Patriarch
after the capture of Constanti-
nople by the Turks, and George
Gemistos, better known by the

Γεώργιος ὁ Σχολάριος, ὁ βραδύ-
τερον μετονομασθεὶς Γεννάδιος
καὶ ἀναδειχθεὶς πρῶτος Οἰκου-
μενικὸς Πατριάρχης μετὰ τὴν ἅ-
λωσιν τῆς Κωνσταντινουπόλεως
ὑπὸ τῶν Τούρκων, καὶ Γεώργιος
ὁ Γεμιστός, ὁ γνωστότερος ὑπὸ
τὸ ὄνομα Πλήθων. Ἡ πολυ-
άριθμος αὕτη καὶ μεγαλοπρεπὴς
συνοδία ἀπέπλευσεν ἐκ Κων-
σταντινουπόλεως τῇ 27 Νοεμ-
βρίου καὶ μετὰ μακρὸν καὶ
ἐπίπονον πλοῦν ἑβδομήκοντα
ἑπτὰ ἡμερῶν ἔφθασεν εἰς τὸ
οὐ πολὺ τῆς Βενετίας ἀπέχον
Παρέντζον. Περὶ τῆς λαμπρᾶς
ὑποδοχῆς τοῦ Αὐτοκράτορος καὶ
τῶν μετ᾽ αὐτοῦ ἐν Βενετίᾳ ἐπι-
τρέψατέ μοι ν᾽ ἀναγνώσω ὑμῖν
τὴν ἐξῆς περιγραφὴν ἐκ τῆς
ἱστορίας τῆς Φλωρεντινῆς συν-
όδου.

" Μηνὶ Φεβρουαρίῳ, ἑβδόμῃ,
ἀπήραμεν ἀπὸ τοῦ Παρέντζου
πᾶσαι αἱ τριήρεις ὁμοῦ, ἡ δὲ
βασιλικὴ τριήρης ταχυτέρα
οὖσα, προέβη τῶν ἄλλων εἰς
Βενετίαν, καὶ ἔσωσεν εἰς τὸν
Ἅγιον Νικόλαον δὲ Λίδο, τῇ
ὀγδόῃ τοῦ μηνὸς περὶ ὥραν
δευτέραν τῆς ἡμέρας, αἱ δὲ
λοιπαὶ περὶ τὴν τετάρτην ὥραν·
ἐξῆλθεν οὖν ἀπὸ Βενετίας ἀκα-
τίων πλῆθος εἰς ὑπαντὴν τοῦ
βασιλέως, καὶ τοσοῦτον ἦν,
ὥστε σχεδὸν εἰπεῖν μὴ φαίνε-
σθαι τὴν θάλασσαν ὑπὸ τῆς
συμπήξεως αὐτῶν. ἦλθε δὲ
μήνιμα ἀπὸ τῆς αὐθεντίας, μὴ
ἐξελθεῖν τὸν βασιλέα ἕως πρωῖ,
ὅπως ἔλθῃ ὁ δοὺξ μετὰ πάσης

name of Plethon. This numer-
ous and illustrious company
sailed from Constantinople on
the 27th of November, and after
a long and fatiguing passage of
seventy-seven days arrived at
Parenzo not very far from
Venice. Regarding the mag-
nificent reception given to the
Emperor and his companions at
Venice, allow me to read to you
the following description taken
from the history of the Council
of Florence.

"On the seventh of February
we sailed from Parenzo with all
the triremes together, but the
royal trireme, being swifter,
went ahead of the others on
its way to Venice, and ar-
rived at the port of S. Nicolo
del Lido on the eighth of the
month about the second hour of
the day, the rest about the
fourth hour : then a crowd of
boats came out from Venice to
meet the king, so numerous
that it might almost be said
that the sea was hidden from
view by the compact throng.
A message was delivered from
the senate for the king not to
disembark till the morning, in

τῆς αὐθεντίας, καὶ ποιήσῃ τὴν
πρέπουσαν τιμὴν τῷ βασιλεῖ·
καὶ ἐγένετο οὕτως· καὶ μετ᾽
ὀλίγον ἦλθεν ὁ δοὺξ σὺν τοῖς
ἄρχουσι καὶ προσεκύνησε τὸν
βασιλέα καθήμενον, ὁμοίως καὶ
οἱ ἄρχοντες καὶ πάντες ἀσκεπεῖς.
Ἐκάθητο δὲ ἐκ δεξιῶν αὐτοῦ
ὁ ἀδελφὸς αὐτοῦ, ὁ δεσπότης
Κύρις Δημήτριος, ὀλίγῳ κατώ-
τερον τοῦ βασιλικοῦ θρόνου·
τότε ἐκάθισε καὶ ὁ δοὺξ ἐξ
ἀριστερῶν τοῦ βασιλέως, καὶ
ἐλάλησαν ἀσπασίως λόγους τοῦ
χαιρετισμοῦ, καὶ ἕτερά τινα
μυστικῶς· εἶτα εἶπεν ὁ δοὺξ τῷ
βασιλεῖ, ὅτι τῷ πρωῒ μέλλομεν
ἐλθεῖν, τοῦ ποιῆσαι τὴν πρέ-
πουσαν καὶ ὀφειλομένην τιμὴν
τῇ ἁγίᾳ σου βασιλείᾳ, καὶ
ἀπαντῆσαί σοι μετὰ παρρησίας,
καὶ οὕτως ἐλεύσῃ ἐντὸς Βενετίας·
καὶ ἀπῆλθεν ὁ δοὺξ μετὰ τῶν
ἀρχόντων αὐτοῦ.

Τῷ πρωῒ δέ, ἡμέρᾳ κυριακῇ,
Φεβρουαρίου ἐνάτῃ, ὥρᾳ πέμπτῃ
τῆς ἡμέρας, ἦλθεν ὁ δοὺξ μετὰ
τιμῆς μεγάλης μετὰ ἀρχόντων
καὶ συμβούλων αὐτοῦ, καὶ
ἑτέρων ἀρχόντων πλείστων,
ἐντὸς τοῦ εὐτρεπισμένου πουζυ-
δώρου, ὃ ἦν ἐσκεπασμένον ἐρυ-
θροῖς σκεπάσμασι, καὶ χρυσᾶ
λεοντάρια ἐν τῇ πρύμνῃ εἶχε
καὶ χρυσᾶ περιπλέγματα, καὶ
ὅλον ζωγραφισμένον, ποικίλον
καὶ ὡραιότατον. ἦλθον δὲ μετ᾽
αὐτοῦ καὶ ἕτερα μεσοκάτεργα,

order that the Doge might come
with all the senate and pay fit-
ting honour to the king: this
arrangement was followed ; and
after a short time the Doge
arrived with the senators, and
made obeisance to the king who
remained seated, and in like
manner the senators, all bare-
headed. On the right of the
king was seated his brother,
his Highness Prince Demetrius,
on a little lower level than the
royal throne : then the Doge
took his seat on the left of the
king, and they greeted each other
with complimentary speeches
and held some private conversa-
tion : after this, the Doge said
to the king : 'We shall come in
the morning to pay becoming
and due respect to your sacred
majesty, and receive you with
proper ceremony, and thus you
will enter Venice :' the Doge
with his senators then took his
departure.

On the morning of Sunday
the ninth of February, at the
fifth hour of the day, the Doge
arrived in great pomp with his
senators and councillors and a
great many other noblemen, in
his splendidly decorated state-
barge which was shaded with
scarlet awnings and had golden
lions at the stern and gilded
tracery, and was ornamented
throughout with paintings, and
variously decorated and most
beautiful. With it there came

ἃ ὀνομάζουσι γαλιώνια, ὡςεὶ
δώδεκα, καὶ αὐτὰ εὐτρεπισμένα
καὶ ζωγραφισμένα ἔσωθεν καὶ
ἔξωθεν, κατὰ πάντα ὅμοια τῷ
τοῦ δουκὸς, ἐν οἷς ἦσαν ἄρχοντες
πλεῖστοι· καὶ κύκλωθεν κύκλῳ
σημαίας εἶχον χρυσᾶς, καὶ
σάλπιγγας ἀμετρήτους, καὶ πᾶν
εἶδος ὀργάνων. εἶχον δὲ καὶ ἐν
γαλιώνιον ἐξαίρετον καὶ πάνυ
θαυμαστόν, εἰς ὄνομα τάχα τῆς
βασιλικῆς τριήρεως, ἐποίησαν
δὲ αὐτὸ ὡραιότατον καὶ ποικίλον·
κάτωθεν γὰρ οἱ ναῦται ἐκούπιζον
περικείμενοι στολὰς χρυσοπε-
τάλους, καὶ ἐπὶ τὰς κεφαλὰς
αὐτῶν ἔχοντες τὸ σημεῖον τοῦ
Ἁγίου Μάρκου, καὶ ὄπισθεν
τούτου τὸ βασιλικὸν σημεῖον·
εἶτα οἱ τζαγράτορες ἐφόρουν
ἄλλης θέας φορέματα καὶ ση-
μαίας· καὶ γύρωθεν ὅλον τὸ
μεσοκάτεργον ἐκεῖνο σημαίας
βασιλικὰς εἶχε, καὶ ἐν τῇ
πρύμνῃ χρυσᾶς σημαίας πλεί-
στας, καὶ ἀνθρώπους τέσσαρας,
ἐστολισμένους ἱμάτια χρυσοζω-
γράφιστα, καὶ ἔχοντας τρίχας
λευκοχρύσους ἐπὶ τὰς κεφαλὰς
αὐτῶν· μέσον δὲ τούτων τῶν
τεσσάρων, ἀνήρ τις εὐειδὴς ποτὲ
μὲν ἐκαθέζετο, ποτὲ δὲ ἵστατο,
φορῶν ἱμάτια χρυσοῦφαντα καὶ
λαμπρά, κρατῶν ἐν τῇ χειρὶ
σκῆπτρον ὡς ναύαρχος· καὶ
ἕτεροι ἄρχοντες ὡς ἐξ ἀλλο-
δαπῆς χώρας ὑπάρχοντες ἐω-
ρῶντο, φοροῦντες ἄλλης ἰδέας
φορέματα πάνυ ποικίλα, ὡς δῆ-
θεν ὑπηρετοῦντες αὐτῷ μετ᾽
εὐλαβείας. ἔμπροσθεν δὲ τῆς

other boats of a smaller size
called galions, about twelve in
number, and these also were
covered within and without
with ornamentation and paint-
ings, in all respects similar to
the Doge's barge, and in which
were many noblemen, and all
round them they had golden
standards, and innumerable
trumpets and all kinds of
musical instruments. And they
had a particularly splendid
galion, most marvellous, bearing,
forsooth, the name of 'the royal
trireme,' and they had rendered
it very beautiful with various
decorations; for below, the
sailors rowed in apparel of gold-
mail and bearing on their heads
the badge of St. Mark and be-
hind it the emblem of royalty;
then the Jagratores had dresses
and banners of a different ap-
pearance: and that smaller
vessel had royal standards all
round it, and at the stern numer-
ous golden flags, and four men
wearing gold-embroidered gar-
ments, with white and gold hair
on their heads: in the midst of
these four, a handsome man
sometimes sat down and some-
times stood up, arrayed in
splendid robes woven of gold,
and holding a sceptre in his
hand as admiral: and other
nobles could be seen, having
the appearance of foreigners,
wearing clothes of a different
kind much variegated, as

πρύμνης ἵστατο ὄρθιός τις ὡς
στῦλος ὑψηλός· ἄνωθεν δὲ τοῦ
στύλου ἐκείνου, ὡς τράπεζα
τετράγωνος ὀργυιᾶς μικροτέρα·
ἐπάνω δὲ τῆς τραπέζης ἐκείνης
ἀνήρ τις ἵστατο ὡπλισμένος ἀπὸ
ποδῶν ἕως κεφαλῆς, ἀστράπτων
ὡς ἥλιος, κρατῶν ἐν τῇ χειρὶ
αὐτοῦ ὅπλον φοβερόν· ἐν δεξιᾷ
δὲ καὶ ἀριστερᾷ αὐτοῦ ἐκάθηντο
δύο παῖδες ἀγγελικὰ φοροῦντες,
καὶ πτερωτοὶ ἦσαν ὡς ἄγγελοι·
καὶ οὗτοι οὐκ ἐν φαντασίᾳ,
ἀλλ᾽ ἀληθείᾳ ἄνθρωποι ἦσαν
κινούμενοι· καὶ ἐν τῇ πρύμνῃ
εἶχεν ὡς δύο λέοντας χρυσοῦς,
καὶ μέσον αὐτῶν χρυσοῦν ἀετὸν
δικέφαλον· καὶ ἄλλα πλεῖστα
φαντάσματα εἶχεν, ἃ οὐ δύναταί
τις γραφῇ παραδοῦναι. ἦν δὲ
ἐγρήγορον πάνυ, καὶ ποτὲ μὲν
ἔμπροσθεν τῆς βασιλικῆς τρι-
ήρεως, ποτὲ δὲ πλαγίως καὶ
γύρωθεν ἐπορεύετο μετὰ ἀλα-
λαγμοῦ καὶ σαλπίγγων πολλῶν·
ἕτερα δὲ πλοιάρια καὶ ὁλκάδες
ἦλθον, ὧν οὐκ ἦν ἀριθμός·
ὥσπερ γὰρ οὐ δύναταί τις
ἀριθμῆσαι ἄστρα οὐρανοῦ ἢ
φύλλα δένδρων ἢ ἄμμον θαλάσ-
σης ἢ ψεκάδας ὑετοῦ, οὕτως
οὐδὲ τὰ πλοιάρια ἐκεῖνα τότε
ἦν ἀριθμῆσαι.

Ἐλθὼν δὲ ὁ δούξ, ἵνα μὴ
πολλὰ λέγω, ἐπλησίασε τῇ
βασιλικῇ τριήρει μετὰ τῶν
ἀρχόντων τῆς βουλῆς αὐτοῦ,
καὶ ἀνῆλθε καὶ προσεκύνησε

though attending upon him
with great deference. In
front of the stern a man stood
upright, like a lofty pillar, and
on the top of that [human]
pillar a sort of square table less
than six feet, and on that table
stood a man armed from head
to foot, flashing like the sun,
and holding in his hand a
fearful weapon, and on his right
and left were seated two boys
dressed as angels, and having
wings like angels, and these
were not representations but
really human beings who moved;
and at the stern it had appar-
ently two golden lions and
between them a golden two-
headed eagle, and it had many
other fantastic decorations which
are impossible to commit to
writing. It was very swift,
and sometimes went in front of
the royal trireme, and sometimes
by the side of it, and circling
round it with cheering and
sounding of many trumpets:
other vessels and boats also
came, which could not be num-
bered, for as no one can count
the stars of heaven, or the
leaves of the trees, or the sand
of the sea, or the drops of the
rain, so it was impossible to
count the boats on that occasion.

Not to be prolix then, the
Doge, having arrived, approached
the royal trireme, attended by
the nobles of his senate, and
went on board and made his

τὸν βασιλέα καθήμενον, ἔχοντα
ἐκ δεξιῶν, ὡς προείρηται, τὸν
ἀδελφὸν αὐτοῦ καθήμενον κατώ-
τερον τοῦ βασιλικοῦ θρόνου·
ἐκάθισε δὲ ὁ βασιλεὺς τὸν
δοῦκα ἐξ ἀριστερῶν αὐτοῦ,
παρομοίως τῷ σκάμνῳ τοῦ
δεσπότου· καὶ κρατῶν αὐτὸν
τῆς χειρὸς ὡμίλουν ἀσπασίως.

Μετὰ μικρὸν δὲ εἰσήρχοντο
μετὰ παρρησίας μεγάλης, καὶ
μετὰ σαλπίγγων καὶ παντὸς
γένους μοισικοῦ, εἰς τὴν λαμ-
πρὰν καὶ θαυμαστὴν Βενετίαν·
καὶ ὄντως θαυμαστὴ καὶ θαυμα-
στοτάτη, πλουσία, ποικιλοειδὴς
καὶ χρυσοειδής, τετορνευμένη
καὶ πεποικιλμένη καὶ μυρίων
ἐπαίνων ἀξία τυγχάνει ἡ σοφω-
τάτη Βενετία. Ἐὰν δὲ καὶ γῆν
τῆς ἐπαγγελίας δευτέραν αὐτὴν
ὀνομάσῃ τις, οὐκ ἂν ἁμάρτοι·
περὶ αὐτῆς γὰρ οἶμαι καὶ ὁ
προφήτης λέγει ἐν εἰκοστῷ
τρίτῳ Ψαλμῷ· "Ὁ Θεὸς ἐπὶ
θαλασσῶν ἐθεμελίωσεν αὐτὴν
καὶ ἐπὶ ποταμῶν ἡτοίμασεν
αὐτήν.' Τί γὰρ ἂν ζητήσῃ τις,
καὶ οὐχ εὑρήσει ἐν αὐτῇ; διὰ
τοῦτο πολλῶν καὶ μεγάλων
ἐπαίνων καὶ τιμῶν ἀξία τυγ-
χάνει. Ἦν δὲ ὡσεὶ ὥρα πέμπτη
τῆς ἡμέρας, ὅτε ἠρξάμεθα εἰσ-
έρχεσθαι ἐντὸς Βενετίας, καὶ
ἐπλεοποροῦμεν ἕως δύσεως
ἡλίου καὶ κατηντήσαμεν εἰς
τοὺς οἴκους τοῦ Μαρκεσίου τῆς
Φερραρίας.

obeisance to the king who
remained seated, having on his
right, as was said before, his
brother seated on a lower level
than the royal throne : the king
then seated the Doge on his
left, upon a seat on the same
level as that of the prince, hold-
ing him by the hand while they
conversed in a very friendly
manner.

After a little while, they began
to make their entry with great
pomp, to the sound of trumpets
and all kinds of music, into
brilliant and marvellous Venice ;
and indeed wonderful and
most wonderful, wealthy, pro-
fusely ornamented and gilded,
with every kind of carving and
decoration, and worthy of never-
ending praise is Venice, the
most intellectual of cities. If
any one were to call her another
Land of Promise, he would not
be wrong : for I believe that it
is of her that the prophet says
in the 23d Psalm [24th of
English version], 'For God
founded it upon the seas and
established it upon the floods.'
For what will any one seek
and will not find there ? On
this account she is worthy of
the highest praise and honour.
It was about the fifth hour of
the day when we began to make
our entry into Venice and we
were sailing till sunset, when
we arrived at the palace of the
Marquis of Ferrara.

Ἡ δὲ πόλις πᾶσα ἐσείσθη, καὶ ἐξῆλθεν εἰς ἀπάντησιν τοῦ βασιλέως, καὶ κρότος καὶ ἀλαλαγμὸς μέγας ἐγένετο· καὶ ἦν ἰδεῖν ἔκστασιν φοβερὰν τῇ ἡμέρᾳ ἐκείνῃ, τὸν πολυθαύμαστον ναὸν τοῦ Ἁγίου Μάρκου, τὰ παλάτια τοῦ δουκὸς τὰ ἐξαίσια, καὶ τοὺς ἄλλους τῶν ἀρχόντων οἴκους παμμεγέθεις ὄντας, ἐρυθροὺς καὶ χρυσίῳ πολλῷ κεκοσμημένους, ὡραίους καὶ ὡραίων ὡραιοτέρους· οἱ μὴ ἰδόντες ἴσως οὐ πιστεύσοισιν, ἡμεῖς δὲ οἱ ἰδόντες οὐ δυνάμεθα γραφῇ παραδοῦναι τὴν καλλονὴν αὐτῆς, τὴν θέσιν, τὴν τάξιν, τὴν σύνεσιν τῶν ἀνδρῶν ὁμοῦ τε καὶ γυναικῶν, τὸ παμπληθὲς τοῦ λαοῦ, ἐστώτων πάντων καὶ βλεπόντων, καὶ χαιρόντων ὁμοῦ καὶ εὐφραινομένων ἐπὶ τῇ εἰσελεύσει τοῦ βασιλέως· ἐξέστη γὰρ ἡ ψυχὴ ἡμῶν βλεπόντων τὴν τοιαύτην παρρησίαν, ὥστε λέγειν ἡμᾶς ἐν ἐκστάσει· ‘Οὐρανὸς σήμερον ἡ γῆ καὶ ἡ θάλασσα γέγονεν.’ Ὥσπερ γὰρ τὰ ἐν τῷ οὐρανῷ κτίσματα καὶ ποιήματα τοῦ Θεοῦ οὐ δύναταί τις καταλαβεῖν, ἀλλὰ μόνον ἐκπλήττεται, οὕτω καὶ τὰ τῆς ἡμέρας ἐκείνης ἐξεπληττόμεθα βλέποντες· ὅταν οὖν ἤλθομεν εἰς τὴν μεγάλην γέφυραν, ἣν καλοῦσι Ῥεάλτον, ἐσήκωσαν αὐτὴν ἄνω, καὶ ἐπέρασε κάτωθεν ἡ τριήρης· ἦν δὲ κἀκεῖσε πλῆθος λαοῦ πολὺ καὶ σημαῖαι χρυσοειδεῖς καὶ σάλπιγγες καὶ κρότοι καὶ

The whole city was in movement and came out to meet the king, and the applause and cheering was tremendous ; and on that day there was to be witnessed an entrancing spectacle, the marvellous church of St. Mark, the magnificent palace of the Doge, and the spacious mansions of the nobles, ornamented with bright red colouring and profuse gilding, beautiful and more than beautiful : those who have not seen her will perhaps not believe, while we who have seen her are unable to describe in writing her beauty, her situation, her arrangement, the intelligence of the men and women, the immense crowd of people who all stood and witnessed with unanimous joy and delight the entry of the king : for we were perfectly lost in admiration when we beheld such magnificence, so that in our ecstasy we said : ‘ To-day the land and the sea have become heaven.’ For as no one can comprehend the creations and the works of God in heaven, but is only struck with amazement, so we were amazed at what we saw on that day. When we arrived at the great bridge which they call the Rialto, they raised it, and the trireme passed under it. There too a great mass of people was collected, and there were golden standards, and trumpets, and ap-

ἀλαλαγμοί, καὶ ἁπλῶς εἰπεῖν,
ἀτονεῖ μοι ὁ νοῦς γράφειν καὶ
λέγειν τὰ τῆς ἡμέρας ἐκείνης
θεάματα καὶ τοὺς ἐπαίνους καὶ
τὴν σχέσιν καὶ τὴν τιμὴν καὶ
ἀποδοχὴν ἣν ἔδειξαν τότε τῷ
βασιλεῖ. Καὶ ἀπήλθομεν, ὡς
προεῖπον, εἰς τοὺς οἴκους τοῦ
Μαρκεσίου τῆς Φερραρίας·
ἐκεῖσε γοῦν ἔστησαν τὴν τριήρη·
ἦν δὲ ὥρα δύσεως ἡλίου· καὶ
ἀποχαιρετίσας ὁ δοὺξ καὶ οἱ
ἄρχοντες αὐτοῦ ἀπῆλθον οἴκαδε,
ἡμέρᾳ κυριακῇ, Φεβρουαρίου
ἐνάτῃ, ἐν ἔτει χιλιοστῷ τετρα-
κοσιοστῷ τριακοστῷ ἑβδόμῳ."

Τὸ ἀπόσπασμα τοῦτο ἐκ τῆς
Ἱστορίας τῆς Φλωρεντινῆς συνό-
δου οὐ μόνον ὑπὸ ἱστορικήν, ἀλ-
λὰ καὶ ὑπὸ φιλολογικὴν ἔποψιν
εἶναι πολλοῦ λόγου ἄξιον, διότι
τεκμηριοῖ τὴν κατάστασιν τῆς
Ἑλληνικῆς γλώσσης ὡς ἐγρά-
φετο κατὰ τὸν ΙΕ′ αἰῶνα ὑπὸ
τῶν τότε πεπαιδευμένων ὁσάκις
κατεδέχοντο νὰ ἐκθέτωσι τὰς
ἰδέας αὐτῶν εἰς φράσιν ἁπλῆν
καὶ ἀνεπιτήδευτον· λέγων δὲ
φράσιν ἁπλῆν δὲν ἐννοῶ τὴν
ἀγοραίαν γλῶσσαν τὴν ὑπὸ τοῦ
ὄχλου λαλουμένην, ἀλλὰ τὴν
ὁπωσοῦν κατὰ τοὺς κανόνας τῆς
γραμματικῆς γραφομένην.

Ἂν θέλετε νὰ ἴδητε εἰς ποίαν
κατάστασιν εὑρίσκετο ἡ λαλου-
μένη Ἑλληνικὴ γλῶσσα κατὰ
τὴν ἐποχὴν ἐκείνην, ἐπιτρέψατέ
μοι ν᾿ ἀναγνώσω ὑμῖν ἐπιστολήν
τινα ἀποδιδομένην εἰς τὸν Βησ-
σαρίωνα· ἐπέστειλε δὲ αὐτὴν

plause and cheering, and, in
short, ability fails me to de-
scribe in writing or in words
the spectacle of that day, and
the acclamations and the atti-
tude of the people, and the
deep respect and the hearty
welcome with which they greeted
the king. And we went, as I
said before, to the palace of the
Marquis of Ferrara, for it was
there that they stationed the
trireme: it was then sunset:
and the Doge and his senators,
taking their leave, went away
home on Sunday the ninth of
February in the year 1437."

This extract from the *History
of the Council of Florence* is ex-
tremely interesting, not only
from an historical but from a
philological point of view, for
it shows the state of the Greek
language as it was written in
the 15th century by educated
men of that day, whenever they
condescended to express their
ideas in a simple and unstudied
style : when I say a simple style,
I do not mean the vulgar lan-
guage spoken by the common
people, but that which, to a
certain extent, is written in ac-
cordance with grammatical rules.

If you would like to see in
what condition the vernacular
Greek language was at that time,
allow me to read to you a letter
attributed to Bessarion: he wrote
it to the tutor of the sons of
Thomas Palaeologus.

εἰς τὸν παιδαγωγὸν τῶν τέκνων
Θωμᾶ τοῦ Παλαιολόγου.

Πολὺ θά με ὑποχρεώσητε ἂν
ἀφήσητε τὴν ἀνάγνωσιν τῆς ἐπι-
στολῆς διὰ τὴν αὔριον καὶ ἐξ-
ακολουθήσητε τὴν ἀφήγησιν
ὑμῶν περὶ τῆς ἐν Φλωρεντίᾳ
συνόδου.

Εὐχαρίστως· φοβοῦμαι ὅμως
ὅτι ὁ φίλος μου Κύριος Ἀν-
δροκλῆς δὲν ἔχει πολλὴν ὄρεξιν
ν᾿ ἀκούῃ θρησκευτικὰ ζητήματα
—Δὲν ἔχει οὕτως;

Καλῶς ἐμαντεύσατε. Ἀλλὰ
δὲν βλέπω ὅτι εἶναι ἀνάγκη ν᾿
ἀναπτύξητε ὅλας τὰς δογματικὰς
διενέξεις τῶν προσελθόντων εἰς
τὴν σύνοδον πατέρων. Συνοπτι-
κωτάτη ἀφήγησις περὶ αὐτῶν
ἀρκεῖ. Τί λέγετε καὶ ὑμεῖς
Κύριε Οὐίλσων;

Συμφωνῶ πληρέστατα μὲ τὴν
γνώμην σας.

Καὶ ἐγὼ λοιπὸν θὰ πράξω
σύμφωνα μὲ τὴν ἐπιθυμίαν σας.
—Ὁ Αὐτοκράτωρ καὶ οἱ περὶ αὐ-
τὸν ἔμειναν ἐν Βενετίᾳ ἡμέρας
δεκαπέντε καθ᾿ ἃς πολλαὶ περι-
ποιήσεις καὶ μέγισται τιμαὶ
ἐπεδαψιλεύθησαν εἰς αὐτούς.
Μετὰ ταῦτα ἐξηκολούθησαν
τὴν πορείαν αὐτῶν εἰς Φερράραν,
οἱ κάτοικοι τῆς ὁποίας συνέδρα-
μον ὅπως ὑποδεχθῶσιν αὐτοὺς
μετὰ πομπῆς μεγάλης. Ὁ Αὐ-
τοκράτωρ ἐκάθητο ἐπὶ ἵππου
μέλανος ηὐτρεπισμένου μετὰ
ἐρυθροῦ καὶ χρυσοϋφάντου χα-
σδίου· ἕτερος δὲ ἵππος λευκὸς
χρυσοῦς ἀετοὺς ἔχων ἐπὶ τοῦ
χασδίου ἐπορεύετο ἔμπροσθεν

You will much oblige me if
you will defer the reading of
the letter till to-morrow and
continue your account of the
Council of Florence.

With pleasure : but I am
afraid that my friend Mr.
Androcles has no great inclina-
tion to listen to religious ques-
tions.—Is this not so ?

Your conjecture is correct.
But I do not see that there is any
necessity for you to relate in de-
tail all the doctrinal disputes of
the fathers who attended the
Council. A very concise account
of them is enough. And you,
Mr. Wilson, what do you say ?

I entirely agree in your opin-
ion.

I will do then according to
your wish. The Emperor and
those who were with him re-
mained a fortnight in Venice,
during which time every atten-
tion and the highest honours
were lavished upon them. After
this they continued their journey
to Ferrara, the inhabitants of
which flocked in crowds to re-
ceive them with much pomp.
The Emperor rode a black horse
with scarlet and gold trappings,
another horse, a white one, with
its appointments decorated with
golden eagles, went in front of
the Emperor without a rider.
The Pope, seated in his palace

τοῦ Αὐτοκράτορος μὴ ἔχων ἐπιβάτην. Ὁ Πάπας περιέμενε τὴν ἔλευσιν αὐτοῦ καθήμενος ἐν τῷ παλατίῳ αὐτοῦ μετὰ παντὸς τοῦ κλήρου. Ὅτε δὲ ἔμαθεν ὅτι ὁ Αὐτοκράτωρ ἦτο πλησίον τῆς πύλης ἐσηκώθη καὶ περιεπάτει ἕως οὗ εἰσῆλθεν.

Ἐπεθύμουν νὰ εἰξεύρω ἂν ἐγονάτισε πρὸ τοῦ Πάπα.

Ἠθέλησε νὰ γονατίσῃ, ἀλλ' ὁ Πάπας δὲν τὸν ἀφῆκεν· ἐνηγκαλίσθη δὲ αὐτὸν καὶ τῷ ἐπέτρεψε νὰ ἀσπασθῇ τὴν χεῖρά του. Ἔπειτα ἐκάθισεν αὐτὸν ἐξ ἀριστερῶν αὐτοῦ.

Ἀλλ' ὁ Πατριάρχης τί ἀπέγεινεν;

Ἐκεῖνος ἦλθε βραδύτερον καὶ παρουσιασθεὶς εἰς τὸν Πάπαν ἠσπάσθη αὐτὸν εἰς τὴν παρειάν, οἱ δὲ περὶ αὐτὸν ἀρχιερεῖς ἠσπάσθησαν τὴν δεξιὰν αὐτοῦ. Ἕως ἐδῶ τὰ πράγματα ἔβαινον καλῶς· ἀλλ' ἀφοῦ πᾶσαι αἱ ἐπίσημοι δεξιώσεις καὶ αἱ ἑορταὶ ἔλαβον πέρας καὶ ἤρχισαν ἀμφότερα τὰ μέρη νὰ σκέπτωνται περὶ τῶν ὅρων ὑφ' οὓς ἔπρεπε ν' ἀρχίσῃ ἡ σύνοδος, πολλαὶ δυσκολίαι ἀνεφάνησαν, περὶ τῶν ὁποίων δὲν εἶναι ἀνάγκη νὰ κάμω λόγον ἐνταῦθα.

Τὴν ἐνάτην Ἀπριλίου 1438 ἔγεινε μετὰ μεγάλης πομπῆς ἡ ἔναρξις τῆς συνόδου, ἀλλ' αἱ τακτικαὶ συνεδριάσεις ἤρχισαν τῇ ἕκτῃ Ὀκτωβρίου. Ἐν Φερράρᾳ ἔγειναν δεκαὲξ συνεδριάσεις· τῇ δὲ 26 Φεβρουαρίου τοῦ ἔτους 1439 μετετέθη ἡ σύνοδος εἰς

and surrounded by all his clergy, awaited his arrival. When he heard that the Emperor was near the gate, he rose and walked about till he entered.

I should like to know if he knelt to the Pope.

He wanted to kneel, but the Pope would not allow him ; but he embraced him and let him kiss his hand, and then seated him on his left side.

But what became of the Patriarch ?

He arrived later, and on being presented to the Pope kissed him on the cheek, and the prelates with him kissed his right hand. So far everything went well ; but when all these forms and ceremonies of reception were completed, and both sides began to consider the conditions under which the Council was to be opened, many difficulties arose ; about which it is not necessary for me to say anything here.

On the 9th of April 1438, the Council was inaugurated with great ceremony, but the regular sittings commenced on the 6th of October. Sixteen sittings took place in Ferrara ; and on the 26th of February 1439 the Council was transferred to Flor-

Φλωρεντίαν καὶ μετὰ μακρὰς
συζητήσεις ἔγεινεν ἡ ἕνωσις, τὴν
ὁποίαν οὐδέποτε ἡ ᾿Ανατολικὴ
᾿Εκκλησία παρεδέχθη ὡς γνη-
σίαν. ῾Ο ὅρος δι᾽ οὗ ὡρίζετο ἡ
ἕνωσις συνετάχθη λατινιστὶ καὶ
μετενεχθεὶς εἰς τὸ ῾Ελληνικὸν
ὑπὸ τοῦ Βησσαρίωνος ὑπεγράφη
ὑπὸ τῶν ἡμετέρων τῇ πέμπτῃ
᾿Ιουλίου 1439. Μάρκος ὅμως ὁ
ἀρχιεπίσκοπος ᾿Εφέσου ἠρνήθη
νὰ ὑπογράψῃ τὸν ὅρον· τοῦτο
δὲ ἀκούσας ὁ Πάπας ἀνεφώνη-
σεν· " Εἰ οὕτως ἔχει οὐδὲν ἐποιή-
σαμεν."

῾Ητοιμαζόμην νὰ σᾶς ἐρωτήσω
καὶ περὶ τῶν μετὰ τὴν σύνοδον
συμβάντων ἐν Κωνσταντινου-
πόλει, ἀλλὰ βλέπω ἐφθάσαμεν
εἰς Φλωρεντίαν. Εἰς ποῖον
ξενοδοχεῖον θὰ καταλύσητε;

Εἰς τὸ ξενοδοχεῖον τῆς ᾿Αθη-
νᾶς.

Τότε λοιπὸν ἐρχόμεθα καὶ
ἡμεῖς εἰς τὸ αὐτὸ ξενοδοχεῖον
διὰ νὰ ἤμεθα ὅλοι ὁμοῦ. Αὔριον
δὲ ἀφοῦ ἐπισκεφθῶμεν τὰ μᾶλ-
λον ἀξιοθέατα τῆς πόλεως ἀπερ-
χόμεθα εἰς ῾Ρώμην.

Πολὺ καλά.

ence, and after lengthened dis-
cussion the union was effected,
but the Eastern Church never
acknowledged it as genuine.
The decree by which the terms
of the union were defined was
drawn up in Latin, and, after
being translated into Greek by
Bessarion, was signed by our
people on the 5th of July 1439.
But Marcus the Archbishop of
Ephesus refused to sign the
decree ; and when the Pope
heard of this, he exclaimed : " If
this is so, we have done nothing."

I was going also to ask you
what happened in Constanti-
nople after the Council, but I
see that we have arrived at
Florence. At what hotel do
you intend to put up ?

At the hotel Minerva.

Then we too will come to the
same hotel, so that we may all
be together. To-morrow, after
we have visited what is most
worth seeing in the city, we
will start for Rome.

Very good.

Εἶμαι πολὺ εὐχαριστημένος ὅτι ἐπὶ τέλους εἴμεθα ἐντὸς τῆς σιδηροδρομικῆς ἁμάξης καὶ ἀναχωροῦμεν διὰ Ῥώμην, διότι εἶμαι ἀφανισμένος ἐκ τοῦ κόπου. Ὁ φίλος μου Κύριος Ἀνδροκλῆς εἶναι ἀκούραστος καὶ ἐπέμενε νὰ ἴδωμεν ὅλα τὰ ἀξιοθέατα τῆς πόλεως εἰς μίαν ἡμέραν.

Εἶναι βλέπετε συνειθισμένος ἐκ τοῦ Λονδίνου, ὅπου αἱ ἀποστάσεις εἶναι τόσον μεγάλαι καὶ ἀναγκάζεταί τις καθ' ἑκάστην νὰ περιπατῇ ἐπὶ πολλὰς ὥρας χωρὶς νὰ τὸ αἰσθάνηται. Ἀλλὰ πῶς σᾶς ἐφάνη ἡ Φλωρεντία;

Αἱ μεγάλαι καὶ ὁλόλιθοι αὐτῆς οἰκοδομαὶ καὶ αἱ στεναὶ καὶ σκυθρωποὶ αὐτῆς ὁδοὶ κατ' ἀρχὰς μὲ ἔκαμον μελαγχολικόν, ἀλλ' ὀλίγον κατ' ὀλίγον παρῆλθε τὸ αἴσθημα τοῦτο, μάλιστα ὅτε ἦλθεν εἰς τὴν μνήμην μου τὸ ἐν Κωνσταντινουπόλει Φανάριον ὅπου διῆλθον πολλὰ ἔτη τῆς ζωῆς μου. Αἱ ὁδοὶ τῆς Φλωρεντίας, εἶπον κατ' ἐμαυτόν, ἂν καὶ στεναί, εἶναι ὅμως καθαρώταται, ἐνῷ αἱ τοῦ Φαναρίου καὶ πολλῶν ἄλλων μερῶν τῆς

I am very glad that at last we are in the railway carriage and are on our road to Rome, for I am exhausted with fatigue. My friend Mr. Androcles, who is indefatigable, insisted on our seeing everything of interest in the city in one day.

He got this habit, you see, from London, where the distances are so great, and one is compelled to walk for many hours every day without feeling it. But what did you think of Florence?

Its large buildings of solid stone and its narrow and gloomy streets at first made me melancholy, but by degrees this feeling passed away, especially when there came to my recollection the Phanar quarter of Constantinople where I spent many years of my life. The streets of Florence, I said to myself, though narrow, are nevertheless very clean, while those of the Phanar, and of many other parts of Constantinople, are ex-

Κωνσταντινουπόλεως εἶναι ῥυπαρώταται, καὶ ἐν καιρῷ βροχῆς ἀδιάβατοι.

'Αλλ' ἐν Φλωρεντίᾳ δὲν εἶναι ὅλοι ὁ δρόμοι στενοί, διότι ἀφ' ὅτου ἡ 'Ιταλία ἡνώθη εἰς ἓν κράτος ἀνεξάρτητον πολλαὶ βελτιώσεις ἐπῆλθον εἰς πάσας αὐτῆς τὰς πόλεις καὶ ἰδίως εἰς τὴν Φλωρεντίαν ὅτε ἔγεινεν ἡ πρωτεύουσα ὅλης τῆς 'Ιταλίας. 'Επεσκέφθητε τὴν λεωφόρον Viale dei Colli ;

Μάλιστα. 'Εκτείνεται πρὸς τὰ ἄνω ἐκ τῆς πύλης 'Αγίου Νικολάου ἕως εἰς τὴν ἱστορικὴν ἐκκλησίαν καὶ τὸ νεκροταφεῖον τοῦ 'Αγίου Μινιάτου, καὶ ἔπειτα κλίνει κατωφερῶς πρὸς τὴν 'Ρωμανικὴν πύλην. 'Εκ τοῦ ὑψηλοτάτου μέρους τῆς λεωφόρου τὸ θέαμα εἶναι τερπνότατον. Τὸ πανόραμα τῆς Φλωρεντίας μετὰ τοῦ 'Αρνου καὶ τῶν πέριξ γηλόφων καὶ τὰ μακρόθεν φαινόμενα Απέννινα ὄρη ἀποτελοῦσι θέαμα μοναδικὸν καὶ ὡραιότατον.

Ποῖα ἄλλα μέρη ἐπεσκέφθητε ; Μετέβητε εἰς τὸν καθεδρικὸν ναόν ;

Βεβαιότατα. 'Αλλ' ἐγὼ δὲν ἐνθυμοῦμαι ὀνομαστὶ ὅσα εἴδομεν σήμερον, διότι εἶναι πάμπολλα· ὁ φίλος μου ὅμως Κύριος 'Ανδροκλῆς τὰ εἰξεύρει ἓν πρὸς ἕν, ὥστε ἀφίνω εἰς αὐτὸν τὸ καθῆκον τοῦτο νὰ σᾶς εἴπῃ λεπτομερῶς τὰ πάντα.

'Ο Κύριος Οὐίλσων γνωρίζει πολὺ καλλίτερα ἀπὸ ἐμὲ τὴν Φλωρεντίαν καὶ πάντα τὰ ἐν

cessively dirty, and in rainy weather impassable.

But in Florence all the streets are not narrow, for since Italy has been united into one independent kingdom, many improvements have been effected in all its cities, and especially in Florence when it became the capital of all Italy. Did you see the high-road, Viale dei Colli ?

Yes. It goes up-hill from the Porta San Niccolo to the historic church and cemetery of San Miniato, and then inclines downwards to the Porta Romana. From the highest part of the main road the view is most charming. The panorama of Florence, with the Arno and the surrounding hills, and the Apennine mountains in the distance, form a unique and very lovely picture.

What other places did you visit ? Did you go to the cathedral ?

Most certainly. But I do not remember by name all the places we saw to-day, for they were so many ; my friend Mr. Androcles however knows each and all of them, so that I leave to him the duty of explaining to you everything in detail.

Mr. Wilson knows Florence and everything in it much better than I do, so that it is super-

αὐτῇ, ὥστε εἶναι περιττὸν νὰ τὸν παραζαλίσωμεν μὲ τὴν περιγραφὴν ὅσων εἴδομεν.—'Αλλ' ἡμεῖς Κύριε Οὐΐλσων δέν μας εἴπετε πῶς διήλθετε τὴν ἡμέραν.

Πολὺ εὐχάριστα. Μετέβην εἰς ἐπίσκεψιν συγγενῶν τινων, οἱ ὁποῖοι κατοικοῦσι τέσσαρα μίλια περίπου ἔξω τῆς πόλεως, καὶ ἔμεινα μετ' αὐτῶν σχεδὸν ὅλην τὴν ἡμέραν. Ὅτε ἐπανῆλθον εἰς τὸ ξενοδοχεῖον ἦτο ὥρα τῆς ἀναχωρήσεως καὶ εὐθὺς ἔσπευσα εἰς τὸν σταθμὸν πρὸς συνάντησίν σας. Ὡς βλέπετε λοιπὸν ἐγὼ δὲν ἐκοπίασα τόσον ὅσον ὑμεῖς, καὶ εἶμαι πρόθυμος ν' ἀκούσω τὴν πρὸς τὸν παιδαγωγὸν τῶν τέκνων Θωμᾶ τοῦ Παλαιολόγου ἐπιστολὴν τοῦ Βησσαρίωνος, ἂν ἡ αὐτοῦ Πανοσιολογιότης λάβῃ τὸν κόπον ν' ἀναγνώσῃ αὐτήν.

Ἂς μὴ τὸν ἐνοχλήσωμεν τὸν καΰμένον. Δὲν τὸν βλέπετε πῶς χασμᾶται πᾶσαν στιγμὴν καὶ καμμύει; Ἐνῷ λοιπὸν ἐκεῖνος ἡσυχάζει ἐγὼ θὰ ἀναγνώσω εἰς ἡμᾶς τὴν ἐπιστολήν.

Δύνασθε νά μοι εἴπητε ὀλίγα τινὰ περὶ τοῦ Βησσαρίωνος;

Εὐχαρίστως· σᾶς παρακαλῶ ὅμως νά μοι ἐπιτρέψητε νὰ ποιήσω τοῦτο μετὰ τὴν ἀνάγνωσιν τῆς ἐπιστολῆς.

Πολὺ καλά.

Ἰδοὺ ἡ ἀποδιδομένη τῷ Βησσαρίωνι ἐπιστολή.

"Εὐγενέστατε ἄνερ καὶ ἡμῶν φίλτατε φίλων, ἐδεξάμην καὶ πρότερον καὶ νῦν διὰ τοῦ Ἐρ-

fluous to trouble him with a description of what we have seen.—But you, Mr. Wilson, have not told us how you passed the day.

Very pleasantly. I went to visit some relations who live about four miles outside of the city, and stayed with them nearly all the day. When I returned to the hotel it was time to start, so I hastened at once to the station to meet you. You see then that I did not fatigue myself so much as you, and I am quite ready to listen to the letter of Bessarion to the tutor of the children of Thomas Palaeologus, if his reverence will take the trouble to read it.

Let us not incommode him, poor man. Do you not see how he is yawning every minute and blinking? While then he is taking his rest, I will read you the letter.

Can you tell me a little about Bessarion?

With pleasure : but I beg you to allow me to do so after reading the letter.

Very good.

Here is the letter attributed to Bessarion.

"Most noble, and dearest of my friends ; I have, on former occasions and at this present

μητιανοῦ γράμματα τῆς εὐγενίας
σου,[1] πρὸς ἃ οὐκ ἀπεκρινάμην,
ἀναμένων ἵνα γένηταί τις ἀπο-
κατάστασις εἰς τὴν πρόνοιαν
τῶν αὐθεντοπούλων. Ἐπειδὴ
οὖν νῦν ἐγένετο, νῦν καὶ γράφω.

Παραμυθεῖσθαι μὲν καὶ ὑμᾶς
καὶ τοὺς αὐθεντοπούλους διὰ
τὴν ἀφόρητον λύπην τοῦ μα-
καρίτου ἐκείνου καὶ ἁγίου δεσ-
πότου οὐκ ἔστι τοῦ παρόντος
καιροῦ· διὸ παραιτήσομαι τοῦ-
το τὰ νῦν. Γίνωσκε δὲ ὅτι ὁ ἁγι-
ώτατος Πάπας .διὰ παρακλή-
σεως φίλων τινῶν καὶ οἰκείας
καλοθελείας ἔταξε νὰ δίδῃ κάθε
μῆνα τὰ αὐθεντόπουλα δουκάτα
τριακόσια, ὥσπερ ἔδιδε καὶ τῷ
ἁγίῳ δεσπότῃ. Θέλει δὲ καὶ
ὁρίζει ὁ ἁγιώτατος Πάπας ἵνα
τὰ μὲν διακόσια κατὰ μῆνα νὰ
εἶναι διὰ τὰ τρία ἀδέλφια ἐπίσης
ἀνέγγιστα, νὰ ἐξοδιάζωνται εἰς
τροφὴν ἐκείνων καὶ ἀνθρώπων
ὑποχειρίων αὐτῶν μικρῶν, ἐξ ἢ
ἑπτὰ τοῦ καθ᾽ ἑνός, καὶ εἰς
ἀγορὰν καὶ τροφὴν ἀλόγων
τεσσάρων τὸ ὀλιγώτερον, καὶ
εἰς ῥόγαν τῶν αὐτῶν ὑποχειρίων,
καὶ εἰς ἐνδύματα τῶν αὐθεντο-
πούλων, νὰ εἶναι καλὰ ἐνδύματα,
καὶ κάπου νὰ περισσεύῃ καὶ
τίποτες τὸν καθ᾽ ἕνα, διὰ νὰ
βοηθηθῶσι κάπως εἰς ἀσθένειάν
τους ἢ εἰς ἄλλην ἀνάγκην· καὶ
τοῦτο θέλει νὰ γένῃ ἐξ ἅπαντος,

time, received letters from your
nobility through Hermitianos, to
which I did not reply, as I was
waiting till a settlement was
made about a provision for the
princes. But since this has now
been effected, I now write to you.

This is not the time for me
to console you and the princes
in your insupportable grief for
the sacred prince [the brother
of the Emperor Constantine
Palaeologus] of happy memory,
so I shall pass over this sub-
ject for the present. Know
then that his Holiness the Pope,
at the solicitation of certain
friends and from his own be-
nevolence, has promised to give
three hundred ducats a month
to the princes, the same amount
as he gave to the sacred prince.
His Holiness the Pope wills and
decrees that each month two
hundred ducats intact are to be
for the three children equally,
and that they are to be expended
on their own maintenance and
that of their inferior dependents,
six or seven for each, and upon
the purchase and keep of four
horses at least, and for the salar-
ies of those dependents, and the
apparel of the princes ; they are
to have handsome clothes, and
now and then something to re-
main over for each of them, so

---

[1] This expression ἡ εὐγενία σου in the Greek of the present day is
simply a polite paraphrase for *you* like the Italian *vossignoria*, and
possibly it has the same meaning in this letter, although in the English
translation it is literally rendered *your nobility*.

καὶ νὰ μηδὲν γένῃ ἀλλέως. Τὰ δὲ λοιπὰ ἑκατὸν δουκάτα τὸν μῆνα, ἤγουν χίλια καὶ διακόσια τὸν χρόνον, νὰ ἐξοδιάζωνται εἰς τοὺς ἄρχοντας καὶ καλὰ πρόσωπα, ὁποῦ νὰ εἶναι μετ᾽ αὐτῶν, νὰ τὰ δουλεύουν καὶ νὰ τὰ συντροφιάζουν καὶ νὰ τὰ φυλλάττουσιν. Ἀκούσας δὲ ὁ ἁγιώτατος Πάπας τὸ πόσοι εἶναι αὐτοῦ ὑπερεθαύμασε καὶ καταγινώσκεταί μας. Καὶ γὰρ ἐὰν εἰς τὸν αὐθέντην τὸν μακαρισμένον ἐκεῖνον τοιοῦτον ἄνθρωπον ἐθαύμαζον πῶς εἶχεν ἐδῶ τόσους, καὶ ἐκατηγόρουν τον ὅτι εἰς τὴν ξενιτείαν νὰ τρέφῃ τόσους μὲ ξένα δουκάτα καὶ ξένας ἐλπίδας, πόσῳ μᾶλλον τώρα, ὁποῦ ἦλθον καὶ ἄλλοι πλειότεροι παρὰ ὁποῦ ἦσαν ἐδῶ, καταγινώσκονταί των καὶ κατηγοροῦσί των, καὶ μάλιστα εἰς αὐθεντόπουλα νέα καὶ ὀρφανά, ὁποῦ οὔτε ἀξίωμα οὔτε ὄνομα οὔτε φήμην ἔχουσι.

Καὶ οὐ μόνον καταγινώσκουσί τους, ἀλλ᾽ οὐδὲ βούλονται νὰ ἐξοδιάζωσιν ἕνα τόρνεσιν πλέον, καὶ ἄμποτες μᾶς τὸ ἔταξαν νὰ τὸ φυλάξωσι τελείως καὶ νὰ μηδὲν μεταβληθῶσιν, ὥσπερ ἐποίησαν καὶ ἄλλοτε. Δι᾽ αὐτὸ εἶναι χρεία νὰ φροντίζῃ ἡ εὐγενία σου μετὰ τοῦ ἀρχόντου

that they may have something to help them in sickness or for any other exigency : he wishes this to be done without fail, in this way and no other. The remaining hundred ducats a month or twelve hundred a year are to be expended upon the noblemen and gentlemen who are to be with them, and attend upon them, and bear them company and take care of them. When his Holiness the Pope heard how many people there are over here, he was astounded, and lays the blame upon us. For if they were astonished that the late prince, who was such a great man, had so many attendants here, and reproached him for maintaining, while in exile, so many persons on the money of others, and on hopes foreign to those others, how much more now, when many more have come over than were here before, do they censure and blame them, especially in the case of princes who are young, and orphans, and have no official position nor name nor reputation.

And not only do they censure them, but they are unwilling to spend a halfpenny more ; and would that they would completely perform what they promised us and not change their minds as they have done at other times ! Consequently your nobility, with the dis-

τοῦ Κριτοπούλου τοῦ ἰατροῦ
τοῦτο, ὅπου κατὰ τὸ παρὸν
ἔχετε τὴν φροντίδα τῶν αὐθεν-
τοπούλων.

'Επανιστήσωμεν τίς νὰ τὰ
διοικῇ, ἢ τίς εἶναι ἀναγκαῖος
νὰ κρατηθῇ· καὶ μετὰ ταῦτα
θέλουσι μερισθῆν μετὰ βουλῆς
ἐδικῆς μας εἰς ἐκείνους ὅπου
θέλουσιν ἀπομένειν. 'Εμένα
γοῦν προηγουμένως φαίνεταί με
ὡς ἀναγκαιότατον ὅπου δὲν
ἠμπορεῖ νὰ λείψῃ, πρῶτον ὁ
ἰατρός, δεύτερον ὁ διδάσκαλος
Ἕλλην, τρίτον ὁ διδάσκαλος
Λατῖνος, τέταρτον ὁ δραγου-
μάνος. Οὗτοι γοῦν εἰσιν
ἀναγκαιότατοι καὶ δὲν ἠμπορεῖ
νὰ λείψωσιν. Ἔτι δὲ καὶ εἷς
ἢ δύο παπάδες Λατῖνοι εἶναι
ἀναγκαιότατοι διὰ νὰ ψάλλωσι
λειτουργίαν Λατινικὴν συνεχῶς.
Εἶναι γὰρ χρεία νὰ ζῶσι τὰ
παιδία Λατινικῶς, ὥσπερ ἐβού-
λετο καὶ ὁ μακαρισμένος πατήρ
των. Καὶ οἱ ἄρχοντες ὅπου
θέλουσιν εἶσθαι μετ' ἐκείνους,
εἶναι χρεία νὰ προσέχωσιν εἰς
τοῦτο, νὰ μηδὲν φεύγωσιν ἀπὸ
τὴν ἐκλλησίαν διὰ μνημόσυνον
τοῦ Πάπα, ὡσὰν τὸ ἐποίησαν
εἰς τὴν στράταν ὅπου ἤρχεσθε,
διότι ἂν φεύγωσιν ἀπὸ τὴν
ἐκκλησίαν, εἶναι χρεία νὰ
φύγωσι καὶ ἀπὸ τὴν Φραγκίαν.
Οὐδὲ τινὰς γὰρ θέλει ἄνθρωπον
ὅπου τὸν ὀνομάζει ἄπιστον καὶ
αἱρετικὸν καὶ ἀποστρέφεταί τον
φανερά.

'Αφ' ὅτου γοῦν τοῦτοι οἱ
ἀναγκαῖοι, οὓς εἴπαμεν, κατα-

tinguished physician Critopoulos,
who at present have the care of
the princes, must give heed to
this matter.

Let us settle who is to look
after them, and who must
necessarily be kept: afterwards,
in consultation with us, this
[money] will be divided among
those who will remain. First
of all it appears to me that those
who on no account can be left
out are, firstly, the physician;
secondly, the Greek master;
thirdly, the Latin master;
fourthly, the interpreter. These
then are absolutely necessary
and cannot be dispensed with.
Further, one or two Latin priests
are most essential, to chant the
Latin service regularly. For
the princes must adopt the
Latin mode of life, as was the
wish also of their late father.
And the noblemen who will be
with them must pay attention
to this point, that they are not
to leave the church at the men-
tion of the Pope's name, as they
did on your road here, for if
they keep leaving the church,
it will be necessary for them to
leave also the land of the Franks.
For no one likes a person who
calls him an infidel and a heretic
and openly detests him.

When, then, these indis-
pensable persons whom we have

σταθῶσι, καὶ στηθῇ τὸ μερτικόν
τῶν πόσον θέλει εἶσθαι, (τοῦτο
δὲ θέλω τὸ κυττάξειν ἐγὼ ἐδῶ
καὶ θέλω καταστήσειν) τότε
θέλετε ἰδεῖν τὸ ὑπόλοιπον πόσον
εἶναι καὶ πόσον ἀπομένει ἀπὸ
τὰ ασ΄ φλωρία. Καὶ τότε ἡ
εὐγενία σας ὅλοι ἀντάμα θέλετε
ἀποκαταστήσειν τίς νὰ ἀπομείνῃ
καὶ τί νὰ ἔχῃ ὁ καθεὶς μετὰ
βουλῆς ἡμετέρας. Ἐμένα οὖν
φαίνεταί μου, ὅτι ὅσον εἶναι
πλείονες καὶ ἐλαφρότεροι, ὅπου
μέλλουν νὰ ἀρκεσθοῦν μὲ ὀλίγον
ὁ καθείς, εἶναι δὲ ἄλλως χρήσι-
μοι, τόσον θέλει εἶσθαι κάλλιον,
διότι θέλουσιν ἔχει τὰ παιδία
πλείονα συντροφίαν καὶ πλείονα
δουλοσύνην καὶ πλείονα τιμήν.
Ὅμως τοῦτο θέλομεν τὸ σκέ-
ψασθαι ἀντάμα, καὶ θέλομεν
ποιήσειν τὸ κάλλιον.

Ἡ εὐγενία σου εἶναι κατὰ τὸ
παρὸν ὥσπερ διοικητὴς τῶν
παιδίων μετὰ τοῦ Κριτοπούλου·
εἶναι γοῦν ἀνάγκη πρὸ πάντων
νὰ φροντίζετε τὴν παίδευσίν
των καὶ τὰ ἤθη των, νὰ γίνουν
καλὰ καὶ πεπαιδευμένα, ἂν
θέλετε νὰ ἔχουν τιμὴν ἐδῶ·
εἰδὲ μή, θέλουν τὰ καταφρο-
νήσειν καὶ αὐτὰ καὶ ἐσᾶς ἐδῶ,
καὶ οὐδὲ στραφῆν θέλουν νὰ
σᾶς ἰδοῦν. Μὲ τὸν μακαρίτην
τὸν αὐθέντην τὸν πατέρα τους
ἐσυντύχαμεν περὶ τούτου· καὶ
ἐκεῖνος ἐβούλετο νὰ τὰ ἐνδύσῃ
καὶ νὰ ποιήσῃ νὰ ζοῦν Φράγκικα
παντελῶς, ἤγουν νὰ ἀκολουθοῦσι
τὴν ἐκκλησίαν κατὰ πάντα

mentioned are settled [as regards their number], and what their share [of the money] is to be has been fixed (I shall look after this here and arrange it), then you will see how much the balance is, and how much remains of the 1200 florins. And then your nobilities, all of you together, will decide who is to remain, and what each is, with our sanction, to receive. My opinion is that the more there are of those who have less pretensions and will be satisfied with a small salary each, but will also be useful, the better ; for the children will have more people about them and will be better attended upon and will receive more respect. But we will see about this together and will do what may be best.

Your nobility at present is like a governor to the children, in conjunction with Critopoulos. It is necessary then before every-thing that you should take heed to their training and manners, so that they may be well-con-ducted and properly educated, if you wish them to be respected here ; otherwise, people here will despise both them and you, and will not even turn round to look at you. I had a conversa-tion with the late prince, their father, on this subject : he too wished to dress them and make them live altogether after the manner of the Franks, that is

ὡσὰν Λατῖνοι καὶ οὐχὶ ἀλλέως,
νὰ ἐνδύνωνται Λατινικῶς, νὰ
μάθουν νὰ γονατίζουν τοὺς
ὑπερέχοντας, καὶ Πάπαν καὶ
καρδιναλίους καὶ τοὺς ἄλλους
αὐθέντας, νὰ ἀποσκεπάζωνται τὸ
κεφάλι τους, καὶ νὰ τιμῶσι
τοὺς χαιρετῶντας αὐτούς. Ὅταν
ὑπάγουν νὰ ἰδοῦν καρδινάλιν ἢ
ἄλλον αὐθέντην, νὰ μηδὲν
καθίζουν ποσῶς, ἀμὴ νὰ γονα-
τίζουν καὶ ἀπέκει ὅταν τοὺς
εἴπῃ ἐκεῖνος νὰ σηκωθοῦσιν.
Ὁ δὲ μακαρίτης ἐκεῖνος ἔλεγεν
ὅτι καὶ αὐτὸς πολλάκις αὐτοὺς
τὸ εἶπε νὰ μηδὲν καθίζωσιν.
Αὐτὰ οὖν ὅλα ἐνθυμᾶσθέ τα νὰ
τοὺς νουθετήσετε καὶ νὰ τοὺς
παιδεύσετε καλά.

Ἔτι ποιήσετε ὅτι τὸ βάδισμά
τους νὰ εἶναι σεμνὸν καὶ τίμιον,
ἡ ὁμιλία τους χρησιμωτάτη καὶ
ἡ φωνή τους νὰ εἶναι μετρία καὶ
ἠρέμη, τὸ βλέμμα τους προσε-
κτικόν, νὰ μηδὲν χάσκωσιν ἐδῶ-
θεν κἀκεῖθεν. Ἃς τιμοῦν πάν-
τας, ἃς ἀγαποῦν πάντας, ἃς
συντυχαίνωσι πάντας καὶ τοὺς
ἐδικούς των καὶ τοὺς ξένους
μετὰ τιμῆς· νὰ μὴν εἶναι ἀλα-
ζονικοί, ἃς εἶναι ταπεινοὶ καὶ
ἤρεμοι· καὶ μηδὲν ἐνθυμοῦνται
ὅτι εἶναι βασιλέως ἀπόγονοι,
ἀμὴ ἃς ἐνθυμοῦνται ὅτι εἶναι
διωγμένοι ἀπὸ τὸν τόπον των,
ὀρφανοί, ξένοι, ὁλόπτωχοι, ὅτι
ἂν δὲν ἔχουσιν ἀρετήν, ἂν δὲν
εἶναι φρόνιμοι, ἂν δὲν εἶναι
ταπεινοί, ἂν δὲν τιμῶσι πάντας,

to say, attend church like the
Latins in all respects without
any deviation, dress in the
Latin fashion, learn to kneel
to their superiors, the Pope
and the cardinals and the
other princes, and bare their
heads to them, and behave
with respect to those who
might greet them. When they
pay a visit to a cardinal or
other prince, they should on no
account sit down, but should
kneel, and rise from that posi-
tion when he tells them. The
deceased of happy memory used
to say that he also himself often
told them not to sit down.
So bear all this in mind, in
order that you may advise them
and bring them up well.

Again, take care that their
way of walking is modest and
dignified, their conversation
sensible, their voice soft and
quiet, their regard attentive,
and that they do not look
round about them with a vacant
stare. Let them honour every
one, like every one, and con-
verse respectfully with all people,
whether of their own household
or strangers; let them not be
haughty but humble and gentle;
and let them not consider
that they are of royal descent,
but let them remember that
they have been driven from
their own country, that they
are orphans, foreigners, and in
utter poverty; that if they have

οὐδὲ τοὺς θέλουν τιμήσειν οἱ
ἄλλοι, ἀμὴ θέλουν τοὺς ἀποστρέ-
φεσθαι πάντες. Αὐτὰ οὖν ὅλα
φροντίσετέ τα καλὰ ἡ εὐγενία
σου μετὰ τοῦ Κριτοπούλου,
ἐπειδὴ τὸ γομάρι ἐπάνω σας
εἶναι.

Πρὸς τούτοις ἃς ἐπιμελοῦνται
νὰ μάθουν γράμματα, νὰ προ-
κόψουν, νὰ μὴν ἐνθυμοῦνται ὅτι
εἶναι εὐγενικοί· ἡ εὐγένεια
χωρὶς ἀρετῆς δὲν εἶναι τίποτες
καὶ εἰς πάντας μὲν τοὺς αὐθέντας,
ὁποῦ ἔχουν καὶ μεγάλας αὐθεν-
τίας καὶ ἀρχάς, καὶ μᾶλλον εἰς
αὐτοὺς ὅπου ἔχασαν ὅλα. Διὸ
ἃς σπουδάζουν νὰ μάθωσιν, ἃς
ἔχουν εὐπείθειαν καὶ ὑποταγὴν
καὶ ὑπακοὴν εἰς τὴν εὐγενίαν
σου, καὶ εἰς τὸν ἰατρὸν ὁποῦ
τοὺς ἐνέθρεψε, καὶ εἰς τὸν
διδάσκαλόν των, καὶ ἃς σᾶς
ὑπακούωσι, καὶ ἃς ποιοῦν τὸ
τοὺς λέγετε ἐξ ἅπαντος· ἃς
μάθῃ ὁ καθεὶς ἀπ᾽ αὐτοὺς ἐκ
στήθους ἕνα προσφώνημα τὸ
πλέον μικρὸν εἰς τὸν Πάπαν, νὰ
τὸ εἴπωσι τὸν Πάπαν γονατιστοὶ
καὶ ἀποσκέπαστοι ὅταν ἔλθωσιν
ἐδῶ, καὶ νὰ μηδὲν γένη ἀλλέως.

Ὅταν περιπατοῦν εἰς τὴν
στράταν καὶ οἱ ἄνθρωποι ἀπο-
σκεπάζωνταί τους καὶ τιμοῦν
τους, ἃς ἀποσκεπάζωνται καὶ
αὐτοὶ τὸ καπάσι των ἢ ὁλότελα
ἢ πλεῖον ἢ ὀλιγώτερον ὡς πρὸς
τοὺς ἀνθρώπους. Ὁμοίως καὶ

not talent, if they are not
prudent, if they are not humble,
if they do not pay respect to
every one, neither will others
respect them, but all men will
dislike them. Your nobility
will then, together with Crito-
poulos, pay great attention to
all these things, for the burthen
rests upon you.

Moreover, let them take care
to prosecute their studies, that
they may make progress in them
and forget that they are of high
birth: high birth without talent
is worthless even in all those
princes who have great power
and authority, far more so in
those who have lost everything.
Therefore let them zealously
apply themselves to their studies,
let them show obedience, subor-
dination and submission to your
nobility, and to the physician
who brought them up, and to
their teacher, and let them obey
you, and do what you tell them
without fail: let each of them
learn by heart an address to the
Pope, one of the shortest, and
let them recite it to him, kneeling
and uncovered, when they come
here, and let this be done in no
other way.

When they walk in the street
and people take off their hats to
them, and pay them respect, let
them take off their hats in
return, either completely, or a
little more or less, in proportion
to the person's grade. In the

ἂν ἔρχωνται ξένοι εἰς τὸ σπῆτι
τίμιοι ἄνθρωποι νὰ τοὺς βλέ-
πουσιν, ἃς τοὺς προσηκόνονται,
ἃς τοὺς ἀποσκεπάζωνται, ἃς
τοὺς παρεκβάνουσι κατὰ τοὺς
ἀνθρώπους. Ἀς συντυχαίνωσιν
ὀλίγα μέν, ἔντιμα δὲ καὶ εὐχα-
ριστικὰ καὶ ταπεινά, νὰ μὴν
γελῶσι ποσῶς, νὰ μὴν διαχέ-
τωνται, ἀλλὰ μετὰ καθεστη-
κότος καὶ σοβαροῦ φρονήματος
ἃς τοὺς συντυχαίνωσιν.

Εἰς τὴν τροφήν των ἃς εἶναι
προσεκτικοὶ καὶ ἐγκρατεῖς· εἰς
τὸ τραπέζι των ἃς κάθωνται
μετὰ προσοχῆς καὶ παιδεύσεως·
ἂν θέλετε νὰ εἶναι πεπαιδευμένοι
εἰς τοὺς ἔξω, ποιήσατε νὰ εἶναι
πεπαιδευμένοι εἰς τοὺς ἐδικούς
των. Ἀς μὴν ἀναισχυντοῦν
τινα, συνηθίσετέ τους ἀπὸ τώρα
καλὰ ἤθη καὶ ταπεινὰ καὶ
ἤμερα. Ἀς μανθάνωσιν ἀπὸ
τώρα νὰ γονατίζουν ἐπιτήδεια
καὶ εὔμορφα, καὶ νὰ μὴν τὸ
ἔχωσιν ἐντροπήν, ὅτι μεγάλοι
ρηγάδες καὶ βασιλεῖς τὸ ποι-
οῦσιν. Ὅταν σεβαίνουν εἰς
ἐκκλησίαν Λατινικήν, ἃς γονα-
τίζουν καὶ ἃς εὔχωνται ὥσπερ
οἱ Λατῖνοι. Ὑπαγένετέ τους
συνεχῶς εἰς τὰς ἐκκλησίας,
εἰς τὰς λειτουργίας, καὶ ἃς
στέκωνται μετὰ εὐλαβείας καὶ
προσοχῆς χωρὶς γέλωτος, χωρὶς
λαλιᾶς. Ἀς γονατίζουν καὶ
ἃς ἀποσκεπάζωνται ὥσπερ οἱ
Λατῖνοι καὶ ἃς μιμοῦνται
ἐκείνους. Ἂν οὕτως ποιῶσι
θέλουσι βοηθηθῆν, θέλουν
ἔχειν τιμὴν παρὰ πάντας, θέλω

same way if strangers, who are
people of consideration, come to
their house to see them, let
them rise to them, let them
uncover, let them accompany
them to the door, according to
their rank. Let them talk
sparingly but in a becoming,
pleasant, and modest manner,
without any laughter, and not
be effusive, but converse with a
calm and serious demeanour.

At their meals let them be
careful and moderate ; let them
when sitting at table demean
themselves with attention and
propriety ; if you wish them to
behave well to people outside,
make them behave well to their
people at home. Do not let
them show impudence to any
one, accustom them henceforth
to elegant, subdued, and gentle
manners. Let them learn for
the future to kneel becomingly
and gracefully, and not be
ashamed to do so, for great
kings and emperors do it.
When they enter a Latin
church, let them kneel down
and say their prayers like the
Latins. Take them frequently to
church, to the services, and let
them comport themselves with
reverence and attention, without
any laughing and talking. Let
them kneel and uncover like
the Latins, and let them imitate
them. If they do this, they
will receive help and meet with
respect from all, and I too shall

δυνηθῆν καὶ ἐγὼ νὰ τοὺς
συνεργῶ. Εἰ δὲ τἀναντία
ποιοῦσιν, ἐγὼ δὲν θέλω δυνηθῆν
νὰ τοὺς βοηθήσω οὐδὲ ὅλως, οἱ
ἄνθρωποι θέλουν τοὺς ἀπο-
στραφῆν, καὶ τινὰς δὲν θέλει
τοὺς τιμήσειν οὐδὲ ποσῶς.

Ταῦτα δὲν λέγω γράφων τὴν
εὐγενίαν σου καὶ τοὺς ἄλλους
μὲ τόσην πολυλογίαν εὔκαιρα
καὶ μάταια· ἀλλὰ διὰ νὰ τὰ
λέγετε συνεχῶς τὰ αὐθεντό-
πουλα, νὰ ποιήσητέ τους νὰ τὰ
ἀναγινώσκῃ συνεχῶς ὁ διδάσκα-
λός των, νὰ τὰ ἀγροικοῦν καλὰ
διὰ νὰ τὰ ποιῶσιν. Ἐκείνοις
τὰ ἤθελα γράφειν· ἀλλ᾽ ἐπειδὴ
ἐκεῖνοι ὡς νέοι ἀκόμη δὲν τὰ
ἀγροικοῦν καλά, δι᾽ αὐτὸ γράφω
τα τὴν εὐγενίαν σου, νὰ τοὺς
παραινῆτε καὶ ἀπὸ λόγου μου
καὶ ἀπὸ ἐδικοῦ σας νὰ ποιῶσιν
ὡσὰν γράφομεν.

Ἐνταῦθα εἶναι θανατικὸν
κατὰ τὸ παρόν· δι᾽ αὐτὸ ἐφάνη
καλὸν μετὰ βουλὴν τῶν ἀρχόν-
των ὁποῦ εἶναι ἐδῶ, καὶ μὲ τὸ
θέλημα τοῦ ἁγιωτάτου Πάπα
νὰ μὴν ἔλθουν τὰ αὐθεντόπουλα
ἐδῶ διὰ τὸν κίνδυνον. Ἀλλ᾽
οὐδ᾽ αὐτοῦ εἰς τὸν Ἀγκῶνα νὰ
εἶναι, ἐπειδὴ οὐδὲ αὐτὸς ὁ τόπος
εἶναι γερός, ἀμὴ νὰ διαβῆτε νὰ
ὑπάγετε εἰς ἄλλην χώραν τὴν
λέγουσι Τζίκολον, ὁποῦ εἶναι
καλὸς ἀήρ, νὰ στέκετε ἐκεῖ ἕως
τοῦ Σεπτεμβρίου ἢ Ὀκτωβρίου
μὲ τοὺς αὐθεντοπούλους καὶ τὴν

be able to assist them. But if
they take an opposite course,
I shall not be able to be of any
service to them, not any what-
ever ; people will dislike them,
and no one will pay them any
respect, not the slightest.

In writing to your nobility
and to the others at such great
length, I do not utter idle re-
marks without any object ; but
that you may repeat them con-
tinually to the princes, and that
you may make their master
constantly read them to them,
so that they may thoroughly
understand them in order to
put them in practice. I would
have written this to them, but
since they, as they are as yet
young, cannot well understand
my remarks, I write them to
your nobility so that you may
exhort them, both on my part
and your own, to do as I
write.

We have the plague here now:
consequently, after consultation
with the noblemen who are here,
and with the concurrence of his
Holiness the Pope, it appeared
advisable that the princes should
not come here on account of the
danger. Neither should they
remain in Ancona, since that
place itself is not uninfected, but
you must go to another town
which they call Cigole, where
there is a good climate, and re-
main there till September or
October with the princes and

αὐθεντοποῦλαν.[1] Σκέψασθε ἐσεῖς ἐν τῷ μέσῳ, ἂν πρέπῃ νὰ ἀπομένουν αὐτοῦ πάντοτε, ὡσὰν βούλονται καὶ οἱ ἄρχοντες ὁποῦ εἶναι ἐδῶ. Ὁ μακαριώτατος Πάπας καὶ ἐγὼ γράφομεν τὸν λεγάτον τῆς μάρκας ὅπου νὰ σᾶς βοηθήσῃ καὶ νὰ σᾶς συνδράμῃ εἰς εἴτι εἶναι χρεία· αὐτοῦ εἶναι καί τις ἐπίσκοπος ἐδικός μου, ὁποῦ εἶναι τοῦ Κώμου καὶ ἦτον καὶ δουλευτὴς τοῦ ἁγίου δεσπότου. Τὸ Τζίκολον εἶναι ἐνοριά του, καὶ ἔχει καλὸν ὁσπήτιον, καὶ θέλει σᾶς τὸ δώσειν νὰ κατοικήσητε ἐκεῖ, καὶ θέλει σᾶς συνεργήσειν εἰς ὅτι εἶναι δυνατόν.

Ἐκ Ῥώμης Αὐγούστου θ′, ͵αυξε′ ἔτους,

Ὁ Βησσαρίων καρδινάλις καὶ πατριάρχης Κωνσταντινουπόλεως."

Σᾶς εὐχαριστῶ πολὺ διὰ τὸν κόπον τὸν ὁποῖον ἐλάβετε νά μοι ἀναγνώσητε τὴν περίεργον ταύτην ἐπιστολήν. Εἶναι πολύτιμον λείψανον τῆς ὁμιλουμένης γλώσσης τοῦ ΙΕ′ αἰῶνος· μοὶ φαίνεται ὅμως παράδοξον πῶς ἀνὴρ οἷος ὁ Βησσαρίων, ὅστις εἶχε βαθεῖαν γνῶσιν τῆς ἀρχαίας Ἑλληνικῆς, ἦτο δυνατὸν νὰ γράψῃ εἰς γλῶσσαν τόσον ἀλλόκοτον.

Καὶ εἰς πολλοὺς ἄλλους ἐφάνη τοῦτο παράδοξον καὶ ὑπώ-

the princess. Meanwhile consider whether it would not be a good thing for them to remain there altogether, as is the wish also of the nobles who are here. His Beatitude the Pope and I are writing to the legate of the Marches to help you and give you assistance in whatever you require : there is also a bishop there who is my suffragan, who belongs to Como and was moreover in the service of the sacred prince: Cigole is in his diocese, and he has a fine house and will give it to you for your residence, and he will render you every assistance in his power.

Rome 9th August, 1465,

Bessarion cardinal and patriarch of Constantinople."

I am very much obliged to you for the trouble you have taken in reading to me this curious letter. It is a valuable relic of the vernacular language of the 15th century : but it seems to me extraordinary how it was possible for a man like Bessarion, who had a profound knowledge of ancient Greek, to write in such a strange style.

And to many others also this has appeared extraordinary, and

---

[1] Thomas Palaeologus had also another daughter who was married before he and his family took refuge in Italy.

πτευσαν εἰς τὴν γνησιότητα αὐ-
τῆς. "Ἴσως δὲν εἶναι γεγραμμένη
ὑπὸ τοῦ ἰδίου, ἀλλ᾽ ἀναμφιβόλως
ἐστάλη παρ᾽ αὐτοῦ εἰς τὸν παιδα-
γωγόν· συμπεραίνω λοιπὸν ὅτι
ἐκέλευσέ τινα τῶν περὶ αὐτὸν
ὅπως γράψῃ αὐτὴν εἰς τὴν τότε
λαλουμένην γλῶσσαν, αὐτὸς δὲ
ἁπλῶς ἔβαλε τὴν ὑπογραφήν
του.

Δὲν εἶναι ἀπίθανος ἡ εἰκασία
σας· ἀλλ᾽ ὅπως καὶ ἂν ἔχῃ τὸ
πρᾶγμα περὶ τοῦ γνησίου ἢ μὴ
τῆς ἐπιστολῆς, τὰ ἐν αὐτῇ ὅμως
εἶναι λίαν ἐνδιαφέροντα. Σώ-
ζεται ἄραγε τὸ χειρόγραφον;

Δὲν εἰξεύρω ἂν σώζεται ἢ ὄχι·
τοῦτο μόνον δύναμαι νὰ σᾶς
εἴπω ὅτι εὑρίσκεται εἰς τὰ
χρονικὰ Γεωργίου Φραντζῆ· τὸ
δὲ ἀντίγραφον τοῦτο ἔγεινεν ἐκ
τῆς ἐκδόσεως τοῦ Ἐμ. Βεκκέρου.
Πρὸ ὀλίγου μοι ὑπεσχέθητε
νά μοι εἴπητε ὀλίγα τινὰ περὶ
τοῦ Βησσαρίωνος· δύναμαι νὰ
σᾶς παρακαλέσω νά μοι τὰ
εἴπητε τώρα;
Εὐχαρίστως. Ὁ Βησσαρίων
ἐγεννήθη ἐν Τραπεζοῦντι κατὰ
τὸ ἔτος 1395. Ἦτο, ὡς γνωρί-
ζετε, ἀνὴρ μεγάλης ἱκανότητος,
καὶ κάτοχος ὑψηλῆς παιδείας.
Κατὰ τὴν ἐν Φλωρεντίᾳ σύνο-
δον εἰργάσθη δραστηρίως ὅπως
κατορθώσῃ τὴν ἕνωσιν τῶν Ἐκ-
κλησιῶν καὶ μετὰ ταῦτα ἀσπα-
σθεὶς τὰ δόγματα τῆς Λατινικῆς
Ἐκκλησίας προσεκολλήθη εἰς
αὐτήν, δι᾽ ὃ καὶ ἐτιμήθη ὑπὸ
τοῦ Πάπα διὰ τῆς ἀλουργίδος

they had doubts about its being
genuine. Perhaps it was not
written by himself, but beyond
doubt it was sent by him to the
tutor ; so I conjecture that he re-
quested some one of his people
to write it in the language spoken
at the time, and that he simply
put his signature to it.

Your conjecture is not an im-
probable one : but whatever may
be the case about the letter being
genuine or not, its contents are
very interesting. I wonder if
the manuscript is still in exist-
ence.

I do not know whether it is
extant or not : I can only tell
you that it is found in the
Chronicles of George Phrantzes :
this copy was made from the
edition of M. Bekker.

A little time ago you promised
to give me a few particulars
about Bessarion : may I ask you
to give them to me now ?

With pleasure. Bessarion was
born in Trebizond in the year
1395. He was, as you are aware,
a man of great ability and highly
educated. At the Council of
Florence he worked energetically
to bring about the union of the
Churches, and he afterwards
adopted the doctrines of the
Latin Church and attached him-
self to it, on which account he
was honoured by the Pope with
the purple robe of a cardinal.

καρδινάλεως. Ἦτο δὲ ὁ Βησσαρίων οὐ μόνον ἀνὴρ σοφός, ἀλλὰ καὶ λίαν ἐλεήμων καὶ ἐλευθέριος, βοηθῶν προθύμως τοὺς προστρέχοντας εἰς αὐτόν. Τὸ ἐπὶ τοῦ Κυριναλίου μέγαρον αὐτοῦ ἦτο καταφύγιον τῶν ἀπόρων καὶ τόπος συνεντεύξεως τῶν διαπρεπεστέρων λογίων τῆς ἐποχῆς ἐκείνης. Πρὸς αὐτὸν κατέφυγε καὶ ὁ ἀδελφὸς τοῦ τελευταίου αὐτοκράτορος τῶν Ἑλλήνων Θωμᾶς ὁ Παλαιολόγος. Τούτου δὲ ἀποθανόντος ὁ Βησσαρίων ἔλαβε τὰ τέκνα του ὑπὸ τὴν ἑαυτοῦ προστασίαν, ὡς γίνεται δῆλον ἐκ τῆς ἐπιστολῆς, ἣν ἐπέστειλεν εἰς τὸν παιδαγωγὸν αὐτῶν.

Εἰξεύρετε τί ἀπέγειναν τὰ τέκνα τοῦ Θωμᾶ Παλαιολόγου; Νομίζω δὲ ὅτι ἦσαν τέσσαρα, δύο ἄρρενα, ὁ Ἀνδρέας καὶ ὁ Μανουήλ, καὶ δύο θήλεα, ἡ Ἑλένη καὶ ἡ Σοφία.

Μάλιστα, ἦσαν τέσσαρα· τούτων λοιπὸν ἡ μὲν Ἑλένη συνεζεύχθη μετὰ Λαζάρου δεσπότου Σερβίας, ἡ δὲ Σοφία μετὰ τοῦ μεγάλου δουκὸς τῆς Μοσχοβίας Ἰβὰν Βασίλοβιτς· τῶν δὲ ἀρρένων τέκνων ὁ μὲν Μανουὴλ ἡλικιωθεὶς καὶ μὴ δυνάμενος νὰ ὑποφέρῃ τὰς ἐνοχλήσεις τῶν Λατίνων ἐπιμενόντων νὰ προσηλυτεύσωσιν αὐτόν, ἐπανῆλθεν εἰς Κωνσταντινούπολιν καὶ ἔτυχεν εὐμενοῦς παρὰ Μωάμεθ τῷ Β* ὑποδοχῆς· ὁ δὲ Ἀνδρέας, ὅστις ἦτο ἀνὴρ κοῦφος καὶ δύστροπος, ἀσπασθεὶς τὸ δόγμα

Bessarion was not only a learned man but also very charitable and liberal, willingly assisting those who had recourse to him. His palace on the Quirinal was the refuge of the helpless and the place of meeting of the most distinguished scholars of that day. It was with him that the brother of the last emperor of the Greeks, Thomas Palaeologus, sought shelter. When the latter died Bessarion took his children under his protection, as is evident from the letter which he wrote to their tutor.

Do you know what became of the children of Thomas Palaeologus? I think there were four, two boys, Andreas and Manuel, and two girls, Helena and Sophia.

Yes, there were four: of these, Helena was married to Lazarus, prince of Servia, and Sophia to the grand duke of Muscovy, Ivan Basilovitch: of the male children, Manuel, after he grew up, unable to bear the annoyance caused by the Roman Catholics who insisted on converting him, went back to Constantinople and met with a gracious reception from Mahomet II : Andreas, who was a frivolous and peevish man, having embraced the doctrines of the Roman Catholics, remained in Italy. He died at

τῶν Λατίνων ἔμεινεν ἐν Ἰταλίᾳ. Ἀπέθανε δὲ ἐν Ῥώμῃ καὶ ἐτάφη ἐν τῷ ναῷ τοῦ Ἁγίου Πέτρου.

Ἔν τινι ἐπιτυμβίῳ ἐπιγραφῇ ἐπὶ χαλκῆς πλακὸς εὑρεθείσης ἐν τάφῳ ἐντὸς τῆς ἐνοριακῆς ἐκκλησίας τῆς κώμης Λανδώλφης ἐν Κορνουάλλῃ τῆς Ἀγγλίας ἀναφέρεται ὅτι ὁ Θωμᾶς Παλαιολόγος εἶχε καὶ τρίτον υἱὸν Ἰωάννην καλούμενον· πῶς νὰ συμβιβάσῃ τις τοῦτο μὲ τὴν ἱστορίαν;

Καὶ ἐγὼ δὲν εἰξεύρω τί νὰ σᾶς εἴπω. Ἀλλὰ ποῦ εἴδετε τὴν ἐπιγραφὴν ταύτην;

Ἐν τῷ ὀγδόῳ τόμῳ τῶν πρακτικῶν τῆς ἐν Λονδίνῳ Ἀρχαιολογικῆς Ἑταιρείας· ὡς λίαν δὲ περίεργον ἀντέγραψα αὐτήν, καὶ εὐτυχῶς ἔχω τὸ ἀντίγραφον μετ᾽ ἐμοῦ. Εἶναι δὲ γεγραμμένη κατὰ τὴν παλαιὰν Ἀγγλικὴν ὀρθογραφίαν. Θέλετε νὰ σᾶς τὴν ἀναγνώσω; Σᾶς παρακαλῶ.

ΕΝΘΑΔΕ ΚΕΙΤΑΙ ΤΟ ΣΩΜΑ ΘΕΟΔΩΡΟΥ ΤΟΥ ΠΑΛΑΙΟΛΟΓΟΥ ΕΚ ΠΙΣΑΥΡΟΥ ΤΗΣ ΙΤΑΛΙΑΣ, ΚΑΤΑΓΟΜΕΝΟΥ ΕΚ ΤΗΣ ΑΥΤΟΚΡΑΤΟΡΙΚΗΣ ΓΕΝΕΑΣ ΤΩΝ ΤΕΛΕΥΤΑΙΩΝ ΧΡΙΣΤΙΑΝΩΝ ΑΥΤΟΚΡΑΤΟΡΩΝ ΤΗΣ ΕΛΛΑΔΟΣ, ΟΝΤΟΣ ΔΕ ΥΙΟΥ ΚΑΜΙΛΛΟΥ, ΥΙΟΥ ΠΡΟΣΠΕΡΟΥ, ΥΙΟΥ ΘΕΟΔΩΡΟΥ, ΥΙΟΥ ΙΩΑΝΝΟΥ, ΥΙΟΥ ΘΩΜΑ, ΔΕΥΤΕΡΟΥ ΑΔΕΛΦΟΥ ΚΩΝΣΤΑΝΤΙΝΟΥ ΠΑΛΑΙΟΛΟΓΟΥ ΤΟΥ ΟΓΔΟΟΥ ΦΕΡΟΝΤΟΣ ΤΟΥΤΟ ΤΟ ΟΝΟΜΑ ΚΑΙ ΤΕΛΕΥΤΑΙΟΥ ΤΗΣ ΓΕΝΕΑΣ ΕΚΕΙΝΗΣ ΗΤΙΣ ΕΒΑΣΙΛΕΥΣΕΝ ΕΝ ΚΩΝΣΤΑΝΤΙΝΟΥΠΟΛΕΙ ΜΕΧΡΙ ΤΗΣ ΑΛΩΣΕΩΣ ΑΥΤΗΣ

Rome and was buried in the church of St. Peter.

In a sepulchral inscription upon a brass tablet found in a tomb inside the parish church of the village of Landulph in Cornwall in England, it is mentioned that Thomas Palaeologus had also a third son called John: how can one reconcile this with history?

And I too do not know what to tell you. But where did you see this inscription?

In the eighth volume of the *Proceedings of the Society of Antiquaries* in London. I made a copy of it, as being very curious, and fortunately I have the copy with me. It is written with the old English spelling. Would you like me to read it to you?

I beg you to do so.

HERE LYETH YE BODY OF THEODORE PALEOLOGUS, OF PESARO IN ITALYE, DESCENDED FROM YE IMPERIAL LINE OF YE LAST CHRISTIAN EMPERORS OF GREECE; BEING YE SONNE OF CAMILIO, YE SONNE OF PROSPER, YE SONNE OF THEODORO, YE SONNE OF JOHN, YE SONNE OF THOMAS, SECOND BROTHER OF CONSTANTINE PALEOLOGUS, THE 8TH OF THAT NAME, AND LAST OF YT LINE YT RAYNED IN CONSTANTINOPLE UNTIL SUBDUED BY YE TURKS: WHO MARRIED

ΤΙΙΟ ΤΩΝ ΤΟΥΡΚΩΝ· ΕΝΤΜ-
ΦΕΤΘΗ ΔΕ ΜΑΡΙΑΝ ΘΤΓΑΤΕΡΑ
ΤΟΤ ΓΟΤΛΙΕΛΜΟΤ ΒΑΛΛΣ
ΕΤΙΙΑΤΡΙΔΟΤ ΕΞ ΧΑΔΛΤΗΣ ΕΝ
ΣΟΤΦΟΛΚΗι ΚΑΙ ΕΣΧΕ ΠΕΝΤΕ
ΤΕΚΝΑ, ΘΕΟΔΩΡΟΝ, ΙΩΑΝΝΗΝ,
ΦΕΡΔΙΝΑΝΔΟΝ, ΜΑΡΙΑΝ ΚΑΙ
ΔΩΡΟΘΕΑΝ, ΚΛΙ ΑΠΕΣΤΗ ΕΚ
ΤΟΤΤΟΤ ΤΟΤ ΒΙΟΤ ΕΝ ΚΛΤΦ-
ΤΩΝΗι ΤΗι ΚΑ΄ ΙΑΝΟΤΑΡΙΟΤ
ΤΟΤ ΕΤΟΤΣ ͵ΑΧΛΣ΄.

Wᵀ MARY Yᴱ DAUGHTER OF
WILLIAM BALLS, OF HADLYE
IN SUFFOLK, GENT. AND HAD
ISSUE FIVE CHILDREN, THE-
ODORE, JOHN, FERDINANDO,
MARIA, AND DOROTHY ; AND
DEPARTED THIS LIFE AT
CLIFTON, Yᴱ 21ˢᵀ JAN. 1636.

'Η ἐπιγραφὴ αὕτη εἶναι
πλήρης ἐνδιαφέροντος, καὶ σᾶς
εὐχαριστῶ ἐγκαρδίως διὰ τὸν
κόπον ὃν ἐλάβετε νά μοι τὴν
ἀναγνώσητε. Μετὰ τὴν ἀπο-
φράδα ἐκείνην ἡμέραν, καθ' ἣν
ἐκυριεύθη ἡ Κωνσταντινούπολις
ὑπὸ τῶν Τούρκων, πλεῖστοι ἐκ
τῶν εὐγενῶν καὶ λογίων Ἑλλή-
νων κατέφυγον εἰς τὴν Ἑσπερίαν
καὶ διεσπάρησαν εἰς πάσας
σχεδὸν τὰς ἐπισημοτέρας αὐτῆς
πόλεις ποριζόμενοι ἄρτον διὰ
τῆς διδασκαλίας τῆς ἀρχαίας
Ἑλληνικῆς γλώσσης ἧς μύσται
ἦσαν πάντες σχεδὸν οἱ εὖ
ἠγμένοι Ἕλληνες τῆς ἐποχῆς
ἐκείνης. Πρακτικώτατα ἐφηρ-
μόσθη εἰς τοὺς τότε φυγάδας
Ἕλληνας τὸ ἀρχαῖον Ἑλλη-
νικὸν γνωμικόν, "'Η παιδεία
ἐν μὲν ταῖς εὐτυχίαις κόσμος
ἐστίν, ἐν δὲ ταῖς ἀτυχίαις κατα-
φυγή." Καὶ πρὸ τῆς ἀλώσεως
τῆς Κωνσταντινουπόλεως προ-
εξωμαλίσθη ἡ ὁδὸς πρὸς σπουδὴν
τῆς Ἑλληνικῆς γλώσσης ἐν
Ἰταλίᾳ ὑπὸ σοφῶν Ἑλλήνων,
διότι εἰς αὐτὴν μετέβησαν καὶ
ἐδίδαξαν οὐ μόνον ὁ Χρυσο-
λωρᾶς, ἀλλὰ καὶ ὁ Πλήθων, ὁ

This inscription is full of
interest, and I thank you
heartily for the trouble you
have taken to read it to me.
After that ill-omened day when
Constantinople was taken by the
Turks, a very great number of
noble and learned Greeks took
refuge in the West, and were
scattered in almost all the more
important cities there, gaining
their bread by teaching the
ancient Greek language, in
which almost all the Greeks of
that time, who had been well
brought up, were proficient. In
the most practical manner, to
the fugitive Greeks of those
days, the ancient Greek maxim
applied : "In prosperity, educa-
tion is an accomplishment, in
misfortune, a refuge." Even
before the taking of Constanti-
nople, in Italy the road to the
study of Greek was made smooth
by learned Greeks, for not only
Chrysoloras went there and
taught, but also Plethon, Gazes,
George of Trebizond and others :
but those who went there after
the capture were much more

Γαζῆς, ὁ Γεώργιος Τραπεζούν-
τιος καὶ ἄλλοι· ἀλλ᾽ οἱ μετὰ
τὴν ἅλωσιν ἐκεῖσε μεταβάντες
ἦσαν πολλῷ πλείονες τῶν προ-
τέρων· ἐν αὐτοῖς δὲ διαπρέπει ὁ
ἐκ ῾Ρυνδάκου τῆς Φρυγίας ᾽Ιάνος
Λάσκαρις, οὗ ἡ ἔξοχος παιδεία
ἦτο ἐφάμιλλος πρὸς τὴν ἄκρατον
αὐτοῦ φιλογένειαν. Δαπάνῃ
τοῦ μεγάλου Λαυρεντίου τοῦ ἐκ
Μεδίκων ὁ Λάσκαρις διέσωσεν
ἀπὸ τῆς καταστροφῆς πλεῖστα
῾Ελληνικὰ χειρόγραφα· δὲν
ἠρκέσθη δὲ μόνον εἰς τοῦτο,
ἀλλὰ καὶ ἐνθέρμως ἠγόρευσεν
ἐνώπιον αὐτοκρατόρων καὶ βα-
σιλέων ὑπὲρ ἐλευθερώσεως τοῦ
῾Ελληνικοῦ ἔθνους. ᾽Αλλ᾽ ἐπι-
τρέψατέ μοι νὰ συνεχίσω τὰ
περὶ Λασκάρεως καὶ τῶν ἄλλων
λογίων τῆς ἐποχῆς ἐκείνης ἐκ
τῆς εἰσαγωγῆς τοῦ σοφοῦ
Διονυσίου Θερειανοῦ εἰς τὴν
βιογραφίαν τοῦ Κοραῆ περὶ
ἧς ἤδη ὡμιλήσαμεν. ῾῾Ότε δὲ
ὁ μεγαλοπρεπέστατος υἱὸς τοῦ
Λαυρεντίου ἐγένετο Πάπας, ἐκ
τῶν πρώτων αὐτοῦ μελημάτων
ὑπῆρξε, κατὰ προτροπὴν τοῦ
Λασκάρεως, ἡ εἰς τοὺς πρόποδας
τοῦ Κυρίνου λόφου ἵδρυσις
῾῾Ελληνικοῦ γυμνασίου᾽ ἐν ᾧ
φιλομαθεῖς ῞Ελληνες νεανίσκοι
ὤφειλον νὰ διδάσκωνται τὴν
πάτριον γλῶσσαν καὶ τὰ ἐγ-
κύκλια παιδεύματα. Πρυτανεύ-
οντος τοῦ Λασκάρεως, τὸ
ἱστορικὸν τοῦτο φροντιστήριον
ἐγένετο ἐνδιαίτημα πραγματικῆς
καὶ ἀνοθεύτου ῾Ελληνικῆς παι-
δεύσεως. ῾Ο Πάπας Λέων ὁ

numerous than those who went
there before that event : among
them Janus Lascaris of Rhyn-
dacus in Phrygia holds a con-
spicuous place, whose superior
education was on a par with his
pure patriotism. At the ex-
pense of the great Lorenzo de'
Medici, Lascaris preserved from
destruction many Greek manu-
scripts : he did not however
confine himself only to this,
but in the presence of emperors
and kings he warmly advocated
the cause of the liberty of the
Greek nation. But allow me to
continue the account of Lascaris
and the other scholars of that
day with a quotation from the
Introduction of the learned
Dionysius Thereianos to his life
of Coraïs, about which we have
already had some conversation :
" When the most illustrious son
of Lorenzo became Pope, one of
his first cares was, at the instiga-
tion of Lascaris, to establish a
' Hellenic College ' at the foot of
the Quirinal hill, where studious
Greek youths were to be taught
their ancestral language and
every branch of general educa-
tion. With Lascaris as principal,
this historical college became
the home of real unadulterated
Hellenic learning. Pope Leo
X., a man holding lofty and
liberal views regarding the arts
and sciences, an irreconcilable
enemy of the Turks, and a
sincere lover of Greek learning,

δέκατος, μεγαλοπρεπὴς καὶ
ἐλευθέριος περὶ τὰς τέχνας καὶ
ἐπιστήμας, ἐχθρὸς ἀδιάλλακτος
τῶν Τούρκων, εἰλικρινὴς δὲ
ἐραστὴς τῆς Ἑλληνικῆς ἐπι-
στήμης, ἣν ἐδιδάχθη ἐν τῇ
Πλατωνικῇ τῆς Φλωρεντίας
ἀκαδημίᾳ, ἐμελέτησε νὰ ἀπο-
δείξῃ τὸ γυμνάσιον τοῦτο
γόνιμον ἑλληνισμοῦ φυτευ-
τήριον. Ὡς ἀπαρχὴν δὲ τῶν
Ἑλληνικῶν τούτων παιδευμά-
των, οἱ προεξάρχοντες τοῦ
φροντιστηρίου συνέλεξαν καὶ
ἐξέδοσαν τῷ 1517 καὶ 1518
τὰ παλαιὰ σχόλια εἰς τοῦ
Ὁμήρου τὴν Ἰλιάδα καὶ εἰς τὰς
τραγῳδίας τοῦ Σοφοκλέους καὶ
τοῦ Πορφυρίου τὰ Ὁμηρικὰ
ζητήματα, ὁπότε, κατὰ βάσκα-
νον μοῖραν ἐτελεύτησε μὲν ὁ
Πάπας Λέων, ἀπεδήμησε δὲ καὶ
ὁ Λάσκαρις ἐκ Ῥώμης εἰς
Παρισίους, ὅπου μετὰ τοῦ
περιωνύμου Βουδαίου ἵδρυσε
τὴν βιβλιοθήκην τοῦ Φονταινε-
βλώ. . . . Καὶ ἐν Ἐνετίᾳ, ὁ
Λάσκαρις ὑπῆρξεν (ὀλίγον πρὸ
τῆς συστάσεως τοῦ ἐν Ῥώμῃ
γυμνασίου) ὁ κύριος μοχλὸς τῶν
ἐσαεὶ ἀξιομνημονεύτων τυπο-
γραφικῶν ἐπιβολῶν καὶ ἔργων
τοῦ Ἄλδου. Τὸ περιώνυμον
τοῦ Ἄλδου Μανουτίου τυπο-
γραφεῖον, συσταθὲν ἐν Ἐνετίᾳ,
ἐγγὺς τῆς ἐκκλησίας τοῦ Ἁγίου
Αὐγουστίνου περὶ τὰ τέλη τῆς
πεντεκαιδεκάτης ἑκατονταετηρί-
δος, ἀπεδείχθη κρατερὸν ὁπλο-
φυλάκιον τοῦ ἑλληνισμοῦ, ἅμα
δὲ κοινὸν βουλευτήριον καὶ

which he had acquired in the
Platonic Academy at Florence,
intended to make this college
a fertile nursery of Hellenism.
As the first-fruits of this course
of Hellenic education, the more
prominent students of the college
collected and published in 1517
and 1518 the ancient scholia to
Homer's *Iliad*, and to the
tragedies of Sophocles, and the
Homeric Questions of Por-
phyrius ; but unfortunately at
this time Pope Leo died and
Lascaris removed from Rome to
Paris, where, with the famous
Budaeus, he founded the library
of Fontainebleau. . . . And in
Venice, Lascaris (shortly before
the establishment of the college
in Rome) was the prime mover
in the ever-memorable typo-
graphical enterprises and achieve-
ments of Aldus. The celebrated
printing establishment of Aldo
Manuzio, set up at Venice in
the vicinity of the church of St.
Augustin at about the end of
the fifteenth century, became a
mighty armoury of Hellenism,
and at the same time a place
where all the learned Greek ex-
iles met for consultation and for
work. Greek critics took charge
of those splendid and precious
editions which even at this day
command admiration as much.

ἐργαστήριον πάντων τῶν φυγο-
πατρίδων λογίων Ἑλλήνων·
Ἕλληνες κριτικοὶ ἐπεμελοῦντο
τῶν λαμπρῶν ἐκείνων καὶ τιμ-
αλφῶν ἐκδόσεων, αἵτινες καὶ
σήμερον ἀποθαυμάζονται ὡς
περισπούδαστα κειμήλια τυπο-
γραφικῆς τέχνης. Ἀρχομένου
τοῦ ἑκκαιδεκάτου αἰῶνος διετέ-
λεσεν ὁ Λάσκαρις πρεσβευτὴς
τοῦ βασιλέως Λουδουβίκου τοῦ
δωδεκάτου ἐν Ἐνετίᾳ, ἀλλ' ὁ
Ἕλλην φυγὰς ἦτο τοσοῦτον
ἀτριβὴς τῶν πολιτικῶν ἐπι-
τηδευμάτων ὅσον ὀξὺς καὶ ἔμ-
πειρος περὶ τὰς Ἑλληνικὰς
μαθήσεις. . . .

Ἄφθιτα μνημεῖα τῆς φιλο-
λογικῆς τοῦ Λασκάρεως ἐμ-
πειρίας εἶναι ἡ ἐν κεφαλαίοις
γράμμασιν ἔκδοσις τῆς Ἑλλη-
νικῆς Ἀνθολογίας τοῦ Πλαν-
ούδου, ἣν ἀνέθηκε Πέτρῳ τῷ ἐκ
Μεδίκων, οἱ ὕμνοι τοῦ Καλλι-
μάχου μετὰ σχολίων Ἑλληνι-
κῶν, τέσσαρες τραγῳδίαι τοῦ
Εὐριπίδου, τὰ Ἀργοναυτικὰ
Ἀπολλωνίου τοῦ Ῥοδίου, καί
τινα ἄλλα πονημάτια, ἐν οἷς
μονόστιχοι γνῶμαι. Τὴν πρώ-
την τῶν τραγῳδιῶν τοῦ Σοφο-
κλέους ἔκδοσιν ἀφιέρωσεν ὁ
Ἄλδος εὐγνωμόνως πρὸς τὸν
μέγαν τοῦ Ἑλληνικοῦ γένους
ὑπέρμαχον· ἐν κεφαλίδι τοῦ
πρώτου τόμου τῶν Ἑλλήνων
τεχνογράφων (ἐκδοθέντων κατὰ
Νοέμβριον τοῦ 1508) ἀναφωνεῖ
ὁ Ἄλδος· ʻΚλεινὲ καὶ σοφὲ
Λάσκαρι, γινώσκω μεθ' ὁπόσης
χαρᾶς θὰ ἴδῃς ἐκτυπούμενα παρ'

coveted treasures of typographic
art. At the beginning of the
sixteenth century Lascaris was
ambassador of King Louis XII
at Venice, but the Greek exile
was as inexperienced in political
affairs as he was acute and well-
versed in Greek learning. . . .

Imperishable monuments of
the literary attainments of Las-
caris are the edition of the *Greek
Anthology* of Planudes printed
in capital letters, which he dedi-
cated to Pietro de' Medici, the
Hymns of Callimachus with
Greek scholia, four tragedies of
Euripides, the *Argonautica* of
Apollonius Rhodius, and some
other small works, among which
are some maxims written in
monostichs. The first edition of
the tragedies of Sophocles Aldus
gratefully dedicated to the great
champion of the Greek race. At
the head of the first volume of
the *Greek Writers on Rhetoric*
(published in November 1508),
Aldus exclaims: ʻIllustrious and
learned Lascaris, I know with
what delight you will see,
printed at my establishment,
the treatises on rhetoric; for

ἐμοὶ τὰ περὶ ῥητορικῆς συν
ταγμάτια· διότι, οὕτω, κατὰ
τοὺς σοὺς πόθους, ἀναζωπυρεῖται
καὶ διαδίδεται ἐπ᾽ ὠφελείᾳ τῶν
σπουδαίων καὶ τῶν φιλομαθῶν
ἡ Ἑλληνικὴ γλῶσσα, ἡ σχεδὸν
καταστραφεῖσα ἐκ τῶν ἐπιδρο
μῶν τῶν βαρβάρων καὶ τῆς
ἐπηρείας τῶν καιρῶν. Ἀλλὰ
δέον νὰ ὁμολογήσω ὅτι ἐν τῷ
ἐπιπόνῳ καὶ μακρῷ μου σταδίῳ
σὺ προσῆλθες ἀρωγὸς καὶ ἀντι
λήπτωρ διά τε τῶν συμβουλῶν
καὶ τῶν εἰσφορῶν σου ἐν παντὶ
καιρῷ καὶ τόπῳ καὶ δὴ καὶ
τανῦν ἐν Ἐνετίᾳ, ὅπου μετὰ
τοσαύτης συνέσεως μεθ᾽ ὅσης
καὶ εὐθύτητος ἐπιτελεῖς τὴν
ἐντολὴν πρεσβευτοῦ τοῦ χρισ
τιανικωτάτου βασιλέως. Οὐ
μόνον παρέδωκάς μοι ἀντίγραφα,
ὧν βρίθει ἡ σὴ βιβλιοθήκη,
ἀλλὰ καὶ ἐνδελεχῶς ὀτρύνεις με
εἰς ἐκτύπωσιν τῶν κυριωτάτων.
Εἰς σὲ λοιπὸν ἀνατίθημι τήν
δε τὴν βίβλον, περιέχουσαν
συλλογὴν ἐκ τῶν σῶν ἀντιγρά
φων. Σὺ ἕλκεις τὸ γένος ἐκ
τοῦ ἔθνους τῶν Ἑλλήνων, ὅπερ
ἐγέννησε τοὺς μεγίστους τῶν
ἀνδρῶν, κατάγεσαι ἐκ τοῦ αὐ
τοκρατορικοῦ τῶν Λασκάρεων
οἴκου, εἶσαι δὲ τῆς Ἑλλάδος
σέμνωμα καὶ ἀγλάϊσμα. Χαῖρε
Μαικήνα τῶν καθ᾽ ἡμᾶς χρό
νων.᾽

Ὁ τοῦ Λασκάρεως ζηλωτὴς
καὶ μαθητὴς Μᾶρκος Μουσοῦρος
διέπλασε καὶ ἀνέπτυξε τοῦ
φιλοπάτριδος Ῥυνδακηνοῦ τὰς
ὑποθήκας. Αὐτὸς ὁ Μουσοῦρος

thus, in accordance with your
desires, the Greek language,
almost destroyed by the incursions of the barbarians and the
ravages of time, is gaining fresh
life and is being disseminated
for the benefit of the learned
and the studious. But I must
acknowledge that in my laborious and long career you afforded
me support and assistance both
by your advice and your contributions always and everywhere,
and actually at this present
moment at Venice, where with
as much ability as integrity
you are performing the duties
of ambassador of the Most
Christian king. Not only have
you supplied me with manuscripts, with which your library
is loaded, but you unceasingly
urge me to publish the more
important ones. To you then I
dedicate this book, containing a
collection of your manuscripts.
You derive your lineage from
the nation of the Greeks which
has given birth to the greatest
of men, you are descended
from the imperial house of the
Lascares, and you are an object
of reverence and an honour to
Greece. Hail! The Maecenas
of our times!'

Marcus Musurus, the zealous
admirer and the pupil of Lascaris, put into shape and developed the suggestions of the
patriot of Rhyndacus. Musurus

ἐναβρυνόμενος λέγει ὅτι τυτθὸν
ὄντα περιέθαλψεν ὁ Λάσκαρις
ὡς φίλτατον υἱὸν καὶ ἔδειξεν
αὐτῷ τὴν ὁδὸν τὴν ἄγουσαν
πρὸς τὴν Ἀχαιΐδα μοῦσαν. Ὁ
Μᾶρκος, υἱὸς Ῥιθυμνίου ἐμπό-
ρου, ἐκλιπὼν πατρίδα καὶ γονεῖς,
ἀπεδήμησε νεώτατος τῇ ἡλικίᾳ
εἰς Ἐνετίαν, ὅπου ἐσπούδασε
περὶ τὴν λατινίδα διάλεκτον καὶ
ἐγένετο εἴπερ τις ἄλλος ἐγκρα-
τέστατος τῶν κλασικῶν γλωσ-
σῶν. Ἄκρα φιλομάθεια, συνημ-
μένη πρὸς ἄκραν φιλοπατρίαν,
διέκαιε τὴν φιλότιμον ψυχὴν
τοῦ νέου Κρητός. Κτησάμενος
μετ᾽ οὐ πολὺ φήμην περιζήλου
ἑλληνιστοῦ διεδέξατο τῷ 1490
τὸν Ἄλδον ὡς διδάσκαλος τοῦ
πρίγκιπος Ἀλβέρτου τῆς Κάρ-
που, παρ᾽ ᾧ ἀπέλαυε θερμῆς
δεξιώσεως καὶ προστασίας. Ὁ
εὐγνώμων μαθητής, ὁ ὕστερον
σοφὸς προσαγορευθείς, περὶ
πλείστου ποιούμενος τὴν ἐπι-
στήμην τοῦ Ἕλληνος διδασκά-
λου, ἐπειράθη πάσῃ μηχανῇ ὅπως
πείσῃ τὸν Μουσοῦρον νὰ ἐμμείνῃ
παρ᾽ αὐτῷ δι᾽ ὅλου τοῦ βίου, καὶ
δὴ καὶ προσήνεγκε τῷ χρηστῷ
Ῥιθυμνίῳ μικρὸν μὲν ἀλλ᾽ εὔφο-
ρον κτῆμα ἀποφέρον σῖτον,
βρόμιον καὶ ἔλαιον. Ἐνταῦθα
ὁ Μουσοῦρος ἠδύνατο νὰ διάγῃ
ἥσυχον καὶ ἀμέριμνον βίον ‘ κα-
τακλινόμενος ἐπὶ σμίλακος καὶ
θύμου καὶ πόας εὐώδους’ ἀσχο-
λούμενος δὲ περὶ τὴν ἀνάγνωσιν
καὶ μελέτην τῶν Ἑλλήνων καὶ
Λατίνων ποιητῶν καὶ πεζογρά-
φων· θὰ ἠὐμοίρει δὲ καὶ ἀρίστων

himself relates with pride that
Lascaris cherished him in his
tender years like a most beloved
son, and pointed out to him the
road which leads to the Achaean
muse. Marcus, the son of a
merchant of Rithymnos, leaving
his native country and his par-
ents, migrated in his earliest
youth to Venice, where he
studied the Latin language, and,
in a manner surpassed by none,
mastered the classic tongues.
The most ardent love of erudi-
tion joined to the loftiest patriot-
ism fired the ambitious soul of
the young Cretan. Acquiring,
after a short time, the reputation
of a Hellenist in great request,
he succeeded Aldus in 1490 as
tutor to prince Albert of Carpi,
with whom he enjoyed a warm
welcome and protection. The
grateful pupil, who was after-
wards surnamed ‘the learned,’
setting the highest value on the
erudition of the Greek professor,
endeavoured by every contriv-
ance to persuade Musurus to re-
main with him all his life, and
he actually offered the worthy
Rithymnian a small but pro-
ductive property yielding wheat,
oats, and oil. Here Musurus
could have passed a tranquil
and untroubled life, ‘reclining
on the bindweed, the thyme,
and the sweet-smelling grass,’
and engaged in the perusal and
study of the Greek and Latin
poets and prose authors ; he

γεωργῶν, οἵτινες χαριζόμενοι αὐτῷ, ἔμελλον νὰ κομίζωσι πολλὰ καὶ πλουσιοπάροχα δῶρα 'ποτὲ μὲν ἀσπαράγους εὐμεγέθεις, ποτὲ δὲ πηκτὸν γάλα, ποτὲ δὲ ἀρτίτοκα ὠά.' Ἀλλ' ὁ φιλόπονος Μᾶρκος οὐδαμῶς στέργει ταύτην τὴν νωθροποιὸν δίαιταν· 'Εἰσέτι δὲν ἐγήρασα (ἐπιλέγει)· ἐπὶ τοῦ παρόντος προτίθεμαι νὰ διατρίψω ἱκανὸν χρόνον ἐν Ἰταλίᾳ, καὶ ἂν μὴ δυνηθῶ νὰ περιποιήσω εὔκλειαν τῇ πατρίδι, θὰ προσπαθήσω ὅμως, ὅση μοι δύναμις καὶ σπουδή, νὰ τηρήσω τὸν Ὁμήρου νόμον, τοῦτο δ' ἐστὶ νὰ μὴ καταισχύνω τῶν πατέρων τὸ γένος· τελευταῖον δὲ διανοοῦμαι νὰ ἀναστρέψω οἴκαδε ὅπως γηροτροφήσω τοὺς γεννήσαντας καὶ καταλύσω τὸν βίον ἐπὶ τοῦ ποθεινοτάτου ἐδάφους.'

Ὅτε περὶ τὸ τέλος τῆς πεντεκαιδεκάτης ἑκατονταετηρίδος δύο πάνυ φιλοπάτριδες Κρῆτες, ὁ Νικόλαος Βλαστὸς καὶ ὁ Ζαχαρίας Καλλιέργης, συνέστησαν ἐν Ἐνετίᾳ τυπογραφεῖον αὐτὸ καθ' ἑαυτὸ Ἑλληνικόν, ὅπως διατρανώσωσι τοῖς Εὐρωπαίοις ὅτι οἱ Ἕλληνες, καὶ ἐν μέσῳ τῶν ὀδυνηρῶν αὐτῶν συμφορῶν, εἶναι τοσοῦτον φιλότιμοι ὥστε ἐκτυποῦσι τὰ ἀθάνατα τῶν προγόνων πονήματα ἐν ἰδιοκτήτῳ τυπογραφικῷ ἐργαστηρίῳ, ὁ Μουσοῦρος ὑπῆρξεν ὁ κύριος συλλήπτωρ τοῦ ἐθνωφελοῦς τούτου ἱδρύματος. Ἀμφότεροι, Ἄλδος τε καὶ Καλλιέργης, διῆγον πρὸς ἀλλήλους ἐν ἀδελφικῇ

would have been well off for excellent farmers who, to please him, would have brought him many rich presents, 'at one time, well-grown asparagus, at another, curdled milk, at another, new-laid eggs.' But the industrious Marcus had no love for this lazy kind of life. 'I have not yet grown old,' he adds; 'for the present I propose to spend some time in Italy, and, if I cannot acquire glory for my country, nevertheless I will endeavour, as far as my power and my zeal permit, to observe Homer's precept, that is, not to disgrace the race of my fathers: at last I intend to return home to support my parents in their old age and end my life on the soil that I so long for.'

When, about the end of the fifteenth century, two great Cretan patriots, Nicholas Vlastos and Zacharias Callierges, established in Venice a press which was essentially Greek, in order that they might make evident to the inhabitants of Europe that the Greeks, even in their painful misfortunes, had so much proper pride as to print the immortal works of their ancestors in a press of their own, Musurus was the principal supporter of this establishment so beneficial to the nation. Aldus and Callierges conducted themselves towards each other with fraternal unanimity, for there

ὁμονοίᾳ, διότι προέκειτο οὐχὶ
περὶ χρηματισμοῦ, ἀλλὰ περὶ
ὠφελείας τῶν Ἑλλήνων καὶ
τῶν Ἑλληνικῶν γραμμάτων· ὁ
δὲ Μουσοῦρος διημέρευε, πολ-
λάκις δὲ διενυκτέρευεν ἐναλλὰξ
ἐν ἀμφοτέροις τοῖς τυπογρα-
φείοις, ἀντιγράφων, διορθῶν καὶ
καθαίρων δἰ ἀτρύτων πόνων τοὺς
εἰς ἐκτύπωσιν προωρισμένους
κώδικας. Ὁ Καλλιέργης ἦτο
ἀπαράμιλλος τεχνίτης· αὐτὸς
ἰδίᾳ χειρὶ ἐχάραξε καὶ ἐχώνευσε
στοιχεῖα Ἑλληνικά, ἐφάμιλλα
κατὰ τὴν καλλονὴν πρὸς τὰ τοῦ
Ἄλδου. Τὸ " Μέγα Ἐτυμο-
λογικὸν " τὸ πρῶτον ὑπὸ Καλ-
λιέργου, κριτικῇ ἐπιστασίᾳ τοῦ
Μουσούρου, ἐκτυπωθὲν τῷ 1499
βιβλίον, εἶναι, ὡς λέγει ὁ Διδό-
τος, τυπογραφικὸν ἀριστούργη-
μα, χαράξαν νέαν ὁδὸν ἐν τοῖς
χρονικοῖς τῆς τυπογραφίας. Ἡ
τύπωσις δὲ τοῦ Ἐτυμολογικοῦ
ἐτελέσθη ἀναλώμασι τοῦ φιλο-
μούσου καὶ ἀφανῶς καὶ ἐν παρα-
βύστῳ φιλογενοῦς, Νικολάου
Βλαστοῦ, περὶ οὗ λέγει ὁ Μου-
σοῦρος, ὅτι ἦτο μεστὸς Ἑλληνι-
κοῦ φρονήματος καὶ ἐδαπάνησε
τοὺς θησαυρούς του ἀποβλέπων
εἰς τὴν κοινὴν τοῦ γένους ὠφέ-
λειαν. Ἡ Κρήτη μετὰ τὴν ἐν
Βυζαντίῳ καταστροφὴν ἀπε-
δείχθη αὐτόχρημα Ἑλλάδος
Ἑλλὰς καὶ τοῦ ἑλληνισμοῦ
ἔμπεδος ἀκρόπολις· περικλεεῖς
λόγιοι, τρίβωνες καλλιτέχναι,
μουσόληπτοι ἀοιδοί, θαυμαστοὶ
ἥρωες, ἐκεῖθεν ἕλκοντες τὸ γένος,
προσῆλθον τῆς δυστυχούσης

was no question of profit, but
of a service to be rendered
to the Greeks and to Greek
literature. Musurus passed the
day and often the night alter-
nately in one or other of the
printing-houses, with indefatig-
able exertion copying, correct-
ing, and rendering free from all
imperfections the codices des-
tined to be printed. Callierges
was an unrivalled artist : he
himself with his own hand en-
graved and cast Greek letters
which in beauty were a match
for those of Aldus. The *Ety-
mologicum Magnum*, the first
book printed by Callierges in
1499 under the critical super-
vision of Musurus is, as Didot
says, a masterpiece of typo-
graphy, tracing a new path
in the annals of printing. The
printing of the *Etymologicum*
was executed at the expense of
that lover of the Muses and un-
ostentatiously and unobtrusively
patriotic Nicholas Vlastos, of
whom Musurus says that he
was full of the Hellenic spirit
and spent his wealth with a view
to the general advantage of the
nation. It was Crete which, after
the disaster at Byzantium, became
absolutely the Hellas of Hellas
and the firm stronghold of Hel-
lenism : far - famed scholars,
skilled artists, muse - inspired
bards, admirable heroes, who
from there derived their nation-
ality, came forward as the de-

Ἑλλάδος ἀρωγοὶ καὶ ἐπίκουροι. Τὸ ἐν Ἐνετίᾳ τυπογραφεῖον τοῦ Καλλιέργου ἦτο ὀνόματι καὶ πράγματι Κρητικὸν ἐργαστήριον· Κρῆτες ἐτόρνευον, Κρῆτες συνεῖρον τὰ χαλκία, Κρῆτες ἐμολυβδοχόουν, Κρῆτες διήλεγχον, παρεσκεύαζον καὶ διώρθουν τὰ τυπογραφικὰ δοκίμια, Κρῆτες ἐφρόντιζον περὶ τῶν ἐπιτηδείων εἰς φωτισμὸν τοῦ γένους ἐκδόσεων, καὶ Κρῆτες εἰσέφερον ἀφειδῶς τὰ ἀναγκαῖα πρὸς τύπωσιν τῶν Ἑλλήνων ποιητῶν καὶ συγγραφέων ἀργύρια. Ἐκ τοῦ τυπογραφείου τοῦ Καλλιέργου καὶ φιλοτίμῳ δαπάνῃ τοῦ Νικολάου Βλαστοῦ προήχθησαν τὸ πρῶτον εἰς φῶς πάμπολλοι Ἕλληνες συγγραφεῖς, σὺν δὲ τούτοις καὶ ἑρμηνευτικὰ ὑπομνήματα. Ὅτε δὲ τὸ τυπογραφεῖον τοῦ Καλλιέργου μετεκομίσθη, εἰσηγήσει τοῦ Λασκάρεως, εἰς Ῥώμην, ἐγένετο καὶ ἐκεῖ πολλαχῶς ὠφέλιμον εἰς τὸν ἑλληνισμὸν διὰ τῆς ἐκδόσεως τῶν εἰς Πίνδαρον σχολίων, τῶν Εἰδυλλίων τοῦ Θεοκρίτου σὺν τοῖς παλαιοῖς σχολίοις, τῶν Ἐκλογῶν Θωμᾶ τοῦ Μαγίστρου καὶ τοῦ Φρυνίχου, καὶ ἄλλων συγγραμμάτων."

Ταῦτα ἀρκοῦσιν ἐκ τοῦ πολυτίμου συγγράμματος τοῦ σοφοῦ Θερειανοῦ. Ἠδυνάμην ἐνταῦθα ν' ἀναφέρω εἰς ὑμᾶς τὰ ὀνόματα καὶ πλείστων ἄλλων Ἑλλήνων, οἵτινες μετ' ἀφοσιώσεως εἰργάσθησαν ὑπὲρ τῆς διαδόσεως τῶν Ἑλληνικῶν γραμμάτων ἐν

fenders and allies of suffering Hellas. The press of Callierges at Venice was in name and in fact a Cretan workshop: Cretans executed the carving, Cretans fitted the brass work, Cretans cast the lead, Cretans examined, prepared and corrected the printers' proofs, Cretans took into their consideration the publications suitable for the enlightenment of the race, and Cretans contributed liberally the funds required for printing the Greek poets and prose writers. From the press of Callierges, and by means of the lavish expenditure of Nicholas Vlastos, a great number of Greek authors were for the first time brought to light, and with them also some explanatory commentaries. When the press of Callierges was removed to Rome, at the instigation of Lascaris, there too it did good service to Hellenism in many ways by publishing the *Scholia to Pindar*, the *Idyls of Theocritus with the ancient Scholia*, the *Eclogues of Thomas Magister and of Phrynichus*, and other works."

This is enough of the valuable work of the learned Thereianos. I might have here mentioned to you the names of a very great number of other Greeks who laboured devotedly for the diffusion of Greek literature both in eastern and western

τε τῇ ἑσπερίᾳ καὶ τῇ ἀνατολικῇ
Εὐρώπῃ, ἀλλὰ βλέπω ἡ ὥρα
παρῆλθε καὶ νομίζω θὰ κάμωμεν
καλὰ νὰ μιμηθῶμεν τὸν φίλον
ἐκεῖ παραδίδοντες ἑαυτοὺς εἰς
τὰς ἁπαλὰς ἀγκάλας τοῦ Μορ-
φέως.

Παραδέχομαι πληρέστατα
τὴν ὑμετέραν γνώμην, διότι ἂν
διέλθωμεν τὴν νύκτα ὁμιλοῦντες,
αὔριον δὲν θὰ ἔχωμεν οὔτε ὄρεξιν,
οὔτε δύναμιν νὰ ἐπισκεφθῶμεν
τὰ κυριώτερα μέρη τῆς Ῥώμης.
Ἂς μὴ χάνωμεν λοιπὸν καιρόν.
Σᾶς εὔχομαι καλὴν νύκτα.
Καὶ ἐγὼ σᾶς εὔχομαι τὸ αὐτό.

Ὦ, τί λαμπρὰ πρωΐα! Κυττά-
ξατε πόσον ἀνέφελος εἶναι ὁ οὐ-
ρανός! Τὸ γλυκὺ φῶς τῆς αὐ-
γῆς καταθέλγει τὴν ψυχήν μου.

Τὰ ἐπιφωνήματά σας μ᾽ ἐν-
θυμίζουσι μίαν ὡραίαν στροφὴν
θελκτικοῦ τινος ποιήματος ἀγα-
πητοῦ ποιητοῦ τῆς νεωτέρας
Ἑλλάδος, τοῦ Ζαλοκώστα·
"Ὥρα γλυκειὰ τῆς χαραυγῆς,
        'ποῦ ἡ φύσις βαλσαμώνει
Καὶ ἄνθη καὶ φύλλα καὶ
                        κλαδιά!
Χαρὰ 's ἐκείνην τὴν καρδιά,
Ποῦ δὲν τὴν δέρνουν πόνοι !"

Λαμπρὰ ποίησις ! περιγρά-
φουσα πιστῶς ταύτην ἀκριβῶς
τὴν ὥραν τῆς πρωΐας, καθ᾽ ἣν ἡ
" ῥοδοδάκτυλος ἠὼς φέρει ἡδὺ
φῶς εἴς τε τοὺς θνητοὺς καὶ
τοὺς ἀθανάτους."

Ἀλλὰ δὲν νομίζετε ὅτι ὁ
τελευταῖος στίχος τῆς στροφῆς
δύναται κάλλιστα νὰ ἐφαρμοσθῇ

Europe, but I see it is late,
and I think we should do well
to imitate our friend there and
abandon ourselves to the soft
embrace of Morpheus.

I entirely concur in your
opinion, for if we pass the night
in conversation, to-morrow we
shall have neither the will nor
the power to visit the more im-
portant parts of Rome.
Do not let us lose time then.
I wish you good-night.
And I wish you the same.

O, what a splendid morning !
See how cloudless the sky is !
The sweet light of dawn enchants
my soul.

Your exclamations remind
me of a beautiful stanza of a
charming poem by a favourite
poet of modern Greece, Zalo-
costas :
"O sweet hour of joyful dawn,
when nature embalms
the flowers, the leaves and the
boughs !
Joy to that heart
which no cares distress !"

Splendid poetry ! faithfully
describing precisely this hour of
the morning when "the rosy-
fingered dawn brings sweet light
both to mortals and immortals."

But do you not think that
the last line of the stanza may
very well be applied to our still

εἰς τὸν ἔτι κοιμώμενον ἡμῶν φίλον; Κυττάξατε πόσον ἀμερίμνως κοιμᾶται!

Καὶ διὰ τί νὰ ἔχῃ φροντίδας; Ἀφιερώσας ἑαυτὸν εἰς τὴν διακονίαν τῆς Ἐκκλησίας ἀπέθετο πᾶσαν τὴν βιωτικὴν μέριμναν, καὶ νομίζω δικαιοῦται νὰ κοιμᾶται, ἂν θέλῃ, ὕπνον Ἐπιμενίδιον.

Ἀλλ' ἐγὼ θὰ τὸν ἐξυπνίσω, διότι ἐντὸς ὀλίγου φθάνομεν εἰς Ῥώμην.—Δὲν θὰ ἀποσείσῃς τὸν βαθὺν καὶ νήδυμον ὕπνον, ὅστις σὲ κρατεῖ τόσον σφιγκτὰ εἰς τὰ δεσμά του; Ἀνέτειλεν ἤδη ὁ ἥλιος καὶ δὲν ἀπέχομεν πολὺ τῆς Ῥώμης. Ἐγέρθητι.

Σᾶς εὐχαριστῶ πολὺ ὅτι με ἐξυπνίσατε, διότι ἐπιθυμῶ νὰ ἴδω τὰ περίχωρα τῆς Αἰωνίας Πόλεως.

Ἐνθυμοῦμαι ὅτε ἤμεθα νέοι, πολλάκις μοι ἀπηγγέλλετε περικοπὰς ἐκ τῶν ποιημάτων τοῦ Ἀλεξάνδρου Σούτσου, καὶ ἔναυλοι ἔτι παραμένουσιν εἰς τὰ ὦτά μου αἱ περὶ Ἰταλίας, ἰδίως δὲ αἱ περὶ Ῥώμης στροφαὶ αὐτοῦ. Ἆρά γε τὰς ἐνθυμεῖσθε ἀκόμη; ἂν ἔχῃ οὕτω, θὰ σᾶς παρακαλέσω νὰ μᾶς ἀπαγγείλητε αὐτάς, διότι τῷ ὄντι εἶναι λαμπραί. Εἶμαι δὲ βέβαιος ὅτι θὰ εὐχαριστηθῇ ν' ἀκούσῃ αὐτὰς ἀπαγγελλομένας καὶ ὁ Κύριος Οὐΐλσων.

Βεβαιότατα.

Ἀλλ' αἱ περὶ Ἰταλίας στροφαὶ τοῖ Σούτσου ἐγράφησαν καθ' ἣν ἐποχὴν ἡ ὡραία αὕτη

sleeping friend? See how free from care he sleeps!

And why should he have any anxieties? Having devoted himself to the service of the Church, he has put away from him all the cares of life, and I think he has a right to sleep, if he likes, the sleep of Epimenides.

But I will awaken him, for in a short time we shall arrive at Rome.—Will you not shake off the deep sweet sleep which holds you so fast in its bonds? The sun has already risen, and we are not far from Rome. Wake up!

Thank you very much for waking me, for I wish to see the environs of the Eternal City.

I recollect, when we were young, you used frequently to recite to me passages from the poems of Alexander Soutsos; and his stanzas about Italy and especially those about Rome even now ring in my ears. I wonder now, do you still remember them? If so, I will ask you to repeat them to us, for they are really splendid. I am certain that Mr. Wilson too will be glad to hear them recited.

Most certainly.

But Soutsos' stanzas about Italy were written at the time when this beautiful country was

χώρα ἐστέναζεν ὑπὸ ξενικὸν
ζυγόν. Νῦν τὰ πάντα ἤλλαξαν·
διότι οὐ μόνον ἀπηλλάγησαν οἱ
Ἰταλοὶ τῶν καταπιεζόντων αὐ-
τοὺς ξένων δεσποτῶν, ἀλλὰ καὶ
διανοοῦνται νὰ δεσμεύσωσι τὴν
ἐλευθερίαν ἄλλων ἐθνῶν, ἀμνη-
μονοῦντες οὕτω τῶν ἀρχῶν ὑφ᾽
ὧν ἐμπνεόμενοι ἐξεδίωξαν τοὺς
τυράννους ἐκ τῆς ἑαυτῶν πατρί-
δος καὶ ἀπολαύουσι νῦν τῶν
ἀγαθῶν τῆς θείας ἐλευθερίας.

Τοῦτο εἶναι ἄλλο ζήτημα·
ἡμεῖς ἁπλῶς θέλομεν ν᾽ ἀκού-
σωμεν τί ἔλεγεν ὁ Ἕλλην
ποιητὴς περὶ τῆς δεδουλωμένης
Ἰταλίας.

Ἀλλὰ σᾶς παρακαλῶ μή με
βιάζετε ν᾽ ἀπαγγείλω ποιήματα,
διότι δὲν ἁρμόζει τὸ τοιοῦτον
εἰς ἱερωμένον.

Ὦ, δὲν πειράζει τοῦτο· κάμετε
μίαν ἐξαίρεσιν σήμερον· ἄλλως
τε, κατὰ τὸ κοινὸν λόγιον,
"ἀσθενὴς καὶ ὁδοιπόρος ἁμαρ-
τίαν οὐκ ἔχει."

Διὰ νὰ σᾶς εὐχαριστήσω λοι-
πόν, ἂς σᾶς ἀπαγγείλω ὀλίγας
στροφὰς ἐκ τοῦ ' Περιπλανωμέ-
νου' τοῦ Ἀλεξάνδρου Σούτσου·
" Νικητὴς εἰς τὸ Μαρέγκον,
ἐρασθεὶς τὰ θέλγητρά της,
Ἥρπαζε τὴν Ἀφροδίτην Πραξι-
τέλους ὁ Γαλάτης,
Καὶ ἀπὸ τὰς χείρας τούτου ὡς
ἀπ᾽ ἐραστοῦ ἀγκάλην
Ὁ τῆς Γερμανίας καῖσαρ τὴν
θεὰν ἀπέσπα πάλιν.
Αὐτῆς ἔχουσα τὸ κάλλος, εἰς
τὰς χάριτας ὁμοία,

groaning under a foreign yoke.
Now everything is changed :
for not only have the Italians
been freed from the foreign
masters who oppressed them,
but they contemplate fettering
the liberty of other nations,
thus forgetting the principles
with which they were inspired
when they drove away the
tyrants from their own father-
land and so now enjoy the
blessings of heavenly liberty.

That is another question : we
simply want to hear what the
Greek poet said about enslaved
Italy.

But I beg you not to press
me to recite poetry, for it is not
fitting for a man in holy orders
to do so.

O, that does not matter :
make an exception to-day :
besides according to the common
saying, "Invalids and travellers
are not charged with sin."

To please you then, let me
repeat to you a few verses from
" The Wanderer " of Alexander
Soutsos :
" Victor at Marengo, enamoured
of her charms,
the Frenchman carried off the
Venus of Praxiteles ;
and from his arms, as from a
lover's embrace,
the German Kaisar in his turn
tore away the goddess.
Possessing her beauty, with
similar charms

Ἔλαβες ὁμοίαν τύχην καὶ σὺ   you met a similar fate, you too,
        Κύπρις Ἰταλία,   Italy the Venus,
Καὶ ἀπὸ ἑνὸς εἰς ἄλλου   and from the embrace of one into
                                   that of another
Πίπτεις δέσμιος τοὺς κόλπους,   you fall, the prisoner of the
  ἢ Αὐστριακοῦ ἢ Γάλλου.   Austrian or the Gaul.

Ἔπρεπεν ἀπὸ τὴν φύσιν νὰ   You ought to have been made
        πλασθῇς, ὦ Ἰταλία,   by nature, O Italy,
Ὀλιγώτερον ὡραία, ἢ πλειό-   less beautiful or more brave :
        τερον ἀνδρεία.
Τὰς ὀρέξεις τῶν τυράννων ἢ δὲν   you would not have inflamed
        ἤθελες φλογίζει,   the lust of tyrants,
Ἢ τὸ ἀρειμάνιόν σου αὐτοὺς   or your martial fury would
        ἤθελε φοβίζει·   have daunted them ;
Ἀλλὰ ζώπυρον ὡραῖον αἰωνίων   but you are a living spark of
        πόθων εἶσαι,   beauty kindling eternal desire ;
Καὶ κατὰ τοῦ ξένου ξένην δύνα-   and against the stranger you
        μιν ἐπικαλεῖσαι.   invite the stranger's power,
Νικηθῇς ἢ καὶ νικήσῃς,   and whether you conquer or are
                                   conquered,

Τῶν ἐχθρῶν ἢ βοηθῶν σου μένεις   of your enemies or your allies
        λάφυρον ἐπίσης."   you are equally the prey."
Αἱ ἑξῆς τρεῖς στροφαί, ἃς   The following three stanzas
μέλλω νὰ ἀπαγγείλω εἰς ὑμᾶς,   which I am going to repeat to
εἶναι ἰδίως περὶ Ῥώμης.   you refer especially to Rome.
"Κόσμον μέγαν ὅστις ἦτο   "That there was once a big
        ἄλλοτε καὶ κατεστράφη,   world which is now destroyed
Μαρτυροῦσιν οἱ τῆς Ῥώμης   the tombs of Rome so numerous
        παμμεγέθεις τόσοι τάφοι.   and so colossal testify :
Τμήματα μαρμάρων κεῖνται εἰς   shattered blocks of marble lie
        τὴν γῆν ἀπερριμμένα,   dispersed upon the ground
Ὡς ὀστᾶ κοιμητηρίου εἰς τὸ   like bones scattered in the soil
        χῶμα ἐσπαρμένα.   of a cemetery.
Εἰς πεδίον μάχης ἦλθον ὁ καιρὸς   There came upon the battle-field
        ὁ πανδαμάτωρ   all-subduing Time,
Καὶ ὁ νοῦς ὁ ἀρχιτέκτων, ὁ τῆς   and Mind, the architect, the
        ὕλης παντοκράτωρ,   conqueror of matter ;
Καὶ τῆς πάλης των σημεῖα   and the signs of their contest are
Τὰ κολοβωθέντα ταῦτα καὶ   these mutilated and half-buried
        ἡμίθαπτα μνημεῖα.   monuments.

Τὴν μεγάλην κεφαλήν του μὲ
  τὴν τήβεννον σκεπάσας,
Τῶν φονέων του ὁ Καῖσαρ τὰς
  πληγὰς ἐδέχθη πάσας·
Εἰς πορφύραν καὶ ἡ Ῥώμη
  σήμερον τετυλιγμένη
Τοὺς τραυματισμοὺς τοῦ χρόνου
  ἕνα ἕνα ὑπομένει·
Ἡ τὸ πάλαι μέχρι Νείλου στή-
  λας στήσασα τροπαίων,
Ἤδη συνεστάλη πᾶσα εἰς σωρὸν
  πετρῶν ἀρχαίων·
Καὶ Νιόβη πετρωθεῖσα,
Εἰς θρηνῶδες σχῆμα μένει, λαῶν
  τέκνων στερηθεῖσα.

Ἐκ τῶν σωζομένων ὅμως δόμων
  της καὶ ἀνδριάντων
Ὑποπτεύεις ὅτι πόλις ἦτο
  ἄλλοτε γιγάντων,
Καὶ νοεῖς ἐκ τῶν μεγάλων φόρων
  της καὶ προπυλαίων,
Ὅτι ἄλλοτε εἰς ταύτην ἔζη ἔθνος
  βασιλέων.
Ἐκ τοῦ Κολοσσαίου, λέγεις,
  πτέρυγας μακρὰς ἀπλώνων
Ἔφυγεν ὁ νικηφόρος ἀετὸς τῶν
  λεγεώνων,
Εἰς τὰ ὕψη τῶν ἀστέρων
Τῆς ἀλύσεως τοῦ κόσμου ἡμι-
  θραύστους κρίκους φέρων."

Ὁμολογῶ ὑμῖν πλείστας
χάριτας διὰ τὴν λαμπρὰν
ἀπαγγελίαν τῶν περὶ Ἰταλίας
ὡραίων στροφῶν τοῦ Σούτσου.
Ὅταν φθάσω εἰς Ἀθήνας δὲν
θὰ λησμονήσω ν' ἀγοράσω τὰ
ποιήματα τοῦ μουσολήπτου τού-
του ποιητοῦ· ἀλλὰ βλέπω
ἐφθάσαμεν εἰς Ῥώμην.   Εἰς

Covering his noble head with
his toga,
Cæsar received all the stabs of
his assassins,
and Rome to-day wrapped in
purple
suffers one by one the wounds
of time :
she, who once as far as the Nile
raised the pillars of her trophies,
is now all reduced to a heap of
ancient stones ;
and a Niobe petrified,
she stands in her attitude of woe,
bereft of the nations who were
her children.

But from her buildings still
preserved and her statues
you discern that she was once a
city of giants,
and you judge from her vast
forums and her gateways
that once there lived in her a
race of kings :
from the Colosseum, you think,
spreading his wide wings,
the victory-bearing eagle of the
legions fled
to the starry heights,
carrying with him the half-
broken links of the chain that
bound the world."

Very many thanks for your
splendid recitation of Soutsos'
beautiful stanzas about Italy.
When I arrive at Athens I will
not forget to buy the works of
this muse-inspired poet : but I
see we have arrived at Rome.
What hotel do you propose to
go to ?

ποῖον ξενοδοχεῖον προτίθεσθε
νὰ ὑπάγητε ;

Εἰς τὸ Ἠπειρωτικὸν Ξενο-
δοχεῖον. Σᾶς ἀφίνω λοιπὸν
ὑγείαν· ἐλπίζω δέ, ἐάν ποτε
ἐπισκεφθῆτε τὴν Κωνσταντι-
νούπολιν, θὰ ἔλθητε νά με
ἴδητε. Ἐπιτρέψατέ μοι νὰ σᾶς
δώσω τὸ ἐπισκεπτήριόν μου.

Σᾶς εὐχαριστῶ πολύ. Ἰδοὺ
καὶ τὸ ἰδικόν μου. Θὰ χαρῶ
πολὺ νὰ σᾶς ἴδω ἐν Κανταβριγίᾳ.

Σᾶς εὐχαριστῶ. Χαίρετε
λοιπὸν καὶ πάλιν.

Καλὴν ἐντάμωσιν.

Τώρα, φίλε Ἀνδρόκλεις, ἂς
ἀφήσωμεν τὰ πράγματά μας ἐν
τῷ σταθμῷ καὶ ἂς ὑπάγωμεν
εὐθὺς νὰ προγευματίσωμεν εἰς
τὸ Ξενοδοχεῖον Βριστόλης·
ἐκεῖθεν δὲ μεταβαίνομεν ὅπου
ἀγαπᾶτε.

Ποίαν ὥραν ἀναχωρεῖ ἐντεῦ-
θεν ἡ ταχεῖα ἁμαξοστοιχία διὰ
Βρεντήσιον ;

Εἰς τὴν μίαν καὶ δέκα.

Τότε λοιπὸν δὲν πρέπει νὰ
χάνωμεν καιρόν. Θὰ προφθά-
σωμεν ἆρά γε νὰ ἐπισκεφθῶμεν
τὸν ναὸν τοῦ Ἁγίου Πέτρου καὶ
τὸ Κολοσσιαῖον ;

Βεβαιότατα.

Ἂς ἐπιβῶμεν λοιπὸν εἰς
ταύτην τὴν ἄμαξαν.—Εἰς τὸ
Ξενοδοχεῖον Βριστόλης.

Πολὺ καλά, κύριοι.

To the Continental Hotel. I
wish you good-bye then : I
hope, if you ever visit Constan-
tinople, that you will come and
see me. Allow me to give you
my card.

Thank you very much. And
here is mine. I shall be very
glad to see you at Cambridge.

Thank you. Good-bye then
again.

Au revoir.

Now then, friend Androcles,
let us leave our things at the
station, and go at once and get
some breakfast at the Hôtel
Bristol ; and from there we will
go wherever you like.

At what o'clock does the
express start from here for
Brindisi ?

At ten minutes past one.

Then we must not lose any
time. Shall we have time, I
wonder, to pay a visit to St.
Peter's and the Colosseum ?

Most certainly.

Let us get then into this cab.
—To the Hôtel Bristol.

All right, gentlemen.

Ἐφοβούμην ὅτι δὲν θὰ προφθάσωμεν τὴν ἀμαξοστοιχίαν, ἀλλ' εὐτυχῶς οὐ μόνον ἤλθομεν ἐγκαίρως εἰς τὸν σταθμόν, ἀλλ' ἔχομεν καὶ ἡμίσειαν ὥραν εἰς τὴν διάθεσίν μας.

Τώρα πρέπει νὰ κυττάξωμεν νὰ εὕρωμεν πάλιν μίαν κενὴν ἅμαξαν, ὅπως ἐν ἀνέσει δυνηθῶμεν νὰ ἐξακολουθήσωμεν τὰς συνδιαλέξεις ἡμῶν περὶ τῆς Νεοελληνικῆς φιλολογίας ἕως οὗ φθάσωμεν εἰς Βρεντήσιον.

Βλέπω ἐδῶ μίαν· ἀλλὰ πρέπει νὰ ὁμιλήσω εἰς τὸν ὁδηγὸν νὰ τὴν φυλάξῃ δι' ἡμᾶς.

Μὴ λησμονήσητε νὰ βάλητε καὶ κάτι τι εἰς τὸ χέρι του, διότι "τὰ δῶρα καὶ τοῖς θεοῖς εὐπρόσδεκτα."

Μή σας μέλῃ, διότι πολὺ καλὰ εἰξεύρω ὅτι ἄνευ φιλοδωρημάτων οὐδὲν γίνεται τῶν δεόντων. . . . "Ὦ χρισέ, δεξίωμα κάλλιστον βροτοῖς," πόσον εἶσαι παντοδύναμος! Θὰ ἔχωμεν ἅμαξαν ἀποκλειστικῶς δι' ἡμᾶς τοὺς δύο, ὄχι ὅμως ταύτην, ἀλλ' ἐκείνην, τὴν προτελευταίαν, εἰς τὴν ὁποίαν, ὡς βλέπετε, θέτουσι τὰ πράγματά μας.

I was afraid that we should not catch the train, but fortunately we have not only arrived in time at the station, but we even have half an hour at our disposal.

Now we must try to find an empty carriage again, so that we may be able to pursue at our ease our conversation about modern Greek literature till we arrive at Brindisi.

I see one here; but I must speak to the guard to keep it for us.

And do not forget to put something into his hand, for "presents are acceptable even to the gods."

Make your mind easy about that, for I know very well that without presents nothing that is wanted can be done. ·. . . "O gold, the most welcome of all things to mortals!" How omnipotent thou art! We shall have a carriage exclusively for our two selves; not this one though, but that one, the last but one, into which, as

Νομίζω ὁ ὁδηγὸς μᾶς κάμνει νεῦμα νὰ εἰσέλθωμεν εἰς τὴν ἅμαξάν μας· μᾶς περιμένει, ὡς φαίνεται, νὰ ἔμβωμεν διὰ νὰ κλειδώσῃ τὴν θύραν.

Ἂς εἰσέλθωμεν λοιπόν. Τώρα δὲν ἔχομεν πλέον φόβον νὰ μᾶς ἐνοχλήσῃ τις. Εἶναι, ὅλα μας τὰ πράγματα ἐντὸς τῆς ἁμάξης;

Νομίζω, διότι δὲν βλέπω νὰ λείπῃ τι.

Τί ὥρα εἶναι;

Κατὰ τὸ ὡρολόγιον τοῦ σταθμοῦ εἶναι μία καὶ ἐννέα, ὥστε μετὰ ἓν λεπτὸν ἀναχωροῦμεν. Ἰδού, ὁ κώδων ἠχεῖ, ἡ ἁμαξοστοιχία κινεῖται, ἀπερχόμεθα.

Ἂν καὶ ὀλίγας μόνον ὥρας ἐμείναμεν ἐν Ῥώμῃ μεγάλως ὅμως ηὐχαριστήθην ἐκ τῆς ἐπισκέψεως ταύτης. Πολλῶν αἰώνων ἱστορία ἀνελίσσεται εἰς τὸν νοῦν τοῦ ἐπισκεπομένου τὰ μεγαλοπρεπῆ αὐτῆς μνημεῖα. Ὑπῆρξεν ἐποχή, καθ' ἣν ἡ Ῥώμη ἦτο ἡ βασίλισσα τῶν πόλεων. Ἰδοὺ τί λέγει ὁ Ἀθήναιος περὶ αὐτῆς, "Οὐκ ἄν τις σκοποῦ πόρρω τοξεύων λέγοι τὴν Ῥώμην πόλιν ἐπιτομὴν τῆς οἰκουμένης, ἐν ᾗ συνιδεῖν ἐστιν οὕτω πάσας τὰς πόλεις ἱδρυμένας, καὶ κατ' ἰδίαν δὲ τὰς πολλάς, ὡς Ἀλεξανδρέων μὲν τὴν χρυσῆν, Ἀντιοχέων δὲ τὴν καλήν, Νικομηδέων δὲ τὴν περικαλλῆ, προσέτι τε 'τὴν λαμπροτάτην πόλεων πασῶν ὁπόσας ὁ Ζεὺς ἀναφαίνει,' τὰς Ἀθήνας λέγω."

you see, they are putting our things.

I think the guard is making a sign to us to enter our carriage. He is waiting, it seems, for us to get in so that he may lock the door.

Let us get in then. Now we are no longer afraid that any one will disturb us. Are all our things in the carriage?

I think so, for I do not see anything missing.

What o'clock is it?

By the station clock it is nine minutes past one, so that in one minute we start. There goes the bell: the train is moving: we are off.

Although we only stayed a few hours in Rome, I derived great pleasure from this visit. The history of many ages is unfolded to the mind of anyone who visits her magnificent monuments. There was a time when Rome was the queen of cities. Here is what Athenaeus says of her: "Not far from the mark would he be who should call the city of Rome an epitome of the inhabited world, for in her one may see all cities in a manner established, and especially the celebrated ones, as golden Alexandria, beautiful Antioch, surpassingly lovely Nicomedia, and in addition to these 'the most splendid of all the cities which Zeus renders illustrious' I mean Athens."

Ἄν καὶ ὁ Ἀθήναιος τὸ παρα-
κάμνει ὀλίγον ὑπερεγκωμιάζων
τὴν Ῥώμην, ἀμφιβολία ὅμως
δὲν ὑπάρχει ὅτι τὸ μεγαλεῖον
αὐτῆς ἐν τῇ ἀρχαιότητι ὑπῆρξε
μοναδικόν. Περὶ δὲ τῆς παρα-
γωγῆς τοῦ ὀνόματος αὐτῆς
ἔγειναν πολλαὶ ἀμφισβητήσεις.
Ὁ Πλούταρχος ἐν βίῳ Ῥωμύλου
λέγει, " Τὸ μέγα τῆς Ῥώμης
ὄνομα καὶ δόξῃ διὰ πάντων ἀν-
θρώπων κεχωρηκὸς ἀφ' ὅτου καὶ
δι' ἣν αἰτίαν τῇ πόλει γέγονεν,
οὐχ ὡμολόγηται παρὰ τοῖς συγ-
γραφεῦσιν."

Ἀλλ' ἡ Ῥώμη δὲν ὑπῆρξε
μόνον ἐν τῇ ἀρχαιότητι ἔνδοξος,
ἀλλὰ καὶ κατὰ τοὺς μεταγενε-
στέρους αἰῶνας. Ἐκ τῶν περιη-
γητῶν ὅσοι ἐπισκέπτονται αὐ-
τὴν νῦν οἱ πλεῖστοι βεβαίως
ἔρχονται οὐχὶ τόσον διὰ τὸ
Κολοσσιαῖον καὶ τὰ ἄλλα ἀρ-
χαῖα αὐτῆς μνημεῖα, ὅσον διὰ
τὸν Ἅγιον Πέτρον, τὸ Βατικα-
νὸν καὶ διὰ τὰ ἀπειράριθμα
καλλιτεχνήματα, ἅπερ ἐν αὐτῇ
εἶναι ἀποτεθησαυρισμένα· οἱ δὲ
ἐγχώριοι, ἐν ᾧ μετὰ μεγάλης
ἀδιαφορίας παρέρχονται τὰ μνη-
μεῖα τῆς ἀρχαιότητος, πρὸ τοῦ
μεγαλοπρεποῦς ὅμως ναοῦ τοῦ
Ἁγίου Πέτρου κλίνουσι γόνυ
καὶ μὲ στόμα χαῖνον ἀτενίζουσι
πρὸς αὐτόν.

Ἀλλ' ἂς ἀφήσωμεν τὰ περὶ
Ῥώμης καὶ ἂς ἴδωμεν ἐὰν ἐν τῇ
ὑμετέρᾳ συλλογῇ ἀποσπασμά-
των ὑπάρχῃ τι ἄξιον ἀναγνώ-
σεως. Τί εἶναι τοῦτο ;

Εἶναι ἀπόσπασμα ἐκ βιβλίου

Although Athenaeus overdoes
it a little, in his excessive praise
of Rome, yet there is no doubt
that its magnificence in ancient
times was unique. Regarding
the derivation of its name many
controversies have arisen. Plu-
tarch, in his life of Romulus,
says: "The great name of Rome,
which through its glory made
its way among all men, whence
and why it came to be given
to the city historians are not
agreed."

Rome however was not only
glorious in ancient times but
also in subsequent ages. Most
of the travellers who now visit
it certainly go there not so
much for the sake of the Colos-
seum and its other ancient
monuments, as for the sake of
St. Peter's, the Vatican, and
the numberless works of art
which are stored there ; and
the natives of the place, while
they pass by the monuments of
antiquity with great indifference,
yet bend the knee before the
magnificent church of St. Peter
and gaze at it with open mouth.

But let us leave the subject
of Rome and let us see if there
is in your collection of extracts
anything worth reading. What
is this ?

It is an extract from a very

λίαν περίεργου, ὅπερ ὀνομάζεται "Φυσιολόγος·" συνεγράφη δὲ κατὰ τὸ ἔτος 1568 ὑπὸ Δαμασκηνοῦ τοῦ Στουδίτου, μητροπολίτου Ναυπάκτου, εἰς τὴν λαλουμένην γλῶσσαν τῶν ἡμερῶν του.

Τότε λοιπὸν ἂς τὸ διέλθωμεν, διότι οὕτω μετὰ τὴν ἐπιστολὴν τοῦ Βησσαρίωνος μεταβαίνομεν εἰς τὰ γλωσσικὰ δείγματα τοῦ IS′ αἰῶνος. "Ἡ ἀράχνη εἶναι αὐτὸ τὸ ζῷον ὁποῦ κάμνει τὸ ὕφασμα εἰς τοὺς τοίχους. Εἶναι δὲ τεχνικὸν ζῷον, διότι ἐβγάζει ἀπὸ τὴν κοιλίαν του λεπτὸν ὕφασμα, καὶ στένει το μὲ τέχνην εἰς τὸν ἀέρα ὡσὰν κύκλον· καὶ εἰς ταῖς ἄκραις τανύζει ἄλλα νήματα, διὰ νὰ στερεώσῃ καλὰ τὸ ὕφασμά του. Εἶτα κάθεται εἰς τὸ μέσον, καὶ ἐκδέχεται πότε νὰ πιασθῇ μυῖα, ἢ ἄλλο μικρὸν ζωύφιον πετόμενον· καὶ τότε ὑπάγει, καὶ τυλίγει το μὲ τὸ ὕφασμά της, διὰ νὰ μὴν δύναται νὰ φύγῃ, καὶ οὕτως τὸ τρώγει. Πλὴν ὅταν γεννήσῃ ἀποθνήσκει· διότι τὴν τρώγουν τὰ παιδιά της. Γεννᾷ δὲ ἡ ἀράχνη δύο, καὶ τὸ μικρότερον κάθεται εἰς τὴν μέσην τοῦ κύκλου, καὶ κυνηγᾷ ζωύφια, ὅτι εἶναι μικρὸν καὶ δὲν φαίνεται· τὸ δὲ ἄλλο, τὸ μεγαλείτερον, κάθεται εἰς τὴν ἄκρην τοῦ ὑφάσματος, διὰ νὰ μὴν τὸ βλέπουσι τὰ ζωύφια καὶ φεύγουν.

Ὁ δράκων εἶναι ψάρι εἰς τὴν θάλασσαν, καὶ οἱ ἄνθρωποι τὸ λέγουν δράκαιναν, καὶ τὸ φαγί του εἶναι γλυκὸν καὶ ὠφέλιμον·

curious book called *The Naturalist*. It was written in the year 1568 by Damascenus Studites, bishop of Naupactus, in the vernacular language of his day.

Let us go through it then, for thus after the letter of Bessarion we pass to the specimens of the language of the sixteenth century. "The spider is that animal which makes its web on the walls. It is an ingenious animal, for it sends out a delicate web from its belly and constructs it artistically in the air in the form of a circle ; and it stretches other threads to the outer parts so as to make its web thoroughly firm. Then it sits in the midst of it and waits till a fly is caught, or any other small flying insect ; and then it goes and binds it round with its web, so that it cannot escape, and so eats it. But when it gives birth to young ones, it dies; for its children devour it. The spider produces two young ones, and the smaller one sits in the middle of the circle and hunts insects, because it is small and cannot be seen. The other, the larger one, sits at the extremity of the web that the insects may not observe him and take to flight.

The weever is a fish in the sea, and men call it the she-dragon, and its flesh is sweet and wholesome : but it has in

πλὴν ἔχει εἰς τὰ ποδάριά της
φαρμακερὸν κεντρὶ μὲ τὸ ὁποῖον
ἐὰν κεντρίσῃ ἄνθρωπον ἀποθνή-
σκει. Εἶναι δὲ ἰατρεία του νὰ
τὸν σχίσῃς ἐκεῖνον τὸν δράκοντα
νὰ βάλῃς τὸ συκῶτί του ἐπάνω
εἰς τὴν πληγήν. Διὰ τοῦτο
προσέχουν οἱ ψαράδες, καὶ δὲν
τὸν πιάνουν μὲ τὸ χέρι τους ἕως
νὰ ψοφήσῃ. Εἶναι δὲ πλου-
μιστὸς ὥσπερ ἔχιδνα καὶ μακρὺς
ὡς ὄφις, πλὴν εἶναι πλατύς.

Ὁ δέλφινας εὑρίσκεται εἰς
πᾶσαν θάλασσαν, καὶ εἶναι
φιλάνθρωπον ζῷον. Καὶ ὅταν
ἀκούσῃ εἰς καράβι νὰ τραγου-
δοῦσιν, ἢ νὰ λαλοῦσιν ὄργανα,
ἀκολουθεῖ μετ᾽ ἐκεῖνο εἰς πολὺν
τόπον· καὶ ἐὰν καὶ εὕρῃ
ἄνθρωπον πνιγμένον εἰς τὴν
θάλασσαν, ἐβγάνει τον μὲ τὴν
μύτην του κυλῶντας ἕως τὴν
στερεὰν διὰ νὰ τὸν εὑροῦσιν οἱ
ἄνθρωποι νὰ τὸν θάψουσιν. Ὁ
δὲ ὕπνος του εἶναι τέτοιος·
ἁπλώνεται εἰς τὸ κῦμα τῆς
θαλάσσης, καὶ ἀποκοιμᾶται,
καὶ ἔτσι κοιμώμενος, καταβαίνει
εἰς τὸ βάθος τῆς θαλάσσης·
καὶ ὅταν ἐγγίσῃ κάτω εἰς τὸν
ἄμμον, ἐξυπνᾷ καὶ πάλιν ἀνα-
βαίνει ἐπάνω, καὶ πάλιν ἀπο-
κοιμᾶται, καὶ τέτοιας λογῆς
ἀπερνᾷ δύο τρεῖς ὥραις, καὶ
αὐτὸς εἶναι ὁ ὕπνος του. Ὅταν
δὲ ἀσθενήσῃ πρὸς θάνατον, τρώ-
γει ἕνα ψάρι ὁποῦ λέγεται
πίθηκος, καὶ εἶναι ὅμοιον τῆς
μαϊμοῦς, ὁποῦ εὑρίσκεται εἰς
τὴν γῆν, καὶ ἔτσι ἰατρεύεται.
Ὁ δὲ θηλυκὸς δέλφινας γεννᾷ

its fins a poisonous sting, with
which if it stings a man, he dies.
But it is a cure for it if you
slit up the self-same weever and
put its liver on the wound. On
this account fishermen are care-
ful, and do not take hold of it
with their hand till it is dead.
It is spotted like a viper, and
long like a snake, but it is flat.

The dolphin is found in
every sea, and is an animal
which is fond of men. And
when it hears people singing on
board a ship, or playing instru-
ments, it follows after it for a
great distance : and if it finds
a man drowned in the sea,
it takes him out by rolling him
to the land with its snout,
so that people may find him and
give him burial. Its sleep is in
this fashion : it extends itself
on the waves of the sea, and
goes to sleep, and while thus
asleep it descends into the
depths of the sea, and when it
touches the sand below, it wakes
up and rises again to the surface,
and again goes to sleep, and in
this manner it passes two or
three hours, and this is its sleep.
When it is sick unto death, it
eats a fish called the 'monkey,'
and it is like the monkey which
is found on land, and in this
way it is cured. The female
dolphin gives birth to only two
young ones, and suckles them

μόνον δύο παιδιά, καὶ τὰ βυζάνει, ὡς τὰ τετράποδα ζῷα. Τόσον δὲ εἶναι φιλότεκνος, ὅτι ἐὰν τύχῃ καὶ κτυπήσουν οἱ ψαράδες κανενὸς ἀπὸ τὰ παιδιά του, ἢ μὲ καμάκι, ἢ μὲ ἄλλο τίποτε κοντάρι, καὶ τύχῃ ἐκεῖ ἡ μάννα του παρόν, δὲν φεύγει, ἀλλὰ πέφτει καὶ ἐκείνη ἐπάνω εἰς τὰ παιδιά της, ἕως ὁποῦ κτυποῦν καὶ ἐκείνην, καὶ σκοτώνουν την. Ὅταν δὲ πιασθῇ εἰς τὸ δίκτυον ὁ δελφὶν ἡσυχάζει ἕως ὁποῦ σύρνουν τὸ δίκτυον οἱ ἄνθρωποι, διότι εἰς τὸ βάθος τοῦ νεροῦ αὐτὸς τρώγει ὅσα ψάρια εἶναι πιασμένα μέσα εἰς τὸ δίκτυον. Ὅταν δὲ βλέπῃ πῶς ἔφθασεν εἰς ὀλίγα νερά, τότε σχίζει μὲ τὴν μύτην του τὸ δίκτυον, καὶ φεύγει, καὶ διατὶ δὲν ἔχει σπάραχνα διὰ τοῦτο ἀπηδᾷ δυνατὰ εἰς τὸ νερόν, διότι μαζώνει τὸν ἀνασασμόν του καὶ ρίχνεται ὡσὰν σαγίτα. Ἔχουσι δὲ συνήθειαν οἱ δέλφινες, καὶ ὅταν πλέουσι πολλοὶ βάλλουσιν ἐμπρός τους τὰ παιδιά τους, καὶ καταπόδιν τοὺς θηλυκούς, καὶ ὕστερον ἀκολουθοῦν καὶ οἱ ἀρσενικοί."

Ὁ Στουδίτης νομίζω πρέπει νὰ ἐγνώριζεν ἀπὸ στήθους τὰς περὶ ζῴων τερατολογίας τοῦ Αἰλιανοῦ· εἶναι ὅμως ἀξιέπαινος, διότι ἔγραψεν εἰς ὕφος ἁπλοῦν καὶ δημοτικόν, μετά τινος γλαφυρότητος.

Ἰδοὺ καὶ ἕτερον δεῖγμα τῆς τότε δημοτικῆς γλώσσης. Εἶναι δὲ μετάφρασις τῆς Βατραχομυο-

like the quadrupeds. It is so fond of its young that if it happen that the fishermen strike one of its little ones with a harpoon or other lance of any kind, and if its mother chance to be present there, she does not make her escape but throws herself over her young, till they strike her also and kill her. When the dolphin is caught in the net, it remains quiet till the men drag the net, because in the depth of the water it eats as many fish as have been caught in the net. When it sees that it has reached shallow water, then it slits the net with its snout and escapes, and, owing to its not having gills, it leaps powerfully in the water, because it collects its breath and darts like an arrow. The dolphins have a custom, when many of them swim together, of putting their young ones in the front of them and the females behind, and the males follow last."

Studites, I think, must have known by heart the prodigious tales about animals of Aelianus; but he is deserving of praise for having written in a simple and popular style with a certain amount of elegance.

Here is another specimen of the popular language of that time. It is a translation of the

μαχίας εἰς τὴν λαλουμένην γλῶσσαν τοῦ ΙΣʹαἰῶνος.

Εἰξεύρετε ὑπὸ τίνος ἔγεινεν ἡ μετάφρασις ;

Μάλιστα· ἀλλὰ θ' ἀφήσω αὐτὸν τὸν μεταφραστὴν νὰ σᾶς εἴπῃ τὸ ὄνομά του ἐν τῇ ἀγγελίᾳ ἣν προτάσσει εἰς τὴν μετάφρασίν του. Εἶναι δὲ αὕτη ἐν εἴδει διαλόγου μεταξὺ φιλοβίβλου τινὸς μὴ εἰδότος τὴν ἀρχαίαν Ἑλληνικήν, καὶ βιβλιοπώλου.

Μὴ βραδύνετε λοιπὸν νά μοι τὴν ἀναγνώσητε, διότι εἶμαι ἀνυπόμονος νὰ τὴν ἀκούσω.

Ἀκούσατε λοιπόν·

Battle of the Frogs and Mice into the vernacular language of the 16th century.

Do you know by whom the translation was made ?

Yes : but I will leave the translator himself to tell you his name in the notice which he prefixes to his translation. It is in the form of a dialogue between a certain bibliophile unacquainted with ancient Greek and a bookseller.

Do not delay then to read it to me, for I am impatient to hear it.

Listen, then.

Φιλόβιβλος.   Μὴ νἄχῃς τίποτε βιβλιὸ νέο νὰ μοῦ πουλήσῃς ;

Βιβλιοπώλης.   Ναί, ἔχω ἕνα εὔμορφο, κʼ ἰδές το ἂν ὁρίσῃς.

Φιλόβιβλος.   Εἰπέ μου πῶς τὸ λέγουσι, τὶ τώρα δὲν ἀδειάζω,
    Ἔχω δουλειὰ σπουδακτική, δὲν στέκω νὰ διαβάζω.

Βιβλιοπώλης.   Ὁμήρου τοῦ σοφώτατου Βατραχομνομαχία.

Φιλόβιβλος.   Δὲν κάμνει τοῦτο δι' ἐμέ, ὅτι 'μιλεῖ βαθεῖα.

Βιβλιοπώλης.   Μᾶλλον 'μιλεῖ ἁπλούστατα, γιατὶ μεταγλωτ-
    τίσθη
    Καὶ ἀπὸ στίχον ἔμμετρον τώρα ἐρημαρίσθη.

Φιλόβιβλος.   Σὲ ῥήμα εἶναι τὸ λοιπόν, δός μού το, μὴν ἀργήσῃς,
    Καὶ ἔπαρέ μου εἰς αὐτὸ ὅ τι ἐσὺ ὁρίσῃς.
    Ἀλλὰ ἑτοῦτο σ' ἐρωτῶ, παρακαλῶ σε 'πέ το,
    Τίς εἰς τὴν ῥήμα τὤβαλε καὶ μεταγλώττισέ το ;

Βιβλιοπώλης.   Ξεύρεις τον καὶ γνωρίζεις τον, φίλος σου εἶναι
    κεῖνος,
    Εἶναι ἀπὸ τὴν Ζάκυνθον, Δημήτριος ὁ Ζῆνος.

Translation of the above Dialogue between a Bibliophile and a Bookseller

Bibliophile.   Have you any new book, I wonder, to sell me ?

Bookseller.   Yes, I have a nice one : have a look at it if you wish.

Bibliophile. Tell me what they call it, for I have no leisure now : I have pressing business and cannot stay to read it.

Bookseller. It is the *Battle of the Frogs and Mice* of the most learned Homer.

Bibliophile. This will not do for me, for his language is too deep for me.

Bookseller. On the contrary, the language is most simple, for it has been translated ; and from metrical verse it has now been turned into rhyme.

Bibliophile. Is it then in rhyme? Give it to me : do not delay, and take from me whatever you want for it ; but I ask you this, and I beg you, tell me who put it into rhyme and translated it?

Bookseller. You know him and are acquainted with him, he is a friend of yours : it is Demetrius Zenos of Zante.

Εὐφυέστατα ὁ ἐκ Ζακύνθου μεταφραστὴς γνωστοποιεῖ εἰς τοὺς φιλαναγνώστας τὸ βιβλίον του. Ἔγειναν ἔκτοτε καὶ ἄλλαι μεταφράσεις τῆς Βατραχομυομαχίας εἰς τὴν λαλουμένην Ἑλληνικήν ;

Μάλιστα, ἔγειναν ἄλλαι τρεῖς, αἱ ἐξῆς· ἡ ὑπὸ τοῦ ἐκ Κρήτης Ἀντωνίου τοῦ Στρατηγοῦ, τυπωθεῖσα ἐν Βενετίᾳ παρὰ Ν. Γλυκεῖ τῷ 1745, ἡ ὑπὸ Γεωργίου τοῦ Ὀστοβηκ, πρωτονοταρίου ἐν τῷ πατριαρχείῳ Κωνσταντινουπόλεως, τυπωθεῖσα ἐπίσης ἐν Βενετίᾳ παρὰ Ν. Γλυκεῖ τῷ 1746, καὶ ἡ ὑπὸ Ἰωάνου Βηλαρᾶ γενομένη περὶ τὴν δευτέραν δεκαετηρίδα τοῦ παρόντος αἰῶνος.

Θὰ προσπαθήσω ὅταν φθάσωμεν εἰς τὴν Ἑλλάδα νὰ εὕρω ταύτας τὰς ἐκδόσεις· ἀλλ' ἂς

The translator from Zante very cleverly makes his book known to people fond of reading. Have there been since then any other translations of the *Battle of the Frogs and Mice* into vernacular Greek ?

Yes, there have been three others, the following : that by Antonius Strategus of Crete, printed at Venice by N. Glykys in 1745 ; that by George Ostovitch, chief notary in the patriarchate of Constantinople, also printed at Venice by N. Glykys in 1746 ; and the one made by Johannes Belaras about the second decade of the present century.

I will endeavour, when we arrive in Greece, to find these editions ; but let us now go

διέλθωμεν τώρα μέρος τῆς μεταφράσεως τοῦ Ζήνου.

Δὲν νομίζετε ὅτι θὰ ἦναι καλλίτερον ν' ἀναγνώσωμεν πρότερον τὸ ἀρχαῖον κείμενον;

Βεβαιότατα. 'Εγὼ λοιπὸν θ' ἀναγνώσω τὸ ἀρχαῖον κείμενον καὶ ὑμεῖς τὴν μετάφρασιν.

Συμφωνῶ.

through part of Zenos' translation.

Do you not think that it would be better for us to read first the ancient text?

Most certainly. I will read then the ancient text and you the translation.

I agree.

'Αρχαῖον 'Ελληνικὸν κείμενον
τῆς
Βατραχομυομαχίας

'Αρχόμενος πρῶτον Μουσῶν χορὸν ἐξ 'Ελικῶνος
'Ελθεῖν εἰς ἐμὸν ἦτορ ἐπεύχομαι εἴνεκ' ἀοιδῆς,
Ἣν νέον ἐν δέλτοισιν ἐμοῖς ἐπὶ γούνασι θῆκα,·
Δῆριν ἀπειρεσίην, πολεμόκλονον ἔργον "Αρηος,
Εὐχόμενος μερόπεσσιν ἐς οὔατα πᾶσι βαλέσθαι,   5
Πῶς μύες ἐν βατράχοισιν ἀριστεύσαντες ἔβησαν,
Γηγενέων ἀνδρῶν μιμούμενοι ἔργα Γιγάντων,
'Ως λόγος ἐν θνητοῖσιν ἔην· τοίην δ' ἔχεν ἀρχήν.
    Μῦς ποτε διψαλέος, γαλέης κίνδυνον ἀλύξας,
Πλησίον ἐν λίμνῃ ἀπαλὸν προσέθηκε γένειον,   10
Ὕδατι τερπόμενος μελιηδέϊ· τὸν δὲ κατεῖδε
Λιμνοχαρὴς πολύφημος, ἔπος δ' ἐφθέγξατο τοῖον·
Ξεῖνε, τίς εἶ; πόθεν ἦλθες ἐπ' ἠόνα; τίς δέ σ' ὁ φύσας;
Πάντα δ' ἀλήθευσον μὴ ψευδόμενόν σε νοήσω.
Εἰ γάρ σε γνοίην φίλον ἄξιον, εἰς δόμον ἄξω,   15
Δῶρα δέ τοι δώσω ξεινήϊα πολλὰ καὶ ἐσθλά.
Εἰμὶ δ' ἐγὼ βασιλεὺς Φυσίγναθος, ὃς κατὰ λίμνην
Τιμῶμαι, βατράχων ἡγούμενος ἤματα πάντα·
Καί με πατὴρ Πηλεύς ποτε γείνατο, Ὑδρομεδούσῃ
Μιχθεὶς ἐν φιλότητι παρ' ὄχθας 'Ηριδανοῖο.   20
Καὶ δέ σ' ὁρῶ καλόν τε καὶ ἄλκιμον ἔξοχον ἄλλων,
Σκηπτοῦχον βασιλῆα καὶ ἐν πολέμοισι μαχητὴν
"Εμμεναι· ἀλλ' ἄγε, θᾶσσον ἐὴν γενεὴν ἀγόρευε.
    Τὸν δ' αὖ Ψιχάρπαξ ἠμείβετο, φώνησέν τε·
Τίπτε γένος τοὐμὸν ζητεῖς, φίλε; δῆλον ἅπασιν   25

Ἀνθρώποις τε, θεοῖς τε, καὶ οὐρανίοις πετεηνοῖς.
Ψιχάρπαξ μὲν ἐγὼ κικλήσκομαι· εἰμὶ δὲ κοῦρος
Τρωξάρταο πατρὸς μεγαλήτορος· ἡ δέ νυ μήτηρ
Λειχομύλη, θυγάτηρ Πτερνοτρώκτου βασιλῆος.
Γείνατο δ' ἐν καλύβῃ με, καὶ ἐξεθρέψατο βρωτοῖς,   30
Σύκοις καὶ καρύοις καὶ ἐδέσμασι παντοδαποῖσι.
Πῶς δὲ φίλον ποιῇ με, τὸν ἐς φύσιν οὐδὲν ὁμοῖον;
Σοὶ μὲν γὰρ βίος ἐστὶν ἐν ὕδασιν· αὐτὰρ ἔμοιγε,
Ὅσσα παρ' ἀνθρώποις τρώγειν ἔθος· οὐδέ με λήθει
Ἄρτος τρισκοπάνιστος ἐπ' εὐκύκλου κανέοιο,   35
Οὐδὲ πλακοῦς τανύπεπλος, ἔχων πολὺ σησαμότυρον,
Οὐ τόμος ἐκ πτέρνης, οὐχ ἥπατα λευκοχίτωνα,
Οὐ τυρὸς νεόπηκτος ἀπὸ γλυκεροῖο γάλακτος,
Οὐ χρηστὸν μελίτωμα, τὸ καὶ μάκαρες ποθέουσιν,
Οὐδ' ὅσα πρὸς θοίνας μερόπων τεύχουσι μάγειροι,   40
Κοσμοῦντες χύτρας ἀρτύμασι παντοδαποῖσιν.
[Οὐδέ ποτ' ἐκ πολέμοιο κακὴν ἀπέφευγον ἀϋτήν,
Ἀλλ' ἰθὺς μετὰ μῶλον ἰὼν προμάχοισιν ἐμίχθην.
Οὐ δέδι' ἄνθρωπον, καίπερ μέγα σῶμα φοροῦντα,
Ἀλλ' ἐπὶ λέκτρον ἰὼν καταδάκνω δάκτυλον ἄκρον,   45
Καὶ πτέρνης λαβόμην, καὶ οὐ πόνος ἄνδρα ἵκανε,
Νήδυμος οὐδ' ἀπέφευγεν ὕπνος, δάκνοντος ἐμεῖο.
Ἀλλὰ δύο πάντων πέρι δείδια πᾶσαν ἐπ' αἶαν,
Κίρκον καὶ γαλέην, οἵ μοι μέγα πένθος ἄγουσι,
Καὶ παγίδα στονόεσσαν, ὅπου δολόεις πέλε πότμος.   50
Πλεῖστον δὴ γαλέην περιδείδια, ἥτις ἀρίστη,
Ἢ καὶ τρωγλοδύοντα κατὰ τρώγλην ἐρεείνει.]
Οὐ τρώγω ῥαφάνας, οὐ κράμβας, οὐ κολοκύντας,
Οὐ σεύτλοις χλωροῖς ἐπιβόσκομαι, οὐδὲ σελίνοις·
Ταῦτα γὰρ ὑμέτερ' ἐστὶν ἐδέσματα τῶν κατὰ λίμνην.   55
  Πρὸς τάδε μειδήσας Φυσίγναθος ἀντίον ηὔδα·
Ξεῖνε, λίην αὐχεῖς ἐπὶ γαστέρι· ἔστι καὶ ἡμῖν
Πολλὰ μάλ' ἐν λίμνῃ καὶ ἐπὶ χθονὶ θαύματ' ἰδέσθαι·
Ἀμφίβιον γὰρ ἔδωκε νομὴν βατράχοισι Κρονίων,
Σκιρτῆσαι κατὰ γῆν, καὶ ἐν ὕδασι σῶμα καλύψαι.   60
Εἰ δ' ἐθέλεις καὶ ταῦτα δαήμεναι, εὐχερές ἐστι.
Βαῖνέ μοι ἐν νώτοισι, κράτει δέ μοι, μήποτ' ὄλῃαι,
Ὅπως γηθόσυνος τὸν ἐμὸν δόμον εἰσαφίκηαι.
  Ὡς ἄρ' ἔφη, καὶ νῶτ' ἐδίδου· ὁ δ' ἔβαινε τάχιστα,
Χεῖρας ἔχων τρυφεροῖο κατ' αὐχένος, ἅλματι κούφῳ.   65
Καὶ πρῶτον μὲν ἔχαιρεν, ὅτ' ἔβλεπε γείτονας ὅρμοις,

Νήξει τερπόμενος Φυσιγνάθου· ἀλλ᾽ ὅτε δή ῥα
Κύμασι πορφυρέοις ἐπεκλύζετο, πολλὰ δακρύων,
Ἄχρηστον μετάνοιαν ἐμέμφετο, τίλλε δὲ χαίτας,
Καὶ πόδας ἔσφιγγεν κατὰ γαστέρος· ἐν δέ οἱ ἦτορ   70
Πάλλετ᾽ ἀηθείῃ, καὶ ἐπὶ χθόνα βούλεθ᾽ ἱκέσθαι.
Δεινὰ δ᾽ ὑπεστονάχιζε φόβου κρυόεντος ἀνάγκῃ.
Οὐρὴν πρῶθ᾽ ἥπλωσεν ἐφ᾽ ὕδασιν, ἠΰτε κώπην
Σύρων, εὐχόμενός τε θεοῖς ἐπὶ γαῖαν ἱκέσθαι,
[ὕδασι πορφυρέοισιν ἐκλύζετο· πολλὰ δ᾽ ἐβώστρει,]   75
Καὶ τοῖον φάτο μῦθον, ἀπὸ στόματος δ᾽ ἀγόρευσεν.
    Οὐχ οὕτω νώτοισιν ἐβάστασε φόρτον ἔρωτος
Ταῦρος, ὅτ᾽ Εὐρώπην διὰ κύματος ἦγ᾽ ἐπὶ Κρήτην,
Ὡς ἔμ᾽ ἐπιπλώσας ἐπινώτιον ἦγεν ἐς οἶκον
Βάτραχος ὑψώσας ὠχρὸν δέμας ὕδατι λευκῷ.   80
    Ὕδρος δ᾽ ἐξαπίνης ἀνεφαίνετο, δεινὸν ὅραμα
Ἀμφοτέροις, ὀρθὸν δ᾽ ὑπὲρ αὐχένος εἶχε τράχηλον.
Τοῦτον ἰδὼν κατέδυ Φυσίγναθος, οὔτι νοήσας,
Οἷον ἑταῖρον ἔμελλεν ἀπολλύμενον καταλείπειν·
Δῦ δὲ βάθος λίμνης καὶ ἀλεύατο κῆρα μέλαιναν.   85
Κεῖνος δ᾽ ὡς ἀφέθη, πέσεν ὕπτιος εὐθὺς ἐς ὕδωρ,
Χεῖρας δ᾽ ἔσφιγγεν καὶ ἀπολλύμενος κατέτριζε.
Πολλάκι μὲν κατέδυνεν ἐφ᾽ ὕδατι, πολλάκι δ᾽ αὖτε
Λακτίζων ἀνέδυνε· μόρον δ᾽ οὐκ ἦν ὑπαλύξαι.
Δευόμεναι δὲ τρίχες πλεῖστον βάρος εἷλκον ἐπ᾽ αὐτῷ·   90
Ὕστατα δ᾽ ὀλλύμενος τοίους ἐφθέγξατο μύθους·
    Οὐ λήσεις δολίως, Φυσίγναθε, ταῦτα ποιήσας,
Ναυηγὸν ῥίψας ἀπὸ σώματος, ὡς ἀπὸ πέτρης !
Οὐκ ἄν μου κατὰ γαῖαν ἀμείνων ἦσθα, κάκιστε,
Παγκρατίῳ τε, πάλῃ τε, καὶ εἰς δρόμον, ἀλλὰ πλανήσας   95
Εἰς ὕδωρ μ᾽ ἔρριψας· ἔχει θεὸς ἔκδικον ὄμμα,
Ποινὴν δ᾽ αὖ τίσεις σὺ μυῶν στρατῷ, οὐδ᾽ ὑπαλύξεις·
    Τοῦτ᾽ εἰπὼν ἀπέπνευσεν ἐν ὕδατι· . . . . . .

Μετάφρασις τῆς Βατραχομυομαχίας
εἰς τὴν λαλουμένην Ἑλληνικὴν
ὑπὸ Δ. Ζήνου.

Προτοῦ ν᾽ ἀρχήσω δέομαι τὸν ὕψιστον τὸν Δία
Νά μ᾽ ἀποστείλῃ βοηθοὺς στούτην τὴν ἱστορία

Ταῖς μούσαις ὁποῦ κατοικοῦν στ' ὄρος τοῦ Ἑλικῶνος,
Γιατὶ ἐγὼ δὲν δύναμαι νὰ λογαριάσω μόνος
Μάχην τὴν πολυτάραχον τοῦ ἰσχυροῦ τοῦ Ἄρη,   5
Ὁποῖος θεὸς λογίζεται καὶ θεῖον παλικάρι.
Ὅλους λοιπὸν παρακαλῶ, νἄχετε τὴν ὑγειά σας,
Εἰς νοῦν καλὰ νὰ βάλετε, ν' ἀνοίξετε τὰ φτιά σας.
Ν' ἀκούσετε γιατὶ ἀφορμὴ οἱ ποντικοὶ ἐποῖκαν
Στοὺς βορθακοὺς μάχην πολλήν, κεῖς πόλεμον ἐμπῆκαν·   10
Κιανθρώπους ἐμιμήθησαν τοὺς παλαιοὺς τοὺς ἄνδρες,
Ὡσὰν τὸ λέγουν κι' ἄδεται τοὺς φοβεροὺς γιγάντες.
Ἕναν καιρὸν ὁ ποντικὸς ἠβρέθην ἱδρωμένος,
Γιατὶ τῆς γάτας ἔφυγε κ' ἤτονε διψασμένος·
Κεῖς λίμνην ἐκατήντησε τὴν δίψαν του νὰ βγάλῃ,   15
Καὶ τὸ πηγοῦνι τούβρεξε μὲ ὄρεξιν μεγάλη.
Ὁ βόρθακας τὸν ἐρωτᾷ, " ξένε μου ποῖος εἶσαι ;
Καὶ πόθεν ἦλθες ἐδωπᾶ ; μὲ μέν' φιλία ποῖσε.
Εἰπές μου τὴν ἀλήθειαν τίς εἶναι οἱ γονεῖς σου ;
Καὶ μὴ μοῦ κρύψῃς τίποτες τὸ ποῖσαν οἱ δικοί σου.   20
Κιὰ' σὲ γνωρίσ' ἀληθινὸν θὲς ἔχει τὴ φιλιά μου
Καὶ νὰ σὲ μπάσω νὰ ἰδῇς ὅλην τὴν κατοικιά μου·
Καὶ φιλικὰ χαρίσματα ἐγὼ νὰ σοῦ χαρίσω
Καὶ νὰ σὲ στρέψω τάσσω σου πάλιν ὀμπρὸς ὀπίσω.
Τὴν λίμνην τούτην ποῦ θωρεῖς ἐγὼ τὴν κυριεύω,   25
Τοὺς βορθακοὺς ὁποῦ 'ν' ἐδῶ ὅλους τοὺς βασιλεύω.
Φυσίγναθον μὲ κράζουσι· νὰ πῶ καὶ τὸν πατέρα
Τίς εἶναι ποῦ μ' ἐγέννησε καὶ ποιᾶναι ἡ μητέρα·
Πηλὸν τὸν ὀνομάζουσι καὶ κείνην Ὑγρασία,
Οἱ δύο μ' ἀναθρέψασι μὲ ἄλλα τους παιδία.   30
Στὸν Ῥηδανὸν τὸν ποταμὸν ἐκεῖ ἐγνωριστῆκαν
Ἀλλήλως ἐφιλεύτησαν καὶ τότες ἐσμιχθῆκαν.
Ἐμένα τότ' ἐγέννησαν στοῦ ποταμοῦ τὰ χείλη·
Εἰπὲ καὶ σὺ τὸ γένος σου καὶ νὰ γενοῦμε φίλοι·
Γιατὶ καὶ σὺ μοῦ φαίνεσαι κατὰ τὴν θεωρία   35
Ἀπὸ μορφιὰν καὶ δύναμιν νὰ ἔχῃς βασιλεία."
Τότε τοῦ ἀποκρίθηκε ὁ ποντικὸς καὶ εἶπε,
" Τί τὸ ζητᾷς τὸ γένος μου ; τὸ ὄνομά μου λεῖπε·
Τοῖς πᾶσι εἶναι φανερὸν Ἀσίας καὶ Εὐρώπης,
Τοῖς πετεινοῖς τοῦ οὐρανοῦ, θεοῖς καὶ τοῖς ἀνθρώποις. 40
Ὅμως ἂν θέλῃς καὶ ποθῆς εἰς θύμησιν νὰ ἔχῃς
Τὸ ὄνομα τοῦ γένους μου καὶ σὺ νὰ τὸ κατέχῃς,
Μετὰ χαρᾶς νὰ σοῦ τὸ 'πῶ, ἄκουσε πῶς καλοῦμαι,

Ψιχάρπαγα μὲ λέγοισι καὶ δὲν τὸ ἀπαρνοῦμαι.
Υἱὸς τοῦ μεγαλόψυχου εἶμαι τοῦ Ψωμοφάγου   45
Ὁποῦν' τὸ γένει' του μακρὺ παρόμοιον τοῦ τράγου.
Ἡ μήτηρ μου εὐγενικὴ τὴν κράζουν Λειχομύλη,
Τὸν πλειὸν καιρὸν εὑρίσκεται κάτασπρη εἰς τὰ χείλη.
Τοῦ Λαρδοφάγου τοῦ ρηγὸς λέγεται θυγατέρα·
Ἐκείνη μ' ἔφερεν εἰς φῶς κεἰς τὸν γλυκὺν ἀέρα.   50
Καὶ 'σὲ καλύβη μέκαμε ὄχι μ' ὀλίγον κόπον,
Καὶ μὲ τροφαῖς μ' ἀνέθρεψε ὁποῦνε τῶν ἀνθρώπων·
Μὲ σῦκα, μὲ καρύδια καὶ μὲ τὰ λεφτοκάρυα,
Καὶ μὲ καλὰ ἀμύγδαλα, ἐκεῖνα τὰ καθάρια.
Καὶ τώρα ἄλλα περισσὰ γεμίζω τὴν κοιλιά μου·   55
Καὶ πῶς ἐσὺ Φυσίγναθε νὰ ἔχῃς τὴν φιλιά μου,
Ποῦ δὲν ὁμοιάζει ἡ φύσι μας εἰσὲ κανένα τρόπον;
Ἡ ἐδική μου δίαιτα ὁμοιᾶναι τῶν ἀνθρώπων·
Ἐσὺ τὸ ὕδωρ κατοικεῖς καὶ εἶναι ἡ ζωή σου,
Ἐκ τοῦ νεροῦ τὰ βότανα γίνεται ἡ θροφή σου.   60
Ἐγὼ ἀπόσα βρίσκονται στὰ σπίτια τῶν ἀνθρώπων,
Ἀπ' ὅλα τρώγω θαρρετὰ χωρὶς κανένα κόπον.
Δέν με λανθάνει τὸ ψωμὶ τὸ καλοζυμωμένο,
Οὐδ' ὤμορφο φαλάγγιον μὲ μέλι γεναμένο,
Οὐδὲ καλαῖς αὐγόπηταις ἢ πολυσουσαμάταις,   65
Οὐδὲ ἐκείναις ἢ λευκαῖς ὁποῦναι ζαχαράταις,
Οὐδὲ νεόπηκτο τυρὶ ποῦ κάμνουν μὲ τὸ γάλα,
Οὐδὲ μυζήθραις ἁπαλαῖς καὶ τὰ τυρία τἄλλα·
Δὲν μὲ λανθάνει γλύκυσμα ὀπ' ὅλοι τ' ἀγαποῦσι
Καὶ οἱ οὐράνιοι θεοὶ ἅπαντες τὸ ποθοῦσι·   70
Οὐδ' ἄλλα ὅσα φαγητά, ποῦ βράζουν μὲ τζουκάλια
Οἱ μάγειροι ποῦ ξεύρουσι καὶ κάνουσί τα κάλλια,
Καὶ μέσα σ' αὐτὰ βάνουσι ταῖς κάλλιαις μυρωδίαις
Ποῦ φέρνουν ἐκ τὴν Ἴντια καὶ κάμνουν ἀρτισίαις.
Ἐγὼ κ' εἰς μάχαις ἔτυχα, δὲν ἔφυγα ποτέ μου   75
Τὸν θάνατον ποῦ μέλλεται νἄλθῃ ἐκ τοῦ πολέμου,
Καὶ χρεία ἀνέναι πούπετες δὲν τρέχω στὴν σκουτέλα,
Ἀλλὰ κεινοὺς ἐσμίγομαι ὅσ' εἶναι στὴν προστέλα,
Καὶ νὰ σοῦ πῶ πορσότερο ἄνθρωπον δὲν φοβοῦμαι
Καὶ τοῦτο ἔν' ἀληθινὸ καὶ δὲν τὸ ἐπαινοῦμαι.   80
Ὑπάγω εἰς τὸ στρῶμά του ἐκεῖ ὁποῦ κοιμᾶται,
Δαγκώνω τον στὸ δάκτυλο καὶ δὲν ἀνανοᾶται,
Δαγκάνω καὶ τὴν φθέρνα του, τίποτες δὲν τὸ χρίζει,
Ἀμὴ κοιμᾶται νόστιμα τόσο τε ῥοχαλίζει.

'Απόσα βρίσκονται στὴν γῆν τίποτα δὲν τὰ τάσσω,   85
Τὸν γάτον καὶ τὸν γέρακα περίσσια τοὺς τρομάσω,
Καὶ κείνην τὴν ξυλόγατα ὅλοι μας τὴν μισοῦμε,
Μὲ δόλον δίδει θάνατον γιὰ τοῦτο τὴν φοβοῦμαι.
Τὴν γάτα ὅπου τὴν ἰδῶ καὶ κεῖ ποῦ τὴν γροικήσω,
'Από τὸν φόβον μ' ἔρχομαι σχεδὸν νὰ ξεψυχήσω,   90
Καὶ δῶ καὶ κεῖ στοχάζομαι τὸ πῶς νὰ τῆς γλιτώσω,
Καὶ νάβρω τρύπα κεῖ κοντὰ νὰ σώσω νὰ τρουπώσω,
Μήπως καὶ καταλάβῃ με καὶ σώσῃ καὶ μὲ πνίξῃ,
Κ' εἰς τοῦτο τὤμορφον κορμὶ τὰ νύχια της ναμπήξῃ.
Αὐτὰ τὰ τρία βρίσκονται σὲ κάμπους καὶ εἰς ὄρη,   95
'Εμένα καὶ τοῦ γένους μου ἐχθροὶ θανατηφόροι.
Μὰ σὺ φοβᾶσαι ἄπαντα μικρά τε καὶ μεγάλα,
Συρνόμενα, πετούμενα, ἀνθρώπους καὶ τὰ ἄλλα,
Κιωσὰν τὸ λέγει ἡ παροιμιά, τὸν ἴσκιο σου φοβᾶσαι,
Μόν' ἡ φωνή σου ἡ σκληρὴ σὲ δείχνει κάτι νᾶσαι.   100
'Εγὼ δὲν τρώγω λάχανα, τῆς λίμνης τὰ βοτάνια,
Οὐδὲ κραμπιά, οὐ σέλινα, οὐ πράσα καὶ ῥαπάνια·
Αὐτήνα ὅλα τρώγετε ἐσεῖς καὶ τ' ἀγαπᾶτε,
῞Οσοι εἰς λίμνην στέκεστεν, καὶ μέσα κατοικᾶτε."
Καὶ τότε ὁ Φυσίγναθος μὲ ταὔμορφά του ἤθη   105
Τὸν Ψιχαρπάκτην ἔβλεπε, λέγοντας τ' ἀποκρίθη·
"Πολλὰ καυχᾶσαι, φίλε μου, ἐσὺ στὴν λαιμαργίαν
Πῶς ἀπὸ νοστιμόγλυκα γεμίζεις τὴν κοιλίαν.
Καὶ εἰς ἡμᾶς εὑρίσκονται φαγιὰ γιὰ τὴ ζωή μας,
Κ' εἰς τὰ νερὰ καὶ εἰς τὴν γῆν γεννᾶται ἡ θροφή μας.   110
Χάριν διπλὴν μᾶς ἔδωκεν ὁ Ζεὺς νὰ χαιρομᾶσθε
Καὶ γῆν γιὰ νὰ χορεύωμεν κ' ὕδωρ νὰ κριβομᾶσθε,
Καὶ μέσα κ' ἔξω ἔχομεν οἴκους ποῦ κατοικοῦμε,
῎Αν θέλῃς ν' ἄλθῃς καὶ ἐσὺ ἀντάμα νὰ ἐμποῦμε
'Ανέβα εἰς τὴν ῥάχι μου εὔκολα νὰ σεμπάσω,   115
'Αλήθεια κράτει μὲ σφικτὰ μὴ πέσῃς καὶ σὲ χάσω,
Καὶ σὰν ἐμποῦμε πίστειψον θέλεις χαρῇ περίσσια,
Κ' εἰς τόβγα νάχῃς χάρισμα, καὶ ἔμορφα κανίσκια."
Τοὺς λόγοις τούτους ἔπαψε, τὴν ῥάχιν του γυρίζει,
Κ'ι ὁ ποντικὸς ἐλεύθερα ἀπάνου του καθίζει,   120
Κιαπόκοτα τὰ χέρια του στὸν τράχηλό τ' ἀπλώνει,
'Ο βορθακὸς ἀρχίνησε ν' ἀπλώνῃ νὰ ζαρώνῃ,
Κ'ι ὁ ποντικὸς ἐφραίνετον στὸ πρῶτον ὅπου θώριε,
Πῶς ἐκολύμπα ἔμορφα ἐθαύμαζε κιαπόριε.
'Αλλὰ ὡσὰν ἀρχίνησαν κτὴν γῆν νὰ ξεμακρένουν   125

Καὶ σὲ νερὰ βαθύτατα τῆς λίμνης νὰ ἐμπαίνουν,
Ἐρχόνταν μαῦρα κύματα καὶ τὸν ἐκουκουλῶναν·
Τότε νὰ τρέμῃ ἄρχησε, τὰ 'μάτια του βουρκῶναν,
Μετανομένος ἤτανε, δὲν εἶχε τί νὰ ποίσῃ,
Γιατὶ δὲν ἦτον δυνατὸ ὀπίσω νὰ γυρίσῃ.　　　　　130
Μόνε τὰ πόδια πόσφιγγε στοῦ βορθακοῦ τὰ πλάγη,
Συχνὰ συχνὰ ἐστέναζε, δὲν ἤβλεπε ποῦ πάγει.
Ὄφις ἐφάνη φοβερὸς μέσα εἰς τὸ ποτάμι,
Ὁ βορθακὸς ἐτρόμαξε δὲν εἶχε τί νὰ κάμῃ,
Εἰς τὸ νερὸ ἐβούτιξε νὰ φύγῃ τὸν θυμόν του,　　　135
Τὸν Ψιχαρπάκτην ἄφηκε νὰ πλέγῃ μοναχόν του.
Εὐθὺς ὡσὰν τὸν ἄφηκε, στὸ ὕδωρ ἐξαπλώθη,
Κιαπὸ τὸν φόβον τὸν πολὺν ὅλος ἀπενεκρώθη,
Τὰ χέρια ἐκατάσφιγγε, ἔτριξε καὶ τὰ δόντια,
Τὴν δύναμίν του ἔχασε καὶ τρέμαν του τὰ πόδια,　　140
Πολλαῖς φοραῖς ἐβύθιζε, καὶ πάλι ἀντρεβέτον
Κλοτζῶντας σὰν ἠμπόριε, κιαπάνου ἐστρεφέτον·
Δὲν ἤτονε μπορούμενον νὰ γλύσῃ τὸ κορμί του,
Οὐδὲ νὰ φύγῃ θάνατον, νὰ σώσῃ τὴν ζωή του·
Ὡσὰν κουπὶ εἰς τὸ νερὸ ἔσερνε τὴν ὁρά του,　　　145
Καὶ τοὺς θεοὺς ἐδέετον νὰ φύγῃ τοῦ θανάτου·
Τοὺς λόγους τούτους ἔλεγε μὲ χείλη πικραμένα·
"Τέτοιας λογῆς δὲν ἔβαλε ὁ βόρθακας ἐμένα
Στὴν ράχιν του σὰν ἔβαλε ὁ Ζεὺς ὅταν ἐγίνη
Ταῦρος καὶ ἐφορτώθηκε στοὺς νώμους του ἐκείνη　　150
Εὐρώπην ποῦ τὴν ἄρπαξε ἀπὸ τὴν Σιδονίαν,
Καὶ θάλασσαις ἐπέρασε μεγάλαις καὶ μὲ βίαν,
Κ' εἰς τὸ νησὶ τὴν ἔβγαλε τῆς Κρήτης παραυτίκα,
Γιατὶ ὁ Ζεὺς ὁ θαυμαστὸς σεκεῖνο ἐκατοίκα."
　Τὰ λόγια ταῦτα ἔμπαψε, γιατὶ ἄρχησε νὰ κλίνη　　155
Τὴν κεφαλήν του χαμηλὰ κ' εἰς τὸ νερὸ νὰ πίνῃ·
Ἡ τρίχες του ἐβράχησαν καὶ βάρος τοῦ ἐκάναν,
Καὶ κάτου τὸν ἐτράβηξαν, στὰ βάθη τὸν ἐβάναν.
Φωνὴν μικρὰ ἠθέλησε μὲ βία νὰ ἐβγάλῃ,
Κιαγάλι γάλι ἔλεγε, καὶ ταπεινὰ ἐλάλει·　　　　160
Τὸν βόρθακα ἐμέμφετο ὁποῦτον ἡ αἰτία
Νὰ τόνε βάλῃ ἀνόλπιστα σὲ τέτοιαν ἀπωλεία.
"Δὲν θέλεις φύγει," ἔλεγε, "οὐδὲ ποσῶς νὰ γλύσῃς,
Ὦ κάκιστε Φυσίγναθε, οὐδὲ ζωὴ νὰ ζήσῃς·
Ἀλλὰ νὰ δώσῃς θάνατον κακὰ καὶ πικραμένα,　　165
Γιατί με ἐθανάτωσες μὲ πονηριὰ ἐμένα.

Στὸν ὦμόν σου μὲ ἔβαλες, κεὶς τὸ νερὸ ἐμπῆκες
Κιαπέκει μὲ ἀπόλυσες καὶ νὰ πνιγῶ μ' ἀφῆκες.
Δὲν ἤσουν κάλλιος μου ποτὲ στὴν γῆν νὰ πολεμήσῃς
Καὶ νὰ παλέψῃς σὰν ἐμὲ κεὶς μάχη νὰ νίκησῃς,   170
Οὐδὲ νὰ δράμῃς κάλλια μου, καὶ νὰ μονομαχήσῃς,
'Σ ἄλλο δὲν ἤσουνε καλὸς μόνε νὰ μὲ πλανήσῃς.
Βλέπει Θεὸς τὴν ἀδικιὰ καὶ κάνει δικαιοσύνη,
Καὶ τιμωρεῖ τοὺς ἀδίκους χωρὶς ἐλεημοσύνη.
Τὸν ἐδικόν μου θάνατον τὸν θέλει ἐκδικήσει   175
Τὸ στράτευμα τῶν ποντικῶν καὶ θὰ σὲ τιμωρήσῃ."
Τοὺς λόγους τούτους ἔπαυσε καὶ χάθην ἡ φωνή του,
Καὶ ὅλος ἐξαπλώθηκε κ' ἐβγῆκεν ἡ πνοή του.

Ὁ Ἐμίλιος Λεγράνδος λόγον ποιούμενος περὶ τῆς μεταφράσεως ταύτης τοῦ Ζήνου ὑπερεπαινεῖ αὐτὴν καὶ τὴν θεωρεῖ ἁρμονικωτάτην καὶ ῥέουσαν· δραττόμενος δὲ τῆς περιστάσεως ῥίπτει καὶ ἓν βέλος " ἐχεπευκὲς " κατὰ τῆς νῦν γραφομένης Ἑλληνικῆς ἀποκαλῶν αὐτὴν πλαστὴν γλῶσσαν· ἀλλ' ἡμεῖς δὲν πρέπει ν' ἀνιώμεθα διὰ τὰς τοιαύτας ἐκφράσεις τοῦ ἀγαθοῦ τούτου καὶ φιλοπόνου λογίου, ἀφοῦ καὶ μεταξὺ τῶν Ἑλλήνων εὑρίσκονταί τινες ἔχοντες τοιαύτας ἰδέας, ἂν καὶ ὅταν γράφωσι λησμονοῦσι νὰ ἐφαρμόσωσιν αὐτάς. Ἀλλ' ἂς ἐπανέλθωμεν εἰς τὴν μετάφρασιν τοῦ καλοῦ μας Ζήνου. Δὲν νομίζετε ὅτι κλίνει ὀλίγον εἰς πολυλογίαν;

Ἀναμφιβόλως, διότι τοὺς ἐνενήκοντα ὀκτὼ στίχους τοῦ ἀρχαίου κειμένου ηὔξησεν ἐν τῇ μεταφράσει εἰς ἑκατὸν ἑβδομήκοντα ὀκτὼ διὰ προσθέσεων, παραλλαγῶν καὶ μεταθέσεων· τοιαύτη δὲ μετάφρασις, ὡς μὴ

Emile Legrand, in speaking of this translation by Zenos, gives great praise to it, and considers it very harmonious and flowing : but he also seizes the opportunity to discharge a "bitter" shaft at the Greek as now written, calling it an artificial language : but we ought not to be annoyed at such expressions from this excellent and laborious scholar, since even among the Greeks there are found some who hold similar opinions, although, when they write, they forget to put them into practice. But let us return to the translation of our good friend Zenos. Do you not think that he is a little inclined to diffuseness ?

Undoubtedly, for in the translation he has increased the ninety-eight lines of the ancient text to a hundred and seventy-eight, by additions, alterations, and transpositions : such a translation, as it does not render

ἀποδίδουσα ἀκριβῶς τὰ ἐν τῷ
πρωτοτύπῳ, δὲν ἔχει πολλὴν
ἀξίαν. Ὅταν ὅμως ἀναγινώσκῃ
τις αὐτὴν οὐχὶ ὡς μετάφρασιν,
ἀλλ' ἁπλῶς ὡς γλωσσικὸν
μελέτημα, τότε ἡ ἀνακρίβεια
αὐτῆς δὲν βλάπτει.

Ἔχετε δίκαιον· ἀλλὰ βλέπω
ἐσύρατε διὰ τοῦ μολυβδοκονδύ-
λου γραμμὰς ὑπὸ πλείστας
λέξεις τοῦ ἀντιγράφου· πρὸς
τί ἐκάμετε τοῦτο; μήπως δὲν
τὰς ἐννοεῖτε;

Τινὰς μὲν ἐξ αὐτῶν δὲν ἐννοῶ,
τινὰς δὲ θεωρῶ μὴ ὀρθῶς
γεγραμμένας, καὶ διὰ τοῦτο τὰς
ἐσημείωσα ὅπως σᾶς ἐρωτήσω.

Ἡ ὀρθογραφία τῶν δημο-
τικῶν ἡμῶν λέξεων δὲν εἶναι
ἀτυχῶς ἔτι ὡρισμένη, καὶ ὡς ἐκ
τούτου ἕκαστος γράφει ὡς
βούλεται· τὴν λέξιν μαζί,
παραδείγματος χάριν, οἱ μὲν
γράφουσι διὰ τοῦ ἰῶτα ὡς
ἀνωτέρω, οἱ δὲ διὰ τοῦ ἦτα,
ἄλλοι δὲ διὰ τοῦ ϋ ψιλοῦ, καὶ
οὕτως ἔχομεν τρεῖς διαφόρους
γραφὰς τῆς αὐτῆς λέξεως—
μαζί, μαζῆ, μαζύ· ἡ δὲ ποικιλία
αὕτη τῆς γραφῆς προέρχεται ἐξ
ἀγνοίας τῆς παραγωγῆς τῆς
λέξεως· προσέτι ἐπικρατεῖ οὐχὶ
μικρὰ σύγχυσις καὶ εἰς τὴν
ἔκθλιψιν, τὴν κρᾶσιν, τὴν
ἀφαίρεσιν καὶ τὴν συνίζησιν
τῶν δημοτικῶν λέξεων, καὶ διὰ
τοῦτο ἀντέγραψα τὴν μετάφρα-
σιν τοῦ Ζήνου σχεδὸν ὡς εἶχεν
ἐν τοῖς "Φιλολογικοῖς ἀναλέκ-
τοις" τοῦ ἀρχιεπισκόπου Ζα-

exactly what is in the original,
has not much value. When,
however, any one reads it, not
as a translation, but simply
as a linguistic study, its inac-
curacy does no harm.

You are right, but I see you
have drawn lines in pencil
under many of the words of the
copy: why did you do this?
Is it that you do not under-
stand them?

Some of them I do not
understand, and some I think
are not rightly written, and on
this account I marked them, so
as to ask you about them.

The orthography of our
vernacular words is unfortun-
ately not as yet fixed, and
consequently every one writes
as he likes: the word μαζί, for
instance, some write with *iota*
as above, others with *eta*, and
others with *y-psilon*, and thus
we have three different ways of
writing the same word, μαζί,
μαζῆ, μαζύ: this variety in the
way of writing it proceeds from
ignorance of the derivation of
the word: besides, there prevails
no little confusion also with
regard to the elision, crasis,
aphaeresis and synizesis of
vernacular words, and for this
reason I have copied Zenos'
translation nearly as it was in
the *Philological Selections* of
Nicholas Catrames, bishop of
Zante (Zante 1880).

κύνθου Νικολάου Κατραμῆ ('Εν
Ζακύνθῳ 1880).

Εὐχαριστῶ· τώρα δὲ σᾶς   Thank you. Now I beg you
παρακαλῶ νά μοι ἐξηγήσητε   to explain to me such words as
τὰς λέξεις ὅσας ἐν τῷ ἀντι-   I have marked in the copy with
γράφῳ ἐσημείωσα διὰ διπλῆς   a double line.
γραμμῆς.

Προθύμως.   By all means.

1-5.—στούτην = εἰς ταύτην, *in this.*—στ' = εἰς τό *in the.*—
γιατί = διότι, *because, for.*

6-10.—παλικάρι or παλλικάρι = νεανίας *a young man,* also a
brave man.—νἄχετε τὴν ὑγειά σας = νὰ ἔχητε τὴν ὑγίειάν σας, *may
you have good health ! Long life to you !*—φτιά = αὐτία = ὦτα *the
ears.*—ἐποῖκαν = ἐποίησαν, *they made.*—βορθακός = βάτραχος, *a
frog.*—ἐμπῆκαν = ἐμβῆκαν = ἐνέβησαν, *they went into.*

11-15.—τοὺς ἄνδρες = τοὺς ἄνδρας, *the men.*—κι' ᾄδεται = καὶ
ᾄδεται, *and it is currently reported.*—ἠβρέθην = εὑρέθη, *he found
himself, he was.*—κ' ἤτονε = καὶ ἦτο, *and he was.*—νὰ βγάλῃ = νὰ
ἐκβάλῃ, *to drive away, to quench* (his thirst).

16-20.—πηγούνι = γένυς, *the chin.*—τούβρεξε = του ἔβρεξε, *he
wetted his* (chin).—ἐδωπᾶ = ὧδέ πη, ἐνταῦθα, *here.*—μέν' = ἐμένα =
ἐμέ, *me.*—ποῖσε = ποίησον, *make.*—τίποτες = τίποτε, *anything at
all.*—τὸ ποῖσαν = ὃ ἐποίησαν, *what they did.*—οἱ δικοί σου = οἱ
ἰδικοί σου, οἱ συγγενεῖς σου, *your relations.*

21-25.—κιἀ' = καὶ ἄν, *and if.*—θέs = θέλεις, *you will.*—μπάσω =
ἐμβάσω = ἐμβιβάσω, subj. aor. *I may make you go in.*—ἰδῇs = ἴδῃs,
you may see.—χαρίσματα = δῶρα, *presents.*—τάσσω = ὑπισχνοῦμαι
I promise.—πάλιν ὀμπρὸς ὀπίσω = πάλιν ἐμπρὸς ὀπίσω, *back home
again.*—θωρεῖς = θεωρεῖς = ὁρᾶς, *you see.*—κιριεύω = ἐξουσιάζω, *I
am lord of.*

26-30.—ὁποῦ 'ν' ἐδῶ = οἱ ὁποῖοι εἶναι ἐνταῦθα, *who are here.*—
μὲ κράζουσι = μὲ καλοῦσι, *they call me.*—νὰ πῶ = νὰ εἴπω, *that I
may say.*—ποιᾶναι = ποία εἶναι, *who is.*—κείνην = ἐκείνην, *her.*

31-35.—στόν = εἰς τόν, *in the.*—ἐγνωριστῆκαν = ἐγνωρίσθησαν,
they made each other's acquaintance.—ἐφιλεύτησαν = ἐφιλεύθησαν,
they regaled each other.—τότες = τότε, *then.*—ἐμένα = ἐμέ, *me.*—
τὰ χείλη = τὰς ὄχθας, *the banks.*—νὰ γενοῦμε = νὰ γείνωμεν, *that
we may become.*

36-40.—μορφιάν = εὐμορφίαν, *beauty.*—τί τὸ ζητᾶς; = τί τὸ
ζητεῖς; *why do you inquire about it ?*—λεῖπε = ἄφες, *leave it alone.*

41-45.— θύμησιν = ἐνθύμησιν, μνήμην, memory.— κατέχῃς = εἰξεύρῃς, εἰδῇς, you may know.

46-50.—ὁποῦν' τὸ γένει' του μακρύ = ὁποῦ εἶναι τὸ γένειόν του μακρόν, οὗ τὸ γένειον μακρόν ἐστι, whose beard is long.—πλειὸν καιρόν = πλείονα χρόνον, the greater part of her time.—κάτασπρη εἰς τὰ χείλη = κατάλευκος εἰς τὰ χείλη, very white about the lips (from eating flour).—Λαρδοφάγος, the lard-eater.—μ' ἔφερεν = μὲ ἔφερεν, ἤνεγκέ με, she brought me.—κεῖς = καὶ εἰς, and into.

51-55.—'σὲ = εἰς, ἐν, in.—μέκαμε = μὲ ἔκαμε = ἐγέννησέ με, she gave birth to me.—ὁποῦνε = ὁποῦ εἶναι = αἵτινες εἶναι, which are.— λεφτοκάρυα = λεπτοκάρυα, hazel-nuts.

56-60.—εἰσέ = εἰς, in.—κανένα = κἂν ἕνα, even one, any at all. —ὁμοιᾶναι = ὁμοία εἶναι, is like.—ἐκ τοῦ νεροῦ τὰ βότανα = ἐκ τῶν τοῦ ὕδατος βοτανῶν, from water-herbs.

61-65.—ἀπόσα = ἀπὸ ὅσα = ἐξ ὅσων, of as many things as.— βρίσκονται = εὑρίσκονται, are found.—στά = εἰς τά, in the.— θαρρετά = θαρρούντως, boldly.—καλοζυμωμένο = καλῶς ἐζυμωμένον, well kneaded.— ὤμορφο = εὔμορφον, beautiful.— φαλάγγιον = πλακούντιον, a cake.—αὐγόπηταις, nom. pl. of αὐγόπητα, a cake made with eggs in it.—ῇ = αἱ.—πολυσουσαμάταις, nom. pl. fem. of πολυσουσαμάτος, made with plenty of sesame in it.

66-70.—ζαχαράταις, nom. pl. fem. of ζαχαράτος, made with sugar in it.—κάμνουν = κάμνουσι, they make.—μυζήθρα, a kind of fresh cheese, cream-cheese.

71-75. — τζουκάλια = χύτραι, cooking pots, saucepans. — ποῦ ξεύρουσι = οἱ ὁποῖοι εἰξεύρουσι, who understand.—κάνοισι = κάμνουσι, ποιοῦσι, they make.—κάλλια = καλλιόνως, better.—μέσα σ' αὐτὰ βάνοισι = μέσα εἰς αὐτὰ βάλλουσι, they put into them.— ταῖς κάλλιαις = τὰς καλλίους, the better, the superior.—μυρωδίαις = μυρευωδίας = ἀρώματα, spices.—φέρνουν = φέρνουσι = φέρουσι, they bring.—Ἴντια = Ἰνδίαν, India.—ἀρτισίαις = ἀρτύματα, sauces.

76-80.—νάλθῃ = νὰ ἔλθῃ, to come.—ἀνέναι = ἂν ᾖ, if there be.— πούποτες = ποῦ ποτε, ever anywhere.—σκουτέλα = Ital. scodella = ξυλίνη λοπάς, a wooden bowl.—προστέλα = μέτωπον, in front.— πορσότερο = περισσότερον, more.—ἔν' = ἔνι = ἐστί.

81-85.—δαγκώνω or δαγκάνω = δάκνω, I bite.—ἀνανοᾶται = αἰσθάνεται, he perceives.—φθέρνα = πτέρνα, the heel.—δὲν τὸ χρίζει, he cares nothing about it (ἀχρίζω = ἀξίζω, to be worth).—ῥοχαλίζει = ῥέγκει, he snores.—τίποτα δὲν τὰ τάσσω = θεωρῶ αὐτὰ ἴσα τῷ μηδενί, I make no account of them.

86-90.—τὸν γάτον = the Ital. gatto, a tom-cat, τὸν αἴλουρον.—

τὸν γέρακα = τὸν ἱέρακα, the hawk.—τρομάσω = τρομάζω, φοβοῦμαι, I am afraid of.—ξυλόγατα = ξυλίνη γαλῆ (a wooden cat) = παγίς, a trap.—κεῖ = ἐκεῖ, there.—γροικῶ (εω) = καταλαμβάνω, ἀκούω, I perceive, I hear.—μ' = μου.—ξεψυχῶ (εω, αω) = ἐκπνέω, ἀποθνήσκω, I expire.

91-95.—δῶ καὶ κεῖ = ἐδῶ καὶ ἐκεῖ, here and there.—γλυτώνω = ἀπαλλάσσομαι, λυτροῦμαι, to escape from.—νάβρω = νὰ εὕρω, to find. —σώσω = προφθάσω, I may be in time.—νὰ τρουπώσω = νὰ τρυπώσω = νὰ εἰσέλθω εἰς τὴν ὀπήν, to go into the hole.—τοῦτο τώμορφον κορμί = τοῦτο τὸ εὔμορφον σῶμα, this beautiful body.— τὰ νύχια = τὰ ὀνύχια, the claws.—ναμπήξῃ = νὰ ἐμπήξῃ, to force into.—σὲ κάμπους = εἰς πεδιάδας, ἐν πεδίοις, in plains.

96-100.—μά, Ital. but.—φοβᾶσαι = φοβεῖσαι, you are afraid of. —συρνόμενα = ἐρπετά, reptiles.—πετούμενα = πετεινά, birds.—κιωσάν = καὶ ὡσάν, καὶ ὡς, and just as.—τὸν ἴσκιο = τὸν ἴσκιον = τὴν σκιάν, the shadow.—μόν' = μόνον, only.—κᾰτι νᾶσαι = κᾰτι τι νὰ ἦσαι, that you are something, somebody.

101-105.—τὰ βοτάνια = τὰς βοτάνας, the herbs.—κραμπιά = κραμβία = κράμβας, cabbages.—ῥαπάνια = ῥαφανίδας, radishes.— αὐτήνα = αὐτά, those things.—ἐσεῖς = ὑμεῖς, you.—στέκεστεν = στέκεσθε = ἵστασθε, μένετε, you stay.—κατοικᾶτε = κατοικεῖτε, you reside.

106-110.—φαγιά = ἐδέσματα, eatables, dishes.—γιά = διά, for.— θροφή = τροφή, nourishment, food.

111-115.—νὰ χαιρομᾶσθε = νὰ χαίρωμεν, νὰ ἀπολαύωμεν, that we may enjoy.—γιὰ νά = διὰ νά, in order that.—νὰ κρυβομᾶσθε = νὰ κρυπτώμεθα, to hide ourselves.—μέσα = ἔσω, ἐντός, inside.—κ' ἔξω = καὶ ἔξω, and outside.—κατοικοῦμε = κατοικοῦμεν, we inhabit.—ν' ἄλθῃς = νὰ ἔλθῃς, to come.—ἀντάμα or ἐντάμα = ὁμοῦ, together.— νὰ ἐμποῦμε = νὰ ἐμβῶμεν, to go in.—ἀνέβα = ἀνάβηθι, get up.—τὴν ῥάχι = τὴν ῥάχιν, the back.—νὰ σεμπάσω = νά σ' ἐμβάσω = νά σ' ἐμβιβάσω, that I may convey you in.

116-120.—ἀλήθεια, but really.—σφικτά = σφιγκτά, σφιγκτῶς, tightly.—μὴ σὲ χάσω = μὴ σὲ ἀπολέσω, lest I lose you.—σάν = ὅταν, as soon as.—περίσσια = περισσῶς, σφόδρα, very much.—τόβγα = ἐν τῷ ἐκβαίνειν, in going out.—νάχῃς = νὰ ἔχῃς, you are to have.— κανίσκια = δῶρα, presents.—ἔπαψε = ἔπαυσε, he finished, ended.— γυρίζει = στρέφει, he turns.—κ' ι ὁ = καὶ ὁ, and the.—ἀπάνου = ἐπάνω, upon.

121-125.—κιαπόκοτα = καὶ ἀπόκοτα = καὶ ἀφόβως, and fearlessly. —ν' ἁπλώνῃ νὰ ζαρώνῃ = νὰ ἐκτείνηται καὶ νὰ συστέλληται, to stretch

himself out and draw himself in (in swimming).—ἐφραίνετον = ηὐ-
φραίνετο, *he was delighted.*—θώριε = ἐθεώρει, ἑώρα, *he saw.*—ἐκο-
λύμπα = ἐκολύμβα, ἐνήχετο, *he was swimming.*—κιαπόριε = καὶ
ἠπόρει, *and he was at a loss.*—κτὴν γῆν = ἐκ τῆς γῆς, *from the land.*
—νὰ ξεμακρένουν = νὰ ἀπομακρύνωνται, *to get far away.*

126-130.—σέ = εἰς, *into.*—ἐρχόνταν = ἤρχοντο, *came.*—τὸν
ἐκουκουλῶναν = ἐκάλιπτον αὐτόν, *they covered him.*—βουρκῶναν =
ὠγκοῦντο πλήρη δακρύων, *they were swelling with tears.*—μετανομένος
= μετανενοημένος, *repentant.*—νὰ ποίσῃ = νὰ ποιήσῃ, *to do.*

131-135.—μόνε = μόνον, *only.*—πόσφιγγε = ὁποῦ ἔσφιγγε, *that
he tightened.*—τὰ πλάγη = τὰ πλάγια, *the sides.*—ἐβούτιξε = ἐβυ-
θίσθη, *he dived.*

136-140.—νὰ πλέγῃ = νὰ πλέῃ, νὰ νήχηται, *to swim.*—μοναχόν
= μόνον, *alone.*—ἐκατάσφιγγε = κατέσφιγγε, *he clenched.*

141-145.—ἀντρεβέτον = ἠνδρίζετο, *he summoned up his courage.*
—κλοτζῶντας σὰν ἠμπόριε κιαπάνου ἐστρεφέτον = λακτίζων ὅσον
ἐδύνατο καὶ ἐπέστρεφεν ἄνω, *and kicking out with all his might, he
returned to the surface.*—ἤτονε = ἦτο, *it was.*—μπορούμενον = δυνατόν,
possible.—νὰ γλίσῃ = νὰ γλυτώσῃ, *to set free, save.*—τὸ κορμί του =
τὸ σῶμά του, *his body.*—ἔσερνε = ἔσυρε, *he dragged.*—τὴν ὀρά =
τὴν οὐράν, *the tail.*

146-150.—τέτοιας λογῆς = οὕτως, *in this way.*—ἐμένα = ἐμέ, *me.*
—σάν = ὡσάν, ὡς, *like as.*—ὅταν ἐγίνη = ὅτε ἔγεινε, *when he became.*
—νώμους = ὤμους, *the shoulders.*

151-155.—ἄρπαξε = ἤρπαξε, ἥρπασε, *he carried off.*—ἔβγαλε =
ἐξέβαλε, *he brought ashore.*—σεκεῖνο ἐκατοίκα = εἰς ἐκεῖνο κατῴκει,
he dwelt in that place.—ἔμπαψε = ἔπαυσε, *he finished, ended.*

156-160.—ἐκάναν = ἔκαμον, ἐποίησαν, *they made.*—κάτου =
κάτω, *down below.*—ἐτράβηξαν = ἔσυραν, *they dragged.*—ἐβάναν =
ἔβαλον, *they cast.*—νὰ ἐβγάλῃ = νὰ ἐκβάλῃ, *to send forth.*—κιαγάλι
γάλι = καὶ ἀγάλια ἀγάλια = βραδέως πάνυ βραδέως, *slowly very
slowly.*

161-165.—ὁποῦτον = ὁποῦ ἦτο, *who was.*—νὰ τόνε βάλῃ = νὰ
τὸν βάλῃ, *to put him.*—ἀνόλπιστα = ἀνελπίστως, *unexpectedly.*—
τέτοιαν = τοιαύτην, *such.*—νὰ γλίσῃς = νὰ γλυτώσῃς, νὰ ἀπαλ-
λαγῆς, *to escape.*—νὰ δώσῃς θάνατον, *to pay the penalty of death.*

166-170.—πονηριά = πονηρία, *cunning.*—κιαπέκει = καὶ ἀπὸ
ἐκεῖ, *and after that.*—ἀπόλισες = ἀπέλυσας = ἀφῆκας, *you abandoned.*
—ἤσουν = ἦσο, ἦσθα, *you were.*—κάλλιος = καλλίων, ἀμείνων,
better.—νὰ παλέψῃς = νὰ παλαίσῃς, *to wrestle, to fight.*

171-175.—κάλλια μου = κάλλιον ἐμοῦ, *better than I.*—ἤσουνε =

ἦσο, ἦσθα, *you were.*—μόνε = μόνον, *only.*—κάνει = κάμνει, *he does,
executes.*—ἐλεημοσύνη = ἔλεος, *pity.*

176-178.—χάθην = ἐχάθη, ἀπώλετο, *was lost.*—ἐξαπλώθηκε
= ἐξηπλώθη, *he stretched himself out.*—κ᾽ ἐβγῆκεν = καὶ ἐκβῆκεν
= καὶ ἐξέβη, καὶ ἐξῆλθεν, *and it went out.*

Εὐχαριστῶ ὑμῖν ἐγκαρδίως.
Τώρα, ἐὰν δὲν εἶσθε κουρασμένος,
ἂς διέλθωμεν καὶ τὸ ἑξῆς ἀπό-
σπασμα τὸ φέρον ἐπιγραφήν,
" Στίχοι ἠθικοί, κατὰ πολλὰ
κατανυκτικοί, εἰς τὸν μάταιον
κόσμον." Εἰξεύρετε ὑπὸ τίνος
καὶ πότε ἐγράφησαν;

Ὁ τοὺς στίχους τούτους γρά-
ψας εἶναι ὁ ἐκ Ζακύνθου ἱερεὺς
Ἰωσὴφ Βάρτσελης, ἀκμάσας
περὶ τὰ τέλη τοῦ ΙΣ᾽ αἰῶνος. Τὸ
ὕφος αὐτοῦ εἶναι ἁπλοῦν καὶ εὔ-
ληπτον, οἱ δὲ στίχοι ζωηροὶ καὶ
ῥέοντες, ὥστε ἐὰν προσέξητε
καλῶς ὅταν ἐγὼ ἀναγινώσκω τὸ
ποίημα, εἶμαι βέβαιος θὰ ἐν-
νοήσητε πᾶσαν λέξιν.

Thank you very much. Now,
if you are not tired, let us also
go through the following extract
entitled, " Moral verses, greatly
conducive to contrition, about
this vain world." Do you know
by whom and when they were
written?

The writer of these verses is
Joseph Bartselis, a priest of
Zante, who flourished about the
end of the 16th century. His
style is simple and intelligible,
and the lines lively and flowing,
so that if you listen attentively
while I read the poem, I am
certain that you will understand
every word.

" Τί θαυμάζεις, ὦ βροτέ,
Εἰς τὸν βίον σου ποτέ;
Καὶ καυχᾶσαι εἰς τὸν πλοῦτον
Πόχεις εἰς τὸν κόσμον τοῦτον;
Καὶ ὁρίζεις κάστρα, τόπους,
Ζῶα, χώραις καὶ ἀνθρώπους;
Κ᾽ ἔχεις τόσην ἐξουσίαν,
Καὶ μεγάλην αὐθεντίαν;
Δούλους ᾽ς τὰ θελήματά σου
Καὶ πολλοὺς ᾽ς τὴν συντροφιά σου;
Πολλὰ σπίτια καὶ ἀμπέλια,
Σκλάβους, δούλους καὶ κοπέλλια;
Καὶ ἀνάπαυσες μεγάλαις,
Καλοροιζικαὶς καὶ ἄλλαις;
Ἔχεις ἄπειρον φοισάτον
Καὶ ὁ κόσμος σε φοβᾶτον;

" What see you to admire,
O mortal, ever in your life?
That you boast of the wealth
which you have in this world?
That you are lord of castles, lands,
animals, countries, and men?
And that you have such power,
and great authority?
Servants at your bidding,
and many in your retinue?
Many houses and vineyards,
slaves, servants, and pages?
And great comfort,
and every kind of good fortune?
That you have an immense army,
and the world fears you?

Καὶ ὅλοι τρέμουσιν ἐμπρός σου,
Κ’ εἶναι εἰς τὸν ὁρισμόν σου,
Καὶ ὁμπροστά σου δὲν τολμοῦσι,
Λόγον κᾶν νὰ σοῦ εἰποῦσι.
"Ὅλοι σὲ πολυχρονίζουν
Καὶ πολλὰ σὲ μακαρίζουν
Πολλοὺς χρόνους γιὰ νὰ ζήσῃς
Παῖδας κ’ ἔκγονα ν’ ἀφήσῃς,
Τὸν θεὸν παρακαλῶσι,
᾿Γειάν, εἰρήνην νὰ σοῦ δώσῃ.
Ὦ πηλέ, καὶ τί καυχᾶσαι,
Ποῦ σ’ ὀλίγον μέλλεις νᾶσαι
Χῶμα γιὰ νὰ σὲ πατοῦσι
Καὶ νὰ σὲ καταφρονοῦσι;"

Σᾶς βεβαιῶ δὲν ἐνόησα πῶς ὁ καιρὸς παρῆλθεν. Ἰδοὺ ἐφθάσαμεν εἰς τὴν Νεάπολιν. Ἡ ὥρα εἶναι ἀκριβῶς ἓξ καὶ τριανταδύο. Ἡ ἁμαξοστοιχία μένει ἐνταῦθα μίαν ὥραν, ὥστε ἔχομεν καιρὸν νὰ γευματίσωμεν ἐν ἀνέσει. Ἃς ἀφήσωμεν λοιπὸν τὰ πράγματά μας εἰς τὸ ἀποσκευοφυλάκιον καὶ ἃς ὑπάγωμεν νὰ γευθῶμεν τὰ περίφημα τῆς Νεαπόλεως μακαρόνια, "τὰ καὶ μάκαρες ποθέουσιν."

And all tremble before you,
and are under your command,
and to your face they do not
dare to say one word to you.
All wish you a long life and
shower on you every blessing,
to live for many a year, to leave
children and descendants :
they offer prayers to God
to give you health and peace.
O thing of clay, why do you
boast, who in a little time will be
earth for men to tread on
and show you their contempt ?"

I assure you I did not notice how the time has gone by. Here we are at Naples. It is exactly thirty-two minutes past six. The train stops here for an hour, so we have time to dine at our ease. Let us leave our things in the cloak-room then, and go and taste the famous Neapolitan macaroni, "which even the Gods are eager to enjoy."

Διὰ τί οὕτω βραδέως προχωρεῖ ἡ ἁμαξοστοιχία; τί συμβαίνει ἀρά γε; μήπως ἔπαθε βλάβην τινὰ ἡ ἀτμομηχανή; Ἡμίσεια ὥρα παρῆλθεν ἀφ᾽ ὅτου ἀφήκαμεν τὸν σταθμὸν καὶ ἀκόμη εἴμεθα ἐντὸς τῆς πόλεως.

Τὰ τῶν σιδηροδρόμων ἐν Ἰταλίᾳ δὲν εἶναι εἰσέτι τόσον καλῶς τακτοπεποιημένα ὅσον ἐν Ἀγγλίᾳ, ὥστε δὲν νομίζω νὰ συνέβη τι εἰς τὴν μηχανήν· ἴσως ἡ γραμμὴ δὲν εἶναι ἐλευθέρα, διότι ὀλίγον προσωτέρω ὑπάρχει καμπή, ἔνθα συνενοῦνται δύο γραμμαί, καὶ πιθανὸν ἡ ἁμαξοστοιχία μας ἀναγκάζεται νὰ περιμένῃ διὰ νὰ περάσῃ ἄλλη πρὸ αὐτῆς.

Τοῦτο εἶναι πολὺ πιθανόν, καὶ ἰδοὺ βλέπω μίαν ἐρχομένην ἐκ τοῦ ἀντιθέτου μέρους· ἰδοὺ παρῆλθεν· ἡ γραμμὴ εἶναι ἐλευθέρα· ἐπὶ τέλους κινούμεθα.

Κυττάξατε πρὸς τὰ δεξιά σας, πόσον ὡραῖος καὶ μεγαλοπρεπὴς εἶναι ὁ κόλπος τῆς Νεαπόλεως! Εἶναι μοναδικὸς ἐν τῷ κόσμῳ· ἡ δὲ τοποθεσία τῆς ἀρχαίας καὶ περιφήμου ταύτης πόλεως εἶναι

Why is the train going so slowly? What is the matter, I wonder? Has anything gone wrong with the engine? Half an hour has passed since we left the station and we are still inside the town.

Railway matters in Italy are not yet so well arranged as in England, so I do not think anything has happened to the engine: perhaps the line is not clear, for a little farther on there is a curve where two lines join, and probably our train is obliged to wait for another to pass before it.

That is very likely, and there I see one coming from the opposite direction: there, it has gone by: the line is clear: at last we are moving.

Look to your right, how beautiful and magnificent the gulf of Naples is! It is unique in the world: the situation of this ancient and celebrated city is unrivalled. Nature has lavished

O

ἀπαράμιλλος. Ἡ φύσις ἐπεδαψίλευσεν αὐτῇ ἀφειδῶς καὶ ἀφθόνως πάντα αὐτῆς τὰ ἀγαθά, ὥστε νομίζω ὅτι δὲν ἔχοισιν ἄδικον οἱ Νεαπολῖται λέγοντες, "'Ἰδὲ τὴν Νεάπολιν καὶ ἔπειτα ἀπόθανε.[1]"

Τὴν γνώμην ταύτην τῶν καλῶν μας Νεαπολιτῶν δὲν ἔχω πρὸς τὸ παρὸν πολλὴν ὄρεξιν νὰ τὴν παραδεχθῶ, διότι ἐπιθυμῶ καὶ ἄλλα μέρη τοῦ κόσμου νὰ ἴδω· ἐκτὸς τούτου δὲν τὴν εἶδον δὰ καὶ πολὺ καλά. Ἂν πιστεύσῃ τις ὅσα ἔγραψαν καὶ γράφοισι περὶ αὐτῆς οἱ περιηγηταί, τὸ ἐσωτερικὸν αὐτῆς κάλλος δὲν ἀνταποκρίνεται ὡς ἔπρεπε μετὰ τοῦ ἐξωτερικοῦ μεγαλείου ὅπερ περιβάλλει αὐτήν.

Μὴ δίδετε προσοχὴν εἰς ὅσα λέγουσιν οἱ περιηγηταί, διότι οἱ πλεῖστοι ἐξ αὐτῶν παραδοξολογοῦσι περὶ τῶν χωρῶν ἃς ἐπισκέπτονται ἐπαναλαμβάνοντες πολλάκις ἀβασανίστως παλαιὰς προλήψεις καὶ λέγοντες "ὅ τι κεν ἐπ' ἀκαιρίμαν γλῶσσαν ἔλθῃ" ὅπως πλείονας ἑλκύσωσιν ἀναγνώστας εἰς τὰς ἑώλους αὐτῶν καὶ ἀνουσίους περιγραφάς. Ἡ Νεάπολις νῦν δὲν εἶναι οἵα ἦτο ἐπὶ Βουρβόνων· διότι τότε μὲν ἐπεκράτει ἐν αὐτῇ ἡ ἀμάθεια, ἡ δεισιδαιμονία καὶ ἡ διαφθορά, νῦν δὲ πανταχοῦ βλέπει τις ἐν αὐτῇ σημεῖα προόδου καὶ βελτιώσεως.

Χαίρω ἐγκαρδίως ὅτι οἱ

upon her unsparingly and profusely all her riches, so I think the Neapolitans are not wrong when they say "See Naples and then die."

I have no great inclination for the present to adopt this opinion of our good friends the Neapolitans, for I want to see other parts of the world as well : besides after all I did not see it very well. If we are to believe all that travellers have written and still write about her, her internal beauty does not correspond, as it should, with the external magnificence which surrounds her.

Do not pay attention to all that travellers say, for most of them relate strange things about the places they visit, often repeating old prejudices without testing them, and saying "whatever comes to the ill-timed tongue," in order to attract more readers to their stale and insipid descriptions. Naples is not now what she was in the time of the Bourbons ; for then there prevailed in her ignorance, superstition and corruption, while now one sees in her everywhere signs of progress and improvement.

I am heartily glad that the

[1] "Vedi Napoli e poi mori."

κάτοικοι τῆς ὡραίας ταύτης χώρας εὑρίσκονται ἐν ὁδῷ προόδου· ἀλλ' ἡ κατὰ τὸν παρελθόντα αἰῶνα ἀμάθεια αὐτῶν καὶ δεισιδαιμονία φαίνεται εἶχον φθάσῃ εἰς τὸ κατακόρυφον αὐτῶν σημεῖον. 'Ενθυμοῦμαι ἀνέγνων που πρὸ πολλῶν ἐτῶν ἀποσπάσματα ἐπιστολῶν Γερμανοῦ τινος Κὰρλ Μέϋερ καλουμένου, ὅστις διηγεῖται πλεῖστα ἀστειότατα ἀνέκδοτα περὶ τῶν κατοίκων τῆς Νεαπόλεως καὶ ἰδίως περὶ Δομινικανοῦ τινος μοναχοῦ, ὅστις, ἐὰν δέν με ἀπατᾷ ἡ μνήμη, ὠνομάζετο Πάτερ Γρηγόριος 'Ρόκκος· ἦτο δὲ παχύσαρκος, προγάστωρ, ἐρυθροπρόσωπος, ζωηρὸς καὶ καθ' ὑπερβολὴν σκωπτικὸς καὶ ὀργίλος. Καθ' ἑκάστην περιήρχετο τὰς ὁδοὺς διδάσκων, νουθετῶν, ἐπιπλήττων καὶ ἐνίοτε μαστιγῶν τοὺς μὴ προσέχοντας εἰς τὰς νουθεσίας αὐτοῦ. Ἡ ἰσχὺς αὐτοῦ ἐπὶ τοῦ ὄχλου ἦτο ἀπόλυτος, καὶ οὐδεὶς ἐτόλμα νὰ ἀντείπῃ εἰς αὐτόν. Ὅτε ἤθελε νὰ ἐξαλείψῃ κατάχρησίν τινα ἐπικρατοῦσαν ἐν τῇ πόλει, μετέβαινεν εἰς μίαν τῶν πολυπληθεστέρων πλατειῶν καὶ ἀναβὰς ἐπὶ προχείρου τινὸς βήματος, ὅπερ συνήθως ἦτο παλαιός τις κάδος ἀνεστραμμένος, ἐκήρυττεν ἐκεῖθεν διὰ φωνῆς βροντώδους εἰς τὰ κεχηνότα πλήθη, καὶ πολλάκις διὰ τῆς πρακτικωτάτης αὐτοῦ διδασκαλίας ἐθεράπευε τὰ μὴ καλῶς ἔχοντα.

inhabitants of this beautiful country are in the path of progress; but their ignorance and superstition in the last century had reached, it appears, their culminating point. I remember reading somewhere, many years ago, extracts from the letters of a German named Karl Meyer, who relates many very witty anecdotes about the inhabitants of Naples and especially about a certain Dominican monk whose name, unless my memory plays me false, was Father Gregorio Rocco: he was a burly and corpulent red-faced man, full of animation, excessively given to ridicule, and of a passionate temper. Every day he used to go about the streets teaching, warning, rebuking, and sometimes whipping those who did not attend to his admonitions. His power over the crowd was absolute, and no one dared to contradict him. When he wished to abolish any abuse prevailing in the city, he used to go to one of the more frequented public squares, and mounting some handy platform, which was usually an old tub turned upside down, preach from that position in a voice of thunder to the gaping crowd, and often, by means of his exceedingly practical mode of teaching, cured what was evil.

Ἐνθυμεῖσθε κανὲν ἐκ τῶν περὶ αὐτοῦ ἀστείων ἀνεκδότων;

Μάλιστα, καὶ ἂν ἀγαπᾶτε, εἶμαι πρόθυμος νὰ σᾶς διηγηθῶ ἐν ᾗ δύο ἐξ αὐτῶν.

Θά με εὕρητε φιλήκοον ἀκροατήν.

Ἡμέραν τινὰ ἐκήρυττεν ἐν μέσῳ τῆς δημοσίας ἀγορᾶς καὶ μέγα πλῆθος λαοῦ συνέρρευσεν ἐκεῖ ὅπως ἀκούσῃ τὴν διδασκαλίαν του. Αἴφνης ῥίψας βλοσυρὸν βλέμμα ἐπὶ τῶν ἀκροατῶν του, ἀνεφώνησε μετὰ φωνῆς στεντορείου, "Σήμερον θέλω νὰ βεβαιωθῶ ἂν ἀληθῶς μετανοῆτε ἐκ τῶν ἁμαρτιῶν ὑμῶν, ἢ ἂν ψευδῶς ὑποκρινόμενοι μὲ ἀπατᾶτε." Ταῦτα δὲ εἰπὼν ἤρχισε κατανυκτικώτατον λόγον περὶ μετανοίας, καὶ πάντες κλίναντες τὰ γόνατα πρὸ αὐτοῦ ἐδάκρυον ἐν συντριβῇ καρδίας καὶ ἔτυπτον τὰ στήθη. Τοῦτο ἰδὼν ὁ Πάτερ Ῥόκκος ἀνεφώνησε πρὸς τὸ πλῆθος, "Ὅσοι ἐξ ὑμῶν ἀληθῶς μετενοήσατε, ὑψώσατε τὰς χεῖρας." Πάντες ἀνέτειναν ἀμφοτέρους τοὺς βραχίονας. "Μιχαὴλ Ἀρχάγγελε" ἐξεφώνησε τότε ὁ Ῥόκκος βλέπων πρὸς τὸν οὐρανόν, "σὺ ὅστις κρατῶν φλογίνην ῥομφαίαν ἵστασαι παρὰ τὸν θρόνον τοῦ θεοῦ, ἐλθὲ ταύτην τὴν στιγμὴν ἐνταῦθα, καὶ κατάκοψον πᾶσαν χεῖρα ἥτις ὑποκριτικῶς ὑψώθη." Εὐθὺς ὡς ἀπὸ μιᾶς ὁρμῆς πάντες κατεβίβασαν τὰς χεῖρας, καὶ ἤκουσαν τὰ ἐξ ἁμάξης παρὰ

Do you recollect any of the witty anecdotes about him ?

Yes, and if you like, I am quite willing to relate to you one or two of them.

You will find me an attentive listener.

One day he was preaching in the middle of the public market-place, and a great multitude of people flocked there to listen to his teaching. Suddenly casting a stern glance upon his hearers, he shouted in a stentorian voice : "To-day I want to be assured whether you truly repent of your sins, or deceive me by falsely pretending to do so." After saying this, he began a very touching discourse upon repentance, and all, kneeling down before him, wept in the contrition of their hearts and beat their breasts. Seeing this, Father Rocco cried to the crowd : "As many of you as have truly repented, hold up your hands." All extended both arms. "Archangel Michael," then exclaimed Father Rocco, looking up to heaven, "thou who holding a flaming sword standest by the throne of God, come here this moment, and lop off every arm which is hypocritically raised." Immediately, as if by a single impulse, all of them lowered their arms, and they heard some hearty abuse from the austere preacher about their sham repentance.

τοῦ αὐστηροῦ κήρυκος διὰ τὴν
ψευδῆ αὐτῶν μετάνοιαν.

Νοστιμώτατον ἀνέκδοτον· τὸ
δὲ ἄλλο περὶ τίνος εἶναι;

Εἶναι περὶ λογομαχίας τινὸς
μεταξὺ Ἰσπανοῦ καλογήρου καὶ
τοῦ Πάτερ Ῥόκκου ἐπιμόνως
διαβεβαιοῦντος ὅτι ἐν τῷ παρα-
δείσῳ δὲν εὑρίσκοντο Ἰσπανοὶ
ἅγιοι.

"Τοῦτο δὲν εἶναι ἀληθές,"
ἀνέκραξε μετ' ἀγανακτήσεως ὁ
ἐξ Ἰσπανίας μοναχός, "εἶναι
στρέβλωσις τῆς ἐκκλησιαστικῆς
ἱστορίας."

"Οὐδόλως." ἀπήντησεν ἀ-
ταράχως ὁ Πάτερ Ῥόκκος,
"καὶ ἂν θέλῃς νὰ μάθῃς τὴν
αἰτίαν τοῦ πράγματος, ἄκουσον·
κατ' ἀρχὰς εὑρίσκοντο ὀλίγοι
τινὲς ἅγιοι ἐξ Ἰσπανίας ἐν τῷ
παραδείσῳ, ἀλλ' ἐπειδὴ ἀπαύ-
στως ἐκάπνιζον, ἡ Παναγία καὶ
αἱ λοιπαὶ ἅγιαι παρθένοι ἔκαμον
παράπονα εἰς τὸν ἅγιον Πέτρον,
ὅστις συγκαλέσας αὐτοὺς τοῖς
ἀνήγγειλεν ὅτι τὸ κάπνισμα
ἀπηγορεύετο εἰς τὸ ἑξῆς ἐν τῷ
παραδείσῳ. Ἀλλ' οἱ καλοί
μας Ἰσπανοὶ μὴ δόντες προσ-
οχὴν εἰς τοὺς λόγους τοῦ
ἁγίου Πέτρου ἐξηκολούθουν νὰ
καπνίζωσιν."

Εἶμαι περίεργος νὰ μάθω
πῶς ἀπηλλάγησαν τῶν φοβερῶν
τούτων καπνιστῶν.

Δι' ἁπλοιστάτου τρόπου.
"Κήρυκες ἀπεστάλησαν εἰς ὅλα
τὰ μέρη τοῦ παραδείσου," ἐξηκο-
λούθησεν ὁ Πάτερ Ῥόκκος,
"οἵτινες ἐκήρυξαν ὅτι ἔξω τῶν

A capital anecdote : and what
is the other one about ?

It is about a controversy
between a Spanish monk and
Father Rocco who persistently
maintained that there were no
Spanish saints in paradise.

"That is not true," cried the
Spanish monk indignantly, "it
is a perversion of ecclesiastical
history."

"Not at all," calmly replied
Father Rocco, "and if you want
to learn the reason of the matter,
listen : at first there were a few
saints from Spain in paradise,
but as they smoked incessantly,
Our Lady and the other holy
virgins made complaints to St.
Peter, who, calling them to-
gether, announced to them that
henceforth smoking was pro-
hibited in paradise. But our
good friends the Spaniards, pay-
ing no attention to what St.
Peter said, went on with their
smoking."

I am curious to learn how
they got rid of those dreadful
smokers.

In a very simple way.
"Messengers were sent to every
part of paradise," continued
Father Rocco, " who proclaimed
that without the gates of the

πυλώνων τοῦ ἱεροῦ χώρου
ἔμελλε νὰ τελεσθῇ ἀγὼν ταυ-
ρομαχίας. Τοῦτο ἀκούσαντες
οἱ Ἰσπανοὶ ἅγιοι ἔδραμον
ἀθρόοι ἔξω τοῦ παραδείσου ὅπως
ἴδωσι τὸ προσφιλὲς αὐτοῖς
θέαμα· ἀλλὰ μόλις ἐξῆλθον
καὶ εὐθὺς ὁ κλειδοῦχος ἔκλεισε
τὰς πύλας καὶ ἐκλείδωσεν
αὐτοὺς ἔξω, καὶ ἔκτοτε πάντες
οἱ Ἰσπανοὶ ἅγιοι ἔμειναν εἰς τὰ
κρύα τοῦ λουτροῦ."

Εὖγε Πάτερ Ῥόκκε, εὖγε,
καλὰ τὴν κατέφερες εἰς τὸν
Ἰσπανόν· ἀλλὰ βλέπω ἐπλησι-
άσαμεν εἰς τὴν Πομπηίαν, ἥτις
μείνασα ἐπὶ δεκαεπτὰ αἰῶνας
ὑπὸ τὴν τέφραν τοῦ Βεσουβίου
ἀνεφάνη πάλιν ὅπως ἑλκύῃ
πρὸς ἑαυτὴν τοὺς περιηγητὰς
ὅλης τῆς οἰκουμένης. Ἐπεσκέ-
φθην τὰ μεγαλοπρεπῆ ἐρείπια
τῆς Κυζίκου, εἶδον τὰ λείψανα
τῆς ἐν τῷ Ἀδραμυττηνῷ κόλπῳ
Ἄσσου, ἐν ᾗ ἔγειναν τόσον
ἐπιτυχεῖς ἀνασκαφαὶ οὐ πρὸ
πολλῶν ἐτῶν ὑπὸ τῆς Ἀμερι-
κανικῆς Ἀρχαιολογικῆς ἑται-
ρείας καὶ ἀνεκαλύφθησαν ἡ
ἀγορά, τὸ θέατρον καὶ τὸ
βουλευτήριον τῆς πόλεως καὶ
πλεῖσται ἄλλαι δημόσιαι οἰκο-
δομαί, ἀλλ᾽ οὐδὲν δύναται νὰ
παραβληθῇ πρὸς τὰ ἐρείπια
τῆς Πομπηίας. Ὅταν περι-
έρχηταί τις τὰς ὁδοὺς καὶ τὰς
πλατείας τῆς περιφήμου ταύτης
πόλεως, καὶ βλέπῃ τὰς ἐν αὐτῇ
οἰκίας τῶν ἀρχαίων αὐτῆς πολι-
τῶν καὶ τὰ δημόσια οἰκοδομή-
ματα, καταλαμβάνεται ὑπὸ

holy place there was going to
be a bull-fight. Hearing this,
the Spanish saints ran in a
crowd outside of paradise to
witness their favourite spectacle;
but they had hardly gone away
before the keeper of the keys
shut the gates and locked them
out, and from that time all the
Spanish saints have been left
out in the cold."

Well done, Father Rocco!
Bravo! You gave it the
Spaniard well.—But I see we
are approaching Pompeii, which,
after remaining for seventeen
centuries under the ashes of
Vesuvius, reappeared in order to
attract to her the travellers of
all the world. I have visited
the magnificent ruins of
Cyzicus: I have seen the
remains of Assos on the gulf
of Adramyti, in which such
successful excavations were
made not many years ago by the
American Archaeological Society
and there were discovered the
market-place, the theatre and
the senate-house of the city, and
very many other public build-
ings; but nothing can be com-
pared to the ruins of Pompeii.
When any one wanders about
the streets and squares of this
famous city, and sees there the
houses of its ancient citizens
and the public buildings, he is
seized with a strange feeling,
and fancies that he is, not in

παραδόξου αἰσθήματος καὶ νομίζει ὅτι εὑρίσκεται οὐχὶ ἐν μέσῳ ἐρειπίων, ἀλλ᾽ ἐν τῇ ἀρχαίᾳ Πομπηίᾳ ὡς εἶχε πρὶν καταστραφῇ.

Δηλαδὴ ὡς περιέγραψεν αὐτὴν μετὰ τοσαύτης ἐπιτυχίας ἡ γόνιμος φαντασία τοῦ λόρδου Λύττονος ἐν τῷ λαμπρῷ αὐτοῦ μυθιστορήματι "Αἱ τελευταῖαι ἡμέραι τῆς Πομπηίας."

Μάλιστα, διότι πράγματι τὰ ἔργα τῶν μεγάλων συγγραφέων χρησιμεύουσιν εἰς τὸν ἀνθρώπινον νοῦν ὡς ὁδηγοί τινες ποδηγετοῦντες αὐτὸν εἰς τὰς λαβυρινθώδεις ὁδοὺς τῆς φαντασίας. Ἀναγινώσκων τις τὰς "Τελευταίας ἡμέρας τῆς Πομπηίας" νομίζει τῷ ὄντι ὅτι ζῇ ἐν τῷ παρελθόντι, ὅτι συντρώγει, συμπίνει, συνευθυμεῖ καὶ συγκωμάζει μετὰ τῶν ἀεὶ ἐντρυφώντων τῆς Πομπηίας κατοίκων, οἵτινες "ὡς θεοὶ ἔζωον ἀκηδέα θυμὸν ἔχοντες" καὶ "τέρποντ᾽ ἐν θαλίῃσι κακῶν ἔκτοσθεν ἁπάντων."

Ἀλλ᾽ ὁ ὑψιβρεμέτης Ζεὺς "ἐμήσατο αὐτοῖς κήδεα λυγρά," διότι τῇ 23ῃ Αὐγούστου περὶ τὴν μίαν ὥραν μ. μ. τοῦ ἑβδομηκοστοῦ ἐνάτου ἔτους μετὰ Χριστὸν φοβερὰ ἔκρηξις τοῦ Βεσουβίου κατέστρεψε τὴν εὐδαίμονα ταύτην πόλιν ὁμοῦ μετὰ τοῦ Ἡρακλείου καὶ ἄλλων παρακειμένων κωμῶν. Ἀνέγνωτέ ποτε τὴν ἐπιστολὴν Πλινίου τοῦ νεωτέρου πρὸς τὸν ἱστοριογράφον Τάκιτον, ἐν ᾗ

the midst of ruins, but in ancient Pompeii as it was before it was destroyed.

That is to say, just as the prolific imagination of Lord Lytton has so happily depicted it in his brilliant novel *The Last Days of Pompeii.*

Quite so, for in fact the works of great writers serve in a way as guides to the human mind, directing its steps in the labyrinthine paths of imagination. A reader of *The Last Days of Pompeii* fancies that he is really living in the past, eating, drinking, enjoying himself and revelling in the company of the ever luxurious inhabitants of Pompeii, who "like gods lived with no care upon their minds," and "beyond the reach of every ill take delight in the feast."

But Jove, the Thunderer on high, "meditated for them grievous harm," for on the 23d of August, about one o'clock in the afternoon, in the seventy-ninth year after Christ, a fearful eruption of Vesuvius destroyed this prosperous city together with Herculaneum and some adjacent villages. Did you ever read the letter of Pliny the younger to the historian Tacitus, in which he describes

περιγράφει λεπτομερέστατα τὰ τῆς μεγάλης . ταύτης καταστροφῆς ;

Πολλάκις· ἐὰν δὲ δέν με ἀπατᾷ ἡ μνήμη, νομίζω ὅτι ἡ ἐπιστολὴ αὕτη μετεφράσθη εἰς τὴν Ἑλληνικὴν γλῶσσαν ὑπὸ Ι. Ἰσιδωρίδου Σκυλίτζῃ, καὶ ἐδημοσιεύθη ἐν τῷ ἕκτῳ τόμῳ τῆς ἐν Σμύρνῃ ἐκδιδομένης ποτὲ "Ἀποθήκης τῶν ὠφελίμων γνώσεων." Ἐν τῇ φοβερᾷ ταύτῃ καταστροφῇ ἀπέθανεν ἐξ ἀσφυξίας Πλίνιος ὁ πρεσβύτερος, ὅστις ἦτο θεῖος τοῦ νεωτέρου.

Ἔγεινε θῦμα τῆς ἐπιστημονικῆς περιεργίας του· διότι καθ' ὃν χρόνον πάντες ἔφευγον δρομαῖοι προσπαθοῦντες ν' ἀπομακρυνθῶσι τοῦ κινδύνου, ἐκεῖνος ἐμβὰς εἰς τριήρη ἔπλευσε πρὸς τὸ Ῥήτινον καὶ τὰ ἄλλα ἐπαπειλούμενα προάστεια, καὶ κατεσκόπει ἐκ τοῦ σύνεγγυς τὰ ἐν τῷ οὐρανῷ καὶ τῇ γῇ συμβαίνοντα· ἀλλ' ἤδη πυκνὴ τέφρα ἤρχισε νὰ καλύπτῃ τὸ κατάστρωμα τῆς νεὼς καὶ ἠναγκάσθη νὰ καταφύγῃ εἰς Σταβιάς· ἡ καταστροφὴ ὅμως ἐπεξετείνετο ἐπὶ μᾶλλον καὶ μᾶλλον καὶ φεύγων μετὰ πολλῶν ἄλλων ἐκ Σταβιῶν ἀπέθανε καθ' ὁδόν.

Τὴν ἔκρηξιν ταύτην τοῦ Βεσουβίου διηγεῖται γραφικώτατα καὶ Δίων ὁ Κάσσιος δίδων εἰς αὐτὴν καὶ μυθολογικήν τινα χροιάν, διότι λέγει ὅτι πρὸ τῆς φοβερᾶς ἐκείνης θεομηνίας ἐφαίνοντο "ἄνδρες πολλοὶ καὶ

most minutely the incidents of this great catastrophe ?

Often : if my memory does not betray me, I think the letter was translated into the Greek language by J. Isidorides Skylitzi, and was published in the sixth volume of the *Magazine of Useful Knowledge,* issued at one time in Smyrna. In this frightful catastrophe Pliny the elder, who was the uncle of the younger, died from suffocation.

He fell a victim to his scientific curiosity ; for at the time when all were rushing off in their endeavour to get far away from the danger, he embarked in a trireme and sailed for Retinum and the other threatened suburbs, and was observing in close proximity what was taking place in the sky and on the earth ; but already dense ashes began to cover the deck of the ship and he was compelled to take refuge in Stabiae : the catastrophe however extended farther and farther, and, while making his escape with many others from Stabiae, he perished on the road.

Dion Cassius also relates this eruption of Vesuvius in a most graphic manner, giving to it moreover a somewhat mythological tinge, for he says that before that terrible visitation, "many huge men, surpassing

μεγάλοι πᾶσαν τὴν ἀνθρωπίνην
φύσιν ὑπερβεβληκότες, οἷοι οἱ
γίγαντες γράφονται," ἄλλοτε
μὲν ἐπὶ τοῦ Βεσουβίου, ἄλλοτε
δὲ ἐν τῇ περὶ αὐτὸ χώρᾳ περι-
φερόμενοι· ἐνίοτε δὲ ἐφαίνοντο
καὶ ἐν τῷ ἀέρι διαφοιτῶντες.
"Καὶ μετὰ τοῦτο αὐχμοί τε
δεινοὶ καὶ σεισμοὶ ἐξαίφνης
σφοδροὶ ἐγίνοντο, ὥστε καὶ τὸ
πεδίον ἐκεῖνο πᾶν ἀναβράττε-
σθαι, καὶ τὰ ἄκρα ἀναπηδᾶν.
ἠχαί τε, αἱ μὲν ὑπόγειοι, βρον-
ταῖς ἐοικυῖαι, αἱ δὲ ἐπίγειοι,
μυκηθμοῖς ὅμοιαι συνέβαινον·
καὶ ἥ τε θάλασσα συνέβρεμε,
καὶ ὁ οὐρανὸς συνεπήχει· κἀκ
τούτου κτύπος τε ἐξαίσιος
ἐξαπιναίως, ὡς καὶ τῶν ὀρῶν
συμπιπτόντων, ἐξηκούσθη· καὶ
ἀνέθορον πρῶτον μὲν λίθοι
ὑπερμεγέθεις, ὥστε καὶ ἐς αὐτὰ
τὰ ἄκρα ἐξικέσθαι· ἔπειτα πῦρ
πολὺ καὶ καπνὸς ἄπλετος, ὥστε
πάντα μὲν τὸν ἀέρα συσκιασθῆ-
ναι, πάντα δὲ τὸν ἥλιον συγκρυ-
φθῆναι, καθάπερ ἐκλελοιπότα.
Νύξ τε οὖν ἐξ ἡμέρας, καὶ
σκότος ἐκ φωτὸς ἐγένετο· καὶ
ἐδόκουν οἱ μὲν τοῖς γίγαντας
ἐπανίστασθαι (πολλὰ γὰρ καὶ
τότε εἴδωλα αὐτῶν ἐν τῷ καπνῷ
διεφαίνετο, καὶ προσέτι καὶ
σαλπίγγων τις βοὴ ἠκούετο), οἱ
δὲ καὶ ἐς χάος ἢ καὶ πῦρ τὸν
κόσμον πάντα ἀναλίσκεσθαι·
καὶ διὰ ταῦτα ἔφευγον, οἱ μὲν ἐκ
τῶν οἰκιῶν ἐς τὰς ὁδούς, οἱ δὲ
ἔξωθεν εἴσω· ἔκ τε τῆς θαλάσ-
σης ἐς τὴν γῆν, καὶ ἐξ ἐκείνης
ἐς τὴν θάλασσαν ἄλλοι ταραττό-

all human nature, like the
giants are painted," made their
appearance, going about some-
times on Vesuvius, sometimes
in the country surrounding it,
and occasionally they even ap-
peared frequenting the air.
"And after this, severe droughts
and violent earthquakes suddenly
took place, so that the whole of
that plain heaved, and the
heights leaped; and noises
occurred, some subterranean,
like thunder, others above
ground, like bellowings; and
the sea at the same time roared
and the sky resounded; and
after this an ominous crash was
all of a sudden heard, as if the
mountains were falling one upon
another; and first enormous
stones leaped up, so as even to
reach the very heights; then a
great volume of fire and an
immense cloud of smoke, so
that the whole atmosphere was
obscured, and the sun entirely
hidden as if it were eclipsed.
Night came out of day and
darkness out of light: some
thought that the giants had
revolted (for many likenesses of
these too were at that time dis-
cerned in the smoke, and more-
over a sort of sound of trumpets
was also heard): others that all the
world was perishing in chaos or
even in fire; and on this account
they fled, some from their houses
into the streets, others from
outside went inside; others, in

μένοι, καὶ πᾶν τὸ ἀπὸ σφῶν
ἀπὸν ἀσφαλέστερον τοῦ παρόν-
τος ἡγούμενοι· ταῦτά τε ἅμα
ἐγίγνετο καὶ τέφρα ἀμύθητος
ἐφυσήθη, καὶ τήν τε γῆν, τήν
τε θάλασσαν καὶ τὸν ἀέρα
πάντα κατέσχε· καὶ πολλὰ μὲν
καὶ ἄλλα, ὥς που καὶ ἔτυχε, καὶ
ἀνθρώποις καὶ χώραις καὶ βο-
σκήμασιν ἐλυμήνατο, τοὺς δὲ
ἰχθύας, τά τε ὄρνεα πάντα
διέφθειρε· καὶ προσέτι καὶ πό-
λεις δύο ὅλας, τό τε Ἡρκου-
λάνεον καὶ τοὺς Πομπηΐους, ἐν
θεάτρῳ τοῦ ὁμίλου αὐτῆς
καθημένου, κατέχωσε· τοσαύτη
γὰρ ἡ πᾶσα κόνις ἐγένετο, ὥστ᾽
ἀπ᾽ αὐτῆς ἦλθε μὲν καὶ ἐς
Ἀφρικὴν καὶ Συρίαν καὶ ἐς
Αἴγυπτον, ἐσῆλθε δὲ καὶ ἐς
Ῥώμην, καὶ τὸν ἀέρα τὸν ὑπὲρ
αὐτῆς ἐπλήρωσε, καὶ τὸν ἥλιον
ἐπεσκίασε· καὶ συνέβη κἀνταῦθα
δέος οὐ μικρὸν ἐπὶ πολλαῖς
ἡμέραις οὔτ᾽ εἰδόσι τοῖς ἀνθρώ-
ποις τὸ γεγονός, οὔτ᾽ εἰκάσαι
δυναμένοις· ἀλλ᾽ ἐνόμιζον καὶ
ἐκεῖνοι πάντα ἄνω τε καὶ κάτω
καταστρέφεσθαι."

Ἀξιόλογος περιγραφή· ἀλλ᾽
ὥρα νομίζω νὰ ἐπανέλθωμεν εἰς
τὰ προσφιλῆ ἡμῖν ἀναγνώ-
σματα· κατὰ καλήν μας τύχην
οἱ φανοὶ τῶν ἀμαξῶν πέμπουσι
λαμπρὸν φῶς καὶ δύναταί τις ν᾽
ἀναγινώσκῃ χωρὶς νὰ κουράζῃ
τοὺς ὀφθαλμούς του. Τί ποίη-
μα εἶναι τοῦτο; εἶναι πρωτότυ-
πον ἢ μετάφρασις;

their confusion, from the sea to the land and from that to the sea, thinking every place distant from them safer than the one near them : all this took place at the same time that an amount of ashes, impossible to describe, was blown about and took possession of all the land and the sea and the air and, amidst much other destruction of whatever it came across, played havoc with men and countries and cattle, and destroyed the fish and all the birds ; and in addition to this buried two entire cities, Herculaneum and Pompeii, while the population of the latter were seated in the theatre ; for all the dust became so great in quantity, that part of it reached Africa and Syria and Egypt, and even arrived at Rome and filled the air above it, and obscured the sun, and here too great terror fell upon the people, who for many days neither knew nor could conjecture what had happened, but they also thought that everything was being turned upside down."

An excellent description : but now I think it is time to return to our favourite readings : by good luck the lamps of the carriages give a bright light, and one can read without tiring one's eyes. What poem is this ? Is it original or a translation ?

Εἶναι μετάφρασις τοῦ "Πιστοῦ ποιμένος" τοῦ Γουαρίνου γενομένη περὶ τὰ τέλη τοῦ IS′ αἰῶνος ὑπὸ Μιχαὴλ Σουμμάκη Ζακυνθίου, ὅστις εὐδοκίμως ἐξήσκει τὸ ἰατρικὸν ἐπάγγελμα ἐν Βενετίᾳ καὶ συνεδέετο φιλικῶς μετὰ τῶν ἐπιφανεστάτων ἐπὶ παιδείᾳ ἀνδρῶν τῆς ἐποχῆς του· εἶχε δὲ στενὴν φιλίαν καὶ μετὰ τοῦ Γουαρίνου. Ἡ μετάφρασις αὕτη ἂν καὶ ἔγεινε περὶ τὰ τέλη τοῦ IS′ αἰῶνος, ἐδημοσιεύθη ὅμως κατὰ τὸ 1658 ἐν Βενετίᾳ ὡς λέγει ὁ Βρετὸς ἐν τῇ "Νεοελληνικῇ φιλολογίᾳ" του. Τὸ παρὸν ἀντίγραφον ἔγεινεν ἐκ τῶν "Φιλολογικῶν ἀναλέκτων Ζακύνθου" ὑπὸ τοῦ Ἀρχιεπισκόπου Ζακύνθου Ν. Κατραμῆ.

Τὸ ὄνομα τοῦ Ἰωάννου Βαπτιστοῦ Γουαρίνου κατὰ τὸν IS′ καὶ IZ′ αἰῶνα ἔχαιρε μεγάλην φήμην· ἀπόδειξις δὲ τούτου εἶναι ὅτι ὁ "Πιστὸς ποιμὴν" αὐτοῦ τεσσαρακοντάκις ἐτυπώθη ζῶντος ἔτι τοῦ συγγραφέως. Τὸ ὕφος αὐτοῦ εἶναι γλαφυρὸν καὶ χαρίεν, πολλάκις ὅμως αἱ ποιητικαὶ αὐτοῦ εἰκόνες δὲν φαίνονται φυσικαί. Σήμερον ὀλίγιστοι ἴσως ἀναγινώσκουσι τὸ ποίημα τοῦτο, εἰς πλείστους δὲ οὐδὲ τὸ ὄνομα αὐτοῦ εἶναι γνωστόν. Ἃς διέλθωμεν πρῶτον τὸ Ἰταλικὸν κείμενον καὶ μετὰ ταῦτα ἀναγινώσκομεν τὴν μετάφρασιν τοῦ Σουμμάκη μεθερμηνεύοντες αὐτὴν ἐν ταυτῷ κατὰ λέξιν εἰς τὸ Ἀγγλικόν, διότι

It is a translation of Guarini's *Faithful Swain*, which was made at about the end of the 16th century by Michael Summakes of Zante, who successfully practised the profession of a physician in Venice, and was connected by ties of friendship with the men of his day who were most distinguished for their learning, and was on terms of intimacy with Guarini. This translation, although it was made at about the end of the 16th century, was published in Venice in 1658, as Vretos states in his *Neohellenic Literature*. The copy I have here was made from the *Literary Selections of Zante*, by N. Catrames, Archbishop of Zante.

The name of Giovanni Battista Guarini enjoyed great celebrity in the 16th and 17th centuries, and a proof of it is that his *Faithful Swain* was printed forty times while the author was yet living. His style is elegant and graceful, but his poetical similes often seem unnatural. In these days very few perhaps read this poem, and to most people even its name is unknown. Let us first go through the Italian text and after that we will read the translation of Summakes, rendering it at the same time word for word into English, for here it is not a question of the language of Guarini,

ἐνταῦθα δὲν πρόκειται περὶ τῆς γλώσσης τοῦ Γουαρίνου, ἀλλὰ περὶ τῆς τοῦ Ἕλληνος μεταφραστοῦ.

but of that of the Greek translator.

IL PASTOR FIDO

ATTO I.—SCENA I.

Silvio. Linco.

Silvio. Ite voi, che chiudeste
L' horribil fera, a dar l' usato segno
De la futura caccia. Ite svegliando
Gli occhi col corno, e con la voce i cori.
Se fù mai ne l' Arcadia
Pastor di Cintia, e de' suoi studi amico,
Cui stimolasse il generoso petto
Cura, o gloria di selve,
Hoggi il mostri, e mi segua,
La dove in picciol giro,
Ma largo campo al valor nostro, è chiuso
Quel terribil Cinghiale ;
Quel mostro di natura, e de le selve ;
Quel si vasto, e si fiero,
E per le piaghe altrui
Si noto habitator de l' Erimanto,
Strage de le campagne,
E terror de i bifolchi. Ite voi dunque,
E non sol precorrete,
Ma provocate ancora
Co' l rauco suon la sonnachiosa Aurora.
Noi, Linco, andiamo a venerar gli Dei,
Con più sicura scorta
Seguirem poi la destinata caccia,
"Chi ben comincia, ha la metà de l' opra ;
Nè si comincia ben, se non dal Cielo."
    Linco. Lodo ben, Silvio, il venerar gli Dei ;

Ma il dar noia a coloro,
Che son ministri de gli Dei, non lodo.
Tutti dormono ancora
I custodi del Tempio, i quai non hanno,
Più tempestivo, o lucido Orizonte
De la cima del monte.

   Silvio.   A te, che forse non sè desto ancora,
Par, ch' ogni cosa addormentata sia.

   Linco.   O Silvio, Silvio, a che ti die natura
Ne' più begli anni tuoi
Fior di beltà si delicato, e vago,
Se tu sè tanto a calpestario intento ?
Che s' havess' io cotesta tua si bella,
E si fiorita guancia,
Adio, selve, direi ;
E seguendo altre fere,
E la vita passando in festa, e 'n gioco,
Farei la state a l' ombra, e 'l verno al foco.

   Silvio.   Così fatti consigli
Non mi desti mai più : come sè hora
Tanto da te diverso !

   Linco.   "Altri tempi, altre cure."
Così certo farei se Silvio fussi.

   Silvio.   Ed io se fussi Linco ;
Ma perche Silvio sono,
Oprar da Silvio, e non da Linco i' voglio.

   Linco.   O garzon folle : a che cercar lontana,
E perigliosa fera,
Se l' hai via più d' ogni altra,
E vicina, e domestica, e sicura ?

   Silvio.   Parli tu da dovero, o pur vanneggi ?

   Linco.   Vaneggi tu, non io.

   Silvio.   Ed è cosi vicina ?

   Linco.   Quanto tu di te stesso.

   Silvio.   In qual selva s' annida ?

   Linco.   La selva sè tu, Silvio :
E la fera crudel, che vi s' annida,
E la tua feritate.

   Silvio.   Com ben m' avvisai, che vaneggiavi !

   Linco.   Una Ninfa si bella, e si gentile :
Ma che dissi una Ninfa ? anzi una Dea,

Più fresca, e più vezzosa
Di mattutina rosa ;
E più molle, e più candida del cigno ;
Per cui non è si degno
Pastor hoggi trà noi, che non sospiri,
E non sospiri in vano ;
A te solo da gli huomini, e dal Cielo
Destinata si serba,
Ed hoggi tu, senza sospira, e pianti
O troppo indegnamente
Garzon aventuroso ! haver la puoi
Ne le tue braccia, e tu la fuggi, Silvio :
E tu la sprezzi ? e non dirò, che 'l core
Habbia di fera, anzi di fero il petto ?

Modern Greek Version of the above.

Πρᾶξις πρώτη.—Σκήνη πρώτη.

ΣΙΛΒΙΟΣ. ΛΙΓΚΟΣ.

Σιλ. Ἄμετ' ἐσεῖς, ἄξιοι βοσκοί, πῶχετε σφαλισμένο
Τὸ φοβερώτατο θεριό, τὸ πόλλ' ἀγριωμένο,
Καὶ κατὰ τὸ συνήθι' μας δώσετε τὸ σημάδι
Τοῦ κυνηγιοῦ πῶχει νάρθῃ, καὶ κάμετ' ὅλοι ὁμάδι
Τὸ βούκινο νὰ κτυπηθῇ, τὰ 'μάτια νὰ 'ξυπνίσουν,   5
Καὶ ταῖς καρδιαῖς μὲ ταῖς φωναῖς κάμετε ν' ἀγρυπνήσουν.
Καὶ ἂν εἶν' κ' εὑρίσκεται βοσκὸς μέσα 's τὴν 'Αρκαδία
'Ποῦ νᾶναι φίλος τῆς θεᾶς καὶ νᾶχῃ προθυμία,
Κ' ἐπιθυμᾷ νὰ δοξαστῇ καὶ ἀνδρειὰ νὰ δείξῃ,
Σήμερον ἂς ἀρματωθῇ κ' ἐμέν' ἂς ἀκλουθήσῃ   10
'Εκεῖ 's τὸν κύκλον τὸν στενόν, ὁποῦνε σφαλισμένο,
Μὰ 's τὴν 'δικήν μας τὴν ἀνδρειὰν λιβάδι πλατυμένο,
Τὸ ἀγριώτατο θεριό, 'ποῦ γνωρισμέν' ἐγίνη
'Σ τὴν 'Ερυμάνθ' ἔτσι πολλὰ γιὰ ταῖς ζημιαῖς 'ποῦ δίνει,

Φόβος, τρομάρα τῶν βοσκῶν καὶ τῶν ζευγίτ' ὁμάδι   15
Τοῦ κάθε κάμπου χαλασμὸς καὶ δροσεροῦ λιβάδι.
Σύρτε πρὶν τῆς ἀνατολῆς τὸ μέρος νὰ ῥοδίσῃ
Τὸν κοιμισμέν' αὐγερινὸν κάμετε νὰ 'ξυπνίσῃ
Μὲ τῆς βραχνῆς τοῦ βούκινου λαλιᾶς γιὰ νὰ σπουδάξῃ
Τὸ φῶς τ' 's ἡμέρας γρήγορα 's τὸν κόσμο νὰ χαράξῃ.   20
'Μεῖς, Λίγκε, ἂς πηγαίνωμεν πρῶτον εἰς τοὺς θεούς μας,
Νὰ τοὺς ἐπροσκυνήσωμεν κ' ἔχωμεν βοηθούς μας.
'Απόκεις θέλομεν διαβῇ ὅλοι μας 's τὸ κυνήγι'
'Ωδηγημένοι ἐξ αὐτοὺς ἔπειτα 's ὥρα 'λίγη.
῞Οποιος ἀρχίζει μὲ καλὸν εἰς τὴν ὑπηρεσιάν του   25
'Μπορεῖ νὰ 'πῇ 'μισόφτιαστην πῶς ἔχει τὴν δουλειάν του.
Μήτε κανεὶς δὲν εἰμπορεῖ ποτὲ καλὰ ν' ἀρχίσῃ,
῍Αν δὲν ζητήσῃ τοὐρανοῦ ὀμπρὸς νὰ τοῦ βοηθήσῃ.
Λιγκ. 'Παινῶ νὰ πᾶμε 's τοὺς Θεοὺς γιὰ νὰ προσευχηθοῦμεν
Μὰ αὐτοὺς 'ποῦ τοὺς λατρεύουσι νὰ τοὺς βαρυγομοῦμεν   30
Δὲν τὸ 'παινῶ, οὐδὲ πρεπὸν εἶναι, γιατὶ κοιμοῦνται
Τούτην τὴν ὥραν ὅλοι τους, κ'ι οὐδὲ ποσῶς 'ξυπνοῦνται
Παρὰ τὴν ὥραν μοναχὰ ὁποῦ 'ξυπνοῦσιν οὖλα,
Κ'ι ὅταν τὸν ἥλιον βλέπουσιν εἰς τοῦ βουνοῦ τὴν τούρλα.
Σιλ. Γιατ' ὡς θωρῶ 'χ τὰ 'μάτια σου καθὼς ἐσὺ νυστάζεις, 35
Τὸ πῶς ὅλα τὰ πράγματα κοιμοῦνται λογαριάζεις.
Λιγκ. 'Ω Σίλβιε, Σίλβιέ μου, γιατί 's τοὺς χρόνους τοὺς
        'δικούς σου
Τοὺς τρυφεροὺς τῆς νηότης σου κεῖς τοὺς πολλὰ γλυκούς σου
Νὰ βάλῃ τόσ' ἐπιμελειὰ τῆς ἐρωτιᾶς ἡ φύσι,
'Σ τὸ πρόσωπο τόσ' εὐμορφιὰ νὰ θέ' νὰ σοῦ χαρίσῃ,   40
'Ανὲν καὶ σὺ μὲ προθυμιὰ χαμοῦ 's τὴν γῆν τὴν ῥίχνεις,
Κ'ι ἀχάριστος τέτοιου καλοῦ 's τὸν κόσμον ὅλον δείχνεις;
'Ωχού! κ'ι ἂς ἤθελ' ἔχ' ἐγὼ αὐτύνο τ' ἀνθισμένον'
Τὸ πρόσωπόν σου τὤμορφο τὸ ῥοδοπλουμισμένον!
῎Ηθελα 'πεῖ μὲ τὴν καρδιάν, "'γειὰ σᾶς ἀφίνω δάση,   45
Κυνήγια σύρτε 's τὸ καλό, καὶ σᾶς ἄλλος ἂς πιάσῃ."
Κ'ι ἄλλα θεριὰ 'μορφήτερα ἤθελα προσπαθήσῃ
'Σ τὰ δίχτυα μου νὰ 'μπερδευτοῦν, κ'ι ἂν τἄχα κυνηγήσῃ
Πᾶσα καιρὸν ξεφάντωσιν μὲ δαῦτ' ἤθελα 'παίρνω,
Καὶ τὸν χειμῶνα 's τὴν φωτιὰν καλὴ ζωὴ νὰ φέρνω,   50
'Σ τοὺς ἴσκιους πάλε τῶν δενδρῶν, ὅλον τὸ καλοκαίρι,
Δροσιαῖς καὶ περιδιάβασαις πουρνὸ καὶ μεσημέρι.
Σιλ. Λίγκε, δὲν μοὔδωκες ποτὲ τέτοιαις βουλαῖς ποτέ σου,
Καὶ τώρα πῶς ἀλλάξασι ἢ γνώμαις ἢ 'δικαίς σου!

Διγκ. Ἄλλοι καιροὶ ἄλλαις γεννοῦν βουλαῖς κ' ἔγνοιαις
    ἀντάμι,   55
Μ' ἂν ἤμουν Σίλβιος ἐγώ, 'σὰν σοῦπα 'θέλα κάμει.
Σιλ. Λίγκος ἂν ἤμουν καὶ ἐγώ, κάμ' εἶχα 'σὰν κ' ἐσένα,
Καὶ κάτεχέ το τὸ λοιπὸν τ' ἔχω 'ποφασισμένα,
'Σὰν Σίλβιος νὰ κυβερνηθῶ, κ'ι ὡς Λίγκος νὰ μὴν κάνω
Κ'ι ὡς Σίλβιος στέκω σταθερὸς ὥστε 'ποῦ ν' ἀποθάνω.   60
Διγκ. Κοπέλλι πελελόν, γιατί τόσον πολλὰ γυρεύεις
Θεριὰ μὲ τόσον κίνδυνον 's τὰ δάση νὰ φονεύῃς,
'Ανὲν κ' εὑρίσκεται σιμὰ 's ἐσὲ τὸν ἴδιον ἕνα
Θερι' ἄγριο κ'ι ἀνήμερο παρὰ θεριὸ κανένα;
Σιλ. Τὸ λέγεις, Λίγκ', ἀληθινά, ἢ τάχα μετριάζεις;   65
Διγκ. Πίστεψ' ἀλήθεια λέγω σου, μὰ σὺ δὲν τὸ 'πεικάζεις.
Σιλ. 'Πές μου τ' ἂν ἦν' ἔτσι σιμά, νὰ ζήσῃς ἀπατός σου.
Διγκ. Εἶναι κοντὰ ὡς εἶσαι σὺ σιμὰ 's τὸν ἐμαυτόν σου.
Σιλ. 'Σ ποιὸν δάσος εἶναι δεῖξέ μου ποῦ 'ναι κατοικημένον.
Διγκ. Σίλβιε, τὸ δάσος εἶσαι σύ, 'κεῖνο τ' ἀγριεμένον   70
Θεριὸ εἶναι ἡ ἀσπλαγχνιὰ κ' ἡ ἀπονιά σ' ἡ πλήσια.
Σιλ. Πῶς μὲ γελᾶς καὶ παίζεις με, τὸ λόγιασα περίσσια.
Διγκ. Μιὰ κόρη τόσ' εὐγενική, νεράϊδα πλουμισμένη,
"Αντις 'μπορῶ νὰ τὴν εἰπῶ θεὰ χαριτωμένη,
Μιὰ λυγερὴ ποῦ πλειότερον παρὰ τὸ χιόν' ἀσπρίζει,   75
Κ'ι ἀπὸ τὸ ῥόδον τῆς αὐγῆς πλειό του δροσομυρίζει,
Γιὰ τὴν ὁποιὰν δὲν εἶν' κανεὶς βοσκὸς 's τὴν 'Αρκαδίαν
Τόσ' ἄξιος κ' εὐγενικὸς νὰ μὴν βαστᾶ καρδίαν
Μαύρην καὶ πλήσια φλογερὴν καὶ νὰ μὴ δὲν θρηνᾶται,
Ν' ἀναστενάζῃ τὸ συχνὸ μὲ δίχως νὰ 'φελᾶται,   80
Καὶ μόνον εἰς ἐσένανε νᾶναι μελετημένη,
Κ'ι ὀχ τὸν Θεὸν γυναῖκά σου 's τὸν οὐρανὸν γραμμένη,
Καὶ σύ, κοπέλλι πελελόν, ἀνάξιο τέτοιας χάρις,
Περιφρονεῖς, δὲν τῆς ψηφᾶς, δὲν θέλεις νὰ τὴν πάρῃς.
Πῶς θέλεις νὰ μὴ δὲν εἰποῦν πῶς κάρδι' ἀγριωμένου   85
Θεριοῦ βαστᾶς μὲ σκέπασιν 'νὸς στήθους σιδερένιου;

English Translation of the modern Greek Version.

ACT I.—SCENE I.

Silvius. Lincus.

Silvius. Go, you worthy shepherds, who have shut in
the most fearful wild beast and most savage,
and according to our custom give the signal
for the hunt that is to come, and all together make
the horn to sound, and eyes to wake from sleep,   5
and the hearts with your shouts make to keep on the alert.
And if there is and can be found a shepherd in Arcadia
who may be a friend of the goddess and have zeal,
and desires to be made glorious and display his courage,
this day let him arm and follow me   10
there into the narrow circle where is enclosed,
(but for our valour a wide meadow,)
the most savage beast who has become notorious
on Erymanthos so greatly by the damage that he does,
the fear and dread of the shepherds, and the ploughmen too, 15
the destruction of every field and dewy meadow.
Go before the eastern quarter puts on a rosy hue,
awake the drowsy morning star,
with the hoarse voice of the horn, that she may hurry
the light of day quickly to dawn upon the world.   20
We, Lincus, let us first go to our gods,
to adore them and have them for our allies.
From there we will go, all of us, to the hunt,
conducted by them, after a little while.
He who begins with a pious act his business   25
can say that he has his work half-done ;
nor can any one ever make a good beginning,
unless he first begs Heaven to help him.
Lincus. I approve that we should go to the Gods to pray to
    them ;
but that we should annoy those who serve them   30

P

I do not approve, neither is it seemly, for they are asleep
at this hour, all of them, and do not awake at all
except only at that hour when all things wake,
and when they see the sun on the crest of the hill.
Silvius. Because, as I see from your eyes, you are sleepy, 35
you conclude that all things are asleep.
Lincus. O Silvius, my Silvius, why, at your years,
in the tender, very sweet years of your youth,
should nature take such care of your attractiveness
to wish to bestow on you so much beauty in your face, 40
if you with readiness throw it down upon the ground,
and show yourself to all the world ungrateful for such a boon?
Ah ! would that I had in all its bloom
your lovely face adorned with roses !
I would say with all my heart : " Woods, I bid you farewell ! 45
Game, go where you will, and let some one else catch you."
And I would attempt other more beautiful animals of the chase
to entangle in my nets, and, if I had caught them,
all the time I would make revel with them,
and in the winter by the fire I would lead a happy life, 50
and in the shade of the trees again all the summer
in coolness and pleasant walks, at morning and midday.
Silvius. Lincus, you never before gave me such advice,
and now how your ideas have changed !
Lincus. Other times bring other counsels, and also other cares, 55
but had I been Silvius, I should have done as I told you.
Silvius. And had I been Lincus, I should have done as you,
and know this then, what I have decided,
to conduct myself as Silvius, and not to do as Lincus,
and as Silvius I stand firm till I die. 60
Lincus. Foolish youth, why do you want to kill
so many wild beasts in the woods with so much danger,
while there is quite close to yourself one
wild beast, savage and untamed, beyond any beast ?
Silvius. Do you mean what you say, Lincus, in truth, or are
you joking ? 65
Lincus. Believe me, I speak the truth, but you do not guess
my meaning.
Silvius. Tell me if it is so near, please do (*lit.* that you your-
self may live long).
Lincus. It is close by, as near as you are to yourself.

Silvius. Show me in what forest it is, where it lives.

Lincus. Silvius, you are the forest, that savage   70
beast is your inhumanity and your great cruelty.

Silvius. I understand very well that you are laughing at me
and joking with me.

Lincus. A maiden so noble, a nymph adorned with many charms
whom surely I may call a graceful goddess,
a dear girl who is whiter than the snow,   75
and has a fresh perfume more than the rose of the morning,
for whom not a single shepherd in Arcadia
is so worthy and so noble that he should not carry a heart
distressed and all in flames, and should not weep,
and sigh continually, without it helping him,   80
and she is intended to be only for you,
and by God inscribed in heaven as your wife,
and you, foolish youth, unworthy of such favour,
despise, care nothing for her, and do not wish to take her.
How do you want people not to say you carry   85
under the cover of an iron breast the heart of a wild beast?

Ταῦτα νομίζω ἀρκοῦσιν ἐκ τῆς μεταφράσεως τοῦ " Πιστοῦ Ποιμένος," ἥτις μεθ᾽ ὅλων τῶν ἐλαττωμάτων αὐτῆς εἶναι ἀξιολογώτατον γλωσσικὸν δεῖγμα τοῦ IϚ' αἰῶνος. Σκαλίσατε τώρα νὰ εὕρητε τίποτε ἀξιανάγνωστον ἀνῆκον εἰς τὴν ΙΖ' ἑκατονταετηρίδα.

Ἔχω ἓν ἀπόσπασμα ἐκ τῆς " Ῥητορικῆς " Φραγκίσκου Σκούφου τοῦ ἐκ Κρήτης, ἥτις ἐξεδόθη τὸ πρῶτον ἐν Βενετίᾳ νομίζω κατὰ τὸ ἔτος 1681, καὶ δύο ἐκ τῶν διδαχῶν Ἡλίου Μηνιάτου τοῦ ἐκ Κεφαλληνίας. Αἱ διδαχαὶ τοῦ περιφήμου τούτου ῥήτορος ἐτυπώθησαν πολλάκις· ἀρίστη ὅμως πασῶν τῶν ἐκδόσεων εἶναι ἡ γενομένη κατὰ τὸ ἔτος 1849 ὑπὸ Ἀνθίμου

I think that is enough of the translation of *The Faithful Swain*, which, with all its defects, is an excellent specimen of the language of the 16th century. Now make a search and find something worth reading which belongs to the 17th century.

I have an extract from the *Rhetoric* of Francisco Scouphos of Crete, which was first published in Venice, I think in 1681, and two from the sermons of Elias Meniates of Cephallonia. The sermons of this celebrated orator have often been printed; but the best of all the editions is the one brought out in 1849 by Anthimus Mazarakes. It is from this edition that I have

Μαζαράκη. Ἐκ ταύτης τῆς ἐκδόσεως ἀντέγραψα τὰ ἐν τῷ τετραδίῳ μου ἀποσπάσματα. Ἀμφότεροι οὗτοι οἱ ἄνδρες ἦσαν κάτοχοι ὑψηλῆς παιδείας, γνωρίζοντες πρὸς τῇ Ἑλληνικῇ καὶ τὴν Λατινικὴν καὶ Ἰταλικὴν γλῶσσαν· ἔγραψαν δὲ εἰς τὴν τότε λαλουμένην Ἑλληνικὴν ὅπως τὰ ὑπ' αὐτῶν γραφόμενα ὦσι τοῖς πᾶσι καταληπτά. Τὸ ἑξῆς ἀπόσπασμα εἶναι ἐκ τῆς "Ῥητορικῆς" τοῦ Σκούφου· ἀναφέρεται δὲ εἰς τὸν Ἅγιον Νικόλαον θαλασσοποροῦντα· ἀλλ' ὅπως ἐννοήσητε καλῶς τὰ ἐν αὐτῷ πρέπει νὰ σᾶς εἴπω ὅτι ὁ θαυματουργὸς οὗτος ἅγιος παρὰ τοῖς νῦν Ἕλλησι κατέχει τὴν αὐτὴν θέσιν, ἣν παρὰ τοῖς ἀρχαίοις εἶχεν ὁ Ποσειδῶν, δηλαδὴ εἶναι κυρίαρχος τῆς θαλάσσης, ὥστε ἐν ὥρᾳ κινδύνου οἱ ναῦται πέμπουσιν εἰς αὐτὸν πλειοτέρας ἱκεσίας ἢ εἰς τὸν δημιουργὸν τοῦ κόσμου θεόν. Κυττάξατε μετὰ πόσης χάριτος καὶ εὐγλωττίας περιγράφει ὁ Σκοῦφος τὴν ἐν θαλάσσῃ γαλήνην καὶ τὴν διαδεχομένην αὐτὴν φοβερὰν τρικυμίαν.

"Ἦτον γαληνόμορφος ὁ οὐρανός, ἐγέλα ἀνέφαλος ὁ ἀέρας, ἔπνεε πρᾶος καὶ φιλικὸς ὁ ζέφυρος, κῦμα δὲν ἐφούσκωνε, ἀφρὸς δὲν ἐφαίνετο, καὶ τὸ πέλαγος ὅλον ταπεινὸν ἔδειχνε τὴν εὐλάβειαν ὁποῦ ἔφερνε πρὸς τὸν ἅγιον· καὶ ἂν καμμίαν φορὰν ὀλίγον φοισκωμένον ὑπερηφανεύετο, τὸ ἔκανε μόνον διατὶ

copied the extracts in my note-book. Both these men were highly educated, knowing Latin and Italian in addition to Greek ; and they wrote in the Greek language spoken at that time, so that their writings might be intelligible to every one. The following extract is from the *Rhetoric* of Scouphos : it relates to St. Nicholas when he was making a sea-voyage ; but, that you may thoroughly understand its contents, I must tell you that this miracle-working saint holds among the Greeks of the present day the same place as Neptune held among the ancients, that is to say, that he is lord of the sea, so that in the hour of danger sailors address more prayers to him than to God, the creator of the universe. See with what grace and eloquence Scouphos describes the calm at sea and the frightful tempest that succeeded it.

"The sky was serene, the air smiled without a cloud, the zephyr blew gentle and friendly, not a wave was heaving, no foam was to be seen, and the whole ocean in humility displayed the reverence which it felt for the saint ; and if now and then by heaving a little it showed its pride, it did so only

ἐβάστα εἰς τοὺς ὤμους τέτοιον ἥρωα. Ἀμὴ ἂν ἦτον ἡσυχία εἰς τὴν θάλασσαν, θόρυβος καὶ ταραχὴ ἦτον κάτω εἰς τὸν ᾅδην· καὶ ἂν ἔπαιζαν τριγύρου εἰς ἕνα ξύλον τὰ κύματα, ἄφριζαν εἰς τὰ κάτω σπήλαια οἱ δαίμονες, καὶ οἱ σατανικοὶ ὅλοι Κύκλωπες, ὁποῦ εἰς ἐκείνην τὴν ἄβυσσον κατοικοῦσι. ‘Καὶ τί θέλομεν κάμει,’ ἔλεγεν ὁ Ἑωσφόρος, ‘τί ἀποφασίζομεν, ὦ σύντροφοι; Ἀφίνομεν τὸν Νικόλαον νὰ πλεύσῃ μὲ εὐτυχίαν, καὶ ὑγιὴς νὰ φθάσῃ εἰς τὸν λιμένα τῆς ἰδίας του ἐπιθυμίας, τὸν λιμένα τῆς Ἱερουσαλήμ; Θέλω νὰ χάσῃ εἰς τὸν δρόμον τὴν στράταν χωρὶς ἐλπίδα νὰ φθάσῃ εἰς ἄλλον λιμένα, παρὰ εἰς τὸ ναυάγιον καὶ τὴν ἀπώλειαν· εἰς κάθε ῥεῖθρον θέλω ἀνοίξει βάραθρα, ἀμὴ τόσον βαθειὰ ὅπου νὰ πίπτουν ὅλοι μέσα μόνον ἀπὸ τὴν ζάλην, καὶ εἰς τὰ νέφη θέλω πλάσῃ βροντάς, ἀστραπὰς καὶ βροχὴν τόσην, ὁποῦ νὰ συνθέσω ἄλλην μίαν θάλασσαν, διὰ νὰ τὸν βυθίσουν, ἂν δὲν εἶναι ἀρκετὴ ἡ μία, κἂν καὶ αἱ δύο ἀντάμα.’

Ἔτσι ἐμίλησε ὁ Ἑωσφόρος πνέοντας καπνοὺς καὶ φλόγαις ἀπὸ τὸ στόμα· καὶ εὐθὺς μαυρίζεται ὁ ἀέρας μὲ τὰ σκότη ὅλα τοῦ ᾅδου, τὰ ὁποῖα ἁρπάζοντας τὸ φῶς καὶ τὸν ἥλιον σκεπάζουν τὴν λαμπροφόρον ἡμέραν μὲ ἕνα ὁλομεσάνυκτον· συμμαζώνουνται μαῦρα καὶ πυκνοσύνθετα νέφη, τῶν ὁποίων

because it carried on its shoulders such a hero. But though there was calm upon the sea, there was turmoil and riot down in hell; and though the waves were sporting round a ship, down in the caverns the demons and all the Satanic Cyclopes who live in that abyss were foaming with rage. 'And what shall we do?' said Lucifer: 'What determination shall we come to, my comrades? Shall we let Nicholas have a prosperous voyage and arrive safely at the harbour of his wish, the port of Jerusalem? I want him on his road to lose his way, without hope of reaching any other haven than shipwreck and destruction. In every current I will open chasms, but so deep, that all will fall into them only from giddiness; and in the clouds I will create thunder, lightning, and such rain that I shall make another sea to sink him, if one is not enough, at least the two together.'

Thus spoke Lucifer, breathing smoke and flames from his mouth: and in a moment the sky is obscured with all the darkness of hell, which carrying away the light and the sun, wraps the brilliant day in one entire midnight: dense black clouds collect, whose entrails

τὰ σπλάγχνα ξεσχίζοντας ἢ
ἀστραπαὶς καὶ τὰ ἀστροπελέκια,
τυφλώνουν τὰ ὄμματα καθενὸς
μὲ τὴν λάμψιν, καὶ μὲ τὸν
κτύπον φοβερίζουν κάθε ἀνδρει-
ωμένην καρδίαν, ὡσὰν ὁποῦ
τοῦτα μαγεμέναις σαΐταις τοῦ
θανάτου πληγώνοντας ἀλλάσ-
σουν εἰς στάκτην ὅλον τὸν
ἄνθρωπον· πίπτουσι βροχαὶς
ἀρκεταὶς νὰ πνίξουν ἕνα κόσμον,
ὄχι νὰ βυθίσουν ἕνα καράβιον,
ἢ ὁποίαις ἀνάμεσα εἰς τόσην
βροντὴν καὶ τόσην λάμψιν
παγώνοντας ἀπὸ τὸν φόβον,
ἔφθαναν χαμαὶ χιόνι ἢ καὶ
χάλαζα· φυσοῦσι ἀπὸ κάθε
τόπον ἄγριοι ἄνεμοι, ὅλοι συναλ-
λήλως ἐχθροὶ καὶ ἐνάντιοι, καὶ
εἰς τοῦτο μόνον φίλοι καὶ ἐνω-
μένοι νὰ καταποντίσουν καὶ νὰ
ῥίξουν εἰς τὰ βάθη τὸ ξύλον·
Φουσκώνει τέλος καὶ ἡ θάλασσα,
καὶ φουσκωμένη θυμώνεται,
ἀφρίζει ἀπὸ τὸν θυμόν, καὶ
ἀφρίζοντας ὑψώνει γιγάντεια
κύματα· μὲ τοῦτα ὡς μὲ πολε-
μικαῖς μηχαναῖς πολεμᾷ τὸ
πλεούμενον, τὸ κτυπᾷ, τὸ δέρνει,
τὸ ὑψώνει εἰς τοὺς ἀστέρας, τὸ
κατεβάζει εἰς τὸν ᾅδην, τὸ
στρηφογυρίζει, χάσκοντας πάντα
καὶ ἀνοίγοντας χίλια βάραθρα
διὰ νὰ τὸ ῥουφήσῃ· ἤκουες τότε
νὰ κτυποῦσι συναλλήλως τὰ
κατάρτια· ἔβλεπες νὰ ξεσχί-
ζωνται ἀπὸ τοὺς ἀνέμους τὰ
ἄρμενα, καὶ βρεμμένα μὲ τοὺς
ἀφροὺς τῆς ἀγριωμένης θαλάσ-
σης νὰ κλαίουσι τὴν κοινὴν
δυστυχίαν· κομμέναις ταὶς γού-

the lightning-flashes and the
thunderbolts rending asunder,
blind the eyes of every one
with their glare, and with their
crash terrify every brave heart,
as when these, striking him with
their magic arrows of death,
change a whole man into a
cinder : there fall showers of
rain, enough to drown a world,
not merely to sink a ship, and
these, in the midst of such
thunder and such lightning,
chilled with fear reach the
ground in the form of snow or
hail : from every quarter wild
winds are blowing, all hostile
and opposed to each other, and
only friendly and united in the
sole intent to sink the ship and
plunge it down into the depths.
At last the sea too swells, and
in swelling becomes enraged :
foams with passion and in foam-
ing lifts up gigantic waves : with
these as with engines of war it
attacks the vessel, strikes it,
lashes it, raises it up to the
stars, lowers it down to hell,
twists it round, incessantly gap-
ing and opening thousands of
chasms to ingulf it ; and then
you might have heard the masts
crash against each other : you
might have seen the sails torn
by the wind and, soaked with the
spray of the savage sea, weep-

μεναις, χαϋμέναις ταῖς ἄγκυραις·
τούτους νὰ πίνουσι καὶ νὰ
ξερνοῦσι τὰ κύματα, ἐκείνους
χαμαὶ ἐρριμένους, καὶ νὰ με-
θύοισι ἀπὸ τὴν ζάλην· ἄλλους
μὲ στεναγμοὺς καὶ μὲ δάκρυα νὰ
παρακαλοῦσι βοήθειαν ἀπὸ τὸν
οὐρανόν, διατὶ ὁ φόβος των εἶχε
δέσῃ τὴν γλῶσσαν, καὶ τῶν εἶχε
ἁρπάσῃ ὁλότελα τὴν φωνήν·
καὶ τοὺς ναύτας νὰ τρέμουσι
τόσον εἰς τὴν καρδίαν, ὅσον εἰς
τοὺς πόδας, καὶ νὰ φέρνουν εἰς
τὸ πρόσωπον ζωγραφισμένον
τὸν θάνατον. Μόνον ὁ Νικόλαος,
διὰ τὸν ὁποῖον ἐγίνετο τόση
ταραχὴ εἰς τὰ στοιχεῖα, ἀνάμεσα
εἰς τόσους φόβους καὶ τρόμους
ἔστεκε ἄτρομος καὶ χωρὶς φόβον,
διατὶ ἁρματωμένος μὲ τὴν ἐλπίδα
πρὸς τὸν Θεὸν ἐγέλα τὴν δύναμιν
ὅλην τοῦ ᾅδου· τὸν ὁποῖον διὰ
νὰ συγχύσῃ καὶ περισσότερον ὁ
ἅγιος σηκώνει ταπεινῶς τὰς
χεῖρας καὶ κάνει ὀλίγην ἀμὴ
ἔνθερμον προσευχήν, καὶ μὲ
τούτην ὡς μὲ οὐράνιον μαγείαν,
τοῦ ἀφανίζει τὰ σκότη, τοῦ
σκορπίζει τὰ νέφη, τοῦ σβύνει
ταῖς ἀστραπαῖς, καὶ μεταμορφώ-
νει εἰς γαλήνην τὴν τρικυμίαν,
εἰς ἡσυχίαν τὴν ταραχήν, εἰς
γλυκεῖαν αὔραν τὸν σκληρὸν
ἄνεμον· σιωποῦσι τὰ στοιχεῖα,
παύουν τὰ κύματα, πνέουσι
ζέφυροι, λάμπουσι εἰς τὸν
οὐρανὸν οἱ ἀστέρες, σφουγγίζει
καθένας τὰ δάκρυα, ξυπνᾷ ὁ
ἄλλος ἀπὸ τὴν ζάλην, καὶ τὸ
ἀπηλπισμένον καράβιον φθάνει
σῶον καὶ ὑγιὲς εἰς τὸν λιμένα,

ing over the common calamity,
the cables cut, the anchors lost,
the waves swallowing some of the
men and disgorging them again,
some struck down and dazed with
giddiness, others with groans
and tears beseeching help from
heaven, for fear had tied their
tongues, and robbed them of all
power of speech : the sailors
quivering as much in their hearts
as in their feet, and bearing death
pictured on their faces. Alone
Nicholas, for whom arose all this
turmoil of the elements, in the
midst of all this terror and con-
sternation, stood fearless and un-
daunted, for, armed with hope in
God, he laughed at all the powers
of hell, and to enrage it still
more, the saint humbly raises his
hands and utters a short but
fervent prayer, and with this, as
with a divine spell, disperses its
darkness, scatters its clouds,
extinguishes its lightning, and
changes the storm into a calm,
the riot into peace, the cruel
wind into a gentle breeze : the
elements are silent, the waves
cease, the zephyrs blow, the
stars glitter in the sky, every
one wipes away his tears, another
recovers from his dizziness, and
the ship, which was given up
for lost, comes safe and unharmed
into port, victorious over two

νικηφόρον δυὸ μεγάλων θηρίων, τῆς θαλάσσης καὶ τοῦ Ἑωσφόρου."

Ὁ Σκοῦφος ἂν καὶ ἔγραψεν ἐν γλώσσῃ κοινῇ πρέπει νὰ ὁμολογήσῃ τις ὅμως ὅτι κατώρθωσε νὰ δώσῃ εἰς τὸν λόγον του οὐ μικρὰν χάριν καὶ γλαφυρότητα· ἐπειδὴ δὲ ἐξεπαιδεύθη ἐν Ἰταλίᾳ δὲν εἶναι παράδοξον ὅτι τὸ ὕφος αὐτοῦ εἶναι κεκαρυκευμένον διὰ ῥητορικῶν ἐκφράσεων καὶ σχημάτων προερχομένων ἐξ Ἰταλικῶν πηγῶν.

Τοιοῦτον εἶναι καὶ τοῦ Μηνιάτου τὸ ὕφος, διότι καὶ ἐκεῖνος ἐξεπαιδεύθη ἐν Ἰταλίᾳ. Κατὰ τὴν ἐποχὴν ἐκείνην τὸ Ἑλληνικὸν ἔθνος ἐστέναζεν ὑπὸ βαρὺν ζυγὸν δουλείας, καὶ ἐάν τις ἐπεθύμει νὰ λάβῃ ὑψηλὴν ἐκπαίδευσιν μετέβαινεν εἰς τὴν Ἰταλίαν ὅπου ἑκατοντάδες Ἑλλήνων ἐξεπαιδεύοντο. Θέλετε τώρα νὰ ἀναγνώσω εἰς ὑμᾶς τὰ δύο ἀποσπάσματα ἐκ τῶν διδαχῶν τοῦ Μηνιάτου;

Μὴ ἐμβαίνετε εἰς τοῦτον τὸν κόπον ἀπόψε, διότι εἶναι ἀργά· βλέπω δὲ καὶ τὸ φῶς τῶν φανῶν ἔγεινεν ἀμυδρόν, ὥστε ἃς ἀναπαυθῶμεν τώρα ὀλίγον καὶ τὸ πρωΐ μὲ νέαν ὄρεξιν ἀναγινώσκομεν οὐ μόνον ταῦτα, ἀλλὰ καὶ ἄλλα, διότι ἐξ ὅσων βλέπω τὰ ἐν τῷ τετραδίῳ ὑμῶν ἀποσπάσματα εἶναι ἀνεξάντλητα.

Ἃς γείνῃ λοιπὸν ὡς λέγετε.

Ἐγέρθητε, φίλε, ἐγέρθητε ν'

huge monsters, the sea and Lucifer."

Scouphos, although he wrote in the vulgar tongue, must be acknowledged to have succeeded in imparting to his language no little grace and elegance; and as he had been educated in Italy there is nothing strange in his style having a seasoning of rhetorical phrases and forms derived from Italian sources.

Such also is the style of Meniates, for he too was educated in Italy. At that time the Greek nation was groaning under a heavy yoke of slavery, and if any one wanted to receive a superior education, he went to Italy where hundreds of Greeks were receiving instruction. Would you like me now to read to you the two extracts from the sermons of Meniates?

Do not go to this trouble this evening, for it is late: I see too that the light of the lamps has become dim, so let us rest now a little, and in the morning we shall read with a fresh appetite not only these but others also, for, from what I see, the extracts in your notebook are inexhaustible.

Be it as you say.

Wake up, my friend, wake

ἀναπνεύσητε τὴν ἀρωματικὴν
αὔραν τῆς πρωίας, ἥτις ζωογονεῖ
τὸ σῶμα καὶ πληροῖ τὴν καρδίαν
ἀνεκφράστου ἀγαλλιάσεως! Ὁ
ἥλιος ἔτι δὲν ἀνέτειλε, τὰ πτηνὰ
ὅμως ἤδη κατέλιπον τὰς ἑαυτῶν
φωλεὰς καὶ περιπετόμενα τιτί-
ζουσι χαριέντως.

Πάνυ ποιητικῶς με ἐξηγείρα-
τε ἐκ τοῦ ὕπνου, καὶ ὁμολογῶ
ὑμῖν πλείστας χάριτας. Εἶναι
τῷ ὄντι ὡραιοτάτη πρωία. Κατὰ
ταύτην τὴν ὥραν τοῦ ἔτους ἐν
Ἀγγλίᾳ οἱ ἀνατολικοὶ ἄνεμοι
καταπηγνύουσι καὶ κατακαίουσι
τὰ πάντα, ἐν ᾧ ἐνταῦθα ἐπι-
κρατεῖ ἀληθὲς ἔαρ.

Ἀκούσατε μίαν ὡραίαν στρο-
φὴν τοῦ Ζαλοκώστα, ὅστις μετὰ
πολλῆς χάριτος περιγράφει τὸν
Ἀπρίλιον μῆνα ἐν Ἑλλάδι·

"Ἀπρίλης εἶναι· γύρου μας
Πετοῦν τὰ χελιδόνια,
Κ᾽ι ἄνθη καὶ φύλλα καὶ κλαδιὰ
Ὅλα μοσχοβολᾶνε·
Γλυκᾶ λαλοῦν τἀηδόνια,
Καὶ ζευγαρών᾽ ἡ πέρδικα
Κ᾽ οἱ κοῦκκοι κελαδᾶνε."

Ἂν καὶ οἱ κοῦκκοι δὲν κελα-
δοῦσιν, ἀλλὰ κοκκύζουσι, πρέπει
ὅμως νὰ ὁμολογήσω ὅτι ἡ
στροφὴ αὕτη τοῦ Ζαλοκώστα
εἶναι ὡραία καὶ κατάλληλος εἰς
τὴν περίστασιν· πῶς ὅμως οἱ
ἀπόγονοι τῶν ἀρχαίων κλασικῶν
κοκκύγων μετήλλαξαν ὄνομα
καὶ καλοῦνται νῦν ἐν Ἑλλάδι
κοῦκκοι, τοῦτο δὲν τὸ ἐννοῶ καὶ
παρακαλῶ νά μοι τὸ ἐξηγήσητε.

up, to inhale the fragrant morn-
ing-breeze which revives the
body and fills the heart with
inexpressible delight! The sun
has not yet risen, but the birds
have already left their nests and
are chirping pleasantly as they
fly about.

You have awakened me very
poetically from sleep, and I
return you very many thanks.
It is really a most lovely morn-
ing. At this period of the year
in England the east winds freeze
and parch everything, while here
true spring prevails.

Listen to a pretty verse by
Zalocostas, who very gracefully
describes the month of April in
Greece:

"It is April: around us
the swallows are flying,
and flowers and leaves and
boughs all shed their fragrance:
the nightingales warble sweetly
and the partridge takes its mate
and the cuckoos are singing."

Although cuckoos do not sing
but cry "cuckoo," I must con-
fess that this stanza of Zalo-
costas' is pretty and suited to
the occasion; but how the
descendants of the old classic
κόκκυγες changed their name
and in Greece are now called
κοῦκκοι, I do not understand,
and beg you to explain to me.

Ἐὰν ἐπιχειρήσω νὰ ἐξηγήσω εἰς ὑμᾶς πῶς ὁ κόκκυξ ἔγεινε κοῦκκος θὰ προκαλέσω τὸ περὶ προφορᾶς τῶν Ἑλληνικῶν γραμμάτων ζήτημα· διὰ ν' ἀπο- φύγω λοιπὸν τοῦτο ἐπιτρέψατέ μοι ν' ἀναγνώσω ὑμῖν περι- κοπήν τινα ἐκ τοῦ ἀστειοτά- του ποιήματος τοῦ Θεοδώρου Ὀρφανίδου, ὅπερ ὀνομάζεται "Τίρι-Λίρι," καὶ ἔχει ὡς ὑπό- θεσιν ἕνα κοῦκκον ὅστις κατέστη περίφημος ἐν τῇ καθ' ἡμᾶς Ἑλ- ληνικῇ φιλολογίᾳ· εἶμαι δὲ βέβαιος ὅτι θὰ σᾶς ἀρέσῃ, διότι ὁ ποιητὴς ἐμπαίζων τὰς περὶ λεξειδίων ἀτελευτήτους λογομα- χίας κούφων σχολαστικῶν εὐ- φυέστατα διδάσκει πῶς ὁ κόκκυξ γίνεται κοῦκκος. Ἰδοὺ τὸ ἀπό- σπασμα·

If I attempt to explain to you how *coccyx* became *couccos* I shall call up the question of the pronunciation of the Greek letters; to avoid this then, let me read to you a passage from the very witty poem of Theo- dore Orphanides, which is called *Tiri-Liri*, and has for its sub- ject a cuckoo which has become famous in modern Greek litera- ture: I am sure it will please you, for the poet, while making fun of the endless disputes about little words among silly pedants, very cleverly explains how *coccyx* becomes *couccos*. Here is the extract:

"'Ράπται τῶν φράσεων κακοί,
    καὶ κτίσται περιόδων
Καὶ καρφωταὶ μεσοστιγμῶν, καὶ
    σκύβαλα τριόδων,
Μήπως ὁ κόκκυξ ἔγεινε γαΐδαρος
    ἢ χοῖρος,
Ὡς σεῖς, ἂν κοῦκκος ἔγεινεν
    ἀθῴως καὶ προχείρως;
Μήπως τὸ σχῆμα ἤλλαξε, τοὺς
    πόδας, τὰ πτερά του,
Τὸ ῥάμφος του, τὸ χρῶμά του,
    ἢ τὸ κελάδημά του;
Ἀλλὰ πῶς κοῦκκος ἔγεινε νὰ
    μάθητε ζητεῖτε,
Καὶ διὰ τοῦτο μαίνεσθε, κ'
    αἰσχρῶς βαττολογεῖτε;
Ὅπως ἀφήσῃς ἄθλιε σχολα-
    στικὲ τὴν πλάνην

" You bad tailors of phrases and builders of sentences
and nailers of colons, you sweep- ings of the streets,
did the *coccyx* turn to an ass or a pig
like you, if it changed into a *couccos* harmlessly and readily?
Did it alter its form, its feet and its feathers,
its beak, its colour or its song?

But is it because you want to learn how it became *couccos*
that you rage over it and stutter and splutter disgracefully?
That you may dismiss, you wretched pedant, your erroneous ideas, ·

Σφῆνα λαβὲ εἰς χεῖράς σου, κοπίδα καὶ σκαπάνην,	take a wedge in your hands, a chopper and a mattock :
Ἔμβαλε διὰ τῆς σφηνὸς 's τὴν συλλαβὴν τὴν μίαν	drive with the wedge into the first syllable
Τοῦ κόκκυξ ἕνα ὑψιλόν· τὸ κόκκυξ μ' εὐκολίαν	of coccyx an y-psilon: coccyx with ease
Θὰ γείνῃ κούκκυξ· ἄφελε μὲ τὴν κοπίδα πάλιν	will become couccyx : take away again with the chopper
Τὸ τῆς ληγούσης ὑψιλόν, μὲ τέχνην δὲ μεγάλην	the y-psilon of the last syllable, and with great skill
Σφήνωσον εἰς τὸν τόπον του ἐν ὀμικρόν· θὰ γείνῃ	wedge into its place an o-micron; then will
Τὸ κόκκυξ, κούκκοξ, ἐν καλῇ ἀγάπῃ καὶ εἰρήνῃ.	coccyx become couccox, in perfect love and peacefulness :
Χωρὶς νὰ χάνῃς τὸν καιρὸν στρέψον τὰ τηλεβόλα	without losing time turn your artillery
Κατὰ τοῦ ξῦ· ἀλλ' ἐπειδὴ αἱ σφαῖραί των μὲ ὅλα	against the xi; but since its balls, with all
Τὰ πάντῃ προφυλακτικὰ καὶ συνετά σου μέτρα	your precautions and wise measures in every respect,
Ἐνδέχεται νὰ γείνωσι μικρὰ σκανδάλου πέτρα,	are capable of becoming small rocks of offence
Νὰ συνταράξωσι τὸ πᾶν νὰ εὔρῃς παρ' ἐλπίδα	to upset everything, so that you may unexpectedly find
Ἀντὶ πτηνοῦ ἐλέφαντα μ' οὐρὰν καὶ προβοσκίδα,	instead of a bird an elephant with a tail and a trunk,
Εἶναι φρονίμου ἴδιον μὲ τὴν κοπίδα πάλιν,	it is the part of a prudent man with the chopper again
Τὴν κεφαλὴν καὶ τὴν οὐρὰν νὰ κόψῃς τὴν μεγάλην	to cut off the head and the big tail
Τοῦ πελωρίου τούτου ξῦ, νὰ τρέψῃς δὲ τὸ μένον	of this monstrous xi, so that you may turn the remaining
Μέρος εἰς σῖγμα τελικὸν στρογγυλογυρισμένον.	part into a round-curved final sigma :
Ἤτοι τὸ ξῦ καθὸ διπλοῦν, τὸ κάππα χάνει μόνον	that is to say, as xi is a compound letter it loses only the
Δυνάμει Ἀποστολικῶν γραμματικῶν κανόνων,	cappa by force of Apostolical grammatical rules,
Μὴ συγχωρούντων ἵνα μὴ πηγάσῃ κακὴ ἕξις,	which do not allow the evil custom to arise

Νὰ ἔχῃ κάππα τέσσαρα δισύλ-
λαβός τις λέξις.
Ἰδοὺ ἐχθροὶ τῶν γνώσεων, ἰδοὺ
μὲ ποῖον τρόπον
Ὁ κόκκυξ, κούκκος γίνεται
χωρὶς μεγάλον κόπον,
Χωρὶς πολέμους κρατερούς,
χωρὶς ῥοὰς αἱμάτων,
Ἡ κ' ἡ ἀξιοπρέπεια νὰ πάθῃ
τῶν γραμμάτων.

Εὖγε! Μετὰ πολλῆς τῷ ὄντι
ξυλουργικῆς τέχνης καὶ δεξιό-
τητος μετεμόρφωσεν ὁ ποιητὴς
τὸν κόκκυγα εἰς κούκκον. Ἂν
ἀγαπᾶτε ἂς ἀναγνώσωμεν τώρα
τὰ δύο ἀποσπάσματα ἐκ τῶν δι-
δαχῶν τοῦ Μηνιάτου.
Ἰδοὺ τὸ πρῶτον.
"Προβαίνει ἀπὸ τὴν λαμπρὰν
πύλην τῆς ὡραιοτάτης ἀνατολῆς
ἐκείνη ἡ λευκόμορφος μηνύτρια
τοῦ ἡλίου, ἡ ῥοδοδάκτυλος,
λέγω, καὶ φαεσφόρος αὐγή.
Καὶ εὐθὺς ὁποῦ ἀρχίσῃ εἰς τὸ
ἀργυροχρυσοσύνθετον πρόσω-
πον τοῦ οὐρανοῦ νὰ ζωγραφίζῃ
τὸν ἐρχομὸν τοῦ ξανθοῦ Ἀπόλ-
λωνος, τότε δὴ τότε ὁ πολύ-
μορφος χορὸς τῶν ἀστέρων
σπουδάζει τὸ ὀγληγορώτερον νὰ
φύγῃ. Ἀφανίζεται παντελῶς
τῆς σκοτεινῆς νυκτὸς τὸ ζοφερώ-
τατον σκότος. Ἡ ἀσύστατος
καὶ κερατώδης σελήνη, μὴ ὑπο-
φέρουσα τέτοιαν ἀγλαόμορφον
λάμψιν, ὅλη ἀπὸ τὴν ἐντροπήν
της σκεπάζεται. Ἐναρμόνιος
μουσικὴ μὲ τὰ μελῳδικὰ ὄργανα
διαφόρων πτηνῶν συνθεμένη εἰς
τὰ χρυσοπράσινα δάση γροικᾶ-

of any word of two syllables
having four cappa-s.
Behold, you enemies of know-
ledge, behold in what fashion
coccyx becomes couccos without
great labour,
without long-continued wars,
without streams of blood,
or the respectability of letters
suffering any loss."

Bravo! Really with great
skill and dexterity in carpentry
the poet changed coccyx into
couccos. If you like, let us
now read the two extracts from
the sermons of Meniates.

Here is the first one.
"From the bright gate of the
beautiful East comes forth the
fair herald of the sun, I mean
the rosy-fingered and light-
bearing dawn. And as soon as
she begins to paint upon the
gold-and-silver face of heaven
the coming of the fair-haired
Apollo, it is then that the troop
of stars of many forms hurries
with all speed to take its flight.
The murky darkness of the
gloomy night is entirely dis-
pelled. The fickle and horned
moon, unable to bear so bright
a light, completely covers herself
through her bashfulness. Har-
monious music composed of the
melodious voices of the various
birds is heard in the gold-green
woods. Human beings, who
·have been immersed in deep

ται. Οἱ ἄνθρωποι, βυθισμένοι
εἰς βαθύτατον ὕπνον, ἐγείρονται
εἰς διαφόρους ἐπαγγελίας, καὶ
τέλος, ὡς χαριέστατος μηνυτὴς
εἰς ὅλον τὸν τετραπέρατον Κόσ-
μον εὐαγγελίζεται· 'Ἰδοὺ ἡ
ἡμέρα ἤγγικεν, ἰδοὺ ἐξέλαμψε.'

Τέτοιας λογῆς, τὴν σήμερον
ἡμέραν, προβαίνει ἀπὸ ἐκείνην
τὴν ἡλιοστάλακτον πύλην τοῦ
οὐρανοῦ ὁ ἀγλαοπυρσόμορφος
τοῦ Θεοῦ Ἀρχάγγελος, ὁ λαμ-
πρός, λέγω, καὶ καθαρὸς
Γαβριήλ, καὶ εὐθὺς ὁποῦ μὲ
τὸν χαιρετισμόν, ' χαῖρε Κε-
χαριτωμένη ὁ Κύριος μετὰ
σοῦ,' ζωγραφίζει εἰς τὴν ἄμωμον
γαστέρα τῆς θεόπαιδος Μαριὰμ
τὸν ἐρχομὸν τοῦ ἀδύτου τῆς
δικαιοσύνης Ἡλίου, τότε ἀρχίζει
τὸ ὀγληγορώτερον νὰ φεύγῃ ἡ
ἀντίθεος πολυθεία τῶν δολίων
εἰδώλων. Ἀφανίζονται παν-
τελῶς τοῦ παλαιοῦ νόμου τὰ
σκοτεινότατα σύμβολα. Ἡ
ἀσύστατος χορεία τῶν ἀπίστων,
μὴ ὑποφέροισα τὸ τηλαυγέστα-
τον τῆς ἀληθείας φῶς, κρύπτει
μὲ τὴν σιωπὴν τὸ ἀσεβέστατον
πρόσωπον. Τὰ στόματα τῶν
ἱερῶν διδασκάλων δὲν παύοισι
τὸ κελάδημα μιᾶς ἀκαταπαύστου
δοξολογίας. Τὸ γένος, βυθισμέ-
νον εἰς τὸν ὕπνον τῆς ἀγνωσίας,
ἐγείρεται εἰς τὴν χριστώνιμον
πολιτείαν τῆς ὀρθοδόξου πίσ-
τεως· καὶ τέλος μὲ τὴν θεόπνευ-
στον σάλπιγγα ἑνὸς χαριεστά-
του εὐαγγελισμοῦ, εἰς τὸν κόσ-
μον ὅλον εὐαγγελίζονται· 'Ἰδοὺ
συλλήψῃ ἐν γαστρί.'"

sleep, awake to their different pursuits, and at last, like a most gracious herald, she proclaims the glad tidings to the four-quartered world : 'Behold the day is at hand, behold, the light has come.'

In the same manner on this very day there comes forth from that sun-stalactite gate of heaven the bright-flaming archangel of God, I mean the lustrous and pure Gabriel, and as soon as, with the greeting 'Hail ! thou that art highly favoured, the Lord is with thee,' he marks on the chaste bosom of the God-bearing Mary the coming of the never-setting Sun of Righteous-ness, then the sacrilegious poly-theism of the deceitful idols begins with all speed to take to flight. The dark symbols of the old law completely disappear. The fickle band of infidels, unable to bear the far-shining light of truth, in silence hides its impious face. The mouths of the sacred teachers never cease to sing one endless song of praise to God. Our race, sunk in the sleep of ignorance, wakes up to join the community which holds the orthodox faith and takes its name from Christ ; and at last, by the trumpet sounded from heaven, giving a most gracious message of welcome news, to all the world are announced the glad tidings: ' Behold thou shalt conceive in thy womb.

Τὸ δεύτερον ἀπόσπασμα ἐπιτρέψατέ μοι ἐγὼ νὰ τὸ ἀναγνώσω. Εὐχαρίστως.

"Ὕψιστε παμβασιλεῦ τῶν αἰώνων ὁποῦ, καθὼς τὸ λέγεις ὁ ἴδιος, κρατεῖς τοῦ ᾅδου τὰ κλειδία, δός μέ τα τὴν ὥραν ταύτην νὰ ἀνοίξω τὴν ζοφερὰν ἐκείνην φυλακήν, ὁποῦ εἶναι ἀποφασισμένοι εἰς αἰώνιον θάνατον οἱ παραβάται τῶν ἐντολῶν σου. Ἐγὼ δὲν ἔχω γνώμην νὰ φέρω ἢ βάλσαμόν εἰς τὰς πληγάς τους, ἢ νερὸν εἰς τὰς φλόγας τους, ὄχι· μόνον θέλω νὰ ἐρωτήσω μίαν ἀπὸ ἐκείνας τὰς δυστυχισμένας ψυχὰς καὶ νὰ τῆς εἰπῶ· Βασανισμένη ψυχή, ἀπάγγειλόν μοι τί ἐποίησας. Τί ἔκαμες καὶ βασανίζεσαι ἔτσι φοβερά; Τί ἔπταισες καὶ κολάζεσαι ἔτσι αἰώνια; Τί σε ἤφερεν εἰς τόσον σκότος; Τί σε ἔρριψεν εἰς τέτοιαν κάμινον; Τί ἐποίησας; Τίποτες ἄλλο παρὰ πῶς γευσάμενος ἐγευσάμην μέλι βραχύ· μία γεῦσις μιᾶς στιγμῆς εἶναι ὅλον τὸ πταίσιμόν μου, μὰ εἶναι καὶ ὅλη ἡ ἀφορμὴ τῶν βασάνων μου. Ἐκείνη ἡ τέρψις, ὁποῦ ἐδοκίμασα εἰς κραιπάλην καὶ μέθην, εἰς τραπέζια καὶ χορούς, εἰς ξεφάντωσες καὶ χαραῖς, εἰς παιγνίδια καὶ θέατρα, πόση ἦτον; μέλι βραχύ. Ἡ χαρὰ ὁποῦ ἔλαβα ὅταν ἔκαμα ἐκείνην τὴν ἐκδίκησιν, ὅταν εἶδα τοῦ πλησίον τὴν δυστυχίαν, καὶ ἐκατηγόρησα τὴν τιμὴν διὰ νὰ εὐχαριστήσω τὸ

Allow me to read the other extract myself.

With pleasure.

"Most High, Supreme Lord of Eternity, who according to Thine own word holdest the keys of hell, give them to me at this hour, that I may open that gloomy prison where those who transgress Thy commands are condemned to eternal death. I have no thought to carry balm to their wounds, or water to their flames: no, I only wish to put a question to one of those wretched souls and say to it: 'Soul in torture, tell me what thou didst. What didst thou do to suffer such fearful torments? What sin didst thou commit, and art thus punished for eternity? What brought thee into such darkness? What cast thee into such a furnace? What didst thou do?'—'I did nothing else but taste, just taste, a little drop of honey: one taste for one moment is all my sin, yet it is the whole source of my torments.—That pleasure which I experienced in revelry and drunkenness, in feasts and dances, in amusements and pleasures, in sports and theatres: —what was it?—A little drop of honey. The joy I felt when I took that revenge, when I saw my neighbour's distress and attacked his honour to gratify my evil passions and my envy: —what was it?—A little drop

πάθος μου καὶ τὸν φθόνον μου,
πόση ἦτον; μέλι βραχύ. Μὰ
ἐκεῖνα τὰ κέρδη ὁποῦ ἔκανεν ἡ
φιλάργυρός μου ἐπιθυμία, διὰ
τὴν ὁποίαν ἐβάρυνα τὴν συν-
είδησιν μὲ τὸ φορτίον ἀπείρων
ἀδικιῶν καὶ πραγμάτων παρα-
νόμων, πόση ἦτον; μέλι βραχύ.
Καὶ ἐκείνη ἡ δόξα, ἡ τιμή, ἡ
ἀνάπαυσις ὁποῦ ἐχάρηκα εἰς
ἐξουσίας, εἰς ἀξιώματα, εἰς
πλούτη, μὲ τόσην ὑπερηφάνειαν,
μὲ τόσην ἀπώλειαν, μὲ τόσον
ὀλίγον φόβον εἰς τὸν Θεόν,
πόση ἦτον; μέλι βραχύ. Ὅλα,
ὅλα μέλι βραχύ, καὶ ἐκεῖνο
φαρμακευμένον μὲ τόσους κό-
πους, μὲ τόσας φροντίδας, μὲ
τόσους φόβους, μὲ τόσας ἀσθε-
νείας. . . . Ὤοιμε, τοῦτο ἐνθυ-
μοῦμαι καὶ δοκιμάζω μίαν
φλόγα, ὁποῦ μοῦ βασανίζει τὴν
ἐνθύμησιν, μεγαλητέραν ἀπὸ
ἐκείνην ὁποῦ μοῦ καίει τὸ σῶμα.
Μιᾶς στιγμῆς ἁμαρτίαν ἔκαμα
καὶ κολάζομαι αἰώνια! Ἄχ!
κατηραμένον μέλι προσκαίρων
ἡδονῶν! ἐσὺ μοῦ εἶσαι φαρμάκι
αἰωνίων βασάνων! Ζωὴ περασ-
μένη προσωρινή! ἐσὺ μοῦ εἶσαι
ἀφορμὴ ἀτελευτήτου κολάσεως!
Ζωὴ βραχυτάτη! Μὰ διατί σὲ
λέγω βραχυτάτην; ἐσὺ μοῦ
ἐστάθης μακρά, καὶ πολλὰ
μακρὰ διὰ τὴν σωτηρίαν μου.
Ἔζησα τόσους χρόνους ἐπάνω
εἰς τὴν γῆν, καὶ εἶχα εἰς τὰ
χέριά μου τὰ κλειδία τοῦ
Παραδείσου. Ἤξευρα πῶς εἶναι
κόλασις διὰ ἕνα ἁμαρτωλὸν
ὡσὰν ἐμέ· ἤξευρα τί νὰ κάμω

of honey. But those gains
which my covetous desires
brought me, through which I
weighed down my conscience
with the burthen of endless
wrong and injustice : — what
was it ?—A little drop of honey.
And the glory, the honour, the
luxury I enjoyed in power and
authority and wealth, with such
arrogance and such profligacy,
with so little fear of God :—
what was it ?—A little drop of
honey. All of it, all of it, a
little drop of honey, and that
poisoned with so many troubles,
with so many anxieties, with so
many fears, with so many in-
firmities. . . . Alas! I recollect
this, and I feel a flame which
tortures my memory greater
than that which burns my body.
For a single moment I sinned
and I am punished for all
eternity! O! The cursed honey
of fleeting pleasures! Thou art
to me the poison which gives
eternal torment! O my transi-
tory life now past! Thou art
the cause of my never-ending
punishment! O life so short!
But why do I call thee so short?
Thou wert long enough, and
amply long enough, for my
salvation. I lived so many
years upon the earth and held
in my hands the keys of
Paradise. I knew that there
was punishment for a sinner
like me : I knew what I had to
do to escape it : I could easily

διὰ νὰ τὴν φύγω· ἠμπορούσα εὔκολα νὰ τὸ κάμω καὶ δὲν τὸ ἔκαμα. Ἤμουν ἐγὼ ἄνθρωπος, ἤμουν ἐλεύθερος, ἤμουν λογικός. Τίς μὲ ἐτύφλωσε; Τίς μὲ ἐπλάνεσεν; Ἀχ! ζωὴ περασμένη, ἢ στοχασθῶ τὴν βραχύτητά σου, ἢ συλλογισθῶ τὸ μάκρος σου, ἴσα μοῦ εἶναι πικρὰ ἡ ἐνθύμησίς σου. Ἀχ! χρόνοι χρυσοῖ, ἡμέραι πολύτιμοι ὁποῦ ἐδιαβήκατε! Ἐγὼ σᾶς ἔχασα καὶ ἔχασα ὅλα. Ποῖος μὲ δίδει τώρα μίαν ἀπὸ ἐκείνας τὰς ὥρας ὁποῦ μοῦ ἐφαίνοντο τόσον μακραί; Τίς μὲ δίδει ὀλίγον ἀπὸ ἐκεῖνον τὸν καιρὸν ὁποῦ ἢ ἐξωδίασα εἰς ἁμαρτίας, ἢ ἄφινα νὰ τρέχῃ εἰς ματαιότητας; Ποῖος μοῦ δίδει μίαν μοναχὴν στιγμὴν νὰ μετανοήσω; Μὰ δὲν εἶναι πλέον καιρός. Ὁ καιρὸς ἐδιάβη, καὶ ἐγὼ μόνον τὸν ἐπιθυμῶ μάταια, καὶ ἔχω νὰ τὸν ἐπιθυμήσω αἰώνια. Ὤ κοντάρι ὁποῦ μοῦ λαβόνεις τὴν ἐνθύμησιν! Ὀλίγον μέλι τὸ πταίσιμόν μου καὶ κόλασις αἰώνιος ἡ τιμωρία μου! Ὤ ἐνθύμησις πικροτάτη! Ὤ μετάνοια ἀνωφελής!"

Πῶς σᾶς φαίνεται ἡ προφορά μου; ἐβελτιώθη ὀλίγην;

Πολύ· καὶ ἂν μείνητε ἐν Ἀθήναις ὀλίγας ἐβδομάδας θὰ προφέρητε τὰ Ἑλληνικὰ ὡς Ἕλλην.

Τοῦτο πολύ με κολακεύει· ἀλλὰ βλέπω ἐφθάσαμεν εἰς Μεταπόντιον. Ἂς ἐξέλθωμεν νὰ πάρωμεν ὀλίγον πρόγευμα.

Προθύμως.

have done it and I did not do it. I was a man, I was free, I had my reason. Who blinded me? Who led me astray? Ah! my life that is past! whether I reflect upon thy shortness, or consider thy length, equally bitter is my recollection of thee. Ah! ye golden years, ye precious days, that have gone by! I have lost you, and I have lost all. Who will now give me one of those hours which seemed to me so long? Who will give me a little of that time which I either spent in sin, or allowed to pass in vain pursuits? Who will give me one single moment for repentance? But there is no longer time for it now. The time is past, and it is but in vain that I long for it, and have to long for it to eternity. O spear that pricks my memory! My sin a little drop of honey, and eternal hell my punishment! O most bitter memory! O useless repentance!'"

What do you think of my pronunciation? Has it improved a little?

Very much: and if you stay in Athens a few weeks, you will pronounce Greek like a Greek.

That is very flattering to me; but I see we have arrived at Metapontum. Let us get out and take a little breakfast.

By all means.

Ἐν τῷ σταθμῷ τοῦ Μετα-
ποντίου, ἢ ἀκριβέστερον εἰπεῖν
τοῦ Τορρεμάρε, ἡ ἁμαξοστοιχία
δὲν ἐχρονοτρίβησεν οὐδὲ ἓν
λεπτὸν πλειότερον τοῦ ὡρισμένου
χρόνου, διότι ὡς βλέπετε ἀνα-
χωροῦμεν ἀκριβῶς εἰς τὰς πέντε
καὶ εἰκοσιδύο. Ἔχετε πρόχει-
ρον τὸν χρονοπίνακα; Κυττά-
ξατε παρακαλῶ κατὰ ποίαν
ὥραν φθάνομεν εἰς Βρεντήσιον.
Εἰς τὰς ὀκτὼ καὶ τριανταέξ.
Σταματᾷ ἡ ἁμαξοστοιχία καθ᾽
ὁδὸν εἰς κανένα ἄλλον σταθμόν,
ἢ πηγαίνει κατ᾽ εὐθεῖαν ἐκεῖ
χωρὶς νὰ ἐγγίσῃ πουθενά;
Εἰς ἕνα μόνον σταθμὸν ἐγγί-
ζει, εἰς τὸν τοῦ Τάραντος, ὅπου
μένει δέκα λεπτά. Εἶναι ἡ
πρώτη φορὰ καθ᾽ ἣν διέρχεσθε
διὰ τῶν μερῶν τούτων ἢ τὰ
ἐπεσκέφθητε καὶ ἄλλοτε;
Οὐδέποτε ἄλλοτε ἐπεσκέφθην
τὰ μέρη ταῦτα τὰ ὁποῖα τὸ
πάλαι ἀπετέλουν τὴν Μεγάλην
Ἑλλάδα, τὴν τόσον ἔνδοξον ἐν
τῇ Ἑλληνικῇ Ἱστορίᾳ. Ἐκεῖνο
τὸ ὁποῖον ἐπιθυμῶ εἶναι νὰ ἔχω
δύο ἢ τρεῖς μῆνας εἰς τὴν διά-
θεσίν μου καὶ οὕτω νὰ δυνηθῶ
νὰ περιέλθω ὅλην τὴν μεσημ-

At the station of Metapontum,
or, to speak more correctly, of
Torremare, the train did not
stay even one minute more than
the fixed time, for, as you see,
we are starting exactly at five
twenty-two. Have you got the
time-table handy? Look and
see, please, at what o'clock we
arrive at Brindisi.

At eight thirty-six.
Does the train stop at any
other station on the road, or
does it go straight there with-
out pulling up anywhere?
It stops only at one station,
at that of Taranto, where it stays
ten minutes. Is this the first time
you have been through these
parts, or did you ever visit
them before?
I have never before visited
these parts, which in ancient
times constituted Magna Graecia,
so celebrated in Greek history.
What I want is to have two or
three months at my disposal
and so to be able to go through
all southern Italy and Sicily at
my leisure, for when any one

βρινὴν Ἰταλίαν καὶ Σικελίαν
ἐν ἀνέσει, διότι ὅταν διέρχηταί
τις διὰ χώρας τινὸς σπεύδων
διὰ τοῦ σιδηροδρόμου βλέπει
μόνον τοὺς· σταθμοὺς καὶ τὰ
προάστεια τῶν πόλεων καὶ
τίποτε ἄλλο. Πρὸ ὀλίγου δι-
ήλθομεν διὰ τοῦ Τορρεμάρε ὅπου
ἐμείναμεν δέκα λεπτὰ μόνον·
ἀλλὰ τί εἴδομεν; τίποτε. Ἐὰν
ὅμως εἴχομεν πλειότερον χρόνον
εἰς τὴν διάθεσίν μας θὰ ἠδυνά-
μεθα νὰ ἐπισκεφθῶμεν τὰ ἐ-
ρείπια τοῦ περιφήμου κατὰ τὴν
ἀρχαιότητα Μεταποντίου.

Ἡ πόλις αὕτη πρέπει νὰ εἶχε
οὐχὶ μικρὰν σπουδαιότητα τὸ
πάλαι, διότι συνεχῶς ἀναφέρεται
ὑπὸ τῶν ἀρχαίων Ἑλλήνων
συγγραφέων. Ὁ Παυσανίας ἐν
τῇ πρώτῃ Ἠλιακῶν περιγρά-
φων τὰ ἐν Ὀλυμπίᾳ ἀναθήματα
τῶν Ἑλληνικῶν πόλεων λέγει·
"Προελθόντι δὲ ὀλίγον Ζεύς
ἐστι πρὸς ἀνίσχοντα τετραμ-
μένος τὸν ἥλιον, ἀετὸν ἔχων τὸν
ὄρνιθα καὶ τῇ ἑτέρᾳ τῶν χειρῶν
κεραυνόν· ἐπίκειται δὲ αὐτῷ ἐπὶ
τῇ κεφαλῇ στέφανος, ἄνθη τὰ
κρίνα. Μεταποντίνων δέ ἐστιν
ἀνάθημα." Ἐν δὲ τῇ δευτέρᾳ
τῶν Ἠλιακῶν τὰ ἑξῆς, "Ἐν
δὲ τῷ Μεταποντίνων θησαυρῷ,
προσεχὴς γὰρ τῷ Σελινουντίων
ἐστὶν οὗτος, ἐν τούτῳ πεποιη-
μένος ἐστὶν Ἐνδυμίων· πλὴν δὲ
ἐσθῆτός ἐστι τὰ λοιπὰ τῷ Ἐν-
δυμίωνι ἐλέφαντος. Μεταποντί-
νους δὲ ἥτις μὲν ἐπέλαβεν
ἀπολέσθαι πρόφασις, οὐκ οἶδα·
ἐπ᾿ ἐμοῦ δὲ ὅτι μὴ θέατρον καὶ

goes through a country in a
hurry by rail, he sees only the
stations and the suburbs of the
cities and nothing else. A little
while ago we passed through
Torremare where we stopped
only ten minutes, but what did
we see? Nothing. But if we
had had more time at our
disposal we could have visited
the ruins of Metapontum, a city
of renown in olden days.

This city must have been a
place of no little importance in
bygone times, for it is frequently
mentioned by the ancient Greek
writers. Pausanias, in the first
book of his *Eliaca*, describing
the offerings of the Greek cities
at Olympia, says : " As you go a
little farther, there is a Jupiter
facing the rising sun, holding
an eagle, his bird, and with a
thunderbolt in the other hand ;
on his head there is a garland,
the flowers of which are lilies.
It is an offering of the people of
Metapontum." In the second
book of the *Eliaca* he says as
follows : " In the treasury of
the Metapontians, for it is next
to that of the Selinuntians, there
is constructed a statue of Endy-
mion : except the clothes the
rest of the Endymion is of ivory.
But what happened to the
Metapontians to cause their
destruction I do not know : in

περίβολοι τείχους ἄλλο ἐλείπετο οὐδὲν Μεταποντίου."

Τοιαύτη ὑπῆρξεν ἡ τύχη καὶ πολλῶν ἄλλων Ἑλληνικῶν πόλεων ἐν τῇ Μεγάλῃ Ἑλλάδι καὶ ἐν ἄλλαις χώραις. Πόλεις αἵτινες ἤκμασάν ποτε ἐπὶ πλούτῳ καὶ δυνάμει, πρὸ αἰώνων κατεστράφησαν καὶ σήμερον μόνον μικρά τινα λείψανα αὐτῶν μένουσι ὡς μαρτύρια τοῦ ἀρχαίου αὐτῶν μεγαλείου· τινὲς δὲ καὶ τελέως ἐξηφανίσθησαν ὡς συνέβη εἰς τὴν Σύβαριν ἥτις, ὡς λέγει ὁ Στράβων, "τεττάρων μὲν ἐθνῶν τῶν πλησίον ἐπῆρξε, πέντε δὲ καὶ εἴκοσι πόλεις ὑπηκόους ἔσχε, τριάκοντα δὲ μυριάσιν ἀνδρῶν ἐπὶ Κροτωνιάτας ἐστράτευσε, πεντήκοντα δὲ σταδίων κύκλον συνεπλήρουν οἰκοῦντες ἐπὶ τῷ Κράθιδι· ὑπὸ μέντοι τρυφῆς καὶ ὕβρεως ἅπασαν τὴν εὐδαιμονίαν ἀφῃρέθησαν ὑπὸ Κροτωνιατῶν ἐν ἡμέραις ἑβδομήκοντα· ἑλόντες γὰρ τὴν πόλιν ἐπήγαγον τὸν ποταμὸν καὶ κατέκλυσαν."

Ἂν καὶ ἡ πόλις τῶν Συβαριτῶν κατεστράφη ἐντελῶς, τὸ ὄνομα ὅμως αὐτῶν διατελεῖ ἀθάνατον, διότι οὐ μόνον αἱ ἀρεταί, ἀλλὰ καὶ αἱ κακίαι τῶν ἐθνῶν διαιωνίζονται ἐν τῇ ἱστορίᾳ. Τὸ ὄνομα τῶν ἀρχαίων Σπαρτιατῶν κατέστη περίφημον ἕνεκα τῆς ἀπαραμίλλου ἀνδρείας καὶ τῆς μοναδικῆς αὐτῶν λιτότητος περὶ τὴν δίαιταν, τὸ δὲ τῶν Συβαριτῶν ἕνεκα τοῦ ἀβροδιαί-

my time, except the theatre and the circuit of the wall nothing else was left of Metapontum."

Such was the fate also of many other Greek cities in Magna Graecia and elsewhere. Cities which were once at the height of wealth and power were ages ago destroyed, and to-day only some scanty remains of them are left as evidence of their ancient magnificence : some even completely disappeared, as was the case with Sybaris, which, as Strabo says, "ruled over four neighbouring nations, possessed twenty - five dependent cities, sent an expedition of three hundred thousand men against the Crotonians, and the inhabitants of which living on the river Crathis occupied a circle of fifty stadia. Owing however to their luxury and arrogance they were deprived of all their affluence in the space of seventy days by the Crotonians, for these, after capturing their city, turned the river into it and inundated it."

Although the city of the Sybarites was entirely destroyed, still their name continues imperishable, for not only the virtues but the vices of nations are perpetuated in history. The name of the ancient Spartans became famous on account of their unrivalled courage, and the unique simplicity of their way of life, and that of the Sybarites owing to their luxuri-

τοῦ καὶ τῆς ὑπερβαλλούσης αὐτῶν ἀκολασίας.

Δὲν νομίζω ὅμως ὅτι εἶναι δίκαιον νὰ κατηγορῶνται μόνοι οἱ Συβαρῖται ἐπὶ τρυφῇ καὶ ἀκολασίᾳ, διότι κατά τε τοὺς ἀρχαίους χρόνους καὶ τοὺς νεωτέρους ὑπῆρξαν λαοὶ τρυφηλοὶ καὶ ἀκόλαστοι πρὸς τοὺς ὁποίους παραβαλλόμενοι οἱ Συβαρῖται φαίνονται λιτοὶ καὶ σώφρονες.

Τοῦτο οὐδεὶς δύναται νὰ τὸ ἀρνηθῇ, διότι καὶ ἐν τοῖς καθ' ἡμᾶς χρόνοις πλεῖστοι ὅσοι ὑπάρχουσιν οἵτινες περὶ οὐδενὸς ἄλλου φροντίζουσιν, εἰ μὴ πῶς νὰ διέρχωνται τὸν βίον ἐν τρυφῇ καὶ ἀκολασίᾳ· οἱ Συβαρῖται ὅμως πάντοτε θὰ κατέχωσι τὴν πρώτην θέσιν, διότι παρ' αὐτοῖς ἡ τρυφὴ δὲν ἦτο ἀτομική, ἀλλὰ γενική· ἦτο νόμος τῆς πόλεως. Τὰ εὐαίσθητα νεῦρα τῶν Συβαριτῶν δὲν ἐπετρέπετο νὰ διαταράσσωνται οὐδ' ὑπὸ τοῦ ἐλαχίστου κρότου, καὶ διὰ τοῦτο πάντες οἱ χαλκεῖς, οἱ σιδηρουργοὶ καὶ οἱ ξυλουργοὶ ἠναγκάζοντο νὰ ἔχωσι τὰ ἐργαστήρια αὐτῶν μακρὰν τῆς πόλεως. Ὅπως δὲ μὴ διαταράσσηται ὁ πρωϊνὸς αὐτῶν ὕπνος ὑπὸ τῶν φωνῶν τῶν ἀλεκτρυόνων εἰς οὐδένα πολίτην ἐπετρέπετο νὰ τρέφῃ τοιαῦτα ἐνοχλητικὰ ὄντα ἐντὸς τῆς πόλεως. Ὁ εὔπορος Συβαρίτης ὅτε μετέβαινεν εἰς τὸν ἀγρόν του, ἂν καὶ ἐφ' ἁμάξης πορευόμενος, τὴν ἡμερησίαν πορείαν εἰς τρεῖς ἡμέρας διήννυεν· πολλαὶ δὲ τῶν εἰς τοὺς ἀγροὺς φερουσῶν ὁδῶν

ous mode of living and their excessive licentiousness.

I do not think however that it is just for the Sybarites alone to be accused of luxury and licentiousness, for both in ancient and more recent times there have been luxurious and licentious nations compared with whom the Sybarites appear frugal and temperate.

This no one can deny, for even in our own times there are very many people who think of nothing else but how to go through life in luxury and licentiousness ; the Sybarites, however, will always hold the first place, for with them luxury was not individual but general ; it was an institution of the city. The highly sensitive nerves of the Sybarites were not allowed to be agitated even by the least noise, and for this reason all the coppersmiths, blacksmiths, and carpenters were compelled to have their workshops far away from the city. In order that their morning sleep might not be disturbed by the crowing of the cocks, no citizen was permitted to keep such troublesome creatures inside the city. The well-to-do Sybarite, when he went to his estate, although conveyed in a carriage, took three days to accomplish the one day's journey ; and many of the roads leading to the fields were roofed in. In Sybaris public

ἦσαν κατάστεγοι. Ἐν Συβάρει
ἐγίνοντο συνεχῶς δημόσια δεῖ-
πνα καὶ οἱ χορηγοῦντες τὴν
δαπάνην τῆς ἐστιάσεως ἐτιμῶν-
το διὰ χρισῶν στεφάνων ὑπὸ
τῆς πόλεως καὶ τὰ ὀνόματα
αὐτῶν ἐκηρύττοντο κατὰ τοὺς
δημοσίους ἀγῶνας.

Κατ᾽ ἐκείνους τοὺς χρόνους
ὅτε οὔτε ἀτμόπλοια ὑπῆρχον
οὔτε σιδηρόδρομοι, καὶ αἱ κακ-
ουχίαι τῶν ὁδοιποριῶν ἦσαν
πολλαί, θὰ ἦτο σπουδαῖον
ζήτημα εἰς τὸν ἀβροδίαιτον
Συβαρίτην νὰ ταξειδεύσῃ.

Βεβαιότατα· ἀλλ᾽ οἱ καλοί
μας Συβαρῖται ὅπως ἀποφύγωσι
τὰς ἀνίας τῶν ὁδοιποριῶν εὗρον
τρόπον ἁπλούστατον, δηλαδὴ
οὐδέποτε ἐταξείδευον· κατεγέ-
λων δὲ τοὺς ἀποδημοῦντας ἐκ
τῆς πατρίδος των καὶ ἐσεμνύ-
νοντο ὅτι αὐτοὶ διήρχοντο τὸν
ἑαυτῶν βίον ἐν τῇ πόλει των
χωρὶς νὰ ἀπομακρύνωνται ποτὲ
ἐξ᾽ αὐτῆς.

Ἀλλ᾽ ἐπειδὴ οὐδεὶς κανὼν
ἄνευ ἐξαιρέσεως, λέγεται ὅτι
εἷς ἐκ τῶν εὐδαιμόνων τούτων
πολιτῶν τῆς Συβάρεως ἔλαβε
τὸ θάρρος ποτὲ νὰ ταξειδεύσῃ
εἰς ἄλλην χώραν. Καὶ ποῦ
νομίζετε ὑπῆγεν; εἰς Σπάρτην!
Ὢ τῆς ἐναντιότητος! Ἐλ-
πίζω νὰ τὸν προσεκάλεσαν εἰς
τὰ σισσίτιά των οἱ Σπαρτιᾶται.

Περὶ τούτου μὴ ἀμφιβάλλετε,
διότι οἱ ἀπέριττοι συμπολῖται
τοῦ Λυκούργου ἐσεμνύνοντο ἐπὶ
τῇ λιτῇ αὐτῶν διαίτῃ, καὶ ὅτε

dinners frequently took place, and they who defrayed the expense of the entertainment were honoured by the city with golden crowns and their names were proclaimed at the public games.

In those times when there were no steamboats nor railways, and the discomforts of travelling were many, going on a journey must have been an important question with the effeminate Sybarite.

Most assuredly : but our good friends the Sybarites found a very simple way of avoiding the inconveniences of travelling, that is to say, they never travelled at all : they used to laugh at people who left their native land to go abroad, and prided themselves on passing their lives in their own city without ever going far away from it.

But since there is no rule without an exception, it is said that one of these happy citizens of Sybaris once took courage to travel to another country. And where do you think he went? To Sparta!

Oh, the contrast! I hope the Spartans invited him to their general mess.

Do not have any doubt about that, for the frugal fellow-citizens of Lycurgus took pride in their simple mode of life, and when

ἤρχετό τις ἐπίσημος ξένος εἰς
τὴν πόλιν των ἐφιλοξένουν αὐ-
τὸν καὶ τὸν παρελάμβανον ὅπως
συνδειπνήσῃ μετ᾿ αὐτῶν ἐν τοῖς
σισσιτίοις.

Ὁ Συβαρίτης βεβαίως δὲν
εὗρεν ἐκεῖ οὔτε τραπέζας πολυτε-
λεῖς, οὔτε κλίνας μαλακάς, οὔτε
πλῆθος θεραπόντων, οὔτε αὐλη-
τρίδας, οὔτε τι ἄλλο προδίδον
πολυτέλειαν· δὲν ἀμφιβάλλω
δὲ ὅτι τὸν ἐκάθισαν εἰς ξύλινόν
τι κάθισμα καὶ τῷ παρέθεσαν
πινάκιον πλῆρες μέλανος ζωμοῦ
καὶ τὸν ἀφῆκαν νὰ κλαίῃ τὴν
τύχην του.

Τοῦτο πρέπει νὰ συνέβη,
διότι μετὰ τὸ δεῖπνον ἠκούσθη
λέγων ὁ τρυφηλὸς Συβαρίτης,
"πρότερον μὲν ἐθαύμαζον ἀκούων
ὅτι οἱ Σπαρτιᾶται περιεφρόνουν
τὸν θάνατον καὶ ἀπέδιδον τοῦτο
εἰς τὴν ἀνδρείαν των, ἀλλὰ νῦν
πείθομαι ὅτι καὶ ὁ δειλότατος
τῶν ἀνθρώπων ἤθελε προτιμήσῃ
μᾶλλον ν᾿ ἀποθάνῃ ἢ νὰ ζῇ
διάγων βίον ἐστερημένον πάσης
τρυφῆς."

Καλὰ τὴν ἔπαθεν ὁ Συβαρί-
της, διότι τί δουλειὰ εἶχε ν᾿
ἀφήσῃ τὰς τρυφὰς τῆς πατρίδος
του καὶ νὰ ζητῇ νὰ δοκιμάσῃ
τὸν μέλανα ζωμὸν τῶν Σπαρτια-
τῶν; Ἀλλ᾿ ἂς ἀφήσωμεν πρὸς
στιγμὴν τὰ παρελθόντα καὶ ἂς
ἴδωμεν ἂν ἐπλησιάσαμεν εἰς
Τάραντα.

Δὲν νομίζω ν᾿ ἀπέχωμεν πο-
λύ, διότι αἱ οἰκίαι τῆς πόλεως
ἤδη διακρίνονται.

Κυττάξατε πόσον ὡραία εἶναι

any distinguished stranger came to their city, they received him hospitably and took him to dine with them at their public meals.

The Sybarite certainly did not find there either costly tables, or soft couches, or a crowd of attendants, or flute-playing girls, or anything else betraying extravagance: I have no doubt that they seated him on some sort of wooden stool and offered him a plate full of black broth, and left him to bewail his fate.

This is what must have happened, for after dinner the dainty Sybarite was heard to say: "Formerly I used to be astonished when I heard that the Spartans despised death, and attributed this to their courage, but now I am convinced that the most cowardly of men would prefer dying to living a life deprived of all luxury."

The Sybarite got what he deserved, for what business had he to give up the luxuries of his native land and want to try the black broth of the Spartans? But let us put aside the past for a moment, and see if we have come near to Taranto.

I do not think we are far off, for the houses of the city can already be distinguished. See how beautiful that

ἐκείνη ἡ ἔπαυλις πρὸς τὰ ἀρι-
στερά· τὸ πυκνὸν ἐκεῖνο δάσος
δὲν ἀμφιβάλλω ἀνήκει εἰς αὐ-
τήν. Πόσον χαριέντως ῥέουσι
τὰ ὕδατα τοῦ ῥυακίου ἐκείνου·
ἡ χώρα δι᾿ ἧς διερχόμεθα τώρα
φαίνεται ὅλως ἀκαλλιέργητος,
διότι εἶναι κατάφυτος ἐξ ἀρκεύ-
θων, μυρικῶν καὶ ῥοδοδάφνης.
Ἰδοὺ ἐφθάσαμεν εἰς τοὺς ἀγρούς,
τοὺς ἀμπελῶνας καὶ τοὺς ἐλαι-
ῶνας τῆς πόλεως. Εἴμεθα ἐν
τῷ σταθμῷ τοῦ Τάραντος. Τί
λέγετε, θέλετε νὰ ἐξέλθωμεν;

Νομίζω θὰ ἦναι καλλίτερον
νὰ μὴ ἐξέλθωμεν, διότι βλέπω
πολὺ πλῆθος ταξειδιωτῶν
ἐν τῷ σταθμῷ καὶ φοβοῦμαι
μήπως ἐν τῇ ἀπουσίᾳ ἡμῶν
ἔλθωσι καὶ καταλάβωσι τὰς
θέσεις μας.

Πολὺ καλά· ἀλλ᾿ ἂς φωνά-
ξωμεν τὸ παιδίον ἐκεῖνο τὸ ὁ-
ποῖον πωλεῖ γάλα, διότι διψῶ.

Δός μας δύο ποτήρια γάλα-
κτος.

Εὐχαρίστως κύριοι. . . . Θέ-
λετε καὶ ἄλλα δύο;

Ὄχι, ταῦτα ἀρκοῦσι.

Δὲν θὰ ἀγοράσητε ὀλίγα
ἄνθη; κυττάξατε πόσον ὡραῖα
καὶ τρυφερὰ εἶναι ταῦτα τὰ ἴα!
πρὸ μικροῦ αἱ ἀδελφαί μου τὰ
συνέλεξαν ἐκ τοῦ παρακειμένου
δάσους· εἶναι δροσερὰ καὶ εὐώδη·
ἀγοράσατε κύριοι καὶ δὲν θὰ
μετανοήσητε.

Δός μας αὐτὰς τὰς δύο ἀν-
θοδέσμας, καὶ εἰπέ μας τί νὰ
σὲ πληρώσωμεν.

country-house is on the left:
that thick wood, I have no
doubt, belongs to it. How
gracefully the water of that
brook flows! The country
through which we are now
passing appears entirely un-
cultivated, for it is overgrown
with junipers, tamarisks, and
oleander. Here we have come to
the fields, the vineyards, and
the olive-groves belonging to
the city. We are in the station
of Taranto. What do you say,
shall we get out?

I think it would be better
for us not to get out, for I
see a great number of travellers
in the station, and I am afraid
that in our absence they may
come and take our places.

Very good; but let us call
that boy who is selling milk,
for I am thirsty.

Give us two glasses of milk.

With pleasure, gentlemen. . . .
Would you like two more? . . .

No, these are enough.

Will you not buy a few
flowers? See how beautiful
and delicate these violets are!
A little while ago my sisters
gathered them in the neigh-
bouring wood: they are fresh
and fragrant: buy them, gentle-
men, and you will not repent it.

Give us those two bouquets,
and tell us what we have to
pay you.

Ὅ τι ἀγαπᾶτε κύριοι.
Ἀρκεῖ ἕν φράγκον δι' ὅλα;
Ὦ, ἀρκεῖ κύριοι καὶ μὲ τὸ
παρεπάνω. Σᾶς εὐχαριστῶ
πολύ. Ὥρα καλή σας κύριοι.

Περιπαθῶς ἀγαπῶ τὰ ἴα·
εἶναι οἱ γλυκεῖς ἄγγελοι τῆς
ἀνοίξεως. Κυττάξατε πόσον
γλυκὺ εἶναι τὸ χρῶμά των· ἡ
εὐωδία των μοὶ προξενεῖ γλυκυ-
θυμίαν.
Θέλετε ν' ἀκούσητε ἕν ὡραῖον
ποιημάτιον περὶ τῶν ἀγαπητῶν
τούτων ἀνθέων;
Λέγετε παρακαλῶ καὶ θά με
εὕρητε πρόθυμον ἀκροατήν.
Ἰδοὺ τὸ ποιημάτιον·

" Σὲ προσφωνῶ, τὸν πρόδρομον
     τοῦ ἔαρος, ὦ ἴον,
Ὅπου ἐκλέγεις εἰς δρυμοὺς τὸν
     ἄσυλόν σου τόπον,
Καὶ ὑπὸ θάμνους φαλακροὺς
     βάλσαμον χύνεις θεῖον,
Κ'ι ὡς κόρη φεύγεις ταπεινὴ τὸ
     σέβας τῶν ἀνθρώπων.
Ὡς εὐεργέτης εὐγενὴς ὅπου
     παντοῦ σκορπίζει
Μυστηριώδεις χάριτας κ'ι οὐδεὶς
     αὐτὸν γνωρίζει,
Καὶ σὺ παρέχεις δωρεὰν τὰ μύρα
     σου καὶ λησμονεῖς
Ὅτ' εἶσαι καύχημα δασῶν καὶ
     τῶν ἀνθέων κορωνίς.
Ἐλθὲ νὰ γείνῃς βασιλεὺς τοῦ
     κήπου μου, ὦ ἴον·
Ὦ, ἄφες τὴν μονότονον τοῦ δά-
     σους μοναξίαν.
Ἐλθέ, ἐλθὲ ἄνθος σεμνόν, κἐγὼ
     κάθε πρωΐαν

Whatever you like, gentlemen.
Is one franc enough for the lot?
O, enough, and more, gentle-
men. Thank you very much. A
pleasant journey to you, gentle-
men !

I am passionately fond of
violets : they are the sweet
messengers of spring. See what
a charming colour they have :
their perfume produces in me a
feeling of calm enjoyment.
Would you like to hear a
pretty little poem about these
favourite flowers ?
Recite it, I beg, and you will
find me an eager listener.
This is the little poem :

" Thee I address, O violet, fore-
runner of the spring, who makest
thy choice in the thickets of a
home safe from harm,
and under the bare bushes
sheddest thy heavenly perfume,
and like a maid, in thy humility,
dost shun men's admiration.
Like a noble benefactor who in
all directions scatters
secret benefits and no one knows
him,
thou too offerest as a gift thy fra-
grance, and dost forget that thou
art the boast of the woods and
the crown of the flowers.
Come and be the king of my
garden, O violet !
O, leave the monotonous solitude
of the wood.
Come, bashful flower, come, and
every morning

Θὰ σὲ ποτίζω μὲ νερὸν κριστάλ-
λινον καὶ θεῖον.
Ἐλθέ . . . πλὴν κῆπος τεχνη-
τὸς ποσῶς δέν σε ἡδύνει.
Μένε λοιπὸν 's τὸ δάσος σου,
ἀγαπητόν μου ἴον.
Εὐδαίμων ὅστις καθὼς σὺ τὰς
χάριτας προχύνει
Καὶ εἰς καλύβην ἀφανῆ ὅσιον
κρύπτει βίον."

Ὡραῖον ποιημάτιον· ἀλλὰ
δέν μοι εἴπετε τὸ ὄνομα τοῦ
ποιητοῦ.
Ὀνομάζεται Γ. Σταυρίδης,
ὅστις ἔγραψε καὶ πολλὰ ἄλλα
κομψὰ ποιημάτια περὶ ἀνθέων·
ἀλλὰ βλέπω ἀναχωροῦμεν ἐκ
Τάραντος. Ἐπεσκέφθητέ ποτε
τὴν πόλιν ταύτην;
Μάλιστα, ἀλλὰ πρέπει νὰ
σᾶς εἴπω ὅτι δέν μοι ἤρεσε πολύ.
Ἡ πόλις ἔχουσα τεσσαράκοντα
περίπου χιλιάδας κατοίκων εἶναι
ᾠκοδομημένη ἐπὶ μικρᾶς νήσου
καὶ κατέχει τὴν θέσιν τῆς
ἀρχαίας ἀκροπόλεως· αἱ ὁδοὶ
αὐτῆς εἶναι στεναὶ καὶ ῥυπαραί·
συνέχεται δὲ διὰ τῆς ξηρᾶς πρὸς
βορρᾶν καὶ νότον διὰ δύο
ἀρχαίων γεφυρῶν. Ὁ ἐσωτερι-
κὸς λιμὴν τῆς πόλεως ὀνομά-
ζεται Μικρὰ θάλασσα, ὁ δὲ
ἐξωτερικὸς Μεγάλη θάλασσα·
ἀμφότεραι δὲ παράγουσιν ἀ-
φθονίαν ἰχθύων καὶ ὀστρέων.
Ἀρχαῖα ἐρείπια δὲν σώζονται
πολλά. Ἡ πρὸς βορρᾶν γέφυρα
καὶ τὸ μέγα ὑδραγωγεῖον ὅπερ
φέρει εἰς τὴν πόλιν ἄφθονον καὶ
κάλλιστον ὕδωρ, εἶναι ἔργα τῶν

I will give thee water like crystal
and fresh from heaven. Come . . .
but a garden made by art in
no way gives thee pleasure :
stay then in thy forest, my
beloved violet.
Happy whoever like thee pours
forth his gifts
and in a cabin hides unseen his
holy life."

A pretty little poem : but
you did not tell me the poet's
name.
His name is G. Staurides, and
he has written many other
elegant poems about flowers :
but I see we are leaving Taranto.
Did you ever visit this city ?

Yes, but I must tell you that
it did not please me much.
The city, which has about forty
thousand inhabitants, is built
upon a small island and occupies
the site of the ancient acropolis :
its streets are narrow and dirty :
it is connected with the main-
land on the north and south
sides by two ancient bridges.
The inner harbour of the city is
called Mare Piccolo, and the
outer one Mare Grande : both of
them produce abundance of fish
and oysters. Not many of the
ancient ruins are preserved.
The bridge on the north side,
and the great aqueduct which
conveys into the city abundant
and excellent water, are works
of the Byzantine times. In the

Βυζαντινῶν χρόνων. Κατὰ τὸ ἔτος 967 μ.Χ. ὁ αὐτοκράτωρ Νικηφόρος ὁ Φωκᾶς θέλων νὰ προφυλάξῃ τὰ μέρη ταῦτα ἐκ τῶν ἐφόδων τῶν Σαρακηνῶν ἔπεμψε Νικηφόρον τὸν Μάγιστρον εἰς Τάραντα, ὅστις οὐ μόνον τὰ τείχη τῆς πόλεως ἀνεκαίνισε, ἀλλὰ καὶ τὰς γεφύρας καὶ τὸ μέγα ὑδραγωγεῖον κατεσκεύασεν.

Ἐκ τῶν ἐρειπίων τοῦ ἀρχαίου Τάραντος τί σώζεται νῦν ;

Μόνον εἶς Δωρικοῦ ῥυθμοῦ κίων, ὅστις πολὺ πιθανὸν ἀνῆκεν εἰς τὸν ναὸν τοῦ Ποσειδῶνος τοῦ πολιούχου θεοῦ τοῦ Τάραντος.

Περίεργον νὰ μὴ σώζωνται περισσότερα λείψανα τοῦ ἀρχαίου μεγαλείου τῆς περιφήμου ταύτης πόλεως, ἥτις εἶχέ ποτε μεγίστην δύναμιν καὶ διαφερόντως ἐδοξάσθη ἐπὶ Ἀρχύτου τοῦ περιφήμου μαθητοῦ τοῦ Πυθαγόρου.

Ὁ Ἀρχύτας ἦτο ἄριστος μαθηματικὸς καὶ ἔμπειρος εἰς τὴν μηχανικήν, πρὸς δὲ φιλόσοφος βαθὺς καὶ μέγας πολιτικός· ἤκμασε δὲ κατὰ τὸ τετρακοσιοστὸν ἔτος πρὸ Χριστοῦ. Ὁ πολιτικὸς αὐτοῦ βίος ὑπῆρξεν ἔνδοξος· ἑπτάκις ἐξελέχθη στρατηγὸς τῆς πόλεως καὶ ἐξ ὅλων τῶν ἐκστρατειῶν ἐπανῆλθε νικητὴς καὶ τροπαιοῦχος. Δὲν διεκρίνετο δὲ μόνον ἐπὶ πολιτικῇ ἱκανότητι καὶ ἐπὶ ἀνδρείᾳ, ἀλλὰ καὶ ἐπὶ σωφροσύνῃ, μετριότητι καὶ φιλανθρωπίᾳ. Συνέγραψε οὐκ ὀλίγα συγγράμματα, ἀλλ'

year 967 A.D. the Emperor Nicephorus Phocas wishing to protect these parts from the inroads of the Saracens sent Nicephorus Magister to Taranto who not only renewed the walls of the city but also constructed the bridges and the great aqueduct.

Of the ruins of ancient Tarentum, what is there now existing ?

Only one column of the Doric order, which very probably belonged to the temple of Neptune, the guardian-god of Tarentum.

It is curious that there have not been preserved more remains of the ancient magnificence of this famous city, which once possessed very great power and was especially renowned in the time of Archytas, the celebrated disciple of Pythagoras.

Archytas was an excellent mathematician and expert in mechanics, and moreover a profound philosopher and a great statesman. He flourished in the four hundredth year before Christ. His public life was a glorious one : seven times he was selected to be the general of the state, and from every campaign he returned victorious and triumphant. He was not only distinguished for political capacity and for courage, but also for prudence, moderation, and benevolence. He wrote several

ἀτυχῶς ἐξ αὐτῶν μόνον μικρά τινα τεμάχια σώζονται πραγματευόμενα περὶ λογικῆς, ἠθικῆς καὶ μεταφισικῆς.

Εἶναι περίεργον πῶς ἀλλάσσοισι τὰ πράγματα ἐν τούτῳ τῷ κόσμῳ! Κατὰ τοὺς χρόνους τοῦ Πυθαγόρου καὶ Ἀρχύτου ὁ Τάρας ἦτο ἑστία τῆς φιλοσοφίας καὶ τῶν γραμμάτων, νῦν δέ, ὡς λέγει ἡ Ἰανέτα Ῥῶσς ἐν τῷ ἀξιολόγῳ αὐτῆς πονήματι "Ἡ χώρα τοῦ Μανφρέδου," οὐδὲ βιβλιοπωλεῖον ὑπάρχει ἐν αὐτῷ. Εἰς τὰ τρία μεγάλα τμήματα εἰς ἃ διατέμνεται διὰ τριῶν μακρῶν ὁδῶν ἡ νῦν πόλις ὁμιλοῦνται τρεῖς ἐντελῶς πρὸς ἀλλήλας διαφέρουσαι διάλεκτοι. Οἱ παρὰ τὴν ἔξω θάλασσαν οἰκοῦντες ὁμιλοῦσι διάλεκτον ἥτις εἶναι συμφύραμα παντοίων ξένων καὶ Ἰταλικῶν λέξεων· οἱ τὴν κεντρικὴν ὁδὸν κατέχοντες ὁμιλοῦσι χυδαῖόν τι ἰδίωμα τῆς Νεαπόλεως· οἱ δὲ ἐν τῇ ἀπέναντι τῆς Μικρᾶς θαλάσσης ὁδῷ τοῦ Γαριβάλδη οἰκοῦντες ὁμιλοῦσι διάλεκτον ἐν ᾗ ἐπιπολάζουσι πλεῖσται Ἑλληνικαὶ λέξεις καὶ φράσεις. Ἆρά γε νὰ ἦναι λείψανα τῶν ἀρχαιοτάτων χρόνων, ἢ τῆς Βυζαντινῆς ἐποχῆς;

Τὸ ζήτημα τοῦτο δὲν εἶναι ἐκ τῶν εὐλύτων· δὲν πρόκειται δὲ μόνον περὶ τῶν λέξεων καὶ φράσεων τῶν ἐν τῇ ὁδῷ Γαριβάλδη οἰκούντων Ταραντίνων, ἀλλὰ καὶ περὶ πολλῶν χιλιάδων κατοίκων τῆς μεσημβρινῆς Ἰταλίας οἵτινες ὁμιλοῦσι ἔτι

works, but unfortunately only a few fragments of them have been preserved, treating of logic, ethics, and metaphysics.

It is curious how things change in this world. In the times of Pythagoras and Archytas, Tarentum was a focus of philosophy and letters, but now, as Janet Ross says in her excellent work *The Land of Manfred*, there is not even a bookseller's shop in it. In the three great sections, into which the present city is divided by three long streets, three dialects quite different from each other are spoken. Those who live along the outer sea speak a dialect which is a medley of all kinds of foreign and Italian words. Those who occupy the central street speak a vulgar idiom of Naples. Those who reside in the Strada Garibaldi opposite to the Mare Piccolo speak a dialect in which very many Greek words and phrases crop up. I wonder now, are they relics of the most ancient times or of the Byzantine epoch?

This question is not one of those which are easy to solve; it is not only a question of the words and phrases employed by the Tarentines living in the Strada Garibaldi, but regarding many thousands of the inhabitants of southern Italy who

καὶ νῦν ὡς μητρικὴν αὐτῶν γλῶσσαν τὴν Ἑλληνικήν. Βεβαίως θὰ ἠκούσατε ὅτι εἰς τὰ μεσημβρινοανατολικὰ μέρη τῆς χερσονήσου, ἣν διερχόμεθα ταύτην τὴν στιγμήν, περὶ τὸ Ὀτράντον, καὶ εἰς τὴν Καλαβρίαν περὶ τὸ ἀκρωτήριον Ἡράκλειον ὑπάρχουσι πολλὰ χωρία κατοικούμενα ὑπὸ Ἑλλήνων, οἵτινες δὲν φαίνονται νὰ ἦναι λείψανα τῶν ἀρχαίων κατοίκων τῆς Μεγάλης Ἑλλάδος, ἀλλὰ μεταγενέστεροι ἄποικοι ἐλθόντες ἐκ διαφόρων μερῶν τῆς Ἑλλάδος οἱ μὲν πρό, οἱ δὲ μετὰ τὴν ἅλωσιν τῆς Κωνσταντινουπόλεως.

Ἀνέγνων πρὸ δύο ἐτῶν ἐν τῷ περιοδικῷ τοῦ ἐν Λονδίνῳ Συλλόγου τῶν Ἑλληνικῶν Σπουδῶν ἀξιόλογον πραγματείαν περὶ τῶν Ἑλληνοφώνων τούτων κατοίκων τῆς μεσημβρινῆς Ἰταλίας γεγραμμένην ὑπὸ τοῦ Αἰδεσίμου Ε. Φ. Τόζερ, ἥτις ἐνθυμοῦμαι μοὶ ἐνεποίησε μεγάλην ἐντύπωσιν. Εἶναι θαῦμα τῷ ὄντι πῶς ἠδυνήθησαν οἱ ἄποικοι οὗτοι νὰ διατηρήσωσι τὴν ἐθνικὴν αὐτῶν γλῶσσαν ἐπὶ τόσους αἰῶνας ἐν γῇ ἀλλοτρίᾳ καὶ ἀλλογλώσσῳ.

Ἔχετε δίκαιον, εἶναι θαῦμα· ἀλλὰ παρὰ τοῖς Ἕλλησι τὸ ἐθνικὸν αἴσθημα εἶναι ἰσχυρότατον, καὶ ὅπου γῆς ἂν εὑρίσκωνται προσπαθοῦσι παντὶ σθένει νὰ μὴ λησμονῶσι τὴν ἐθνικὴν αὐτῶν γλῶσσαν· ἐκτὸς τούτου οἱ ἐν τῇ μεσημβρινῇ

even now speak Greek as their mother-tongue. Of course you have heard that in the south-eastern parts of the peninsula which we are at this moment traversing, in the neighbourhood of Otranto, and in Calabria about Cape Spartivento, there are many localities inhabited by Greeks who do not appear to be remnants of the ancient inhabitants of Magna Graecia, but later colonists who came from various parts of Greece, some before and some after the capture of Constantinople.

Two years ago I read in the London journal of the "Society for the promotion of Hellenic Studies" an excellent paper upon these Greek-speaking inhabitants of southern Italy, written by the Rev. H. F. Tozer, which, I recollect, made a great impression upon me. It is really a wonder how these settlers were able to preserve their national language for so many centuries in a foreign country with a foreign tongue.

You are right, it is a wonder; but among the Greeks the national sentiment is very strong, and, in whatever part of the world they find themselves, they try with all their might not to forget their national language; besides, the

Ἰταλίᾳ Ἕλληνες ἄποικοι οἰκοῦντες ἰδίας κώμας καὶ εἰς μέρη ἀπόκεντρα καὶ μὴ συγκοινωνοῦντες συνεχῶς μετὰ τῶν ἐγχωρίων οὐδ᾽ ἐπιγαμίας ποιοῦντες μετ᾽ αὐτῶν κατώρθωσαν μετὰ ὀλιγωτέρας δυσκολίας νὰ φυλάξωσι ἐν μέτρῳ τινὶ μέχρι τοῦδε τὴν γλῶσσαν τῶν πατέρων των.

Φοβοῦμαι ὅμως ὅτι εἰς τὸ μέλλον θὰ ἦναι δύσκολον νὰ πράξωσι τοῦτο, διότι ἡ διὰ τῶν σιδηροδρόμων συγκοινωνία, ἥτις ἀνεστάτωσε τὰ πάντα, θὰ ἐπενεργήσῃ καὶ ἐπ᾽ αὐτῶν καὶ ταχέως θὰ συγχωνευθῶσι μετὰ τῶν πέριξ κατοίκων. Εἰξεύρετε ποῖος εἶναι ὁ σύμπας αὐτῶν πληθυσμὸς νῦν ;

Ὁ Κύριος Τόζερ, ὅστις ἐπεσκέφθη τὰ χωρία των κατὰ τὸ φθινόπωρον τοῦ 1887, λέγει ὅτι ὅλος ὁ πληθυσμὸς αὐτῶν δὲν ὑπερβαίνει τὰς εἴκοσι χιλιάδας. Πέντε χιλιάδες ἐξ αὐτῶν κατοικοῦσιν ἐν Καλαβρίᾳ, καὶ δεκαπέντε χιλιάδες ἐν τῇ ἐπαρχίᾳ τοῦ Ὀτράντου. Οἱ τελευταῖοι οὗτοι, καίτοι πολυπληθέστεροι τῶν ἐν Καλαβρίᾳ, ἴσως ταχύτερον θὰ ἐξιταλισθῶσι, διότι ὁ σιδηρόδρομος εἰσέβαλεν ἤδη εἰς τὴν χώραν των.

Τὸ κακὸν εἶναι ὅτι οὐδεμίαν συγκοινωνίαν ἔχουσιν οὗτοι μετὰ τῆς Ἑλλάδος, οὐδὲ σπουδάζουσι ποσῶς τὴν Ἑλληνικὴν γλῶσσαν· γράφοντες δὲ πρὸς ἀλλήλους μεταχειρίζονται τοὺς Λατινικοὺς χαρακτῆρας· τοῦτο

Greek settlers in southern Italy, living as they did in their own villages and in out-of-the-way parts, and not holding continual intercourse with the native inhabitants, and not intermarrying with them, managed with less difficulty to preserve in some measure the language of their fathers up to the present time.

I fear however that in the future it will be difficult for them to do this, for communication by railways, which has revolutionised everything, will also have its effect upon them, and will soon amalgamate them with the surrounding inhabitants. Do you know what their total population is now ?

Mr. Tozer, who visited their villages in the autumn of 1887, says that their whole population does not exceed twenty thousand. Five thousand of them live in Calabria and fifteen thousand in the province of Otranto. The latter, though more numerous than those in Calabria, will perhaps be sooner Italianised, because the railway has already invaded their country.

The worst is that they have no communication with Greece, and they do not at all study the Greek language, and in writing to each other use the Latin characters, a benefaction for which they are indebted to the

δὲ τὸ εὐεργέτημα ὀφείλεται εἰς τὴν Ῥωμαϊκὴν ἐκκλησίαν, ἥτις ἐκ μητρικῆς στοργῆς φερομένη ἐπέβαλεν εἰς αὐτοὺς τὴν χρῆσιν τῶν Λατινικῶν γραμμάτων ἀντὶ τῶν Ἑλληνικῶν ἅτινα μετεχειρίζοντο μέχρι τῶν ἀρχῶν τοῦ παρόντος αἰῶνος. Οἱ κατὰ τὸν ΙΕ΄ καὶ ΙΣ΄ αἰῶνα καταφυγόντες εἰς μεσημβρινὴν Ἰταλίαν Ἕλληνες μετανάσται ἔχαιρον ἐκκλησιαστικά τινα προνόμια παραχωρηθέντα αὐτοῖς ὑπὸ τῶν κατὰ καιροὺς βασιλέων καὶ κυβερνήσεων τῆς Νεαπόλεως· τὰ προνόμια ὅμως ταῦτα, δι᾽ ὧν προεστατεύετο ἥ τε θρησκεία καὶ ἡ γλῶσσα τῶν Ἑλλήνων μεταναστῶν, βαθμηδὸν καὶ κατ᾽ ὀλίγον κατηργήθησαν καὶ δὲν ἐπετρέπετο πλέον εἰς αὐτοὺς νὰ προσκαλῶσιν ἱερεῖς ἐξ Ἑλλάδος, ἀλλ᾽ ἠναγκάζοντο νὰ ἔχωσιν Ἰταλοὺς ἱερωμένους τῆς Ῥωμαϊκῆς ἐκκλησίας τελοῦντας πάσας τὰς ἱεροτελεστίας εἰς Λατινικὴν γλῶσσαν· οὕτω δὲ ἀπώλεσαν τὴν πίστιν τῶν πατέρων των, καὶ ἡ γλῶσσα αὐτῶν διεφθάρη εἰς τοιοῦτον βαθμόν, ὥστε ἡ τελεία αὐτῆς ἐξαφάνισις εἶναι μόνον ζήτημα χρόνου.

Προχθὲς παρατηρῶν τὰ ἐν τῷ τετραδίῳ ὑμῶν ἀποσπάσματα εἶδον ὅτι μεταξὺ αὐτῶν ὑπάρχουσι καὶ οὐκ ὀλίγα τραγούδια τῶν Ἑλλήνων τούτων τῆς μεσημβρινῆς Ἰταλίας· πόθεν τὰ ἀντεγράψατε;

Τινὰ μὲν ἐκ τῆς ἀξιολόγου

Church of Rome, which, actuated by maternal affection, imposed upon them the employment of the Latin instead of the Greek letters which they used up to the beginning of the present century. The Greek emigrants who took refuge in southern Italy in the 15th and 16th centuries enjoyed certain ecclesiastical privileges granted them by the kings and governments for the time being of Naples; but these privileges, by which both the religion and the language of the Greek emigrants were protected, were gradually abolished little by little, and they were no longer permitted to invite priests from Greece, but were compelled to have Italian ministers belonging to the Roman Church, who performed all the religious ceremonies in the Latin language. They thus lost the faith of their fathers, and their language has been corrupted to such a degree that its complete disappearance is only a question of time.

The day before yesterday, when I was looking over the extracts in your note-book, I saw that among them there are several songs of these Greeks of southern Italy. Where did you copy them from?

Some from the excellent

συλλογῆς [1] ἦν ὁ σοφὸς καθηγητὴς Δομήνικος Κομπαρέττης ἐδημοσίευσεν ἐν Πίσῃ κατὰ τὸ ἔτος 1866, ἄλλα δὲ ἐκ τῆς προλεχθείσης πραγματείας τοῦ Κυρίου Τόζερ. Ἐκ τῆς τελευταίας ταύτης, ἀντέγραψα καὶ τὴν Ἀγγλικὴν μετάφρασιν, ὥστε ἄνευ πολλοῦ κόπου δυνάμεθα νὰ ἐννοήσωμεν τὰ δισνόητα ταῦτα τραγούδια. Αἱ ἑξῆς τρεῖς στροφαὶ εἶναι εἰλημμέναι ἐκ τῆς συλλογῆς τοῦ Κομπαρέττη· εἰσὶ δὲ γεγραμμέναι διττῶς, δηλαδὴ δι' Ἑλληνικῶν καὶ Λατινικῶν χαρακτήρων· διὰ τῶν τελευταίων παρίσταται ἡ προφορὰ τῶν λέξεων ὡς ἔχει νῦν. Ἀντέγραψα ὡς βλέπετε καὶ τὴν Ἰταλικὴν μετάφρασιν τοῦ Κομπαρέττη, ἥτις μεγάλως βοηθεῖ εἰς τὴν ἀκριβῆ κατάληψιν τοῦ τραγουδίου τούτου τῶν κατοίκων τῆς ἐν Καλαβρίᾳ Βούας.

collection which the learned Professor Domenico Comparetti[2] published at Pisa in the year 1866, others from the paper of Mr. Tozer that I mentioned. From the latter I have also copied the English translation, so that we shall be able without much trouble to understand these difficult songs. The following three stanzas are taken from Comparetti's collection: they are written in two ways, that is, in Greek and in Roman characters: by the latter the pronunciation of the words, as it is now, is represented. I copied also, as you see, Comparetti's Italian translation, which is of great use for the accurate comprehension of this song of the inhabitants of Bova in Calabria.

"Ἥλιο ποῦ γιὰ ὅλο τὸ κόσμο περπατεῖ,
Ἀπ' τὸ levanti 's τὸ ponenti πάει,
Ἐκείνη ποῦ 'γαπάω ἐγὼ ἂν σὺ τὴ θωρῇ
Χαιρέτα μοῦ τη καὶ βρὲ ἂν σοῦ γελάῃ.
Ἂν ἐκείνη γιὰ 'μένα σ' ἐρωτήσῃ
Πέ τη 'τι ἐγὼ πατεύω πολλὰ guai,
Ἂν ἐκείνη ποῦ δὲ σ' ἐρωτήσῃ

"Ilio pu ja olo to cosmo parpatì,
An do levanti 'sto ponenti pai,
Ecini pu gapao ego essu ti ghorì,
Ieretamuti ce vre a su jelai.
An ecini ja 'mmena s' arotisi
Peti ti ego pateguo podda guai;
An ecini pu de s' arotisi

---

[1] Saggi dei dialetti Greci del Italia meridionale, raccolti ed illustrati da Domenico Comparetti. Pisa, 1866.
[2] This distinguished Italian scholar, so well known for his extensive erudition, was lately raised to the rank of a senator.

Consulamento νὰ μὴ ἔχῃ mai. | Consulamento na mi echi mai.

O Sun, who wanderest over all
the world,
who goest from the east to the
west,
if you see her whom I love,
greet her from me and see if she
smiles at thee.
If she asks thee about me,
tell her that I suffer many woes;
but if she never asks you,
may she never have comfort !

Sole che per tutto il mondo
cammini,
Da levante a ponente vai,

Quella che amo io se la vedi
Salutamela e vedi se ti ride ;

Se quella per me ti domanda,
Dille che io soffro molti guai ;
Se quella non ti domanda,
Consolazione non abbia mai.

'Ἐν τὸ πιστεύω 'τι μ' ἀλη-
σμονάει
Manco 'τι κάνει τούνη τὴ
τυραννία,
Malucrianza ἀπ' ἐμὲ ἐν ηὗρε mai
Mauco δὲν ηὗρε μίαν ἄχαρο
δουλειά.
Μοῦ dispiaceύει 'τι pateύει guai,
Μὲ τὸ γέρο[1] κερδαίνει ὑπο-
χονδρία
Καὶ ὅλο τοῦνο τὸ spasso ἀλη-
σμονάει.
Τὰ suspiría 'νtασσεύουν τὰ
τειχία.

En do pisteguo ti me addis-
monai
Manco ti canni tundi tirannia,

Malucrianza a ze me en ivre mai
Manco den ivre mian acharo
dulia.
Mu dispiacegui ti pategui guai ;
Me tu jeru jendonni apocondria

Ce olo tundo spasso addismonai.

Ta suspiria (a)ntasseguo ta dichia.

I do not believe that you will
forget me,
nor yet that you exercise this
tyranny ;
you never met with rudeness
from me
nor yet any ungracious act.

I do not like you to suffer woes,
with old age you will acquire
melancholy

Non lo credo che mi dimenti-
cherai,
Neanche che fai questa tirannia,

Malacreanza di me non vedesti
mai
Neanche vedesti mai cattiva
azione.
Mi dispiace che soffri guai,
Colla vecchiaja acquisti malin-
conia

[1] μὲ τὸ γέρο should probably be μὲ τὸ καιρό.

and will forget all this sport.

E tutto questo spasso dimenticherai.

Sighs burst open walls.

I sospiri schiantano le mura.

Ἄν ἤξερα γιὰ τί δὲν μὲ 'γαπάει,
Τί σῶκαμαν ἐγὼ καὶ ἔν μοῦ
      platεύει !
Θέλω νὰ μοῦ 'πῇ γιὰ τί δὲν μὲ
      'γαπάει,
Καὶ senza τίποτε ἐσὺ μ' abban-
      donεύει.
Μὰ ἔν τὸ curεύω νὰ patεύσω
      guai,
Κάμε πῶς θέλει 'τι δὲν μοῦ
      'mportεύει,
Καὶ γιὰ τὴ ψυχὴ ποῦ σὲ 'γαπάει
Γιὰ πόσο τὴ κάνῃ ὅλα support-
      εύει.

An izzera jati demme gapai
Ti socama n'ego ce en mu
    plategui !
Thelo na mupi jati demme
    gapai,
Ce senza tipote esu m' abban-
    donegui,
Ma endi cureguo na patezo guai,
Came po theli ti den mumpor-
    tegui,
Ce ja tin zichi pu se gapai
Ja posso ti canni ola support-
    egui.

If I but knew why you do not
      love me,
what I have done to you that
      you do not speak to me !
I wish you would tell me why
      you do not love me
and without any cause abandon
      me.
But I make no account of suffer-
      ing woes,
do as you will, for it is of no
      moment to me ;
and as to the one who loves
      you,
whatever you do to him, he
      bears it all."

Sapessi perchè non mi ami,

Che ti ho fatto che non mi
    parli !
Voglio tu mi dica perchè non
    mi ami
E senza niente (*senza cagione*) mi
    abbandoni,
Ma non curo di soffrir guai,

Fa come vuoi, chè non m' im-
    porta ;
E per l' anima che ti ama

Per quanto gli fai tutto sup-
    porta."

Τὰ ἑξῆς τραγούδια εἶναι τῶν
Ἑλληνοφώνων κατοίκων τῆς
ἐπαρχίας τοῦ Ὀτράντου· ἀντέ-
γραψα δὲ αὐτά, ὡς εἶπον ὑμῖν
πρὸ ὀλίγου, ἐκ τῆς πραγματείας

The following are songs of
the Greek-speaking inhabitants
of the province of Otranto: I
copied them, as I told you a
little while ago, from the paper

τοῦ Κυρίου Τόζερ, ὅστις ἐστα-
χυολόγησεν αὐτὰ ἐκ τῆς ἀξιο-
λόγου συλλογῆς τοῦ καθηγητοῦ
Μορόση ἐκδοθείσης κατὰ τὸ
ἔτος 1870 ἐν Λήκκῃ. Τὸ τρα-
γούδιον τοῦτο ὅπερ μέλλομεν ν'
ἀναγνώσωμεν τώρα εἶναι λίαν
παθητικόν. Μήτηρ ὀλοφυρο-
μένη συνδιαλέγεται μετὰ τῆς
ἀποθανούσης αὐτῆς θυγατρός.

by Mr. Tozer, who gleaned
them from the excellent collec-
tion of Professor Morosi pub-
lished at Lecce in the year 1870.
This song which we are now
going to read is very pathetic.
A lamenting mother is convers-
ing with her departed daughter.

Translation by the Rev. H. F. Tozer.

"῎Αρτε 'ποῦ σε χῶσα', checcia
                                    μου,
   τίς σου στρώννει ὁ κροβ-
                          βατάκι;
Μοῦ τὸ στρώννει ὁ μαῦρο τάνατο

   γιὰ μιὰ νύφτα ποδδὺ μάλη.
Τίς σου φτιάζει ἀ capetάλια
   νὰ 'ῃ νὰ πλώσῃ τρυφερά;

Μοῦ τὰ φτιάζει ὁ μαῦρο τάνατο

   μ' ἀ λισάρια τὰ φσηρά.

"Now that they have buried
thee, my darling,
who will make thy little bed ?"

"My bed, dark death makes it
for me,
for a long, long night."
"Who will arrange thy pillows,
that thou mayst be able to sleep
softly ?"
"Dark death arranges them for
me
with the bare stones."

῎Εχει νά με κλαύσῃ, checcia μου,

   ἔχει νά με 'νοματίσῃ·

'Σ τ' abbesogna σου μ' ἤσελε,

   'τοῦ 'ς τὸ petto μου ν'
                       ἀκουμβήσῃ.
Χυατερέδδα, χυατερέδδα μου,

   τόσον ὥρῃα γενομένη,
Τί καρδία ποῦ κάνει ἡ μάνα σου

   νὰ σὲ 'δῇ ἀπεσαμμένη;

"Thou must weep for me, my
darling,
thou must call me by my
name;
in thy troubles thou wert wont
to desire me,
that thou mightst lean here
upon my breast.
My dear daughter, my dear
daughter,
that wert so beautifully formed;
what must thy mother's feelings
be
at seeing thee dead.!

Τίς ἐσέα φσυννᾷ, χυατέρα μου,
  μότι ἡ ἡμέρα ἒν ἀφσηλή ;
Ἐτοῦ κάου ἒ πάνταν ὕπουνο

πάντα νύφτα σκοτεινή.
Τ' ἦαν' ὥρῃα τούη χυατέρα μου,

  μότι μου ἔβγη 's τὴ cantata.

Spianduriζανε αἰ colonne
  καὶ deralampιζε ὅλη ἡ
      στράτα.''

Τὸ ἑξῆς ᾀσμάτιον εἶναι
"παραγγελίαι ἀποθνήσκοντος
ἐραστοῦ."

"Ἄνε πεσάνω τέλω νά με
      κλαίσῃ
escappeddata μέσα 's τὴν
      αὐλή,
Καὶ σῦρε τὰ μαδδία σου ἄφσε
      μαδάφσι,
  καὶ κούμβα μού τα πάνου 's
      τὴ φσυχή.
Τόσο με πέρνουνε 's τὴν ἀ-
      γλησία,
  κολούσα, ἀγάπη μου, σὲ
      πραγαλῶ,
Καὶ βλέφσε νά μου νάφσου τὰ
      κηρία
ἄνου 's τὸ 'νῆμα ποῦ 'χω νὰ
      χωσῶ.
Καὶ poi 's τὸ χρόνο 'πέμου μία
      λουτρία,
  καὶ poi 's τοὺ δύο κανένα
      Πάτρεμου,
Καὶ τὴν ἡμέρα τῶς ἀπεσαμμένω

invia μου 'να suspiro καϋμένο.

Who will wake thee, my daughter,
when the day is high ?"
" Here below there is evermore
sleep,
evermore murky night."
" How beautiful was this my
daughter,
when she went forth to the high
mass !
Then the columns gleamed,
and all the street was filled with
light."

The following little song is
"The dying Lover's Injunc-
tions."

" Love, when I die, I will that
thou bewail me
Down in the court-yard with
uncover'd head,
And with the mantle of thy
tresses veil me
Over my heart in silken folds
outspread.
When to the holy Church my
corpse they carry,
I pray thee follow in the
mourners' line,
And o'er the grave, where thy
true love they bury,
See that the funeral tapers
duly shine.
When one year's past let mass
be celebrated,
And after two years chant a
litany ;
And when the spirits are com-
memorated
Breathe burning sighs in
memory of me.

Τόσο ποῦ ὅλα τοῦα τά 'χεις
γανομένα,
νοῖφσε τὸ 'νῆμα κ' ἔμβα ἐκεῖ
μὰ μένα."

When these kind offices accom-
plished are,
Open the tomb and come my
grave to share."

Τὸ ἐξῆς εἶναι συμβουλὴ εἰς
προτιθεμένους νὰ νυμφευθῶσι
νεανίας.
"'Ακάπησο, ἀκάπησο, ἅ τέλῃ
ν' ἀκαπήσῃ,
μὰ χνατερedda 'φσ' εἴκοσι
χρονό.
Ἄν ἔχῃ εἰκοσιπέντε, μὴ τελήσῃ,
'πές τη 'τὶ ἒ διαβημένο τὸ
καιρό·
Ἄ τέλῃ πιάκῃ ὂ ῥόδο νὰ μυρίσῃ,

σῦρέ το μότ' ἔν' ἤμισ'
ἀνοιφτό."

The following is "Advice to
young Men intending to Marry."

"If you would wed, then choose

A maid of twenty years :

At twenty-five, refuse,
Say she too old appears :

Half-blown he culls the rose,

Who for its fragrance cares."

Τὸ ἐξῆς διηγημάτιον εἶναι εἰς
πεζὸν λόγον καὶ ὁμοιάζει πολὺ
μὲ τὴν ἐν Σάμῳ δημηγορίαν τοῦ
Αἰσώπου.
"Μία φορὰ εἶχε μία γυναῖκα,
ποῦ πάντα ἐπραγάλει τὸ Τεὸ
νὰ ὁ ῥῆα στασῇ καλό. Κάϊ
ἀντρῶποι εἴπανε 'ς τὸ ῥῆα
τοῦτο πρᾶμα, καὶ ὁ ῥῆα τὴν
ἐφώνασε καὶ τὴ ῥώτησε γιατὶ
ἐπραγάλει τόσο γιὰ σαῦτο. Καὶ
κείνη εἶπε, ''Εβὼ πραγαλῶ τὸ
Τεὸ νὰ μείνῃς ὕγιο πάντα, γιατὶ
ἐσὺ μᾶς ἐscorceυσε, καὶ ἁ πε-
σαίνῃ ἐσύ, ἔρχεται ἔν ἄddo ποῦ
ἔχει νὰ χορτώσῃ τὴν πεινά
του.' "
'Ιδοὺ καὶ παροιμίαι τινὲς ἐκ
Βούας τῆς Καλαβρίας ἐκ τῆς
συλλογῆς τοῦ Μορόση μετὰ τῆς
μεταφράσεως τοῦ Τόζερ.

The following little tale is in
prose, and much resembles
Aesop's speech in Samos.

"There was once a woman who
prayed to God continually that
the king might keep in good
health. Certain men reported
this matter to the king, so the
king summoned her and asked
her why she prayed so much
for him. And she said, 'I pray
God that you may continue in
life for ever, because you have
flayed us, and, if you die, another
will come who will have to
satisfy his hunger.' "

Here too are some proverbs
from Bova in Calabria from
Morosi's collection, with Mr.
Tozer's translation.

1. Λιρὶ τὴ πουρρή,
κέντα 'ς τὴ μονή·
λιρὶ τὴ βραδία,
κέντα 'ς τὴν δουλεία.

A rainbow in the morning,
hasten to your dwelling ;
a rainbow in the evening,
hasten to your work.

2. Τὰ ξύλα τὰ στραβά,
τὰ 'σάζει τὸ lucisi.

Bent timbers
are straightened by the fire.

3. Ὁ σκύδδο ποῦ δὲν ἀλεστάει
δαγκάνει κρυφά.

The dog that does not bark
bites stealthily.

4. Τὶ δὲν ἔχει φοῦρρο' δικόν του,
δὲ τὸ χορταίνει τὸ ζωμί.

If a man has no oven of his
own, his bread does not satisfy
him.

5. Τὶς ἐσπέρρει 'ς τὸ ἀργό,
τρώγει χόρτο, δὲν καρπό.

He that sows untilled land,
will eat grass instead of corn.

6. Ἡ γλῶσσα 'στέα δὲν ἔχει
καὶ 'στέα κλάνει.

Though the tongue has no
bones, it can break bones.

Σώζεται καμμία ἐκ τούτων
τῶν παροιμιῶν ἐν Ἑλλάδι ἢ ἐν
Τουρκίᾳ ;

Are any of these proverbs
extant in Greece or in Turkey ?

Ἐκτὸς τῆς πρώτης πᾶσαι αἱ
ἄλλαι σώζονται καὶ παρὰ τοῖς
ἐν Ἑλλάδι καὶ Τουρκίᾳ Ἕλλη-
σιν, ἀλλ' ἐκπεφρασμέναι δι'
ἄλλων ταὐτοσήμων λέξεων·
π.χ. ἡ ἕκτη παροιμία ἔχει παρ'
ἡμῖν ὡς ἑξῆς·
"Ἡ γλῶσσα κόκκαλα δὲν
ἔχει καὶ κόκκαλα σπάνει."

Except the first, all of them
have been preserved both among
the Greeks in Greece and among
those in Turkey, but expressed
in other words with the same
meaning ; e.g. the sixth proverb
runs as follows with us :
"The tongue has not bones
and yet it breaks bones."

Ὑπάρχει καμμία καλὴ καὶ
πλήρης συλλογὴ Νεοελληνικῶν
παροιμιῶν ;

Is there any good and com-
plete collection of modern Greek
proverbs ?

Μάλιστα, ὑπάρχει ἡ τοῦ
Κ. Ι. Βενιζέλου ἐκδοθεῖσα ἐν
Ἀθήναις τῷ 1846, καὶ ἡ τοῦ
Π. Ἀραβαντινοῦ τυπωθεῖσα τῷ
1863 ἐν Ἰωαννίνοις· πιθανὸν δὲ
ἔκτοτε νὰ ἔγειναν καὶ ἄλλαι συλ-
λογαὶ ὑπὸ ἄλλων Ἑλλήνων, τὰς
ὁποίας ἐγὼ δὲν γνωρίζω. Ὁ
Ἑλληνικὸς λαὸς μεταχειρίζεται
ἀναριθμήτους παροιμίας, ἡ

Yes, there is the one by C. J.
Venizelos published at Athens
in 1846, and the one by P. Ara-
vantinos published at Janina
in 1863 ; and it is probable
that since that time other col-
lections have been made by
other Greeks, of which I have
no knowledge.   The Greek
people make use of innumerable

συνάθροισις τῶν ὁποίων δὲν εἶναι εὔκολον ἔργον. Ἐν τῷ τρίτῳ τόμῳ τῆς Πανδώρας, περιοδικοῦ ἀξιολογωτάτου, ἐδημοσιεύθησαν οὐκ ὀλίγαι παροιμίαι, ἃς συνέλεξεν ὁ πολυμαθὴς ἰατρὸς Ι. Δὲ Κιγάλλας καὶ αἱ ὁποῖαι δὲν ὑπῆρχον ἐν τῇ συλλογῇ τοῦ Βενιζέλου.

Ὑμεῖς ὡς Ἕλλην θὰ ἐνθυμεῖσθε βεβαίως πολλὰς παροιμίας ἐκ τῶν ἐν κοινῇ χρήσει· μοὶ κάμνετε τὴν χάριν νά μοι εἴπητέ τινας ἐκ τῶν συνηθεστέρων; ἐγὼ δὲ θὰ προσπαθήσω νὰ εὕρω τὰς ἀντιστοιχούσας Ἀγγλικάς.

Εὐχαρίστως. Ἀκούσατε λοιπόν τινας.

proverbs; the collection of which is not an easy task. In the third volume of the *Pandora*, a most excellent periodical, a good many proverbs have been published, which the learned physician I. de Cigallas collected, and which were not included in the collection of Venizelos.

As a Greek, you must certainly recollect many proverbs among those in ordinary use : will you do me the favour to repeat to me some of those which are more commonly employed? And I will endeavour to find the corresponding English ones.

With pleasure. Listen then to some of them.

Greek Version	*Literal Translation*	*English Equivalent*
Κάλλιο πέντε καὶ 's τὸ χέρι Παρὰ δέκα καὶ καρτέρι.	Better five and in the hand than ten and delay.	A bird in the hand is worth two in the bush.
Ὅπου λαλοῦν πολλοὶ πετεινοί, ἀργεῖ νὰ 'ξημερώσῃ. Οἱ πολλοὶ καραβοκυραῖοι πνίγουσι τὸ καράβι.	Where many cocks crow, it delays to dawn. Many commanders sink the ship.	Too many cooks spoil the broth.
Ἀπὸ ἄνθρωπον σπανὸν τρίχα δὲν 'μπορεῖς νὰ 'βγάλῃς.	You cannot pull a hair from (the chin of) a smooth-faced man.	You cannot get blood out of a stone.
Εἰς τὴν ἀναβροχιά, καλὸ καὶ τὸ χαλάζι.	In drought even hail is good.	Half a loaf is better than no bread.
Ὅταν ἡ αὐλή σου διψᾷ, μὴ χύνῃς τὸ νερὸν ἔξω.	When your courtyard is dry, do not throw water outside.	Charity begins at home.
Ὁ γάδαρος ὠνόμασε τὸν πετεινὸν κεφάλα.	The donkey called the cock big-head.	The pot called the kettle black.

"Οποιος κυνηγᾷ πολλοὺς λαγοὺς κανένα δὲν πιάνει.
Whoever chases many hares does not catch one.
Jack - of - all - trades and master of none.

Τάλογον 'ποῦ σοῦ χαρίζουν εἰς τὰ δόντια μὴν τὸ βλέπῃς.
Do not look at the teeth of the horse that they make you a present of.
Τοῦ Γιάννη δῶρον τοῦδωκαν Κι' αὐτὸς μπομπαῖς τοῦ εὑρισκε.
They gave a present to John and he found fault with it.
Do not look a gift-horse in the mouth.

Πέτρα 'ποῦ κυλάει θεμέλιο δὲν πιάνει.
A stone that rolls does not acquire firmness.
A rolling stone gathers no moss.

Ὁ σκύλος 'ποῦ γαυγίζει δὲν δαγκάνει.
The dog that barks does not bite.
His bark is worse than his bite.

"Η παπᾶς παπᾶς, ἤ ζευγᾶς ζευγᾶς.
Let a priest be a priest, and a ploughman a ploughman.
Let the cobbler stick to his last.

'Μάτια 'ποῦ δὲν φαίνονται γλήγορα λησμονοῦνται.
The eyes which are not seen are soon forgotten.
Out of sight, out of mind.

'Αργυρὸ τὸ 'μίλημα χρυσὸ τὸ σιώπα.
Speech is silver, silence is gold.
Speech is silver but silence is gold.

"Οποιος φτεῖ τὸν οὐρανὸν φτεῖ τὰ μοῦτρά του.
Who spits at the sky spits in his own face.
Curses come home to roost.

Στραβὸς βελόνι γύρευε μέσα 's τὸν ἀχυρῶνα.
The blind man looked for a needle in the hay-loft.
To look for a needle in a bottle of hay.

Κόρακας κοράκου 'μάτι δὲν 'βγάνει.
A crow does not peck out a crow's eye.
Hawks do not peck out hawks' eyes.

Δὸς τοῦ βοσκοῦ γάλα.
Give milk to the shepherd.
To carry coals to Newcastle.

Τὸ σίδερο πυρωμένο κολλᾷ.
Iron when hot adheres.
Strike while the iron is hot.

"Ενα χελιδόνι ἄνοιξιν δὲν φέρνει.
One swallow does not bring spring.
One swallow does not make a summer.

Τὸ σταμνὶ 'πού 'πάει
συχνὰ 's τὴ βρύσι μιὰ
μέρα σπάνει.

The pitcher that
goes often to the
fountain one day is
broken.

The pitcher that
goes often to the well
is broken at last.

———

Μὲ μιὰ ριψιὰ δυὸ που-
λιὰ χτύπησε.

With one throw he
hit two birds.

To kill two birds
with one stone.

———

Μετὰ τὰς παροιμίας κατάλ-
ληλος νομίζω παρουσιάζεται
εἰς ἡμᾶς εὐκαιρία νὰ εἴπωμεν
ὀλίγα τινὰ καὶ περὶ αἰνιγ-
μάτων. Παρὰ τοῖς ἀρχαίοις
Ἕλλησι, ὡς λέγει ὁ Ἀθήναιος,
αἱ περὶ αἰνιγμάτων συζητήσεις
δὲν ἐθεωροῦντο ἀλλότριαι φιλο-
σοφίας· συνείθιζον δὲ νὰ προ-
βάλλωσιν αὐτὰ παρὰ τοὺς πό-
τους "τὴν τῆς παιδείας ἀπόδειξιν
ἐν τούτοις ποιούμενοι."

Ἡ πρότασις ὑμῶν εἶναι καλὴ
καὶ ἀποδέχομαι αὐτὴν εὐχαρί-
στως· ἔχω δὲ οὐχὶ εὐκαταφρό-
νητον συλλογὴν αἰνιγμάτων,
ἀρχαίων τε καὶ νεωτέρων, καὶ
δυνάμεθα νὰ διέλθωμέν τινα ἐξ
αὐτῶν. Καὶ πρῶτον μὲν ἂς
ἀρχίσωμεν ἐκ τῶν ἀρχαίων. Ὁ
Ἀσκληπιάδης παρ' Ἀθηναίῳ
λέγει ὅτι τὸ τῆς Σφιγγὸς
αἴνιγμα εἶχεν ὡς ἑξῆς·

"Ἔστι δίπουν ἐπὶ γῆς καὶ τετρά-
πον, οὗ μία φωνή,

Καὶ τρίπον, ἀλλάσσει δὲ φυὴν
μόνον, ὅσσ' ἐπὶ γαῖαν

Ἑρπετὰ κινεῖται ἀνά τ' αἰθέρα,
καὶ κατὰ πόντον.
Ἀλλ' ὁπόταν πλείστοισιν ἐρει-
δόμενον ποσὶ βαίνῃ,

After the proverbs, I think a
good opportunity presents itself
for us to say a few words also
about riddles. Among the an-
cient Greeks, as Athenaeus says,
discussions about riddles were
not regarded as foreign to
philosophy; and they were
accustomed to propound them
at their drinking-parties, "mak-
ing in them a display of their
learning."

Your proposal is a good one,
and I accept it with pleasure.
I have a by no means despicable
collection of riddles, both ancient
and modern, and we can go
through some of them. And
let us first begin with the
ancient ones. In Athenaeus,
Asclepiades says that the riddle
of the Sphinx was as follows:

"There is on the earth an animal
two-footed and four-footed, but
it has one voice; it is also three-
footed, and the only one that
changes its nature of all the
creatures
that move upon the earth and
in the air and in the sea,
but whenever it goes supported
on most feet,

Ἔνθα τάχος γυίοισιν ἀφαυρό-
τατον πέλει αὐτοῦ." [1]

Τὸ αἴνιγμα τοῦτο τῆς Σφιγγὸς
φέρεται παρὰ τοῖς ἀρχαίοις καὶ
εἰς πεζὸν λόγον κατὰ διαφόρους
τρόπους· ἀλλ' ἂς μεταβῶμεν
ἤδη εἰς τὸν Ἀντιφάνην ὅστις
ποιεῖ τὴν Σαπφὼ προβάλλοισαν
αἰνίγματα ἢ ὡς ὀνομάζει αὐτὰ ὁ
Ἀθήναιος γρίφους·

"Ἔστι φύσις θήλεια βρέφη
σώζοισ' ὑπὸ κόλποις
Αὐτῆς. Ὄντα δ' ἄφωνα βοὴν
ἵστησι γεγωνόν,
Καὶ διὰ πόντιον οἶδμα καὶ
ἠπείρου διὰ πάσης,
Οἶς ἐθέλει θνητῶν· τοῖς δ' οὐ
παρεοῦσιν ἀκούειν
Ἔξεστιν· κωφὴν δ' ἀκοῆς
αἴσθησιν ἔχουσιν."

Τί αἰνίσσεται ὁ γρῖφος οὗτος
δὲν ἐννοῶ· δύνασθε ὑμεῖς νά μοι
εἴπητε πῶς ἐπιλύεται;

Ἄν λάβητε ὀλίγην ὑπομονὴν
αὐτὴ ἡ Σαπφὼ θὰ ἐπιλύσῃ
αὐτὸν εἰς ὑμᾶς ἐμμέτρως· πρὶν
ὅμως γείνῃ τοῦτο ἀκούσατε πῶς
ἐπέλυσεν αὐτὸν ἐκ τῶν ἀρχαίων
τις ἐπὶ τὸ κωμικώτερον·

"Ἡ μὲν φύσις γὰρ ἦν λέγεις,
ἐστὶν πόλις·
Βρέφη δ' ἐν αὐτῇ τρέφει τοὺς
ῥήτορας.
Οὗτοι κεκραγότες δὲ τὰ δια-
πόντια
Τἀκ τῆς Ἀσίας καὶ ἀπὸ Θράκης
λήμματα
Ἑλκουσι δεῦρο. Νεμομένων δὲ
πλησίον

then its speed with its limbs is
most feeble."

This riddle of the Sphinx is
mentioned among the ancients
also in prose, in various fashions;
but let us now go to Antiphanes
who represents Sappho pro-
pounding riddles, or γρῖφοι as
Athenaeus calls them:

"There is a female creature,
keeping children under its bosom.
Though dumb they send a loud
shout
over the swell of the sea and
over every continent
to any of mortals that they wish:
it is not possible for those present
to hear, but they have their
sense of hearing deaf."

I do not understand what
mystery this riddle conveys: can
you tell me how it is solved?

If you will have a little
patience, Sappho herself will
solve it for you in verse; but
before this takes place, hear how
one of the ancients solved it in
a rather comical manner:
"The creature that you mention
is a state:
she fosters children in her, the
orators.
These, by their shouts, the trans-
marine
revenues from Asia and from
Thrace
draw hither. While they are
distributing

Αὐτῶν κάθηται λοιδορουμένων
τ' ἀεὶ
'Ο δῆμος, οὐδὲν οὔτ' ἀκούων
οὔθ' ὁρῶν."
'Ακούσασα τὴν λύσιν ταύτην
ἡ Σαπφὼ ἀναφωνεῖ·
" Πῶς γένοιτ' ἄν, ὦ πάτερ,
'Ρήτωρ ἄφωνος, ἢν μὴ ἁλῷ τρὶς
παρανόμων ;"

"Επειτα ἐπιλύει τὸν γρῖφον
οὕτως·
" Θήλεια μὲν νύν ἐστι φύσις
ἐπιστολή·
Βρέφη δ' ἐν αὐτῇ περιφέρει τὰ
γράμματα·
"Αφωνα δ' ὄντα ταῦτα τοῖς
πόρρω λαλεῖ,
Οἷς βούλεθ'· ἕτερος δ' ἂν τύχῃ
τις πλησίον
'Εστὼς ἀναγινώσκοντος οὐκ
ἀκούσεται." [1]
Εὐφνέστατος γρῖφος· ὀφεί-
λομεν δὲ πλείστην εὐγνωμο-
σύνην εἰς τὴν ποιήτριαν Σαπφὼ
ὅτι μᾶς ἀπήλλαξε τοῦ κόπου
τῆς λύσεως αὐτοῦ.
Δικαιότερον εἶναι νομίζω νὰ
ἐκφράσωμεν τὴν εὐγνωμοσύνην
ἡμῶν εἰς τὸν 'Αντιφάνην, διότι
ἐκεῖνος ἦτο ὁ ποιήσας τόν τε
γρῖφον καὶ τὴν λύσιν αὐτοῦ.
Τώρα ἂς ἀναγνώσωμεν καί
τινα αἰνίγματα τῆς Νεοελληνι-
κῆς φιλολογίας, διότι αὐτά μοι
ἐνδιαφέρουσι περισσότερον.
Πρὶν μεταβῶμεν εἰς ταῦτα
ἐπιτρέψατέ μοι ν' ἀναγνώσω
ὑμῖν καὶ τὸ ἑξῆς ὅπερ ἀντέγραψα
ἐκ τοῦ 'Αθηναίου ὅστις λέγει·

and for ever abusing, near them
is seated
the populace which neither hears
nor sees anything."
On hearing this solution
Sappho exclaims :
" How can an orator, O father,
be reduced to silence, unless
he has been thrice convicted
of illegal acts ? "
Then she solves the riddle
thus :
" The female creature is a letter:

she carries children about in
her, the characters :
though dumb they speak to
those far away,
to whomever they wish : if
another happen to be standing
near to him who reads it, he will
not hear."
A very clever riddle ; and we
owe the greatest gratitude to the
poetess Sappho for saving us the
trouble of its solution.

I think it is more just to
express our gratitude to Anti-
phanes, for it was he who com-
posed both the riddle and its
solution.
Now let us read also some
riddles which belong to modern
Greek literature, for these
interest me more.
Before we go to these, let me
read to you also the following
which I copied from Athenaeus
who says : " Euripides appears

[1] Athenaeus, x. 72.

" Εὐριπίδης δὲ τὴν ἐν τῷ Θησεῖ τὴν ἐγγράμματον ἔοικε ποιῆσαι ῥῆσιν. Βοτὴρ δ' ἐστὶν ἀγράμματος αὐτόθι, δηλῶν τοὔνομα τοῦ Θησέως ἐπιγεγραμμένον, οὕτως·

'Ἐγὼ πέφυκα γραμμάτων μὲν οὐκ ἴδρις,
Μορφὰς δὲ λέξω καὶ σαφῆ τεκμήρια.
Κύκλος τις ὡς τόρνοισιν ἐκμετρούμενος·
Οὗτος δ' ἔχει σημεῖον ἐν μέσῳ σαφές.
Τὸ δεύτερον δὲ πρῶτα μὲν γραμμαὶ δύο,
Ταύτας διείργει δ' ἐν μέσαις ἄλλη μία.
Τρίτον δὲ βόστρυχός τις ὡς εἱλιγμένος.
Τὸ δ' αὖ τέταρτον ἦν μὲν εἰς ὀρθὸν μία,
Λοξαὶ δ' ἐπ' αὐτῆς τρεῖς κατεστηριγμέναι
Εἰσίν. Τὸ πέμπτον δ' οὐκ ἐν εὐμαρεῖ φράσαι·
Γραμμαὶ γάρ εἰσιν ἐκ διεστώτων δύο,
Αὗται δὲ συντρέχουσιν εἰς μίαν βάσιν.
Τὸ λοίσθιον δὲ τῷ τρίτῳ προσεμφερές.'" [1]

Ὅπως ἐννοήσῃ τις καλῶς τὴν περιγραφὴν τοῦ εὐφυοῦς βουκόλου πρέπει νὰ λάβῃ ὑπ' ὄψει ὅτι εἰς τὸν καιρὸν τοῦ Εὐριπίδου τὰ ἐν χρήσει γράμματα ἦσαν τὰ κεφαλαῖα, ὥστε τὸ ὄνομα τοῦ Ἀθηναίου ἥρωος ἐγράφετο τότε οὕτω· ΘΗΣΕΤΣ.

to have composed in his *Theseus* a passage descriptive of written characters. There is in it a herdsman who cannot read, who describes the name of Theseus on an inscription thus :

' I am not skilled in written characters,
but I will tell you their forms and clear indications.
A circle as if measured by the compasses :
this has a clear mark in the centre.
The second is first two lines,
then another one between them keeps them apart.
The third is like a twisted curl.

The fourth again was one line upright,
and crosswise upon it three firmly fixed
are there. Now the fifth is not easy to explain,
for there are two lines from separate points,
and these meet upon one base.

The last is like the third.' "

In order that one may well understand the clever herdsman's description, one must keep in view that in the time of Euripides the letters in use were capitals, so that the name of the Athenian hero was at that time written thus : THESEUS.

---

[1] Athenaeus, x. 80.

Καιρὸς τώρα νὰ μεταβῶμεν
ἐκ τῶν ἀρχαίων εἰς τὰ αἰνίγματα
τῆς σημερινῆς Ἑλληνικῆς.

Εὐχαρίστως, μετὰ τῆς συμ-
φωνίας ὅμως νὰ προσπαθήσητε
ὑμεῖς νὰ εὕρητε τὴν λύσιν
αὐτῶν.

Ἐὰν ὅμως δὲν δυνηθῶ νὰ τὰ
ἐπιλύσω θὰ ἔχω νὰ ὑποστῶ
τιμωρίαν τινά; διότι ὡς εἰξεύρετε
οἱ ἀρχαῖοι εἰς τοὺς μὴ δυνα-
μένους νὰ ἐπιλύωσι τὰ προ-
βαλλόμενα εἰς αὐτοὺς αἰνίγματα
ἐπέβαλλον ποινὴν οὐχὶ εὐάρε-
στον· ἀνεμίγνυον τὸν οἶνον
αὐτῶν μεθ' ἅλμης καὶ ἠνάγ-
καζον αὐτοὺς νὰ πίωσιν ὅλον τὸ
ἐμπεριεχόμενον τοῦ ποτηρίου
ἀπνευστί.

Μὴ φοβεῖσθε ὅτι θὰ πάθητε
τοιοῦτόν τι παρ' ἐμοῦ, διότι ἐγὼ
οὐ μόνον δὲν θὰ σᾶς ἀναγκάσω
νὰ πίητε οἶνον ἁλμυρὸν ἐὰν δὲν
λύσητε τὰ αἰνίγματα, ἀλλὰ θὰ
σᾶς δώσω καὶ διορίαν νά μοι
εἴπητε τὴν λύσιν εἰς τὸ τέλος
τοῦ ταξειδίου μας.

Ὑπὸ τοιούτους ὅρους δέχομαι
προθύμως καὶ ἀφόβως ν' ἀκούσω
τὰ αἰνίγματα· ἀναγινώσκετε
λοιπὸν καὶ μὴ βραδύνετε.

Ὑμεῖς δὲ προσέχετε ὅπως
εὕρητε τὸ ὑποκρυπτόμενον.

It is now time for us to go
from the ancient to the modern
Greek riddles.

With pleasure, but on the
understanding that you are to
endeavour to find the solution
of them.

But if I am unable to solve
them, shall I have to undergo
any penalty? For, as you know,
the ancients used to impose upon
those who were unable to solve
the riddles propounded to them
a punishment not at all pleasant:
they mixed their wine with salt
water and compelled them to
drink the whole contents of the
cup at a draught.

Do not be afraid that you
will suffer any such infliction
from me, for I will not only not
compel you to drink salt wine
if you do not solve the riddles,
but I will even allow you time to
tell me the solution up to the
end of our journey.

On these terms I willingly
and fearlessly agree to hear the
riddles: read them then to me
and do not lose any time.

And you give your mind to
discover what is hidden.

ΑΙΝΙΓΜΑΤΑ

Α΄

Εἶμ' ἄψυχον, εἶμ' ἄφωνον·
Ἀλλ' ἅμα σὺ θελήσῃς,
Φωνὴν καὶ γονιμότητα
Μοὶ χορηγεῖς ἐπίσης.

RIDDLES [1]

I

I am lifeless, I am dumb,
but as soon as you wish,
voice and fecundity
you equally afford me.

[1] The answers to these riddles are given in Appendix III.

Γεννῶ μου τὴν γενέτειραν
Καὶ ταχυτέρους βέλους
Ἐκπέμπω τοὺς ἐκγόνους μου
Καταστροφῆς ἀγγέλους.

I give birth to my mother,
and swifter than a dart
are my offspring I send forth,
emissaries of destruction.

Αὐτοί μου δὲ οἱ ἔκγονοι
Ἂν καὶ ᾽δικοί μου γόνοι
Ἀλλ᾽ ὅμως ἀποβαίνουσι
Πολλάκις πατροκτόνοι·

My very children
though they are my own offspring
yet they become
often parricides :

Ἀόρατος, ἀέριος
Ὁ ἄγριός των δρόμος.
Εἶν᾽ ἡ πνοή μου θάνατος
Καὶ ἡ φωνή μου τρόμος.

invisible, aerial
is their wild course.
My breath is death
and my voice terror.

Διάφορον τὸ μέγεθος
Τὴν δύναμιν τὸ σχῆμα,
Πολλῶν ἀνθρώπων ἄνοιξα
Ἀπονητὶ τὸ μνῆμα.

Differing in size
in power and in form,
of many men I have opened
without trouble the tomb.

Ἐὰν μὲ δεξιότητα
Μὲ κόψῃς ἐκ τῆς μέσης,
Πῦρ καὶ χαλκὸν παράγουσιν
Αἱ δύο διαιρέσεις.

If with dexterity
you cut me in half,
fire and copper
the two halves produce.

Καὶ ἂν τοὺς δύο πόλους μου
Ἑνώσῃς εἰς ἓν ὅλον,
Παράδοξον, πλὴν ἀληθές,
Γεννῶ τὸν ἕνα πόλον.
(Πανδώρας τόμ. Α΄ σ. 484.)

And if my two extremities
you join in one whole,
marvellous but true
I form one end.
(*Pandora*, vol. i. p. 484.)

Β΄

Ποῖον εἶμαι τὸ γνωρίζεις·
Τί, ἐπίσης τὸ εἰξεύρεις.
Ὅπου ῥίψῃς ἕν σου βλέμμα
Εἶναι εὔκολον νά μ᾽ εὕρῃς.

Δύο φίλοι ἀδελφοί μου
Συμφωνοῦν, τὰ συμβιβάζουν,
Καὶ εἰς τὰς αὐλὰς τῶν ξένων
Κάθηνται καί με φωνάζουν.

II

Who I am you are aware ;
what too you equally know.
Wherever you cast a single glance,
it is easy for you to find me.

Two dear brothers of mine are
in harmony, agree in their affairs,
and in the halls of strangers
sit down and call me.

Μὲ τοὺς εὐλαβεῖς μ' ἀκούουν
  Καὶ μὲ βλέπουσι κυρίως·
Μ' εὐεργέτην πλὴν κανένα
  Δέν με βλέπουσι τελείως.

With the pious, people hear me
and especially they see me ;
but with any benefactor
they see me not at all.

Εὐαγγέλια ὁ Μάρκος
  Καὶ ὁ 'Ιωάννης ἔχουν,
Κ' εἰς αὐτὰ μ' ἀκούουν πάντα
  "Οσοι ἄνθρωποι προσέχουν.

Gospels Mark
and John possess,
and in these people always hear
me as many men as pay attention.

Μετὰ διαβόλων τρέχω
  Καὶ μετὰ τῶν βρυκολάκων,
Καὶ φωνάζω ποῖον εἶμαι
  'Απὸ τᾶκρα τῶν αὐλάκων.

With devils I take my course
and also along with ghosts,
and I proclaim who I am
from the edges of the channels.

Εἰς τὴν κολυμβήθραν μέσα
  Μ' ἄλλους δέκα ἐβαπτίσθην,
Μὲ Χριστιανὸν κανένα
  Πώποτε δὲν ἐσχετίσθην.

Inside the font,
with ten others I was baptized,
but with any Christian
never had I ought to do.

Φεύγω πάντοτε τοὺς ναύτας·
  Τοὺς ναυάρχους φίλους ἔχω·
Εἰς τὰ πλοῖά των δὲν εἶμαι
  Μὲ τὰς λέμβους ὅλας τρέχω.

Sailors I alway shun :
I have admirals for friends :
I am not in their ships,
with all boats I travel fast.

Ποῖον εἶμαι, σὲ τὸ λέγει
  'Εν ἀρχῇ ὁ Εὐριπίδης.
"Ηκουσες ; Πλὴν μὴ ζητήσῃς
  'Εν αὐτῷ καὶ νά με ἴδῃς.

What I am tells you
in the beginning Euripides.
Did you hear ?   But do not seek
in him to see me too.

Δυσκολεύεσαι ἀκόμη ;
  "Εμβα νὰ ἰδῇς ποῦ κεῖμαι·
Κ'ι ἂν φωνάξῃς, "σ' εὗρον σ'
      εὗρον,"
Δὶς θ' ἀκούσῃς ποῖον εἶμαι.
      Σ. Κ. Κ.
  (Πανδώρας τόμ. Α' σ. 532.)

Are you in difficulty still ?
where I am go in to see ;
and if you cry : " I have found
you, I have found you,"
twice your ear will tell you what
I am.   S. C. C.
  (*Pandora*, vol. i. p. 532.)

Γ'

Εἰς τὰ νῶτα τῆς θαλάσσης
  'Ισταμένη δὲν σαλεύω,

III

On the surface of the sea
standing I do not move,

Πλὴν μετὰ τῶν ὁπλοφόρων
Περιτρέχω τὰ βουνά·
Καὶ ἄν με ἀποκεφαλίσῃς
Εἰς τὸν Ὄλυμπον ἱππεύω,
Ὅπου νέος οἰνοχόος
Θεῖον νέκταρ μὲ κερνᾷ.
(Πανδώρας τόμ. Θ' σ. 368.)

but with armed men
I run about the hills ;
and if you cut my head off
I ride away to Olympus,
where a young cup-bearer
hands me divine nectar.
(*Pandora*, vol. ix. p. 368.)

Δ'   IV

Εἶμαι ἐπίτροπος τοῦ ἡλίου
ἐπὶ τῆς σφαίρας τῆς ὑδρογείου·
Εἶμαι μονάρχης ἐνθρονισμένος,
μὲ λαμπρὸν στέμμα στεφανω-
μένος·

I take the place of the sun
on the terraqueous globe ;
I am a monarch enthroned,
with a bright diadem crowned,

Γνωρίζω πλῆθος τῶν μυστικῶν
σου,
εἰμ' ὁ πιστότατος τῶν πιστῶν
σου·

I know a number of your secrets,

I am the most trusted of your
confidants ;

Σχεδὸν τὸ ἥμισυ τῆς ζωῆς σου
εἶμαι ὁ φίλτατος τῆς ψυχῆς
σου.

for nearly half your life
I am the closest friend of your
soul.

Καὶ μ' ὅλα ταῦτα μὲ κατα-
θλίβεις,
μ' ἀγνωμοσύνην μὲ ἀντ-
αμείβεις.

And with all this you afflict me,

with ingratitude you requite me.

Μ' ὅλον τὸν θρόνον καὶ τὴν
στολήν μου,
πολλάκις τέμνεις τὴν κεφα-
λήν μου.

With all my throne and my
robes,
often you cut off my head.

Καθ' ὅσον τέμνεις γεννᾶται
ἄλλη,
ἡ χείρ σου δ' αὖθις τὴν κατα-
βάλλει.

As often as you cut it off, another
is produced,
your hand again destroys it.

Τί φλόγα τρέφω εἰς τὴν καρδίαν

διὰ τοσαύτην ἀχαριστίαν !
Δι' ὃ καὶ τήκομαι καὶ χαυ-
νοῦμαι,
καὶ κατ' ὀλίγον ἀπονεκροῦμαι,
Τὸ στέμμα πίπτει πρὸ τῶν
ποδῶν μου

What a flame I nourish in my
heart
for such thanklessness !
And for this I melt away and
languish
and in a little while I die ;
my crown falls at my feet

καὶ τότ᾿ εὑρίσκω τὸν θάνατόν   and then I meet my death.
μου.

I. P. ῾Ραγκαβῆς   J. R. RANGABES
(Ἐκ τῆς ᾿Αποθήκης τῶν ὠφελί-   (From the *Magazine of Useful*
μων γνώσεων, τόμ. Β΄ σ. 100).   *Knowledge*, vol. ii. p. 100).

Ε΄

Εἶμαι μέσα εἰς τὴν ῾Ρώμην καὶ συγχρόνως εἰς τὴν Κῶν,
διατρίβω εἰς Μωρέαν τὴν ῾Ρωσσίαν κατοικῶν.
Εἰς τὸ δῶμά σου συχνάζω, εἰς τὸν οἶκόν σου ποτέ.
εἰς τὸν τράχηλον δεμένον μὲ κρατοῦν οἱ πωληταί.
᾿Εγὼ ἄψυχον μὲν εἶμαι καὶ χωρὶς ἀναπνοήν,
ὅμως εἶμαι ἀναγκαῖον εἰς ἑκάστου τὴν ζωήν.
Καὶ ὁ ἴδιος ὁ ἔρως ἀφανίζετ᾿ ἐν ταὐτῷ,
ἂν τὸ ὑποκείμενόν μου δὲν ὑπάρχῃ ἐν αὐτῷ.
Ζῶ μακρὰν ἀπὸ τὰ δάση, πλὴν μὲ ζῷα κατοικῶ·
εἰς τὴν γῆν ποτὲ δὲν εἶμαι καὶ μ᾿ ἀνθρώπους συνοικω.
῞Οπου ἢ πτωχὸς ἢ γέρων, ἀδιστάκτως προχωρῶ,
ἂν δὲ πλούσιος ἢ νέος, παρευθὺς ἀναχωρῶ.
Εἰς τὸν κόσμον δέν μ᾿ εὑρίσκεις ὅσον καὶ ἂν στοχασθῇς·
πλὴν ἂν ἦναι φῶς μὲ βλέπεις εἰς τὸ μέσον παρευθύς.
Εἰς τοῦ κώνωπος τὸ σῶμα εὐρυχώρως εἰσχωρῶ,
ἐνῷ εἶμαι τόσον μέγα, ὥστ᾿ οὐδ᾿ εἰς τὸ πᾶν χωρῶ.
Τί ἀκόμη δέν μ᾿ εὑρίσκεις; τί ἀκόμη ἀπορεῖς;
εἰς τὸ στρῶμά σου νά μ᾿ εὕρῃς χωρὶς κόπον εἰμπορεῖς.
Πῶς εἰς ἔκστασιν τοσαύτην, ἀναγνῶστα, σὲ κινῶ;
εἰς τὴν γλῶσσάν σου ἐπάνω αἰωνίως τριγυρνῶ.

I. P. ῾Ραγκαβῆς
(Ἐκ τῆς ᾿Αποθήκης τῶν ὠφελίμων γνώσεων, τόμ. Α΄ σ. 128).

V [1]

I am in Rome and at the same time in Cos.
I reside in the Morea while I inhabit Muscovy.
I am often on your roof but never in your dwelling.
Fastened to their neck shopkeepers hold me.
I am without life and without breath
but I am necessary to the soul of all ;
and love itself in a moment disappears
if my substance be not in it.

---

[1] A very slight freedom of translation has adapted this riddle to the English language.

I live away from thickets but with their occupants I dwell.
I am never on the earth but with mortals still I live.
I present myself freely where the poor are and the old,
but if a rich man or a lad be there I quickly go away.
You do not find me in the universe, however much you think :
but if there be a glow of light, you straightway find me in its
midst.
I enter the mosquito's body and have much room to spare,
while I am so big that in all space I have no room at all.
Why have you not yet found me ?   Why are you still at fault ?
Without trouble you can find me on your cot ;
Why, reader, do I move you to such a trance of wonder ?
I am always going here and there for ever on your tongue.

J. R. RANGABES

(From the *Magazine of Useful Knowledge*, vol. i. p. 128).

Ϛ΄

'Εγώ εἰμ' ἐκεῖνο τὸ πουλὶ
ὅπου γεννᾳ ἀπ' τὴ μύτη·
'Ποῦ ἔχει μαύρη τὴ φωλῃὰ
κ'ι ἀραχνιασμένο σπίτι.
Τρεῖς μὲ κρατοῦν ὅταν γεννῶ,
μ' ἀλήθεια πρῶτα πίνω,
Εἰς ἄσπρους κάμπους τὰ γεννῶ
κ'ι ὀπίσω μου τ' ἀφίνω·
Καὶ ὅλα κεῖνα τὰ πουλιὰ
ἀνθρωπινὰ λαλοῦσι·
Ποιοὶ τὰ γροικοῦν ὅταν λαλοῦν
καὶ ποιοὶ δὲν τὰ γροικοῦσι.

('Εκ τῆς 'Εβδομάδος, 1884.)

VI

I am that bird
that gives birth from its beak ;
which has a black nest
and a house all full of cobwebs.
Three hold me when I give birth,
but truly first I take a drink ;
on white plains I give them birth
and behind me then I leave them :
and all those birds
speak the words of men :
some understand them when
they speak and some do not
comprehend them.

(From *The Week*, 1884.)

Ζ΄

Σᾶς ὁμιλῶ χωρὶς νὰ ἔχω στόμα·
Περιπατῶ χωρὶς κἂν νὰ κινῶμαι·
'Υπάρχω, ζῶ χωρὶς νὰ ἔχω σῶμα·
Κ'ι οὐδέποτε, οὐδέποτε κοιμῶμαι·
Δίχως αὐτιὰ ἀκούω κάθε κτύπο,
Φωνάξτε με κ'ἐγὼ θὰ σᾶς τὸ εἴπω.

('Εκ τῆς 'Εβδομάδος, 1884.)

VII

I speak to you without having
a mouth ; I walk without as
much as moving ; I exist, I live,
without having a body,
and never, never do I sleep :
without ears I hear every sound,
call me and I will tell it you.

(From *The Week*, 1884.)

Η′

Πετεινὸς 'νυχάτος,
'Νυχοποδαράτος,
Περπατεῖ καὶ κρίνει
Μὲ δικαιοσύνη.

(Δημοτικὸν αἴνιγμα.)

Πῶς σᾶς ἤρεσαν τὰ Νεοελ-
ληνικὰ αἰνίγματα; ἐνοήσατε τί
ὑποκρύπτουσιν;

Μοὶ ἤρεσαν ὑπερβαλλόντως
καὶ νομίζω ὅτι εἰξεύρω τὴν
λύσιν αὐτῶν, ἀλλ' ἐπειδὴ ὡς
βλέπετε ἐφθάσαμεν εἰς Βρεν-
τήσιον, ἐπιτρέψατέ μοι κατὰ τὰ
συμπεφωνημένα νὰ σᾶς εἴπω
αὐτὴν εἰς τὸ τέλος τοῦ ταξειδίου
ἡμῶν.

Ποῦ θὰ ὑπάγωμεν νὰ λάβω-
μεν ὀλίγον πρόγευμα;

Δὲν ἔχομεν καιρὸν νὰ ὑπά-
γωμεν εἰς κανὲν μέρος, διότι ἀπ'
εὐθείας πρέπει νὰ μεταβῶμεν
εἰς τὸ ἀτμόπλοιον, ὅπου δὲν
ἀμφιβάλλω θὰ εὕρωμεν τὸ
πρόγευμα ἕτοιμον ἐπὶ τῆς τρα-
πέζης.

Εἰ οὕτως ἔχει ἂς σπεύσωμεν
ὅσον τάχιστα εἰς τὸ ἀτμόπλοιον,
διότι ἔχω ὑπερβολικὴν πεῖναν.

VIII

A cock with claws,
with clawed feet,
walks about and judges
with justice.

(*Popular riddle.*)

How do you like the modern
Greek riddles? Did you find
out what they hide?

They pleased me excessively,
and I think I know the solution
of them, but since, as you see,
we have arrived at Brindisi,
allow me, according to the
agreement, to tell it you at the
end of our journey.

Where shall we go to get a
little breakfast?

We have not time to go any-
where, for we must go straight
off to the steamer, where I have
no doubt we shall find breakfast
ready on the table.

If that be so, let us hasten as
fast as possible to the steamer,
for I am excessively hungry.

Τὸ πρόγευμα ἐτελείωσε· τί λέγετε, ἀναβαίνομεν εἰς τὸ κατάστρωμα ν' ἀναπνεύσωμεν ὀλίγον καθαρὸν ἀέρα ;

Εὐχαρίστως, διότι ἡ ἀτμοσφαῖρα ἐδῶ κάτω δὲν εἶναι πολὺ εὐάρεστος· περιμείνατε ὅμως μίαν στιγμὴν νὰ ὑπάγω νὰ λάβω ἐκ τοῦ κοιτωνίσκου μου τὰς διόπτρας.

Παρακαλῶ, ἂν δὲν σᾶς δίδῃ κόπον, φέρετε καὶ τὰς ἰδικάς μου· θὰ τὰς εὕρητε ἐπὶ τῆς κλίνης μου.

Πολὺ καλά . . . τώρα ἂς ἀναβῶμεν εἰς τὸ κατάστρωμα. Ὦ, τί λαμπρὸς καιρός ! "Αἴθρια μὲν τὰ ἄνωθεν, ἀκύμαντον δὲ καὶ γαλήνιον ἅπαν τὸ πέλαγος, ὅμοιον ὡς εἰπεῖν κατόπτρῳ."

Καὶ τῷ ὄντι εἶναι λαμπρότατος καιρός, καὶ εὔχομαι νὰ ἐξακολουθῇ νὰ ἦναι τοιοῦτος ἐπὶ πολύ, διότι ἂν καὶ δέν με πειράζει ἡ θάλασσα καὶ ἐν μεγίστῃ τρικυμίᾳ, προτιμῶ ὅμως καιρὸν γαλήνιον.

Συμφωνῶ πληρέστατα μὲ ὑμᾶς, διότι ὅταν ὁ καιρὸς εἶναι καλὸς διέρχεταί τις τὰς ὥρας του εὐχαρίστως ἐν τῷ πλοίῳ·

Breakfast is finished : what do you say, shall we go up on deck and take a little breath of fresh air ?

With pleasure, for the atmosphere down here is not very pleasant : but stay a moment till I go and get the glasses from my cabin.

If it gives you no trouble, please bring mine too : you will find them on my berth.

All right . . . now let us go up on deck. Oh, what splendid weather ! " Bright up above, without a wave too and calm all the sea, like a mirror, so to say."

And indeed it is most splendid weather, and I hope it will continue to be such for a long time, for though the sea does not incommode me even in the greatest storm, nevertheless I prefer calm weather.

I quite agree with you, for when the weather is fine, one passes one's time pleasantly on board ship : one can walk about

δύναται νὰ περιπατῇ ἐπὶ τοῦ καταστρώματος, δύναται νὰ συνομιλῇ μετὰ φίλων, δύναται, ἂν ἦναι φιλαναγνώστης, νὰ ἐκλέξῃ μίαν ἥσυχον γωνίαν καὶ ἐκεῖ νὰ ἐντρυφᾷ ἀναγινώσκων καὶ ἀναπνέων τὴν δροσερὰν αὔραν τῆς θαλάσσης.

Τί λέγετε, δὲν νομίζετε ὅτι θὰ ἦναι καλὸν νὰ ἐκλέξωμεν καὶ ἡμεῖς μίαν ἥσυχον γωνίαν, καὶ νὰ ἐξακολουθήσωμεν τὰς προσφιλεῖς ἡμῶν ἀναγνώσεις;

Βεβαιότατα· ἀλλὰ ποῦ νὰ καθίσωμεν; ἐδῶ βλέπω πᾶσα θέσις εἶναι κατειλημμένη· εἰς ἐκείνην τὴν ἄκραν εἶναι δύο καθίσματα, ἀλλ' ἐκεῖ πλησίον κάθηνται οἱ δύο λάλοι Γερμανοὶ οἱ ὁποῖοι μὲ τὰς φωνάς των μᾶς κατεκώφαναν κατὰ τὴν ὥραν τοῦ προγεύματος. Ἀλλὰ κυττάξατε ἐδῶ πρὸς τὰ ἀριστερά σας τοὺς τέσσαρας τούτους Ἰταλούς, νομίζει τις ὅτι ὁμιλοῦν σαράντα ἄνθρωποι· ἂν ἦτό τις νὰ κρίνῃ ἐκ τῶν φωνῶν καὶ τῶν χειρονομιῶν των θὰ ἐνόμιζεν ὅτι μαλλώνουσι καὶ ὅτι ταχέως θὰ ἔλθωσιν εἰς χεῖρας, ἐνῷ οὐδὲν τοιοῦτον συμβαίνει· συνδιαλέγονται δὲ φιλικώτατα ἔχοντες εἰρηνικώτατον θέμα ὁμιλίας.

Οἱ κάτοικοι τῶν μεσημβρινῶν κλιμάτων εἶναι ζωηρότατοι εἰς τὰς συζητήσεις των, καὶ ἐπειδὴ ἕκαστος αὐτῶν προσπαθεῖ νὰ εἴπῃ τὴν ἰδέαν του πρῶτος, πολλάκις συμβαίνει νὰ ὁμιλῶσιν ὅλοι συγχρόνως καὶ γίνεται

on the deck : one can converse with one's friends : one can, if fond of reading, choose a quiet corner and there enjoy oneself with a book while breathing the fresh air of the sea.

What do you say, do you not think it would be a good thing for us too to choose a quiet corner and pursue our favourite reading ?

Certainly : but where shall we sit ? Here I see every place is occupied : at that end there are two seats, but the two loquacious Germans are seated near there, who deafened us with their voices at breakfast-time. But look at those four Italians here to your left, one would think that forty men were talking : if one were to judge by their voices and their gestures, one would suppose that they were quarrelling and that they would very soon come to blows, while nothing of the sort happens : they are talking together in the most friendly manner and have an exceedingly peaceful subject of conversation.

The people of southern climes are extremely animated in their discussions, and, since each of them tries to be the first to express his ideas, it often happens that they all talk at the same time and there arises a

σύγχισις καὶ βοὴ ὡς νὰ διώκωσι κολοιόν· ἐπὶ τέλους μετὰ πολλὰς φωνασκίας καὶ παντο- ειδεῖς μορφασμοὺς νικᾷ πολλά- κις ἐκεῖνος ὅστις δύναται νὰ φωνάζῃ δυνατώτερα τῶν ἄλ- λων.

Ἐδῶ νομίζω τὸν στέφανον τῆς νίκης θὰ λάβῃ ὁ ἀρειμάνιος οὗτος Καλαβρός, ὅστις μὲ τὴν Στεντόρειον αὐτοῦ φωνὴν κα- τώρθωσεν ἤδη νὰ κάμῃ τοὺς ἄλλους νὰ μὴ ἀκούωνται.

Εἶναι τῷ ὄντι " βοὴν ἀγαθός," ὡς τιτλοφορεῖ ὁ Ὅμηρος τοὺς ἥρωάς του, καὶ τῷ ἁρμόζει τὸ ἀριστεῖον . . . Ἀλλὰ τί συμ- βαίνει; βλέπω πάντες τρέχουσι πρὸς τὴν πρῶραν.

Κάτι πρέπει νὰ συμβαίνῃ, ὥστε ἂς ὑπάγωμεν καὶ ἡμεῖς νὰ ἴδωμεν τί τρέχει.

Ὅλη ἡ σπουδὴ καὶ ὁ ὠθισμὸς πρὸς τὴν πρῶραν ἦτο διὰ τὰ πολεμικὰ ταῦτα πλοῖα τὰ ὁποῖα ἠρέμα διασχίζουσι τὰ ὕδατα τοῦ Ἀδρίου.

Ὑποθέτω νὰ εἶναι τὰ αὐτὰ ἅπερ εἴδομεν σήμερον τὸ πρωῒ εἰς τὰ ἀνοικτὰ ἔξω τοῦ κόλπου τοῦ Τάραντος.

Πολὺ πιθανόν· βλέπω ὅμως δὲν ἀνήκουσιν εἰς τὸ Ἰταλικὸν ναυτικόν, ὡς ἐνομίσαμεν τὸ πρωῒ, ἀλλ᾽ εἰς τὸ Αὐστριακόν· φαίνονται δὲ ὅλα ὡραῖα καὶ ἰσχυρὰ πλοῖα. Ἄλλοτε ὁ στόλος τῆς Αὐστρίας ἐπροξένει φόβον καὶ τρόμον εἰς τοὺς Ἰταλούς, μετὰ τὴν φοβερὰν

confusion and clamour just as if they were chasing a jackdaw: at last, with much bawling and every kind of gesticulation, it is often the one who can shout the loudest that gains the victory.

Here, I think, the crown of victory will be gained by that desperately warlike Cala- brian who, with his stentorian voice, has already succeeded in preventing the rest from being heard.

He is indeed "great with the war-shout," as Homer entitles his heroes, and the meed of valour is his due. . . . But what is happening? I see every one running to the bow.

Something must be happen- ing, so let us too go and see what is going on.

All the hurrying and pushing to get to the bow was on account of these men-of-war which are calmly cleaving the waters of the Adriatic.

I suppose they are the same that we saw this morning in the open sea outside the Gulf of Taranto.

Very probably: but I see they do not belong to the Italian navy, as we thought this morn- ing, but to the Austrian. They all seem handsome and powerful vessels. Formerly the Austrian fleet produced fear and trem- bling in the Italians, but after the terrible reverse the latter

ὅμως καταστροφὴν ἣν ὑπέστη-
σαν ἔξω τῆς Λίσσης κατὰ τὸ
ἔτος 1866 συνετισθέντες ἐκ τοῦ
παθήματος ἐπεδόθησαν δρα-
στηρίως εἰς τὴν ναυπήγησιν
στόλου ἰσχυροῦ, καὶ ἤδη οὐ
μόνον εἶναι ἰσόπαλοι κατὰ
θάλασσαν μὲ τοὺς Αὐστριακούς,
ἀλλὰ καὶ ὑπέρτεροι αὐτῶν.

Εἰξεύρετε ποία εἶναι ὡς ἔγ-
γιστα ἡ ναυτικὴ δύναμις τῆς
Ἰταλίας νῦν;

Νομίζω συνίσταται ἐκ 18
θωρηκτῶν, 19 πεφραγμένων
καταδρομικῶν, 9 ταχυδρομικῶν,
6 τορπιλλοφόρων καταδρομι-
κῶν, 8 κανονιοφόρων καὶ 128
τορπιλλοβόλων καὶ ἄλλων
σκαφῶν· δύο δὲ ἐκ τῶν θωρη-
κτῶν αὐτῆς, ἡ Ἰταλία καὶ ἡ
Ναύπακτος, εἶναι ἴσως τὰ
μέγιστα θωρηκτὰ ἐξ ὅσων μέχρι
τοῦδε ἐναυπηγήθησαν.

Ἀλλὰ διὰ τί νὰ δώσωσιν οἱ
Ἰταλοὶ εἰς ἓν ἐκ τῶν μεγίστων
αὐτῶν θωρηκτῶν τὸ ὄνομα
μικρᾶς Ἑλληνικῆς πόλεως;

Πρὸς ἀνάμνησιν πιστεύω τῆς
περιφήμου ναυμαχίας τῆς γενο-
μένης παρὰ τὴν Ναύπακτον κατὰ
τὸν ΙΣ΄ αἰῶνα, καθ᾽ ἣν αἱ Χρι-
στιανικαὶ δυνάμεις ἤραντο λαμ-
πρὰν νίκην κατὰ τῶν Τούρκων.

Ἐνθυμοῦμαι ἀνέγνων πρὸ
πολλῶν ἐτῶν κάτι τι περὶ τῆς
ναυμαχίας ταύτης, ἀλλ᾽ αἱ
λεπτομέρειαι τῶν κατ᾽ αὐτὴν
συμβάντων δὲν μένοισι πλέον
ἐν τῇ μνήμῃ μου· ὥστε πολὺ
θά με ὑποχρεώσητε ἄν μοι
εἴπητέ τινα περὶ αὐτῆς.

sustained off Lissa in the year
1866, learning wisdom from
what they had suffered, they
set themselves energetically to
the construction of a strong
fleet, and now they are not only
a match for the Austrians on
the sea, but are even superior
to them.

Do you know as nearly as
possible what the naval power
of the Italians now is ?

I think it consists of 18 iron-
clads, 19 protected cruisers, 9
despatch - boats, 6 torpedo -
cruisers, 8 gunboats, and 128
torpedo - boats and other craft.
Two of her ironclads, the
Italia and the *Lepanto*, are
perhaps the largest ironclads of
all that have been built up to
the present day.

But why should the Italians
give to one of their largest iron-
clads the name of a small Greek
town ?

In memory, I believe, of the
famous naval action which took
place off Lepanto in the 16th
century, in which the Christian
powers gained a brilliant victory
over the Turks.

I recollect reading many years
ago something about this naval
engagement, but the details of
what happened at it no longer
dwell in my memory, so you
will greatly oblige me if you
will tell me something about
it.

Εὐχαρίστως. Ἡ Ναύπακτος, ἂν καὶ μικρὰ καὶ ἀσήμαντος νῦν, ἐν τῇ ἱστορίᾳ ὅμως εἶναι περίφημος. Κατὰ τὸν Πελοποννησιακὸν πόλεμον ἦτο εἷς ἐκ τῶν κυριωτάτων ναυτικῶν σταθμῶν τῶν Ἀθηναίων. Κατὰ τοὺς μέσους αἰῶνας ἐδόθη ὑπὸ τῶν Βυζαντινῶν εἰς τοὺς Ἐνετούς, οἵτινες ὠχύρωσαν αὐτὴν τόσον καλῶς ὥστε κατὰ τὸ ἔτος 1477 ἠδυνήθη ν' ἀντιστῇ κατ' ἰσχυρᾶς δυνάμεως Τούρκων οἵτινες πολιορκήσαντες αὐτὴν ἐπὶ τέσσαρας μῆνας ἠναγκάσθησαν ἐπὶ τέλους νὰ ἀπέλθωσιν ἄπρακτοι· ἐκυριεύθη δὲ τότε μόνον ὅτε κατὰ τὸ 1499 προσέβαλεν αὐτὴν Βαγιαζὴτ ὁ Β' ἐπὶ κεφαλῆς 150,000 ἀνδρῶν. Ἐν ἔτει 1571 αἱ κατὰ τὴν Μεσόγειον Χριστιανικαὶ δυνάμεις βλέπουσαι τὴν ἀκατάσχετον πρόοδον τῶν Ὀθωμανικῶν ὅπλων ἀπετέλεσαν σύνδεσμον κατὰ τῶν ἀπίστων καὶ ἔπεμψαν στόλον ἰσχυρὸν κατ' αὐτῶν· αἱ δὲ ἀποτελοῦσαι τὸν σύνδεσμον τοῦτον δυνάμεις ἦσαν ἡ Ἱσπανία, ἡ Ἐνετικὴ δημοκρατία καὶ ὁ Πάπας Πίος ὁ Ε'. Ὁ στόλος ἐτέθη ὑπὸ τὴν ἀρχηγίαν τοῦ Δὸν Ἰωάννου τῆς Αὐστρίας, υἱοῦ Καρόλου τοῦ Ε'. Τῇ ἕκτῃ Ὀκτωβρίου τοῦ αὐτοῦ ἔτους συνηντήθησαν οἱ δύο ἀντίπαλοι στόλοι τῶν Χριστιανῶν καὶ τῶν Τούρκων πλησίον τῆς Ναυπάκτου ἢ ὡς ὁ Δαροῦ λέγει παρὰ τὰς Ἐχινάδας νήσους. Ὁ Τουρκικὸς στόλος συνίστατο ἐκ 230

With pleasure. Lepanto, though a small and insignificant place now, is nevertheless celebrated in history. In the Peloponnesian war it was one of the most important naval stations of the Athenians. In the Middle Ages it was given by the Byzantines to the Venetians, who fortified it so well that in the year 1477 it was able to resist a powerful force of the Turks who, after besieging it for four months, were at last compelled to retire unsuccessful. It was only taken when, in the year 1499, Bajazet II. attacked it at the head of 150,000 men. In the year 1571 the Christian powers on the Mediterranean, seeing the irresistible advance of the Ottoman arms, formed a league against the infidels and sent a powerful fleet to oppose them. The powers which constituted this alliance were Spain, the Venetian republic, and Pope Pius V. The fleet was placed under the command of Don John of Austria, son of Charles V. On the sixth of October of the same year the two opposing fleets of the Christians and Turks met near Lepanto or, as Daru says, off the Echinades islands. The Turkish fleet consisted of 230 galleys and that

τριηρῶν, ὁ δὲ τῶν Χριστιανῶν
ἦτο σχεδὸν ἰσάριθμος. Ἡ
μάχη ὑπῆρξε κρατερὰ καὶ φονι-
κωτάτη· ἐπὶ τέλους ἐφονεύθη ὁ
Τοῦρκος ναύαρχος Ἀλῆς καὶ
ἐπὶ τῆς κυριενθείσης ναυαρχίδος
ὑψώθη ἡ σημαία τοῦ σταυροῦ.
Ἐν τῇ αἱματηρᾷ ταύτῃ ναυ-
μαχίᾳ οἱ μὲν Χριστιανοὶ ἀπώ-
λεσαν ὀκτακισχιλίους ἄνδρας
καὶ 15 τριήρεις, οἱ δὲ Τοῦρκοι
ὑπέστησαν πανωλεθρίαν ἐντελῆ,
διότι οὐ μόνον ἀπωλέσθησαν ἢ
ἐκυριεύθησαν πᾶσαι σχεδὸν αἱ
τριήρεις αὐτῶν, ἀλλὰ καὶ
εἰκοσιπεντακισχίλιοι ἐξ αὐτῶν
ἐφονεύθησαν, πλεῖστοι δὲ ᾐχ-
μαλωτίσθησαν. Ἐντὸς τῶν
κυριενθεισῶν τριηρῶν εὑρέθησαν
15,000 Χριστιανοὶ δοῦλοι κωπ-
ηλάται δεδεμένοι δι᾿ ἁλύσεων
παρὰ τὰς κώπας· πάντες οὗτοι
ἀμέσως ἠλευθερώθησαν.

Σᾶς εὐχαριστῶ πολὺ διὰ
τὰς πληροφορίας ἅς μοι ἐδώ-
κατε περὶ τῆς περιφήμου ταύ-
της ναυμαχίας· ἀλλ᾿ ἐκ τῶν
παρελθόντων ἂς ἐπανέλθωμεν
εἰς τὰ παρόντα. Πρὸ ὀλίγου
μοὶ εἴπετε ποία εἶναι ἡ νῦν
ναυτικὴ δύναμις τῆς Ἰταλίας,
μοὶ κάμνετε τὴν χάριν νά μοι
δώσητε τώρα πληροφορίας τι-
νὰς καὶ περὶ τοῦ Αὐστριακοῦ
ναυτικοῦ;

Προθύμως. Πρὸ τεσσάρων
ἐτῶν (1887) τὸ ναυτικὸν τῆς
Αὐστρίας συνίστατο ἐκ 10
θωρηκτῶν, 7 καταδρομικῶν, 6
τορπιλλοφόρων πλοίων, 34 τορ-
πιλλοβόλων, καὶ 16 ἀκταιωρῶν·

of the Christians was of a nearly
equal number. The battle was
an obstinate and very bloody
one: at last the Turkish admiral
Ali was killed, and on the
captured flagship was raised
the standard of the Cross. In
this sanguinary naval engage-
ment the Christians lost eight
thousand men and fifteen galleys,
and the Turks were utterly
annihilated ; for not only were
nearly all their galleys destroyed
or captured, but twenty-five thou-
sand men were killed and a
very large number taken prison-
ers. In the captured galleys
were found 15,000 Christian
slaves employed as rowers and
fastened alongside the oars with
chains, all of whom were at once
liberated.

Thank you very much for the
information you have given me
about this famous sea-fight : but
from the past let us return to
the present. A little while ago
you told me what the present
naval power of Italy is : will
you now do me the favour to
give me some information also
about the Austrian navy ?

By all means. Four years
ago (1887) the Austrian navy
consisted of 10 ironclads, 7
cruisers, 6 torpedo - ships, 34
torpedo-boats, and 16 vessels
for coast defence : but since

ἀλλ' ἔκτοτε ἴσως ηὔξησεν ὁ ἀριθμὸς αὐτῶν.

Εὐτυχῶς σήμερον οὐδεὶς φόβος ὑπάρχει συγκρούσεως μεταξὺ Αὐστρίας καὶ Ἰταλίας· ἐὰν ὅμως συνέβαινε τοιοῦτόν τι ἀμφιβάλλω ἂν ἡ δάφνη τῆς νίκης θὰ ἐδίδετο εἰς τοὺς θριαμβεύσαντας παρὰ τὴν Λίσσαν.

Ἴσως ἔχετε δίκαιον· ἀλλὰ τὰ τοιαῦτα "θεῶν ἐν γούνασι κεῖται." Τώρα ἂς ὑπάγωμεν πάλιν εἰς τὴν πρύμναν τοῦ πλοίου καὶ ἴσως εὔρωμεν κενήν τινα γωνίαν νὰ καθίσωμεν.

Καλὰ λέγετε· ἂς σπεύσωμεν νὰ ὑπάγωμεν πρὶν προφθάσωσι νὰ καταλάβωσι πάντα τὰ καθίσματα οἱ ἄλλοι.

Δόξα τῷ Θεῷ, εὔρομεν ἐπὶ τέλους δύο κενὰ καθίσματα εἰς παράμερον καὶ ἥσυχον μέρος. Καθίσατε πλησίον μου καὶ ἂς ἀρχίσωμεν τὴν ἀνάγνωσιν· νομίζω ὅτι εὑρισκόμεθα εἰς τὸν ΙΖ΄ αἰῶνα.

Μάλιστα, ἀλλὰ πρὶν ἀρχίσωμεν τὴν ἀνάγνωσιν ἐπιτρέψατέ μοι νὰ σᾶς ἀπαγγείλω ὀλίγας στροφὰς ἐκ τοῦ πρώτου ᾄσματος τοῦ "Περιπλανωμένου" τοῦ Α. Σούτσου, αἱ ὁποῖαι ταύτην τὴν στιγμὴν ἦλθον εἰς τὴν μνήμην μου.

Πολὺ θά με ὑποχρεώσητε.

Μὲ συγχωρεῖτε μίαν στιγμὴν νὰ ἐνθυμηθῶ τὴν ἀρχήν . . . ἀκούσατε τώρα.

"Ὁ τοῦ πόντου διαβάτης βλέπει ἔκθαμβος τὸ λεῖον,

then perhaps their number has increased.

Fortunately in these days there is no fear of a conflict between Austria and Italy: if however anything of the kind occurred, I doubt whether the laurel of victory would be given to those who triumphed off Lissa.

Perhaps you are right : but such things "are at the disposal of the gods." Now let us go back to the stern of the ship and perhaps we may find an empty corner to sit down in.

You are quite right : let us make haste and go before the others anticipate us and get possession of all the seats.

Thank God, we have found at last two empty seats in a retired and quiet part. Sit near me and let us begin our reading : I think we are at the 17th century.

Yes, but before we begin the reading let me recite to you a few verses of the first canto of *The Wanderer*, by A. Soutsos, which have this moment come to my recollection.

You will greatly oblige me.

Excuse me for a moment till I recollect the beginning . . . now listen :

"The traveller on the sea beholds amazed the level plain

Τὸ χωρὶς ἀρχὴν καὶ τέλος
 ὠκεάνειον πεδίον·
Εἰς τὸ κέντρον μένων κύκλου
 ὅστις πάντοτε αὐξάνει,
Πώποτε τὴν φεύγουσάν του
 περιφέρειαν δὲν φθάνει·
Τοῦ νοὸς ἐκεῖ δὲν ἔχει πέρας ἡ
 ταχυπορία,
Οὐδ' ὁρίζοντα ἔμπρός της ἀπαν-
 τᾷ ἡ φαντασία·
Ἡ ψυχή του ἐλευθέρα
Διατρέχει τὰς ἐκτάσεις ὑπὸ
 οὔριον ἀέρα.

of the ocean that has no beginning
and no end :
staying in the centre of a circle
which ever is expanding,
never does he reach the border
that flies at his approach :
there the rapid course of thought
has nothing to confine it,
no horizon in front of her
imagination ever meets :
his soul in perfect freedom
travels over space with a breeze
that speeds its course.

Κύλιε τὰ κύματά σου θάλασσα!
 . . . μυρίοι στόλοι
Ἔρχονται, ὑπάγουν, τρέχουν εἰς
 τὸν τράχηλόν σου ὅλοι.
Σείεσαι, καὶ τῶν μελῶν σου τῶν
 βαρέων καὶ μεγάλων,
Καὶ ὁ εἷς κ'ι ὁ ἄλλος πόλος
 συναισθάνονται τὸν σάλον.
Θάλασσα! ὁ ἄμετρός σου καὶ
 ἀγήρατος βραχίων
Ἐγκολποῦται τὴν γῆν ὅλην ὡς
 ἡ μήτηρ τὸ παιδίον,
Καὶ ἀτίθασος, ἀγρία,
Μάχεσαι πρὸς τοὺς τυφῶνας,
μάχεσαι πρὸς τὰ στοιχεῖα.

Roll thy waves, O sea ! . . .
myriads of fleets
come and go, all tread upon thy
neck.
Thou movest, and of thy huge
and ponderous limbs
both the one pole and the other
feel the shock.
O sea ! Thy measureless and
ever-youthful arm
embraces all the earth like the
mother her child,
and untamable and fierce
thou fightest with tempests and
warrest with the elements.

Τὴν γῆν ὅλην ἡ θρασύτης τοῦ
 ἀνθρώπου μεταλλάττει,
Ἀλλ' εὑρίσκει ὁριά της τἀναλ-
 λοίωτά σου κράτη.
Ὅτε ἤχησεν ἡ πρώτη ὥρα τῆς
 δημιουργίας
Νέα ἔρρευσας, καὶ νέα ῥεύσεις
 μέχρι συντελείας.
Τὴν παλίρροιαν τῆς τύχης καὶ
 τὸ ἄστατόν της πνεῦμα
Παριστᾷ τὸ ὑπ' ἀνέμων περι-
 δίνητόν σου ῥεῦμα,

All the earth man's audacity
transforms,
but it meets as its limits thy
unchangeable dominions.
When the first hour of creation
sounded,
youthful thou didst flow, and
youthful thou wilt flow for ever.
The tide of fortune and its
unstable breath
thy stream represents, whirled
about by the winds,

Καὶ εἰς σὲ ἡ τοῦ ἀπείρου
Ἔκτασις ἀντανακλᾶται ὡς εἰς
κάτοπτρον σαπφείρου."
Ἐξαίρετος ποίησις· οὐ μόνον
αἱ ἰδέαι τοῦ ποιητοῦ εἶναι ὑψη-
λαί, ἀλλὰ καὶ ἡ γλῶσσα αὐτοῦ
καθαρὰ καὶ εὔρυθμος, οἵα ἁρ-
μόζει εἰς τοιαύτην ποίησιν.

Ἔχετε δίκαιον. Μὲ ὅλους
τοὺς κρωγμοὺς ἀσημάντων τινῶν
καὶ ἐφημέρων στιχουργῶν οἵ-
τινες κατακλύζουσι νῦν τὴν
ἐλευθέραν Ἑλλάδα μὲ τὰ ἀνού-
σια αὐτῶν στιχουργήματα, ὁ
Ἀλέξανδρος Σοῦτσος καὶ ὁ
ἀδελφὸς αὐτοῦ Παναγιώτης
εἶναι οἱ ἀληθεῖς ποιηταὶ τοῦ
Ἑλληνικοῦ ἔθνους κατὰ τὸν
παρόντα αἰῶνα· ἀλλὰ λέγων
ταῦτα δὲν ἐννοῶ νὰ ὑποβιβάσω
τὴν ἀξίαν τῶν ἄλλων μας με-
γάλων ἐθνικῶν ποιητῶν. Ὁ
"Ὕμνος εἰς τὴν ἐλευθερίαν" ὃν
ἔγραψε κατὰ τὰς ἀρχὰς τῆς
Ἑλληνικῆς ἐπαναστάσεως ὁ
Κόμης Διονύσιος Σολωμός, διὰ
τὸ ὕψος τῆς ἀντιλήψεως καὶ
τὸ μετάρσιον καὶ ζωηρὸν τῶν
ποιητικῶν αὐτοῦ εἰκόνων εἶναι
καὶ θὰ ἦναι ἐς ἀεὶ τιμαλφὲς
ἐθνικὸν κτῆμα. Εἶναι περιττὸν
νὰ σᾶς ἀναφέρω ἐνταῦθα πάντα
τὰ ὀνόματα τῶν ἀρίστων ποιη-
τῶν τῆς ἀναγεννηθείσης Ἑλλά-
δος· ἐλπίζω ὅμως ὅτι θὰ δυνηθῶ
νὰ πράξω τοῦτο, ἐν μέρει τοὐ-
λάχιστον, προσεχῶς, ἀπαγγέλ-
λων εἰς ὑμᾶς καί τινα ἐκ τῶν
ἐκλεκτοτέρων αὐτῶν ποιημάτων.
Ἤδη ἂς συνεχίσωμεν τὰς ἀνα-
γνώσεις ἡμῶν ἐκ τῆς συλλογῆς

and in thee the wide expanse
of space reflects itself as in a
sapphire mirror."

An excellent poem : not only
are the poet's ideas elevated, but
his language is pure and musical,
such as suits poetry of this kind.

You are right. Amidst all
the croakings of certain insig-
nificant and ephemeral poetasters
who now inundate independent
Greece with their insipid versifi-
cations, Alexander Soutsos and
his brother Panagiotes are the real
poets of the Greek nation in the
present century : but, in saying
this, I do not mean to depreci-
ate our other great national
poets. The *Ode to Liberty*, which
Count Dionysius Solomos com-
posed at the beginning of the
Greek revolution, from the sub-
limity of its conceptions and the
lofty and vivid character of its
poetical images, is and will
always be a valuable national
possession. It is superfluous for
me to mention to you on this
occasion all the names of the
best poets of regenerated Greece :
but I hope that I shall be able
to do so, partly at least, by and
by, reciting also to you some of
their more select poems. Now
let us continue our readings
from my collection. I have

μου. Ἐνταῦθα ἔχω ἀποσπά-
σματά τινα ἐκ δύο ποιημάτων
τοῦ ΙΖ' αἰῶνος· εἶναι δὲ ἀμφό-
τερα γεγραμμένα εἰς τὴν τότε
Κρητικὴν διάλεκτον, ἥτις δὲν
διαφέρει πολὺ τῆς νῦν ὁμιλου-
μένης ἐν Κρήτῃ. Τὸ πρῶτον ἐξ
αὐτῶν εἶναι ἐπικὸν καὶ ὀνομά-
ζεται "Ἐρωτόκριτος," ἐγράφη
δὲ ὑπὸ Βικεντίου Κορνάρου, τὸ
δὲ ἄλλο δραματικὸν καὶ φέρει
τὸ ὄνομα "Ἐρωφίλη," εἶναι δὲ
ἔργον τοῦ Γεωργίου Χορτάκη
τοῦ ἐκ Ρεθύμνου τῆς Κρήτης.
Ἡ ὑπόθεσις τοῦ "Ἐρωτοκρί-
του" εἶναι ἀλλόκοτος, διότι ὁ
ποιητὴς ἐνῷ λέγει ὅτι τὸ ἔπος
αὐτοῦ ἀναφέρεται εἰς τὰς ἀρ-
χαίας Ἀθήνας,

"Στοὺς περαζόμενους καιρούς,
   'ποῦ Ἕλληνες ὡρίζαν
Κ'ι ὁποῦ δὲν εἶχ' ἡ πίστι τους
   θεμελιωμένην ρίζαν,"
περιγράφει τὰ ἤθη καὶ τὰ ἔθιμα
τῶν συγχρόνων του, ὥστε
ἀναγινώσκων τις τὸν "Ἐρωτό-
κριτον" νομίζει ὅτι διέρχεται
μυθιστόρημα περὶ ἱπποτῶν τοῦ
μεσαιῶνος. Ἥρως τοῦ ποιή-
ματος εἶναι ὡραῖος καὶ ἀνδρεῖος
νέος, υἱὸς τοῦ πρωθυπουργοῦ
τοῦ βασιλέως τῶν Ἀθηνῶν
Ἡρακλέους ὁ ὁποῖος βεβαίως
οὐδέποτε ὑπῆρξεν. Οὗτος λοι-
πὸν ὁ Ἡρακλῆς εἶχεν ὡραιο-
τάτην θυγατέρα ὀνομαζομένην
Ἀρετοῦσαν, ἥτις
"Μ' ὅλαις ταῖς χάραις κ'ι ἀρεταῖς
   ἤτονε στολισμένη,
Εὐγενικὴ καὶ τακτική,
   πολλὰ χαριτωμένη."

here some extracts from two poems of the 17th century: they are both written in the Cretan dialect of the time, which does not differ much from that now spoken in Crete. The first of them is an epic called *Erotocritos*, and was written by Vincenzo Cornaro: the other is a play which is entitled *Erophile*, and is the work of George Khortatzi of Rethymnos in Crete. The subject of the *Erotocritos* is a strange one, for the poet, while he says that his epic refers to ancient Athens,

" in the days gone by
when Greeks held sway,
and when their faith possessed
no firmly founded root,"
describes the manners and customs of his contemporaries, so that any one reading the *Erotocritos* fancies that he is perusing a romance about knights of the Middle Ages. The hero of the poem is a handsome and brave youth, son of the prime minister of Heracles, king of Athens, who certainly never existed. Now this Heracles had a very beautiful daughter named Aretusa, who

"with every grace and virtue
was embellished,
noble and of decorous mien,
endowed with many charms."

Ταύτης ἠράσθη ἐμμανῶς ὁ
Ἐρωτόκριτος· ἀλλὰ φοβούμε-
νος νὰ ἐκφράσῃ φανερῶς τὰ
ἐρωτικὰ αὑτοῦ αἰσθήματα μετέ-
βαινεν εἰς τὸ σκότος τῆς νυκτὸς
ὑπὸ τὰ παράθυρα τῶν ἀνακ-
τόρων, καὶ ἐκεῖ

"Ἔλεγε κ᾿ι ἀνεθίβανε
  τῆς ἐρωτιᾶς τὰ πάθη,
Καὶ πῶς ᾿ς ἀγάπη ἐμπέρδεψε,
  κ᾿ ἐψύγη κ᾿ ἐμαράθη."

Ὁ βασιλεὺς καὶ ἡ βασίλισσα
ἐτέρποντο ἀκούοντες τὰ ἡδύ-
φθογγα τραγούδια τοῦ ἐρωτο-
λήπτου,
"Μ᾿ ἀπ᾿ ὅλους κ᾿ι ὅλαις πλειὸ
  γλυκᾶ
ἦσαν ᾿ς τὴν Ἀρετοῦσα,
Καὶ τὰ τραγούδια ξυπνητὴ
  συχνὰ τὴν ἐκρατοῦσα."

Ἐπιθυμῶν ὁ βασιλεὺς ἐκ
περιεργίας νὰ μάθῃ τίς ἦτο ὁ
ᾄδων ἔπεμψε δέκα ἄνδρας τοὺς
ὁποίους διέταξε νὰ συλλάβωσι
δι᾿ ἐνέδρας τὸν ἄγνωστον τρα-
γουδιστήν, ἀλλ᾿ ὁ Ἐρωτόκριτος
καὶ ὁ συντροφεύων αὐτὸν εἰς
τὰς νυκτερινὰς ἐκδρομὰς πιστὸς
αὐτοῦ φίλος Πολύδωρος δύο
μὲν ἐξ αὐτῶν ἐφόνευσαν, τοὺς
δὲ ἄλλους εἰς φυγὴν ἔτρεψαν.
Ὁ Ἐρωτόκριτος ἀπῆλθεν εἰς
περιήγησιν καὶ κατὰ τὴν ἀπου-
σίαν του ἡ Ἀρετοῦσα ἐλθοῦσα
εἰς ἐπίσκεψιν τῆς μητρός του
κατὰ τύχην ἀνεκάλυψεν ὅτι ὁ
τραγουδῶν τὰ ἐρωτικὰ ἐκεῖνα
ᾄσματα ἦτο ὁ υἱὸς τοῦ πρωθυπ-
ουργοῦ. Ἔκτοτε ὁ ἔρως ἔγεινεν

Erotocritos fell madly in love
with her, but being afraid to ex-
press openly his amorous senti-
ments, he went in the darkness
of night under the windows of
the palace, and there

"he told and he recounted
the sufferings of love,
and how in love he was entangled
and was frozen and was withered."

The king and queen were
delighted when they heard the
sweet songs of the enamoured
one,
"but sweeter than to all men
and women
were they to Aretusa,
and the songs in wakefulness
often kept her."

The king, out of curiosity,
wishing to learn who the singer
was, sent ten men whom he
ordered to lie in ambush and cap-
ture the unknown songster, but
Erotocritos and his faithful friend
Polydoros, who accompanied him
in his nocturnal excursions,
killed two of them and put the
rest to flight. Erotocritos went
away on a journey, and during
his absence Aretusa, going on a
visit to his mother, discovered
by chance that the singer of
those love-songs was the prime
minister's son. From that time
the love became mutual, so that
when Erotocritos returned from
his journey he became aware

ἀμοιβαῖος, ὥστε ὅτε ἐπανῆλθεν
ἐκ τῆς περιηγήσεώς του ὁ Ἐρω-
τόκριτος ἐνόησεν ὅτι ἀντηρᾶτο
ὑπὸ τῆς κόρης. Ἀλλὰ τὸ ποίη-
μα εἶναι μακρὸν καὶ ἡ ἀνάλυσις
αὐτοῦ ἀπαιτεῖ πολλὴν ὥραν·
πρὸς τὸν σκοπόν μας ὅμως ἀρ-
κοῦσι δύο ἢ τρία ἀποσπασμάτια.
Τὸ ἑξῆς εἶναι ἐκ τοῦ Β΄ μέρους
τοῦ ποιήματος ἐν ᾧ περιγράφεται
μονομαχία δύο ἡγεμόνων, τοῦ
Κρητὸς Χαριδήμου καὶ τοῦ
Σκλαβούνου Τριπολέμου, ἥτις
ἔγεινε κατὰ τοὺς ἱππικοὺς ἀγῶ-
νας τοὺς τελεσθέντας ἐν Ἀθήναις
τῇ προσκλήσει τοῦ Ἡρακλέους,
καθ᾽ οὓς ἠγωνίσθησαν οἱ περι-
φημότατοι τῶν τότε ἡγεμόνων.
Ὁ ποιητὴς τὸν ἀγῶνα τοῦτον
ὀνομάζει κονταροκτύπημα.

that the damsel was enamoured
of him. But the poem is a long
one, and its analysis requires a
great deal of time ; two or three
short extracts however are enough
for our purpose. The following
is from Part II. of the poem, in
which is described a single com-
bat of two princes, the Cretan
Charidemos and the Sclavonian
Tripolemos, which took place at
the tournament held in Athens
on the invitation of Heracles,
and at which the most celebrated
princes of those days contended.
The poet calls this contest a
lance-combat.

"Ἀρμάτωσαν τὴν κεφαλήν, τὸ
    τρέξιμον ἀρχῆσαν,
Σφίγγουσι τὰ κοντάρια τως,
    καὶ τὰ ᾽φαριὰ κινῆσαν.
Ὡσὰν τὸ μαῦρο νέφαλο, π᾽ ἄνε-
    μος τὸ μανίζει,
Καὶ μὲ βρονταῖς καὶ μ᾽ ἀστρα-
    παῖς τὸν κόσμο φοβερίζει,
Φυσᾷ το ἀπ᾽ τὴν ἀνατολήν, καὶ
    ᾽πάγει το ᾽ς τὴν δύσι,
Κάνει το ἡ ἀνακάτωσι νὰ
    βρέξῃ νὰ χιονίσῃ,
Ἐδέτζι ἀστραποβρόντησε τῆς
    Κρήτης τὸ λιοντάρι,
Ὄντε εἰς τὴν μασχάλην του
    ἤσφιξε τὸ κοντάρι.
Ἐμούγκρισε τῆς Σκλαβουνιᾶς
    ὁ δράκος κ᾽ ἐβρουχᾶτο,
Λογιάζει πρώτη κονταριὰ νὰ
    τόνε ῥήξῃ κάτω.

"They armed their heads, they
began the charge,
they put their spears in rest and
set their steeds in motion.
As the sombre cloud which the
wind drives mad
and with thundering and with
lightning it terrifies the world,
it blows it from the east and it
drives it to the west,
and the tossing up and down
makes it rain and snow :
so thundered and lightened the
Cretan lion
when under his arm he clutched
his spear.
The dragon of Sclavonia bellowed
and roared,
he tries at the first spear-thrust
to hurl him down.

Συναπανταίνουν τὰ θεριά, καὶ
    τὰ κοντάρια 'πῆγαν
Εἰς τὸν ἀέρα ὡσὰν φτερά, κ' ι
    ὡσὰν πουλάκια φύγαν.
'Στὸ κούτελ' ὁ Τριπόλεμος τὴν
    κονταριὰν τοῦ δίδει,
Κ' ἤβγαλε σπίθαις ἑκατὸν τὸ
    σιδερὸ κασίδι.
Τἄλογον ἐγονάτισε, μὰ χάμαι
    δὲν ἐστράφη
Καὶ τὸ ζημιὸν ἐπήδηξεν
    ὁλόρθο 'σὰν τὸ 'λάφι.
"Αλλο κακὸ δὲν ἤκαμεν ἡ κον-
    ταριὰ ἡ μεγάλη,
Γιατὶ μὲ σίδερα διπλᾶ
    σκεπάζει τὸ κεφάλι·
Δίδει κ' ι ὁ μαῦρος κοπανιὰν μὲ
    τὸ βαρὺ κοντάρι,
Τἄλογο ῥήχνει ἀνάσκελα μ'
    ὅλον τὸν καβαλλάρη.
Κ' ι ὡσὰν ἀπὸ 'ψηλὸ βουνὶ χον-
    τρὸ χαράκι πέσῃ
Καὶ δώσῃ μὲ τὸν βροντισμὸν
    εἰς τοῦ 'γιαλοῦ τὴν μέση,
'Ανακατώσῃ τὰ νερὰ καὶ κάμῃ
    ἀφροὺς κιμάτων,
Γενῇ μεγάλη ταραχὴ 'ς τῆς
    θάλασσας τὸν πάτον,
"Ετοιας λογῆς ἐβρόντησε 'ς τὴν
    πεσματιὰν ἐκείνη
Κ' ἔτζι μεγάλη ταραχὴ τὴν
    ὥρα ἐκείνη ἐγείνη."

Δὲν παρῆλθε πολὺς καιρὸς
μετὰ τοὺς ἱππικοὺς ἀγῶνας καὶ
ὁ βασιλεὺς τοῦ Βυζαντίου
πέμψας πρέσβεις ἐζήτει παρὰ
τοῦ 'Ηρακλέους τὴν 'Αρετοῦσαν
ὡς σύζυγον διὰ τὸν υἱόν του·
ἀλλ' ἡ κόρη ἠρνεῖτο προφασι-
ζομένη ὅτι δὲν ἤθελε ν' ἀπο-

The mighty warriors meet and
their spears went
like feathers in the air, and like
birds they flew.
Tripolemos delivered his spear-
thrust on the forehead,
and the steel casque threw out
a hundred sparks.
The horse knelt down but did
not roll upon the ground
and in a moment leapt upright
like a deer:
no other harm did the great
spear-thrust do,
for with double steel he protects
his head; and he gives,
in his turn, the brave fellow,
a thrust with his heavy spear,
throws the horse upon his back,
with his rider and all;
and as from a lofty cliff a mass
of rock falls down and plunges
with a sound of thunder in
the sea upon the shore,
flings up and down the water and
makes foam like of the waves,
and great turmoil arises at the
bottom of the sea,
in such a way he thundered in
that fall
and such great turmoil at that
time arose."

No long time had passed after
the tournament when the king
of Byzantium sent ambassadors
and asked Heracles for Aretusa
as a wife for his son; but the
damsel refused, urging as a pre-
text that she did not wish to
go far away from her dearest

μακρυνθῇ τῶν φιλτάτων γονέων
της· τοῦτο δὲ σφόδρα παρώργισε
τὸν 'Ηρακλέα τοῦ ὁποίου ἡ
ψυχὴ ἐταράχθη καὶ ἔβραζεν ἡ
καρδία του

"'Σὰν τὸ θερμὸ 's τὰ κάρβουνα,
  ποῦ ὁ χόχλος τὸ φουσκώνει,
Καὶ 'παίρνει το ἀπ' τὰ βαθηὰ
  κ'ι ἀπάνω τὸ σηκώνει·
Καὶ πάλι ἡ λαύρα τῆς φωτιᾶς
  τὸ 'ξανακαταιβάζει
Καὶ δὲν εὑρίσκει ἀνάπαψιν
  ποτὲ ὅσ' ὥρα βράζει."

'Επειδὴ ὅμως ἐκείνη ἐπέμενεν
ἀρνουμένη, ὁ 'Ηρακλῆς πέμ-
ψας ὁπίσω τοὺς πρέσβεις, ἐτι-
μώρησεν αὐτὴν ἀνηλεῶς· ἔκοψε
τὴν ξανθὴν αὐτῆς κόμην καὶ
ἐνδύσας αὐτὴν ἐνδύματα πενιχρὰ
τὴν ἔκλεισε μετὰ τῆς πιστῆς
αὐτῆς τροφοῦ Φροσύνης εἰς
φυλακήν,

"'Σ τὴν πλειὰ χειρότερη φυλακή,
  's τὴν πλειὰ σκοτεινιασμένη,
"Οποῦσαν βοῦρκα καὶ πηλά,
  τὴν ἔκαμε κ' ἐμπαίνει,
Καὶ βιγλατώρους 'μπιστικούς
  νὰ βλέπουν 'π' ἔξω βάνει,
Μ' ὀγκιὰ ψωμὶ κ'ι ὀγκιὰ νερόν,
  ὅσο νὰ μὴ 'ποθάνῃ."

'Ο 'Ερωτόκριτος διετέλει τότε
ἐξόριστος ἐν Εὐβοίᾳ, καὶ ἐκεῖ
ἔμαθε τὴν φυλάκισιν τῆς
'Αρετούσας. 'Η θλῖψις ἥτις
κατεκυρίευσεν αὐτὸν δὲν περι-
γράφεται, διότι ὁ ἀτυχὴς
ἐραστὴς

"Δὲν ἔτρωγε, δὲν ἔπινεν,
  οὐδὲ ποτὲ κοιμᾶτο,
'Σ τὸν λογισμὸν ἐκρίνετο,

parents. This greatly enraged
Heracles, and his soul was dis-
turbed and his heart boiled

"like hot water upon coals
when its boiling swells it,
and takes it from the depths
and raises it above,
and back again the fire's heat
brings it down below,
and it does not find repose
ever as long as it boils."

But since she persisted in her
refusal, Heracles, after sending
back the ambassadors, punished
her without mercy: he cut off
her golden hair and, putting
shabby clothes on her, shut her
up in prison with her faithful
nurse Phrosyne,

"into the worst prison,
into the darkest,
where mire was, and mud,
he made her enter,
and trusty guards he places
to watch from the outside,
with an ounce of bread and an
ounce of water,
as much as not to die."

Erotocritos was at that time
exiled in Euboea and there he
heard of Aretusa's imprison-
ment. The grief that took
possession of him cannot be
described, for the unfortunate
lover

"ate nothing, drank nothing,
nor ever slept,
in thought he was being tried,

'ς τὸν νοῦν ἐτυραννᾶτο.
Συχνά, συχν' ἀναστέναζε,
τὰ μέλη του κρυαῖναν,
Βοτάνια δὲν τονὲ 'φελοῦν,
γιατροὶ δὲν τὸν ὑγιαῖναν,
Ὁλότελα ἀπορρίκτηκε,
τὴν νειότην ἀπαρνήθη,
Μιὰν ὥραν εἰς ἀνάπαψιν
ποτὲ δὲν ἐγροικήθη.
Μακραίνουν γένεια καὶ μαλλιά,
ἀλλάσσ' ἡ 'στόρησί του,
Κάν' ἄλλην ὄψ' ἀσούσουμη
καὶ λυώνει ἡ 'δική του.
Ἐμαύρισεν, ἀσχήμισε,
'ς τὰ ξένα 'ποῦ γυρίζει,
Κ'ι ὁποιος κ'ι ἂν τὸν ἐκάτεχε
πλειὸ δὲν τονὲ γνωρίζει."

and in his fancy he was tortured.
Often, often did he groan,
his limbs were chilled,
herbs did him no good,
doctors did not cure him,
he utterly abandoned himself,
and renounced his youth,
a single hour in repose
he was never observed.
His beard and hair grew long,
his appearance was changed,
he assumed another and strange
look and his own melted away.
He became dark, he became ugly
while he wandered in foreign
lands, and any one who knew him
no longer recognised him."

Οὕτω παρῆλθον τρία ἔτη καὶ ἤρχετο τὸ τέταρτον ὅτε φήμη ἔφθασεν εἰς τὸν Ἐρωτόκριτον ὅτι ὁ ἰσχυρὸς βασιλεὺς τῆς Βλαχίας Βλαντίστρατος κηρύξας πόλεμον κατὰ τοῦ Ἡρακλέους ἦλθε μετὰ μεγάλου στρατοῦ καὶ ἐπολιόρκει τὰς Ἀθήνας. Χωρὶς νὰ χάσῃ καιρὸν τρέχει εἰς μίαν μάγισσαν, ἥτις δίδει αὐτῷ δύο φιαλίδια· τὸ ἓν ἐξ αὐτῶν περιεῖχεν ὑγρόν τι δυνάμενον νὰ μεταβάλλῃ ἐν ἀκαρεῖ τὸ χρῶμα τοῦ προσώπου καὶ τῶν χειρῶν εἰς μέλαν, τὸ δὲ ἄλλο ἕτερον ὑγρὸν ἔχον τὴν δύναμιν νὰ ἐπαναφέρῃ τὸ φυσικὸν χρῶμα. Νιφθεὶς ὁ Ἐρωτόκριτος διὰ τοῦ πρώτου ὑγροῦ ἔγεινε μέλας ὡς Αἰθίοψ, καὶ ὁπλισθεὶς φθάνει ταχέως παρὰ τὸ στρατόπεδον τῶν πολιορκούντων τὰς Ἀθήνας Βλάχων καὶ

In this way three years passed, and the fourth was beginning when a report reached Erotocritos that Vlandistratos, the powerful King of Wallachia, had declared war against Heracles and had come with a large army and was besieging Athens. Without losing time he runs to a sorceress and she gives him two flasks: one of them contained a liquid which had the power of changing at once the colour of the face and hands to black, and the other another liquid which had the power of restoring the natural colour. Erotocritos, washing himself with the first liquid, became as black as an Aethiop, and having armed himself, soon arrives at the camp of the Wallachians who were besieging Athens, and hides himself in

κρύπτεται εἰς ἀπόκεντρόν τι
μέρος· ἐκεῖθεν δὲ
"Κάθε ταχηὰ σηκώνετο,
κ'ι ὡς ἤθελε γροικήσῃ
Ν' ἀντιλαλῆσ' ἡ σάλπιγγα,
βούκινον νὰ κτυπήσῃ,
'Εκαβαλλίκευε ὡς ἀετὸς
σπουδάζοντας τὴν στράτα,
Καὶ μὲ τὴν ὥραν ἔφθανε
'πού σμίγαν τὰ φουσάτα.
Κ' ἔκαν' ἀνεμοστρόβιλα
καὶ ταραχὴ μεγάλη,
Κ' ἐβόηθα πάντα μιᾶς μεριᾶς,
κ' ἐπλήγωνε τὴν ἄλλη.
'Σὰν δράκος ἐφοβέριζε,
'σὰν λέοντας τ{ῇ} πολέμα,
Κ' οἱ Βλάχοι νὰ τονὲ θωροῦν
ἀπὸ μακρᾶς ἐτρέμα."

some out-of-the-way place : from
there
"every morning he arose ;
and as soon as he heard
the trumpet resounding,
the bugle blowing,
he rode like an eagle
in haste along the road
and arrived just in time
when the armies met,
and he made a whirlwind
and a great turmoil,
and he always helped one side
and did harm to the other.
Like a dragon he frightened
them, like a lion he fought them,
and the Wallachians, to see him
at a distance, trembled."

'Ο Βλαντίστρατος βλέπων τὸν
στρατόν του καθ' ἑκάστην ἐλατ-
τούμενον ἀπεφάσισε νὰ συνα-
θροίσῃ ὅλας τὰς δυνάμεις του
καὶ νὰ κάμῃ γενικὴν ἔφοδον
κατὰ τῆς πόλεως· ὁ στρατὸς
λοιπὸν ὥρμησε λίαν πρωΐ καὶ
συνήφθη ἔξω τῆς πόλεως μάχη
αἱματηρὰ καθ' ἣν παρ' ὀλίγον
ἐφονεύετο ὁ 'Ηρακλῆς ἐὰν
φθάσας ἐγκαίρως δὲν ἔσωζεν
αὐτὸν ὁ 'Ερωτόκριτος. Οἱ
Βλάχοι ἡττηθέντες ἔφυγον
κακὴν κακῶς, ὁ δὲ ἐραστὴς τῆς
'Αρετούσας νιφθεὶς διὰ τοῦ ὑγροῦ
τῆς ἄλλης φιάλης ἀνέλαβε τὴν
ἀρχαίαν αὐτοῦ μορφὴν καὶ ἀνα-
γνωρισθεὶς ἠξιώθη ἐπὶ τέλους
νὰ νυμφευθῇ αὐτὴν ἐν μέσῳ
μεγάλης χαρᾶς καὶ ἀγαλ-
λιάσεως.
Τὸ ποίημα τοῦ Κορνάρου δὲν

Vlandistratos, seeing his army
daily decreasing, determined to
collect all his forces and make a
general attack upon the city :
the army accordingly advanced
very early in the morning, and
there was fought outside the
city a sanguinary battle in
which in another moment
Heracles would have been killed
if Erotocritos had not oppor-
tunely arrived and saved him.
The Wallachians, defeated, fled
in utter disorder, and Aretusa's
lover, washing himself with the
liquid of the other flask, re-
covered his original appearance
and, being recognised, had at last
the satisfaction of marrying her
in the midst of great rejoicing
and exultation.

The poem of Cornaro is not

εἶναι εὐκαταφρόνητον· ἡ δὲ
Κρητικὴ διάλεκτος δὲν βλέπω
νὰ διαφέρῃ πολὺ τῆς ᾽λαλου-
μένης Ἑλληνικῆς τοῦ IS´ καὶ
IZ´ αἰῶνος. Τώρα κάμετέ μοι
τὴν χάριν νά μοι ἀναγνώσητε
κανὲν ἀποσπασμάτιον ἐκ τῆς
Ἐρωφίλης τοῦ Χορτάκη, ἀφοῦ
πρῶτόν μοι εἴπητε ὀλίγα τινὰ
περὶ τῆς ὑποθέσεως τοῦ δρά-
ματος.

Εὐχαρίστως. Ἡ ὑπόθεσις
ἔχει ὡς ἑξῆς· Φιλόγονος ὁ
βασιλεὺς τῆς Μέμφιος κατέλαβε
τὸν θρόνον φονεύσας τὸν πρεσ-
βύτερον αὐτοῦ ἀδελφὸν μετὰ
τῶν δύο τέκνων του. Ἐν μάχῃ
τινὶ κατὰ τὴν Ἄνω Αἴγυπτον
ἀπέκτεινε τὸν βασιλέα τῆς χώρας
ἐκείνης καὶ τὸν υἱὸν αὐτοῦ
Πανάρετον ἔλαβεν αἰχμάλωτον·
ἐπειδὴ δὲ οὗτος ἐφάνη ἀνδρεῖος
καὶ πιστὸς εἰς αὐτόν, μετὰ
παρέλευσιν καιροῦ κατέστησεν
αὐτὸν ἀρχιστράτηγον πασῶν
αὐτοῦ τῶν δυνάμεων. Ὁ Φιλό-
γονος εἶχε θυγατέρα ὡραιοτάτην
ὀνομαζομένην Ἐρωφίλην ἣν,
χωρὶς αὐτὸς νὰ γνωρίζῃ τι,
ἐνυμφεύθη ὁ Πανάρετος. Δὲν
παρῆλθε πολὺς καιρὸς καὶ δύο
ἡγεμόνες γειτονευόντων κρατῶν
ζητοῦσι τὴν χεῖρα τῆς βασιλό-
παιδος· τότε μαθὼν ὅτι ἡ
θυγάτηρ του ἤδη ἦτο νενυμφευ-
μένη μετὰ τοῦ Παναρέτου,
εὐθὺς φονεύει αὐτόν, καὶ κομίζει
εἰς τὴν θυγατέρα του ἐντὸς
λεκάνης τὰς χεῖρας καὶ τὴν
καρδίαν τοῦ ἀγαπητοῦ αὐτῆς
ἀνδρός. Ἡ Ἐρωφίλη ἀποτείνει

at all to be despised: the
Cretan dialect does not, I see,
differ much from the colloquial
Greek of the 16th and 17th
centuries. Now do me the
favour to read me some short
extract from the *Erophile* of
Khortatzi after telling me first a
little about the subject of the
play.

With pleasure. The subject
is as follows: Philogonos, King
of Memphis, took possession of
the throne after murdering his
elder brother with his two
children. In a battle in Upper
Egypt he killed the king of that
country and took his son Panare-
tos prisoner; and since the latter
showed himself brave and faith-
ful to him, in course of time he
made him commander-in-chief
of all his forces. Philogonos
had a very beautiful daughter
named Erophile, whom, without
his knowing anything about it,
Panaretos married. No long
time passed before two princes
of the neighbouring kingdoms
sought the hand of the princess:
then, learning that his daughter
was already married to Panaretos,
he immediately killed him and
carried to his daughter the
hands and the heart of her
beloved husband in a basin.
Erophile addresses a long dis-

μακρὸν λόγον εἰς τὸν σκληρο-
κάρδιον πατέρα της καὶ ἔπειτα
φονεύει ἑαυτὴν ἐνώπιόν του διὰ
ξιφιδίου. Αἱ δὲ τὸν χορὸν
ἀποτελοῦσαι θεραπαινίδες τῆς
Ἐρωφίλης εὐθὺς ὁρμῶσι κατ’
αὐτοῦ καὶ ὡς φρενητιῶσαι Μαι-
νάδες κατασπαράσσουσιν αὐτὸν
ἀνηλεῶς. Μετὰ ταῦτα φαίνεται
τὸ φάσμα τοῦ φονευθέντος
ἀδελφοῦ πατοῦν ἐν θριάμβῳ ἐπὶ
τοῦ πτώματος τοῦ βασιλέως, καὶ
οὕτω λήγει ἡ τραγῳδία. Τὸ
ἑξῆς ἀπόσπασμα εἶναι ἐκ τῆς
ἀρχῆς ἐπεισοδίου τοῦ δράματος
τούτου, παρίσταται δὲ δαίμων
ὁμιλῶν πρὸς ἄλλους δαίμονας,
ἐκ δὲ τοῦ τρόπου τῆς ὁμιλίας
του φαίνεται ὅτι εἶναι ὁ Ἑω-
σφόρος.

course to her hard-hearted father
and then kills herself in front of
him with a dagger. The hand-
maidens of Erophile, who form
the chorus, at once rush upon
him and like frenzied Maenads
mercilessly tear him to pieces.
After this there comes upon the
scene the apparition of his
murdered brother trampling in
triumph upon the body of the
king, and so ends the tragedy.
The following extract is from
the beginning of an episode of
this play: a demon is represented
talking to other demons, and
from the style of his conversa-
tion it appears that he is Lucifer.

“ Πνεύματ’ ἀπὸ τὸν οὐρανόν
    ’ς τὸν Ἅδη ’ξωρισμένα,
’Σ τὴν κόλασι συντρόφοι μου
    καὶ δοῦλοι ’σὰν καὶ μένα,
Κρίνω πᾶς ἕνας ἀπὸ σᾶς
    καλώτατα θυμᾶται
Πῶς μετὰ μένα μιὰ φορὰ
    μὲ δόξα κατοικᾶτε
’Σ τὰ ὑψ’ ἐπάνω τούρανοῦ,
    καὶ πῶς ’ς τὴ μάχη ἐκείνη
Τὴν φοβερὴ ’ποὺ μετὰ μᾶς
    καὶ τῶν θεῶν ἐγείνη,
Τοχά ’χομεν ἀντίδικη τὴν τύχη
    ὀπ’ ὅλοι ὁμάδι
Κάτω μὲ τόση μας ’ντροπὴ
    μᾶς ἔρρηξε ’ς τὸν Ἅδη·
Κ’ι ἀντὶς τὴ ’μέρα τὴ λαμπρὰ
    καὶ τὸν καθάριον ἥλιο,
Κ’ι ἀντὶς τὴ λάμψι καὶ τὸ φῶς
    ὡμόρφ’ ἀστέρω χίλιω,

“ O spirits from heaven
expelled to Hades,
my companions in Hell
and slaves like me,
I imagine every one of you
very well remembers
how with me at one time
you lived in glory
on the heights above Heaven,
and how at that battle,
the fearful one, which between us
and the gods took place,
then we had Fortune against us
so that all together
down with so much shame
she cast us into Hell ;
and instead of the bright day
and the pure sun, and instead
of the brightness and the light
of a thousand beautiful stars,

'Σ τάκταφα κάτω στέκομαι
τ' Ἅδη σκοτεινιασμένα,
Μ' ἄμετραις λόχαις καὶ φωτιαῖς
πάντα τυραννισμένα·
Καὶ κεῖν' ἀπούναι πλειότερο
'δέτε τὴν ὄρεξίν του,
'Σ τὸ θάνατο γιὰ λόγου μας
ἔδωκε τὸ παιδίν του·
Κ' ἦρθε κ' ἐκρούσεψε ζημιὸ
τὸν Ἅδη κ' ἔγδυσέ μας
Καὶ μοναχὰς τζὴ κόλασις
τὴ λόχη ἄφηκέ μας·
Καὶ νικητὴς ἐγύρισε
περίσσια τιμημένος
'Σ τὸν οὐρανὸ καὶ στέκεται
πᾶσ' ὥρα δοξασμένος.
Μὰ γιάντα τζὴ παληοὺς καϋμοὶς
καὶ τὸ παληὸ μας πόνο
Τώρα 'ξαναθυμίζοντας
'ς ὅλους σας καινουργώνω;
Τὰ περασμέν' ἂς πάψωμε,
καὶ κεῖνα 'πού μᾶς κάνει
Τὸ σήμερο πᾶς ἕνας μας
'ς τὸ λογισμόν τ' ἂς βάνῃ,
Πῶς πάσχει καὶ στοχάζεται
μ' ἕνα καὶ μ' ἄλλο τρόπο
Τὸ πλῆθος ὅλο μετ' αὐτῶ
νὰ σύρῃ τῶν ἀνθρώπω.
'Δέτε 'ς τὰ Γεροσόλυμα
πῶς εἶναι μαζωμένοι
Τόσοι πιστοί του στρατηγοὶ
καὶ πάσχου θυμωμένοι
Τζὴ φίλους μας τζὴ 'μπιστικοὺς
τζὴ Τούρκους ν' ἀφανίσου
Κ' ἐλευθεριὰ τζὴ Χριστιανοὺς
τζ' ἐχθρούς μας νὰ γυρίσου."

'Εν τοῖς ἑξῆς ὀλίγοις στίχοις
ὁ χορὸς προσαγορεύει τὸν ἥλιον·

"'Ακτῖνα τοὐρανοῦ χαριτωμένη,

I am staying down below
in the gloomy abyss of Hell,
with endless heat and flames
always in torture ;
and what is more,
see his whim :
on account of us, to death
he gave his son ;
and he came and quickly raided
Hades and stripped us
and only left us
the heat of Hell ;
and a victor he went back
superlatively honoured
to Heaven and remains
for ever glorified.
But why our ancient sufferings
and our ancient trouble
now recalling,
do I repeat them to you all ?
Let us quit the past ;
and what he does to us
this day let each one of us
fix in his mind,
how he strives and aims
in one way and another
all the multitude of men
to draw to his side.
See, in Jerusalem
how there are collected
so many faithful generals of his,
and they strive with rage
our trusty friends
the Turks to annihilate,
and to give back liberty
to our enemies the Christians."

In the following few lines
the chorus addresses the Sun :

" O gracious ray of heaven

'Απού μὲ τὴ φωτιά σου τὴ με-
γάλη,
'Σ ὅλη χαρίζεις φῶς τὴν οἰκου-
μένη,
Τὸν οὐρανὸ στολίζει 's μιὰ κ'
εἰς ἄλλη
Μεριά, κ'ι ὅλη τὴ γῆ πορπατηξιά
σου
Δίχως ποτὲ τὴ στράτα τζῆ νὰ
σφάλλη."

Μετὰ τὴν Ἐρωφίλην μετα-
βαίνομεν εἰς τὴν Βοσκοποῦ-
λαν, ἥτις εἶναι ὡραῖον ποιμε-
νικὸν ποίημα τοῦ ΙΖ' αἰῶνος·
ἐγράφη δὲ ὑπὸ τοῦ ἐξ Ἀποκο-
ρώνων τῆς Κρήτης Νικολάου
Δριμυτικοῦ καὶ ἐτυπώθη τὸ
πρῶτον ἐν Βενετίᾳ τῷ 1627.
'Αλλ' ἔκτοτε ἀνετυπώθη πολλά-
κις, διότι ἔτι καὶ νῦν εἶναι
προσφιλὲς ἀνάγνωσμα παρὰ τῷ
Ἑλληνικῷ λαῷ. Ἡ ὑπόθεσις
τοῦ ποιήματος εἶναι ἀπλουστάτη·
ποιμὴν νεαρὸς ἐνῷ πρωΐαν τινὰ
ἔβοσκε τὰ πρόβατα αὐτοῦ ἐντὸς
τερπνοτάτης κοιλάδος,

" Μέσα 'σὲ δένδρη, 'σὲ λιβάδια,
'σὲ ποτάμια,
'Σὲ δροσερὰ καὶ τρυφερὰ καλά-
μια,
Μέσα 's τὰ δένδρη κεῖνα τ' ἀν-
θισμένα
'Ποῦ βόσκαν τὰ 'λαφάκια τὰ
καϋμένα
'Σ τὴ γῆ τὴ δροσερὴ 's τὰ
χορταράκια
'Ποῦ γλυκοκελαδοῦσαν τὰ που-
λάκια,"

ἀπαντᾷ καλλίμορφον ποιμενίδα
βόσκουσαν τὰ ποίμνια τοῦ πα-

which with thy great flame

givest light to all the world,

thy path adorns Heaven from
one end to another
and all the earth,

without ever its course erring."

After the *Erophile* we pass
to the *Boscopoula*, which is a
beautiful pastoral poem of the
17th century : it was written
by Nicolas Drimyticos of Apo-
corona in Crete, and was first
printed in Venice in 1627 ; but
since then it has been several
times reprinted, for it is even
now favourite reading with the
Greek people. The subject of
the poem is a very simple one :
a young shepherd, while he was
grazing his sheep one morning
in a most charming valley,

" among trees, meadows and
streams,
in cool and fresh beds of reeds,

among those flowering trees

where the dear little fawns were
feeding
on the cool ground and in the
grass
where the birds were sweetly
singing,"

meets a beautiful shepherdess
feeding the flocks of her father,

τρός της, ὅστις κατ᾽ ἐκείνας τὰς
ἡμέρας εἶχεν ἀπέλθει εἰς λατο-
μεῖον νὰ κόψῃ λίθους διὰ τὸν
περίβολον τῆς μάνδρας του.
Ἡ συνάντησις δὲν ὑπῆρξεν ἄνευ
ἀποτελέσματος, διότι ὁ παντα-
χοῦ παρὼν Ἔρως ἐτόξευσεν
ἀμφοτέρων τὰς καρδίας, καὶ μετ᾽
ὀλίγας ἡμέρας ἡρραβωνίσθησαν
κρυφίως. Κατὰ τὴν ἡμέραν
ὅτε ἔμελλε νὰ ἐπιστρέψῃ ἐκ τοῦ
λατομείου ὁ πατὴρ τῆς νέας, ὁ
ἐραστὴς αὐτῆς ἀπερχόμενος τῇ
ὑπεσχέθη νὰ ἐπανέλθῃ μετὰ ἕνα
μῆνα καὶ νὰ ζητήσῃ αὐτὴν ὡς
σύζυγον παρὰ τοῦ πατρός της·
ἀλλ᾽ ὁ ἀτυχὴς ἀσθενήσας ἐν τῷ
μεταξὺ δὲν ἠδυνήθη νὰ φυλάξῃ
τὸν λόγον του, καὶ ἦλθε μόνον
ὅτε ἀνέλαβεν ἐκ τῆς ἀσθενείας.
Ἰδοὺ πῶς περιγράφει τὴν συνάν-
τησιν αὐτοῦ μετὰ τοῦ πατρὸς
τῆς μνηστῆς του·

who at that time had gone to a
quarry to hew stones for the
enclosure of his sheepfold. The
meeting was not without conse-
quences, for omnipresent Cupid
shot his arrows into both their
hearts, and after a few days they
became secretly betrothed. On
the day when the young girl's
father was about to return from
the quarry, her lover, going
away, promised her to come
back after a month and ask for
her from her father as a wife ;
but the poor fellow, falling ill
in the interval, was unable to
keep his word, and only came
when he had recovered from his
illness. Here is the way in
which he describes his meet-
ing with the father of his be-
trothed :

"Σ ἐνοῦ βουνοῦ κορφή, 's ἕνα
χαράκι,
Ξανοίγω καὶ θωρῶ ἕνα γερον-
τάκι,
Κ᾽ ἔβλεπε κάποια πρόβατα ὁ
καϋμένος
Ἀδύναμος καὶ μαυροφορεμένος.

"Upon the top of a hill, on a
rock,
I look and see a little old man,

and he was tending some sheep,
poor fellow,
feeble and dressed in mourning.

Σφυρίζω καὶ φωνάζω, χαιρετῶ
τον,
Καὶ γιὰ τὴν Βοσκοπούλαν ἐρωτῶ
τον,
Μὲ φόβον καὶ μὲ τρόμον τοῦ
᾽ξηγούμουν
Καὶ τὰ δὲν ἤθελα ἀκούειν ἐφου-
κρούμουν.

I whistle and I call, I greet
him,
and ask him about Boscopoula,

with fear and trembling I ex-
plained to him
and listened to what I did not
like to hear.

Γροικῶ τὸν γέρον' 'μπρὸς καὶ
    ἀναστενάζει,
Τὸ ῥιζικὸ τῆς μοίραςτουἀτιμάζει,
Καὶ κλαίοντας μοῦ λέγει, "Η
    'πεθυμιά σου
'Απόθανε, δὲν εἶν πλειὰ κοντά
    σου.

I hear the old man and at first
    he groans,
he reviles the destiny of his fate
and weeping he says to me,
'The object of your desire
is dead, she is no longer near
    you.

Δι' αὐτήνη 'πού 'ρωτᾷς ἦτον
    παιδί μου,
Θάρρος μου τοῦ πτωχοῦ κ'ι ἀ-
    παντοχή μου,
Μὰ ὁ χάρος τὴν ἐπῆρεν ἀπ'
    ὀμπρός μου,
Καὶ θάμπωσε τὰ 'μάτια καὶ τὸ
    φῶς μου.

She whom you ask after was
    my child,
my courage in my poverty and
    my hope,
but death took her from before
    me
and darkened my eyes and my
    light.

Καλόκαρδη ἦτον πάντα καὶ
    χαρά μου,
'Ανάπαψις πολλὴ 's τὰ γερατιά
    μου,
Μὰ ὁ λογισμὸς ὀποῦχε πᾶσα
    βράδυ
Παράκαιρα τὴν ἔβαλε 's τὸν
    "Αδη.

Good-hearted she was always
    and my joy,
a great comfort to my old age,

but the anxiety which she had
    every night
untimely cast her into Hades.

*   *   *   *   *   *   *   *   *   *

Τὰ 'νηάμερά της ἦταν ἐψὲς υἱέ
    μου·
Τὴν ὥρα ποὺ 'ξεψύχα ἐμίλησέ
    μου·
Παραγγελιά μ' ἀφῆκε, "Πᾶ 's τὰ
    δάση
"Ενας καλὸς βοσκὸς θέλει περά-
    σῃ,

Last night was the ninth day
[since she died], my son.
At the time when she expired
she spoke to me:
she left me a message: " Here
in the woods
a handsome shepherd will pass,

Μελαχροινός, λιγνὸς καὶ γελα-
    σιάρης,
Νέος καὶ μαυρομμάτης, 'διωμα-
    τάρης,
Καὶ θέλει σ' ἐρωτήσῃ ὀγιὰ νὰ
    μάθῃ
Γιὰ κείνη 'πού ἀπέθανεκαὶ χάθη,

dark-complexioned, slight, and
    smiling,
youthful and black-eyed, talka-
    tive,
and he will ask you, that he
may learn about her who died
and was lost,

Καὶ νὰ τοῦ 'πῆς πῶς εἶν' ἀπο-
θαμμένη,
Μὰ δέν του λησμονᾷ ποτ' ἡ
καϋμένη,
Καὶ ἆς τὴν λυπηθῇ καὶ ἆς τὴν
κλάψῃ,
Τὰ ῥοῦχά του γιὰ λόγου της νὰ
βάψῃ.

and you are to tell him that
she is dead
and never forgot him, the poor
girl,
and let him grieve for her and
let him weep for her,
and dye his clothes [black] on
her account.

Τὴν ἀφορμήν του 'πὲ πῶς τὴν
ἐχάσε,
'Ωσὰν εἶδεν ἡμέραις καὶ περάσε,
Ζημιὸ ἀλησμόνησέ την τὴν
καϋμένη,
Γιὰ κεῖνο ἐθανατώθη πικρα-
μένη."

Tell him that the cause why he
lost her
was that as she saw the days
passing, and that he soon forgot
her, poor girl,
through that she died in sor-
row."

Καὶ ἀπὸ τὰ σουσούμια ἐκεῖνος
εἶσαι,
Καὶ κλαίγει σε ἡ καρδιά μου
καὶ πονεῖ σε,
Γιατ' ἤθελα παιδί μου νά σε
κάμω
Καὶ εἶχα 'μιλημένα γιὰ τὸν
γάμο.'"

And from your looks you are
he,
and my heart weeps for you and
feels for you,
for I wanted to make you my
son
and I had talked about the
wedding.'"

Ταῦτα ἀκούσας ὁ ἀτυχὴς
βοσκὸς κατέστη ἀπαρηγόρητος,
καὶ μεταβὰς εἰς τὸν τάφον τῆς
ἀγαπητῆς του ὁρκίζεται νὰ κα-
ταλίπῃ τὸ ποίμνιον καὶ νὰ ῥίψῃ
τὸν αὐλόν του, καὶ ἔχων ὡς
μόνον σύντροφον τὸ λευκὸν
ἀρνίον, ὅπερ ἔλαβεν ὡς δῶρον
παρὰ τῆς ἀγαπητῆς του, νὰ
περιφέρηται εἰς τὰ δάση καὶ
τοὺς δρυμούς. Ἰδοὺ ὁ ὅρκος
αὐτοῦ·

On hearing this, the unhappy
shepherd was inconsolable, and,
going to the tomb of his beloved
one, takes an oath to abandon
his flock and throw away his
flute and, having as his only
companion the white lamb which
he had received as a present
from his darling, to wander
about in the woods and the
thickets. This is his oath:

" Κ'ι ὄντας βροντᾷ κ'ι ἀστράφτῃ
καὶ χιονίζῃ,

" and when it rains and lightens
and snows,

Κανεὶς βοσκὸς 's τὰ ὄρη δὲν
γυρίζῃ,
Τότες ἐγὼ εἰς τὰ βουνὰ καὶ εἰς
τὰ ὄρη
Νὰ κλαίγω αὐτήνην τὴν παν-
ώρῃα κόρη.

and no shepherd wanders on
the mountains,
then on the hills and on the
mountains
to weep for that most lovely girl.

Κ'ι ὅταν ὁ ἥλιος καίῃ πέτραις,
ξύλα,
Κ'ι ὅλοι σιμώνουν 's τοῦ δενδροῦ
τὰ φύλλα,
Καὶ 'πάγῃ ὁ βοσκὸς δροσιὰ
γυρεύῃ,
Ἐγὼ νά 'μαι 's τὸν ἥλιο νά με
καίγῃ."

And when the sun burns the
stones and the timber
and all draw near to the leaves
of the tree,
and at that time the shepherd
goes and seeks a cool retreat,
to be in the sun for it to burn
me."

Ταῦτα νομίζω ἀρκοῦσι πρὸς
τὸν σκοπόν μας ὡς γλωσσικὰ
δείγματα τῆς Κρητικῆς δια-
λέκτου ἥτις ὑπὸ πολλὰς ἐπ-
όψεις εἶναι λίαν ἐνδιαφέρουσα
καὶ ἀξία ἰδικῆς μελέτης. Τὸ
Ἑλληνικὸν ἔθνος καίτοι θλιβό-
μενον ὑπὸ βαρύτατον ζυγὸν
βδελυρᾶς τυραννίας, οὐδέποτε
ἐπελάθετο τῶν πατρῴων αὐτοῦ
ἀρετῶν. Ἡ γῆ, ἥτις ὑπῆρξεν
ἐπὶ αἰῶνας ἑστία τῶν φώτων
καὶ τοῦ πολιτισμοῦ, δὲν ἐξεβαρ-
βαρώθη τελέως, ὡς ὑπέλαβον
πολλοὶ ἐν τῇ Δύσει, ἀλλ' ὑπὸ
τὸ ζοφερὸν σκότος τῆς ἀμαθείας
ὅπερ ἐπεκάλυπτεν αὐτὴν διε-
τήρει ἄσβεστον καὶ καῖον τὸ
ζώπυρον τῆς Ἑλληνικῆς παι-
δείας. Οἱ τύραννοι μετῆλθον
πάντα τὰ μέσα ὅπως κατα-
στρέψωσι τὴν ἐθνικὴν θρησκείαν
καὶ γλῶσσαν τῶν ὑποδουλω-
θέντων Ἑλλήνων· ἥρπασαν
τοὺς ναοὺς αὐτῶν καὶ μετέβαλον

I think these are sufficient
for our purpose as linguistic
specimens of the Cretan dialect
which under many aspects is
very interesting and worthy
of special study. The Greek
nation, though crushed under
the heavy yoke of a hateful
despotism, never forgot the
virtues of their ancestors. The
land which had been for ages
a focus of enlightenment and
civilisation did not lapse com-
pletely into barbarism, as many
people in the West supposed,
but, in the deep darkness
of ignorance which overspread
her, she preserved unextin-
guished and burning the vital
spark of Greek learning. The
tyrants pursued every method
to destroy the national religion
and the language of the en-
slaved Greeks : they took away
from them their churches and

αὐτοὺς εἰς τεμένη, ἔκλεισαν τὰ πολυάριθμα αὐτῶν σχολεῖα ὅπως καταστήσωσιν αὐτοὺς ἀμαθεῖς καὶ ταπεινούς· εἴς τινας ἐπαρχίας καὶ τὰς γλώσσας πολλῶν ἀπέκοψαν ὅπως φόβον ἐμπνεύσωσιν εἰς τοὺς ἄλλους Ἕλληνας νὰ μὴ ὁμιλῶσι τὴν μητρικὴν αὐτῶν γλῶσσαν· ἀλλὰ πάντα ταῦτα τὰ φοβερὰ καὶ καταθλιπτικὰ μέτρα οὐδὲν ἴσχυσαν ὅπως ἀναχαιτίσωσι τὴν πρὸς τὰ πρόσω ὁρμὴν τῶν Ἑλλήνων, ὥστε οἱ καταθλίβοντες αὐτοὺς ἀφῆκαν ἐπὶ τέλους τὰ πράγματα νὰ βαίνωσι τὸν φυσικὸν αὐτῶν ῥοῦν. Ἔν τινι διατριβῇ δημοσιευθείσῃ τῷ 1843 ἐν τῷ Ἀσκληπιῷ, ἀξιολόγῳ ἰατρικῷ περιοδικῷ ἐκδιδομένῳ τότε ἐν Ἀθήναις, ὁ Σ. Κ. Οἰκονόμος λέγει· "Καὶ τυραννούμενοι καὶ πολυτρόπως κατατρυχόμενοι οἱ Ἕλληνες οὐδέποτε διέλιπον ἱδρύοντες καὶ μικρὰ καὶ μείζονα φροντιστήρια παιδεύοντες ἐν τούτοις τοὺς νέους καὶ κοσμοῦντες τὰς ψυχάς. Ἔνθεν μὲν γὰρ ἡ κοινὴ τοῦ ὀρθοδόξου πληρώματος τροφὸς Ἐκκλησία, καὶ οἱ παρὰ τῇ ἐξουσίᾳ ὑπηρετοῦντες οὐ μόνον ἐπὶ τοῦ ἀοιδίμου Μαυροκορδάτου καὶ ἐφεξῆς ἔνδοξοι γενόμενοι καὶ ἡγεμονικοὶ ἄνδρες, ἀλλὰ καὶ οἱ πρότερον ἀπό τινος κοινῆς ὑπηρεσίας κατὰ τόπους γινόμενοι γνωστοὶ παρὰ τοῖς δυνάσταις, οἷον προεστῶτες ἐπαρχιῶν καὶ ἄλλοι, ἑτέρωθεν πάλιν ἄνδρες ἐμπορικοὶ καὶ φιλαπόδη-

turned them into mosques : they closed their numerous schools so as to render them ignorant and subservient. In some provinces they even cut out the tongues of many of them, in order to inspire terror in the other Greeks and so deter them from speaking their mother-language : but all these terrible and oppressive measures had no power to check the onward movement of the Greeks, so that at last their persecutors allowed matters to take their natural course. In a treatise published in 1843 in the *Asclepios*, an excellent medical periodical in circulation at that time in Athens, S. C. Oeconomos says : " Though living under a tyranny and in many ways enduring abject sufferings as the Greeks were, they never left off establishing schools, some small, some larger, and in these educated their youth and adorned their minds. On the one hand, the Church, the common nurse of the orthodox communion, and those in the service of the government, not only those who at the time of the celebrated Maurocordatus and subsequently became famous and rose to princely rank, but also those who in former times by some service to the state in different places had become known to their rulers— for example, the leading men in the provinces and others ;

μοι καὶ εὐκτήμονες, ὁμοθυμαδὸν
οἱ πάντες ὁρμώμενοι, καὶ λόγοις
καὶ προστασίαις καὶ δαπάναις
ἀδραῖς συνετέλουν εἰς σύστασιν
ἐκπαιδευτικῶν καθιδρυμάτων.
Ἀπὸ τῆς Κωνσταντινουπόλεως
καὶ πρὸς ἕω καὶ πρὸς δυσμὰς
τῆς Ἑλληνικῆς γῆς, μέχρι καὶ
αὐτῶν τῶν ἄκρων τῆς Ἑπτα-
νήσου, οὐδεμία πόλις ὑπῆρχεν
ἐπίσημος στερουμένη σχολείου.
Καὶ αὐταὶ αἱ πρῶται ἀρχαὶ τῆς
καταχρηστικώτερον τοῦ Λαγ-
καστέρου καλουμένης μεθόδου
ὑπῆρχον πρόπαλαι κοιναὶ ἐν
τῇ Ἑλλάδι, καλὸν καὶ τοῦτο
κληρονόμημα διαμεῖναν ἀπὸ τῶν
λαμπρῶν τῆς Ἑλλάδος χρόνων.
Καὶ τυπογραφία[1] κατέστη εἰς
τὴν Κωνσταντινούπολιν ἐπὶ
τοῦ Πατριάρχου Κυρίλλου τοῦ
Λουκάρεως. Ἐκεῖ μετὰ ταῦτα
καὶ ὁ ἀοίδιμος Χρύσανθος Νοτα-
ρᾶς ὁ Πελοποννήσιος καὶ
ὕστερον Πατριάρχης τῶν Ἱερο-
σολύμων, ὁ συγγραφεὺς τοῦ
ἀστρονομικοῦ συντάγματος, ἀνή-
γειρεν ἀστεροσκοπεῖον κατὰ τὸν
Γαλατᾶν. Ἐκεῖ καὶ ὁ σοφὸς
Ἀγκύραμος κατεσκεύασε κῆπον
βοτανικόν. Ὁ λαμπρὸς περὶ
τὴν καλλιέργειαν τῶν γραμ-
μάτων ζῆλος καὶ τῶν ἄλλων
Ἑλληνίδων χωρῶν καὶ τῆς
μητρὸς ἡμῶν Θεσσαλίας, ἧς
αἱ φυσικαὶ καλλοναὶ καταθέλ-
γουσι τῶν περιηγητῶν τὴν
περιέργειαν, συνεξώρμα καὶ τὴν

on the other hand, again, persons
engaged in trade and accustomed
to reside abroad, and men of
property, all animated by the
same spirit, by their exhortations
and patronage, and with lavish
expenditure, contributed to the
establishment of educational in-
stitutions. From Constantinople
towards both the east and the
west of the Greek country as
far as the very extremities of
the Seven Islands there was no
town of any note without a
school. And the very first
principles of what is rather
wrongly called 'Lancaster's
system' were long ago common
in Greece, a noble heritage
which had remained existing
from the days when Greece
was in its splendour. A press
also was established in Con-
stantinople in the time of the
Patriarch Cyrillus Lucaris. It
was there too that in later
times the celebrated Chrysanthus
Notaras the Peloponnesian,
afterwards Patriarch of Jeru-
salem, the author of the treatise
on astronomy, erected an obser-
vatory at Galata. It was there
also that the learned Angyramos
laid out a botanical garden.
The splendid zeal for the culti-
vation of literature exhibited by
different Greek provinces and
by my native Thessaly, whose

[1] This press was brought to Constantinople from London in 1627 by
Nicodemus Metaxas, a monk of Cephallonia, but owing to the intrigues of
the Jesuits it was afterwards suppressed.

φιλοτιμοτάτην Μακεδονίαν[1] καὶ
τὴν συνενθουσιῶσαν Ἤπειρον
εἰς σύστασιν σχολείων, ἢ τῶν
ὑπαρχόντων βελτίωσιν, ἐν οἷς
αἱ καρδίαι τῶν νέων ἐχρίοντο
τῆς πατροπαραδότου εὐσεβείας
τὸ σωτήριον χρῖσμα, καὶ παρε-
θήγοντο εἰς τῆς Ἑλληνικῆς
μεγαλοφυΐας τὰ ἀριστουργή-
ματα ἐκκαιόμενοι ὑπὸ τοῦ ἐν-
θέρμου ζήλου τοῦ πατριωτισμοῦ.
Τὸ καρτερικὸν καὶ ἀτρόμητον
ἦθος τῶν Θεσσαλῶν, οἵτινες ἔτι
ἀπὸ τοῦ ΙΕ΄ αἰῶνος κατηνάγ-
κασαν τὸν δορυκτήτορα νὰ
σεβασθῇ τὸ γενναῖον αὐτῶν
φρόνημα, ἀπέβαινε καὶ παρα-
μυθία καὶ παράδειγμα καρτερίας
καὶ γενναιότητος εἴς τε τὰς
πλησιοχώρους καὶ εἰς τὰς ἀπω-
τέρας ἐπαρχίας. Καὶ ἔψαλλον
οἱ ὀρεσίτροφοι ἄνδρες κλέα
μαχίμων ἀνδρῶν, καὶ ἀντεφθέγ-
γοντο τὰ ὄρη πρὸς τὰς ᾠδάς,
καὶ ἀνέτρεφε τοὺς νέους γλυκεῖα
περὶ χρηστοτέρου μέλλοντος
ἐλπίς. Οὕτω διατηρουμένου
τοῦ ἐθνικοῦ φρονήματος ἥ τε
παιδεία διεδίδετο καὶ τῶν λογίων
ὁμογενῶν ὁ ἀριθμὸς ηὔξανε, καὶ
συγγράμματα ἐδημοσιεύοντο,
καὶ πολλὴ ἐκ τούτων προέκυπτεν
ἡ ὠφέλεια. Καὶ πολλὰ μὲν καὶ
πλούσια καὶ τὴν λαμπρὰν τῆς
τελειότητος ἐνδεδυμένα πορφύ-
ραν οὐκ ἦσαν τὰ συγγράμματα
τῶν ἀοιδίμων ἐκείνων τοῦ γένους

natural beauties captivate the
traveller's curiosity, incited at
the same time ambitious Mace-
donia and ardent Epirus to
establish schools, or to im-
prove those already existing, in
which the hearts of the young
were anointed with the saving
chrism of hereditary piety, and
they had their intelligence
sharpened by the masterpieces
of Greek genius and were in-
flamed with the burning zeal of
patriotism. The hardy and
fearless character of the Thessal-
ians, who even from the 15th
century had compelled the con-
queror to respect their noble
spirit, became a consolation and
an example of endurance and
courage to the people both of
the neighbouring and the more
distant provinces. And these
mountaineers sang the glories of
warriors, and the hills echoed
their songs, and the sweet hope
of a better future nurtured
their young men. While the
national spirit was thus pre-
served, education spread and
the number of the learned men
of our nation increased, and
works were published and great
benefit resulted from them.
Not numerous, nor brilliant,
nor clothed in the purple robe
of perfection were the works

---

[1] In Moschopolis in Macedonia there was a college where many cele-
brated Greek scholars held professorships, and there was also a press in
that town, but these institutions excited the envy of the Albanians, who
destroyed them in 1780.

διδασκάλων· ἀλλ' ὅμως μένουσι ταῦτα δείγματα τρανὰ τῆς πολλῆς αὐτῶν ἀρετῆς καὶ φιλογενείας, ἥτις συνεῖχε καὶ συνεκράτει τοὺς λογίους εἰς τὴν πρόοδον καὶ ἐκπαίδευσιν τοῦ ἔθνους καὶ συντήρησιν τοῦ ὀρθοδόξου Ἑλληνισμοῦ. Ὅμηρος καὶ οἱ λοιποὶ τῶν ἐνδόξων ποιητῶν καὶ συγγραφέων ὑπῆρχον ἡ βάσις τῆς γραμματικῆς αὐτῶν παιδείας. Ῥητορικὴ καὶ λογικὴ καὶ μαθηματικὴ καὶ θεολογία συναπήρτιζον ὡς ἐπὶ τὸ πλεῖστον τὰς φιλοσοφικὰς αὐτῶν γνώσεις· καὶ οἱ ἐκκλησιαστικοὶ τῶν θείων πατέρων λόγοι συνώδευον τοὺς μαθητευομένους ἀπ' ἀρχῆς ἄχρι τέλους τοῦ σταδίου τῆς διδασκαλίας ἀχώριστοι, τυποῦντες ἐν ταῖς ψυχαῖς αὐτῶν ἀνεξίτηλα τὰ δόγματα καὶ τὴν ἠθικὴν τῆς πατρῴας εὐσεβείας. Καὶ ἐξήρχετο ἐκ τῶν σχολείων ἡ νεολαία οὐχὶ μὲν πολυμαθὴς κατὰ τὴν παντοδαπὴν τῶν νεωτέρων πολυμάθειαν, ἀλλ' ὅμως σοφωτάτη περὶ τὴν ἐπιστήμην τῶν χρησίμων, καὶ ἀκριβῶς Ἑλληνική. Οὕτως οἱ μακάριοι ἐκεῖνοι διδάσκαλοι μετελαμπάδευον εἰς τοὺς ἀπογόνους τὴν πάτριον παιδείαν καὶ ἀρετὴν πρὸς ἓν καὶ μόνον ἀφορῶντες, τὴν ἐμφύτευσιν τῶν σωτηρίων καὶ πρὸς τὴν κοινὴν ὠφέλειαν ἀναγκαιοτάτων γνώσεων, εἰς ἀποσκοράκισιν τῶν ἐξ ἀμαθείας κακῶν. Ἄκουε τί λέγει Ἀλέξανδρος ὁ Μαυροκορδᾶτος ὁ ἐξ

of those celebrated teachers of the race, but nevertheless these remain as conspicuous examples of their great virtue and patriotism which united and kept together the learned for the advancement and enlightenment of the nation and the preservation of orthodox Hellenism. Homer and the other celebrated poets and writers formed the basis of their literary education. Rhetoric, logic, mathematics and theology constituted for the most part their philosophical attainments ; and the homilies of the Fathers were the inseparable companions of the students from the beginning to the end of their course of instruction, impressing on their souls indelibly the doctrines and the morals of the piety of their ancestors. And there issued from the schools a body of youths, not indeed very learned in the various subjects studied by those of a later day, but yet thoroughly versed in the knowledge of useful things, and who were essentially Greek. Thus those teachers of happy memory passed to their descendants the torch of their ancestral enlightenment and virtue, having but one sole object in view, that of implanting that salutary knowledge which is most necessary for the common good, in order completely to dissipate

ἀπορρήτων περὶ μαθήσεως.
''Ἀπὸ γὰρ τῆς ἀμαθείας εἰς
πᾶν εἶδος κακίας ἀναρπάζονται
οἱ τῶν μαθημάτων ἄμοιροι· καὶ
πάλιν ἐξ ἐναντίας ἡ παιδεία τὸν
ἀνθρώπινον νοῦν εἰς ἀρετὴν
ἐπιχρώννυσι, καὶ παντοδαπῶν
ἀγαθῶν ὑπάρχει διδάσκαλος καὶ
δημιουργός, εἰ μόνον ἄνθρωπος
εἴη ὁ σπουδὴν καὶ παιδείαν
ἀσπαζόμενος, καὶ μὴ παντάπασιν
τυγχάνοι ἀπεσκληρηκὼς καὶ ἐκ
φύσεως ἔχοι δεισοποιὸν καὶ
ἀναπόπλυτον μιαρίαν.'"

Κατὰ ποίαν ἐποχὴν ἤκμασεν
ὁ Ἀλέξανδρος Μαυροκορδᾶτος;
Κατὰ τὴν ΙΖ' ἑκατονταετη-
ρίδα· ἐγεννήθη δὲ ἐν Κωνσταντι-
νουπόλει τῷ 1636 ἐκ πατρὸς
μὲν Παντελῆ Μαυροκορδάτου
Χίου, μητρὸς δὲ Λοξάνδρας
Σκαρλάτου ἐκ Κωνσταντινουπό-
λεως. Ἡ Λοξάνδρα ἦτο γυνὴ
εὐφυεστάτη καὶ κάτοχος ὑψηλῆς
παιδείας· "τὴν γὰρ Ἑλλάδα
φωνήν," ὡς λέγει Ἰάκωβος ὁ Ἀρ-
γεῖος, "οὕτως ἀκριβῶς ἐπεπαί-
δευτο, ὥστε τὰς ῥυθμῷ πεποι-
ημένας καὶ ἐμμέτρους ποιήσεις,
τούς τε κατὰ ῥήτορας λόγους
καὶ τὰς καταλογάδην πάνυ
γλαφυρῶς καὶ ἐντέχνως συντε-
θείσας ἱστορίας ῥᾳδίως καὶ
νοεῖν καὶ ἐξηγεῖσθαι· οὐδ' ἡ
Θουκυδίδιος συγγραφή, οὐδ' ἡ
τοῦ Ξενοφῶντος ἱστορία τὸ ὀξὺ
τῆς ἐκείνης διανοίας διέφυγε, οὐ
μὴν ἀλλὰ καὶ φιλοσοφίας ἥψατο,

the evils of ignorance. Hear
what Alexander Maurocordatus,
the [Sultan's] confidential secre-
tary, says about learning : 'For
it is by ignorance that those
who are destitute of learning
are dragged into every kind of
evil ; and on the contrary, edu-
cation steeps the human mind
in virtue, and is the teacher
and creator of all kinds of good,
if only he who devotes himself to
study and learning is a human
being and does not happen to
be altogether hardened, and does
not naturally possess ingrained
and indelible impurity.'"
At what period did Alexander
Maurocordatus flourish ?
In the 17th century. He
was born in Constantinople in
1636. His father was Panteles
Maurocordatus of Chios, and
his mother was Loxandra of
Constantinople, daughter of
Scarlatus. Loxandra was a
woman of very great ability
and highly educated ; "for she
had been taught the Greek lan-
guage," as Jacobus Argeius says,
"with such accuracy as to under-
stand and explain without diffi-
culty rhythmical and metrical
compositions, speeches of ora-
tors, and histories written very
elegantly and artistically in
prose ; nor did the work of
Thucydides nor Xenophon's
narrative elude the grasp of her
acute intellect. Moreover this
woman, if we may call a woman

καὶ τὴν θεωρίαν τῶν ὄντων ἐπλούτησεν ἡ γυνή, εἴ γε χρὴ λέγειν γυναῖκα τὴν ἀρρενόφρονα καὶ φρένας ἀνδρὸς κεκτημένην ἐν τῇ τοῦ θήλεος φύσει." Ὁ δὲ Καισάριος Δαπόντες ἀποκαλεῖ αὐτὴν σοφωτάτην προστιθεὶς ὅτι, "τόσον ἐπροχώρησεν εἰς τὰ Ἑλληνικὰ καὶ ἔγεινεν ὀνομαστή, ὅπου ἤρχοντο περιηγηταὶ ἀπὸ τὴν Εὐρώπην καὶ συνωμιλοῦσαν μαζί της καὶ ἐθαύμαζον τὴν σοφίαν της." Τοιαύτη λοιπὸν εὐπαίδευτος γυνὴ ἦτο ἐπόμενον νὰ ἀναθρέψῃ καὶ ἐκπαιδεύσῃ προσηκόντως τὸν υἱὸν αὐτῆς Ἀλέξανδρον, ὃν δωδεκαετῆ ἔπεμψεν εἰς τὸ τότε περίφημον πανεπιστήμιον τοῦ Παταβίου ὅπως σπουδάσῃ τὴν φιλοσοφίαν καὶ τὴν ἰατρικήν. Ὁ νεαρὸς Ἕλλην ταχέως ἐκμαθὼν τὴν Λατινικὴν ἐπεδόθη μετὰ ζήλου εἰς τὴν σπουδὴν τῶν ἐπιστημῶν καὶ τῆς ἰατρικῆς, καὶ εἰς δεκατέσσαρα ἔτη ἀπεπεράτωσε τὰς σπουδάς του ἀξιωθεὶς τῶν ὑψίστων ἀκαδημαϊκῶν τιμῶν. Ἐν ἔτει 1664 ἐδημοσίευσεν ἐν Βονωνίᾳ Λατινιστὶ διατριβὴν[1] περὶ κυκλοφορίας τοῦ αἵματος, ἥτις οὐ μικρᾶς φήμης ἠξιώθη παρὰ τοῖς τότε σοφοῖς, καὶ ἀνετυπώθη μετὰ ἐν ἔτος ἐν Φραγκοφόρτῃ, καὶ τῷ 1682 ἐν Λειψίᾳ. Ἐπανελθὼν εἰς Κωνσταντινούπολιν ἐξήσκει τὸ ἰατρικὸν ἐπάγγελμα καὶ μεγάλως ἐτιμᾶτο ὑπὸ τῶν τότε

one who had a masculine mind and though of the female sex was endowed with the mental power of a man, had studied philosophy and enriched her mind with ontology." Caesarius Dapontes calls her "most learned," adding that "she was so advanced in Hellenic studies and had become so famous that travellers from Europe came and conversed with her and were amazed at her erudition." It naturally followed then that a woman so highly educated should also have her son Alexander properly brought up and instructed, and she accordingly sent him at twelve years of age to the then celebrated university of Padua to study philosophy and medicine. The young Greek, having rapidly mastered Latin, applied himself zealously to the study of science and medicine, and in fourteen years completed his course, having gained the highest academical honours. In the year 1664 he published at Bologna a treatise in Latin on the circulation of the blood, which acquired no little celebrity among the learned of those days, and was reprinted a year afterwards at Frankfort and in 1682 at Leipsic. Returning to Constantinople he practised the medical profession, and was held in high esteem by the Turkish

[1] Instrumentum pneumaticum circulandi sanguinis sive de modo et usu pulmonum. Bolognae, 1664.

πλούτῳ καὶ δυνάμει ἐξεχόντων Τούρκων μεγιστάνων· ὑπῆρξε δὲ ἐπὶ ἑπτὰ ἔτη καὶ σχολάρχης τῆς Πατριαρχικῆς σχολῆς ἐν ᾗ μετὰ ζήλου πολλοῦ ἐδίδαξεν. Ἀκολούθως θέλων νὰ εἰσέλθῃ εἰς τὸ πολιτικὸν στάδιον παρῃτήθη τοῦ ἰατρικοῦ ἐπαγγέλματος καὶ ἐπεδόθη εἰς τὴν σπουδὴν ξένων γλωσσῶν, καὶ ἐντὸς βραχέος χρόνου ἐξέμαθε τὴν Τουρκικήν, τὴν Ἀραβικήν, τὴν Περσικήν, τὴν Γαλλικὴν καὶ τὴν Σλαβωνικὴν γλῶσσαν. Κατὰ τὸ ἔτος 1671 ἔγεινε γραμματεὺς τοῦ Παναγιώτου Νικουσίου, ὅστις τότε ἦτο Μέγας Διερμηνεὺς τῆς Πύλης. Μετὰ τὸν θάνατον τούτου (1673), εἰς τὴν ὑψηλὴν ταύτην θέσιν διωρίσθη ὁ Ἀλέξανδρος Μαυροκορδᾶτος καὶ διεχειρίσθη τὸ περισπούδαστον ἀλλὰ καὶ λίαν ἐπικίνδυνον τοῦτο ἀξίωμα μετὰ μοναδικῆς ἱκανότητος ἐπὶ πολλὰ ἔτη· ἔχων δὲ μεγάλην ἰσχὺν παρὰ τοῖς Τούρκοις ἐχρησιμοποίει αὐτὴν πρὸς ἀνακούφισιν τῶν δεινῶν ἅπερ οἱ ὁμοεθνεῖς αὐτοῦ ἔπασχον. Εἰς τὴν οἰκίαν αὐτοῦ προσέτρεχον πάντες ὅσοι εἶχον χρείαν ἰσχυρᾶς προστασίας· πολλοὺς Χριστιανοὺς ἔσωσε πολλάκις ἐκ τοῦ θανάτου, ὃν ἄλλως ἦτο ἀδύνατον ν' ἀποφύγωσι, διότι κατ' ἐκείνους τοὺς χρόνους οἱ Τοῦρκοι ἐφόνευον τοὺς Χριστιανοὺς καὶ διὰ τὸ ἐλάχιστον πταῖσμα, ἐνίοτε δὲ καὶ χάριν διασκεδάσεως ὅπως δοκιμάζωσι τὰς μαχαίρας των.

dignitaries of the day, who by their wealth and influence held a prominent position. He was also for seven years headmaster of the Patriarchal School, in which he was a most zealous teacher. Subsequently, wishing to enter the political arena, he renounced the medical profession and devoted himself to the study of foreign languages, and in a short time acquired a thorough knowledge of Turkish, Arabic, Persian, French and Slavic. In the year 1671 he became secretary to Panagiotes Nicousios, who was then Grand Dragoman to the Porte. After the death of the latter in 1673 Alexander Maurocordatus was appointed to this high position and discharged with singular ability the duties of the much-coveted but very perilous office for many years. Having great influence with the Turks, he made use of it to alleviate the sufferings which his fellow-countrymen endured. It was to his house that all rushed who had need of powerful protection. He frequently saved many Christians from a death that they could not otherwise have escaped, for in those days the Turks used to kill Christians for the slightest fault, and sometimes simply for amusement, to try the temper of their swords.

Μοὶ φαίνεται παράδοξον πῶς ὁ Μαυροκορδᾶτος ἠδυνήθη νὰ διατελέσῃ ἐπὶ πολλὰ ἔτη Μέγας Διερμηνεὺς χωρὶς νὰ διεγείρῃ καθ' ἑαυτοῦ τὸ καχύποπτον τῶν Τούρκων.

Τοῦτο ὀφείλεται εἰς τὴν μεγάλην αὐτοῦ ἱκανότητα· δὲν διῆλθε ὅμως τὸ πολιτικὸν αὐτοῦ στάδιον ἄνευ κινδύνου. Μετὰ τὴν ἀποτυχίαν τῆς ἐκπορθήσεως τῆς Βιέννης καὶ τὴν τελείαν ἧτταν τοῦ Τουρκικοῦ στρατοῦ, ὅτε ὁ Σουλτάνος μένεα πνέων διέταξε καὶ ἀπεκεφάλισαν τὸν μέγαν βεζίρην Καρᾶ Μουσταφᾶν, ἡ ζωὴ τοῦ Μαυροκορδάτου εὑρέθη ἐπὶ ξυροῦ ἀκμῆς, διότι οὐ μόνον αὐτὸς καθείρχθη ἐν Ἀδριανουπόλει, ἀλλὰ καὶ ἡ σύζυγος καὶ ἡ μήτηρ αὐτοῦ ἐφυλακίσθησαν ἐν Κωνσταντινουπόλει.

Πῶς ἀπηλλάγη τοῦ φοβεροῦ κινδύνου τοῦ ξίφους ἢ τῆς ἀγχόνης;

Διὰ τοῦ μόνου τότε μεγάλως ἰσχύοντος μέσου, τῆς πληρωμῆς ὑπερόγκων λύτρων, διότι ἠναγκάσθη νὰ πληρώσῃ τριακόσια πουγκία χρυσοῦ πρὸς ἐλευθέρωσιν ἑαυτοῦ καὶ τῆς συζύγου του. Ἡ δυστυχὴς αὐτοῦ μήτηρ μὴ δυνηθεῖσα νὰ ὑπομείνῃ τὰς κακουχίας τῆς εἱρκτῆς ἀπέθανε κατὰ τὸν ἕκτον μῆνα τῆς καθείρξεως, αὐτὸς δὲ καὶ ἡ σύμβιος αὐτοῦ ἔμειναν ἐν τῇ φυλακῇ ἕνδεκα μῆνας.

Ἐλπίζω μετὰ τὴν ἀποφυλάκισίν του νὰ ἔφυγεν ἐκ Τουρκίας

It seems to me extraordinary how Maurocordatus could have remained for many years Grand Dragoman without exciting against himself the easily aroused suspicion of the Turks.

This was owing to his great ability ; but he did not pursue his political career without danger. After the failure to capture Vienna and the complete defeat of the Turkish army, when the Sultan, in a transport of fury, gave the order and they beheaded the Grand Vizier Mustapha, the life of Maurocordatus was in extreme jeopardy, for not only was he himself imprisoned at Adrianople, but his wife and his mother were put in jail at Constantinople.

How did he escape the terrible danger of the sword or the gibbet ?

Through those means which alone at that time were all-powerful, the payment of an enormous ransom, for he was obliged to expend three hundred purses of gold to gain his liberty and that of his wife. His poor mother, unable to bear the hardships of imprisonment, died in the sixth month of her incarceration, but he and his wife passed eleven months in jail.

I hope that after his liberation he escaped from Turkey

εἰς κανὲν Χριστιανικὸν κράτος
τῆς Εὐρώπης.

Οὐδὲν τοιοῦτον συνέβη.
Μετὰ τὴν ἀποφυλάκισίν του
ᾔτησεν ἄδειαν νὰ ὑπάγῃ εἰς
Κωνσταντινούπολιν νὰ ἴδῃ
τὴν σύζυγόν του καὶ τὰ τέκνα
του· ἀλλὰ μόλις ἔφθασεν ἐκεῖ
καὶ μετὰ μίαν ἡμέραν ἔλαβε
διαταγὴν νὰ ἐπανέλθῃ εἰς
Ἀδριανούπολιν, καὶ εὐθὺς ὁ
Μέγας Βεζίρης ἤρχισε νὰ τὸν
μεταχειρίζηται εἰς μυστικὰς
ὑποθέσεις τοῦ Κράτους, καὶ μετὰ
δύο μῆνας ἐπαρουσίασεν αὐτὸν
εἰς τὸ μέγα βασιλικὸν διβάν-
ιον, ἔνθα ἀναγορευθεὶς πάλιν
Μέγας Διερμηνεὺς περιεβλήθη
τὸν ἐπίσημον μανδύαν τοῦ ἀξιώ-
ματος. Ὁ κατὰ τῶν Γερμανῶν
καὶ τῶν συμμάχων αὐτῶν πόλε-
μος ἐξηκολούθει ἐν τούτοις, ἀλλ'
οἱ Τοῦρκοι ὑποστάντες πολλὰς
ἥττας ἀπεφάσισαν νὰ κλείσω-
σιν εἰρήνην, καὶ πρὸς τὸν σκο-
πὸν τοῦτον ἔπεμψαν τὸν
Μαυροκορδᾶτον, ὅστις μετ'
ἀφοσιώσεως καὶ μεγάλης δι-
πλωματικῆς ἱκανότητος διεξή-
γαγε τὴν ἀνατεθεῖσαν αὐτῷ
ἀκροσφαλῆ ταύτην ἀποστολήν.
Ἡ εἰρήνη αὕτη συνωμολογήθη
ἐν Καρλοβισίῳ ἐν ἔτει 1699,
καὶ ὑπεγράφη συνθήκη καθ' ἣν
ἡ Τουρκία ὑπεχρεώθη ν' ἀποδώσῃ
εἰς τὴν Αὐστρίαν καὶ εἰς τὰς
συμμαχησάσας αὐτῇ δυνάμεις
πάσας τὰς χώρας ἃς ἥρπασε
κατὰ καιροὺς παρ' αὐτῶν.
Ἀμφότερα τὰ συμβληθέντα
μέρη ἐδέχθησαν εὐχαρίστως

to some Christian state in
Europe.

Nothing of the kind took place.
After his liberation, he asked
permission to go to Constanti-
nople to see his wife and children,
but the very day after his
arrival there he received a
summons to return to Adria-
nople, and the Grand Vizier at
once began to employ him on
secret business of the state, and
after two months presented him
at the grand imperial divan,
when he was again proclaimed
Grand Dragoman and invested
with the robe which was the
badge of that office. The war
against the Germans and their
allies had in the meantime been
going on, but the Turks, having
sustained many defeats, deter-
mined to conclude a peace, and
with this object they despatched
Maurocordatus, who with great
devotion and considerable politi-
cal skill carried out the delicate
mission entrusted to him. This
peace was arranged at Carlovitz
in the year 1699, and a treaty
was signed by which Turkey
was obliged to restore to Austria
and the powers allied with her
all the countries which she had
from time to time taken from
them. Both contracting parties
willingly accepted the terms of

τοὺς ὅρους τῆς συνθήκης, καὶ
ἐτίμησαν διὰ παντοίων ἐνδείξεων
εὐαρεσκείας τὸν κυρίως συντελέ-
σαντα πρὸς τὸν συμβιβασμὸν
Μαυροκορδᾶτον. Καὶ ὁ μὲν
Σουλτάνος ἀπένειμεν εἰς αὐτὸν
τὸν τίτλον Μεχρεμὶ-Ἐσράρ,
τουτέστιν ἐξ ἀπορρήτων, ὁ δὲ
Αὐτοκράτωρ Λεοπόλδος ἔπεμψεν
αὐτῷ μεγαλοπρεπέστατα δῶρα·
λέγεται μάλιστα ὅτι ἐτίμησεν
αὐτὸν καὶ διὰ τοῦ τίτλου Κόμη-
τος, ὅπερ ὅμως ἐπὶ πολλὰ ἔτη
διετηρήθη μυστικὸν ἐν τῇ οἰκο-
γενείᾳ. Ἀπέθανε δὲ ὁ Μαυρο-
κορδᾶτος ἐν ἔτει 1708. Ὁ
υἱὸς αὐτοῦ Νικόλαος Μαυροκορ-
δᾶτος ὑπῆρξεν ἐπίσης ἔνδοξος
ὡς ὁ πατὴρ αὐτοῦ. Διετέλεσε
Μέγας Διερμηνεὺς τῆς Ὀθωμα-
νικῆς αὐτοκρατορίας ἐπὶ πολλὰ
ἔτη. Τῷ 1707 διωρίσθη ἡγεμὼν
Μολδαυΐας, ἀλλ' ἀνακληθεὶς
μετὰ ἓν ἔτος διωρίσθη πάλιν
κατὰ τὸ ἔτος 1711. Μετὰ
πέντε ἔτη μετετέθη εἰς Βλαχίαν,
ἀλλὰ ταχέως στρατὸς Αὐστρια-
κὸς εἰσελάσας λαθραίως εἰς
αὐτὴν κατέλαβε τὸ Βουκουρέ-
στιον καὶ ἤγαγεν αὐτὸν αἰχ-
μάλωτον. Μετὰ δύο ἔτη ἐλευ-
θερωθεὶς ἀνέλαβε πάλιν τὴν
ἀρχὴν ἣν διετήρησε μέχρι θανά-
του (1730). Ὁ Νικόλαος
Μαυροκορδᾶτος ὑπῆρξεν εἷς ἐκ
τῶν ἐξοχωτάτων λογίων Ἑλ-
λήνων τοῦ ΙΗ´ αἰῶνος· ἦτο δὲ
ὡς ὁ πατὴρ αὐτοῦ εἰδήμων
πολλῶν γλωσσῶν καὶ ἔγραψεν
οὐκ ὀλίγα συγγράμματα συν-
τελέσας μεγάλως εἰς τὴν διάδο-

the treaty, and they honoured
with various tokens of their satis-
faction Maurocordatus who had
chiefly contributed to the agree-
ment, and the Sultan awarded to
him the title of Mechremi-Esrar,
that is to say, Confidential
Secretary ; and the Emperor
Leopold sent him most magni-
ficent presents ; indeed it is said
that he also honoured him with
the title of Count, which was
however kept secret in the
family for many years. Mauro-
cordatus died in the year 1708.
His son Nicolas Maurocordatus
was equally celebrated with
his father. He was Grand
Dragoman of the Ottoman
empire for many years. In
1707 he was appointed Prince
of Moldavia, but was recalled
and re-appointed a year after-
wards, in 1711. After five
years he was transferred to
Wallachia, but in a short time
an Austrian army stealthily
entered that principality and
captured Bucharest and took
him prisoner. At the expira-
tion of two years he was liber-
ated, and resuming his govern-
ment retained it till his death
(1730). Nicolas Maurocordatus
was one of the most distinguished
scholars among the Greeks of
the 18th century : like his father,
he knew many languages and
wrote several works and greatly
contributed to the diffusion of
Greek learning. Into the two

σιν τῶν Ἑλληνικῶν γραμμάτων. Εἰς τὰς δύο ἡγεμονίας Βλαχίας καὶ Μολδαυίας, αἵτινες ἔκτοτε μέχρι τῶν μέσων τοῦ παρόντος αἰῶνος ἐκυβερνῶντο ὑπὸ Ἑλλήνων ἡγεμόνων διοριζομένων ὑπὸ τῆς Πύλης, συνέρρευσαν πολλοὶ Ἕλληνες οἵτινες μεγάλως συνεβάλοντο εἰς τὴν διανοητικὴν καὶ ὑλικὴν ἀνάπτυξιν τῶν χωρῶν ἐκείνων. Οἱ ἐγχώριοι εὑρίσκοντο εἰς πυκνὸν σκότος ἀμαθείας πρὸ τῆς ἐλεύσεως τῶν Ἑλλήνων· διὰ τῆς ἀκαμάτου ὅμως ἐνεργείας τούτων ἀνεπτύχθη ἐν τῇ χώρᾳ αὐτῶν ἡ γεωργία καὶ τὸ ἐμπόριον, καὶ ὁ Ἑλληνικὸς πολιτισμὸς διεδόθη πανταχοῦ. Ἐν Βουκουρεστίῳ ἤκμασεν ἐπὶ πολλὰ ἔτη ὑπὸ τὴν προστασίαν τῶν Ἑλλήνων ἡγεμόνων σχολὴ Ἑλληνικὴ ἐν ᾗ ἐδίδαξαν οἱ ἄριστοι καὶ οἱ σοφώτατοι τῶν Ἑλλήνων διδασκάλων τῶν χρόνων ἐκείνων. Ἐν αὐτῇ ἐδιδάσκετο πάνυ τελεσφόρως ἡ Ἑλληνικὴ καὶ ἡ Λατινικὴ φιλολογία, πρὸς δὲ καὶ πᾶσα ἡ σειρὰ τῶν ἐγκυκλίων μαθημάτων. Πλεῖστοι ἐκ τῶν κατὰ τὰς ἀρχὰς τοῦ παρόντος αἰῶνος διαπρεψάντων ἐπὶ παιδείᾳ καὶ πατριωτισμῷ Ἑλλήνων ὑπῆρξαν τρόφιμοι τῆς περιφήμου ἐκείνης σχολῆς.

Ἀλλ' οἱ Βλάχοι, ἢ Ῥουμοῦνοι, ὡς ὀνομάζονται νῦν, δὲν νομίζω ᾗα ἀγαπῶσι πολὺ τοὺς Ἕλληνας.

Δὲν εἶναι ἀσύνηθές τι καὶ νέον οἱ εὐεργετούμενοι νὰ ἀγνωμονῶσι καὶ νὰ φέρωνται ἐχθρι-

principalities of Wallachia and Moldavia, which from that time up to the middle of the present century were governed by Greek princes appointed by the Porte, Greeks flocked in crowds, and these greatly contributed to the intellectual and material development of those countries. The natives were enveloped in the dense darkness of ignorance before the arrival of the Greeks, but through the indefatigable efforts of the latter the agriculture and trade of their country were improved and Greek civilisation spread in every direction. In Bucharest there flourished for many years, under the patronage of the Greek princes, an Hellenic school, in which the best and most learned Greek teachers of those times gave instruction. Here Latin and Greek philology was taught with entire success, and also a complete course of general knowledge. Many of the Greeks who in the beginning of the present century were distinguished for learning and patriotism were pupils at that famous school.

But the Wallachians, or Roumanians as they are now called, are not, I think, particularly fond of the Greeks.

It is not unusual or novel for those who have received benefits to be ungrateful and act as

κῶς πρὸς τοὺς εὐεργετήσαντας.
Τὸ Ἑλληνικὸν ἔθνος μάλιστα,
ἐν τῷ μακρῷ αὐτοῦ βίῳ, πολ-
λάκις ἔλαβεν ὡς ἀνταμοιβὴν
τῶν πρὸς ἄλλους εὐεργεσιῶν αὐ-
τοῦ προπηλακισμοὺς καὶ ὕβρεις.

Τοῦτο ὁμολογεῖται ὑπὸ πάν-
των τῶν ἀμερολήπτως τὴν
ἱστορίαν ἀναγινωσκόντων· ἀλλ'
ἴσως θὰ ἦναι καλλίτερον ν'
ἀφήσωμεν τὸ ζήτημα τοῦτο
πρὸς τὸ παρὸν καὶ νὰ τρα-
πῶμεν εἰς τὰ ἀφορῶντα τὸν
ἡμέτερον σκοπόν. Κάμετέ μοι
τὴν χάριν νά μοι εἴπητε εἰς
ποῖον ὕφος ἔγραφον συνήθως
οἱ λόγιοι Ἕλληνες τοῦ ΙΗ΄
αἰῶνος.

Κατὰ τὰς πρώτας δεκαετηρί-
δας τοῦ παρελθόντος αἰῶνος
ἐπεκράτει τὸ πατροπαράδοτον
ὕφος τῶν Βυζαντινῶν συγγρα-
φέων· τινὲς ὅμως τῶν λογίων
ἔγραφον ἐνίοτε καὶ εἰς τὴν
κοινὴν γλῶσσαν τοῦ λαοῦ
ὅπως τὰ ἔργα αὐτῶν γίνωνται
καταληπτὰ εἰς πάντας· ἀλλ' ἡ
δημώδης αὕτη γλῶσσα βαθμηδὸν
καὶ κατ' ὀλίγον ἀποβάλλουσα
τὰς ξένας λέξεις καὶ τὰς βαρ-
βάρους καταλήξεις δι' ὧν ἐκιν-.
δύνευε νὰ γείνῃ ἀλλόκοτον
φύραμα διεφθαρμένου ἰδιώματος,
καὶ πλουτιζομένη καθ' ἑκάστην
ἐκ τοῦ ἀκενώτου θησαυροῦ τῆς
ἀρχαίας Ἑλληνικῆς κατέστη ἐπὶ
τέλους οἷα εἶναι νῦν· ἀλλὰ πρὸς
κατόρθωσιν τούτου μεγάλως
ἠγωνίσθησαν οἱ λόγιοι τοῦ
ἔθνους κατά τε τὸν παρελθόντα
αἰῶνα καὶ κατὰ τὰς ἀρχὰς τοῦ

enemies to their benefactors.
The Greek nation especially, in
the course of its long life, has
often met with outrage and
insult as a return for the good
it has done to others.

This is acknowledged by all
who read history impartially :
but perhaps it will be better for
us to leave this question for
the present, and turn to those
subjects which regard our pur-
pose. Do me the favour to tell
me in what style the learned
Greeks of the 18th century
usually wrote.

In the first decades of the last
century there prevailed the style
of the Byzantine writers which
they had received from their
fathers; some of the learned how-
ever used to write occasionally
also in the common language of
the people in order that their
works might be intelligible to all;
but that popular language gradu-
ally threw off little by little the
foreign words and barbarous
terminations through which it
was in danger of becoming a
strange medley of corrupt idioms,
and, being daily enriched from the
inexhaustible treasury of ancient
Greek, eventually became what
it now is ; but to secure this
result the scholars of the nation
had a hard struggle both in
the past century and in the
beginning of the present one.

παρόντος. Ἐν ᾧ οὕτως οἱ
Ἕλληνες οὐδενὸς κόπου ἐφεί-
δοντο ὅπως βελτιώσωσι τὴν
ἐθνικὴν αὐτῶν γλῶσσαν, ἐν τῇ
Ἑσπερίᾳ ξένοι τινὲς ἀποβλέπον-
τες εἰς προσηλυτικοὺς σκοποὺς
ἐξέδιδον βιβλία γεγραμμένα
ἐν ἰδιώματι εἰς τοιοῦτον βαθμὸν
μιξοβαρβάρῳ, ὥστε καὶ ὁ
ἀμαθέστατος τῶν Ἑλλήνων
ἀκούων ἀναγινωσκομένην τοιαύ-
την τερατώδη γλῶσσαν ἀδύνατον
νὰ μὴ ἐκφωνήσῃ, "δότε μοι
λεκάνην." Ἰδοὺ δείγματά τινα
τῆς Φραγκο - γραικο - βαρβάρου
ταύτης γλώσσης εἰλημμένα ἐκ
τῆς εἰσαγωγῆς τοῦ καπουσίνου
Θωμᾶ τοῦ Παρισινοῦ εἰς τὸν
Θησαυρὸν τοῦ Γάλλου κα-
πουσίνου Ἀλεξίου Σομμαβέρα
(Paris 1709).

"Ἐτοῦτο εἶναι τὸ πλειὰ ὠφε-
λιμὸν ὁποῦ ποτὲ δὲν ἐφάνηκε
τετοίας λογῆς ἔργον· ἐξοδίασε
καὶ εὐκαίροσε κόπον καὶ πόθον
σαράντα χρονῶν καὶ ἡλύωσε,
ἐτζάκησε νοῦν καὶ ψυχὴν ἑνοῦ
τοῦ πλειὰ ἐνδόξου καὶ ἐναρετοῦ
ἀνθρώπου, ὁποῦ νὰ ἐβρέθηκεν
ἀνάμεσα εἰς ὅλους τοὺς πλέον
ἀξίους ἀποστελλάριδες τῶν Γαλ-
λικῶν Καπουτζίνων. Ἄξιος
ἦτον νὰ σταθῇ πολλοὺς χρόνους
στὴν Πόλιν, γιὰ νὰ εἶναι
πιτακτικὸς πνευματικὸς καὶ κα-
θολικὸς θεόλογος σημὰ εἰς τοὺς
ὑψηλότατους Ἀποκρισάριδες
σὰν καὶ διὰ τὰ ἐπίλοιπα ἔθνη
τῶν Χριστιανῶν. Ἀμὴ ἐτοῦτα
τὰ ἄνωθεν δὲν σᾶς σώνουν διὰ
νὰ ἀπικάσετε τὸν ἀδιήγητον

Thus, while the Greeks spared
no labour to improve their
national language, some foreign-
ers in the West, with the view
of making proselytes, published
books written in an idiom
adulterated with barbarisms to
such a degree that even the most
uneducated Greek, on hearing
such a monstrous language read,
could not refrain from exclaim-
ing, "Bring me a basin." Here
are some specimens of this
Franco-graeco-barbaric language
taken from the introduction of
the Capuchin Thomas of Paris
to the *Thesaurus* of the French
Capuchin Alexius Sommevoir
(Paris 1709):

"This is the most useful work
of the kind that ever appeared.
It consumed and exhausted the
labour and zeal of forty years,
it enfeebled, it broke down the
intellect and the mind of one
who was the most celebrated
and the most virtuous man to
be found among all the most
able of the missionaries belong-
ing to the French Capuchins.
He was in a position to reside
for many years in Constantinople,
to be chaplain, confessor, and
catholic theologian to their
highnesses the ambassadors as
well as for the other Christians
of different nations. But the
above does not suffice for you to
understand the inexpressible

μισθὸν ἐκείνου τοῦ αἰδεσιμότα-
του πατέρα. 'Ηξεύρετε πάλαι,
μ' ὅλα τοῦτα, πῶς ἀξιώθη καὶ
ὅλας, σὰν ἕνας ἐπιτήδιος δά-
σκαλος νὰ κυβερνᾷ καὶ νὰ ἐρ-
μηνεύῃ τὰ εὐγεναῖα σκολιαρό-
πουλα καὶ ἀρχοντόπουλα τῆς
Φράντζας ὅπου ζάρουν νὰ μαθέ-
νουν τὰ Τούρκικα, εἰς τὰ χέρια
τῶν Καπουτζίνων, κατὰ τὴν
καλοσήνην καὶ ὁρισμὸν τοῦ
Χριστιανοτάτου μας βασιλέως,
ὅπου ὀρέγεται νὰ τ' ἄχῃ πάντα
ἕτοιμα εἰς τὸ χέρι του διὰ νὰ
δρογμανίζουν εἰς ὅλα τὰ μέρη
τῆς δυναστίας τῶν Τουρκῶν.

Καὶ ἀπ' ἐκεῖ, ὅλη ἡ μεγάλη
ἐγνία ὅπου εἶχεν ἀτόστου αὐτὸς
ὁ δάσκαλος νὰ μάθῃ τὰ 'Ρωμαῖκα,
ἡ παράξενη λακτάρα νὰ ἀπικάσῃ
τὴν φυσικὴν γλῶσσαν, καὶ ἡ
ἐπιθυμία του νὰ ἀξανήξῃ καὶ νὰ
ξετριπόσῃ τὴν διαφορὰν τῶν
διαλεκτῶν, νὰ γυρεύῃ συχναῖς
φοραῖς τὴν εἴδησιν ἀπὸ τοὺς
πλειὰ φωτισμένους καὶ τοὺς
πλειὰ προκομένους ἀνθρώπους
τῆς 'Ανατολῆς· τέλος ἴντα καὶ
τί περισσότερο νὰ σᾶς πῶ παρὰ
τὴν βαθνάν του γνώσην καὶ
τὴν ὁλακαιρήν του πράξην ὅπου
ἦχεν εἰς πάσα πρᾶγμα τόσον
εἰς τὴν Πόλιν, στὴν Σμύρνην,
στὴν Χίω, στὴν Κρήτην, στὴν
'Αθήναν, στὴν Μωρέαν, ὅσον
καὶ εἰς τὰ ἐπίλοιπα νησιὰ τῆς
ἀσπρὴς θάλασσας παντοῦ ἐκεῖ
ὅπου ἐστάθηκε πρωεστός; ὅλα
τοῦτα λέγω, τ' ἀξιώματα, κα-
μώματα, πράξες καὶ πρόκοψες,
τὸν ἐκούνησαν καὶ τὸν ἐσάλεψαν

services of the most reverend
father. You know again how,
with all this, he had the honour
besides, as a capable teacher, to
govern and instruct the high-
born pupils and young nobles
of France who were accustomed
to learn Turkish at the hands of
the Capuchins, in accordance
with the goodness and the com-
mands of our Most Christian
King who desires to have them
always ready to his hand to be
dragomans in every part of the
Turkish empire.

And hence all the great care
which this teacher himself took
to learn Romaïc, and his strange
anxiety to understand the ordin-
ary language, and his desire to
see and discover the difference
of the dialects, and frequently
ask for information from the
most enlightened and the most
accomplished men of the East :
finally what and what more
should I tell you besides his
profound knowledge and his
complete experience which he
possessed in everything, as much
in Constantinople, in Smyrna,
in Chios, in Crete, in Athens, in
Morea, as in the remaining
islands in the White Sea
[Aegaean], everywhere where he
was Superior ? All these things,
I say, his offices, his abilities, his
labours, his actions and attain-
ments, stirred and incited him
to compose [the *Thesaurus*] with

νὰ τὸ συνθήσῃ μὲ τόσον ὕψηλον μάθημα, ὅπου δὲν βολεῖ παρὰ νὰ ὠφελεθοῦσι πολλὰ Φράγγοι καὶ Ρωμαῖοι. . . .

Μερικαῖς χρειαζούμεναις ἑρμηνείαῖς

Πρῶτα καὶ ἀρχῆς, ἔστοντας ὅπου εἶναι πολλαῖς ρωμαῖκαις λέξες, ἢ ὁποῖαις ὄξω ἀπὲ τὸ φυσικόν τους σημαινόμενον ἔχουν ἀκόμη ἕνα μεταφορικόν, κάμε νὰ ξέρῃς πῶς, ἀφόντης βάνει ἐκεῖνο ὅπου σημαίνει φυσικὰ καὶ καθολικά, βάνει ἀκόμα ἐκεῖνο ὅπου σημαίνει μεταφορικῶς· λόγου χάριν, ἐτούτη ἡ λέξις (κτυπῶ) ἡ ὁποία σημαίνει φυσικὰ καὶ καθολικὰ (batto) βάνει ὕστερα καὶ ἀπέκειο πῶς σημαίνει ἀκόμα μεταφορικῶς (bevo) βάνοντας διὰ σημάδι τούτην τὴν μισολεξίαν σμίγοντας καὶ ἕνα ξόμπλι, οὕτως, ἐκτυπήσαμεν τρεῖς, τέσσερες ὀκάδες κρασί, habbiamo bevuto tre ò quattro oche di vino ; καὶ ἔτζι διὰ τὰ ἄλλα."

Ταῦτα νομίζω ἀρκοῦσιν ὡς δεῖγμα τοῦ Γραικοβαρβάρου ὕφους εἰς ὃ ἔγραφον οἱ ἱεραπόστολοι τῆς Δύσεως κατὰ τὴν ἐποχὴν ἐκείνην. Ὁ καλός μας καπουσῖνος οὐ μόνον ἀθλίως ἔγραφε τὴν τότε δημώδη Ἑλληνικὴν γλῶσσαν, ἀλλὰ καὶ ἐλαχίστην γνῶσιν εἶχε τῶν κανόνων τῆς ὀρθογραφίας καὶ τοῦ ὀρθοῦ τονισμοῦ τῶν λέξεων. Ἃς ἀφήσωμεν λοιπὸν τοὺς ξένους καὶ ἃς ἴδωμεν πῶς ἔγραφον οἱ τότε Ἕλληνες τὴν

such lofty learning that it cannot be otherwise than that the Franks and Greeks will be greatly benefited. . . .

A few useful Explanations

First and foremost, as it is a fact that there are many Romaïc words which, besides their natural meaning, have also a metaphorical one, learn that after he puts that which shows the natural and general meaning, he puts also that which shows the metaphorical meaning : for example, this word (κτυπῶ) which means naturally and generally ' I beat,' afterwards and besides that, he puts that it means also metaphorically ' I drink,' putting as a token this secondary meaning and adding also an example, thus : ἐκτυπήσαμεν τρεῖς, τέσσερες ὀκάδες κρασί, ' we had drunk three or four okas of wine,' and so for the rest."

This is, I think, sufficient as a specimen of the Graeco-barbaric style in which the missionaries of the West wrote at that time. Our good Capuchin not only wrote wretchedly the popular Greek of the day, but he had very little knowledge of the rules of orthography and of the correct accentuation of words. Let us leave then the foreigners and see how the Greeks of that period wrote the pure modern Greek freed from

ἀπηλλαγμένην ξενικῶν στοι-
χείων καθαρεύουσαν Νεοελλη-
νικὴν γλῶσσαν. Τὸ ἐξῆς εἶναι
ἀπόσπασμα ἐκ τῆς γεωγραφίας
τοῦ ἀρχιεπισκόπου Ἀθηνῶν
Μελετίου συγγραφείσης μὲν
κατὰ τὴν πρώτην δεκαετηρίδα
τοῦ ΙΗ' αἰῶνος, δημοσιευθείσης
δὲ ἐν Βενετίᾳ τῷ 1728.

"'Η 'Ελλάς, τὸ μέγα καὶ
πολυθρύλητον ὄνομα εἰς τοὺς
ἀρχαίους καιρούς, τὸ σμικρὸν
καὶ δυστυχὲς εἰς τοὺς νῦν,
Γραικία καλεῖται ὑπὸ τῶν
Εὐρωπαίων τῶν μὴ 'Ελλήνων,
λαβοῦσα τὴν ὀνομασίαν ἀπὸ
τοῦ βασιλεύσαντος ἐν αὐτῇ
Γραικοῦ, ὥσπερ καὶ 'Ελλὰς ἀπὸ
τοῦ "Ελληνος τοῦ υἱοῦ τοῦ
Δευκαλίωνος καὶ τῆς Πύρρας,
κοινῶς δὲ τανῦν λέγεται ὑπὸ
τῶν Τούρκων καὶ ἄλλων 'Ρού-
μελη, ἀπὸ τῶν 'Ρωμαίων τῆς
νέας 'Ρώμης, ἤτοι ἀπὸ τοῦ
μεγάλου Κωνσταντίνου τοῦ
μεταγαγόντος τὴν αὐτοκρατο-
ρίαν ἐκ τῆς παλαιᾶς 'Ρώμης εἰς
τὴν νέαν 'Ρώμην, ἤτοι τὴν
Κωνσταντινούπολιν, ἐν ἔτει ἀπὸ
Χριστοῦ 335. Πρῶτον 'Ελλὰς
ἐκαλεῖτο ἡ ἰδίως 'Ελλὰς καὶ ἡ
Θεσσαλία μὲ κοινὸν ὄνομα,
ὥσπερ μία ἐπαρχία, αἱ ὁποῖαι
ὕστερον ἀπ' ἀλλήλων ἐχωρί-
σθησαν, ὅθεν καὶ ὁ "Ομηρος
'Ελληνας καλεῖ μόνον τοὺς
Φθιώτας· ὁ δὲ 'Ηρόδοτος τού-
τους καὶ τοὺς Πελασγούς, ὁ
δὲ 'Αθήναιος τρία γένη τῶν
'Ελλήνων ἀριθμεῖ, τοὺς Δωριεῖς,
τοὺς Αἰολεῖς, καὶ τοὺς "Ιωνας·

foreign elements. The following
is an extract from the *Geography*
of Meletius, archbishop of Athens,
written in the first decad of the
18th century, but published at
Venice in 1728.

" Hellas, that great name,
universally celebrated in ancient
times, insignificant and ill-fated
at the present day, is called
Greece by those Europeans who
are not Greeks, and received that
name from Graecus who reigned
in it, just as it derived the name
Hellas from Hellen, the son of
Deucalion and Pyrrha ; but by
the Turks and others in these
days it is commonly called
Roumelia, from the Romans of
new Rome, that is to say, from
the great Constantine who re-
moved the seat of government
from old Rome to new Rome or
Constantinople in the year 335
A.D.   At first Greece proper and
Thessaly were called by the
common name of Hellas, as one
province, but these were after-
wards separated from each other,
whence Homer designates only
the Phthiotae as Hellenes :
Herodotus the latter and also the
Pelasgians : Athenaeus enumer-
ates three nations of the Hellenes,
the Dorians, the Aeolians, and
the Ionians.   Afterwards Pelo-
ponnesus also received the name
Hellas, and likewise Epirus and

ὕστερον δὲ Ἑλλὰς ἐκλήθη καὶ ἡ Πελοπόννησος, ὁμοίως καὶ ἡ Ἤπειρος καὶ ἅπασα ἡ Μακεδονία, τελευταῖον Ἑλλὰς ἐκλήθη καὶ ἡ Κρήτη καὶ αἱ λοιπαὶ τοῦ Αἰγαίου Πελάγους νῆσοι· διέβη τὸ ὄνομα τῆς Ἑλλάδος μετὰ ταῦτα εἴς τε τὴν Ἰταλίαν καὶ Σικελίαν, καὶ μέγα μέρος τῆς Ἰταλίας ὠνομάσθη Μεγάλη Ἑλλάς. Ὁμοίως ἔφθασε καὶ εἰς τὴν Ἀσίαν ἡ ὁποία ὠνομάσθη Ἀσιατικὴ Ἑλλάς.

Ὁλικῶς λοιπὸν λαμβανομένη ἡ Ἑλλὰς περατοῦται ἀπ᾽ ἀνατολῶν ὑπὸ τοῦ Αἰγαίου Πελάγους, ἀπὸ μεσημβρίας ὑπὸ τοῦ Κρητικοῦ, ἀπὸ δυσμῶν ὑπὸ τοῦ Ἰονίου Πελάγους, ἀπὸ βορέως ὑπὸ τῶν Σκαρδικῶν ὀρῶν, δι᾽ ὧν χωρίζεται τοῦ Ἰλλυρίου καὶ τῆς Μοισίας, καὶ τοῦ Νέστου ποταμοῦ, δι᾽ οὗ διαιρεῖται τῆς Θράκης.

Πρότερον τῶν ἄλλων μερῶν τῆς Εὐρώπης ἐκατοικήθη ἡ Ἑλλὰς ὑπ᾽ ἀνθρώπων, ὡσὰν ὅπου αὕτη εἶναι πλησιεστέρα εἰς τὴν Ἀσίαν, καὶ εἶχε τὸ πάλαι μεγάλην καὶ ἀσύγκριτον δόξαν καὶ λαμπρότητα εἰς ὅλας τὰς πράξεις καὶ τὰ ἔργα της· διότι ἐστάθη αὕτη τὸ κατοικητήριον τῆς σοφίας, καὶ ἀπ᾽ αὐτῆς διεδόθησαν αἱ ἐπιστῆμαι καὶ εἰς τὰ λοιπὰ μέρη τῆς Εὐρώπης καὶ ἄλλων τόπων· ἀπ᾽ αὐτῆς τῆς Ἑλλάδος ἐπέμφθησαν ἀποικίαι Ἑλλήνων εἰς διαφόρους τόπους· ἐστολίσθησαν τὰ ἤθη τῶν ἀνθρώπων διὰ τῶν νόμων τῶν

the whole of Macedonia; and finally Crete and the other islands of the Aegaean Sea were called Hellas. The name Hellas subsequently passed into Italy and Sicily, and a great part of the former was called Magna Graecia. In like manner it went to that part of Asia which was called Asiatic Hellas.

Taken as a whole then, Hellas is bounded on the east by the Aegaean Sea, on the south by the Cretan Sea, on the west by the Ionian Sea, and on the north by the Scardian mountains, by which it is separated from Illyria and Mysia, and by the river Nestus, by which it is divided from Thrace.

Hellas was inhabited before the other parts of Europe because she was nearer to Asia, and had in olden times possessed great and incomparable fame and splendour in all her actions and achievements; for she was the home of learning, and it was from her that science spread to the other parts of Europe and elsewhere. It was from Hellas that colonies of Greeks were sent to different places. The habits of mankind were improved by the legislation of the lawgivers of Hellas, and in a word Hellas was resplendent

νομοθετῶν τῆς Ἑλλάδος, καὶ
ἐνὶ λόγῳ εἰπεῖν ἔλαμψεν ἡ
Ἑλλὰς εἰς ὅλον τὸν κόσμον καὶ
διὰ τῶν λόγων καὶ διὰ τῶν
ἔργων καὶ διὰ τῶν ἐκστρα-
τειῶν. . . ."

Συνέγραψε καὶ ἄλλα συγ-
γράμματα ὁ Μελέτιος;

Μάλιστα, ἀλλὰ δὲν ἐτυπώ-
θησαν πάντα. Ἀξιολογώτερα
τῶν ἔργων αὐτοῦ εἶναι ἡ γεω-
γραφία, ἐξ ἧς ἐλήφθη τὸ ἀνω-
τέρω ἀπόσπασμα, καὶ ἡ πολύ-
τιμος ἐκκλησιαστικὴ αὐτοῦ
ἱστορία, ἥτις συγγραφεῖσα εἰς
τὸ ἀρχαῖον Ἑλληνικὸν ἰδίωμα
μετεφράσθη ἀκολούθως ἐν Κων-
σταντινουπόλει εἰς τὴν δημώδη
Ἑλληνικὴν ὑπὸ Ἰωάννου Πα-
λαιολόγου καὶ ἐτυπώθη ἐν
Βιέννῃ εἰς 3 τόμους τῷ 1783-4
δι᾽ ἐπιστασίας Πολυζώη τοῦ ἐξ
Ἰωαννίνων.

Τὸ ἑξῆς ἀπόσπασμα ἀντέ-
γραψα ἐκ τοῦ Νέου Ἀσκλη-
πιοῦ· εἶναι δὲ ὁ πρῶτος ἐκ τῶν
ἀφορισμῶν τοῦ Ἱπποκράτους
μεθ᾽ ἑρμηνείας εἰς δημώδη
Ἑλληνικὴν γλῶσσαν φιλοπονη-
θείσης ὑπὸ Μάρκου τοῦ Κυπρίου
ὅστις ὑπῆρξε σύγχρονος Ἀλε-
ξάνδρου τοῦ Μαυροκορδάτου·
ἐδημοσιεύθη δὲ τὸ πρῶτον ἐν
τῷ εἰρημένῳ ἰατρικῷ περιοδικῷ
τῷ 1843 ἐκ χειρογράφου ἀποκει-
μένου παρὰ Σ. Κ. Οἰκονόμῳ.

Ἀρχαῖον Κείμενον
"Ὁ βίος βραχύς, ἡ δὲ
τέχνη μακρή, ὁ δὲ καιρὸς
ὀξύς, ἡ δὲ πεῖρα σφαλερή,
ἡ δὲ κρίσις χαλεπή. Δεῖ

over all the world by her words
and deeds and by her military
expeditions. . . ."

Did Meletius write any other
works?

Yes, but they were not all
printed. The more remarkable
of his works are the *Geography*
from which the above extract is
taken and his valuable *Church
History*, which, written in the
ancient Greek idiom, was subse-
quently translated at Constanti-
nople into popular Greek by
Johannes Palaeologus and
printed at Vienna in three
volumes, in 1783-4, under the
superintendence of Polyzoës of
Janina.

The following extract I copied
from the *Neos Asclepios*: it is
the first of the *Aphorisms* of
Hippocrates with an explanation
in popular Greek written by
Marcus of Cyprus, who was
a contemporary of Alexander
Maurocordatus: it was first
published, in the medical peri-
odical I have mentioned, in
1843, from a manuscript in the
possession of S. C. Oeconomos.

Ancient Text
"Life is short but science long:
time is fleeting, experiment haz-
ardous, and judgment difficult.
One must not only oneself con-

δὲ οὐ μόνον ἑαυτὸν παρέχειν
τὰ δέοντα ποιέοντα, ἀλλὰ
καὶ τὸν νοσέοντα καὶ τοὺς
παρεόντας καὶ τὰ ἔξωθεν.

. Ἑρμηνεία

Ἡ ζωὴ τοῦ ἀνθρώπου συγ-
κρινομένη μὲ τὸ μέγεθος τῆς
ἰατρικῆς τέχνης (περὶ τῆς
ὁποίας εἶναι καὶ ὁ παρὼν λόγος)
ὑπάρχει ὀλίγη, καὶ δὲν εἶναι
ἀρκετὴ εἰς τελείαν κατανόησιν
καὶ ἀπόκτησιν τῆς τέχνης.
Ὅθεν εἶναι σφόδρα χρήσιμος
καὶ ἀναγκαία ἡ ἐπιμελὴς ἀνά-
γνωσις τῶν βιβλίων τῶν προ-
γενεστέρων, καὶ μάλιστα τῶν
συντόμων διδασκαλιῶν, ὅπου
ὁριστικῶς καὶ κεφαλαιωδῶς
ἑρμηνεύουσι τὰς τεχνικὰς ἐνερ-
γείας· ἐκ τοῦ ἐναντίου ὅμως ἡ
τέχνη εἶναι μακρὰ καὶ ἐπέκεινα
τοῦ ἀνθρωπίνου βίου. Τὸν
καιρὸν εἰς τὸν ὁποῖον δοκιμά-
ζονται αἱ ἐνέργειαι αὐτῆς τὸν
ἔχει πολλὰ στενὸν καὶ ὀλιγο-
χρόνιον διὰ τὴν ταχεῖαν
μεταβολὴν τῆς ὕλης τῶν ἀνθρω-
πίνων σωμάτων· ἡ πεῖρα πάλιν
εἶναι σφαλερὰ διὰ τὸ τίμιον καὶ
τὴν ἀξίαν τῆς αὐτῆς ὕλης τῶν
ἀνθρωπίνων σωμάτων, ἐπάνω εἰς
αὐτὰ νὰ δοκιμάζῃ βότανα καὶ
θεραπεύματα ἀδοκίμαστα. Μετὰ
πόνου καὶ ἡ κρίσις, δηλαδὴ νὰ
ἀποφασίζῃ ἐκεῖνα ὅπου πρέπει
νὰ κάμῃ ὁ ἰατρὸς εἰς κάθε
ἀσθένειαν· πρέπει δὲ ὄχι μόνον
ὁ ἰατρὸς νὰ κάμνῃ τὰ δέοντα,
ἀλλὰ καὶ ὁ ἀσθενὴς νὰ ὑποτάσ-
σηται εἰς τὰς παραγγελίας τοῦ
ἰατροῦ, νὰ μὴ ποιῇ τὸ ἐναντίον·

form to what is requisite, but the patient also, and those with him, and his surroundings.

Explanation

Man's life in comparison with the magnitude of medical science (which the present subject regards) is short, and is not sufficient for a complete comprehension and grasp of that science ; and therefore a careful perusal of the books of our predecessors is of great benefit and indispensable, especially of those concise instructions which in a definite and summary manner explain the power of the science : but on the other hand the science is of great extent and beyond the life of man. The time which it has for its powers to be tried is very restricted and brief owing to the rapid change in the substance of human bodies. Experiment again is hazardous on account of the worth and value of that substance of human bodies, in essaying upon them untried herbs and remedies. Judgment also is a difficult matter, that is to say, to decide what is proper for the physician to do in each illness. Not only must the physician do what is requisite, but the patient must obey the physician's commands and not act in opposition to them. And those who are in charge of the sick man must be capable of

καὶ οἱ ἐπιστάται τοῦ ἀρρώστου
νὰ ἦναι ἐπιτήδειοι νὰ καταλαμ-
βάνουν καὶ νὰ τελειώνωσι τὰ
ὅσα ὁ ἰατρὸς παραγγέλλει, καὶ
ἀκόμη τὰ ἔξωθεν περιστατικὰ
νὰ ἦναι ἑτοιμασμένα καλῶς,
ὡσὰν αἱ κατοικίαι, ἢ ἔργα ἢ
λόγια ὅπου δίδουσι τοῦ ἀσθε-
νοῦς λύπην ἢ θυμόν, καὶ ἄλλα
παρόμοια ὅπου ἐμποδίζουσι τὸν
ὕπνον, ἢ τὴν πρόγνωσιν, ἢ τὴν
θεραπείαν."

Ἐκ τοῦ ἀξιολόγου τούτου
ἀποσπάσματος καὶ τοῦ πρὸ αὐ-
τοῦ καταφαίνεται ἐναργέστατα
ὅτι ἡ Νεοελληνικὴ γλῶσσα κατὰ
τὰς ἀρχὰς τοῦ ΙΗ´ αἰῶνος ἤρχι-
σεν ἐπαισθητῶς νὰ καθαρίζη-
ται.

Περὶ τούτου ἀμφιβολία δὲν
ὑπάρχει, διότι τὰ τότε συγγρα-
φέντα ποικίλης ὕλης βιβλία
τρανότατα μαρτυροῦσι τὸ πρᾶγ-
μα· ἀλλ᾽ ἐν τούτοις οἱ ξένοι
Ἑλληνισταὶ τῶν χρόνων ἐκείνων
ἐπέμενον λέγοντες ὅτι ἡ γλῶσσα
τοῦ Ἑλληνικοῦ λαοῦ ἦτο βάρ-
βαρον φύραμα ὀθνείων λέξεων,
ἀρυόμενοι τὰς πληροφορίας των
ἐκ τῶν ἐν ταῖς ἐμπορικαῖς πόλεσι
τῆς Ἀνατολῆς ἐγκατεσπαρμένων
Λεβαντίνων, ἐκ τῶν ὁποίων ἐὰν
ἐρωτήσητέ τινα εἰς ποῖον ἔθνος
ἀνήκει, θὰ σᾶς ἀποκριθῇ ὅτι
εἶναι καθολικὸς ἢ διαμαρτυρό-
μενος· ἐὰν δὲ τῷ προτείνητε καὶ
δευτέραν ἐρώτησιν, ποία εἶναι ἡ
γλῶσσά του, δὲν θὰ δυνηθῇ νὰ
σᾶς ἀποκριθῇ εὐθύς, ἀλλὰ θὰ
συλλογισθῇ ὀλίγον καὶ ὑποτον-
θορύζων θὰ εἴπῃ· "Ἐγκὼ ξέρεις

understanding and carrying out
whatever the physician orders,
and moreover, the external sur-
roundings must be well looked
after, for instance, the place where
he is, actions or subjects of con-
versation which cause the invalid
distress or irritation, and other
similar matters which hinder
sleep, or the prognosis, or the
treatment."

From this interesting extract
and the one before it, it is very
clearly evident that modern
Greek at the commencement of
the 18th century sensibly be-
gan to be purified.

There is no doubt about that,
for the books written at that
time on various subjects most
distinctly attest the fact; yet
the foreign Hellenists of those
days persisted in saying that the
language of the Greek people
was a barbarous medley of
strange words, deriving their
information from the Levantines
scattered about the commercial
cities of the East. If you ask
one of these to what nation he
belongs, he will reply that he is
a Catholic or a Protestant; and
if you put a second question, as
to what his language is, he will
not be able to answer at once,
but will consider a little, and
will mumble: "I know many

πολλὰ γκλώσσαις, μὰ τὸ Φραν-
τζέζικο εἶναι τὸ γλῶσσα τὸ παπ-
ποῦ μου· τὸ μάννα μου ἤτανε
Μαλτέζικο." Οἱ Λεβαντῖνοι
οὗτοι μεταξύ των ὁμιλοῦσι
χυδαιότατόν τι Γραικο-τουρκο-
γαλλο-ιταλικὸν ἰδίωμα, εἰς τὸ
ὁποῖον εἶναι γεγραμμένα καὶ τὰ
προσευχητάρια αὐτῶν διὰ λατι-
νικῶν χαρακτήρων. Εἰς τοῦτο
τὸ ἰδίωμα κηρύττεται ὁ λόγος
τοῦ Θεοῦ ἐν ταῖς κατὰ τὴν
Ἀνατολὴν λατινικαῖς ἐκκλη-
σίαις. Ἐπὶ πολλοὺς αἰῶνας
οἱ Λεβαντῖνοι οὗτοι ἦσαν οἱ
μόνοι διερμηνεῖς τῶν τὴν Ἀνα-
τολὴν περιηγουμένων Εὐρω-
παίων. Ἐκ τούτων τῶν διερ-
μηνέων, ὧν τὸ κυριώτατον
χαρακτηριστικὸν πάντοτε ὑπῆρ-
ξεν ἡ ἀμάθεια, οἱ περιηγηταὶ
συνέλεγον συνήθως κατὰ τὰς
τελευταίας δύο ἢ τρεῖς ἑκατον-
ταετηριδας, ἴσως δ' ἔτι καὶ νῦν
συλλέγουσι, τὰς περὶ Ἀνατολῆς
ἐθνολογικὰς καὶ γλωσσικὰς αὐ-
τῶν γνώσεις. Ὁ ξένος ὁ προτι-
θέμενος νὰ ἐπισκεφθῇ τὴν Ἑλ-
λάδα ἢ τὴν Τουρκίαν χάριν ἐμ-
πορικοῦ ἢ φιλολογικοῦ σκοποῦ,
ἢ ἁπλῶς χάριν διασκεδάσεως,
ἐὰν θέλῃ νὰ μὴ γείνῃ εὐάλωτον
θήραμα τῶν περὶ ὧν ὁ λόγος
διερμηνέων, θὰ πράξῃ καλῶς
πρὶν μεταβῇ εἰς ἐκεῖνα τὰ μέρη
ν' ἀποκτήσῃ μικρὰν γνῶσιν τῆς
Νεοελληνικῆς ὡς ὁμιλεῖται καὶ
γράφεται νῦν, διότι αὕτη εἶναι
ἡ ἐπικρατοῦσα ἐκεῖ γλῶσσα.
Εἰς τοὺς εἰδότας τὴν ἀρχαίαν
Ἑλληνικὴν ἡ ἐκμάθησις τῆς

languages, but French is my
grandfather's language, my
mother was Maltese." These
Levantines speak among them-
selves a most vulgar Graeco-
Turco - Gallo - Italian idiom, in
which moreover their Prayer-
Books are written in Roman
characters. In this idiom the
word of God is preached in the
Latin churches throughout the
East. For many centuries these
Levantines were the only inter-
preters for Europeans travelling
in oriental countries. From
these interpreters, whose chief
characteristic is always ignor-
ance, travellers for the last
two or three hundred years
regularly collected, and perhaps
even now still collect, their
information regarding the people
and languages of the East.
The foreigner who intends
to visit Greece or Turkey
for commercial or literary pur-
poses, or simply for recreation,
if he does not wish to fall an
easy prey to those interpreters
of whom we are speaking, will
do well, before going into those
parts, to acquire some know-
ledge of modern Greek as it is
now spoken and written, since
that is the prevailing language
there. For those who know
ancient Greek the mastery of

σημερινῆς εἶναι εὐκολωτάτη καὶ
κατορθοῦνται ἐντὸς ὀλίγων ἑβδο-
μάδων. Πρῶτον καὶ κύριον
πρέπει νὰ μάθωσι νὰ προ-
φέρωσι τὰς Ἑλληνικὰς λέξεις
Ἑλληνικῶς· τούτου δὲ γενο-
μένου, ἃς ἀναγνώσωσι Νεοελ-
ληνικά τινα βιβλία ἢ ἐφημερί-
δας, καὶ ταχέως θὰ ἴδωσιν ὅτι
ἀνεπαισθήτως ἔγειναν κάτοχοι
τῆς Νεοελληνικῆς γλώσσης.
Ἡ ἕξις τοῦ ὁμιλεῖν ἐλευ-
θέρως καὶ ἀπταίστως, ὡς εἰς
πάσας τὰς ἄλλας γλώσσας οὕτω
καὶ εἰς τὴν Ἑλληνικήν, ἀπο-
κτᾶται μὲ τὸν καιρὸν διὰ τῆς
πράξεως. Εἰς τοὺς Ἕλληνας
καὶ ἀρχαῖα Ἑλληνικὰ νὰ ὁμιλῇ
τις γίνεται καταληπτός, ἀρκεῖ
μόνον νὰ μὴ προφέρῃ αὐτὰ κατὰ
τὴν προφορὰν τοῦ Ἐράσμου,
διότι τότε θὰ νομίσωσιν ὅτι
ὁμιλεῖ ἄλλην γλῶσσαν. Τὴν
ἑξῆς π.χ. φράσιν, "Αἱ γραῖαι
αὗται μαῖαι, καίτοι προβεβη-
κυῖαι, φαίνονται ἐν τούτοις
νέαι," ἀναγινωσκομένην κατὰ
τὴν Ἀγγλικὴν προφοράν, " Χάϊ
γκραϊάϊ χάουτάϊ μάϊαϊ, κάϊτοΐ
προβεβεκιοϋϊαϊ, φαϊνόνταϊ ἐν
τάουτοις νέαϊ," οὐδεὶς Ἕλλην
δύναται νὰ ἐννοήσῃ. Ἂν θέλετε
νὰ γελάσητε ἐπιτρέψατέ μοι ν'
ἀναγνώσω ὑμῖν ὀλίγους στίχους
ἐκ τοῦ σατυρικοῦ ποιήματος
Τίρι-Λίρη τοῦ Ὀρφανίδου ἐν οἷς
περιγράφονται περιηγηταί τινες
ἐλθόντες εἰς Σύρον καθ' ὃν
χρόνον οἱ κάτοικοι αὐτῆς εὑρί-
σκοντο εἰς μέγαν ἀναβρασμὸν
ἕνεκα τοῦ θαυμασίου κούκκου

modern Greek is a very easy
matter, and can be gained in a
few weeks. The first and the
principal thing they have to
do is to learn to pronounce
Greek words in the Greek
manner: after this, let them
read some modern Greek books
or newspapers, and they will
soon find that they have in-
sensibly become proficient in
modern Greek. The habit of
talking readily and accurately
in Greek, as in all languages,
is acquired in time by practice.
If any one speaks even ancient
Greek to Greeks he is under-
stood: all that is required is
not to pronounce it after the
Erasmian method, for then they
will think he is speaking another
language. The following phrase
for example: "These old mid-
wives, though advanced in years,
nevertheless appear youthful,"
read with the English pronunci-
ation, "High gry-eye haught-
eye my-eye ki-toy pro-beb-
bee-kyoo-ee-eye fye-nown-die en
tou-tois nee-eye," no Greek can
understand. If you would
like to have a laugh, let me
read you a few lines from the
satirical poem *Tiri-Liri* of Or-
phanides, in which a description
is given of some travellers who
went to Syros at the time when
the inhabitants were in a tre-
mendous state of excitement
about the wonderful cuckoo
which had been killed by the

ὃν ἐφόνευσεν ὁ περίφημος κυνη-	celebrated sportsman Zolotas.
γὸς Ζολότας. Εἶναι δὲ περιτ-	It is superfluous for me to tell
τὸν νὰ σᾶς εἴπω ὅτι ὅλη ἡ	you that the whole subject of the
ὑπόθεσις τοῦ ποιήματος εἶναι	poem is imaginary. The travel-
πλαστή. Ἐξέρχονται λοιπὸν	lers land at Hermopolis, the
οἱ ξένοι εἰς τὴν πρωτεύουσαν	capital of the island.
τῆς νήσου Ἑρμούπολιν·	

"Ἐκ τούτων ἄλλοι ἔφερον βι-	"Some of them carried books in
βλία εἰς τὰς χεῖρας,	their hands,
Ἄλλοι δ' ἐπὶ τῶν στέρνων των	some bands crossed over their
σταυροειδῶς ζωστῆρας,	breasts,
Κ'ι ἄλλοι ἐπὶ τῶν πίλων των	and others, wound round their
περιτετυλιγμένον	hats,
Λευκὸν μανδήλιον· ἀλλ' εἷς ἐκ	a white handkerchief ; but one of
τῶν καλῶν μας ξένων,	these gentle strangers,
Νέος φαιδρὸς μὲ ἔκφρασιν	a youth, bright, with a satirical
σατυρικοῦ προσώπου,	expression of countenance,
Μὲ βλέμματα σατανικά, καὶ	with satanic looks, and a mouth
ἔχων στόμα ὅπου	from which
Ἀπέθνησκε μειδίαμα ἀσπλάγ-	there died away a smile of piti-
χνου εἰρωνείας,	less irony,
Μ' ὀξεῖαν ῥῖνα, πλὴν σαφῶς	with a sharp nose but distinctly
ἀνάκυρτον, κ'ι ἀστείας	up-tilted and for a humorous
Γραφίδος ἀντικείμενον, στρα-	pencil a subject, turning to a
φεὶς πρὸς κωπηλάτην	boatman
Προσεῖπε μὲ τὴν προφορὰν τὴν	said with that most charming
ἐρασμιωτάτην	pronunciation
Τῶν Χάῖρε ἑτάῖρε· 'Ὦ πάϊ,	of the Keye-eree-het-eye-eree
λέξον μόϊ	lot: 'O pie, lexon moy
Πόϋ ἂν εἴεν ἀντρὸς Ζολότα	poy an ayi-en antros Zolota
οἴκόϊ;'	oykoy ?'
'Μὲ συγχωρεῖς αὐθέντα μου,' τῷ	'Pardon me, my lord,' answered
ἀπεκρίθη παίζων	playfully
Ὁ κωπηλάτης, 'ἀγνοῶ τὴν γλῶσ-	the boatman, 'I do not know the
σαν τῶν Κινέζων.'	Chinese language.'
Ἐν σημειωματάριον ὁ ξένος τότ'	A note-book then the stranger
ἀνοίγει	opens
Καὶ γράφει ταῦτα· "Ἕλληνες	and thus he writes : 'Few Greeks
τὴν σήμερον ὀλίγοι	to-day
Λαλοῦσι τὴν Ἑλληνικὴν ὡς	speak Greek, being offspring
ὄντες τέκνα μᾶλλον	rather

Ἰλλυριῶν καὶ Τριβαλλῶν καὶ
Σλάβων καὶ Βανδάλων.
Κ᾽ εἰς Σῦρον τὴν ἐμπορικὴν τοῦ
νέου κράτους πόλιν
Δὲν εὗρον περιηγηθεὶς τὴν ἀ-
γοράν της ὅλην
Οὐδένα νά με ἐννοῇ. . . .᾽ ”

Ἡ τύχη τοῦ Ἑλληνικοῦ
ἔθνους ἦτο νὰ ὑβρισθῇ καὶ νὰ
χλευασθῇ πολλάκις ὑπὸ ξένων,
ἀλλὰ μεταξὺ τῶν περιηγη-
θέντων τὰς Ἑλληνικὰς χώρας
εὑρίσκονται καί τινες φιλαλή-
θεις καὶ ἀμερόληπτοι ἄνδρες οἱ
ὁποῖοι οὐ μόνον τὰς ἀρετὰς
τοῦ Ἑλληνικοῦ λαοῦ ἐθαύ-
μασαν, ἀλλὰ καὶ τὴν γλῶσ-
σαν αὐτοῦ μεγάλως ἐξετίμησαν.
Ὁ ἐκ Μασσαλίας Πέτρος Αὐ-
γουστῖνος Γκύς, γράφων ἐξ Ἑλ-
λάδος κατὰ τὸ 1750 λέγει πολ-
λὰ καλὰ ὑπὲρ τῶν τότε Ἑλλή-
νων καὶ τῆς ὑπὸ τῶν ξένων ἀ-
δίκως περιφρονουμένης γλώσσης
των. Τὴν κοινὴν τοῦ λαοῦ
γλῶσσαν θεωρεῖ μόνον κατ᾽
ἐπιφάνειαν παραμεμορφωμένην,
κατὰ βάθος δὲ διατηροῦσαν ὅλον
τὸν πλοῦτον καὶ τὴν γλαφυρό-
τητα τῆς ἀρχαίας Ἑλληνικῆς.
Ἡ ἑξῆς αὐτοῦ παρατήρησις
εἶναι χρησιμωτάτη εἰς τοὺς
ἐπιθυμοῦντας νὰ μάθωσι τὴν
Νεοελληνικήν. “Ἀδύνατον νὰ
μάθῃ τις τὴν καθωμιλημένην
Ἑλληνικήν,” λέγει, “χωρὶς
πρότερον νὰ γνωρίσῃ τὰ παρα-
μύθια καὶ τὰς στιχηρὰς
παροιμίας. Οἱ Ἕλληνες λα-
λοῦσιν ἀείποτε ἀποφθεγμα-

of Illyrians, Triballians, and
Slavs and Vandals.
And in Syros, the commercial
city of the new kingdom,
going over all its market I did
not find
any one to understand me. . . .᾽ ”

It has been the fate of the
Greek nation to be frequently
insulted and jeered at by
foreigners, but among those
who have travelled in Greek
countries there are to be found
some truthful and impartial
men, who not only have ad-
mired the good qualities of the
Greek people, but have set a
high value on their language.
Pierre Auguste Guys of Mar-
seilles, writing from Greece in
1750, speaks very favourably of
the Greeks of that time and of
their language unjustly despised
by foreigners. He regards the
common language of the people
as only transformed on the
surface, but as preserving be-
neath it all the richness and the
elegance of ancient Greek. The
following observation of his is
most useful to those who wish
to learn modern Greek. “It
is impossible for any one to
learn the vernacular Greek,” he
says, “without first acquiring a
knowledge of the folk-lore and
metrical proverbs. The Greeks

τικῶς· ἀγαπῶσι πολὺ τὰ διηγήματα καὶ τὰς παροιμίας, τὰς ὁποίας ἡ παράδοσις διετήρησε παρ' αὐτοῖς μετὰ τῶν ἐθίμων. . . ." Ὁμιλῶν δὲ περὶ τῶν ἐρωτικῶν ᾀσμάτων τοῦ Ἑλληνικοῦ λαοῦ λέγει· "Ἀλλὰ τί νὰ εἴπω περὶ τῆς ἐρωτικῆς γλώσσης τῶν Ἑλλήνων; Οὐδαμοῦ ὅσον παρ' αὐτοῖς ἀπαντᾷ ἡ ὑπερβάλλουσα παραφορὰ τῶν ἐρωτικῶν παθῶν. Οὐδεμία ἄλλη γλῶσσα δύναται νὰ παράσχῃ τοσοῦτον πλοῦτον ἐκφραστικῶν ὀνομάτων ὅσα οἱ Ἕλληνες ἐρασταὶ ἐπιδαψιλεύουσιν εἰς τὰς ἐρωμένας των."[1]

Τὰ ἐξῆς ᾄσματα ᾀδόμενα ἐν Κωνσταντινουπόλει κατὰ τὸ ἔτος 1750 ἀντέγραψα ἐκ τῆς τρίτης ἐκδόσεως τοῦ "Φιλολογικοῦ εἰς τὴν Ἑλλάδα ταξειδίου" τοῦ Γκύς.

Α'.) Ἀκρόστιχον (τόμ. Α' σ. 129).

Φραντζεσκέσα.

Φῶς τοῦ ἡλίου ἔκλαμπρον, λάμ-
   ψις ὡραιοτάτη,
ῥῖψε καὶ εἰς τοῦ λόγου μου ἀπ'
   τὴν καθαρωτάτην,
ἀπ' τῶν 'ματιῶν σου τὰς βολὰς
   ἀκτῖνα χρυσῆν μίαν,
νὰ εὔρω εἰς τὰ πάθη μου κάμ-
   μίαν θεραπείαν.
τὰ βάσανά μου, ἡ πληγαίς, οἱ
   πόνοι, τὰ δεινά μου,
ζάλην μὲ δίδουν πάντοτε, θρη-
   νοῦν τὰ 'μάτιά μου.

always speak in apophthegms: they are very fond of the tales and proverbs which tradition has preserved among them in common with their customs. . . ." Speaking of the love-songs of the Greeks he says: "But what shall I say of the language of love employed by the Greeks? Nowhere so much as among them are there found the excessive transports of the passion of love. No other language is capable of supplying such a wealth of expressive epithets as Greek lovers lavish upon their mistresses."

The following songs, sung in Constantinople in the year 1750, I have copied from the third edition of the *Voyage Littéraire de la Grèce, par M. Guys.*

1. AN ACROSTIC (Vol. I. p. 129).

FRANJESKESA.

O brilliant light of the sun, loveliest splendour, cast on me too one most pure

golden ray of the glances from your eyes, that I may have some little alleviation of my sufferings. My torments, my wounds, my troubles, my wretchedness make me dizzy always, my eyes shed tears.

<hr>

[1] Σάθα, Παράρτημα Νεοελ. Φιλολογίας, σ. 126.

ἔλα, ὦ φῶς μου, δεῖξέ με ἔλεος,
    θεραπείαν,
'ς τὰ ἄμετρά μου τὰ κακὰ μι-
    κρὰν παρηγορίαν.
κάμε, ὦ φῶς μου, ἔλεος, κάμε
    ἕνα ντερμάνι,
εἰς τὰς πληγάς μου τὰς πολλὰς
    βάλε ἕνα βοτάνι.
σώνει ἡ ἀπονία σου, φθάνει ἡ
    ἀσπλαγχνία,
ἀλλοίμονον! ἐχάθηκα· δὲν εἶναι
    ἀμαρτία;

Come, O my light, show me
some pity, some remedy,
a little consolation for my end-
less woes.
Have pity on me, O my light,
give me a little help,
put one herb upon my many
wounds.
Enough of your indifference,
enough of your cruelty !
Alas ! I am lost ! O the pity of
it !

Β΄.) Τὸ δένδρον τῆς ἀγάπης (σελ. 133).

2. THE TREE OF LOVE (p. 133).

Τὸ δένδρον τῆς ἀγάπης σου μὲ
    φύλλα πιστοσύνης
ἴσκιον ἐλπίδος μ' ἔδιδεν, ἀμέ-
    τρου εὐφροσύνης,
πλὴν τώρα ἐμαράνθηκαν τὰ
    φύλλα, κ' ὑποφέρνω
ἀπελπισίας φλογισμὸν κ'ι ἄδικα
    παραδέρνω.
τῶν ὑποσχέσεων κλαδιὰ τοῦ
    μίσους ἡ ψυχρότης
ἐξέρανε παντάπασι τῆς ἔχθρας
    ἡ κρυότης,
καὶ μόνον ῥίζαν τοῦ φυτοῦ
    ἀδύνατον κυττάζω,
ἀπ' τὰ σημεῖα τῶν κλαδιῶν ἂν
    εἶν' χλωρὴ διστάζω,
φαίνεται κάπως ἔχασε τὴν
    ζωϊκὴν στοχήν της
καὶ δι' αὐτὸ ἀπέβαλε τῶν φύλ-
    λων τὴν στολήν της.

ἀειθαλὲς ἐνόμιζα τὸ δένδρ' αὐτὸ
    μὲ λάθος
χωρίς ποτε νὰ δέχεται τὸ φυλ-
    λοβόλον πάθος.
καὶ μ' ὅλον τοῦτο πρόσφερνα
    καὶ κάθε θεραπείαν

The tree of your love with its
leaves of fidelity
gave me the shade of hope, of
boundless joy :
but now the leaves are withered,
and I suffer
the scorching heat of despair,
and writhe in unmerited torture.
The branches of promises the
cold of hatred
and the frost of enmity have
utterly dried up,
and I see only the feeble root of
the plant :
from the signs of the branches I
doubt if it still be green :
it seems to have been deprived
of the source of life
and so has lost its robe of leaves.

I wrongly thought the tree was
evergreen
and never had to suffer the cast-
ing of its leaves ;
and still I paid it every care,

δακρύων μου ποτίσματα μὲ κάθε
προθυμίαν·
πλὴν μάτην ἐκοπίασα, γιατὶ δὲν
εἶχε φθάσῃ
'ς τὸ βάθος· ῥίζαν μοναχὰ 'ς
τὴν ὄψιν εἶχε πιάσῃ,
καὶ ἔδειχνε 'ς τὰ 'μάτια μου ὅλο
πῶς θὲ ν' αὐξήσῃ,
μὰ ῥίζαν σταθερότητος δὲν εἶχεν
ἀποκτήσῃ.
μόν' ἀπὸ ζέσιν ἔρωτος πάλιν ἂν
ἀναδώσῃ,
ἴσως τὸν πρῶτον ἴσκιον μου
ἐλπίδος 'ξαναδώσῃ.

zealously watering it with my tears ;
but my labour was in vain, for it had not reached
to any depth : it had taken root only on the surface,
and yet it always seemed to my eyes that it would grow,
but it had not acquired the root of constancy.
If only from the heat of love it will again send forth its buds,
perhaps it will give me, as before, the shade of hope.

Γ΄.) Τὸ πέλαγος τῶν συμφορῶν
(τόμ. Β΄ σελ. 39).

3. THE SEA OF TROUBLES

(Vol. II. p. 39).

Μὲ διστυχίας πολεμῶ,
μὲ βάσανα, ὡς τὸ λαιμὸ
'ς τὸ πέλαγος τῶν συμφορῶν
μὲ ἐπικίνδυνον καιρόν,
μ' ἀνέμους ὀλεθρίους,
σφοδροὺς καὶ ἐναντίους,
μὲ κύματα πολλῶν καϋμῶν
καὶ πλῆθος ἀναστεναγμῶν.
Θάλασσα φουσκωμένη,
πολλὰ ἀγριωμένη,
ὅπου ἀφρίζει καὶ φυσᾷ
μὲ σαγανάκια περισσά·
σύννεφα σκοτισμένα
καὶ κατασυγχισμένα,
καὶ νὰ φανῇ μιὰ σωτηριά,
νὰ 'διοῦν τὰ 'μάτια μου στερηά,
γλυκᾶ νερὰ νὰ εὔρω,
πάσχω καὶ δὲν εἰξεύρω.
ν' ἀράξω δὲ δὲν εἰμπορῶ,
γιατὶ λιμένα δὲν θωρῶ.
μ' ἀπελπισίαν τρέχω
'ς τὰ ἄρμενα 'ποῦ ἔχω,
'ποῦ μὲ αὐτὰ κᾶν νὰ πνιγῶ,

I am fighting with misfortunes,
with afflictions, up to the neck
in the sea of troubles,
in dangerous weather,
with destructive winds
violent and contrary, with waves
of passionate longings
and profusion of sighs.
A swollen sea
all raging,
and foaming, and it blows
with many a gust :
clouds darkened
and confused :
and that safety may appear
and my eyes descry the land,
and I may find fresh water,
I strive, but find no means.
I cannot come to anchor
for I see no harbour :
I run, in my despair,
to the sails which I still have,
at least to drown with them

ἢ σελαμέτι νὰ ἐβγῶ·
καὶ τοῦτα ἂν βαστάξουν
'μποροῦν νά με φυλάξουν.

Δὲν εἶναι εὐκαταφρόνητα τὰ
ἐρωτικὰ ταῦτα ᾄσματα, καὶ πρέ-
πει νὰ ὁμολογῶμεν πλείστας
χάριτας εἰς τὸν Γκὺς ὅστις τὰ
διέσωσεν· ἀλλ' ἀκούω τὸν
κώδωνα ἠχοῦντα, ὥστε ἂς
ὑπάγωμεν κάτω εἰς τοὺς κοιτωνί-
σκους μας νὰ ἐτοιμασθῶμεν διὰ
τὸ γεῦμα.

or safely come to land,
and these, if they last,
may save me.

These love-songs are not to
be despised, and we must ac-
knowledge the deepest obliga-
tion to M. Guys who has pre-
served them : but I hear the
bell ringing, so let us go down
to our cabins and get ready for
dinner.

Κυττάξατε, ὅλον τὸ κατάστρωμα εἶναι κάθυγρον· ὡς φαίνεται, καθ' ἣν ὥραν ἡμεῖς ἐγευματίζομεν κάτω, ἔξω ἔβρεχε.

Δὲν πιστεύω ὅμως νὰ ἔπεσε πολλὴ βροχή· θὰ ἦτο ἴσως περαστικὸν σύννεφον, διότι βλέπω ὁ οὐρανὸς εἶναι αἴθριος, ὡς νὰ μὴ συνέβη τι, καὶ ὁ ἥλιος χέει ἀφθόνως τὰς χρυσᾶς αὐτοῦ ἀκτῖνας.

Κατὰ τὸν μῆνα τοῦτον εἰς τὰ μεσημβρινὰ ταῦτα μέρη ὁ καιρὸς εἶναι συνήθως λίαν εὐμετάβλητος, καὶ πολλάκις τὴν παθαίνει τις ἐὰν ἐξέλθῃ εἰς περίπατον χωρὶς ἀλεξίβροχον. Ἐνθυμοῦμαι ὅτε ἤμην σπουδαστὴς ἐν Ἀθήναις, ὡραίαν τινὰ ἡμέραν τοῦ Ἀπριλίου κατέβην εἰς Πειραιᾶ μετά τινων συμμαθητῶν μου χάριν διασκεδάσεως. Οὐδεὶς ἐξ ἡμῶν ἔλαβε μεθ' ἑαυτοῦ ἀλεξίβροχον ἢ ἐπανωφόριον. Ἀφοῦ ἐγευματίσαμεν εἰς μικρόν τι ἑστιατόριον παρὰ τὴν θάλασσαν, ἀπεφασίσαμεν νὰ ἐκδράμωμεν μέχρι Σαλαμῖνος. Συνεφωνήσαμεν λοιπὸν μετὰ γέροντός τινος λεμβούχου νὰ μᾶς ὑπάγῃ ἕως ἐκεῖ καὶ νὰ μᾶς

Look, the deck is all wet: apparently, while we were having our dinner down below, it was raining outside.

But I do not think much rain has fallen: perhaps it was a passing cloud, for I see the sky is clear, as if nothing had happened, and the sun pours without stint his golden rays.

During this month, in these southern parts, the weather is usually very changeable, and one often suffers if one goes out for a walk without an umbrella. I remember, when I was a student at Athens, on a beautiful day in April I went down to the Piraeus for recreation with some of my fellow-students. None of us had brought with him an umbrella or overcoat. After we had dined at a little restaurant by the sea, we determined to make an excursion as far as Salamis. So we made an agreement with an old boatman to take us as far as there and bring us back for fifteen drachmas, and with-

ἐπαναφέρῃ διὰ δεκαπέντε δραχ-
μάς, καὶ χωρὶς νὰ χάσωμεν
καιρὸν εἰσήλθομεν εἰς τὸ
ἀκάτιον αὐτοῦ καὶ ἐντὸς ὀλίγου
ἤμεθα ἔξω τοῦ λιμένος. Ἄνεμος
ἐλαφρὺς πνέων ἐξ ἀνατολῶν
ἐκόλπου τὸ ἱστίον καὶ τὸ
ἀκάτιον διέσχιζε χαριέντως τὴν
θάλασσαν. Πάντες ἤμεθα
εὔθυμοι καὶ διηρχόμεθα τὴν
ὥραν ᾄδοντες ἐθνικὰ ᾄσματα.
Ἐπεράσαμεν τὴν μικρὰν ξηρό-
νησον Ψυττάλειαν καὶ παρε-
κάμπτομεν ἤδη τὴν ἄκραν Κυνό-
σουραν, ὅτε εἷς ἐξ ἡμῶν,
φοιτητής τις, ἂν δέν με ἀπατᾷ
ἡ μνήμη, ἐκ Φιλιπποπόλεως
τῆς Θράκης, ἀναστὰς ἤρχισε ν'
ἀπαγγέλλῃ μετ' ἐνθουσιασμοῦ
τοὺς ὡραίους στίχους τοῦ
Αἰσχύλου περὶ τῆς ἐν Σαλαμῖνι
ναυμαχίας· καθ' ἣν στιγμὴν
δὲ ἀπήγγελλε τὸ περίφημον
κέλευσμα·
    "Ὦ παῖδες Ἑλλήνων, ἴτε,
Ἐλευθεροῦτε   πατρίδ', ἐλευ-
                θεροῦτε δὲ
Παῖδας, γυναῖκας, θεῶν τε
                πατρῴων ἔδη,
Θήκας τε προγόνων· νῦν ὑπὲρ
                πάντων ἀγών,"
καὶ ὅλοι ἐχειροκροτοῦμεν παρα-
φόρως, ὁ γέρων λεμβοῦχος,
ὅστις ἕως τότε καθήμενος εἰς
τὴν πρύμναν ἐπηδαλιούχει χωρὶς
νὰ συμμετέχῃ τῆς ἡμετέρας
εὐθυμίας, διακόψας ἡμᾶς, καὶ
ἐκτείνας τὴν χεῖρα πρὸς τὸν
Πάρνηθα, "Κυττάξατε ἐκεῖ
παιδιά," εἶπε, "βλέπετε ἐκεῖνο
τὸ μαῦρο σύννεφο; θὰ ἔχωμε

out losing time we got into his
boat and were soon outside
the harbour. A light breeze
blowing from the east swelled
the sail and the boat cleft the
waves delightfully. All of us
were in high spirits and we
passed the time in singing
national songs. We had gone
beyond the little desert island
Psyttaleia and were already
doubling Cape Cynosura when
one of us, a student, if my
memory does not fail me,
from Philippopolis in Thrace,
standing up, began to repeat
with enthusiasm the beautiful
lines of Aeschylus about the
sea-fight at Salamis ; and just
as he was reciting the famous
exhortation :

        " Go, sons of Greece,
free your fatherland, free

children, wives, and the homes
of your fathers' gods,
and your ancestral tombs : the
fight is now for all you have,"
and the whole of us were madly
clapping our hands, the old
boatman, who, seated at the stern,
had up to that time been steer-
ing without taking any part in
our hilarity, interrupted us and
stretching out his arm towards
Mount Parnes said, " Look there,
boys, do you see that black
cloud ? We shall have rain,

βροχή, καὶ βροχὴ γερή, ὥστε
θὰ κάμωμεν καλὰ νὰ πιάσωμεν
ἐδῶ 's τὴ στερηὰ καὶ νὰ χωθοῦμε
's ἐκείνη τὴν καλύβα ἕως νὰ
περάσῃ ἡ μπόρρα," καὶ ταῦτα
εἰπὼν εὐθὺς ἔστρεψε τὸ πηδάλιον
διὰ τὴν ξηράν· ἀλλ' ἡ βροχὴ
δέν μας ἔδωκε καιρὸν νὰ κατα-
φύγωμεν εἰς τὴν καλύβην,
διότι εὐθὺς ἐπελθοῦσα ῥαγδαία
κατέβρεξεν ἡμᾶς ἕως εἰς τὸ
κόκκαλον.

Ἐλπίζω νὰ μὴ ἐκρυώσατε,
διότι ἐκεῖ δὲν ἦτο δυνατὸν ν'
ἀλλάξητε ἐνδύματα.

Καλέ, ποῦ ν' ἀλλάξωμεν
ἐνδύματα! Εὐτυχῶς μετ' ὀλίγα
λεπτὰ αἱ θερμαὶ ἀκτῖνες τοῦ
ἡλίου τὰ ἐξήραναν εἰς τὴν ῥάχιν
μας.

Τοῦτο τὸ πιστεύω, διότι καὶ
ταύτην τὴν στιγμὴν ἡ θερμότης
τοῦ ἡλίου δὲν παίζει· ἐπειδὴ δὲ
τὰ ἐνδύματά μας δὲν ἔχουσιν
ἀνάγκην νὰ ξηρανθῶσιν εἰς τὴν
ῥάχιν μας, θὰ κάμωμεν νομίζω
καλὰ νὰ ὑπάγωμεν νὰ καθίσωμεν
εἰς τὴν σκιερὰν ἐκείνην γωνίαν
καὶ νὰ ἐπαναλάβωμεν τὰς προσ-
φιλεῖς ἡμῖν συνδιαλέξεις καὶ
ἀναγνώσεις.

Πολὺ καλά, διότι οὕτω θὰ
δυνηθῶμεν πρὶν φθάσωμεν εἰς
Κέρκυραν νὰ ἐξετάσωμεν ἐν
συνόψει τὰ ἀφορῶντα τὴν
πρόοδον τῶν Ἑλλήνων εἴς τε τὰ
γράμματα καὶ τὰς ἐπιστήμας
κατὰ τὴν δευτέραν πεντηκοντα-
ετηρίδα τοῦ ΙΗ´ αἰῶνος.

Κατὰ τὴν ἐποχὴν ταύτην ἐν

and heavy rain ; so we should
do well to put in to land here
and creep into that hut till the
storm has passed," and with
these words he steered to the
land ; but the rain did not give
us time to take refuge in the
hut, for suddenly it came down
furiously and drenched us to
the skin.

I hope you did not catch
cold, for there was no possibility
of your changing your clothes
there.

My good fellow, how on earth
could we change our clothes ?
Luckily in a few minutes the
burning rays of the sun dried
them on our backs.

That I can well believe, for
at this moment the heat of the
sun is no joke ; and, as our
clothes have no need of being
dried on our backs, I think we
should do well to go and sit
down in that shady corner and
resume our favourite discussions
and readings.

Very good, for we shall thus
be able, before we arrive at
Corfu, to examine concisely the
points which regard the progress
of the Greeks in literature and
science in the last fifty years of
the eighteenth century.

At that time in western Europe

τῇ ἑσπερίᾳ Εὐρώπῃ ὑπελάνθανεν
ἐνεργῶν μέγας τις διανοητικὸς
καὶ πολιτικὸς ἀναβρασμὸς ὅστις
βραδύτερον ἀνεστάτωσε τὰ πάν-
τα καταστρέψας τὰς ἀρχαίας
προλήψεις καὶ ἀναβιβάσας τὸν
ἄνθρωπον εἰς τὴν ἐμπρέπουσαν
αὐτῷ θέσιν. Τὰ συγγράμματα
τοῦ Λωκίου, τοῦ Χουμίου, τοῦ
Βολταίρου καὶ τοῦ Ῥουσσὼ
μεγάλως συνετέλεσαν πρὸς τὴν
ἐπίσπευσιν τῆς μεταβολῆς
ταύτης, δι' ἧς ἡ διάνοια κατέστη
ἡ κυρίαρχος δύναμις ἐν ταῖς
κοινωνίαις τοῦ πεπολιτισμένου
κόσμου. Εἰς ποίαν κατάστα-
σιν εὑρίσκετο ἡ διανοητικὴ
ἀνάπτυξις τοῦ Ἑλληνικοῦ
ἔθνους κατὰ τὴν περίοδον ταύ-
την;

Τὸ Ἑλληνικὸν ἔθνος, ὡς
γνωρίζετε ἐξ ὅσων ἤδη εἶπον
ὑμῖν, καὶ ἀπὸ τοῦ ΙΖ' αἰῶνος
ἤρχισε διανοητικῶς νὰ προ-
άγηται· ἀπὸ τῶν μέσων ὅμως
τῆς ΙΗ' ἑκατονταετηρίδος ἄρ-
χεται κυρίως εἰπεῖν ἡ ἀληθὴς
αὐτοῦ πνευματικὴ ἀναγέννησις.
Κατὰ ταύτην τὴν περίοδον ὁ
πρὸς τὰ γράμματα ζῆλος τῶν
Ἑλλήνων ἔλαβε νέαν ἐπίτασιν
καὶ ἡ παιδεία δὲν περιωρίζετο
πλέον εἰς ὀλίγους, ἀλλὰ διεδί-
δετο εἰς ὅλας τὰς τάξεις τοῦ
ἔθνους. Ἡ μέθοδος τῆς δι-
δασκαλίας τῶν μαθημάτων ἐν
τοῖς ἐκπαιδευτηρίοις μεταρρυθ-
μιζομένη καὶ βελτιουμένη καθ'
ἑκάστην ἐγίνετο ἐπὶ μᾶλλον
καὶ μᾶλλον καρποφορωτέρα,
διότι οἱ ἐν αὐτοῖς διδάσκοντες

there was imperceptibly at work
a great intellectual and political
agitation which later on over-
turned everything, destroying
ancient prejudices and raising
man to his proper position.
The writings of Locke, Hume,
Voltaire and Rousseau greatly
contributed to hasten that
change, by which intellect be-
came the ruling power among
the communities of the civilised
world. In what condition was
the intellectual development
of the Greek nation at this
period ?

The Greek nation, as you
know from what I have already
told you, even from the 17th
century began to make intel-
lectual progress, but it is from
the middle of the 18th century,
properly speaking, that its true
intellectual regeneration com-
mences. At this time the zeal
of the Greeks for learning
received a new impulse and
education was no longer confined
to a few, but spread among all
classes of the nation. The
method of instruction pursued
in the schools, reformed and
improved every day, became
more and more efficacious, for
the teachers in them were in

ἦσαν ἐν γένει ἄνδρες πεφωτισμένοι συμπληρώσαντες τὰς σπουδάς των ἐν τοῖς τότε φημιζομένοις πανεπιστημίοις τῆς Ἑσπερίας.

Ποῖοι θεωροῦνται ὡς διαπρεπέστεροι μεταξὺ τῶν λογίων Ἑλλήνων τῆς ἐποχῆς ταύτης;

Εὐγένιος ὁ Βούλγαρις καὶ Νικηφόρος ὁ Θεοτόκης. Περὶ τῶν σοφῶν τούτων ἀνδρῶν πάνυ δικαίως λέγει ὁ Κύριος Θερειανὸς ὅτι ὑπῆρξαν " εὔαθλοι ἥρωες τῶν ἐπιστημῶν καὶ τῶν Ἑλληνικῶν γραμμάτων, καλλιεπεῖς προάγγελοι τῆς πνευματικῆς τοῦ γένους ἀναπλάσεως, πολυκλεεῖς ὡς διδάσκαλοι, πολυκλεέστεροι ὡς συγγραφεῖς, ἀληθῆ τῆς Ἑλλάδος ἀγλαΐσματα."

Πολὺ θά με ὑποχρεώσητε ἄν μοι εἴπητε ὀλίγα τινὰ περὶ τοῦ βίου καὶ τῶν συγγραμμάτων τῶν δύο τούτων σοφῶν ἀνδρῶν τῆς ἀναγεννωμένης Ἑλλάδος.

Εὐχαρίστως, ἄρχομαι δὲ ἐκ τοῦ Εὐγενίου ὡς προγενεστέρου. Οὗτος ἐγεννήθη τῷ 1716 ἐν Κερκύρᾳ ὅπου ὁ πατὴρ αὐτοῦ Πέτρος Βούλγαρις εἶχε μεταβῆ προσωρινῶς μετὰ τῆς συζύγου του Ζανέτας διὰ τὸν φόβον τῶν κατὰ τῆς πατρίδος αὐτοῦ Ζακύνθου ἐπερχομένων Τούρκων. Ὁ Εὐγένιος διανύσας τὰς προκαταρκτικὰς αὐτοῦ σπουδὰς πρῶτον ἐν Ζακύνθῳ καὶ ἔπειτα ἐν Κερκύρᾳ ἀπῆλθεν ἀκολούθως εἰς Ἰταλίαν ἔνθα διέμεινε

general men of enlightenment who had completed their studies in the then celebrated universities of the West.

Who are regarded as the more distinguished among the learned Greeks of this period?

Eugenius Bulgaris and Nicephorus Theotokes. Regarding these learned men Mr. Thereianos very justly remarks that they were "the foremost heroes of science and Greek literature, the eloquent heralds of the intellectual reformation of the race, renowned as teachers, more renowned as writers, a real honour to Greece."

You will greatly oblige me if you will tell me a few particulars of the life and writings of these two learned men of Greece in the days of her regeneration.

With pleasure: I begin then with Eugenius as of earlier date. He was born in 1716 in Corfu, where his father Peter Bulgaris had gone for a time with his wife Zaneta for fear of the Turks who were coming to attack his native country Zante. Eugenius, having completed his elementary course of education first in Zante and afterwards in Corfu, subsequently went to Italy where he remained studying for three years. In

σπουδάζων ἐπὶ τρία ἔτη. Τῷ
1738 ἐπανῆλθεν εἰς τὴν πατρίδα
του καὶ ἐκεῖθεν μεταβὰς εἰς
Ἰωάννινα ἐχειροτονήθη ἱεροδιά-
κονος. Μετὰ ταῦτα ἀπῆλθε
πάλιν εἰς Ἰταλίαν καὶ συσχετι-
σθεὶς ἐν Βενετίᾳ μετὰ τῶν τότε
ἐκεῖ τὸ ἐμπόριον μετερχομένων
Μαρουτζῶν, ἀνδρῶν φιλογενῶν
ἐξ Ἠπείρου, ἐστάλη ὑπ' αὐτῶν
εἰς Ἰωάννινα ὅπως ἀναλάβῃ τὴν
σχολαρχίαν τῆς νέας σχολῆς
ἣν οὗτοι ἀδραῖς δαπάναις εἶχον
ἱδρύσῃ ἐκεῖ. Ἐν Ἰωαννίνοις
ἤκμαζε πρὸ ἐτῶν ἑτέρα σχολὴ
ἧς κατὰ τὴν ἐποχὴν ἐκείνην
προΐστατο ὁ Μπαλάνος, ἀνὴρ
πολυμαθὴς μὲν ὀπαδὸς ὅμως
ἀπηρχαιωμένων φιλοσοφικῶν
συστημάτων. Οὗτος καὶ οἱ
περὶ αὐτὸν ἀποκρούοντες τὰς
νεωτεριζούσας φιλοσοφικὰς
θεωρίας τοῦ Εὐγενίου ἤγειραν
κατ' αὐτοῦ σφοδρὸν πόλεμον καὶ
ἠνάγκασαν αὐτὸν νὰ καταλίπῃ
τὰ Ἰωάννινα καὶ νὰ μεταβῇ εἰς
Κοζάνην ὅπου πάνυ εὐδοκίμως
ἐδίδαξεν ἐπί τινα ἔτη. Ἡ φήμη
τοῦ Εὐγενίου ὡς σοφοῦ διδασκά-
λου καὶ εὐγλώττου ἱεροκήρυκος
διεσπάρη εἰς πάσας τὰς ὑπὸ
τῶν Ἑλλήνων οἰκουμένας χώρας,
ὥστε κατὰ τὸ ἔτος 1753 προσ-
κληθεὶς ὑπὸ τοῦ Οἰκουμενικοῦ
Πατριάρχου Κυρίλλου εἰς Κων-
σταντινούπολιν ἐστάλη ἐκεῖθεν
εἰς Ἄθω ὡς σχολάρχης τῆς ἐκεῖ
ἀρτισυστάτου Πατριαρχικῆς
Σχολῆς. Τοῦ μεγάλου τούτου
ἐθνικοῦ διδακτηρίου ὁ Εὐγένιος
προέστη ἐπὶ ἓξ ἔτη διδάσκων

1738 he returned to his native
land, and going thence to
Janina was ordained deacon.
After this he went back to
Italy, and having become ac-
quainted in Venice with the
Maroutzae, at that time engaged
in trade there, who were natives
of Epirus and patriots, was sent
by them to Janina to take up
the post of headmaster of the new
school which they had at great
expense established in that city.
There had been flourishing for
years at Janina another school
superintended at that time by
Balanus, a very learned man,
but a follower of antiquated
philosophical systems. This
man and his associates, rejecting
the philosophical theories of
Eugenius, which introduced
new principles, raised a furi-
ous war against him and
compelled him to leave Janina
and remove to Cozane, where he
taught for some years with great
success. The fame of Eugenius
as a learned instructor and an
eloquent preacher had spread
throughout all the countries
inhabited by the Greeks, so
that, in the year 1753, having
been invited to Constantinople
by the Oecumenical Patriarch
Cyrillus, he was sent from there
to Athos as headmaster of the
Patriarchal School just then
established at that place. This
great national school Eugenius
superintended for six years, in-

εἰς τοὺς πολυπληθεῖς μαθητὰς
οἵτινες συνέρρεισαν ἐκεῖ λογι-
κήν, μεταφυσικήν, μαθηματικὰ
καὶ θεολογίαν. Ἐπὶ τῆς μεγά-
λης πύλης τῆς σχολῆς ἐπέγραψεν
ὁ Εὐγένιος κατὰ μίμησιν τοῦ
Πλάτωνος [1] τὴν ἑξῆς ἐπιγραφήν·

"Γεωμετρήσων εἰσίτω, οὐ κωλύω·
Τῷ μὴ θέλοντι συζυγώσω τὰς θύρας."

Διδάσκαλος τῆς Ἑλληνικῆς
γλώσσης καὶ φιλολογίας ἐν τῇ
σχολῇ ἦτο ὁ πολὺς Νεόφυτος
ὁ Καυσοκαλυβίτης τοῦ ὁποίου
τὰ ἐκ χιλίων τετρακοσίων
σελίδων ὑπομνήματα εἰς τὸ
τέταρτον βιβλίον τῆς γραμ-
ματικῆς Θεοδώρου τοῦ Γαζῆ,
ἐκδοθέντα τῷ 1761 ἐν Βου-
κουρεστίῳ, μαρτυροῦσιν οὐ μόνον
τὸ φιλόπονον τοῦ ἀνδρός, ἀλλὰ
καὶ τὴν περὶ τὰ γραμματικὰ
παιδεύματα δεινότητα αὐτοῦ.
Ἐν τῇ σχολῇ ταύτῃ, ὡς προεῖπον
ὑμῖν, δὲν ἔμεινεν ὁ Εὐγένιος
πλειότερα τῶν ἓξ ἐτῶν, διότι
βλέπων ὅτι ἐφθονεῖτο καὶ
κατετρέχετο δεινῶς ὑπὸ τοῦ
πεπτωκότος Πατριάρχου Κυρίλ-
λου, ὅστις τότε διέμενεν ἐν
Ἄθῳ, παρῃτήθη τῆς σχολαρ-
χίας καὶ ἀπεσύρθη εἰς Θεσ-
σαλονίκην. Σεραφεὶμ ὁ Β΄
πατριαρχεύων τότε προσεκάλεσε
τὸν Εὐγένιον εἰς Κωνσταντινού-
πολιν ὅπως ἀναλάβῃ τὴν ἕδραν
τῆς θεολογίας ἐν τῇ τοῦ Γένους
Σχολῇ. Περὶ τοῦ Πατριάρχου

structing the crowds of students who flocked there in logic, metaphysics, mathematics and divinity. Over the great gate of the school Eugenius, in imitation of Plato, wrote the following inscription:

"Let him who will study geometry enter: I do not forbid him: on him who will not I shall close the door."

The teacher of the Greek language and philology in the school was the celebrated Neophytus Causocalybites, whose commentaries on the fourth book of the *Grammar* of Theodorus Gazes, extending over fourteen hundred pages, published at Bucharest in 1761, attest not only the industry of the man but also his great ability in everything connected with grammatical studies. In this school, as I told you before, Eugenius did not remain more than six years, for, perceiving that he was envied and bitterly persecuted by the deposed Patriarch Cyrillus, at that time staying at Athos, he resigned the headmastership and withdrew to Thessalonica. Seraphim II., who was then Patriarch, invited Eugenius to Constantinople to fill the chair of divinity in the National School. Regarding the Patriarch Seraphim II., Sergius Macraeus in his *Ecclesiastical History* says:

[1] Plato's inscription over his doorway is said to have been: "Μηδεὶς ἀγεωμέτρητος εἰσίτω," "Let no one enter who is ignorant of geometry."

Σεραφεὶμ τοῦ Β΄, Σέργιος ὁ
Μακραῖος ἐν τῇ Ἐκκλησιαστικῇ
αὐτοῦ ἱστορίᾳ λέγει· "Ἠγάπα
δὲ ὁ παναγιώτατος κύριος Σερα-
φεὶμ τοὺς σοφοὺς καὶ πεπαιδευ-
μένους καὶ τούτοις ἔχαιρεν
ὁμιλῶν, καὶ τιμᾶν ἐφιλοτιμεῖτο·
. . . καὶ τὸν μέγαν ἐκεῖνον
Εὐγένιον μεταπεμψάμενος ἀπὸ
Θεσσαλονίκης, ὑπερθαυμάζων
καὶ τιμῶν καθίστη διδάσκαλον
τῆς ἐν Κωνσταντινουπόλει
σχολῆς, ὥστε ἐπὶ τὸ τρίτον
ἔτος τῆς αὐτοῦ πατριαρχείας
τὴν παροικίαν τοῦ Φαναρίου
Ἀθηνόπολιν κατεστήσατο.
Ἐκεῖ γὰρ Εὐγένιος ὁ πολὺς ἦν
τότε θεολογῶν, ἐκεῖ Δωρόθεος
φιλοσοφῶν, ἐκεῖ ῥητορεύων
Κριτίας, ἐκεῖ Ἀνανίας τὰς
λογικὰς τέχνας διδάσκων· ἐκεῖ
ἦν ἀληθῶς ἐσμὸς φιλοσόφων
καὶ φιλολόγων σμῆνος καὶ
θεολόγων θίασος."[1]

Ἐκ Κωνσταντινουπόλεως ὁ
Εὐγένιος μετέβη εἰς Δακίαν, καὶ
ἐκεῖθεν εἰς Λειψίαν ὅπου τῷ
1766 ἐξέδωκε τὴν Λογικήν
του. Ἐν τῇ πόλει ταύτῃ προσῳ-
κειώθη τῷ Ῥώσσῳ στρατάρχῃ
Θεοδώρῳ Ὀρλὼφ ὅστις συνέβη
νὰ διατρίβῃ τότε ἐκεῖ. Ὁ
Ὀρλὼφ ἐλθὼν εἰς Πετρούπολιν
συνέστησεν εἰς τὴν Αὐτοκρά-
τειραν Αἰκατερίναν τὸν σοφὸν
Ἕλληνα· ἀποτέλεσμα δὲ τῆς
συστάσεως ταύτης ὑπῆρξεν ἡ
πρόσκλησις αὐτοῦ εἰς Ῥωσσίαν,
ἐν ᾗ ἠξιώθη μεγάλης τιμῆς.
Κατ᾽ Αὔγουστον τοῦ ἔτους 1775

"His Holiness Seraphim was
fond of men of learning and
culture, and took delight in
conversing with them, and did
all he could to show them
honour: . . . and sending for
the great Eugenius from Thes-
salonica, for whom he had
great admiration and esteem,
appointed him a teacher in the
school at Constantinople, so that
in the third year of his patri-
archate he made the parish of
the Phanar a perfect Athens: for
there the famous Eugenius was
at that time teaching divinity,
there Dorotheos was imparting
instruction in philosophy, there
Critias was lecturing on rhetoric,
there Ananias was giving lessons
in logic: there was indeed a
crowd of philosophers there, a
throng of men of letters, and a
band of theologians."

From Constantinople Eug-
enius went to Dacia and thence
to Leipsic, where in 1766 he
published his *Logic*. In this
city he became intimate with
the Russian commander-in-chief
Theodore Orloff, who then hap-
pened to be staying there. Or-
loff on his arrival at St. Peters-
burg recommended the learned
Greek to the Empress Catherine,
and the result of this recom-
mendation was an invitation to
Russia, where he acquired high
honour. In August of the year
1775 he was ordained priest by

---

[1] Σάθα, Μεσαιωνικὴ Βιβλιοθήκη, τόμ. Γ΄ σ. 229.

ἐχειροτονήθη ἱερεὺς ὑπὸ τοῦ μητροπολίτου Μόσχας Πλάτωνος, καὶ μετὰ ἓν ἔτος προεχειρίσθη ἀρχιεπίσκοπος Χερσῶνος. Τῷ 1789 ἔγεινε μέλος τῆς Ἁγιωτάτης Συνόδου πασῶν τῶν Ῥωσσιῶν, πρὸς δὲ καὶ τῆς Αὐτοκρατορικῆς Ἀκαδημίας. Ἀπέθανε δὲ ἐν βαθεῖ γήρᾳ τῇ 10 Ἰουνίου τοῦ ἔτους 1806 καὶ ἐτάφη μετὰ μεγάλων τιμῶν.

Αἱ πληροφορίαι ἅς μοι ἐδώκατε περὶ Εὐγενίου τοῦ Βουλγάρεως εἶναι λίαν ἐνδιαφέρουσαι. Συνέγραψε πολλὰ συγγράμματα;

Πλεῖστα ὅσα, μακρὸν κατάλογον τῶν ὁποίων δύνασθε νὰ εὕρητε ἐν τῇ Νεοελληνικῇ φιλολογίᾳ τοῦ Σάθα. Ἀξία σημειώσεως εἶναι ἡ μετάφρασις αὐτοῦ εἰς ἡρωϊκοὺς ἑξαμέτρους στίχους τῆς Αἰνειάδος καὶ τῶν Γεωργικῶν τοῦ Βιργιλίου εἰς τρεῖς τόμους εἰς φύλλον.

Εἰς ποῖον ὕφος ἔγραψεν ὁ Εὐγένιος τὰ συγγράμματά του;

Εἰς ὕφος ἀρχαῖον Ἑλληνικόν· εἴς τινα ὅμως ἐξ αὐτῶν μετεχειρίσθη τὴν Νεοελληνικήν, τὴν ὁποίαν βεβαίως δὲν ἔγραφε τόσον καθαρῶς ὅσον Νικηφόρος ὁ Θεοτόκης. Ὡς δεῖγμα τοῦ ὕφους αὐτοῦ ἐν τῇ καθωμιλημένῃ ἃς ἀναγνώσωμεν τὸ ἑξῆς ἀπόσπασμα ἐκ τῆς ἐπιστολῆς αὐτοῦ πρὸς τὸν πεπτωκότα Πατριάρχην Κύριλλον, ὅστις διὰ τῶν σκευωριῶν του ἠνάγκασε τὸν Εὐγένιον νὰ παραιτηθῇ τῆς σχολαρχίας τῆς ἐν Ἄθῳ σχολῆς.

Platon, the Metropolitan of Moscow, and a year afterwards was consecrated Archbishop of Kherson. In 1789 he became a member of the Most Holy Synod of all the Russias, and also of the Imperial Academy. He died at an advanced age on the 10th of June 1806 and was buried with great distinction.

The information you have given me about Eugenius Bulgaris is very interesting. Did he write many works?

A very large number, of which you can find a long catalogue in the *Modern Greek Literature* of Sathas. His translation into heroic hexameters of the *Aeneid* and *Georgics* of Virgil in three folio volumes is worthy of note.

In what style did Eugenius write his works?

In the ancient Greek style: but in some of them he employed modern Greek, which he certainly did not write with so much purity as Nicephorus Theotokes. As a specimen of his style in the vernacular let us read the following extract from his letter to the deposed Patriarch Cyrillus, who by his intrigues compelled Eugenius to resign the headmastership of the school at Athos.

"'Ιδοὺ ἐκ τῶν πολλῶν ὀλίγα αἴτια τῆς ἀναχωρήσεώς μου· ἔχετε ἐν αὐτοῖς τὸ διατὶ ἀποχρώντως· ἀλλ᾽ ἡ Ὑμετέρα Παναγιότης τὰ αἴτια ταῦτα ὡς τὸ μηδὲν λογιζομένη, τοῦτο μόνον ἐν τοῖς διαφόροις κατ᾽ ἐμοῦ γράμμασι ἀγωνίζεται νὰ παραστήσῃ, ὅτι τάχα ἡ ἐμὴ ἀναχώρησις ἠκολούθησε διότι ἠθελήσατε νὰ διορθώσητε τὰ τῆς σχολῆς ἄτοπα, καὶ νὰ ἐξώσητε τοὺς ἀτάκτους, ἐγὼ δὲ ὡς ἀλαζὼν καὶ ὑπερήφανος ἐδισχέραινα καὶ δὲν ὑπέφερον τὴν διόρθωσιν τῆς αἰτίας· ἄπαγε! Σχολεῖον τὸ ὁποῖον εὗρον μὲ εἴκοσι μαθητὰς καὶ τὸ ἐπλήθυνα σχεδὸν εἰς διακοσίους, τὸ ὁποῖον ηὔξησα καὶ τὸ ἐστερέωσα μὲ τόσους ἀγῶνας, ὅσους ἐμάθετε, καὶ μὲ τόσους κόπους, ὅσους εἴδετε, πῶς ἦτον δυνατὸν νὰ τὸ φέρω εἰς τὴν τελειότητα εἰς τὴν ὁποίαν παρ᾽ ἐλπίδα τὸ ηὕρετε, χωρὶς νὰ παιδεύσω τοὺς ἀτάκτους καὶ χωρὶς νὰ διορθώσω κατὰ δύναμιν τὰ ἐν αὐτῷ ἀναφυόμενα ἄτοπα; Ἐγὼ κατὰ τὰς χρείας ἐν αὐτῷ καὶ συνεβούλευσα μὲ ζῆλον, καὶ ἐπέπληξα μὲ σφοδρότητα, καὶ ἐμαστίγωσα μὲ αὐστηρότητα, καὶ ἐδίωξα μὲ ὀργήν, καὶ πάλιν ὑπεδέχθην μετὰ πραότητος, καὶ περιποιήθην μετὰ φιλοφροσύνης καὶ ἐπιεικείας, κρατῶντας τοιουτοτρόπως διακοσίους ἀνθρώπους εἰς τόσην εὐταξίαν καὶ τοιαύτην κοσμιότητα, εἰς ὅσην δύναμαι νὰ καυχηθῶ, ὅτι δὲν ἔζησάν

"Here are some out of the many causes of my departure. In them you have sufficiently the why and the wherefore: but your Holiness, attaching no importance to these causes, in your various letters against me only strives to make it appear that my departure forsooth resulted from your wishing to correct the irregularities of the school and expel those who were insubordinate, and that I, as a haughty and arrogant person, took it ill and could not endure your setting matters to rights. Heaven forbid! A school which I found with twenty students of whom I raised the number to nearly two hundred, which I enlarged and firmly established with such great efforts, as you have heard, and with such great labour, as you have seen, how was it possible for me to bring to that perfection in which you found it beyond your expectation, without punishing the insubordinate, and without correcting, as far as I could, the irregularities in it, as they arose? According to what was required there I earnestly advised, harshly rebuked, severely chastised, angrily expelled, and again good-naturedly took back and treated with affection and kindness, thus keeping two hundred persons in discipline and good order such as I can boast that the small

ποτε, οἱ ὀλιγάριθμοι θεράποντες οἱ ὁποῖοι τὴν συνοδεύοισι, μ' ὅλον ὁποῦ σεμνότητος μέγα παράδειγμα ἔχουσι τὴν μεγάλην ἀρετὴν τῆς ὑμετέρας πανιερότητος."

Τὸ ἑξῆς εἶναι ἀπόσπασμα ἐκ τοῦ λόγου ὃν ἐξεφώνησεν ἐν Κωνσταντινουπόλει ἐνώπιον τοῦ Πατριάρχου Σεραφεὶμ κατὰ τὴν ἑορτὴν τοῦ Ἁγίου Ἀνδρέου·

"Καὶ αὐτοὶ οἱ νόμοι εἰς τὴν ἀρχήν, ὡσὰν ἀπαλὰ βρέφη, χρειάζονται γάλα καὶ στερέωσιν· προχωροῦντες αὐξάνουσι καὶ ἡλικιοῦνται, ἀκολούθως ὡς ἄνδρες τελειοῦνται καὶ ἀκμάζουσι, καὶ τέλος πάντων γηράσκοντες παρακμάζοισιν, ἀσθενοῦσι καὶ καταπίπτουσι, καὶ τότε χρειάζονται — τί ἄλλο, πάρεξ χέρι καὶ βακτηρίαν; βακτηρίαν διὰ νὰ τοὺς στηρίζῃ, χέρι διὰ νὰ τοὺς ἀναβαστάζῃ, καὶ νὰ τοὺς κρατῇ, ἤ, τὸ ἐπιθυμητότερον, τότε χρειάζονται πνοὴν ζωῆς, καὶ δύναμιν ζωογόνον τινὰ καὶ φερέσβιον, ἡ ὁποία πεπτωκότας νὰ τοὺς ἀνορθώσῃ, νενεκρωμένους νὰ τοὺς ζωώσῃ, γηραλέους νὰ τοὺς ἀνανεώσῃ, πεπαλαιωμένους νὰ τοὺς ἀνακαινίσῃ. Ὡμοίασαν τοὺς νόμους μὲ τὰς ἀράχνας, καὶ κατά τι καλὰ τοὺς ὡμοίασαν, διότι μία ἀδύνατος πνοὴ μόνη τοὺς σαλεύει, ἐν σφοδρὸν φύσημα τοὺς διατρυπᾷ καὶ τοὺς διασκεδάζει· τῷ ὄντι ἀράχνια ὑφάσματα! ἂν περιπλεχθοῦν εἰς αὐτὰ μυῖαι καὶ κώνωπες καὶ

number of servants who attend you never lived in, notwithstanding the noble example of propriety they have in the great virtue of your Holiness."

The following is an extract from the sermon which he preached at Constantinople before the Patriarch Seraphim at the feast of St. Andrew:

"And the laws themselves at first, like tender infants, require milk and something to strengthen them: as they advance they grow up and come of age: afterwards, like men, they arrive at perfection and are in their prime, and at last they grow old and decay, they become enfeebled and collapse, and then they want — what else, but a hand and a staff? a staff to support them, a hand to raise them up and hold them; or they then want, what is more desirable, a breath of life, and some revivifying and invigorating power which will set them up when they have fallen, bring them to life when they are dead, make them young again when old, restore them when decrepit. People have likened laws to spiders' webs, and in some respects have well so likened them, for a single feeble breath shakes them, a vigorous puff pierces and dissipates them: spiders' webs in fact! If flies and gnats and

Y

τὰ τοιαῦτα μικρὰ καὶ ἀσθενῆ
ζωΰφια, πιάνονται καὶ δε-
σμεύονται· ἂν ὁρμήσουν ζῷα
μεγαλήτερα καὶ βιαιότερα, τὰ
διασπῶσι καὶ τὰ ξεσχίζουσιν.
Εἶναι ὅμως ἀτελὴς (καθὼς ἐγὼ
κρίνω) αὐτὴ ἡ ὁμοίωσις κατὰ
τοῦτο, ὅτι αἱ ἀράχναι, ἀφ' οὗ
διασπασθῶσι καὶ διασκεδασθῶσι,
δὲν μένει πλέον οὔτε ἐλπὶς οὔτε
τέχνη νὰ συμπιασθοῦν καὶ νὰ
ἔλθουν εἰς τὴν προτέραν κατά-
στασιν· ἀλλ' οἱ νόμοι, ναί.
Ὅθεν οἱ νόμοι καὶ αἱ διατάξεις
ἁρμοδιώτερον ἤθελον ὁμοιωθῆ
μὲ τὰ δίκτυα, τὰ ὁποῖα πά-
σχουσι καὶ τὸ τῶν ἀραχνῶν,
κατὰ τὴν ἀναλογίαν τῶν ἐμπι-
πτόντων ζῴων, καὶ ἔχουσι καὶ τὸ
ἄλλο ἰδίωμα τῶν νομοθεσιῶν,
ὁποῦ ἀφ' οὗ ξεσχισθῶσι, συμ-
πιάνονται, καὶ ἀφ' οὗ παλαιω-
θῶσιν, ἀνακαινίζονται. Ἴδετε
ἂν ὁμιλῶ κατὰ λόγον. . . ."

Ἤδη μεταβαίνομεν εἰς τὸν
Νικηφόρον Θεοτόκην. Οὗτος
γεννηθεὶς ἐν Κερκύρᾳ τῷ 1736
ἐκ πατρὸς Στεφάνου Θεοτόκη
εὐπατρίδου, καὶ διανύσας ἐν τῇ
πατρίδι του τὴν σειρὰν τῶν ἐγ-
κυκλίων μαθημάτων μετέβη
νεώτατος εἰς Ἰταλίαν ὅπου μετὰ
πολλῆς ἐπιμελείας ἐσπούδασε
τὰ μαθηματικὰ καὶ τὴν φιλο-
σοφίαν. Ἐπανελθὼν τῷ 1756
εἰς τὴν πατρίδα του ἐδίδαξεν
οὐκ ὀλίγα ἔτη ἐν τῷ αὐτόθι
σχολείῳ τὰ μαθηματικὰ καὶ

small weak insects of that kind
are entangled in them, they are
caught and imprisoned : if
larger and more powerful
animals make a rush, they break
them and tear them. But this
comparison (according to my
judgment) is incomplete in this
respect, that when spiders' webs
have been broken and scattered,
there is no more any hope, and
no art by which they can be
mended, so that they may return
to their former condition : but
laws, yes. Whence laws and re-
gulations would be more fitly
likened to nets, which are sub-
jected to what spiders' webs
undergo, according to the size
of the animals that fall into
them, and also they have this
further peculiarity of laws, that,
when they are torn they are
mended, and, when they be-
come old, they are renewed.
See if I speak according to
reason. . . ."

We now pass to Nicephorus
Theotokes. He was born in
Corfu in 1736. His father was
Stephanos Theotokes, a noble-
man. Having completed in his
native land a course of general
education he went at a very
early age to Italy, where he
studied with great assiduity
mathematics and philosophy.
Returning in 1756 to his own
country, he taught for some
years mathematics and philo-
sophy in the school there.

τὴν φιλοσοφίαν. Ἀκολούθως ἱερωθεὶς καὶ κηρύττων μετὰ πολλῆς εὐφραδείας τὸν λόγον τοῦ Θεοῦ ἐν ταῖς ἐκκλησίαις ἐκτήσατο φήμην πανελλήνιον. Μετὰ ταῦτα μετέβη εἰς Κωνσταντινούπολιν καὶ ἔτυχεν εὐμενοῦς δεξιώσεως ὑπὸ τοῦ τότε κοσμοῦντος τὸν Οἰκουμενικὸν θρόνον Σαμουὴλ τοῦ Α΄. Ἦτο δὲ ὁ εὐκλεὴς οὗτος Πατριάρχης Βυζάντιος τὴν πατρίδα, καὶ ὑπῆρξεν εἷς ἐκ τῶν ἀρίστων ἱεραρχῶν τῆς Ὀρθοδόξου Ἐκκλησίας, διότι ἦτο ἀνὴρ οὐ μόνον εὐσεβὴς καὶ δίκαιος, ἀλλὰ καὶ ἱκανώτατος εἰς τὸ διοικεῖν τὰ τῆς Ἐκκλησίας πράγματα· "διὸ καὶ ἐν τοσαύταις καιρικαῖς δυσχερείαις πάντα ἐποίει ἑτοίμως, καὶ εὐμαρῶς διήννεν ὅσα ἐπεζήτει ἡ χρεία τῶν ἐκκλησιαστικῶν, εὔνοιαν καὶ ἀγαθὴν ὑπόληψιν αὐτῷ καὶ παρὰ τῶν κρατούντων διαπραξάμενος, μάλιστα τοῦ Μονάρχου· ἐπιτυχής τε ἦν ὧν ἂν ἐπιβάλλοι, καὶ ὧν ἂν αἱροῖτο κατορθωτικός, γενναῖος ὑπενεγκεῖν, καὶ σφοδρὸς ἀπαντῆσαι ἢ ἄλλως περιαγαγεῖν καὶ ἀντιστῆναι τὰ ἀντιπίπτοντα· τοῖς τε ἁμαρτάνουσι φοβερὸς ἦν καὶ τοῖς κατορθοῦσιν ἐράσμιος, ἐπιεικὴς τοῖς πᾶσι, τῷ πλήθει δημοτικός, τῶν ἐκκλησιαστικῶν μάλιστα κηδεμονέστατος, χρημάτων κρείττων, τῶν ἀλόγων προλήψεων ὀλιγωρητής, τῶν πατρῴων ὀρθῶν δογμάτων διάπυρος ὑπερασπιστής, τῆς

Having been subsequently ordained, and preaching the word of God with great eloquence in the churches, he acquired celebrity among all the Greeks. He afterwards went to Constantinople, and met with a favourable reception from Samuel I., who then adorned the Oecumenical throne. This famous Patriarch was a Byzantine by birth, and he was one of the best prelates of the Orthodox Church, for he was not only a pious and just man, but of the greatest ability in the direction of ecclesiastical affairs : "and accordingly, even amidst all the difficulties of the times, he was prompt in the execution of all his measures and easily effected whatever the necessities of the Church required, securing the goodwill and esteem even of those in power, especially of the monarch (Sultan). He was successful in whatever he took in hand, capable of carrying out anything he chose to attempt, brave in enduring, active in meeting or else in averting or withstanding attack : he was the terror of evil - doers, but an affectionate friend to those who followed the right path and kind to all, popular with the multitude, especially most solicitous about the affairs of the Church, superior to the influence of money, holding in contempt unreasonable prejudices,

εὐσεβείας ζηλωτής, τῆς ἀληθείας προστάτης, τῆς ἀρχαιότητος ἐπαινέτης· φιλογενὴς μάλιστα καὶ φιλέλλην, καὶ τὴν πᾶσαν τοῦ γένους βελτίωσιν καὶ ἀνάληψιν πάντοθεν περιβλέπων, εἴποθεν γένοιτο ἐπιζητῶν καὶ σπουδάζων." [1] Προχειρισθεὶς ὁ Θεοτόκης ὑπὸ τοῦ μεγάλου τούτου ἱεράρχου πατριαρχικὸς ἱεροκῆρυξ ἐτέλει τὴν διακονίαν του ταύτην μετὰ πολλῆς ἐπιτυχίας καὶ εἴλκισεν εἰς ἑαυτὸν τὴν γενικὴν εὔνοιαν πάντων· συνῆψε δὲ φιλικωτάτην σχέσιν μετὰ τοῦ ἡγεμονικοῦ οἴκου τοῦ Γκίκα, ἀλλ' ἡ φιλία αὕτη ἔγεινεν αἰτία ν' ἀναχωρήσῃ ἐκ Κωνσταντινουπόλεως. Ἰδοὺ τί συνέβη. Ἀποθανούσης τῆς μητρὸς τοῦ ἡγεμόνος τῆς Βλαχίας Γρηγορίου Γκίκα καὶ τελουμένης τῆς νεκροσίμου τελετῆς ἐν τῷ Πατριαρχικῷ ναῷ ὁ Θεοτόκης ἐξεφώνησεν ἐπικήδειον λόγον, ἐν τῷ ὁποίῳ ὡς φαίνεται ἐπεδαψίλευσεν εἰς τὴν ἀποθανοῦσαν πλείονα τοῦ πρέποντος ἐγκώμια, ὥστε ὁ αὐστηρὸς Πατριάρχης συνέστειλε τὰς ὀφρῦς, καὶ ὅτε μετὰ τὸ τέλος τοῦ λόγου κατὰ τὴν ἐκκλησιαστικὴν τάξιν προσῆλθεν ὁ Θεοτόκης ν' ἀσπασθῇ τὴν χεῖρα αὐτοῦ, οὗτος ἀνέκραξεν ἐπιπληκτικῶς· "Ἡ Ἐκκλησία θέλει ἱεροκήρυκας, οὐχὶ κόλακας." Ὁ Θεοτόκης θεωρήσας τὴν ἐπιτίμησιν βαρυτάτην

an ardent defender of the orthodox doctrines of his ancestors, a zealot in piety, the champion of the truth, and an admirer of antiquity : a great patriot and philhellenist, and a man who sought and earnestly studied every means in every direction for the general improvement and advancement of his race." Theotokes, having been appointed patriarchal preacher by this great prelate, performed the duties of his ministry with immense success, and attracted the goodwill of every one. He became on the most intimate terms with the princely family of Ghicas, but this friendship was the cause of his leaving Constantinople. This is what happened : when the mother of Gregorius Ghicas, Prince of Wallachia, died and the funeral ceremony was performed in the patriarchal church, Theotokes preached the funeral sermon, in which he appears to have lavished on the deceased more praise than was seemly, and accordingly the austere Patriarch frowned, and when, at the conclusion of the discourse, in accordance with ecclesiastical regulation, Theotokes came to kiss his hand, he exclaimed in a tone of rebuke: "The Church requires preachers, not flatterers." Theotokes, re-

---

[1] Σεργ. Μακραίου Ἐκκλ. Ἱστορία, Σάθα Μεσαιωνικὴ Βιβλιοθήκη, τόμ. Γ΄ σ. 261.

εὐθὺς παρῃτήθη τοῦ ἀξιώματος,
καὶ μεταβὰς εἰς Ἰάσιον τῆς
Μολδαυίας διωρίσθη σχολάρχης
τῆς ἐκεῖ Αὐθεντικῆς Σχολῆς.
Ἐξ Ἰασίου μετέβη εἰς Λειψίαν
ἐν ᾗ ἐξέδωκεν διάφορα τῶν
συγγραμμάτων του. Ὅτε κατὰ
τὸ ἔτος 1779 ὁ Εὐγένιος παρῃ-
τήθη τῆς ἀρχιεπισκοπῆς Χερ-
σῶνος, ἡ ἱερὰ Σύνοδος τῆς
Ῥωσσίας ἀνηγόρευσεν εἰς τοῦτο
τὸ ἀξίωμα τὸν Νικηφόρον Θεο-
τόκην, ὅστις μετὰ ταῦτα προ-
ήχθη εἰς τὴν ἀρχιεπισκοπὴν
Ἀστραχανίου καὶ Σταυρουπό-
λεως. Ἐκτελέσας τὰ ἀρχιεπι-
σκοπικὰ αὐτοῦ καθήκοντα μετὰ
ζήλου καὶ ἀφοσιώσεως, μετὰ
παρέλευσιν ἐτῶν τινων ἔδωκε
τὴν παραίτησίν του, καὶ ἀπο-
συρθεὶς εἰς Μόσχαν διῆλθε τὸ
ἐπίλοιπον τοῦ βίου του μελετῶν
καὶ συγγράφων· ἀπέθανε δὲ τῷ
1800. Εἰς τὰ ἐπιστημονικὰ
αὐτοῦ συγγράμματα, ὧν ὁ ἀριθ-
μὸς δὲν εἶναι μικρός, μετεχει-
ρίσθη τὴν ἀρχαίαν Ἑλληνικήν·
ὅσα ὅμως ἐκ τῶν ἔργων του
ἀπέβλεπον εἰς τὴν κοινὴν ὠφέ-
λειαν πάντων, ταῦτα συνέγραψεν
εἰς τὸ καθαρεῦον Νεοελληνικὸν
ἰδίωμα. "Ὁ μέγας οὗτος
ἀνήρ," λέγει ὁ Κωνσταντῖνος
Σάθας, "συνενῶν τῇ ἄλλῃ
πολυμαθείᾳ καὶ βαθεῖαν γνῶσιν
τῆς τε ἀρχαίας καὶ τῆς νεωτέρας
τῶν Ἑλλήνων διαλέκτου, καλῶς
δ' ἐννοήσας καὶ τὸν προορισμὸν
τῆς ἐθνικῆς γλώσσης, προσε-
πάθησε καὶ θαυμασίως ἐπέ-
τυχεν, ἵνα καθάρῃ αὐτὴν ἀπὸ

garding the censure as very
severe, at once resigned his
office, and repairing to Jassy in
Moldavia was appointed head-
master of the Prince's School
there. From Jassy he went to
Leipsic, where he published
several of his works. When in
1779 Eugenius gave up the
archbishopric of Kherson, the
Holy Synod of Russia appointed
Nicephorus Theotokes to that
office. He was afterwards
promoted to the archbishopric
of Astrakhan and Stavropol.
Having performed his archiepis-
copal duties with zeal and
devotion, after the lapse of a
few years he proffered his re-
signation and, withdrawing to
Moscow, passed the remainder
of his life in study and in writ-
ing books. He died in 1800. In
his scientific works, the number
of which is considerable, he
employed ancient Greek, but
such of his works as had general
utility for their object, he wrote
in the pure modern Greek
idiom. "This great man," says
Constantine Sathas, "uniting to
extensive erudition in other
subjects a profound knowledge
of both the ancient and the
modern Greek idiom, and
thoroughly understanding also
the destiny of the national
language, used great efforts and
wonderfully succeeded in purg-
ing it of barbarisms and, without
any violence, bringing it near

τῶν βαρβαρισμῶν, καὶ ἀβιά-
στως προσεγγίσῃ αὐτὴν εἰς
τὴν διαυγῆ πηγήν. Διὸ δικαίως
δύναται νὰ θεωρηθῇ ὡς ὁ μόνος
μορφωτὴς τῆς σήμερον γραφο-
μένης καὶ ὑπὸ πάντων ἐννοου-
μένης κοινῆς ἡμῶν διαλέκτου·
Καὶ ἐν μὲν τοῖς πρώτοις αὐτοῦ
συγγράμμασιν ὁ νεαρὸς τῆς
Κερκύρας ἱεροκῆρυξ φαίνεται
προτιμῶν τὸ δημῶδες τῆς πατρί-
δος του ἰδίωμα, γηραιὸς δὲ
Ἀστραχανίου ἐπίσκοπος ὁ
Θεοτόκης ἔδωκεν ἐν τοῖς Κυ-
ριακοδρομίοις τὸν καθαρώ-
τατον τῆς γλώσσης τύπον." [1]
Καὶ ταῦτα μὲν ὁ Σάθας.
Τὰ ἐξῆς δύο ἀποσπάσματα,
εἰλημμένα ἐκ τῶν Κυριακο-
δρομίων τοῦ Θεοτόκη, ἔστωσαν
ὡς δείγματα τοῦ καθαρεύοντος
αὐτοῦ ὕφους.

to its limpid source. Con-
sequently he may be justly
regarded as the one man who
gave its form to our common
idiom which at the present day
is written and understood by
all. In his earliest works, the
youthful preacher of Corfu
seems to have preferred the
popular idiom of his native
land, but in his *Sunday Com-
mentaries* Theotokes, the aged
Bishop of Astrakhan, afforded
an extremely pure model of the
language ": this is what Sathas
said. Let the following two
extracts, taken from the *Sunday
Commentaries* of Theotokes, serve
as specimens of his pure style.

Ἑρμηνεία εἰς τὸ κατὰ
Λουκᾶν Εὐαγγέλιον τῆς
πρώτης Κυριακῆς.

*Explanation of the Gospel
according to St. Luke for the first
Sunday.*

"Πολλοὶ βλέποντες τὰ ἐν
τῇ θαλάσσῃ ὀψάρια φεύγοντα,
κἂν μικρότατος συμβῇ κτύπος,
πείθονται ὅτι αὐτὰ ἔχουσιν
ὀξυτάτην ἀκοήν· αὐτὰ ὅμως,
ἐπειδὴ ἐστερημένα εἰσὶ τῶν
ὀργάνων τῆς ἀκουστικῆς δυνά-
μεως, οὐδεμίαν αἴσθησιν ἀκοῆς
ἔχουσιν, ἀλλ' εἰσὶ παντελῶς
κωφά. Πόθεν οὖν κινοῦνται
καὶ φεύγουσιν ὅταν ἀκουσθῇ
κτύπος; Ὁποιοσδήποτε κτύπος
οὐδὲν ἄλλο ἐστὶν εἰ μὴ κίνησις

"Many people, observing the
fish in the sea taking to flight
if even the slightest noise occurs,
are convinced that they have
a very acute sense of hearing:
yet, as they are without the
organs of the faculty of hearing,
they have no sense of sound,
but are completely deaf. How
is it then that they start off and
make their escape whenever a
noise is heard? Any sound
whatever is nothing but the

[1] Σάθα, Παράρτημα Νεοελληνικῆς Φιλολογίας, σ. 130.

τοῦ ἀέρος ὑπὸ τοῦ κτυποῦντος σώματος γινομένη· ὁ δὲ ἀὴρ κινούμενος καὶ κυματιζόμενος, συγκινεῖ καὶ συγκυματίζει τὸ ἐφαπτόμενον αὐτοῦ ὕδωρ. Τὰ ὀψάρια ἐστερημένα μέν εἰσι τῆς ἀκοῆς, ἔχοισιν ὅμως αἰσθητικωτάτην τῆς ἀφῆς τὴν αἴσθησιν· ὅθεν τὴν κίνησιν τοῦ ὕδατος τὴν ὑπὸ τοῦ κτύπου γινομένην αἰσθανόμενα μεταβαίνουσιν εὐθὺς εἰς ἄλλον τόπον. Κωφὰ ἦσαν τὰ ὀψάρια τῆς λίμνης Γεννησαρέτ, καθὼς καὶ πάντα τὰ ἄλλα ὀψάρια· πλὴν ὅταν, ἐλθὼν ὁ Ἰησοῦς εἰς τὴν λίμνην ἐκείνην, εἶπε τοῖς μαθηταῖς αὐτοῦ, 'Χαλάσατε τὰ δίκτυα ὑμῶν εἰς ἄγραν,' τότε ἤκουσαν, κἂν κωφὰ ἦσαν, τῆς δεσποτικῆς αὐτοῦ φωνῆς, καὶ ἀκούσαντα ὑπήκουσαν τὸ ἐξουσιαστικὸν αὐτοῦ πρόσταγμα. Ὅθεν οὐκ ἔφυγον, ἀλλ' ἦλθον· οὐ διεσκορπίσθησαν, ἀλλὰ συνήχθησαν καὶ ἐκλείσθησαν εἰς τὸ δίκτυον· τοσοῦτον δὲ πλῆθος συνήχθη, ὥστε τὸ μὲν δίκτυον ἐσχίζετο, οἱ δὲ ἁλιεῖς ἐγέμισαν δύο πλοῖα. Ἡμεῖς ἔχομεν τῆς ἀκοῆς τὰ ὄργανα, ἔχομεν τὰ ὠτία, ἀκούομεν καθ' ἑκάστην ἡμέραν τὴν δεσποτικὴν τοῦ Εὐαγγελίου φωνήν, πλὴν μηδόλως ἀκούοντες τοῖς θείοις αὐτοῦ προστάγμασι, γινόμεθα τῶν ἀλόγων καὶ κωφῶν ὀψαρίων ἀλογώτεροι καὶ κωφότεροι."

movement of the air produced by the sounding body : the air, set in motion and formed into waves, imparts a corresponding impetus and wave - motion to the water in contact with it. The fish, though they have no sense of hearing, have an extremely delicate sense of touch, and therefore, when they feel the movement of the water produced by the sound, at once go away to another place. The fish of the Lake of Gennesareth were deaf, like all other fish, but when Jesus, coming to that lake, said to His disciples : ' Let down your nets for a draught,' then, although they were deaf, they heard that voice of our Lord, and hearing, obeyed His authoritative command. And therefore they did not run away but approached : they were not scattered but were gathered together and enclosed in the net ; and so great a multitude was collected that the net began to be torn, and the fishermen filled two boats. We have the organs of hearing, we have ears, we hear every day the voice of the Lord in the Gospel, but hearkening not at all to His divine commands, we become more irrational and deafer than irrational and deaf fish."

Ἑρμηνεία εἰς τὸ κατὰ
Μάρκον Εὐαγγέλιον τῆς
Γ΄ Κυριακῆς τῶν Νηστειῶν.

"Ἡ ψυχὴ διὰ τοῦ νοὸς αὐτῆς
ἐν ῥιπῇ ὀφθαλμοῦ ἀναβαίνει
εἰς τὸν οὐρανόν, καταβαίνει εἰς
τὸν Ἅδην, περιέρχεται τὴν γῆν,
ἐμβαίνει εἰς τὰς πόλεις, εἰσ-
έρχεται εἰς πάντα τόπον, νοεῖ εἴ
τι θέλει, μνημονεύει τὰ παρ-
ελθόντα, συλλογίζεται τὰ ἐν-
εστῶτα, προνοεῖ τὰ μέλλοντα,
ζυγοστατεῖ, ἀνακρίνει, συμβι-
βάζει, διαχωρίζει καὶ τοὺς
ἰδίους αὐτῆς λογισμούς· αὐτὴ
μανθάνει διαφόρους γλώσσας,
τέχνας παντοίας, ἐπιστήμας
ὑψηλάς· ὅσας διαλέκτους
ἀκούετε, ὅσα τεχνητὰ πράγματα
βλέπετε, τῆς ψυχῆς ἡμῶν εἰσιν
ἔργα· αὐτὴ ἐφεῦρε φιλοτεχνή-
ματα διὰ τῶν ὁποίων διαπερῶμεν
τὰ μακρὰ τῆς θαλάσσης διαστή-
ματα· βυθιζόμεθα εἰς τὸ βάθος
τῆς θαλάσσης καὶ ἀνάγομεν τοὺς
μαργαρίτας, καταβαίνομεν εἰς
τοὺς κόλπους τῆς γῆς καὶ
ἐξάγομεν τὰ μέταλλα· μετροῦ-
μεν τὸ μέγεθος τοῦ ἡλίου καὶ
τῆς σελήνης καὶ τῶν λοιπῶν
πλανητῶν, ἔτι δὲ καὶ τὰ μεταξὺ
αὐτῶν διαστήματα· ἀναλογι-
ζόμεθα τὸν καιρὸν τῆς τούτων
περιόδου, τῆς ἀνατολῆς, τῆς
δύσεως, τῆς συζυγίας, τῆς ἐκ-
λείψεως, τῆς μεταξὺ ἀλλήλων
καὶ τῆς γῆς ἀποστάσεως, συνά-
ζομεν καὶ σκορπίζομεν τὸ πῦρ,
εἰσάγομεν καὶ ἐξάγομεν τὸν
ἀέρα, γνωρίζομεν τὸ μέτρον τῆς

*Explanation of the Gospel
according to St. Mark for the third
Sunday in Lent.*

"The soul, by means of its
intellect, in the twinkling of an
eye ascends to Heaven, descends
into Hell, makes the circuit of
the earth, goes into cities, enters
every place, thinks about what-
ever it wishes, recollects the past,
considers the present, foresees
the future; weighs, examines,
combines and separates even
the subjects of its own thoughts.
It learns different languages,
arts of all kinds, sublime sciences:
whatever languages you hear,
whatever objects of art you
contemplate, are the work of
our souls: it invented the
contrivances by which we pass
over long distances at sea: we
dive into the depths of the
ocean and bring up pearls, we
descend into the entrails of the
earth and extract the metals:
we measure the size of the sun
and of the moon and the other
planets, and moreover the dis-
tances between them: we calcu-
late the period of their course,
their rising, setting, conjunction,
eclipse, the distance separating
them from each other and from
the earth: we collect and disperse
fire, we introduce and remove
air, we know the measure of the
power of fire, of water, and of the
winds: we see even such things
as by their smallness or distance

δυνάμεως τοῦ πυρός, τοῦ ὕδατος,
τῶν ἀνέμων· βλέπομεν καὶ
ἐκεῖνα ὅσα ἢ διὰ τὴν μικρότητα
ἢ τὸ διάστημα φεύγουσι τῶν
ὀφθαλμῶν τὴν ὅρασιν· αὐτὴ
εὖρε μικροσκόπια, τηλεσκόπια,
πυρόμετρα, ὑγρόμετρα, βαρό-
μετρα, ἀνεμόμετρα· αὐτὴ νοεῖ λύ-
σεις προβλημάτων πάσης ὑπο-
θέσεως, ἀναλογισμοὺς μακροσκε-
λεῖς καὶ δυσαναλογίστους, καὶ
εὑρέσεις πραγμάτων ἀποκρύφων.
Ἡ ψυχὴ ἠθολογεῖ, φυσιολογεῖ,
γεωμετρολογεῖ, βοτανολογεῖ,
μετεωρολογεῖ, ἰατρολογεῖ, ἀ-
στρονομεῖ, ὀντολογεῖ, πνευμα-
τολογεῖ, ψυχολογεῖ, θεολογεῖ·
διὰ τούτων δὲ ἄρχει καὶ δεσπόζει
πάντων τῶν ἐν τῇ γῇ πραγ-
μάτων καὶ αὐτῆς ὅλης τῆς γῆς.
Βλέπεις πόση ἡ διαφορὰ μεταξὺ
τοῦ λογικοῦ ἀνθρώπου καὶ τοῦ
ἀλόγου ζώου; ποῖον τῶν ἀλόγων
ζώων, τῶν πετεινῶν, ἢ τῶν
νηκτῶν, ἢ τῶν ἑρπετῶν, ἢ τῶν
τετραπόδων, δύναται νὰ πράξῃ,
οὐ λέγω πάντα, ἀλλ' ἓν μόνον
μετὰ τῆς αὐτῆς τελειότητος
μετὰ τῆς ὁποίας πράττει ταῦτα
πάντα ὁ ἄνθρωπος; Μωροὶ
λοιπὸν καὶ ἀνόητοι καὶ κατη-
σχυμμένοι εἰσὶν ὅσοι λέγουσιν
ὅτι ὁ λογικὸς ἄνθρωπος οὐδὲν
διαφέρει τῶν ἀλόγων ζώων."
    Πλὴν τοῦ Βουλγάρεως καὶ
Θεοτόκη ἀνεφάνησαν καὶ ἄλλοι
διάσημοι λόγιοι Ἕλληνες κατὰ
τὴν ἐποχὴν ταύτην;
    Πλεῖστοι ὅσοι· ἀλλ' ἐπειδὴ
δὲν ἔχομεν πολὺν χρόνον εἰς
τὴν διάθεσίν μας πρέπει ἐξ

escape the sight of our eyes: it discovered microscopes, telescopes, pyrometers, hygrometers, barometers, anemometers: it understands the solutions of problems on every subject, long and difficult calculations, and the finding of hidden things. The soul treats of morals, physics, geometry, botany, meteorology, medicine, astronomy, ontology, pneumatics, psychology, theology: by these means it rules and governs everything in the world and the whole world itself. Do you see what a great difference there is between the rational man and the irrational animal? Which of the irrational animals that fly or swim or creep, or of the quadrupeds, can do, I do not say everything, but one single thing with that perfection with which man does all these things? Foolish, then, and senseless and lost to shame are all who say that rational man in no way differs from the irrational animals."

Besides Bulgaris and Theotokes did any other learned Greeks of distinction make their appearance at this period?

A very great number: but, as we have not much time at our disposal, we must necessarily

ἀνάγκης νὰ παραλίπωμεν τὰ
ὀνόματα αὐτῶν καὶ νὰ μετα-
βῶμεν εὐθὺς εἰς τὸν μέγαν
Κοραῆν ὅστις ἀναμφισβητήτως
κατέχει τὴν ὑψίστην θέσιν
μεταξὺ πάντων τῶν ἐπὶ σοφίᾳ
διαπρεψάντων Ἑλλήνων ἀπὸ
τῆς ἁλώσεως τῆς Κωνσταντινου-
πόλεως μέχρι τῶν ἡμερῶν μας.

Πρὶν ἢ μεταβῶμεν εἰς τὸν
Κοραῆν θὰ σᾶς παρακαλέσω νά
μοι εἴπητε ὀλίγα τινὰ περὶ
Λάμπρου τοῦ Φωτιάδου τοῦ
ὁποίου τὴν ὡραίαν εἰκόνα εἶδον
ἐν τῇ οἰκίᾳ τοῦ πρέσβεως τῆς
Ἑλλάδος Κυρίου Γενναδίου ὅτε
τελευταίως ἔσχον τὴν τιμὴν νὰ
ἐπισκεφθῶ αὐτόν· μοὶ εἶπε δὲ
ὅτι αὐτὸς ὁ Φωτιάδης ἐδώρησεν
αὐτὴν εἰς τὸν ἀείμνηστον πατέ-
ρα του, τὸν πολὺν Γεώργιον
Γεννάδιον, ὅστις ὑπῆρξεν ὁ
ἐπιστήθιος μαθητὴς τοῦ μεγά-
λου ἐκείνου διδασκάλου.

Καὶ ἐγὼ εἶδον αὐτὴν πολλά-
κις· εἶναι δὲ ἡ μόνη πρωτότυπος
εἰκὼν τοῦ Φωτιάδου, πᾶσαι δὲ
αἱ ἄλλαι ἀντεγράφησαν ἐξ
αὐτῆς. Τώρα ἀκούσατε ὀλίγα
τινὰ περὶ τοῦ περὶ οὗ ὁ λόγος
σοφοῦ ἀνδρός. Λάμπρος ὁ
Φωτιάδης ἐγεννήθη ἐν Ἰωαν-
νίνοις τῷ 1750. Διδαχθεὶς ἐν
τῇ πατρίδι αὐτοῦ τὰ ἐγκύκλια
μαθήματα καὶ σπουδάσας
ἀκολούθως παρὰ Νεοφύτῳ τῷ
Καυσοκαλυβίτῃ τὴν ἀρχαίαν
Ἑλληνικὴν φιλολογίαν, ὢν
δὲ ἐκ φύσεως πεπροικισμένος μὲ
ὀξύνοιαν, μνήμην καὶ φιλο-
πονίαν, ταχέως κατέστη εἰς τῶν

omit their names and pass at
once to the great Coraïs, who
undoubtedly holds the highest
position among all the Greeks
who have been conspicuous by
their erudition from the taking
of Constantinople to the present
day.

Before we pass to Coraïs I
must beg you to tell me a little
about Lampros Photiades, whose
beautiful portrait I saw in the
house of the Greek envoy
Mons. Gennadius when I lately
had the honour of visiting him :
he told me that Photiades him-
self gave it to his father, the
celebrated George Gennadius of
immortal memory, who was the
favourite pupil of that great
teacher.

I too have often seen it. It
is the only original portrait of
Photiades : all the others have
been copied from it. Now
listen to a few particulars about
the learned man we are speak-
ing of. Lampros Photiades
was born in Janina in 1750.
Having received a general educa-
tion in his own country, and
having subsequently studied
ancient Greek literature with
Neophytus Causocalybites, and
being endowed by nature with
ability, a good memory and
industry, he soon became one
of the best teachers of the nation.

ἀρίστων διδασκάλων τοῦ ἔθνους. Κατὰ τὸ ἔτος 1792 διωρίσθη σχολάρχης τῆς ἐν Βουκουρεστίῳ σχολῆς, ἐν ᾗ ἐδίδαξε μέχρι τέλους τοῦ βίου αὐτοῦ· ἀπέθανε δὲ τῷ 1805. Ἐν ταῖς ἡμέραις τοῦ Φωτιάδου ἡ ἐν Βουκουρεστίῳ σχολὴ ἔλαβε νέαν ζωὴν καὶ τὸ πλῆθος τῶν πανταχόθεν συρρεόντων ἐκεῖ Ἑλλήνων μαθητῶν ἦτο μέγα· προσήρχοντο δὲ καὶ οὐκ ὀλίγοι Βλάχοι καὶ Βούλγαροι ὅπως ποτισθῶσι τὰ νάματα τῆς Ἑλληνικῆς σοφίας. Ὁ Λάμπρος δὲν ἀνήλισκεν ἐν τῇ διδασκαλίᾳ του πάντα τὸν χρόνον μόνον εἰς τὴν ἑρμηνείαν λέξεων καὶ φράσεων, ἀλλ' ἔστρεφε τὴν προσοχὴν τῶν μαθητῶν του εἰς τὰς ὑψηλὰς ἰδέας τῶν ἀρχαίων συγγραφέων καὶ μετέδιδεν εἰς αὐτοὺς τὸ ἱερὸν ἐκεῖνο πῦρ ὅπερ εἰσδῦον εἰς τὰς νεαρὰς αὐτῶν ψυχὰς ἐπλήρου αὐτὰς τοῦ ἐνθέου ἐκείνου ἐνθουσιασμοῦ, ὃν γεννᾷ ἡ μελέτη τῶν ἀριστουργημάτων τῆς ἀρχαίας Ἑλληνικῆς φιλολογίας.

Κατέλιπε πολλὰ συγγράμματα ὁ Φωτιάδης;

Ἐν βιογραφικῇ τινι σημειώσει δημοσιευθείσῃ ἐν τῷ Λογίῳ Ἑρμῇ τοῦ 1811 ἀναφέρεται ὅτι μεθηρμήνευσε τῶν δέκα ῥητόρων τὰ σωζόμενα, τὸν Ξενοφῶντα ἀπ' ἀρχῆς εἰς τέλος, τὰς Μούσας τοῦ Ἡροδότου, πέντε ἐκ τῶν συγγραφῶν τοῦ Θουκυδίδου, Πλουτάρχου τὰ

In the year 1792 he was appointed headmaster of the school at Bucharest, in which he taught till the close of his life : he died in 1805. In the days of Photiades the school at Bucharest received new life, and the number of Greek students who thronged there from all parts was very great, and not a few Wallachians and Bulgarians came there to drink from the streams of Greek learning. Lampros in his tuition did not spend the whole of his time simply in the explanation of words and phrases, but he directed the attention of his pupils to the lofty ideas of the ancient writers and imparted to them that sacred flame which, penetrating their young souls, filled them with that inspired enthusiasm which the study of the masterpieces of ancient Greek literature produces.

Did Photiades leave behind him many works ?

In a biographical notice published in the *Logios Hermes* of 1811 it is mentioned that he translated what has been preserved of the ten orators, Xenophon from beginning to end, the *Muses* of Herodotus, five of the books of Thucydides, the greater part of Plutarch, much

πλείονα, πολλὰ τοῦ Λουκιανοῦ
καὶ ἄλλα τινά· τί ὅμως ἔγειναν
πάντα ταῦτα τὰ συγγράμματα
δὲν ἔχω τὴν ἐλαχίστην ἰδέαν·
τὸ βέβαιον εἶναι ὅτι οὐδὲν ἐξ
αὐτῶν ἐτυπώθη.

Μένω ὑμῖν ὑπόχρεως διὰ τὰς
περὶ τοῦ Λάμπρου Φωτιάδου
πληροφορίας. "Ωρα νὰ μετα-
βῶμεν εἰς τὸν Κοραῆν, περὶ τοῦ
ὁποίου ἀνέγνων οὐκ ὀλίγα. Αἱ
σπουδαῖαι αὐτοῦ ἐκδόσεις τῶν
ἀρχαίων συγγραφέων τιμῶνται
μεγάλως ὑπὸ τῶν ἐν Ἀγγλίᾳ
Ἑλληνιστῶν καὶ εὑρίσκονται
ἐν πάσαις· ἡμῶν ταῖς μεγάλαις
βιβλιοθήκαις. Ἐγὼ πολλάκις
μετεχειρίσθην εἰς τὰς μελέτας
μου τὰς σοφὰς αὐτοῦ σημειώσεις
εἰς τὰ Αἰθιοπικὰ τοῦ Ἡλιο-
δώρου, εἰς τοὺς Παραλλήλους
Βίους τοῦ Πλουτάρχου, εἰς τὸν
Ἰσοκράτην, εἰς τὸν Στράβωνα
καὶ εἰς πολλοὺς ἄλλους. Αἱ
διορθώσεις αὐτοῦ εἰς τὰ ἀρχαῖα
κείμενα, παρετήρησα ὅτι ὡς ἐπὶ
τὸ πλεῖστον εἶναι ὀρθαί, καὶ
πολλοὶ τῶν νεωτέρων ἐκδοτῶν
παρεδέχθησαν αὐτάς· εἶναι
ὅμως ἄξιον σημειώσεως ὅτι ἔνιοι
ἐξ αὐτῶν δὲν ἀναφέρουσι τὴν
πηγὴν ἐξ ἧς ἠρύσθησαν αὐτάς,
καὶ ἀφίνουσι τὸν ἀναγνώστην
νὰ νομίζῃ ὅτι εἶναι γεννήματα
τῆς κριτικῆς αὐτῶν εὐφυΐας.

Ἔχετε δίκαιον. Ὁ Κύριος
Θερειανὸς ἐν τῇ βιογραφίᾳ
τοῦ Κοραῆ ἀναφέρει πολλὰς
διορθώσεις τοῦ σοφοῦ ἐκείνου
κριτικοῦ ἃς ἀσυστόλως μετα-
γενέστεροί τινες ἐκδόται ἐπα-

of Lucian, and some other works;
but what has become of all
these writings I have not the
slightest idea : what is certain
is that not one of them has been
printed.

I am much obliged to you
for your information about
Lampros Photiades. Now let
us go to Coraïs, about whom I
have read not a little. His
valuable editions of the ancient
writers are held in high esteem
by Greek scholars in England
and are found in all our great
libraries.   In my studies I
frequently made use of his
learned notes on the *Aethiopics*
of Heliodorus, on Plutarch's
Parallel Lives, on Isocrates,
Strabo, and many other authors.
I have observed that his emenda-
tions of the ancient texts are
for the most part correct, and
many of the more recent editors
have adopted them, but it is
worthy of notice that some of
them make no mention of the
source from which they derived
them, and allow the reader
to suppose that they are the
offspring of their own critical
acumen.

You are right. Mr. Therei-
anos, in his life of Coraïs, men-
tions many emendations by that
learned critic which some later
editors have had the effrontery
to offer as their own.   But let

ροισίασαν ὡς ἰδικάς των. Ἀλλ' ὰς ἀφήσωμεν τὰ ἀφορῶντα τὰς ἐκδόσεις καὶ διορθώσεις τοῦ Κοραῆ καὶ ὰς ἴδωμεν κατὰ τί διέφερεν οὗτος τῶν κατὰ τοὺς χρόνους τῆς δουλείας ἀκμασάντων ἄλλων σοφῶν Ἑλλήνων, ὥστε τὸ ἔθνος νὰ θεωρῇ αὐτὸν πολλῷ ὑπέρτερον ἐκείνων οὐ μόνον κατὰ τὴν μάθησιν, ἀλλὰ καὶ κατὰ πολλὰ ἄλλα. Ἀκούσατε τί λέγει περὶ αὐτοῦ ὁ σοφὸς Θερειανός·

"Οἵαν σχέσιν ἔχει ὁ Σωκράτης πρὸς τοὺς προακμάσαντας φιλοσόφους, τοιαύτην καὶ ὁ Ἀδαμάντιος Κοραῆς πρὸς τοὺς προγενεστέρους καὶ συγχρόνους διδασκάλους· ἐκεῖνοι ἔστρεφον τὰς ὄψεις πρὸς τὸν οὐρανόν, οὗτος δὲ ἀπέβλεψε πρώτιστα καὶ μάλιστα πρὸς τὸν ἄνθρωπον· ἐκεῖνοι μὲν φυσιολόγοι, οὗτος δὲ ἀνθρωπολόγος. Ἐκ τῶν νεκταρέων τοῦ στόματός του χειλέων ἐξῆλθε φωνὴ γλυκεία καὶ ἐρατεινή, ἥτις κατέθελξε καὶ ἐθέρμανε τὴν περίλιπον τοῦ Ἕλληνος καρδίαν, ἐστήριξε δὲ πάντων τὰς ὑποσαλευομένας ψυχάς. Πρῶτος αὐτὸς ἐλάλησεν εἰς τοὺς Ἕλληνας περὶ Ἑλληνικῆς ἐλευθερίας εἰς χαρακτῆρα λόγου οὔτε μιξοβάρβαρον, οὔτε μέχρις ἀκαταληψίας ἀρχαϊκόν, οὕτω δὲ συνήρμοσεν ἀλλήλοις τὰ γράμματα τὰ Ἑλληνικὰ καὶ τὴν ἐλευθερίαν, ὥστε ἡ Ἑλληνικὴ γλῶσσα, τὸ πρώτιστον τοῦ ἐθνικοῦ βίου ὄργανον, ἀνακαθαρθεῖσα ὑπ'

us leave what regards the editions and emendations of Coraïs and let us see in what respect he so differed from the other learned Greeks who flourished during the subjection that the nation should look upon him as far superior to them not only in erudition but in many other respects. Listen to what the learned Thereianos says about him:

"The same relation that Socrates bears to the philosophers who flourished before his time Adamantius Coraïs bears to preceding and contemporary teachers: the latter turned their regards to heaven, while he principally and especially contemplated mankind: the latter studied nature, the former man. From his honeyed lips there came a sweet and delightful voice, which charmed and warmed the sorrowful heart of the Greek and confirmed the wavering souls of all. He was the first who spoke to the Greeks of Greek liberty in a style of speech neither adulterated with barbarisms nor so archaic as to be unintelligible, and he so connected with each other Greek literature and freedom that the Greek language, the principal organ of national life, purified by him, became, as it ought to have become long ago, the most powerful lever of national re-

αὐτοῦ, ἐγένετο ὡς ἔπρεπεν ἤδη πρὸ πολλοῦ νὰ γείνῃ, ὁ δραστικώτατος μοχλὸς τῆς ἐθνικῆς ἀναγεννήσεως. Διὰ τοῦ φιλελευθέρου καὶ ἐλευθεροπρεποῦς ἤθους καὶ τῶν γνησίως φιλογενῶν αὐτοῦ παραινέσεων ἐφύτευσεν εἰς πάντων τὰς ψυχὰς τὸν ἔρωτα τῆς πατρίδος, οὐχὶ τὸν ἐπιπόλαιον καὶ κοῦφον, ἀλλὰ τὸν πραγματικὸν καὶ τελεσιουργὸν ἐκεῖνον ἔρωτα, τὸν παράγοντα τὰ γενναῖα φρονήματα καὶ διδάσκοντα ὅτι τὸ ἀφειδεῖν ἑαυτοῦ χάριν τῆς πατρίδος εἶναι παντὸς ἑκάστου φιλοπόλιδος ἀνδρὸς τὸ κύριον καθῆκον. Ἡ παιδεία, ὅπως ἐνόει αὐτὴν ὁ Κοραῆς, ἦτο ἡ ἐναρμόνιος διάπλασις τοῦ νοῦ καὶ τῆς καρδίας, τοιαύτης δέ τινος καλοκαγαθίας ἔχρῃζεν ἐπὶ πᾶσι τὸ γένος ὅπως δυνηθῇ νὰ καταλάβῃ τὴν προσήκουσαν αὐτῷ θέσιν ἐν τῇ χορείᾳ τῶν εὐνομουμένων ἐθνῶν. Ὅσῳ ὑγιέστερον παιδεύονται οἱ Ἕλληνες, τοσούτῳ μείζονα λαμβάνουσιν ἔφεσιν τῆς ἐλευθερίας· ἄρα τὰ γράμματα ἦσαν τὸ πρώτιστον πρὸς ἀνάκτησιν τῆς αὐτονομίας ἐφόδιον. Καὶ ἐπειδὴ ἀληθὴς ἀγωγὴ χωρὶς εὐμεθόδου διδασκαλίας ἦτο ἀδύνατος, ἔδει ἐπὶ πᾶσι νὰ μεταρρυθμισθῇ τὸ ἐκπαιδευτικὸν σύστημα, ἁπλοποιουμένων καὶ ἐπὶ τὸ λυσιτελέστερον ῥυθμιζομένων τῶν μαθημάτων, καὶ κατ' ἐξοχὴν τῆς παραδόσεως τῆς προγονικῆς γλώσσης. Τὸ κάλλος τῆς

generation. By his character, which was that of one who loved liberty and deserved it, and by his purely patriotic advice, he implanted in the souls of all a love of their fatherland, not of a superficial and trivial kind, but that real and practical love which produces noble sentiments and which teaches that to be unsparing of himself for the sake of his country is the chief duty of every patriot. Education, as Coraïs understood it, was the moulding of the mind and heart so that they might be in harmony, and it was some such kind of nobility of character which above all things the race required to enable it to take its proper place in the band of well-ordered nations. The more healthy the education the Greeks receive, the stronger is the desire they conceive for liberty. Accordingly education was the principal equipment required for regaining independence. And since true education without instruction on a right method is impossible, it was necessary above all for the educational system to be reformed, by the subjects of study being simplified and so arranged as to be more practically useful, especially the teaching of the ancestral language. The beauty of the Greek language was not obscured to such an extent as not to be susceptible of

Ἑλληνικῆς φωνῆς δὲν ἦτο ἐπὶ
τοσοῦτον ἠμαυρωμένον ὥστε
μηδεμίαν νὰ ἐπιδέχηται ἐπανόρ-
θωσιν· ἡ εὐγένεια τοῦ ἔθνους
δὲν ἦτο τοσοῦτον ἐξαληλιμμένη,
ὥστε νὰ μὴ παρέχῃ μηδὲ τὴν
ἐλαχίστην ἀνορθώσεως ἐλπίδα.
Οὐδεμία ὑπῆρχε πρὸς τοῦτο
χρεία ὑπερφυοῦς τινος τέχνης ἢ
μηχανῆς· ἡ εἰς τὴν νέαν ζωὴν
μετασκευὴ τῶν Ἑλλήνων
ἠδύνατο νὰ ἀποτελεσθῇ διὰ τῆς
μορφοποιοῦ καὶ ἐθνοπλαστικῆς
τῶν Ἑλληνικῶν γραμμάτων
ἰσχύος. Ὁ Κοραῆς κάλλιστα
ἠπίστατο ὅτι ἡ ἀνάπλασις τοῦ
ἔθνοις δὲν ἦτο ἐγχείρημα ἐκ
τῶν γινομένων ταχέως καὶ
παραχρῆμα, ἀλλ᾽ ὅμως εἶχε
πίστιν ἀκλόνητον εἰς τὴν καθ-
αγνιστικὴν καὶ ἐπιρρωστικὴν
τῆς ὑγιοῦς παιδείας δύναμιν,
καὶ εἰκότως ἐφρόνει ὅτι αὕτη
καὶ μόνη θὰ προεξωμάλιζε τὴν
ὁδὸν τῆς ἐλευθερίας· διὸ καὶ
ἀνέκαθεν ὑπελάμβανεν ὅτι ὁ
φωτισμὸς τοῦ γένους ἦτο ὁ
ἀσφαλέστατος προάγγελος τῆς
ἐθνικῆς παλιγγενεσίας καὶ τῆς
πολιτικῆς αὐτοῦ ἀποκατα-
στάσεως, ἅμα δὲ καὶ ὁ ἰσχυρό-
τατος φύλαξ τῶν δύο τούτων
ὑπερτάτων ἀγαθῶν. Ὁ βίος
τοῦ μεγάλου τούτου ἀνδρός,
ὅστις ὡς ἀρχιτέκτων καὶ ἀναμορ-
φωτὴς τῆς Ἑλληνικῆς γλώσσης
καὶ τῆς Ἑλληνικῆς φιλολογίας,
ὡς διαπρίσιος κῆρυξ τῆς ἀρετῆς,
τῆς φιλοσοφίας καὶ τῆς ἐλευ-
θερίας, καὶ ὡς εἰσηγητὴς καὶ
ἱεροφάντης νέων ἀρχῶν, ἔχει

restoration. The noble character
of the nation was not so com-
pletely obliterated as to afford
not even the slightest hope of
its being re-established. For
this purpose there was no need
of any supernatural ingenuity
or contrivance : the change to
be effected in the Greeks to fit
them for the new life could be
accomplished by the formative
and nationalising force of Greek
literature. Coraïs thoroughly
understood that the remodelling
of the nation was not an under-
taking which could be at once
and immediately carried out,
but he had faith, which nothing
could shake, in the purifying
and invigorating power of a
healthy education, and he rightly
considered that even by itself it
would smooth the path of liberty,
and therefore from the very
beginning he held the opinion
that the enlightenment of the
race was the most certain pre-
cursor of its national regenera-
tion and its political restoration,
and at the same time the
strongest safeguard of those two
supreme blessings. The life of
this great man—who as the
chief designer and reformer of
the Greek language and of
Greek literature, and as the
loud-toned herald of virtue, of
philosophy and of liberty, and
as the · author and initiating
priest of new principles, holds
among Greeks that kind of

παρ' Ἕλλησι τοιαύτην τινὰ
θέσιν, οἵαν ὁ Montaigne παρὰ
τοῖς Γάλλοις, ὁ Βάκων παρὰ
τοῖς Ἄγγλοις, καὶ ὁ Θωμάσιος
καὶ ὁ Λέσιγκ παρὰ τοῖς Γερ-
μανοῖς, εἶναι ἀνεξάντλητος
θησαυρὸς σοφῶν λόγων καὶ
ἔργων ἐπ' ὠφελείᾳ τοῦ Ἑλλη-
νικοῦ γένους καὶ τῶν Ἑλλη-
νικῶν γραμμάτων."

Ἰδοὺ καί τινες βιογραφικαὶ
σημειώσεις περὶ τοῦ διακεκρι-
μένου τούτου ἀνδρός. Ὁ
Ἀδαμάντιος Κοραῆς ἐγεννήθη
ἐν Σμύρνῃ τῇ 27 Ἀπριλίου
1748 ἐκ πατρὸς Χίου, Ἰωάννου
Κοραῆ, καὶ μητρὸς Σμυρναίας,
Θωμαΐδος θυγατρὸς Ἀδαμαν-
τίου Ῥυσίου ἀνδρὸς σοφοῦ.
Ἐδιδάχθη τὰ ἐγκύκλια μαθή-
ματα ἐν Σμύρνῃ, ἐν τῷ αὐτόθι
ὑπὸ Παντολέοντος Σεβαστο-
πούλου ἱδρυθέντι Ἑλληνικῷ
σχολείῳ. Περατώσας τὰ ἐν
τῇ σχολῇ μαθήματα ἐπεδόθη
εἰς τὴν ἐκμάθησιν γλωσσῶν
καὶ ταχέως ἐξέμαθεν οὐ μόνον
τὴν Ἰταλικὴν καὶ Γαλλικήν,
ἀλλὰ καὶ τὴν Ἑβραϊκὴν καὶ
Λατινικήν· τὴν τελευταίαν
ἐδιδάχθη ὑπὸ τοῦ Αἰδεσίμου
Βερνάρδου Κεύνου, ἐφημερίου
τοῦ ἐν Σμύρνῃ προξενείου τῆς
Ὁλλανδίας, ἀντιδιδάξας αὐτὸν
τὴν Ἑλληνικήν. Τῷ 1772
ἐστάλη ὑπὸ τοῦ πατρός του
χάριν ἐμπορίου εἰς Ἀμστελό-
δαμον, ἔνθα ἔμεινεν ἓξ ἔτη οὐ
μόνον ἐμπορευόμενος ἀλλὰ καὶ
καταγινόμενος εἰς σπουδαίας
μελέτας. Τῷ 1778 μετακληθεὶς

position which Montaigne has
among the French, Bacon among
the English, and Thomasius
and Lessing among the Germans
—is an inexhaustible treasury of
wise words and deeds for the
benefit of the Greek race and
of Greek learning."

Here are some biographical
notes about this distinguished
man. Adamantius Coraïs was
born at Smyrna on the 27th of
April 1748 : his father Johannes
Coraïs was a native of Chios and
his mother Thomaïs was from
Smyrna, daughter of Adamantius
Rysius, a man of learning.
He received a general education
in Smyrna, in the Greek school
founded there by Pantoleon
Sevastopulo. Having completed
his course at the school, he
devoted himself to the study
of languages and soon mastered
not only Italian and French but
also Hebrew and Latin : the
last he learnt under the Rev.
Bernardus Keun, the chaplain of
the Dutch consulate at Smyrna,
giving him in exchange instruc-
tion in Greek. In 1772 he
was sent by his father to
Amsterdam for mercantile
purposes, and he remained there
six years, not only engaged in
trade but occupying himself also
in serious study. Recalled by
his father in 1778, he went back
to Smyrna and stayed there four

ὑπὸ ,τοῦ πατρός του ἐπανῆλθεν
εἰς Σμύρνην καὶ ἔμεινεν ἐκεῖ
τέσσαρα ἔτη διερχόμενος τὸν
χρόνον αὐτοῦ εἰς μελέτας. Τῷ
1782 μετέβη εἰς Μομπελλιὲ
ὅπου διέμεινεν ἐξ ἔτη σπουδά-
ζων τὴν ἰατρικήν. Κατὰ τὸ
διάστημα τοῦτο μετέφρασεν εἰς
τὴν Γαλλικὴν δύο Γερμανικὰ
καὶ δύο Ἀγγλικὰ σπουδαῖα
ἰατρικὰ συγγράμματα, ἅπερ οἱ
Γάλλοι ἐξετίμησαν μεγάλως οὐ
μόνον διὰ τὴν ἀξίαν τῶν ἐν
αὐτοῖς ἐμπεριεχομένων, ἀλλὰ
καὶ διὰ τὸ δόκιμον τῆς μετα-
φράσεως. Ἀποπερατώσας ἐν
Μομπελλιὲ τὰς ἰατρικὰς
σπουδάς του καὶ ἀξιωθεὶς τῶν
ἀνωτάτων ἀκαδημαϊκῶν τιμῶν,
κατὰ Μάϊον τοῦ 1788 ἀπῆλθεν
εἰς Παρισίους, ἔνθα ἔμεινε μέχρι
τέλους τοῦ μακροῦ αὐτοῦ βίου,
ὃν ἀφιέρωσεν ἀποκλειστικῶς
ὑπὲρ τοῦ φωτισμοῦ. τοῦ ἔθνους
του· ἀπέθανε δὲ τῇ 10 Ἀπριλίου
1833. Δὲν ἐπιχειρῶ ἐνταῦθα
νὰ πλέξω στέφανον ἐγκωμίου
εἰς τὴν μνήμην τοῦ Κοραῆ,
διότι ἄνδρες πολλῷ ἐμοῦ ἱκα-
νώτεροι ὕμνησαν αὐτὸν πρεπόν-
τως. Ἔχετε τὸ πολύτιμον
ἔργον τοῦ Διονυσίου Θερειανοῦ·
ἐν αὐτῷ θέλετε εὑρεῖ καλλιεπῶς
καὶ ἐν ἀκριβείᾳ ἐκτεθειμένα
πάντα ὅσα δύναται νὰ ἐπιθυ-
μήσῃ τις νὰ μάθῃ περὶ τοῦ
βίου καὶ τῶν ἔργων τοῦ μεγάλου
ἐκείνου ἀνδρός, ὅμοιοι τοῦ ὁποίου
δὲν ἀναφαίνονται συνεχῶς εἰς
τὰ χρονικὰ τῶν ἐθνῶν.

Τώρα ἂν ἀγαπᾶτε ἂς ἀνα-

years, passing his time in
scholastic pursuits. In 1782
he went to Montpellier, where
he remained six years studying
medicine. During this time he
made translations into French
of two German and two English
important medical works, and
these the French held in high
esteem not only for the value
of their contents but also for
the excellence of the translation.
Having completed his medical
studies at Montpellier and
gained the highest academical
honours, he went in May 1788 to
Paris, where he resided till the
end of his long life, which he had
devoted exclusively to the en-
lightenment of his nation. He
died on the 10th of April
1833. I do not attempt here
to wreathe a chaplet of praise
to the memory of Coraïs, for
much more able men than I
have worthily celebrated him.
You have the valuable work of
Dionysius Thereianos, and there
you will find eloquently and
accurately described all that
any one can desire to learn
about the life and works of that
great man whose equals rarely
make their appearance in the
history of nations.

Now, if you like, let us read

γνώσωμεν ἀποσπάσματά τινα ἐκ τῶν ἔργων τοῦ Κοραῆ.

Προθύμως. Τὸ πρῶτον τοῦτο ἀντέγραψα ἐκ τῶν προλεγομένων αὐτοῦ εἰς τοὺς Παραλλήλους Βίους τοῦ Πλουτάρχου· εἶναι δὲ παραίνεσις πρὸς τοὺς διδα-σκάλους. Ἰδοὺ τί λέγει·

"Οἱ τοῦ γένους λόγιοι παιδευ-ταὶ πρέπει νὰ ἀγαπῶσι τοὺς μα-θητάς των ὡς ἴδιά των τέκνα, καὶ νὰ τοὺς στοχάζωνται ὡς ἱερὰς παρακαταθήκας ἐμπιστευ-μένας ἀπὸ τοὺς γονεῖς εἰς τὰς χεῖράς των. Τὸ ἀξιολογώτερον μάθημα εἰς τὰς νεαρὰς αὐτῶν ψυχὰς εἶναι τῶν ψυχῶν αὐτῶν ἡ ἡμέρωσις, τὴν ὁποίαν μόνη τῶν ἐπιστημῶν ἡ παράδοσις χωρὶς τὴν φιλολογίαν δὲν εἰμπορεῖ νὰ προξενήσῃ. Ἃς τοὺς συμβουλεύωσι λοιπὸν νὰ γίνωνται καλοὶ γραμματικοὶ πρὶν ἐμβῶσιν εἰς τῶν μαθητῶν τῆς φιλοσοφίας τὸν κατάλογον, ἤγουν νὰ μανθάνωσι πρῶτον τὴν φιλολογίαν τῆς Ἑλληνικῆς γλώσσης τῆς ὁποίας ἀχώριστος πρέπει νὰ ἦναι ἡ Λατινική. Αἱ ἐπιστῆμαι χωρὶς τὴν φιλολο-γίαν καταντῶσιν εἰς τῶν βαναύσων τεχνῶν τὴν ταπεινό-τητα. Σχεδὸν ὅλοι οἱ παλαιοὶ φιλόσοφοι ἦσαν καὶ φιλόλογοι, καὶ οἱ ἐπισημότεροι αὐτῶν ἐστάθησαν οἱ καλύτεροι γραμ-ματικοί. Ἐνόησαν πολλὰ καλὰ οἱ ἀείμνηστοι πατέρες ἡμῶν ὅτι τὰ λεγόμενα Ἀνθρω-πικὰ γράμματα συντελοῦν πολὺ ὄχι μόνον εἰς τὴν τέχνην

some extracts from the works of Coraïs.

By all means. This first one I copied from his preface to Plutarch's *Parallel Lives*: it is an exhortation to teachers. This is what he says:

"The learned instructors of the nation should love their pupils as their own children, and consider them as sacred trusts confided to their hands by their parents. The most important lesson for their young minds to learn is to render their dispositions gentle, which instruction in science alone without litera-ture cannot effect. Let them then advise them to acquire a sound knowledge of grammar before they include themselves in the list of students of philo-sophy, that is to say, to learn first the literature of the Greek language with which Latin should be inseparably united. Science without literature is reduced to the humble level of the mechanical arts. Nearly all the ancient philosophers were also men of letters, and the most distinguished among them were the best grammarians. Our ancestors of imperishable memory well understood that the so-called 'humanities' greatly contribute not only to the art of writing but also to actual gentle-ness and refinement of manners. On this account our ancestors

τοῦ γράφειν, ἀλλὰ καὶ εἰς αὐτὴν τῶν ἠθῶν τὴν ἡμέρωσιν καὶ κοσμιότητα· διὰ τοῦτο οἱ προπάτορες ἡμῶν ὠνόμαζαν τὴν ἐγκύκλιον παιδείαν Μουσικήν, ὅτι πραΰνει τὴν ψυχὴν καθὼς ἡ ἰδίως λεγομένη μουσική· διὰ τοῦτο συνεβούλευεν ὁ θεῖος Πλάτων τὸν μαθητὴν αὐτοῦ Ξενοκράτην νὰ θυσιάζῃ συχνὰ εἰς τὰς Χάριτας."

Ἡ ἐξῆς περικοπὴ περὶ ἰσότητος εἶναι εἰλημμένη ἐκ τῶν προλεγομένων τοῦ Κοραῆ εἰς τὴν δευτέραν ἔκδοσιν τοῦ Βεκκαρίου (1823)·

" Εἰς τῶν παροιμιῶν τὸν κατάλογον ἔθεσαν οἱ πρόγονοί μας τὸ ΙΣΟΤΗΣ ΦΙΛΟΤΗΣ, ἤγουν τὸ ἔκριναν μίαν ἀπ' ἐκείνας τὰς ἀληθείας, τὰς ὁποίας ἔκαμεν ἀναντιρρήτους αὐτὴ τῆς ἀνθρωπίνης φύσεως ἡ ἔρευνα, καὶ ἡ μὲ τὴν ἔρευναν σύμφωνος καθημερινὴ πεῖρα. Ἀλλ' ἐὰν ἡ ἰσότης γεννᾷ μεταξὺ τῶν ἀνθρώπων τὴν φιλίαν, ἐξ ἀνάγκης ἡ ἀνισότης ἔχει θυγατέρα τὴν ἔχθραν. Ἡ φύσις μᾶς ἐγέννησε τὴν ἀρχὴν ὅλους ἴσους, ἐπειδὴ εἰς ὅλους ἔδωκε τὰς αὐτὰς αἰσθήσεις, τὰ αὐτὰ πάθη, καὶ τὰς αὐτὰς χρείας. Ἀλλ' ἡ τοιαύτη ἰσότης δὲν μένει πλὴν ἐν ὅσῳ τὸ ἀνθρώπινον σῶμα εὑρίσκεται εἰς τὴν νηπιότητά του· εὐθὺς ὅταν ἀνδρωθῇ ἀναφαίνεται ἔνας τοῦ ἄλλου νοημονέστερος, ἔνας τοῦ ἄλλου ἀνδρειότερος, ἔνας τοῦ ἄλλου

gave the name of Music to general education, because it softens the disposition just as music, properly so-called, does, and it was for this reason that the divine Plato advised his disciple Xenocrates to sacrifice frequently to the Graces."

The following passage about *Equality* is taken from Coraïs' introduction to the second edition of Beccaria (1823):

"Our ancestors included in their list of proverbs 'Equality is friendship,' that is to say, they regarded this as one of those truths which the examination itself of human nature, and daily experience, which agrees with that examination, render incontestable. But if equality produces friendship among men, inequality necessarily has enmity for her daughter. Nature made us at the beginning all equal, since she gave to all the same feelings, the same desires, and the same wants. But such equality only remains as long as the human frame is in its infancy. As soon as it is matured one man shows himself more intelligent than another, one braver than another, one more highly endowed with natural advantages than another, and therefore inequality is neces-

πλέον προικισμένος μὲ φυσικὰ
προτερήματα· ὅθεν ἐξ ἀνάγκης
ἐγεννήθη ἡ ἀνισότης, ἥτις
ἔδωκεν ἀφορμὴν εἰς τὴν διχό-
νοιαν. Τοιαύτη εἶναι ἡ κατά-
στασις ὅλων τῶν ἀνθρώπων·
εἶναι λοιπὸν ἡ ἀνισότης αὐτῆς
τῆς φύσεως ἔργον, καὶ ἡ θερα-
πεία της ἐπροσμένετο ἀπὸ τὴν
πολιτείαν, ἀλλὰ πᾶσα καλῶς
ὠργανισμένη πολιτεία πρέπει
ἐξ ἀνάγκης νὰ ἔχῃ ἀνισότητας.
Ὁ υἱὸς δὲν εἶναι ἴσος μὲ τὸν
πατέρα, ὁ μαθητὴς μὲ τὸν διδά-
σκαλον, ὁ κρινόμενος μὲ τὸν
δικαστήν, ὁ ἀρχόμενος μὲ τὸν
ἄρχοντα, ὁ ὑπηρέτης μὲ τὸν
οἰκοδεσπότην, ὁ μισθωτὸς ἐρ-
γάτης μὲ τὸν μισθοδότην, ὁ
πλούσιος μὲ τὸν πένητα.
Ὅστις ζητεῖ νὰ ἐξισώσῃ κατὰ
πάντα τοὺς ὑπερέχοντας μὲ
τοὺς ὑπερεχομένους τούτους,
ζητεῖ νὰ φέρῃ τὴν ἀναρχίαν
εἰς τὴν πολιτικὴν κοινωνίαν,
ζητεῖ νὰ ἐπιστρέψῃ τὸν πολι-
τισμένον ἄνθρωπον εἰς τὴν
προτέραν του ἀγρίαν κατάστα-
σιν."

Ἡ ἐξῆς περικοπὴ περὶ τῆς
ῥητορικῆς δεινότητος τοῦ
Σωκράτους ἀντεγράφη ἐκ τῶν
προλεγομένων τοῦ Κοραῆ εἰς
τὰ Ἀπομνημονεύματα τοῦ
Ξενοφῶντος (1825).

"Ὁ Σωκράτης ἂν καὶ δὲν
ἐπαγγέλλετο ῥήτωρ, ὡς ἐκαυ-
χῶντο εἰς τὴν ῥητορείαν των οἱ
σοφισταί, ἦτον ὅμως ἀληθῶς
καὶ ἐνομίζετο ῥήτωρ. Ἡ
ῥητορικὴ τοῦ Σωκράτους δὲν

sarily produced, and this gives
rise to disagreement. Such is
the condition of all mankind.
Inequality then is the work of
nature herself, and a cure for it
was looked for from the state,
but every well-ordered state must
of necessity have inequalities.
The son is not equal to the
father, the pupil to the teacher,
the one under trial to the
judge, the governed to the
ruler, the servant to the master,
the hired workman to his em-
ployer, the rich to the poor.
Whoever seeks to equalise in
all respects these superiors with
these inferiors, seeks to intro-
duce anarchy in the political
community, seeks to make
civilised man revert to his
original savage condition."

The next passage, about the
rhetorical ability of Socrates,
was copied from Coraïs' in-
troduction to Xenophon's
Memorabilia (1825).

"Socrates, though he did not
profess to be an orator, in the way
that the sophists used to boast of
their rhetoric, was nevertheless
really an orator, and was regarded
as such. The rhetoric of Socrates

ὡμοίαζε τὴν ῥητορικὴν τῶν σοφιστῶν· καὶ τοῦτο ἐξηγεῖ ποίαν ῥητορικὴν ἐννοεῖ ὁ Πλάτων, ὅταν περιπαίζῃ τὴν ῥητορικήν, καὶ παριστᾷ τὸν διδάσκαλόν του καταφρονητὴν αὐτῆς. Πολὺ μέρος τοῦ Γοργίου εἶναι περίγελως τῆς ῥητορικῆς· καὶ ὅμως ὁ πικρὸς αὐτῆς κατήγορος Πλάτων εἰς τὸν Γοργίαν του μάλιστα ἔδειξεν ὅτι ἦτον αὐτὸς μέγας ῥήτωρ. Τῶν σοφιστῶν ἡ καθαυτὸ φροντὶς ἦτο νὰ ἡδύνωσι τὴν ἀκοὴν μὲ τὴν ἐναρμόνιον συμπλοκὴν τῶν λέξεων, ὀλίγον φροντίζοντες περὶ τῆς ἀξίας ἢ τῆς ἀπαξίας τῶν λεγομένων· καὶ ἡ μακρὰ ἕξις τῆς τοιαύτης συμπλοκῆς τοὺς ἔκαμνεν ἀληθεῖς αὐτοσχεδιαστάς, ὡς εἶναι σήμερον οἱ περίφημοι τῆς Ἰταλίας αὐτοσχεδιασταί (improvisateurs). Καθὼς οὗτοι ἀπαγγέλλουν αὐτοσχεδίους μακρὰς ῥήσεις περὶ ὅ, τι τις ἤθελε τοὺς προβάλειν, ἀπαράλλακτα καὶ οἱ σοφισταὶ ἐλαλοῦσαν χωρὶς προπαρασκευὴν καμμίαν περὶ πάσης ὑποθέσεως. Ὁ Γοργίας ἐκαυχᾶτο, ὅτι ἦτον ἕτοιμος ν᾽ ἀποκριθῇ εἰς πᾶσαν ἐρώτησιν, κ᾽ ἐπαραπονεῖτο, ὅτι δὲν τὸν ἠρώτα κανεὶς πλέον τίποτε νέον· ᾽Οὐδείς μέ πω ἠρώτηκε καινὸν οὐδὲν πολλῶν ἐτῶν.᾽ Ἡ τοιαύτη δύναμις ἐνομίζετο ῥητορική, καὶ ἐπλάνα τόσον εὐκολώτερα τοὺς ἀπείρους, καὶ ἐξαιρέτως τοὺς νέους, ὅσον εἰς ἐκείνην τοῦ χρόνου

was not like that of the sophists; and this explains what kind of rhetoric Plato means when he ridicules rhetoric and represents his master as despising it. A considerable part of his *Gorgias* is derision of rhetoric, and yet its bitter denouncer, Plato, showed in the highest degree in this very work that he himself was a great orator. The especial care of the sophists was to please the ear by the harmonious combination of the words, caring little about the value or worthlessness of what was said; and long habit in this kind of combination made them true extempore speakers like the celebrated Italian improvisatori are at the present day. Just as the latter deliver long extempore orations on whatever subject any one may propose to them, exactly in the same way the sophists used to speak upon every subject without any preparation. Gorgias used to boast that he was ready to reply to every question, and complained that no one any longer asked him anything new : 'No one has ever asked me anything new for many years.' This faculty was regarded as a part of rhetoric, and it so much more easily led astray the inexperienced, and especially the young, inasmuch as in those days one of the great defects of the commonwealth was the love

τὴν περίοδον ἕν ἀπὸ τὰ πολλὰ
τῆς πολιτείας νοσήματα ἦτο
καὶ ἡ σπουδαρχία, τὴν ὁποίαν
ἐβοήθει ἡ δύναμις τοῦ λόγου,
ἐπειδὴ ἔδιδε τὴν εἴσοδον εἰς τὰς
ἐκκλησίας, ὅπου ἡ δημαγωγία
ἔπρεπε νὰ ἔχῃ πολλάκις σύμ-
μαχον τὴν αὐτοσχέδιον δημηγο-
ρίαν. Ἐκαυχῶντο, τὸ χειρό-
τερον, οἱ σοφισταὶ ὅτι ἡ
ῥητορική των εἶχε τόσην
δύναμιν, ὥστε ν᾿ ἀποδείχνῃ
τὸ συμφέρον ἀσύμφορον, τὸ
δίκαιον ἄδικον, τὴν ἀλήθειαν
ψεῦδος, καὶ τὸ ψεῦδος ἀλήθειαν.
Τοῦτ᾿ ὠνομάζετο ʽΤὸν ἥττω
λόγον κρείττω ποιεῖν·᾿ ἀλλ᾿
ἐπειδὴ ἡ συνείδησις τοὺς ἔλεγεν
ὅτι τοιαύτη δύναμις εἶναι
δύναμις κακούργων ἀνθρώπων,
τὴν ἐπροσκόλλησαν καὶ ταύτην
εἰς τὸν Σωκράτην, ὡς ἐτόλμησαν
νὰ λέγωσι κατ᾿ αὐτοῦ ὅτι
ἔκαμνε τοὺς νέους ὑβριστὰς τῶν
ἰδίων γονέων, φέροντες αὐτοὶ
τοὺς νέους εἰς τόσην ὕβριν. Ἡ
ῥητορικὴ τοῦ Σωκράτους ὄχι
μόνον δὲν εἶχεν, ὡς εἶπα,
καμμίαν ὁμοιότητα πρὸς τὴν
ῥητορικὴν τῶν σοφιστῶν, ἀλλ᾿
οὐδὲ τὴν ἐδίδασκεν ὡς τὴν
ἐδίδασκαν ἐκεῖνοι. Οἱ σοφισταὶ
εἶχαν σχολεῖα καὶ μαθητὰς ἐκ
τῶν ὁποίων ἐλάμβαναν ἀδρο-
τάτους μισθούς. Ὁ Σωκράτης
οὔτε σχολεῖον ἤνοιξεν, οὔτε
μαθητὰς συνήθροισε· σχολεῖόν
του ἔγεινεν ἡ πόλις ὅλη, καὶ
μαθηταί του ἦσαν ὅλοι οἱ
πολῖται, τοὺς ὁποίους, ἀντὶ νὰ
λάβῃ παρ᾿ αὐτῶν μισθόν,

of office, to which ability in speaking was of service, since it gave admission to the assemblies where the popular leadership frequently had occasion for the assistance of extempore public oratory. The worst of it was that the sophists used to boast that their rhetoric had such great power that it made an advantage appear a disadvantage, justice injustice, truth falsehood, and falsehood truth. This was called 'to make the worse appear the better cause,' but, since their conscience told them that such a faculty was a faculty which belonged to rogues, they fastened this too on Socrates ; just as they had had the audacity to accuse him of making young men insolent to their own parents, although they themselves brought the young to such a pitch of insolence. The rhetoric of Socrates not only had, as I said, no resemblance whatever to the rhetoric of the sophists, but he did not even teach it as they taught it. The sophists had schools and pupils from whom they received enormous fees. Socrates neither opened a school nor collected pupils : the whole city became his school, and all the citizens were his pupils whom, instead of taking fees from them, he advised themselves also to impart gratis whatever good they had learnt from him, and before

ἐσυμβούλευε νὰ μεταδίδωσι καὶ
αὐτοὶ ἀμίσθως ὅ, τι καλὸν ἐδιδά-
σκοντ' ἀπ' αὐτόν, παραγγέλλων
πρὸ Χριστοῦ, ὅτι ἐπαράγγελλεν
ὁ Χριστὸς εἰς τοὺς Μαθητάς του,
'Δωρεὰν ἐλάβετε, δωρεὰν δότε.'
Τοῦ Σωκράτους ἡ ῥητορικὴ
ἦτον ἡ ἀληθινὴ ῥητορική, ἤγουν
ἡ δύναμις νὰ πείθῃ τις τοὺς
ἀνθρώπους εἰς τὰ δίκαια μὲ
λόγον θεμελιωμένον εἰς τῶν
πραγμάτων τὴν ἀλήθειαν καὶ
φύσιν, καὶ μαρτυρούμενον ἀπ'
αὐτὴν τὴν διάθεσιν τῆς ψυχῆς
τοῦ λέγοντος. Ἂν καὶ δὲν
ἐμιμεῖτο τὴν καλλιέπειαν τῶν
σοφιστῶν, εἶχαν ὅμως οἱ λόγοι
του ἓν ἄλλο εἶδος εὐφραδείας,
ἥτις ἔπειθε πολλάκις ὅσους δὲν
ἔφθασε νὰ φαρμακεύσῃ ἡ γελοία
τῶν σοφιστῶν καλλιέπεια. Ἂν
ἀμφιβάλλῃ τις περὶ τούτου, ἂς
παραβάλῃ τοὺς λόγους τοῦ
Σωκράτους, εἰς τὰ συγγράμματα
τοῦ Ξενοφῶντος, μὲ τοὺς σωζομέ-
νους δύο λόγους τοῦ Γοργίου."

Καὶ ταῦτα μὲν περὶ τῆς ῥητορι-
κῆς τοῦ Σωκράτους. Ἀλλαχοῦ
που ὁμιλεῖ περὶ πλούτου καὶ
παιδείας ὡς ἑξῆς·

" Καθὼς ὁ πλοῦτος, παρόμοια
καὶ ὁ φωτισμὸς τῆς διανοίας, τότε
μόνον ὠφελεῖ τὴν πολιτείαν, ὅταν
διασπείρεται ἀναλόγως εἰς ὅλους
τοὺς πολίτας. Ἡ συσσώρευσις
τοῦ πλούτου εἰς ὀλίγους τινὰς
γεννᾷ τοὺς Συβαρίτας καὶ τοὺς
ὁλότελα ἀπόρους, δύο μέρη τῆς
πολιτείας πάντοτε εἰς πόλεμον,
ἕως νὰ καταστρέψωσι τὴν πολι-

the time of Christ taught the
precept which Christ announced
to His disciples : 'Freely have
ye received, freely give.' The
rhetoric of Socrates was true
rhetoric, that is to say, the power
of persuading men in whatever is
just, by a reasoning founded on
the reality and nature of things,
and attested by the speaker's
actual sentiments. Although
he did not imitate the finished
style of the sophists, his words
had another kind of eloquence
which often convinced those
whom the ridiculously elaborate
oratory of the sophists had not
previously poisoned. If any
one have doubts about this, let
him compare the discourses of
Socrates in the works of Xeno-
phon with the two extant
speeches of Gorgias."

So much then about the
rhetoric of Socrates. Somewhere
else he speaks about wealth and
education in the following
words :

"Like wealth, in the same way
too the enlightenment of the
mind then only is of service to
the state when it is distributed
in due proportion among all its
members. The accumulation
of wealth among a few creates
Sybarites and absolute paupers,
two sections of the community
always at war till they have

τείαν. Ἀπὸ τὸν περιορισμὸν
πάλιν τῆς σοφίας εἰς πολλὰ
μικρὸν ἀριθμὸν πολιτῶν ἀνα-
βλαστάνουν οἱ σοφολογιώτα-
τοι σχολαστικοί, οἱ ὁποῖοι
ἐμποδίζουν τὸν φωτισμὸν τοῦ
κοινοῦ λαοῦ, διὰ τὸν φόβον μὴ
τοὺς καταφρονήσῃ ὁ κοινὸς
λαός, καὶ διὰ τὴν ἐλπίδα, ὅτι
τοὺς χυδαίους θέλουν εὑρεῖν
βοηθοὺς ἐὰν τοὺς ἔλθῃ ὄρεξις
νὰ θεραπεύσωσι τὰ πάθη των."

Περὶ δὲ τῆς ἐκπαιδεύσεως τῶν
γυναικῶν ἐκφέρει τὰς ἀκολού-
θους σοφὰς ἰδέας·

"Αἱ γυναῖκες, λέγει ὁ
Ἀριστοτέλης, εἶναι τὸ ἥμισυ
μέρος τῆς πολιτείας· ὅθεν
ὅστις δὲν φροντίζει πλὴν μόνον
τῶν ἀνδρῶν τὴν παιδείαν,
ἀφίνει τὸ ἥμισυ τῆς πολιτείας
νὰ ζῇ ὡς θέλει καὶ ὄχι κατὰ
τοὺς νόμους. 'Ὥστ' ἐν ὅσαις
πολιτείαις φαύλως ἔχει τὸ περὶ
τὰς γυναῖκας, τὸ ἥμισυ τῆς
πόλεως εἶναι δεῖ νομίζειν ἀνομο-
θέτητον.' Ἀλλ' ὅταν εὑρίσκεται
τὸ ἥμισυ χωρὶς νόμον ἐγρήγορα
καὶ τὸ ἄλλο ἥμισυ παύει νὰ
σέβεται τοὺς νόμους. Ἀπὸ τὰς
γυναῖκας γεννώμεθα· εἰς αὐτῶν
τὰς χεῖρας διατρίβομεν τὰ πρῶ-
τα ἔτη τῆς ἀπαλωτέρας, καὶ
ἀκολούθως εὐκολωτέρας νὰ
λάβῃ ὁποιανδήποτε μορφὴν
ἡλικίας. Ὁποῖα ἤθη ἔχουν αἱ
γυναῖκες τοιαῦτα μὲ τὸ γάλα
των αὐτὸ μᾶς ποτίζουν."

Καὶ ἡ ἑξῆς περικοπὴ εἶναι
ἀξία ἀναγνώσεως·

brought ruin on the common-
wealth. From the restriction
again of learning to a very
small number of the members
of the state there arise *the highly
learned pedants* who prevent
the enlightenment of the mass,
for fear that the common people
may despise them, and in the
hope of finding the vulgar of
service to them whenever they
are inclined to gratify their evil
passions."

Regarding the education of
women he expressed the follow-
ing wise views :

"Aristotle says that women
comprise one half of the state ;
and hence whoever studies the
education of men only, leaves half
of the state to live as it likes and
not in obedience to the laws.
'Consequently in those states
where matters which regard
women are of no account, half
of the state must be considered
as not under legislation' : but
when half of it is not subject to
the law, the other half soon
ceases to respect the laws. From
women we derive our birth, and
under their control we pass the
first years of that time of life
which, being more impression-
able than any other, is more
easily capable of being moulded
into any form. Whatever dis-
position women have they im-
part to us with their very milk."

The following passage is also
worth reading :

"Ἡ καλὴ ἀνατροφὴ γίνεται καὶ βοηθεῖται πλέον ἀπὸ τὰ καλὰ παραδείγματα παρὰ ἀπὸ τὰς νουθεσίας καὶ διδαχάς. Τί ὠφελοῦν τὸν νέον αἱ διδαχαὶ ὅταν ὅπου στρέψῃ τοὺς ὀφθαλμοὺς ἄλλο δὲν βλέπῃ παρὰ ἀνομίαν, ἀνθρώπους ἀπανθρώπους καὶ ἀνδραποδώδεις, κολακεύοντας καὶ κολακευομένους, τὸν πλοῦτον τιμώμενον καὶ τὴν ἀρετὴν καταφρονουμένην, τὴν ἀδικίαν τρυφῶσαν καὶ τὴν δικαιοσύνην λιμώττουσαν; Πιθανώτατον ὅτι τοιαῦτα παραδείγματα θέλουν τὸν διδάξειν ἐκείνην τοῦ βίου τὴν διαγωγὴν εἰς τὴν ὁποίαν εὑρίσκει τὰ μέσα νὰ βόσκῃ τὸ κτηνῶδές του σῶμα καὶ νὰ θεραπεύῃ τῆς κτηνωδεστέρας αὐτοῦ ψυχῆς τὰ πάθη."

Τὸ ἑξῆς εἶναι περὶ μουσικῆς·

"Οἱ παλαιοὶ φιλόσοφοι καὶ νομοθέται ἔκριναν τὴν μουσικὴν μέρος ἀναγκαῖον τῆς ἀνατροφῆς, ὡς ἱκανὸν νὰ μαλάσσῃ τὰς ἀγριότητας τῆς ψυχῆς, καὶ νὰ ῥυθμίζῃ τὸν ἄνθρωπον εἰς τὴν εὐσχημοσύνην, ὡς λέγει ὁ Πλούταρχος· 'Τοῖς παλαιοῖς τῶν Ἑλλήνων εἰκότως μάλιστα πάντων ἐμέλησε πεπαιδεῦσθαι μουσικήν· τῶν γὰρ νέων τὰς ψυχὰς ᾤοντο δεῖν διὰ μουσικῆς πλάττειν καὶ ῥυθμίζειν ἐπὶ τὸ εὔσχημον, χρησίμης δηλονότι τῆς μουσικῆς ὑπαρχούσης πρὸς πάντα καὶ πᾶσαν ἐσπουδασμένην πρᾶξιν, προηγουμένως δὲ πρὸς τοὺς πολεμικοὺς κινδύνους.' Ὁ Πολύβιος ἀποδίδει

"A sound education takes its source and receives assistance more from good example than from admonition and instruction. Of what good are lessons to a lad when, wherever he turns his eyes, he sees nothing but lawlessness, men inhuman and slavish, flattering and flattered, wealth esteemed and virtue despised, injustice in luxury and justice starving? Most probably such examples will teach him to adopt that kind of life in which he will find the means of cherishing his animal body and gratifying the passions of his still more animal soul."

The following is about music:

"The ancient philosophers and legislators considered music a necessary part of education, as having the power to soften the savage qualities of the disposition and give men a sense of propriety: as Plutarch says: 'The ancient Greeks very properly took care above everything to be trained in music; for they considered that it was by means of music that they ought to mould the dispositions of the young and inculcate decorum, inasmuch as music is beyond doubt useful for every thing and for every action of importance, and especially in encountering the dangers of war.' Polybius attributes the gentle

τῶν Ἀρκάδων τὴν ἡμερότητα
καὶ φιλανθρωπίαν εἰς τὴν ὁποίαν
εἶχαν ἐξαίρετον παιδιόθεν
σπουδὴν τῆς μουσικῆς ὅλοι,
πλὴν μιᾶς Ἀρκαδικῆς πόλεως
τῶν Κυναιθέων, τῶν ὁποίων τῆς
θηριωδίας αἰτίαν λέγει ὅτι
κατεφρόνησαν ὁλότελα τὴν
μουσικήν. Ἄπορον ἤθελε
δικαίως φανῆν ἂν ἐσυμβούλευα
τὴν τελείαν καὶ πολυδάπανον
μουσικήν. Ἀλλὰ πρῶτον εἰς
τίνα δὲν εἶναι γνωστὸν ὅτι ἀπὸ
τοὺς πένητας, καὶ ἐξαιρέτως
ἀπὸ τὴν τάξιν τῶν γεωργῶν
μας, πολλοὶ ἔχουν καθένας τὴν
λύραν του; Ἀρκεῖ νὰ μαθητευ-
θῶσι τὰ τέκνα των νὰ λυρίζωσιν
ὀλίγον ἁρμονικώτερα. Ἔπειτα
οἱ λυρισταὶ δὲν περιορίζονται
εἰς μόνον τὸ ὄργανον, οὐδὲ
λυρίζουν μόνον, ἀλλὰ καὶ λυρῳ-
δοῦν. Πόσην ὠφέλειαν δὲν
ἤθελαν προξενήσειν εἰς τοὺς
πτωχοὺς οἱ παιδευταὶ τῶν
πτωχῶν, ἂν εἰς τόπον τῶν ἀνοή-
των καὶ πολλάκις ἀσέμνων
τραγῳδίων ἐσύνθεταν διὰ τὰ
πτωχὰ παιδάρια ὕμνους εἰς τὸν
Θεὸν καὶ τραγῳδια τοιαῦτα,
ὁποῖα νὰ κρύπτωσιν ὑπὸ τῆς
ἡδονῆς τὸ κάλυμμα ἠθικήν τινα
παραίνεσιν. Ἀλλὰ τοιαῦτα
καλὰ πρέπει νὰ τὰ προσμένωμεν
ἀπὸ τὸν πολυπλασιασμὸν καὶ
τὴν τελειοτέραν διάταξιν τῶν
σχολείων μας· πρέπει νὰ προσ-
μένωμεν ὅταν καταστήσωμεν
καὶ ἡμεῖς παιδευτήριον ἐξαίρετον
τῆς ἀνατροφῆς τῶν πτωχῶν,
κατὰ τὸ Φελλεμβεργικὸν περι-

and benevolent disposition of the
Arcadians to the special study of
music, which from childhood all
of them pursued except the one
Arcadian city of the Cynaetheans,
the cause of whose savage nature,
he says, was their utter con-
tempt for music. The thing
would rightly appear impractic-
able if I recommended a com-
plete and expensive course of
musical study. But first of all,
who does not know that among
the poor, and especially in the
class of our agriculturists, many
of them have each his lute?
It suffices for their children
to be taught to play it a little
more melodiously. Then again
the lute-players do not con-
fine themselves to the instru-
ment, and not only play the
lute but also sing to it. What
help would not the teachers
of the poor give to them,
if, in place of foolish and
often unbecoming songs, they
composed for poor children
hymns to God and such songs as
might convey under the cover
of pleasant recreation some
moral precept! But such bene-
fits we must await from the
multiplication of our schools
and their more perfect organisa-
tion : we must wait till we also
have established a special school
for the education of the poor,
on the pattern of the celebrated
Fellenberg school, and teachers
who have Fellenberg's philan-

βόητον παιδευτήριον, καὶ διδα-
σκάλους ἔχοντας τὴν φιλαν-
θρωπίαν τοῦ Φελλεμβέργου.
Ὁ Σωκρατικὸς οὗτος παιδευτὴς
τῶν πτωχῶν παιδίων ἐδιδάχθη
ἀπὸ τὴν πεῖραν ὅτι ἡ μουσικὴ
εἶναι δι᾽ ὅλα τὰ νεαρὰ παιδία
μέσον ἰσχυρὸν πολιτισμοῦ καὶ
κοινωνίας, μέσον ἐπιτήδειον νὰ
τὰ συνειθίζῃ νὰ κανονίζωσι τὸν
βίον των καὶ νὰ συνεργάζωνται
μὲ ἥσυχον ἁρμονίαν· νὰ μετρι-
άζῃ τὰς ἀτάκτους ὁρμάς, καὶ νὰ
καθαρίζῃ τῆς ψυχῆς τὰ αἰσθή-
ματα, καὶ νὰ τὴν ἀνεγείρῃ εἰς
τὰς ὑψηλὰς ἐννοίας. Χρησι-
μεύει ἐξαιρέτως νὰ ἡμερόνῃ, νὰ
εὐφραίνῃ πρεπωδέστερον τὴν
καρδίαν, καὶ νὰ μαλακύνῃ τὴν
σκληρότητα τῆς φύσεως ἐκείνων
μάλιστα τῶν παιδίων, ὅσα
ἔλαβεν εἰς τὸ σχολεῖόν του ἀπὸ
τὴν τάξιν τῶν ψωμοζητῶν."

Αἱ περὶ μουσικῆς ἰδέαι τοῦ
Κοραῆ εἶναι ὀρθόταται καὶ
ἐλπίζω οἱ Ἕλληνες ὠφελούμενοι
ἐξ αὐτῶν νὰ ἐβαλον αὐτὰς εἰς
πρᾶξιν. Ἔχετε τίποτε ἄλλο
ἐκ τῶν ἔργων αὐτοῦ;

Μάλιστα, ἔχω δύο ἄλλα
ἀκόμη ἀποσπάσματα, τὸ πρῶτον
ἐκ τῶν ὁποίων ἀντέγραψα ἐκ
τῶν προλεγομένων αὐτοῦ εἰς
τὰς τέσσαρας πρώτας ῥαψῳδίας
τῆς Ἰλιάδος (1811-1820). Ὁ
Κοραῆς δὲν παρουσιάζεται ὡς
ἐκδότης αὐτῶν· παριστᾷ δὲ
αὐτὰς πεμπομένας εἰς Παρισίους
πρὸς τύπωσιν ὑπό τινος λογίου
Χίου κατοικοῦντος δῆθεν ἐν

thropy. This Socratic educator of poor children was taught by experience that music for all young children is a powerful means of rendering them civilised and fit for society, an efficient instrument with which to accustom them to regulate their life and work together in peaceful harmony, to moderate their undisciplined inclinations, and purify the feelings of the soul and raise it to lofty thoughts. It is particularly useful for imparting gentleness, for gladdening the heart within due bounds, for softening any natural hardness of character, especially in such children as he received in his school from the class of beggars."

The ideas of Coraïs about music are very correct, and I hope that the Greeks have derived advantage from them and put them into practice. Have you anything else from his works?

Yes. I have two more extracts, the first of which I copied from his preface to the four first rhapsodies of the *Iliad* (1811-1820). Coraïs does not come forward as the editor of them, but he represents them as sent to Paris, in order to be printed, by a certain learned Chian supposed to be an inhabitant of Bolissos, where, according

Βολισσῷ, ὅπου κατὰ παράδοσιν ἀρχαίαν διέτριψέ ποτε ὁ"Ομηρος. Ἐν τῇ κώμῃ ταύτῃ παριστᾷ ὁ Κοραῆς ὅτι ὑπῆρχε κατ᾽ ἐκείνην τοῦ χρόνου τὴν περίοδον ἐφημέριός τις ἁπλοϊκὸς μὲν καὶ ἄμοιρος παιδείας, ἐνάρετος ὅμως καὶ λίαν φιλομαθής. Ἰδοὺ πῶς περιγράφει αὐτὸν ἐπὶ τὸ ἀστειότερον·

"Ἡ συναναστροφή μου εἶναι μὲ τὸν ἐφημέριον τοῦ χωρίου, ἄνδρα, ὅστις παρὰ τᾶλλά του προτερήματα, καυχᾶται ὅτι καὶ εἰς ὅλην τὴν νῆσον δὲν εὑρίσκεται παπᾶς νὰ ἀναγινώσκῃ παρ᾽ αὐτὸν ἐγρηγορώτερα τὰ καθίσματα τοῦ ψαλτηρίου. Εἰς τῆς ἑορτῆς τῶν Χριστουγέννων τὸν ὄρθρον τὸν συνέβη νὰ πταρνισθῇ εἰς τὴν ἀνάγνωσιν τόσον σφοδρὰ ὥστε νὰ σβέσῃ τὴν λαμπάδα. Ὅταν τὴν ἄναψαν, συλλογιζόμενος πόσον ἔχασε καιρὸν εἰς τὴν μεταξὺ σκοτίαν, ἐπροτίμησε νὰ πηδήσῃ ψαλμὸν ὁλόκληρον, τὸν μακρότερον, παρὰ τὸ ὄνειδος νὰ μακρύνῃ τὸν καιρὸν τῆς ἀναγνώσεως ὑπὲρ τὸ σύνηθες. Δὲν εἰξεύρω, ἂν διὰ τὴν ταχυτάτην ταύτην ἀνάγνωσιν, ἢ διὰ τὴν φυσικὴν ἡμῶν τῶν Χίων κλίσιν εἰς τὰ σκωπτικὰ παρωνύμια, ὁ Βολισσινὸς ἐφημέριος ὀνομάζεται ἀπὸ τοὺς πολίτας τῆς Χίου Παπᾶ Τρέχας, καὶ τὸ παρωνύμιον ἤρεσε τόσον εἰς τὸν παρονομαζόμενον, ὥστε δὲν σ᾽ ἀκούει

to an ancient tradition, Homer at one time resided. In this village Coraïs represents that there lived at that time a parish priest, a man of simple character and without any education, but virtuous and a great admirer of learning. Here is the way in which he describes him rather wittily :

"My society is confined to that of the village priest, a man who, among his other talents, boasts that in the whole of the island there is no priest who can read, with greater rapidity than he, the allotted portions of the psalms. During matins at the Christmas festival, while he was reading, he happened to sneeze with such violence that he extinguished the taper. When they had relighted it, calculating how much time he had lost in the interval of darkness, he thought it better to skip a whole psalm, the longest of them, than to incur the reproach of occupying more time than usual in reading them. I do not know whether it is from this very rapid reading, or from the natural propensity of us Chians for derisive nicknames, that the parish priest of Bolissos is called Papa [1] Trechas by the inhabitants of Chios, and this nickname so pleased its recipient that he does not listen to you

---

[1] Παπᾶς in modern Greek signifies a *priest* : when prefixed to a priest's name it drops the final consonant, *e.g.* Παπᾶ Ἰωάννης, Παπᾶ Γεώργιος.

πλέον ἐὰν τὸν καλέσῃς μὲ τὸ κύριόν του ὄνομα.

Καυχᾶται πρὸς τούτοις καὶ εἰς ἐξήκοντα τέσσαρα ταξείδια, καὶ φαντάζεται ἑαυτὸν ἄλλον Ὀδυσσέα, ἀπὸ τὸν ὁποῖον τοῦτο μόνον διαφέρει ὅτι τὰ ἔκαμεν εἰς αὐτὰ τῆς νήσου τὰ ἐξήκοντα τέσσαρα χωρία, χωρὶς κίνδυνον κανένα τῆς θαλάσσης.

Διὰ νὰ σὲ δώσω, φίλε, μικρὸν παράδειγμα τῆς ὁποίας ἀπέκτησεν ἀπὸ τὰ ταξείδια πολυπειρίας, ἐπέρασεν ἐδῶ πρὸ μηνῶν Ἄγγλος τις περιηγητὴς μὲ σκοπὸν νὰ ἀνακαλύψῃ κανὲν ὑπόμνημα τῆς εἰς Βολισσὸν διατριβῆς τοῦ Ὁμήρου· εἶχε σιμὰ καὶ δύο του μικρὰ παιδάρια. Μόλις τ᾿ ἄκουσεν ὁ Παπᾶ Τρέχας νὰ συλλαλῶσι μὲ τὸν πατέρα των, καὶ μ᾿ ἐρώτησεν ἐκστατικός—Ποίαν γλῶσσαν λαλοῦσι;—Τὴν Ἀγγλικήν, τὸν ἀπεκρίθην, καὶ ἡ ἔκστασίς του ἔγεινεν ἀπολίθωσις. Δὲν ἐμπόρει νὰ χωρέσῃ τοῦ Βολισσινοῦ Ὀδυσσέως ἡ κεφαλή, πῶς τόσον νεαρὰ παιδάρια ἦτο δυνατὸν νὰ λαλῶσι γλῶσσαν εἰς αὐτὸν ἄγνωστον. Δὲν εἰξεύρω πλέον ποίαν γλῶσσαν καὶ εἰς ποίαν ἡλικίαν, κατ᾿ αὐτόν, ἔπρεπε νὰ λαλῶσι τῶν Ἄγγλων τὰ τέκνα. Εἶμαι βέβαιος ὅτι γελᾷς τὴν ὥραν ταύτην διὰ τὴν ἀπορίαν τοῦ Παπᾶ Τρέχα· ἀλλὰ τί ἤθελες κάμει, ἐὰν παρὼν παρόντος ἤκουες αὐτολεξεὶ ἀπὸ τὸ στόμα

now if you call him by his proper name.

He boasts moreover of having made sixty-four journeys, and fancies that he is a second Ulysses, from whom he only differs in this one respect, that he made them simply to the sixty-four villages of the island without any of the perils of the sea.

To give you, my friend, a little example of the great experience he acquired from his journeys: an English traveller passed through here a few months ago, whose object was to discover some token of Homer's residence at Bolissos. He had with him two little children of his. Hardly had Papa Trechas heard them talking to their father when, beside himself with astonishment, he asked me: 'What language are they speaking?' 'English,' I replied, and then his amazement became absolute petrefaction. The head of the Bolissian Ulysses could not comprehend how such young children were able to speak in a language unknown to him. I do not know, to be sure, in what language and at what age, according to his ideas, English children should talk. I am certain that you are now laughing at Papa Trechas' perplexity: but what would you have done if you had been actually in his presence

τοῦ τοὺς λόγους τούτους ;—'Τὰ
διαβολόπουλα, τόσον μικρὰ νὰ
'μιλοῦν Ἐγγλέζικα !'

Γέλα, φίλε, ὅσον θέλῃς, ἀλλὰ
πρόσεχε μὴ καταφρονήσῃς διὰ
τοῦτο τὸν σεβάσμιον Παπᾶ
Τρέχαν. Ναί ! σεβάσμιος
ἀληθῶς εἶναι ὡς τὸ λέγω. Μ'
ὅλην ταύτην τὴν ἁπλότητα δὲν
εἰμπορεῖς νὰ στοχασθῇς πόσον
εἶναι φιλάνθρωπος ὁ καλὸς
οὗτος ἱερεύς, πόσον φροντίζει
διὰ τὴν χρηστοήθειαν τοῦ
μικροῦ του ποιμνίου, μὲ ποίαν
ψυχῆς διάθεσιν παρηγορεῖ τοὺς
ἐνορίτας εἰς τὰς δυστυχίας
αὐτῶν καὶ τοὺς συμβουλεύει,
ὅταν εὐτυχῶσι νὰ ἔχωσι πρό-
νοιαν τῶν δυστυχούντων.

Ἡ ἀρετὴ εἰς αὐτὸν δὲν εἶναι
γέννημα παιδείας, ἐπειδὴ παιδείαν
δὲν ἔλαβε· δὲν εἶναι καρπὸς
ἀσκήσεως, ἐπειδὴ κανένα κόπον
δὲν δοκιμάζει εἰς τὴν ψυχήν
του. Λυπεῖται πολλάκις διὰ
τὴν στέρησιν τῆς παιδείας, καὶ
διὰ νὰ ἀναπληρώσῃ ὅ, τι δὲν
ἔκαμαν οἱ γονεῖς του εἰς αὐτόν,
ἔπεμψε τὸν υἱόν του εἰς τὴν
πόλιν νὰ μάθῃ τὴν ἀρχαίαν
Ἑλληνικὴν καὶ ν' ἀκούσῃ τὰ
μαθήματα τοῦ διδασκάλου
Σελεπῆ. Εἶναι ἀνεκδιήγητος
τὴν ὁποίαν ἐδοκίμασε χαρὰν
ὅταν ἔμαθεν ὅτι ὁ Ὅμηρος
διέτριψεν εἰς Βολισσὸν καὶ ὅτι
ἀσχολοῦμαι εἰς τὴν ἔκδοσιν
αὐτοῦ. Τοῦτο μόνον μὲ ἐρώ-
τησεν, ἂν ὁ Ὅμηρος ἦτο Χρι-
στιανός. Ἀδύνατον ἦτο, τὸν

and had heard in his own words
from his own mouth this re-
mark : ' The little devils ! Such
mites to speak English !'

Laugh, my friend, as much
as you like, but take care not
to despise the reverend Papa
Trechas for this. Indeed, he is
truly deserving of veneration, as
I tell you. With all his sim-
plicity, you cannot imagine how
benevolent this worthy priest is,
and how solicitous he is for the
good morals of his little flock,
and how from his very heart he
consoles his parishioners in their
afflictions, and exhorts them,
when they are in prosperity,
to take thought for those who
are in adversity.

His goodness is not the result
of education, for he has received
no education : it is not the
fruit of practice, for in his heart
he feels nothing to be an effort.
He is often grieved at his want
of education, and in order to
fulfil a duty which his
parents had not performed
in his own case, he sent his son
to the town to learn ancient
Greek and hear the lectures of
Professor Selepes. It is im-
possible to describe what delight
he experienced when he learnt
that Homer had lived at Bolissos
and that I was engaged in
editing his works. All he asked
me was whether Homer was
a Christian. I told him that
that was impossible since he

εἶπα, ἐπειδὴ ἔζη χρόνους σχεδὸν
ἐννεακοσίους πρὸ Χριστοῦ.

Οἱ κάτοικοι τοῦ χωρίου εἶναι
τόσον ὀλίγοι τὸν ἀριθμόν, ὥστε
ἡ πολλὰ μικρά των ἐκκλησία
ἠμπορεῖ νὰ χωρέσῃ τριπλασίους
αὐτῶν. Μ' ὅλον τοῦτο τινὲς
ἀπὸ τοὺς προεστῶτας οἱ πλουσιώ-
τεροι ἐπεθύμησαν νὰ πλατύνωσι
τὴν οἰκοδομήν. Ἐκοινώνησαν
τὴν γνώμην αὐτῶν εἰς τὸν
ἐφημέριον, καὶ οὗτος τοὺς ἐσυμ-
βούλευσε νὰ συναθροίσωσι
πρῶτον τὴν χρειαζομένην δα-
πάνην διὰ ἱνὰ τελειώσωσι κατ'
αὐτὴν τὸ ἔργον. Ἀφοῦ ἔμαθε
συναγμένα τὰ ἀργύρια ὁ
σεβάσμιος οὗτος παπᾶς, μίαν
τῶν Κυριακῶν μετὰ τὴν ἀπό-
λυσιν τῆς λειτουργίας τοὺς
εἶπε· 'Τέκνα μου, ὁ Θεὸς δὲν
κατοικεῖ εἰς πέτρας καὶ εἰς ξύλα,
ἀλλ' εἰς τὰς ψυχὰς τῶν καλῶν
Χριστιανῶν. Τῆς ἐκκλησίας
τὸ μέγεθος βλέπετε ὅτι δὲν
εἴμεθα ἀρκετοὶ νὰ τὸ γεμίσωμεν.
Ἀπὸ σᾶς οἱ περισσότεροι δὲν
εἰξεύρουν μήτε νὰ ἀναγινώσκωσι,
μήτε νὰ γράφωσι· πρᾶγμα
ἀσυγκρίτως ἀρεστότερον εἰς τὸν
Θεὸν ἠθέλαμεν πράξει, βάλ-
λοντες εἰς τόκον τὰ συναγμένα
ἀργύρια, διὰ νὰ πληρόνεται
ἀπ' αὐτὸν ἐτησίως διδάσκαλος
γραφῆς καὶ ἀναγνώσεως καὶ τὸ
περισσεῦον νὰ μοιράζεται εἰς
τοὺς πτωχοὺς ἀδελφούς μας,
ὅσων ἡ πτωχεία δὲν εἶναι ἀποτέ-
λεσμα ἀργίας, καὶ μὲ τοῦτον
τὸν τρόπον νὰ ἐλευθερωθῶμεν
ἀπὸ τὸ ὄνειδος ὅτι μόνοι ἡμεῖς

lived nearly nine hundred years
before Christ.

The inhabitants of the village
are so few in number that their
very small church can accommo-
date three times as many. And
yet some of the more wealthy
of the leading inhabitants
wished to enlarge the building.
They communicated their idea
to the parish priest, and he
advised them first to collect the
necessary funds, so as to carry
out the work on a scale pro-
portionate to them. When the
reverend priest learnt that the
money had been collected, he
said one Sunday at the conclu-
sion of the mass : 'My children,
God does not reside in stone
and timber, but in the souls of
good Christians. With regard
to the size of the church, you
see that we are not sufficient to
fill it. The greater number of
you do not know how to read
or write : we shall perform an
action incomparably more pleas-
ing to God if we put out to
interest the money that has
been collected, so that a teacher
of reading and writing may be
paid out of it annually and the
surplus divided among those
of our poor brethren whose
poverty is not the result of
indolence, and in this way we
may be freed from the reproach
that we alone in all the island
are fond of begging.' What do
you say to this, my friend?

εἰς ὅλην τὴν νῆσον ἀγαπῶμεν τὴν ψωμοζητίαν.' Τί λέγεις εἰς τοῦτο, φίλε, δέν σε φαίνεται ὁ ταπεινὸς ἱερεὺς τῆς Βολισσοῦ φρονιμώτερος καὶ θεοσεβέστερος τοῦ αὐτοκράτορος Ἰουστινιανοῦ, ὅστις ἔκοψε τὰ σιτηρέσια τῶν διδασκάλων διὰ νὰ οἰκοδομῇ λαμπρὰς ἐκκλησίας;

Ἀφίνω ἄλλα πολλὰ καὶ θαυμαστὰ τῆς ἀρετῆς τοῦ ἱερέως τούτου δείγματα, καὶ ἀρκοῦμαι εἰς ἓν ἀκόμη τὸ ὁποῖον φαίνεται ἀσυγχώρητον νὰ σιωπήσω. Ἤκουσεν ὅτι ἱερεύς τις εἰδήμων τῆς ἀρχαίας Ἑλληνικῆς γλώσσης περιήρχετο τὴν νῆσον ζητῶν νὰ ἔμβῃ εἰς καμμίαν ἐκκλησίαν ἐφημέριος. Τί κάμνει ὁ καλός σου Παπᾶ Τρέχας; Τρέχει πρὸς αὐτὸν νὰ τὸν προβάλῃ νὰ δεχθῇ ἀντ' αὐτοῦ τὴν ἐφημερίαν τῆς Βολισσοῦ. Μόλις ἔμαθαν οἱ ταλαίπωροι Βολισσινοὶ τὸ ἀπροσδόκητον εἰς αὐτοὺς μέγα δυστύχημα τοῦτο κ' ἔτρεξαν ἄνδρες καὶ γυναῖκες μὲ δάκρυα παρακαλοῦντές με νὰ τὸν ἐμποδίσω. Ἀφίνω σε, φίλε, νὰ στοχασθῇς πόσην ἀπορίαν ἐπροξένησεν εἰς ἐμὲ τὸν μεσίτην τὸ κίνημα τοῦτο τοῦ ἱερέως, καὶ μάλιστα ὅταν ἐρωτήσας αὐτόν, διατί ἀπεφάσισε νὰ παραιτηθῇ τὴν ἐφημερίαν, ἔλαβα τοιαύτην ἀπόκρισιν·—'Ἐγώ, τέκνον μου, εἶμαι ἀγράμματος· τὸν ὁποῖον ἐπιθυμῶ νὰ βάλω εἰς τὸν τόπον μου, εἶμαι βέβαιος ὅτι εἶναι ἐπιτηδειότερος παρ' ἐμὲ νὰ

Does not the humble priest of Bolissos appear to you more sensible and more pious than the emperor Justinian, who cut down the pay of the school-masters in order to build splendid churches?

I omit many other wonderful instances of this priest's goodness, and content myself with one more which I think it would be unpardonable not to mention. He heard that a certain clergyman, who had a knowledge of ancient Greek, was wandering about the island trying to get appointed to some church as parish priest. What does your good friend Papa Trechas do? He runs to him to propose that he should take the office of parish priest of Bolissos instead of himself. Hardly had the poor Bolissians heard of this great and unexpected misfortune of theirs, when men and women ran and implored me with tears to prevent him. I leave you to guess, my friend, in what a dilemma this action of the priest placed me, the mediator, and especially when, asking him why he had determined to resign the office of parish priest, I received this reply: 'My son, I am not learned: the man whom I wish to put in my place, I am certain, more fitted than I am

διδάσκῃ καὶ νὰ κυβερνᾷ τὰς
ψυχὰς τῶν καλῶν μου τούτων
χωρικῶν.' Εἰς τοιαύτην γεν-
ναίαν ἀπόκρισιν τί εἶχα ν'
ἀνταποκριθῶ; Συνέκλαισα κ'
ἐγὼ μὲ τοὺς Βολισσινοὺς καὶ
ἐπρόσμενα μὲ λύπην τῆς ψυχῆς
μου τὴν στέρησιν τοῦ καλοῦ
τούτου ἱερέως, τὴν ὁποίαν καὶ
ἠθέλαμεν πάθει, ἐὰν οἱ κάτοικοι
τῶν Θυμιανῶν δὲν ἐπρόφθαναν
νὰ λάβωσι τὸν λόγιον ἱερέα
εἰς ἐφημέριον, καὶ ν' ἀφήσωσι
πάλιν εἰς ἡμᾶς τὸν ἰδικόν μας.
Τοῦ θαυμαστοῦ ἡμῶν παπᾶ τὸ
ἔργον τοῦτο δὲν τὸ κρίνεις,
φίλε, ὡς ἐγὼ ἀληθῶς Σωκρα-
τικόν; Τοιοῦτος εἶναι, φίλε,
ὡς σὲ τὸν περιγράφω, ὁ ἁπλού-
στατος καὶ φιλάνθρωπος ἐφη-
μέριος τῆς Βολισσοῦ. Εἶναι
σχεδὸν μῆνες δεκαπέντε ὅπου
κατοικῶ τὸ χωρίον καὶ κανὲν
ἀκόμη πάθος κυριεῦον τὴν
καλήν του ψυχὴν ἄλλο δὲν
ἐγνώρισα παρὰ τὴν ἄμετρον
χρῆσιν τοῦ ταμβάκου. Ἀλλὰ
ἐλαττώθη καὶ τοῦτο πολὺ ἀφοῦ
ἔμαθεν ὅτι μήτε ὁ Ὅμηρος
μήτε ὁ Εὐστάθιος ἐγνώρισαν τὴν
σκόνιν ταύτην καὶ ὀλίγον ἔλειψε
νὰ τὴν ἀφήσῃ καὶ ὁλότελα,
ἀφοῦ τὸν συνέβη τὸ ὁποῖον
μέλλω νὰ διηγηθῶ ἀστεῖον, ἢ
μᾶλλον ἄτοπον, εἰς αὐτὴν τὴν
ἐκκλησίαν. Γνωρίζεις τὸ ἀνά-
στημα τοῦ σώματός μου ὅτι
δὲν εἶναι ἀπὸ τὰ ὑπερβολικῶς
μακρά· ὁ καλὸς ὅμως οὗτος
ἱερεύς, ἂν τὸν παραβάλῃς πρὸς
ἐμέ, εἶναι πυγμαῖος, ὥστε καὶ

to instruct and direct the con-
sciences of my worthy villagers.'
To such a noble reply what answer
could I return ? I joined my
lamentations to those of the
Bolissians and awaited with
heartfelt sorrow the loss of this
worthy priest, which we should
have suffered if the inhabitants
of Thymiana had not been
beforehand in taking the learned
minister for their parish priest,
and left us our own. Do you
not consider, my friend, as I do,
this action of our admirable
priest truly worthy of Socrates ?
Such as I describe him to you,
my friend, is the excessively
simple-minded and benevolent
parish priest of Bolissos. It is
nearly fifteen months since I
took up my residence in the
village, and yet I have discerned
no passion dominating his noble
soul except the immoderate use
of snuff. But even this has much
diminished since he learnt that
neither Homer nor Eustathius
were acquainted with this
powder, and he very nearly gave
it up altogether after something
comical, or I should say im-
proper, had happened to him in
the church itself, which I am going
to relate. You are aware that
my height is not excessively
great, but the worthy priest, if
you compare him with me, is a
pigmy, so that he often gives

μὲ δίδει πολλάκις ἀφορμὴν νὰ παρῳδῶ εἰς αὐτὸν τὸ κωμικόν·
'Μικρός γε μῆκος οὗτος, ἀλλ' ἄπαν καλόν.'

Μίαν τῶν Κυριακῶν εἰς τὴν ἀπόλυσιν τῆς λειτουργίας ἐπλησίασα εἰς αὐτὸν νὰ λάβω, ὡς οἱ ἄλλοι, τὸ ἀντίδωρον· καὶ ἐπειδὴ διὰ τὴν ἀνισότητα τῶν σωμάτων ἦτον ἀνάγκη νὰ σκύψω, ἔπεσεν ἀπὸ τὸν κόλπον μου ἡ κατάρατος ταμβακοθήκη, καὶ ἐφέρετο ὡς ἄλλος δίσκος εἰς αὐτὸν τοῦ ἀντιδώρου τὸν δίσκον. Μόλις τὴν ἐνόησε κυλιωμένην ὁ εὐλογημένος Παπᾶ Τρέχας καὶ κινούμενος αὐτομάτως πρὸς αὐτήν, τὴν ἁρπάζει μὲ μεγάλην προθυμίαν, καὶ ἀφοῦ ἐταμβακίσθη μοῦ τὴν βάλλει εἰς τὴν χεῖρα, καὶ ταύτης ἐξοπίσω τὸ ἀντίδωρον. Ἄτοπον ἦτο χωρὶς ἀμφιβολίαν τοῦτο, ἀλλ' εἰς τὸν παπᾶν τῆς Βολισσοῦ ἡ τοιαύτη ἀτοπία παραβλέπεται καὶ διὰ τὰ πολλά του προτερήματα, καὶ διὰ τὴν ἁπλότητα τῆς ψυχῆς, ἡ ὁποία τὸν ἐμπόδισε νὰ καταλάβῃ ὅτι τὴν ὥραν ἐκείνην παρὰ τὸν μοιρασμὸν τοῦ ἀντιδώρου εἰς τίποτε ἄλλο νὰ προσέχῃ δὲν ἔπρεπε."

Ὁ Παπᾶ Τρέχας παρίσταται ὑπὸ τοῦ Κοραῆ ἄγων τότε τὸ τεσσαρακοστὸν ἔτος τῆς ἡλικίας του καὶ φλεγόμενος ὑπὸ ἀκαθέκτου ἐπιθυμίας νὰ σπουδάσῃ τὴν ἀρχαίαν Ἑλληνικήν. Ὅτε

me the inclination to apply to him the comic verse :
' He is short in stature but all of him is good.'

One Sunday at the end of the Mass I went up to him to receive, like the rest, the antidoron,[1] and, as I was obliged to stoop, owing to the inequality of our heights, there fell from my breast the accursed snuff-box, and it was discharged like another discus into the tray holding the antidoron. Hardly had the blessed Papa Trechas observed it rolling when, approaching it automatically, he seized it with great avidity and, having taken a pinch, put it into my hand and after it the antidoron. It was without doubt improper, but in the priest of Bolissos such impropriety is overlooked both in consideration of his many good qualities, and on account of the simplicity of his heart which prevented him from understanding that at such a time it was not right to attend to anything but the distribution of the antidoron."

Papa Trechas is represented by Coraïs as then in the fortieth year of his age and inflamed with an uncontrollable desire to study ancient Greek. When he read what was written about

---

[1] The blessed (but not consecrated) bread distributed by the priest to the congregation at the end of the Mass.

ἀνέγνω τὰ ἐν τοῖς προλεγο-
μένοις τῆς πρώτης ῥαψῳδίας
γεγραμμένα περὶ αὐτοῦ δὲν
δυσηρεστήθη, ἀλλ' ἀπεφάσισε
νὰ μὴ μένῃ πλέον ἀγράμματος,
διότι κατενόησεν ὅτι ἡ ἀπαι-
δευσία εἰς τοὺς ἱερωμένους ἦτο
ἐλάττωμα ἀσυγχώρητον. Ὅθεν
μεταβὰς εἰς τὸν γράψαντα
τὰ προλεγόμενα, ὅστις, ὡς προ-
εῖπον ὑμῖν, ὑποτίθεται ὅτι
διέμενεν ἐν Βολισσῷ, εἶπεν
αὐτῷ· " Λοιπόν, εἰπέ μοι, τί
πλέον ἔχω νὰ κάμω; Νὰ
ξεπαπαδωθῶ εἶναι ἀδύνατον·
ἄλλην θεραπείαν τῆς δυστυχίας
μου δὲν εὑρίσκω παρὰ νὰ δι-
δαχθῶ τὴν ἀρχαίαν Ἑλληνικήν,
καὶ διδάσκαλός μου, τέκνον,
μέλλεις νὰ γείνῃς σύ." Ἡ
παράκλησις αὐτοῦ ἐγένετο
ἀποδεκτὴ καὶ τῇ βοηθείᾳ τοῦ
ἐκδότου τῶν ῥαψῳδιῶν τοῦ
Ὁμήρου ταχέως ὁ τέως ἀγράμ-
ματος ἱερεὺς προήχθη ἀρκούν-
τως εἰς τὴν κατάληψιν τῆς
ἀρχαίας γλώσσης, ὥστε εὐχερῶς
ἠδύνατο νὰ ἐννοῇ τὰ Ἀπομνη-
μονεύματα τοῦ Ξενοφῶντος καὶ
τὸ Ἐγχειρίδιον τοῦ Ἐπικτήτου.
Ἀκολούθως ἐπεδόθη εἰς τὴν
σπουδὴν τῶν ὁμιλιῶν Ἰωάννου
τοῦ Χρυσοστόμου, ἃς προσ-
επάθει νὰ μιμῆται εἰς τὰς
διδαχάς του. Ἐπειδὴ δὲ εἶχεν
ἰδιαιτέραν στοργὴν εἰς τὸν
Ὅμηρον, ὡς διατρίψαντά ποτε
ἐν Βολισσῷ, ἔμαθεν ἀπὸ στή-
θους ὅλην τὴν Ἰλιάδα καὶ
Ὀδύσσειαν. Ἠγάπα δὲ πολὺ
καὶ τὸν Εὐριπίδην διὰ τὰ πολλὰ

himself in the introduction to
the first Rhapsody, he was not
at all displeased, but determined
to remain no longer unlearned,
for he perceived that want of
education is an unpardonable
defect in those who are in holy
orders. Going then to the
writer of the introduction, who,
as I told you before, is supposed
to be residing at Bolissos, he
said to him: "Tell me now,
what am I to do? It is im-
possible for me to give up the
priesthood: I can find no other
remedy for my misfortune ex-
cept to learn ancient Greek, and
you, my son, are to be my
teacher." His request was com-
plied with, and with the help of
the editor of the Rhapsodies of
Homer the hitherto illiterate
priest soon made sufficient pro-
gress in mastering the ancient
language to be able to understand
without difficulty the *Memora-
bilia* of Xenophon and the
Encheiridion of Epictetus. He
afterwards devoted himself to
the study of the *Homilies* of
John Chrysostom, which he
endeavoured to imitate in his
sermons; and since he had a
more especial affection for Homer,
as having once resided at
Bolissos, he learnt by heart the
whole of the *Iliad* and the
Odyssey. He was very fond too
of Euripides on account of his
many wise apophthegms. In
course of time Papa Trechas

καὶ σοφὰ αὐτοῦ ἀποφθέγματα.
Μετὰ παρέλευσιν καιροῦ ὁ
Παπᾶ Τρέχας ἐπὶ τοσοῦτον
προώδευσεν εἰς τὰ Ἑλληνικὰ
γράμματα, ὥστε συνέταξε καὶ
ὑπομνήματα εἰς τὸν Ὅμηρον·
ἐξηλλήνισε δὲ καὶ τὸ ὄνομα
αὐτοῦ. καλέσας ἑαυτὸν Θέωνα.
Ἐθεώρει δὲ τὴν παιδείαν ὡς τὸ
ἄριστον κτῆμα παντὸς ἀνθρώπου.
"Μόνη ἡ παιδεία," ἔλεγεν,
"ἐλευθερόνοισα τὸν νοῦν ἀπὸ
τὴν ἄγνοιαν, διδάσκει τὸν ἄν-
θρωπον τὰ πρὸς τὸν Θεὸν καὶ
τοὺς ἀνθρώπους καθήκοντα·
τούτους μὲν νὰ στοχάζηται ὡς
ἀδελφούς του, καὶ νὰ προσφέ-
ρηται πρὸς αὐτοὺς ὡς ἐπιθυμεῖ
νὰ προσφέρωνται πρὸς αὐτὸν
ἐκεῖνοι· τὸν δὲ Θεὸν νὰ σέβηται
ὡς δημιουργὸν καὶ προνοητὴν
αὐτοῦ, μηδὲ νὰ τολμᾷ νὰ τὸν
ἀτιμάζῃ, συγχέων δεισιδαιμόνως
τὰς τελειότητάς του μὲ τὰς
ἀνθρωπίνας ἀσθενείας· εἰς ἕνα
λόγον νὰ διακρίνῃ τὸν Θεὸν
ἀπὸ τὸν ἄνθρωπον, καθὼς ὁ
Διομήδης τότε μόνον κατεστάθη
καλὸς νὰ κάμῃ τὴν διάκρισιν
ταύτην, ἀφοῦ ἡ Ἀθηνᾶ ἠλευ-
θέρωσε τοὺς ὀφθαλμούς του
ἀπὸ τὸ σκότος."

Ἰδοὺ καὶ τὸ τελευταῖον ἐν τῇ
συλλογῇ μου ἀπόσπασμα ἐκ
τῶν ἔργων τοῦ Κοραῆ, ὅπερ
ἀντέγραψα ἐκ τῶν ἐν τῷ τρίτῳ
τόμῳ τῶν Παραλλήλων Βίων
τοῦ Πλουτάρχου Αὐτοσχε-
δίων αὐτοῦ στοχασμῶν περὶ
τῆς Ἑλληνικῆς παιδείας
καὶ γλώσσης· εἶναι δὲ ἀξιό-

advanced so far in Greek litera-
ture as actually to write com-
mentaries on Homer. He even
turned his name into ancient
Greek and called himself Theon
(the runner). He regarded
education as the most valuable
possession for any one. "It is
education alone," he used to say,
"that by freeing the mind from
ignorance, teaches man his duty
to God and to his fellow-men,
to consider the latter as his
brethren, and to behave towards
them as he wishes them to
behave towards him, to wor-
ship God as his creator and
protector, and not to dare to
dishonour Him by superstitiously
confounding His perfections with
human weaknesses : in a word,
to distinguish God from man,
just as Diomed was only then
able to make this distinction
when Minerva had freed his
eyes from darkness."

Here is the last extract from
Coraïs' works in my collection,
which I copied from his *Casual
thoughts about Greek education
and the Greek language* in the
third volume of his Plutarch's
Parallel Lives. It is an ex-
cellent *pattern of a lexicon* for
the use of any one intending to

λογον λεξικογραφικὸν ὑπό-
δειγμα πρὸς τὸν μέλλοντά
ποτε νὰ συγγράψῃ τέλειον
λεξικὸν τῆς Νεοελληνικῆς
γλώσσης·

" Ἀλήθεια. Συνεχέστερον
ἴσως ἄλλο εἰς ὅλας τῶν
ἐθνῶν τὰς γλώσσας ὄνομα ἀπὸ
τὰ στόματα τῶν ἀνθρώπων δὲν
προφέρεται παρὰ τὸ Ἀλήθεια,
ἂν καὶ πολλὰ ὀλίγοι εἶναι
ὅσοι τὴν ἐξεύρουν, καὶ ὀλιγώ-
τεροι ὅσοι τὴν ἀγαποῦν.

Ἐκ τούτου αἱ ἐπιρρηματικαὶ
φράσεις αὗται, Ἐπ' ἀληθείας,
Κατὰ ἀλήθειαν, Τῇ ἀλη-
θείᾳ, τὰς ὁποίας μεταχειρι-
ζόμεθα συχνὰ εἰς βεβαίωσιν
τῶν ὅσα λέγομεν. Αὗται
ἐπέρασαν ἀπὸ τοὺς ἐκκλησια-
στικοὺς συγγραφεῖς εἰς τὴν
γλῶσσαν. Εἷς ἀπὸ τοὺς ἐχ-
θροὺς τῆς ἀληθείας, θέλων νὰ
θυσιάσῃ καὶ τὸν Πέτρον ὡς τὸν
Χριστόν, ἔλεγεν· 'Ἐπ' ἀλη-
θείας καὶ οὗτος μετ' αὐτοῦ ἦν.'[1]

Μὰ τὴν ἀλήθειαν. Ἄλλη
φράσις ἔχουσα σχῆμα ὀρκω-
μοσίας, ἀλλ' ἰσοδυναμοῦσα
πολλάκις μὲ τὰς προειρημένας.
Τὴν μεταχειριζόμεθα καίποτε
εἰρωνικῶς· παραδείγματος χά-
ριν, πρὸς ὀνειδίζοντα εὐεργεσίας
ἀνυπάρκτους, ἢ μεγαλητέρας
ἀπ' ὅ, τι εἶναι, λέγομεν, Μὰ
τὴν ἀλήθειαν εἶναι ἀνεκ-
διήγητα ὅσα καλά μ'
ἔκαμες.

Ἀλήθεια, εἰς τὴν ὀνομα-
στικὴν λαμβάνεται πολλάκις

[1] Λουκ. κβ' 59.

write one day a complete
dictionary of modern Greek :

" Ἀλήθεια (*truth*). Perhaps
no other word in all the lan-
guages of nations is more fre-
quently pronounced by the
mouths of men than *Truth*,
although there are very few
who know it, and still fewer
who like it.

From this come the adverbial
expressions ἐπ' ἀληθείας (*truly*),
κατὰ ἀλήθειαν (*in accordance
with the truth*), τῇ ἀληθείᾳ (*in
truth*), which we often employ
to confirm anything we say.
These expressions passed into
our language through the
ecclesiastical writers. One of
the enemies of the truth, wish-
ing to sacrifice Peter as well
as Christ, said : 'Of a truth
this fellow also was with Him.'

Μὰ τὴν ἀλήθειαν. (*By all
that is true.*) Another phrase
having the form of an oath, but
often equivalent to the preced-
ing. We employ it sometimes
ironically : for example, we say
to any one who throws in our
teeth benefits never conferred
by him or greater than they
actually are, 'Really now, no
words can express all the good
you have done for me.'

Ἀλήθεια (*truth*) in the
nominative case is often used

ἐπιρρηματικῶς, ἀντὶ τοῦ ἀληθῶς· οἷον πρὸς ἐρωτῶντα, Δὲν εἶσαι σὺ ὅστις μὲ εἶπες κ.τ.λ. ἀποκρινόμεθα, Ἀλήθεια. Ἡ τοιαύτη φράσις εἶναι ἐλλειπτική, ἰσοδυναμοῦσα μὲ τό, Ἀλήθεια εἶναι ὅτι εἶμαι ἐγὼ ὅστις σὲ τὸ εἶπα. Τὴν αὐτὴν ἔννοιαν σώζει ὅταν ἀκούοντές τι διήγημα διστάζωμεν περὶ αὐτοῦ, ἐρωτῶμεν τὸν διηγούμενον, Ἀλήθεια; ἤγουν, Ἀλήθεια εἶναι ὅ, τι λέγεις;

Ἀλήθειαν λέγουν, ἢ Ἀλήθειαν τὸ λέγουν. Ἔχει τόπον ἡ φράσις αὕτη εἰς τὰς παροιμίας μάλιστα, ἢ τοὺς παροιμιώδεις λόγους· οἷον, Ἀλήθειαν τὸ λέγουν, Ὡς στρώσῃ καθεὶς οὕτως ἔχει νὰ πλαγιάσῃ.

Σημείωσις. Παρόμοια καὶ ὁ Καλλίμαχος εἰς τὰ ἐπιγράμματά του εἶπε,[1]

''Ἀλλὰ λέγουσιν ἀληθέα, τοὺς ἐν ἔρωτι
''Ὅρκους μὴ δύνειν οὔατ' ἐς ἀθανάτων·''

ἤγουν εἰς τὴν κοινὴν ἡμῶν γλῶσσαν, ''Ἀλήθειαν τὸ λέγουσι, τοῦ ἔρωτος οἱ ὅρκοι δὲν ἐμβαίνουν εἰς ταὐτία θεῶν τῶν ἀθανάτων.''

Παροιμία. Ὁ καιρὸς φανερόνει τὴν ἀλήθειαν, ἀντὶ τῆς ὁποίας ἔλεγαν οἱ παλαιοί, Χρόνος ἀληθείας πατήρ. Καὶ εἰς ἐκείνους, ὡς εἰς ἡμᾶς, σημαίνει ἡ παροιμία τὴν ἀκαταμάχητον τῆς ἀληθείας

adverbially instead of *truly*; for instance to any one asking, 'Is it not you who told me? etc.,' we reply ἀλήθεια. This kind of expression is elliptical and is equivalent to 'It is true that it was I who told it to you.' It retains the same sense when we hear anything related and, having doubts about it, ask the narrator ἀλήθεια; (*truth ?*) that is to say, 'Is it the truth that you are saying?'

Ἀλήθειαν λέγουν (*they say truly*) or ἀλήθειαν τὸ λέγουν (*it is a true saying*). This phrase occurs especially in the case of proverbs or proverbial expressions, for instance, *It is a true saying* 'As any one makes his bed so he must lie upon it.'

Note. In the same way, Callimachus in his *Epigrams* said:

'But they say truly that oaths made in love do not penetrate the ears of the immortals';

or in our ordinary language, 'It is a true saying, the oaths of love do not enter the ears of the immortal gods.'

Proverb. Time reveals the truth, instead of which the ancients said, *Time is father of truth.* And with them, as with us, the proverb represents the invincible power of truth. For a time it is possible for it to be

[1] Καλλιμάχ. Ἐπιγράμ. κϛʹ.

δύναμιν. Δυνατὸν εἶναι νὰ
πλακωθῇ πρὸς καιρὸν ἀπὸ τὸ
ψεῦδος· ἀλλ' ἀναλάμπει τέλος
πάντων μὲ μεγάλην καται
σχύνην τῶν ὅσοι σπουδάζουν νὰ
τὴν κρύψωσι.

Τὰ ὁποῖα μεταχειρίζονται
μέσα τῆς κρύψεως, εἶναι αἱ
λοιδορίαι, αἱ ὕβρεις, αἱ συκο
φαντίαι, αἱ καταδρομαί, καὶ
αὐτοὶ οἱ φόνοι, ὁσάκις αἱ περι
στάσεις τοὺς κάμνουσι ζωῆς
καὶ θανάτου κυρίους· καὶ ἐκ τού
του ἐγεννήθη ἄλλη παροιμία,
'Η ἀλήθεια εἶναι μαλώτρια.

Ἂν δὲν πιστεύῃς περὶ τούτου
τὴν ἱστορίαν, μηδὲ πείθεσαι εἰς
τὴν καθημερινὴν πεῖραν, τόλ
μησε νὰ φανερώσῃς καμμίαν
ἄγνωστον ἀλήθειαν, ἀπ' ἐκείνας
μάλιστα, ὅσαι δὲν συμφέρουν
εἰς ὀλίγους τινὰς ἀνθρώπους,
τρεφομένους καὶ τιμωμένους
ἀπὸ τὴν γοητείαν, καὶ τότε
θέλεις ἰδεῖν νὰ σηκωθῇ κατε
πάνω σου πλῆθος ἀνθρωπίσκων,
οἱ ὁποῖοι μαγευμένοι ἀπὸ τὰ
πορνικὰ θέλγητρα τοῦ ψεύδους,
μήτ' ᾐσθάνθησαν, μήτ' ἠγά
πησάν ποτε τὸ ἐξαίσιον τῆς
ἀληθείας κάλλος·

'Οὐκ ἔστιν οὔτε ζωγράφος, μὰ
τοὺς θεούς,
Οὔτ' ἀνδριαντοποιός, ὅστις ἂν
πλάσαι
Κάλλος τοιοῦτον, οἷον ἡ ἀλή
. θει' ἔχει.'[1]

suppressed by means of falsehood,
but it shines forth at last to the
great shame of those who strive
to hide it.

The means which people employ for its concealment are abuse,
insult, calumny, persecution,
and murder itself whenever circumstances make them masters
of life and death ; and from
this arose another proverb, *Truth
is a fomenter of quarrels.*

If you do not believe history
on this point, nor trust everyday experience, only venture
to display any unknown truth,
especially of those which are
against the interest of some
small body of men who obtain
subsistence and an honoured
position by means of imposture,
and then you will see raised
against you a multitude of contemptible creatures who, laid
under enchantment by the
meretricious spell of falsehood,
have never felt nor ever loved
the surpassing beauty of truth :
'There is no painter, no, by the
gods,
nor sculptor, who can form

such beauty as truth possesses.'

'Αργός. Ὅστις δὲν ἐργά
ζεται, ἢ δὲν ἀσχολεῖται εἰς

'Αργός (*idle*). Who does not
work, or does not occupy him-

[1] Φιλήμονος τοῦ κωμικοῦ λείψανα.

τίποτε ἢ δι᾽ ἐμπόδιόν τι, ἢ δι᾽
ὀκνηρίαν. Μὴ στέκῃς ἀργός,
Τί στέκεις ἀργός; καὶ ὄνομα
Ἀργία, τὸ ὁποῖον σημαίνει καὶ
τὴν ὀκνηρίαν, καὶ τὴν ἁπλῶς
στέρησιν τῆς ἐργασίας.[1]

Σημείωσις. Γνωστὸν εἶναι
ὅτι καὶ οἱ παλαιοὶ εἰς τὴν αὐτὴν
σημασίαν τὸ μετεχειρίζοντο·
'Κάτθαν ὁμῶς ὅ τ᾽ ἀεργὸς ἀνήρ,
    ὅ τε πολλὰ ἐοργώς.'[2]
Εἶπε καὶ Εὐριπίδης·
''Αργὸς γὰρ οὐδεὶς θεοὺς ἔχων
       ἀνὰ στόμα
Βίον δύναιτ᾽ ἂν ξυλλέγειν ἄνευ
       πόνου.'[3]

Καὶ τὸ εἶπε χωρὶς ἴσως νὰ
συλλογισθῇ τί ἐζήτουν οἱ ἀργοὶ
ἀπὸ τοὺς θεοὺς μὲ τὰς συχνὰς
καὶ βαττολόγους αὐτῶν προσ-
ευχάς. Ὄχι βέβαια νὰ βρέξῃ
ὁ οὐρανὸς φαγητὰ ἕτοιμα δι᾽
αὐτούς, κατὰ τὸ παροιμιῶδες,
Πέσε πῆττα νὰ σὲ φάγω· ἂν
καὶ νοῦν πολὺν δὲν ἔχουσιν οἱ
ἀργοί, τόσον ὅμως ἠλίθιοι,
ὥστε νὰ ἐλπίζωσι τοιαῦτα θαύ-
ματα, δὲν εἶναι. Ποία λοιπὸν
ἦτο ἡ προσευχή των; 'Ω Ζεῦ
καὶ θεοί, δότε εἰς τοὺς ἐργαζο-
μένους καὶ δύναμιν καὶ γνῶσιν
γαδάρων, ὄχι μόνον διὰ νὰ
ἐργάζωνται, ἀλλὰ καὶ νὰ πι-
στεύωσιν ὅτι χρεωστοῦν νὰ
ἐργάζωνται δι᾽ ἡμᾶς.'

self with anything, either from
something preventing him or
from laziness. *Do not stand
idle. Why do you stand idle?*
And the noun *ἀργία* which
signifies both *laziness* and the
simple *absence of work.*

Note. It is well known that
the ancients also employed it
with the same signification :
'The idle man as well as he
who has done much die alike.'
Euripides too said :
'For no idle man, with the gods
ever on his lips,
can pick up a living without
labour.'
And he said this perhaps
without considering what it
was that idle men sought from
the gods with their frequent
prayers full of vain repetitions :
certainly not that heaven should
rain food ready for them, ac-
cording to the proverbial saying,
'Fall down, cake, that I may
eat you' : although idle men
have not much intelligence,
they are yet not so silly as to
expect such miracles. What
then was their prayer ? 'O
Jupiter, and ye gods, give to
those that work the strength
and the capacity of donkeys, not
only that they may work but
that they may also believe that it
is their duty to work for us.'

[1] Ὅθεν εἶναι καὶ συνώνυμον τοῦ ἑορτή.
[2] Ὁμήρου Ἰλιάς, I, 320. Ἐκ τούτου γίνεται φανερὸν ὅτι τὸ ἀργὸς ἐσχη-
ματίσθη κατὰ κρᾶσιν ἀπὸ τοῦ ἀεργός.
[3] Εὐριπίδου Ἠλέκτρα 80, 81.

Ἀργὸς λέγεται καὶ ὁ ἱερωμένος, ὅταν διὰ πταῖσμα ἐμποδισθῇ πρὸς καιρὸν ἀπὸ τὸν ἀρχιερέα νὰ ἱερουργῇ. Καὶ ἀργία ἡ τοιαύτη ποινή. Καὶ ῥῆμα μεταβατικὸν Ἀργίζω, ἢ Ἀργεύω,[1] ἤγουν κάμνω ἀργόν.

Ἀργὸς εἰς τὰ ἄψυχα, ὅταν ὁ λόγος ἦναι περὶ τῆς γῆς, σημαίνει κυρίως τὸ ἀγεώργητος· οἷον Ἀργὴ γῆ, Ἀργὸν χωράφιον. Παραδείγματα τῆς σημασίας ταύτης ἀπὸ τοὺς παλαιοὺς νὰ φέρω εἶναι περιττόν.

Σημαίνει ἀκόμη καὶ τὸ ἄχρηστος, ἀμεταχείριστος, καὶ ἀκολούθως μάταιος. Παραδείγματος χάριν, Σκεῦος ἀργόν, τὸ ὁποῖον ἢ δὲν χρησιμεύει εἰς τίποτε, ἢ δὲν τὸ μεταχειριζόμεθα, ὡς περιττόν.

Κατὰ ταύτην τὴν σημασίαν λέγεται καὶ Ἀργὸς λόγος, ὁ μάταιος, ὁ ἀνωφελής, ἢ ὡς λέγομεν κοινότερον ἀνωφέλετος, ὁποῖοι εἶναι μάλιστα τῶν ἀνοήτων οἱ λόγοι, ἤγουν τῶν ὅσοι λαλοῦν περὶ πραγμάτων, τῶν ὁποίων ἔννοιαν ἀκριβῆ μὴ ἔχοντες, μηδὲ κρίσιν ὀρθὴν νὰ κάμωσι δὲν εἶναι καλοί. Καὶ ῥῆμα, Ἀργολογῶ, τὸ ματαιολογῶ, ἢ φλυαρῶ.

Ἀργός is also what a priest is called when, for some fault, he has been for a time inhibited by the bishop from performing his sacred functions. And such punishment is called ἀργία, *suspension*. There is also the transitive verb ἀργίζω or ἀργεύω, meaning *I suspend*.

Ἀργός referring to inanimate objects, when it is said of land, signifies especially *uncultivated*, as *uncultivated land, an untilled field*. It is superfluous for me to adduce examples from the ancients of this signification.

It further means *useless, unused*, and consequently *of no use*. For instance, a *useless utensil*, which is either not of any use or which we do not employ, as not being required.

In this sense we say also ἀργὸς λόγος, *idle talk*, which is *vain, unprofitable*, or, as we more commonly say, *useless*, such as is the conversation of unintelligent people, that is to say, of those who chatter about things regarding which, not having an accurate comprehension of them, they are unable to form a correct judgment. There is also the verb ἀργολογῶ, *I talk idly*, or *I talk nonsense*.

---

[1] Ὁ σχηματισμὸς τοῦ Ἀργεύω ἀντὶ τοῦ Ἀργέω εἶναι κατὰ τὸ τυραννέω καὶ τυραννεύω, ἤγουν εἶναι Ἑλληνικός· δὲν πρέπει ὅμως ἀκόμη νὰ βαλθῇ εἰς τὰ Ἑλληνικὰ λεξικά, ἐπειδὴ ἐπιστηρίζεται εἰς ἀμφιβαλλόμενον ἕνα μόνον τόπον τοῦ Ξενοφῶντος (Λακεδ. πολιτ. § 3), ὅπου ἀντὶ τοῦ 'Ἀργενομένων' ἄλλοι πιθανώτερον γράφουσιν 'Ἀγρευομένων.'

'Αργὸς σημαίνει καὶ τὸ
βραδὺς τῶν παλαιῶν, καὶ ἔχει
ἀντίθετον τὸ κοινὸν γρήγορος·
ἡ σημασία ἐγεννήθη ἐκ τούτου,
ὅτι ὁ ὀκνηρὸς ὅ, τι ἐργάζεται,
τὸ ἐργάζεται μὲ βραδύτητα.
"Οταν ὁ Θουκυδίδης λέγῃ,[1] "Ἐν
ὀλίγῳ γὰρ πολλαὶ [νῆες] ἀργό-
τεραι μὲν ἐς τὸ δρᾶν τι ὧν βού-
λονται ἔσονται, ῥᾷσται δὲ ἐς τὸ
βλάπτεσθαι κ.τ.λ.' διὰ τοῦ
ἀργότεραι σημαίνει τὸ βραδύ-
τεραι, ὡς ὀρθῶς τὸ ἐξήγησε
καὶ ὁ Λατῖνος μεταφραστὴς
(tardiores). Εἰς τὸν παρακ-
μάζοντα ἑλληνισμὸν ἔγεινεν ἡ
σημασία κοινοτέρα.

'Αργά, ἐπίρρημα, ἡ αἰτιατικὴ
πληθυντικὴ τοῦ οὐδετέρου 'Αρ-
γόν, ἐπιρρηματικῶς λαμβανο-
μένη, καὶ σημαίνουσα τὸ βρα-
δέως· οἷον Προπατῶ ἀργά.

Καὶ ἐπειδὴ μεταχειριζόμεθα
τὸ συνώνυμον βραδύς, διὰ τὸ
τέλος τῆς ἡμέρας, τὴν ἑσπέραν,
ἢ τὸ ὀψὲ τῶν παλαιῶν, οἷον,
Πρὸς τὸ βραδύ (ἐλλειπτικῶς
τοῦ Μέρος τῆς ἡμέρας), λέγο-
μεν ἀκολούθως εἰς τὴν αὐτὴν
σημασίαν, πληθυντικῶς ὅμως
καὶ Πρὸς τἀργά. . . ."

'Ενταῦθα πρέπει ν' ἀφήσωμεν
τὴν ἀνάγνωσιν, διότι ἔδυσεν ὁ
ἥλιος καὶ δὲν δύναμαι πλέον νὰ
διακρίνω τὰ γράμματα· ἀλλ' ἰδοὺ
ἠχεῖ καὶ ὁ κώδων διὰ τὸ γεῦμα,
ὥστε ἂς ὑπάγωμεν νὰ γευματί-
σωμεν καὶ ἀκολούθως ἐξερχό-
μεθα πάλιν εἰς τὸ κατάστρωμα.

'Αργὸς also has the meaning of the word βραδύς (slow) of the ancients, and has for its opposite the common word γρήγορος (quick): the meaning arose from the circumstance that whatever a lazy man does he does slowly. When Thucydides says: 'For many (ships) in a small space will be too slow in doing what they wish, and very easily injured, etc.': by ἀργότεραι he means too slow, as the Latin translator has correctly rendered it (tardiores). In the decline of Greek the meaning became more common.

'Αργά, adverb or accusative plural of the neuter ἀργόν, used adverbially and meaning slowly; as, I walk slowly.

And since we employ the synonym βραδύς for the close of the day, the evening, or the ὀψέ of the ancients, as πρὸς τὸ βραδύ (sc. μέρος τῆς ἡμέρας), towards evening, we consequently say in the same sense, but employing the plural, πρὸς τἀργά. . . ."

We must now leave off the reading, for the sun has set and I can no longer distinguish the letters. But there, the bell too is ringing for dinner, so let us go and dine and then go up on deck again.

[1] Ζ' 67.

Λυποῦμαι ὅτι ἐγὼ δὲν θὰ δυνηθῶ νὰ πράξω τοῦτο, διότι ἔχω νὰ γράψω ἐπιστολάς τινας κατεπειγούσας, τὰς ὁποίας αὔριον τὸ πρωὶ πρέπει νὰ δώσω εἰς τὸ ταχυδρομεῖον. Εἰξεύρετε πότε φθάνομεν εἰς Κέρκυραν;

I am sorry that I shall not be able to do that, for I have some urgent letters to write which I must post to-morrow morning. Do you know when we shall arrive at Corfu ?

Πρὸ ὀλίγου ἤκοισα τὸν πλοίαρχον νὰ λέγῃ ὅτι θὰ ἤμεθα ἐκεῖ περὶ τὰς δύο τῆς πρωίας.

I heard the captain say a little while ago that we shall be there about two in the morning.

Δὲν πιστεύω ὅμως νὰ ἐξέλθωμεν εἰς τὴν ξηρὰν κατ᾽ ἐκείνην τὴν ὥραν.

But I do not believe that we shall go ashore at that hour.

Ὄχι βέβαια. Θὰ ἀποβιβασθῶμεν νομίζω περὶ τὴν ἑβδόμην ἢ ὀγδόην ὥραν τῆς πρωίας.

Certainly not. We shall disembark, I fancy, about seven or eight o'clock in the morning.

Ἔχει καλῶς, διότι οὕτω θὰ δυνηθῶμεν νὰ λάβωμεν ὀλίγον πρόγευμα πρὶν ἐξέλθωμεν· ἀλλὰ δέν μοι εἴπετε εἰς ποῖον ξενοδοχεῖον θὰ καταλύσωμεν. Εἰς τὸν ὁδηγὸν τοῦ Βαίδεκερ ἀναφέρονται δύο ὡς πρώτης τάξεως, τὸ ξενοδοχεῖον τοῦ Ἁγίου Γεωργίου καὶ τὸ ξενοδοχεῖον τῆς Ἀγγλίας. Εἰς ποῖον ἐκ τούτων νὰ ὑπάγωμεν;

That is all right, for then we shall be able to take a little breakfast before we leave : but you have not told me at what hotel we shall put up. In Baedeker's guide-book there are two mentioned as first-rate, the Hôtel St. George and the Hôtel d'Angleterre. To which of them shall we go ?

Ἐπειδὴ θὰ μείνωμεν ἐν Κερκύρᾳ μόνον ἕν ἡμερονύκτιον δὲν πειράζει ἂν μεταβῶμεν εἰς τὸ ἕν ἢ εἰς τὸ ἄλλο.

Since we only stay in Corfu a day and a night it does not matter whether we go to the one or the other.

Τότε λοιπὸν ἂς μεταβῶμεν εἰς τὸ πρῶτον.

Then let us go to the first.

Πολὺ καλά.

Very good.

Πολὺ φρόνιμα ἐκάμαμεν νὰ
ἔλθωμεν εἰς τὸ ἀτμόπλοιον
ἀρκετὴν ὥραν πρὸ τοῦ ἀπόπλου,
διότι ἐὰν ἐβραδύνομεν ὀλίγον
θὰ εἴχομεν κἄποιαν δυσκολίαν
νὰ εὕρωμεν λέμβον.

Διὰ τί;

Διότι, ὥς με ἐπληροφόρησε
φίλος τις, σήμερον μέλλουσι ν᾽
ἀποπλεύσωσιν εἰς Ἀθήνας δύο
βουλευταὶ τῆς ἀντιπολιτεύσεως,
καὶ θὰ γείνῃ μεγάλη ἐπίδειξις
ὑπὲρ αὐτῶν· ἑκατοντάδες δὲ ἐκ
τῶν φίλων των θὰ τοὺς συνο-
δεύσωσι μέχρι τοῦ ἀτμοπλοίου.
Εἰς τοιαύτας περιστάσεις οἱ
λεμβοῦχοι ὅταν ἴδωσί τινα
σπεύδοντα νὰ προφθάσῃ τὸ
ἀτμόπλοιον κατὰ τὴν ὥραν τοῦ
ἀπόπλου γίνονται θρασύτατοι
καὶ ἀπαιτητικώτατοι.

Ἔχετε δίκαιον. Οἱ λεμ-
βοῦχοι, ὡς καὶ οἱ ἐν τῇ ξηρᾷ
συνάδελφοί των ἀμαξηλάται,
(διότι ἀμφότεροι εἶναι τῆς αὐτῆς
ζύμης), τοιαύτας εὐκαιρίας και-
ροφυλακτοῦσιν ὅπως ἁρπά-
σωσιν ὅ τι δύνανται ἀπὸ τὰ
θύματά των· καὶ ἂν κανεὶς
κάμῃ τὸ λάθος νὰ μὴ συμ-
φωνήσῃ μετ᾽ αὐτῶν προηγου-

We did very wisely to come
on board the steamer in plenty
of time before she sails, for if
we had delayed a little longer
we should have had some diffi-
culty in finding a boat.

Why?

Because, as a friend informed
me, two members of parliament
belonging to the opposition are
going to sail to-day for Athens,
and there will be a great demon-
stration on their account, and
hundreds of their friends will
accompany them to the steamer.
In such circumstances the boat-
men, when they see any one
hurrying to catch the steamer
at the time of sailing, become
very insolent and exacting.

You are right. Boatmen,
like their *confrères* on land,
the cabmen (for both have the
same leaven), watch for such
opportunities to get as much
plunder as they can from
their victims; and if any one
commit the error of not mak-
ing an agreement with them
beforehand about the fare,

μένως περὶ τοῦ μισθοῦ, τότε αἰ
ἀπαιτήσεις τῶν γίνονται ἀπεριόριστοι.

Ἔχω πεῖραν τοῦ πράγματος,
διότι πολλάκις τὴν ἔπαθα ἀπὸ
ἀμαξηλάτας ἐν Λονδίνῳ· τὰ
παθήματα ὅμως μοὶ ἔγειναν
μαθήματα, καὶ δὲν ἐμβαίνω
πλέον οὔτε εἰς ἄμαξαν, οὔτε εἰς
λέμβον πρὶν βεβαιωθῶ τί πρέπει
νὰ πληρώσω.

Καὶ ἐγὼ τὸ αὐτὸ πράττω· ἐνίοτε ὅμως ὅταν ἔχῃ τις νὰ κάμῃ
μὲ ἀνάποδον ἄνθρωπον, μὲ ὅλας
του τὰς προφυλάξεις πάλιν τὴν
παθαίνει . . . Ἀλλὰ τί εἶναι
αὐτὴ ἡ βοὴ καὶ ὁ θόρυβος;
κάτι πρέπει νὰ συμβαίνῃ ἐκεῖ
ἔξω παρὰ τὴν κλίμακα τοῦ
πλοίου.

Οὐδὲν ἔκτακτον συμβαίνει·
ὁ θόρυβος προέρχεται ἐκ τῶν
λεμβούχων, οἴτινες λογομαχοῦσι μεταξύ των τίς πρῶτος
νὰ πλησιάσῃ τὸ ἀκάτιόν του
εἰς τὴν κλίμακα τοῦ ἀτμοπλοίου
καὶ νὰ ἐπιβιβάσῃ τοὺς ἐπιβάτας
του, διὰ νὰ προφθάσῃ νὰ φέρῃ
καὶ ἄλλους.

Κατὰ τὰ φαινόμενα θὰ ἔχωμεν
πολλοὺς ἐπιβάτας, οἱ πλεῖστοι
ὅμως αὐτῶν εἶναι τοῦ καταστρώματος, διότι καθ' ἅ μοι εἶπεν
ὁ πράκτωρ τῆς Ἑλληνικῆς
ἀτμοπλοϊκῆς ἑταιρείας, εἰς
ἣν ἀνήκει τοῦτο τὸ ἀτμόπλοιον,
ἑπτὰ μόνον ἐπιβάται ἔλαβον
εἰσιτήρια τῆς πρώτης θέσεως καὶ
δώδεκα τῆς δευτέρας, πάντες δὲ
οἱ ἄλλοι εἶναι ταξειδιῶται τοῦ
καταστρώματος. Ἀλλὰ τί ποι-

then their demands know no
bounds.

I have some experience in
this matter, for I have often
been the prey of the cabmen in
London ; but my misfortunes
have been a lesson to me, and
I never now get into a cab or
a boat before assuring myself of
what I have to pay.

And I do the same ; but
sometimes when one has to do
with a regular rascal, with all
one's precautions, one is still
victimised. . . . But what is
that noise and uproar ? Something or other must be happening outside there, near the
accommodation-ladder.

Nothing extraordinary is
happening : the uproar proceeds from the boatmen who
are disputing among themselves
about the one who shall first
bring his boat up to the
steamer's ladder and put his
passengers on board so as to
have time to convey more.

Apparently we shall have a
great many passengers, but
most of them are deck-passengers, for, according to what
was told me by the agent of
the " Hellenic Steamship Company," to which this steamer
belongs, only seven passengers
took first-class tickets, and
twelve second-class, and all
the rest are deck-passengers.
What a variety of costume !

κιλία ἐνδυμάτων! Ἐδῶ βλέπει
τις ὅλας τὰς φυλὰς τῆς Ἀνα-
τολῆς. Πόθεν ἔρχονται πάντες
οὗτοι;

Οἱ πλεῖστοι αὐτῶν ἐκ τῆς
ἀπέναντι Ἠπείρου, οὐκ ὀλίγοι
δὲ καὶ ἐκ τῆς Ἄνω Ἀλβανίας.
Οἱ δύο οὗτοι ὑψηλοὶ ἄνδρες
φαίνονται νὰ εἶναι Βόσνιοι· οἱ
κατόπιν αὐτῶν ἐρχόμενοι εἶναι
Μαυροβούνιοι. Οὗτοι οἱ φέ-
ροντες καλάθια πλήρη ὑαλικῶν
δὲν ἀμφιβάλλω εἶναι Ἑβραῖοι
μεταπρᾶται· ὁ δὲ τυφλὸς οὗτος
γέρων μὲ τὴν λύραν, ὁ χειραγω-
γούμενος ὑπὸ τοῦ μικροῦ παιδίου,
βεβαίως θὰ εἶναι ἀπὸ κανὲν
μέρος τῆς Ἠπείρου, καὶ ἴσως
μεταβαίνει εἰς Ἀθήνας ὅπως
εὕρῃ πόρον ζωῆς. Πολὺ πι-
θανὸν νὰ τὸν ἴδωμεν ἐκεῖ κατὰ
τὴν Πλατείαν τοῦ Συντάγματος
κρούοντα τὴν λύραν καὶ ᾄδοντα
κλέα ἀνδρῶν ἡρώων.

Δὲν ἀμφιβάλλω εἰξεύρει πολ-
λὰ Κλέφτικα τραγούδια,
καὶ ἴσως, ἂν τὸν φιλοδωρήσωμεν
κάτι τι, μᾶς τραγουδήσῃ τινὰ
ἐξ αὐτῶν ἐνταῦθα.

Περὶ τούτου νὰ ἦσθε βέβαιος·
ἀλλὰ βλέπω ἔρχονται οἱ βου-
λευταί. Τί πλῆθος λέμβων
τοὺς συνοδεύει! Ὅλαι εἶναι
σημαιοστόλιστοι. Νομίζει τις
ὅτι εὑρίσκεται ἐν Βενετίᾳ. Ἀ-
κούσατε πόσον μελῳδικῶς κι-
θαρῳδοῦσι! Τὸ πρῶτον ᾆσμα
ὅπερ ἐτραγούδησαν μετὰ τοσού-
του πάθους ἦτο " ἡ Φαρμακω-
μένη" τοῦ Σολωμοῦ· ἤδη ἤρχι-
σαν νὰ ᾄδωσι τὸν "" Ὕμνον εἰς

All the tribes of the East are
to be seen here. Where do all
of them come from ?

Most of them from Epirus
opposite, and a good many
from Upper Albania. These
two tall men seem to be Bos-
nians: those who come next to
them are Montenegrins. These
men carrying baskets full of
glass-ware are, I have no doubt,
Jewish pedlars : this blind old
man with the lyre, led by the
hand by the little boy, must
certainly be from some part of
Epirus, and perhaps he is going
to Athens to find a means of
livelihood. Very likely we
shall see him there in Constitu-
tion Square, playing the lyre
and celebrating in song the
glories of heroes.

I have no doubt he knows
many Klephtic songs, and per-
haps, if we make him a little
present, he will sing us some of
them here.

You may be quite sure of
that ; but I see that the
members of parliament are
coming. What a crowd of
boats accompanies them ! All
are hung with flags. One
fancies that one is in Venice.
Hear how melodiously they are
singing to the guitar. The first
song, which they sang with so
much feeling, was *The Poisoned
Girl*, by Solomos : now they have

τὴν ἐλευθερίαν" τοῦ αὐτοῦ ποιη-
τοῦ.
Ἆς τὸν ἀκούσωμεν.

begun to sing the *Ode to Liberty*,
by the same poet.
Let us listen to it.

ΥΜΝΟΣ ΕΙΣ ΤΗΝ ΕΛΕΥΘΕΡΙΑΝ

ODE TO LIBERTY

Translated by Miss Florence M'Pherson.[1]

I

Σὲ γνωρίζω ἀπὸ τὴν κόψι

Τοῦ σπαθιοῦ τὴν τρομερή,
Σὲ γνωρίζω ἀπὸ τὴν ὄψι

Ποῦ μὲ βιὰ μετράει τὴν γῆ.

1

Well I know thee by the keen
edge
Of thy terror-striking brand,
Know thee by the piercing
glances
That thou dartest o'er the
land.

2

Ἀπ' τὰ κόκκαλα 'βγαλμένη
Τῶν Ἑλλήνων τὰ ἱερά,
Καὶ 'σὰν πρῶτα ἀνδρειωμένη,
Χαῖρε, ὦ χαῖρε, Ἐλευθεριά!

2

From the sacred ashes rising
Of the Hellenes great and free,
Valiant as in olden ages,
Hail! all hail, O Liberty!

3

Ἐκεῖ μέσα ἐκατοικοῦσες,
Πικραμμένη, ἐντροπαλή,

Κ' ἕνα στόμα ἀκαρτεροῦσες,
Ἔλα πάλι, νὰ σοῦ 'πῇ.

3

Thou amid their tombs abodest
Bowed with shame and bitter
pain,
Still the rousing voice awaiting
That should cry: "Come
forth again!"

4

Ἄργειε νἄλθῃ ἐκείνη ἡ 'μέρα,

Καὶ ἦταν ὅλα σιωπηλά,
Γιατὶ τἄσκιαζε ἡ φοβέρα,

Καὶ τὰ πλάκονε ἡ σκλαβία.

4

Late, so late that day in dawn-
ing,
Silence brooded over all,
Crushed beneath the weight of
bondage
Terror did all hearts appal.

[1] *Poetry of Modern Greece*, by Miss F. M'Pherson. Macmillan & Co.
1884.

5

Δυστυχής! Παρηγορία
  Μόνη σοῦ ἔμεινε νὰ λὲς
Περασμένα μεγαλεῖα
  Καὶ διηγῶντάς τα νὰ κλαῖς.

5

Hapless one ! no other solace
  Left thee save in mind to keep
Memory of thy vanished glories,
  And to tell them o'er and
    weep.

6

Καὶ ἀκαρτέρει, καὶ ἀκαρτέρει
  Φιλελεύθερην λαλιά,
Ἕνα ἐκτύπαε τἄλλο χέρι
  Ἀπὸ τὴν ἀπελπισιά,

6

Waiting, weary, weary, waiting
  For some freedom-loving cry,
Thou thy hands together smotest
  In despairing agony ;

7

Κ' ἔλεες· πότε, ἄ! πότε 'βγάνω

  Τὸ κεφάλι ἀπ' τ's ἐρμιαῖς ;

Καὶ ἀποκρίνοντο ἀπὸ 'πάνω

  Κλάψαις, ἄλυσες, φωναῖς.

7

Saying : When from this lone
    dungeon,
When may I my head up-
    rear ?
Answered from the earth above
    thee,
Clank of fetters, groan and
    tear.

8

Τότε ἐσήκονες τὸ βλέμμα

  Μὲς τὰ κλάϋματα θολό,

Καὶ εἰς τὸ ῥοῦχό σου ἔσταζ'
    αἷμα,
  Πλῆθος αἷμα Ἑλληνικό.

8

Upwards then thine eyes were
    lifted,
Dim with grief and weeping
    sore ;
And thy garment's fold was
    blood-drenched
With a stream of Grecian
    gore.

9

Μὲ τὰ ῥοῦχα αἱματωμένα,

  Ξέρω ὅτι ἔβγαινες κρυφά,
Νὰ γυρεύῃς εἰς τὰ ξένα

  Ἄλλα χέρια δυνατά·

9

In thy blood-stained garments
    shrouded,
Thou in secret oft didst wend
Through the lands of strangers,
    seeking
Some strong arm to be thy
    friend ;

10

Μοναχὴ τὸν δρόμο ἐπῆρες,

'Εξανάλθες μοναχή·
Δὲν εἶν' εὔκολαις ἢ θύραις
'Εὰν ἡ χρεία ταῖς κουρταλῇ.

10

Lonely didst thou take thy journey,
All alone didst thou return ;
Doors are not so lightly opened
When the needy knock and yearn :

11

῎Αλλος σοῦ ἔκλαψε εἰς τὰ στήθια,
'Αλλ' ἀνάσασιν κάμμιά·
῎Αλλος σοῦ ἔταξε βοήθεια,

Καὶ σὲ γέλασε φρικτά.

11

Some might weep upon thy bosom,
But would no relief afford ;
Some who pledged to thee their succour
Mocked thee with their broken word ;

12

῎Αλλοι, ὤϊμέ! 'ς τὴν συμφορά σου
῞Οπου ἐχαίροντο πολύ,
Σῦρε ναὔρης τὰ παιδιά σου,

Σῦρε, ἐλέγαν οἱ σκληροί.

12

Some, alas ! thy woe and anguish
With malignant joy espied :
"Go, and seek thou for thy children !
Go !" the cruel-hearted cried.

13

Φεύγει ὀπίσω τὸ ποδάρι,

Καὶ ὁλογλήγορο πατεῖ,

῟Η τὴν πέτρα, ἢ τὸ χορτάρι,
'Ποῦ τὴν δόξα σου ἐνθυμεῖ.

13

Backward turned thy flying footsteps,
Touching as thou fleddest fast
Rock or grassy sod, recalling
To the mind thy glory past.

14

Ταπεινότατη σοῦ γέρνει

῾Η τρισάθλια κεφαλή,

'Σὰν πτωχοῦ 'ποῦ θυροδέρνει

Κ' εἶναι βάρος του ἡ ζωή.

14

Crushed and humbled, low and lower
Drooped thy head in dire distress,
Like the poor at doorways begging,
Feeling life a weariness.

15

Ναί· ἀλλὰ τώρα ἀντιπαλεύει

Κάθε τέκνο σου μὲ ὁρμή,
'Ποῦ ἀκατάπαυστα γυρεύει

῍Η τὴν νίκη, ἢ τὴν θανή.

So it *was* ; but now with war-
like
Zeal to arms thy children fly ;
All with quenchless ardour seek-
ing
To be victors or to die.

16

'Απ' τὰ κόκκαλα 'βγαλμένη
Τῶν Ἑλλήνων τὰ ἱερά,
Καὶ 'σὰν πρῶτα ἀνδρειωμένη,
Χαῖρε, ὦ χαῖρε, 'Ελευθεριά!

From the sacred ashes rising
Of the Hellenes great and free
Valiant as in olden ages,
Hail ! all hail, O Liberty !

17

Μόλις εἶδε τὴν ὁρμήν σου

'Ο οὐρανὸς 'ποῦ γιὰ τ᾽s ἐχ-
θροὺs
Εἰς τὴν γῆν τὴν μητρικήν σου

῍Ετρεφ' ἄνθια καὶ καρπούς,

Scarce was seen thy gallant on-
set,
When the sky, whose beams
and showers
On thy mother-soil long
nourished
For thy foes the fruits and
flowers,

18

'Εγαλήνευσε· καὶ ἐχύθη

Καταχθόνια μιὰ βοή,

Καὶ τοῦ 'Ρήγα σου ἀπεκρίθη

Πολεμόκραχτη φωνή.

Grew screne ; and from earth's
bosom
Rose an echoing sound on
high :
'Twas thy Rhiga's voice that
answered
With a rousing battle-cry.

19

῍Ολοι οἱ τόποι σου σ' ἐκράξαν

Χαιρετῶντάς σε θερμά,

Καὶ τὰ στόματα ἐφωνάξαν

῍Οσα αἰσθάνετο ἡ καρδιά.

All thy lands with gladness
shouted,
Greeting thee with fervent
will,
And their mouths outspeak the
raptures
That their inmost bosoms fill.

20

'Εφώναξανε ὡς τἀστέρια
Τοῦ 'Ιονίου τὰ νησιά,
Καὶ ἐσηκώσανε τὰ χέρια

Γιὰ νὰ δείξουνε χαρά,

And unto the clouds uplifted
Our Ionian Isles their voice,
Waved aloft their hands, well-
   showing
How they at thy sight rejoice;

21

Μ' ὅλον 'ποῦ 'ναι ἀλυσωμένο
Τὸ καθένα τεχνικά,

Καὶ εἰς τὸ μέτωπο γραμμένο

"Εχει· ψεῦτρα 'Ελευθεριά.

Nathless each and all, the while,
Were with specious art en-
   chained,
And upon their foreheads
   graven
Was a freedom false and
   feigned.

22

'Γκαρδιακὰ χαροποιήθη
Καὶ τοῦ Βάσιγκτων ἡ γῆ,

Καὶ τὰ σίδερα ἐνθυμήθη

'Ποῦ τὴν ἔδεναν καὶ αὐτή.

Heartily with joy salutes thee
That free land of Washing-
   ton,[1]
Mindful of the bonds that
   fettered
Her own limbs, not long
   agone.

23

'Απ' τὸν πύργον του φωνάζει,
'Σὰ νὰ λέῃ, σὲ χαιρετῶ,
Καὶ τὴν χήτην του τινάζει

Τὸ Λεοντάρι τὸ 'Ισπανό.

Rising on his ancient castle,
Tossing wide his tawny mane,
Roars as if to say: "I greet
   thee!"
Loud the Lioncel of Spain.

24

'Ελαφιάσθη τῆς 'Αγγλίας
Τὸ θηρίο, καὶ σέρνει εὐθὺς

Κατὰ τἄκρα τῆς 'Ρουσσίας

England's Lion too is rouséd,
Straightway turns his gaze
   and scowls
Towards the distant Russian
   border

---

[1] The poem was written, it must be remembered, in 1823, and these verses accurately describe the manner in which the various nations regarded the Greek Revolution in its earlier years. The verse about Spain of course refers to the Constitutionalists of 1820.

Τὰ μουγκρίσματα τ'ς ὀργῆς.

And with ire and anger growls ;

25

Εἰς τὸ κίνημά του δείχνει

Πῶς τὰ μέλη εἶν' δυνατά·
Καὶ εἰς τοῦ Αἰγαίου τὸ κῦμα
ρίχνει
Μιὰ σπιθόβολη ματιά.

Shows, as he his strong limbs stretches,
What the power of his frame,
O'er the waves of the Aegean

Dart his eyes a glance of flame.

26

Σὲ 'ξανοίγει ἀπὸ τὰ νέφη

Καὶ τὸ 'μάτι τοῦ 'Αετοῦ,

'Ποῦ φτερὰ καὶ 'νύχια θρέφει

Μὲ τὰ σπλάγχνα τοῦ 'Ιταλοῦ·

Hovering in the clouds above thee
Scans thee that fierce Eagle's eye,
Who his wings and claws has nourished
With the flesh of Italy ;

27

Καὶ 's ἐσὲ καταγυρμένος,

Γιατὶ πάντα σὲ μισεῖ,

"Εκρωζ, ἔκρωζε ὁ σκασμένος

Νὰ σὲ βλάψῃ, ἂν ἠμπορῇ.

Keen the glance he bends upon thee,
For he hates thee to the death,
Croaks and croaks the double monster,
Seeking, if he can, thy scathe.

28

"Αλλο ἐσὺ δὲν συλλογιέσαι

Πάρεξ ποῦ θὰ πρωτοπᾶς·

Δὲν 'μιλεῖς καὶ δὲν κουνιέσαι

'Σ ταῖς 'βρυσιαῖς ὁποῦ ἀγροικᾷς,

But thou reck'st not, thinking only
How thou mayest advance, prevail,
Speakest not and hear'st, unshaken,
Insults that thine ears assail ;

29

Σὰν τὸν βράχον, ὁποῦ ἀφίνει

Κάθε ἀκάθαρτο νερὸ
Εἰς τὰ πόδια του νὰ χύνῃ
Εὐκολόσβυστον ἀφρό,

29

Like the rock that lets, unheeding,

Foul and turbid waters come
To its very foot and splash it
   With their lightly-melting foam,

30

Ὅπου ἀφίνει ἀνεμοζάλη,

Καὶ χαλάζι, καὶ βροχή,

Νὰ τοῦ δέρνουν τὴν μεγάλη,
Τὴν αἰώνιαν κορυφή.

30

Suffers heedlessly the storm-wind,

Hail and rain in torrents shed,
Still to beat upon its mighty,
On its everlasting head.

Εὖγε, Κερκυραῖοι, εὖγε, τραγουδεῖτε ὡς ἀηδόνες. Ὁ "Ὕμνος εἰς τὴν ἐλευθερίαν" εἶναι λαμπρότατα τετονισμένος· τίς ἐμελοποίησεν αὐτόν; Ὁ περίφημος Ἑπτανήσιος μουσικοδιδάσκαλος Μάντζαρος, ὅστις ἐτιμήθη διὰ τοῦτο ὑπὸ τοῦ βασιλέως τῆς Ἑλλάδος Ὄθωνος μὲ τὸ παράσημον τοῦ ἀργυροῦ σταυροῦ, τοῦ Σωτῆρος. Ὁ Μάντζαρος ἐμελοποίησε καὶ πολλὰ ἄλλα ποιήματα τοῦ Ζακυνθίου ποιητοῦ ἅπερ συνεχῶς ᾄδονται ὑπὸ τῶν ἀπανταχοῦ Ἑλλήνων.

Ἦτο λοιπὸν ὁ Σολωμὸς ἐκ Ζακύνθου; Κάμετέ μοι τὴν χάριν νὰ μοὶ εἴπητε ὀλίγα τινὰ περὶ τοῦ βίου αὐτοῦ.

Εὐχαρίστως. Ὁ διακεκριμένος οὗτος ποιητὴς τῆς Ἑλλάδος ἐγεννήθη ἐν Ζακύνθῳ τῷ 1798 καὶ ἀνῆκεν εἰς μίαν τῶν ἐπιφανεστέρων οἰκογενειῶν τῆς

Well done, Corfiots, well done, you sing like nightingales. The *Ode to Liberty* is splendidly set to music: who is the composer?

The celebrated Ionian professor of music Mantzaros, who on this account was honoured by Otho King of Greece with the decoration of the Silver Cross of the Saviour. Mantzaros also set to music many other poems of the Zacynthian poet, which are constantly sung by the Greeks of all lands.

So then Solomos was from Zante? Do me the favour to tell me a few particulars of his life.

With pleasure. This distinguished poet of Greece was born in Zante in 1798 and belonged to one of the most illustrious families of that

νήσου ἐκείνης. Μικρὸς ἔτι τὴν
ἡλικίαν ἐστερήθη τοῦ πατρός
του, καὶ ἔμεινε μετὰ τοῦ
ἀδελφοῦ αὐτοῦ Δημητρίου κλη-
ρονόμος σημαντικῆς περιουσίας.
Δεκαετὴς ἐστάλη ὑπὸ τῶν κη-
δεμόνων του εἰς Ἰταλίαν, ἔνθα
σπουδάσας τὴν Ἰταλικὴν καὶ
Λατινικὴν φιλολογίαν, πρὸς δὲ
καὶ τὰ νομικά, ἐπανῆλθε τῷ
1818 εἰς τὴν ὡραίαν πατρίδα
του. Ἐκ μικρᾶς ἡλικίας ἔδειξε
μεγάλην κλίσιν εἰς τὴν ποίησιν,
καὶ τὰ πρῶτα αὐτοῦ ποιητικὰ
δοκίμια, ἅπερ συνέθηκεν εἰς τὴν
Ἰταλικὴν γλῶσσαν, μεγάλως
ἐθαυμάσθησαν ὑπὸ τῶν Ἰταλῶν
λογίων. Καθ' ἣν ἐποχὴν
ἔμενεν ἐν Ζακύνθῳ συνέβη νὰ
ἔλθῃ ἐκεῖ ὁ Σπυρίδων Τρικού-
πης, ὅστις βλέπων τὴν μεγάλην
ποιητικὴν εὐφυῖαν τοῦ νεαροῦ
Ζακυνθίου προέτρεψεν αὐτὸν νὰ
καταλίπῃ τὴν Ἰταλικὴν καὶ νὰ
γράφῃ τὰ ποιήματα αὐτοῦ εἰς
τὴν γλῶσσαν τῆς πατρίδος του.
Τὴν συμβουλὴν ταύτην ἐδέχθη
προθύμως ὁ Σολωμὸς καὶ ἔκτοτε
ἔγραψε πολλὰ ποιήματα εἰς τὸ
Ἑπτανησιωτικὸν ἰδίωμα, μεταξὺ
τῶν ὁποίων διαπρέπει ὁ Ὕμνος
εἰς τὴν Ἐλευθερίαν, τὸν
ὁποῖον πρὸ μικροῦ ἠκούσαμεν
ᾀδόμενον τόσον μελῳδικῶς.
Κατὰ τὸ ἔτος 1828 ὁ Σολωμὸς
καταλιπὼν τὴν πατρίδα του
Ζάκυνθον μετῴκησεν εἰς Κέρ-
κυραν, ὅπου ἔμεινε μέχρι τέλους
τῆς ζωῆς του· ἀπέθανε δὲ τῇ 9
Φεβρουαρίου 1857.

island. While yet young he
lost his father, and jointly with
his brother Demetrius was left
heir to considerable property.
At ten years of age he was sent
by his guardians to Italy, and
having studied Italian and
Latin literature there, and also
law, he returned in 1818 to his
beautiful native land. From
an early age he showed a
great taste for poetry, and his
first poetical attempts, which
he made in the Italian lan-
guage, were greatly admired by
Italian scholars. While he was
residing in Zante, Spyridon
Tricoupis [1] happened to come
there, who, seeing the great
poetical talent of the young
Zakynthian, urged him to
abandon Italian and to write
his poems in the language of
his fatherland. Solomos readily
accepted this advice, and after-
wards wrote many poems in the
Ionian idiom, among which is
conspicuous the *Ode to Liberty*,
which we heard so melodiously
sung just now. In the year
1828 Solomos left his native
land Zante and removed to
Corfu, where he remained to
the end of his life. He died on
the 9th of February 1857.

[1] The father of the able statesman Charilaos Tricoupis.

Μετεφράσθησαν τὰ ποιή-
ματα αὐτοῦ εἰς πολλὰς ξένας
γλώσσας ;

Μάλιστα, ἀλλ' ὄχι ὅλα.
Ὁ Ὕμνος εἰς τὴν ἐλευ-
θερίαν μόλις ἐδημοσιεύθη καὶ
εὐθὺς μετεφράσθη εἰς τὰς
κυριωτέρας γλώσσας τῆς
Εὐρώπης, τὴν Ἰταλικήν, τὴν
Γαλλικήν, τὴν Ἀγγλικὴν καὶ
τὴν Γερμανικήν. Ὁ εἰς τὴν
Ἀγγλικὴν μεταφράσας αὐτὸν
ἦτο ὁ Κάρολος Βρίνσλεϋ
Σέριδαν,[1] ἀτυχῶς ὅμως ἡ μετά-
φρασις αὐτοῦ πολὺ ἀπομα-
κρύνεται ἀπὸ τῆς ἐννοίας τοῦ
πρωτοτύπου. Ἡ τῆς δεσποι-
νίδος Μακφέρσων βεβαίως κατὰ
τοῦτο εἶναι ἀσυγκρίτῳ τῷ λόγῳ
ὑπερτέρα τῆς τοῦ Σέριδαν.

Ἀνεφάνησαν καὶ ἄλλοι
ποιηταὶ ἐν Ἑπτανήσῳ ;

Οὐκ ὀλίγοι, διαπρεπέστεροι
δὲ αὐτῶν εἶναι ὁ Ἰωάννης
Ζαμπέλιος, ὁ Ἀνδρέας Κάλβος,
ὁ Ἰούλιος Τυπάλδος καὶ ὁ
Ἀριστοτέλης Βαλαωρίτης· ἀλλ'
ἡ Ἑπτάνησος δὲν καυχᾶται
μόνον διὰ τοὺς ποιητάς της,
διότι ἐν αὐτῇ διέπρεψαν καὶ
πολλοὶ σοφοὶ ἄνδρες. Ὁ ἐκ
Κερκύρας Ἀνδρέας Μουστο-
ξύδης ὡς ἱστορικὸς καὶ φιλό-
λογος χαίρει Εὐρωπαϊκὴν
φήμην. Οὗτος εἶναι ὁ ἀνακα-
λύψας καὶ δημοσιεύσας ἐν
Μεδιολάνῳ τῷ 1812 τὸν " Περὶ
ἀντιδόσεως " λόγον τοῦ Ἰσο-
κράτους. Τὰ φιλολογικὰ ἔργα

Have his poems been trans-
lated into many foreign lan-
guages ?

Yes, but not all of them.
The *Ode to Liberty* had scarcely
been published when it was at
once translated into the princi-
pal languages of Europe—Ital-
ian, French, English and Ger-
man. It was Charles Brinsley
Sheridan who translated it into
English, but unfortunately his
translation departs very widely
from the sense of the original :
that of Miss M'Pherson is cer-
tainly in this respect incom-
parably superior to that of
Sheridan.

Have any other poets made
their appearance in the Ionian
Islands ?

A considerable number : the
most distinguished of them are
John Zampelius, Andreas
Calvos, Julius Typaldus and
Aristoteles Valaorites ; but the
Ionian Islands do not boast of
their poets alone, for in those
islands there have been many
learned men who have acquired
celebrity. Andreas Mustoxydes
of Corfu as an historian and
a scholar enjoys a European
reputation. It was he who
discovered and published at
Milan in 1812 the oration of
Isocrates Περὶ ἀντιδόσεως. His
literary works are of the highest

[1] *The Songs of Greece*, by Charles Brinsley Sheridan. London, 1825.

τοῦ ἀνδρὸς τούτου εἶναι σπου-
δαιότατα καὶ δικαίως θεωρεῖται
εἷς ἐκ τῶν σοφωτέρων λογίων
Ἑλλήνων τοῦ παρόντος αἰῶνος.
Ὁ περιβόητος πλαστογράφος
Κωνσταντῖνος Σιμωνίδης πρὶν
ἔλθῃ εἰς τὴν ἑσπερίαν Εὐρώπην,
ὅπου οὐκ ὀλίγους σοφοὺς ἄνδρας
κατώρθωσε νὰ ἀπατήσῃ, ἐδοκί-
μασε νὰ πράξῃ τοῦτο ἐν Ἑλλάδι
δημοσιεύσας κατὰ τὸ 1849 τὴν
περίφημον αὐτοῦ "Συμαΐδα"
ἥτις εἶναι περιφανὲς μνημεῖον
παχυλωτάτης ψευδολογίας.
Ἔπεμψε λοιπὸν ἓν ἀντίτυπον τοῦ
πονήματός του εἰς τὸν Μουστο-
ξύδην, παρὰ τοῦ ὁποίου ὡς φαί-
νεται ἤλπιζε ν' ἀκούσῃ ἐπαίνους,
ἀλλ' ἰδοὺ τί ἀπήντησεν αὐτῷ ὁ
διαπρεπὴς φιλόλογος·

importance, and he is justly
regarded as one of the most
learned of the Greek scholars
of the present · century. The
notorious literary forger Con-
stantine Simonides, before he
went to western Europe and
there succeeded in imposing
upon not a few scholars, en-
deavoured to carry out his
practices in Greece, having
published there in 1849 his
famous *Symaïs*, which is a con-
spicuous monument of monstrous
mendacity : he accordingly sent
a copy of his work to Mustoxydes,
from whom he apparently hoped
to hear words of praise, but
this is the reply which the
distinguished scholar gave him :

Κερκύρᾳ, τῇ 27 Μαΐου 1849.

CORFU, 27th *May* 1849.

Λογιώτατε Κύριε
    Λαβὼν τὴν ἐπιστολὴν
ὑμῶν καὶ τὸ δῶρον δι' οὗ
με ἐφιλοφρονήσατε, ὁμολογῶ
πολλὰς χάριτας ἀντὶ τῶν
ἐπαίνων δι' ὧν ἐκοσμήσατε τὸ
ὄνομά μου, καίτοι ὑπερβαλ-
λόντων τὸ δίκαιον μέτρον.
Οὐδ' ἔχω πῶς κάλλιον ν'
ἀνταποδώσω τὴν μαρτυρίαν ἧς
με ἠξιώσατε προτιμήσεως εἰ μὴ
ἐκφράζων πρὸς ὑμᾶς μετὰ
πάσης εἰλικρινείας τὸ φρόνημά
μου.
    Ἀναγνοὺς τὴν Συμαΐδα,
ἐλυπήθην διότι ἡ γόνιμος τοῦ
συγγράφεως φαντασία, ἀντὶ

Most learned Sir,
    I have received the
letter and the present with
which you have favoured me.
I return you many thanks for
the praise you bestowed upon
me, although it exceeds due
bounds. I do not know how
better to requite the preference
you have shown me than by
expressing with absolute sin-
cerity what my opinion is.

Having read the *Symaïs*, I
felt sorry that the prolific ima-
gination of the author, instead of

νὰ περιβάλῃ τὸ πόνημα τὸν
κομψὸν πέπλον τῆς ποιήσεως,
ἐνέδισε τὸν σεβάσμιον τῆς
ἱστορίας ἱματισμόν. Ὅσῳ
προχωρεῖ τις εἰς τὴν ἀνάγνωσιν
τοῦ βιβλίου, τόσῳ μᾶλλον καὶ
εἰς τοὺς μὴ ὀξυδερκεῖς κατα-
φαίνεται ἡ μυθοποιία. Ἀνάγκη
ν' ἀνατρέψῃ τις τὰς μέχρι
τοῦδε τῶν συγγραφέων παρα-
δόσεις, ἀνάγκη νὰ μὴ παρα-
κολουθήσῃ τὴν πρόοδον τοῦ
ἀνθρωπίνου νοὸς καὶ τῶν
τεχνῶν ἵν' ἀποδεχθῇ εὐπίστως
μέρος τοὐλάχιστον τῶν ἐν αὐτῷ
μεμυθευμένων. Καὶ μετὰ δυσ-
αρεσκείας λέγω ὅτι καθ'
ἕκαστον βῆμα ἀπαντῶνται
προφανῆ σημεῖα πείθοντα ἢ ὅτι
ὑπὸ τοῦ ὄνομα τοῦ Μελετίου
ἐκείνου λανθάνει τις τῶν
ἡμετέρων συγχρόνων, ἢ ὅτι
αὐτὸς ὁ ἡμέτερος σύγχρονος
εἰς τοὺς μύθους τοῦ Μελετίου
προσέθηκεν ἄλλους ἰδίους.

Ἐν ᾧ τοιαύτη εἶναι ἡ κρίσις
μου, καὶ τοιαύτη θέλει εἶσθαι
ἐξ ἀνάγκης ἡ κρίσις παντὸς
ἄλλου ἀναγνώστου, πῶς ἠδυνά-
μην νὰ συντελέσω εἰς τὴν
διάδοσιν τοῦ Συμαΐδος; Σχεδὸν
ἀκούω πολλὰ περὶ ἐμὲ τὰ
καταβοῶντα στόματα, οὐδ'
ἐπιθυμῶ νὰ κατηγορηθῶ ὡς
ἄγαν εὔπιστος ἢ ὡς συναίτιος
τῶν πεπλασμένων.

Πρὸς τιμὴν τοῦ ἔθνους καὶ
διὰ τὴν πρὸς ὑμᾶς ἀγάπην
ηὐχόμην ἡ λήθη νὰ καλύψῃ

dressing the work in the graceful
garb of poetry, had invested
it with the majestic robe of
history. The farther any one
proceeds with the perusal of
the work, the stronger, even to
dull-sighted people, becomes the
evidence of fabrication. One
must entirely upset all that
has been handed down to us by
historians up to the present day,
one must refuse to follow the
progress of the human mind
and the advance of art, in order
that even a part of what is
fabled in your book may be
credulously accepted. And I
am reluctantly compelled to say
that at every step there are
met unmistakable signs either
that under the name of
Miletius is concealed one of our
own time, or that that contem-
porary of ours has added some
fables of his own to those of
Miletius.

While then such is my own
opinion, and such perforce must
be that of every other reader,
how can I contribute any aid to
spread the reputation of the
Symaïs? I can almost fancy
that I hear the tremendous
outcry that would be raised
against me; and I have no wish
to be accused of being either
absurdly credulous, or accessory
to the fiction.

For the honour of our nation
and out of my regard for you, I
wish the Symaïs were buried in

τὴν Συμαῖδα, ἥτις φαίνεται εἰς
ἐμὲ ἀπαίσιος πρόδρομος τῶν
ἄλλων παρ' ὑμῖν ἀνεκδότων.

Πρὸς ἔλεγχον τῆς γνησιό-
τητος τῶν χειρογράφων οὔτε
διόπτραι ἀπαιτοῦνται παλαιο-
γραφίας, οὔτε περγαμηνῶν
δοκιμασία. Ὁμολογῶ ὅτι, ἂν
καὶ ἐν Ἑλλάδι ἄλλως ἐδόξασαν
περὶ ἐμοῦ, δὲν ἐνόμισα ἐξ ἀρχῆς
ἐμαυτὸν ἁρμόδιον τῶν τοιούτων
κριτήν. Καὶ ἐὰν διαθρυπτό-
μενος ὑπὸ ἀστηρίκτου τῶν
ἄλλων γνώμης, ἀπέδιδον εἰς
τὴν ψῆφόν μου κῦρος, ὅπερ ἐν
συνειδήσει αἰσθάνομαι ὅτι δὲν
ἔχει, ἠδυνάμην ἀξίως ὄχι μόνον
νὰ κατηγορηθῶ ἀλαζονείας,
ἀλλὰ καὶ περιπέσω εἰς γέλωτα,
οὗτινος θέλω νὰ ἀπαλλάξω τὴν
πολιάν μου τρίχα.

Ἄλλως δὲ ἡ γνησιότης
κειμένου τινὸς δὲν τεκμηριοῦται
ἐκ τοῦ χάρτου καὶ τοῦ σχή-
ματος τῶν γραμμάτων, ἀλλ' ἐκ
τοῦ χαρακτῆρος τοῦ λόγου, ἐκ
τῶν πραγμάτων περὶ ὧν δια-
λαμβάνει, καὶ ἐκ τοῦ παραλ-
ληλισμοῦ πρὸς ὅ τι διέσωσεν
εἰς ἡμᾶς ἡ ἀρχαιότης.
Ἐὰν δὲ ἔχητε τὴν συνείδησιν
ὅτι τὰ ἄλλα παρ' ὑμῖν χειρό-
γραφα δὲν εἶναι πλαστὰ καὶ
ὑποβολιμαῖα, ἐκδώσατε αὐτά,
καὶ θέλετε ἀπολάβει ὄφελος
καὶ τιμήν. Ἀλλ' ἐπαναλέγω,
μὲ λυπεῖ ὅτι προηγήθη αὐτῶν
ἡ Συμαῖς.

oblivion, for it seems to me to
be a very inauspicious precursor
of the other unpublished works
in your possession.

In order to prove that a
manuscript is genuine, no
antiquarian's lens is required,
nor any scrutiny of the parch-
ment. I confess that, although
people in Greece have formed a
different opinion about me, I
have never considered myself a
proper judge of such matters ;
and, if I were weak enough to
be influenced by the unfounded
opinion of others, and attributed
any authority to my judgment
which in my conscience I feel
that it does not possess, I might
not only be justly accused of
presumption, but be covered
with ridicule, an indignity to
which I am unwilling to expose
my grey hairs.

Besides, the genuineness of
a text is not ascertained by
the nature of the paper, or by
the shape of the letters, but
by its style and the subject it
treats of, and by comparison
with the examples which an-
tiquity has preserved for us.

But if you have the conscious-
ness that the other manuscripts
in your possession are not fabri-
cated counterfeits, publish them,
and you will reap both profit
and honour : but, I repeat, I am
sorry that the *Symaïs* has taken
the lead.

Συγχωρήσατε εἰς τὴν ἁπλό-
τητά μου. "Φίλος Πλάτων,
φιλτάτη δ' ἀλήθεια." Μὴ
ἐπιχειρεῖτε παράβολα ἔργα, ἐξ
ὧν ἔτι μᾶλλον ταλαιπωρεῖται
ὁ βίος. Ἡ εὐφυΐα καὶ αἱ
γνώσεις ὑμῶν δύνανται νὰ
ὑποδείξωσιν εἰς ὑμᾶς εὐθυτέραν
καὶ εὐπορωτέραν ὁδόν.
ὁ ὑμέτερος
Ἀνδρέας Μουστοξύδης.

Λαμπρὰ ἐπιστολή, καὶ ἀξία
τοῦ σοφοῦ ἀνδρός. Δι' εὐγενε-
στάτου τρόπου κατεκολάφισε
τὴν αὐθάδειαν τοῦ τολμηροῦ
ἀπατεῶνος. Ἀλλὰ πόθεν ἀντ-
εγράψατε τὴν ἀξιόλογον ταύ-
την ἐπιστολήν;
Ἐκ τοῦ πρώτου τόμου τῆς
"Πανδώρας," 1851 σελ. 263.
Ἄπορον μοὶ φαίνεται πῶς οἱ
σοφοὶ τῆς Ἑσπερίας ἔπεσον
τόσον εὐκόλως εἰς τοὺς ὄνυχας
τοῦ πανούργου πλαστογράφου,
ἀφοῦ πρὸ πολλοῦ ἐξέθηκεν
αὐτὸν δεόντως ὁ σοφὸς τῆς
Κερκύρας κριτικός.
Ἀλλὰ δὲν εἶναι μόνος ὁ
Μουστοξύδης ὅστις ἐξήλεγξε
τὴν ἀγυρτείαν αὐτοῦ. Ἐν τῷ
αὐτῷ τόμῳ τῆς Πανδώρας καὶ
ἐν τῷ δευτέρῳ ἡλίου φαεινότερον
ἀπέδειξεν ὁ πολυμαθὴς Α. Ρ.
Ραγκαβῆς ὅτι ὁ Σιμωνίδης ἦτο
πλαστογράφος πρώτης τάξεως,
ἀλλ' οἱ τῆς Ἑσπερίας σοφοὶ
μὴ δίδοντες τὴν δέουσαν προσ-
οχὴν εἰς τὰ φιλολογικὰ
προϊόντα τῶν νεωτέρων Ἑλλή-
νων ἔγειναν εὐάλωτα θύματα

Forgive my plain-speaking.
"Plato is dear to me, but truth
is dearer still." Have nothing
to do with hazardous under-
takings which render a man's
life still more miserable. Your
abilities and attainments can
show you a straighter path and
one easier to pursue.
Yours
ANDREAS MUSTOXYDES.

A splendid letter, and worthy
of the great scholar. In the
most refined manner he chastised
the effrontery of the audacious
impostor. But from where did
you copy this excellent letter?

From the first volume of the
Pandora, 1851, page 263.
It appears to me unaccount-
able how the scholars of the
West fell so easily into the claws
of the rascally forger, when, a
long time before, the learned
critic of Corfu had duly exposed
him.
But it was not only Mus-
toxydes who incontestably
proved the charlatanry of the
man. In the same volume of
the Pandora, and also in the
second volume, the very learned
A. R. Rangabes produced evi-
dence as clear as daylight that
Simonides was a literary forger
of the first class, but the scholars
of the West, not giving the re-
quisite attention to the literary
productions of the modern

τοῦ ἐκ Σύμης ἀγύρτου. Ἀλλὰ βλέπω ἔσυραν ἤδη τὴν ἄγκυραν καὶ ἀποπλέομεν. Πόσον ὡραία φαίνεται ἡ πρωτεύουσα τῆς περιφήμου ταύτης νήσου! Κατέχει θέσιν μαγευτικήν. Τὸ θέαμα εἶναι ἐξαίσιον, καὶ ἀπορεῖ τις τί πρῶτον νὰ θαυμάσῃ, διότι ὅπου καὶ ἂν στρέψῃ τὸ βλέμμα ἀπαράμιλλοι καλλοναὶ καταθέλγουσιν αὐτόν. Εἶναι ἐπίγειος παράδεισος. Κυττάξατε πόσον ὡραῖα φαίνονται τὰ προάστεια τῆς πόλεως· τί ποικιλία δένδρων κατακοσμεῖ τοὺς χαρίεντας ἐκείνους γηλόφους. Εἰς οὐδὲν μέρος τοῦ κόσμου ὑπάρχουσι τόσον ὑψηλὰ καὶ εὐθαλῆ ἐλαιόδενδρα. Ἂς λέγωσιν ὅ τι καὶ ἂν θέλωσιν οἱ λεπτολόγοι κριτικοὶ ὅτι ἡ Κέρκυρα δὲν εἶναι ἡ τοῦ Ὁμήρου ἐρατεινὴ Σχερία· ἐὰν δὲν εἶναι αὕτη, ποία εἶναι λοιπόν; Κυττάξατε ἐκείνην τὴν κατάφυτον τοποθεσίαν οὐχὶ μακρὰν τῆς θαλάσσης· ἐκεῖ που θὰ ἦσαν τὰ βασίλεια καὶ οἱ ἀειθαλεῖς κῆποι τοῦ Ἀλκίνου, ἔνθα

Greeks, fell an easy prey to the Symian vagabond. But I see they have already heaved up the anchor and we are under way. How beautiful the capital of this celebrated island looks! It has a charming situation. The view is superb, and one is at a loss what first to admire, for wherever one turns his glance, unrivalled beauties enchant him. It is an earthly paradise. See how pretty the suburbs of the city look: what a variety of trees adorns those graceful hills. In no part of the world are there such high and luxuriant olive-trees. Let quibbling critics say what they like about Corfu not being the lovely Scheria of Homer: if this is not it, which is it then? Look at that place all covered with vegetation, not far from the sea: it was somewhere there that the palace was, and the ever-blooming gardens of Alcinoüs, where

" . . . δένδρεα μακρὰ πεφύκει τελεθόωντα,
Ὄγχναι καὶ ῥοιαὶ καὶ μηλέαι ἀγλαόκαρποι,
Συκαῖ τε γλυκεραὶ καὶ ἐλαῖαι τηλεθόωσαι.
Τάων οὔποτε καρπὸς ἀπόλλυται, οὐδ᾽ ἐπιλείπει
Χείματος, οὐδὲ θέρευς, ἐπετήσιος· ἀλλὰ μάλ᾽ αἰεὶ
Ζεφυρίη πνείουσα τὰ μὲν φύει, ἄλλα δὲ πέσσει.
Ὄγχνη ἐπ᾽ ὄγχνῃ γηράσκει, μῆλον δ᾽ ἐπὶ μήλῳ,
Αὐτὰρ ἐπὶ σταφυλῇ σταφυλή, σῦκον δ᾽ ἐπὶ σύκῳ.
Ἔνθα δέ οἱ πολύκαρπος ἀλωὴ ἐρρίζωται·
Τῆς ἕτερον μὲν θειλόπεδον λευρῷ ἐνὶ χώρῳ
Τέρσεται ἠελίῳ· ἑτέρας δ᾽ ἄρα τε τρυγόωσιν,

"Ἄλλας δὲ τραπέουσι· πάροιθε δέ τ' ὄμφακές εἰσιν,
"Ἄνθος ἀφιεῖσαι, ἕτεραι δ' ὑποπερκάζουσιν.
Ἔνθα δὲ κοσμηταὶ πρασιαὶ παρὰ νείατον ὄρχον
Παντοῖαι πεφύασιν, ἐπηετανὸν γανόωσαι·
Ἐν δὲ δύω κρῆναι, ἡ μέν τ' ἀνὰ κῆπον ἅπαντα
Σκίδναται, ἡ δ' ἑτέρωθεν ὑπ' αὐλῆς οὐδὸν ἵησι
Πρὸς δόμον ὑψηλόν, ὅθεν ὑδρεύοντο πολῖται.
Τοῖ' ἄρ' ἐν Ἀλκινόοιο θεῶν ἔσαν ἀγλαὰ δῶρα. "

Ὀδισσείας Η. 114-132.

Translation by S. H. Butcher and A. Lang.

"And there grow tall trees blossoming, pear-trees and pome-granates, and apple-trees with bright fruit, and sweet figs, and olives in their bloom. The fruit of these trees never perisheth, neither faileth, winter or summer, enduring through all the year. Ever-more the West Wind blowing brings some fruits to birth and ripens others. Pear upon pear waxes old, and apple on apple, yea and cluster ripens upon cluster of the grape, and fig upon fig. There too hath he a fruitful vineyard planted, whereof the one part is being dried by the heat, a sunny plot on level ground, while other grapes men are gathering, and yet others they are treading in the wine-press. In the foremost row are unripe grapes that cast the blossom, and others there be that are growing black to vintaging. There too, skirting the furthest line, are all manner of garden beds, planted trimly, that are perpetually fresh, and therein are two fountains of water, whereof one scatters his streams all about the garden, and the other runs over against it beneath the threshold of the courtyard, and issues by the lofty house, and thence did the townsfolk draw water. These were the splendid gifts of the gods in the palace of Alcinoüs."

Λαμπροτάτη καὶ ἀπαράμιλλος περιγραφὴ τῶν φυσικῶν καλ-λονῶν τῆς ὡραίας ταύτης νήσου. Ἀλλ' ἡ Κέρκυρα δὲν ἐθαυμάσθη μόνον διὰ τὰ δῶρα μὲ τὰ ὁποῖα ἐπροίκισεν αὐτὴν ἡ φύσις, ἀλλὰ καὶ διὰ τὴν ἐπιμελῶς κεκαλ-λιεργημένην γῆν αὐτῆς. Ὁ

A most splendid and un-rivalled description of the natural beauties of this lovely island. But Corfu was admired not only for the gifts with which nature had endowed it, but also for its carefully cultivated land. Xenophon, in the second

Ξενοφῶν ἐν τῷ δευτέρῳ κεφαλαίῳ τοῦ ἔκτου βιβλίου τῶν Ἑλληνικῶν περιγράφων τὴν ἀπόβασιν εἰς τὴν νῆσον τοῦ Λακεδαιμονίου ναυάρχου Μνασίππου μετὰ ἰσχυρᾶς δυνάμεως, λέγει· "Ἐπεὶ δὲ ἀπέβη, ἐκράτει τε τῆς γῆς καὶ ἐδήου ἐξειργασμένην μὲν παγκάλως καὶ πεφυτευμένην τὴν χώραν, μεγαλοπρεπεῖς δὲ οἰκήσεις καὶ οἰνῶνας κατεσκευασμένους ἐπὶ τῶν ἀγρῶν· ὥστ᾽ ἔφασαν τοὺς στρατιώτας εἰς τοῦτο τρυφῆς ἐλθεῖν ὥστ᾽ οὐκ ἐθέλειν πίνειν εἰ μὴ ἀνθοσμίας εἴη."

Ἔχει λοιπὸν δίκαιον ἡ αὐτοκράτειρα τῆς Αὐστρίας νὰ ἀγαπᾷ τόσον τὴν Κέρκυραν, τὴν ὁποίαν συνεχῶς ἐπισκέπτεται.

Ὄχι μόνον ἐπισκέπτεται αὐτὴν συνεχῶς, ἀλλ᾽ ᾠκοδόμησεν ἐν αὐτῇ καὶ λαμπρὸν μέγαρον ἐν ὡραιοτάτῃ τοποθεσίᾳ. Τί κρῖμα ὅτι δὲν ἦλθεν εἰς τὸν νοῦν μας νὰ ὑπάγωμεν νὰ τὸ ἴδωμεν. Ὀνομάζεται "Ἀχίλλειον," καὶ εἶναι ἐν μέσῳ περικαλλεστάτων κήπων καὶ ἀλσῶν. Ἡ αὐτοκράτειρα λατρεύει τὴν ποίησιν, καὶ ἰδίως θαυμάζει τὰ ποιήματα τοῦ περιφήμου Γερμανοῦ ποιητοῦ Χάϊνε· ὅθεν παρήγγειλε καὶ κατεσκεύασαν ἐν Ῥώμῃ ἀνδριάντα ὑπερφυσικοῦ μεγέθους τοῦ ὑπ᾽ αὐτῆς λατρευομένου ποιητοῦ, καὶ ἔστησεν αὐτὸν εἰς ὑψηλὴν καὶ περίοπτον θέσιν, διατάξασα νὰ φυτεύσωσι πέριξ τοῦ ἀγάλματος πεντήκοντα

chapter of the sixth book of the *Hellenica*, describing the landing on the island of the Lacedaemonian admiral Mnasippus with a powerful force, says : "When he disembarked, he made himself master of the land and ravaged the extremely well cultivated and planted country and the magnificent houses and wine-cellars built on the estates, so that they said that the soldiers reached such a pitch of daintiness that they refused to drink any wine unless it had a fine bouquet."

Then the Empress of Austria is right in being so fond of Corfu which she frequently visits.

Not only does she frequently visit it, but she has built there a splendid palace in a most beautiful situation. What a pity it did not enter our minds to go and see it. It is called "Achilleion," and lies in the midst of superb gardens and groves. The Empress is devoted to poetry, and especially admires the poems of the celebrated German poet Heine, and on this account she sent an order and they executed for her in Rome a statue larger than life-size of her adored poet, and she erected it on a high and commanding site, having directed fifty thousand rose-trees to be planted round the statue. The Empress re-

χιλιάδας ῥοδῶν. Ἡ αὐτοκράτειρα ἀπήτησε παρὰ τοῦ ἐν Ῥώμῃ ἀγαλματοποιοῦ, ὅστις νομίζω εἶναι Δανός, νὰ δώσῃ εἰς τὸ ἄγαλμα πιστὴν ὁμοιότητα τοῦ προσώπου τοῦ ποιητοῦ, ὥστε ὁ ἐν τῷ "'Ἀχιλλείῳ" ἀνδριὰς δὲν παρουσιάζει τὴν ἰδεώδη ἐκείνην καὶ νεαρὰν μορφὴν δι' ἣν ὁ Χάϊνε ὠνομάσθη Γερμανὸς Ἀπόλλων, ἀλλὰ τοὐναντίον ἐμποιεῖ τὴν ἐντύπωσιν εἰς τὸν θεώμενον ὅτι βλέπει ἄνδρα ἀπολέσαντα τὴν ὅρασιν. Ὁ Χάϊνε εἶχε πάθει ἀκινησίαν τοῦ ἑνὸς βλεφάρου, καὶ ὁ ἀγαλματοποιὸς μὴ θέλων νὰ παραστήσῃ αὐτὸν ἔχοντα τὸν ἕνα ὀφθαλμὸν κεκλεισμένον, ἔκλεισε καὶ τοὺς δύο.

Εὖγε εἰς τὴν εὐφυΐαν του. Ἀλλὰ βλέπω ἐν τῷ μεταξὺ ἀρκετὰ προεχώρησε τὸ ἀτμόπλοιον. Κυττάξατε πρὸς τὰ ἀριστερά· ἐνταῦθα ἐκβάλλει ὁ ποταμὸς Καλάμας, ὁ ὑπὸ τῶν ἀρχαίων Θύαμις καλούμενος, ὅστις κατὰ τὴν ἐν Βερολίνῳ συνθήκην (1880) ἀποτελεῖ τὰ βόρεια ὅρια τῆς Ἑλλάδος.

Κρῖμα ὅτι δὲν ἐπραγματοποιήθησαν οἱ ὅροι ἐκείνης τῆς συνθήκης, διότι οὕτω θὰ κατεσκευάζετο ἕως τώρα ἀναμφιβόλως σιδηροδρομικὴ γραμμὴ ἐκ τοῦ σημείου τούτου μέχρις Ἀθηνῶν, καὶ οὕτω θὰ ηὐκολύνετο μεγάλως ἡ συγκοινωνία, ἄλλως ὅμως ἔδοξεν εἰς τοὺς ἰθύνοντας τὰς τύχας τῶν ἐθνῶν.

quested the sculptor at Rome, who, I think, is a Dane, to give to the statue a faithful likeness of the poet's countenance, so that the figure in the Achilleion does not present that ideal and youthful form from which Heine received the name of the German Apollo, but on the contrary it gives the spectator the impression that he is looking at a man who has lost his sight. Heine suffered from immobility of one eyelid, and the sculptor, not wishing to represent him with one eye closed, closed them both.

Very clever of him to do so. But I see that meanwhile the steamer has made considerable progress. Look to the left: at that spot is the mouth of the river Calamas, called by the ancients the Thyamis, which by the treaty of Berlin (1880) constitutes the northern boundary of Greece.

It is a pity that the provisions of that treaty were not carried out, for then without doubt there would have been by this time constructed a line of rail from that point to Athens, and in this way communication would have been greatly facilitated, but it was otherwise decreed by those who rule the destinies of nations.

Τὸ πρὸς τὰ δεξιὰ ἡμῶν ἀκρω-
τήριον τοῦτο συμπεραίνω νὰ
εἶναι ἡ Λευκίμμη.

'Αναμφιβόλως. 'Ενταῦθα,
ὡς λέγει ὁ Θουκυδίδης, μετὰ
τὴν λαμπρὰν νίκην ἣν ἤραντο
οἱ Κερκυραῖοι κατὰ τῶν Κοριν-
θίων ἐν τῇ πρώτῃ ναυμαχίᾳ,
ἔστησαν τρόπαιον, καὶ "τοὺς
μὲν ἄλλους οὓς ἔλαβον αἰχμα-
λώτους ἀπέκτειναν, Κορινθίους
δὲ δήσαντες εἶχον."

'Αλλ' ἐν τῇ δευτέρᾳ ναυμαχίᾳ
ἥτις συνέβη κατὰ τὰς παραμονὰς
τοῦ Πελοποννησιακοῦ πολέμου
ἀκριβῶς εἰς τὸ μέρος ὅπερ δια-
πλέομεν ταύτην τὴν στιγμήν,
κακῶς ἤθελον τὴν πάθει οἱ
Κερκυραῖοι ἐὰν δὲν ἤρχοντο αἱ
'Αθηναϊκαὶ τριήρεις εἰς βοήθειαν
αὐτῶν.

'Αμφιβολία δὲν ὑπάρχει περὶ
τούτου, διότι διὰ τῆς ἐλεύσεως
τῶν 'Αθηναίων ἡ νίκη ἔμεινεν
ἀμφιρρεπής, καὶ ἀμφότερα τὰ
ἀντιμαχήσαντα μέρη ἠξίουν
ὅτι ἐνίκησαν καὶ ἔστησαν τρό-
παια, οἱ μὲν Κερκυραῖοι εἰς ἓν
τῶν νησιδίων τούτων τὰ ὁποῖα
ὀνομάζονται Σύβοτα, οἱ δὲ
Κορίνθιοι εἰς τὴν ἀπέναντι
ξηράν.

Τὰ ἐπάρατα ταῦτα τρόπαια
ἅπερ οἱ "Ελληνες τοσάκις
ἔστησαν μετὰ τὰς κατ' ἀλλή-
λων αἱματηρὰς μάχας ἐπή-
νεγκαν ἀνήκεστα δεινὰ εἰς τὸ
ἔθνος· ἐὰν οἱ "Ελληνες ὡμο-
νόουν πρὸς ἀλλήλους καὶ δὲν
κατεσπαράσσοντο ὑπὸ διηνεκῶν
ἐμφυλίων ἐρίδων καὶ πολέμων,

This promontory on our right
is, I suppose, Leukimme.

Beyond doubt. It was there,
as Thucydides says, that the
Corcyreans, after the brilliant
victory they gained over the
Corinthians in the first naval
engagement, set up their trophy
and "killed the other prisoners
they had taken and kept in
bonds the Corinthians."

But in the second sea-fight
which took place on the eve of
the Peloponnesian war, exactly
at the spot we are now sailing
over, the Corcyreans would have
suffered severely if the Athenian
triremes had not come to their
assistance.

There is no doubt about that,
for by the arrival of the
Athenians the victory remained
undecided, and the combatants
on both sides claimed to be
conquerors and erected trophies,
the Corcyreans on one of these
little islands called Sybota, and
the Corinthians on the mainland
opposite.

These accursed trophies which
the Greeks so often raised after
their sanguinary battles with
each other brought incurable
evil on the nation. If the
Greeks had kept on good terms
among themselves and had not
been torn by constant internal
strife and civil wars, who know

τίς οἶδεν ἐὰν σήμερον δὲν θὰ
ἦσαν τὸ ἰσχυρότατον ἔθνος τοῦ
κόσμου; ἀλλ᾽ ἂς ἀφήσωμεν
τὰς θλιβερὰς ταύτας σκέψεις,
καὶ ἂς στρέψωμεν τὸ βλέμμα
πρὸς τὸ ὡραῖον πανόραμα ὅπερ
παρουσιάζουσι τὰ μεγαλοπρεπῆ
καὶ ἔνδοξα ὄρη τῆς Ἠπείρου,
τὰ ὁποῖα μεγάλοι ποιηταὶ
ὕμνησαν καὶ τόσοι περιηγηταὶ
ἐθαύμασαν. Τὰ ὑψικάρηνα
ταῦτα ὄρη τὰ ὁποῖα φαίνονται
ὡς πεπηγμένα ὠκεάνεια κύματα
ὑψούμενα ἀλλεπαλλήλως μέ-
χρι τῶν νεφελῶν ὑπῆρξαν ἐπὶ
αἰῶνας τὰ ἀπρόσιτα κρησφύγετα
ἀνδρῶν ἡρώων, οἵτινες μὴ ὑπο-
μένοντες νὰ κύψωσι τὸν αὐχένα
ὑπὸ τὸν ζυγὸν ἀπηνῶν τυράννων
κατέφευγον εἰς αὐτὰ καὶ προ-
ετίμων νὰ ὑποφέρωσι μυρίας
στερήσεις καὶ κακουχίας, παρὰ
νὰ δουλεύωσιν εἰς ξένους δε-
σπότας. Ἐπὶ τούτων καὶ ἐπὶ
τῶν ἄλλων ὀρέων τῆς Ἑλλάδος
διετηρήθη τὸ ζώπυρον τῆς ἐθνι-
κῆς ἐλευθερίας τῶν Ἑλλήνων
ἕως οὗ ἦλθεν ἡ ἱερὰ ἐκείνη
στιγμὴ καθ᾽ ἣν ἀναφλεχθὲν
παρήγαγε τὴν μεγάλην ἐκείνην
πυρακαϊὰν τῆς ἐθνικῆς ἐξε-
γέρσεως τοῦ 1821, ἐκ τῆς
τέφρας τῆς ὁποίας ἀνέθορεν ὡς
ὁ μυθολογούμενος φοῖνιξ ἡ
ἐλευθέρα Ἑλλὰς νεαρὰ καὶ
σφριγῶσα. Μετὰ τὴν ὑπὸ τῶν
Τούρκων ἅλωσιν τῆς Κωνσταν-
τινουπόλεως, καθ᾽ ἣν ἡρωϊκῶς
μαχόμενος ἔπεσεν ὁ τελευταῖος
αὐτοκράτωρ τῶν Ἑλλήνων,
πάντες ἐνόμισαν ὅτι τὸ Ἑλλη-

if to-day they would not have
been the most powerful nation
of the world ? But let us leave
these painful reflections and turn
our gaze to the beautiful view
that is presented by the
magnificent and famous moun-
tains of Epirus which great
poets have celebrated and so
many travellers have admired.
These mountains with their
lofty peaks, which appear like
frozen waves of the ocean rising
up one after the other to the
clouds, were for ages the in-
accessible retreats of heroic men
who, not submitting to bend
the neck under the yoke of
harsh tyrants, took refuge in
them and preferred to suffer
numberless privations and dis-
comforts to being in slavery
under foreign masters. On
these and the other mountains
of Greece was preserved the
vital spark of the national
liberty of the Greeks until that
all-hallowed moment arrived
when it blazed forth and pro-
duced that great conflagration
of the national uprising of 1821,
from the ashes of which arose,
like the fabulous Phoenix,
young and vigorous, liberated
Greece. After the capture of
Constantinople by the Turks,
at which the last emperor of
the Greeks fell heroically fight-
ing, every one thought that
the Greek nation was entirely
destroyed, and that it was for

νικὸν ἔθνος ἐντελῶς κατεστράφη
καὶ ὅτι ἔμελλε πλέον νὰ συγ-
καταριθμῆται μεταξὺ τῶν ἐνδό-
ξων μὲν καὶ ἀρχαιοτάτων, ἀλλ᾽
ἤδη ἐξαφανισθέντων ἐθνῶν τῆς
γῆς· καὶ ὡς παρῆλθον οἱ
Αἰγύπτιοι καὶ οἱ Ἀσσύριοι καὶ
πολλοὶ ἄλλοι λαοὶ τῆς Ἀρ-
χαιότητος ὅτι οὕτω παρῆλθον
καὶ οἱ Ἕλληνες. Ἀλλ᾽ εὐτυ-
χῶς τὸ Ἑλληνικὸν ἔθνος δὲν
ἀπέθανεν, οὐδὲ κατεδουλώθη
τελέως. Πολλαὶ ἔτι Ἑλληνικαὶ
νῆσοι καὶ οὐκ ὀλίγα μέρη τῆς
τε στερεᾶς Ἑλλάδος καὶ τῆς
Πελοποννήσου ὑπέκειντο εἰς
τοὺς Ἐνετοὺς καὶ ἄλλους ἡγε-
μόνας τῆς ἑσπερίας Εὐρώπης
οἵτινες ὁπωσδήποτε ἦσαν Χρι-
στιανοί. Μετὰ τούτων πολλά-
κις συμμαχοῦντες οἱ Ἕλληνες
κατεπολέμουν τοὺς Τούρκους.
Ἐν τῇ περιφήμῳ ναυμαχίᾳ τῆς
Ναυπάκτου πλεῖστοι ὅσοι Ἕλ-
ληνες συμμετέσχον τοῦ κατὰ
τῶν Τούρκων ἀγῶνος τῶν Χρι-
στιανῶν. Ὅτε ἐπὶ τέλους
ὑπερισχύσαντες οἱ Τοῦρκοι
ἐξεδίωξαν τοὺς Ἐνετοὺς καὶ
τοὺς ἄλλους Χριστιανοὺς ἡγε-
γόνας ἐκ τῶν Ἑλληνικῶν χωρῶν,
τότε πολλοὶ ἀνδρεῖοι Ἕλληνες
κατέφυγον εἰς τὰ ὄρη ὅπου
ἠδύναντο ν᾽ ἀναπνέωσι τὴν
γλυκεῖαν αὔραν τῆς ἐλευθερίας.

Ἔκτοτε λοιπὸν ἤρχισαν ν᾽
ἀναφαίνωνται οἱ Ἀρματωλοὶ
καὶ Κλέφται, τῶν ὁποίων τὰ
ἡρωϊκὰ τραγούδια κατέστησαν
τόσον περίφημα εἰς ὅλην τὴν
Εὐρώπην;

the future to be numbered with
the celebrated and most ancient,
but now vanished, nations of
the earth ; and that just as the
Aegyptians and the Assyrians
and many other nations of
antiquity had passed away, so
too the Greeks had passed away.
But fortunately the Greek
nation was not dead nor had
it been completely enslaved.
Many Greek islands and several
portions of the mainland of
Greece and of the Peloponnesus
still remained subject to Vene-
tian and other princes of western
Europe who anyhow were
Christians. As fellow-soldiers
with these, the Greeks often
fought against the Turks. In
the celebrated naval battle of Le-
panto a great number of Greeks
took part in the conflict of the
Christians with the Turks.
When at last the Turks, getting
the upper hand, drove out the
Venetian and the other Christian
princes from the Greek countries,
many brave Greeks took refuge
in the mountains, where they
were able to breathe the sweet
air of liberty.

Was it from that time then
that the Armatoles and Klephts
began to make their appearance,
whose songs about their heroes
became so celebrated throughout
all Europe ?

Οἱ Ἀρματωλοὶ ἀνεφάνησαν κατὰ τὰς ἀρχὰς τοῦ IϚ΄ αἰῶνος ἐπὶ Σουλεϊμάνου τοῦ Μεγαλοπρεποῦς, οἱ δὲ Κλέφται εὐθὺς ὅτε οἱ Τοῦρκοι εἰσήλασαν εἰς τὴν Ἑλλάδα. Ἐπὶ Φραγκοκρατίας οἱ κάτοικοι τῶν ἀπὸ Ὀλύμπου μέχρι Ταινάρου ἐκτεινομένων χωρῶν ἐκ τῆς συνεχοῦς αὐτῶν ἐξασκήσεως εἰς τὰ ὅπλα διὰ τοὺς τότε συμβαίνοντας πολλοὺς πολέμους κατέστησαν μαχιμώτατοι. Τοιούτους λοιπὸν ἄνδρας δὲν ἦτο εὔκολον νὰ καθυποτάξωσιν οἱ τελευταῖοι καὶ φοβερώτατοι κατακτηταὶ τῆς Ἑλλάδος, οἱ Τοῦρκοι, διότι οἱ ἀτίθασοι οὗτοι ὑπέρμαχοι τῆς ἐλευθερίας περιφρονοῦντες τὰς εὐμαρείας τοῦ ἐν ταῖς πόλεσι βίου προετίμων τὰς ἐπὶ τῶν ὀρέων σκληραγωγίας καὶ στερήσεις χάριν τῆς ἀνεξαρτησίας. Οὕτω λοιπὸν ἐγεννήθησαν οἱ Ἀρματωλοὶ καὶ Κλέφται. Τοὺς πρώτους οἱ Τοῦρκοι μετεχειρίζοντο ὡς φύλακας τῶν στενῶν (Δερβενίων) ἐπὶ τῷ ὅρῳ νὰ χαίρωσι πλήρη αὐτονομίαν, καὶ οὕτως ἐσχηματίσθησαν τὰ λεγόμενα Ἀρματωλίκια, ἅπερ κατὰ τὰς παραμονὰς τῆς Ἑλληνικῆς ἐπαναστάσεως ἦσαν δεκαεπτά, τρία κατὰ τὴν ἐντεῦθεν τοῦ Ἀξιοῦ ποταμοῦ Μακεδονίαν, δέκα ἐν Θεσσαλίᾳ καὶ τῇ ἀνατολικῇ Ἑλλάδι, καὶ τέσσαρα ἐν Αἰτωλίᾳ, Ἀκαρνανίᾳ καὶ Ἠπείρῳ. Ὁ προϊστάμενος ἑκάστου Ἀρματωλικίου ὠνομά-

The Armatoles came upon the scene in the beginning of the 16th century, in the time of Suleiman the Magnificent, and the Klephts directly after the Turks invaded Greece. When Greece was under the Franks, the inhabitants of the countries extending from Olympus to Taenaron, from their constant practice in arms owing to the frequent wars which occurred in those times, were extremely warlike. Such men then it was not easy for the last and most formidable conquerors of Greece, the Turks, to subdue, for these indomitable champions of liberty, despising the comforts of life in cities, preferred the hardships and privations of the mountains for the sake of their independence. In this way then the Armatoles and Klephts came into existence. The Turks used to employ the former as guards of the passes (Dervens) on the understanding that they should enjoy complete freedom; and thus were formed the so-called *Armatoliks*, of which, on the eve of the Greek revolution, there were seventeen, three in the part of Macedonia on this side of the Vardar, ten in Thessaly and eastern Greece, and four in Aetolia, Acarnania and Epirus. The chief of each Armatolik had the title of Captain and his lieutenant was called Protopallicar, and

ζετο Καπετάνος, ὁ δὲ ὑπασπιστὴς αὐτοῦ ἐκαλεῖτο Πρωτοπαλλίκαρον, οἱ δὲ ὑπ' αὐτὸν Παλλικάρια. Ἐπειδὴ ὅμως πολλάκις οἱ κατὰ τόπους Τοῦρκοι διοικηταὶ ἐπεβούλενον τοὺς Ἀρματωλούς, οὗτοι συνηνοῦντο εἰς τοιαύτας περιστάσεις μετὰ τῶν ἐπὶ τῶν ὀρέων Κλεφτῶν καὶ μετ' αὐτῶν κατεπολέμουν τοὺς κοινοὺς ἐχθροὺς τῆς πίστεως· τούτου ἕνεκα συμβαίνει ἐνίοτε νὰ συγχέηται τὸ ὄνομα τοῦ Ἀρματωλοῦ μὲ τὸ τοῦ Κλέφτου. Ὅτε οἱ Τουρκαλβανοὶ διὰ προδοσίας κατέλαβον τὰ στενὰ ἅπερ ἐφύλαττεν ὁ ἀνδρεῖος Ἀρματωλὸς Στέργιος, αὐτὸς εὐθὺς κατέφυγεν εἰς τὰ ὄρη καὶ ἔγεινε Κλέφτης. Τὸ ἐξῆς κλέφτικον τραγούδιον δεικνύει πόσον περιεφρόνουν καὶ ἐμίσουν τοὺς Τούρκους οἱ γενναῖοι ἐκεῖνοι ἥρωες τῆς ἐλευθερίας.

"Κ' ἂν τὰ Δερβένια τούρκευσαν,
  τὰ πῆραν Ἀρβανίταις,
Ὁ Στέργιος εἶναι ζωντανός,
  πασσάδες δὲν ψηφάει.
Ὅσο χιονίζουν τὰ βουνά,
  καὶ λουλουδίζουν κάμποι,
Κ' ἔχουν ἦ ῥάχαις κρύα νερά,
  Τούρκους δὲν προσκυνοῦμε !
Πᾶμε νὰ 'λημεριάσωμε
  ὅπου φωληάζουν λύκοι,
Σὲ κορφοβούνια, σὲ σπηλαῖς,
  σὲ ῥάχαις, σὲ ῥαχούλαις !
Σκλάβοι 's ταῖς χώραις κατοικοῦν,
  καὶ Τούρκους προσκυνοῦνε,

those under him Pallicars. But since the Turkish governors at different places used often to form plots against the Armatoles, on such occasions these used to unite with the Klephts of the mountains and in conjunction with them made war on the common enemy of the faith ; and on this account it sometimes happens that the name Armatole is confused with that of Klepht. When the Mahometan Albanians captured by means of treachery the passes which the brave Armatole Sterghio was guarding, he immediately took refuge in the mountains and became a Klepht. The following Klephtic song shows how these noble heroes of liberty despised and hated the Turks.

"Though the Dervens have fallen to the Turks and the Albanians have taken them, Sterghio lives and he cares for no pashas.
As long as it snows upon the hills, and the plains bloom with flowers, and the heights have cool streams, we will not bend the knee to Turks.
Let us go and encamp where the wolves have their lairs, on the peaks of the mountains, in the caves, on the heights, on the knolls. Slaves live in towns

Κ' ἐμεῖς γιὰ χώραν ἔχομε
  'ρημιαῖς κ'ι ἄγρια λαγκάδια.
Παρὰ μὲ Τούρκους, μὲ θεριὰ
  καλλίτερα νὰ ζοῦμε."

and are subservient to Turks, while we have for a town solitudes and desert valleys. Better to live with wild beasts than with Turks."

Οὕτω λοιπὸν ἐν ᾧ οἱ τὰς πόλεις καὶ τὰς κώμας οἰκοῦντες Ἕλληνες ἦγον δούλειον ἦμαρ, οἱ εἰς τὰ ὄρη καταφεύγοντες διετήρουν τὰ σπέρματα τῆς ἐθνικῆς ἐλευθερίας. Πολλοὶ νέοι ἐκ τῶν πόλεων ἀκούοντες τὰ ἀνδραγαθήματα τῶν Κλεφτῶν κατελίμπανον πατέρα καὶ μητέρα φίλην καὶ ἔφευγον εἰς τὰ ὄρη στερούμενοι πασῶν τῶν οἰκιακῶν ἀπολαύσεων χάριν τῆς ἐλευθερίας, ὡς γίνεται δῆλον ἐκ τοῦ ἑξῆς ὡραίου τραγουδίου. Νεαρὸς Ἕλλην παρακαλεῖ τὴν μητέρα του νὰ τὸν ἀφήσῃ νὰ ὑπάγῃ εἰς τὰ ὄρη νὰ γείνῃ Κλέφτης.

So then while the Greeks who lived in towns and villages led a life of slavery, those who took refuge in the mountains preserved the germ of national liberty. Many of the young men in the towns, hearing of the gallant deeds of the Klephts, left a father and a beloved mother and fled to the mountains, depriving themselves of all the comforts of a home for the sake of liberty, as is evident from the following beautiful song. A young Greek begs his mother to allow him to go to the mountains and become a Klepht.

" Μάννα, σοῦ λέω δὲν 'μπορῶ τοὺς Τούρκους νὰ δουλεύω,
Δὲν ἠμπορῶ, δὲν δύναμαι, ἐμάλλιασε ἡ καρδιά μου.
Θὰ πάρω τὸ τουφέκι μου νὰ 'πάω νὰ γείνω κλέφτης,
Νὰ κατοικήσω 'ς τὰ βουνὰ καὶ 'ς τῆς 'ψηλαῖς ῥαχούλαις,
Νἄχω τοὺς λόγγους συντροφιά, μὲ τὰ θεριὰ κουβέντα,
Νἄχω τὸν οὐρανὸ σκεπή, τοὺς βράχους γιὰ κρεββάτι,
Νἄχω μὲ τὰ κλεφτόπουλα καθημερινὸ 'λημέρι.
Θὰ φύγω, μάννα, καὶ μὴν κλαῖς, μόν' δός μου τὴν εὐχή σου·
Εὐχήσου με, μαννουλά μου, Τούρκους πολλοὺς νὰ σφάξω,
Καὶ φύτεψε τριανταφυλλιὰ καὶ μαῦρο καρυοφύλλι,
Καὶ πότιζέ τα ζάχαρι καὶ πότιζέ τα μόσχο,
Κ'ι ὅσο 'π' ἀνθίζουν, μάννα μου, καὶ 'βγάνουνε λουλούδια,
Ὁ υἱός σου δὲν ἀπέθανε μόν' πολεμάει τοὺς Τούρκους.
Κ'ι ἂν ἔλθῃ 'μέρα θλιβερή, 'μέρα φαρμακωμένη,
Καὶ μαραθοῦν τὰ δυὸ μαζὶ καὶ πέσουν τὰ λουλούδια,
Τότε κ' ἐγὼ σκοτώθηκα, τὰ μαῦρα νὰ φορέσῃς.

Δώδεκα χρόνια πέρασαν καὶ δεκαπέντε μῆνες
'Π' ἀνθίζαν τὰ τριαντάφυλλα κ'ι ἀνοίγαν τὰ μπουμπούκια·
Καὶ μιὰν αὐγὴ ἀνοιξιάτικη, πρωτομαγιὰ δροσάτη,
'Ποῦ κελαϊδοῦσαν τὰ πουλιὰ κ'ι ὁ οὐρανὸς γελοῦσε,
Μὲ μιᾶς ἀστράφτει καὶ βροντᾷ καὶ γίνεται σκοτάδι.
Τὸ καρυοφύλλι ἐστέναξε, τριανταφυλλιὰ δακρύζει,
Μὲ μιᾶς ξεράθηκαν τὰ δυὸ κ' ἔπεσαν τὰ λουλούδια·
Μαζὶ μ' αὐτὰ σωριάστηκεν ἡ δόλῃα του μαννοῦλα."

Μετάφρασις τοῦ ἀνωτέρω ᾄσματος εἰς τὴν ἀρχαίαν
Ἑλληνικὴν ὑπὸ Φιλίππου Ἰωάννου.

"Μῆτερ ἐμὴ τριφίλητ', ὠμόφροσιν οὐκέτι Τούρκοις
Δουλεύειν δύναμαι· τέτρυταί μοι κέαρ ἔνδον.
Τῷ ρα λαβὼν ἐν χερσὶν ἐμὸν τάχα πυρβόλον ὅπλον,
Ζωσάμενός τ' ἄορ ληϊστῆς ἡγεμονεύσω,
Καὶ ὀρέων οἰκήσω ἐν ἄγκεσιν ὑψικαρήνων,
Ἔνθα δρύεσσί θ' ὁμιλήσω καὶ θήρεσιν ὕλης,
Καὶ χιόν' ἔξω χλαῖναν ἰδ' εὐδήσω ἐπὶ πέτρης,
Ληϊστῶν δ' ἄρ' παισὶ μετέσσομαι ἤματα πάντα.
Μαμμίδιον, μὴ κλαῖε· ἀπέρχομαι· εὔχεο, μῆτερ,
Πλείστους δυσμενέων με κατακτάμεν' ὀξέϊ χαλκῷ·
Ἐν δ' αὐλῇ ῥοδέην τε δίανθόν θ' ἡδὺ πνέοντα
Χείρεσι σῇσι φύτευσον ἰδ' ἐνδυκέως ἀτίταλλε,
Ἀμφότερ' ἀρδεύουσα φυτοτρόφῳ ὕδατι πηγῆς.
Ὄφρ' οὖν θάλλει ταῦτα καὶ ἀνθοφορεῖ παρὰ δῶμα,
Υἱὸς σός, μῆτερ, ζώει καὶ μάρναται ἐχθροῖς·
Ἢν δέ ποτ' ἄμμι πικρὸν καὶ μόρσιμον ἦμαρ ἵκηται,
Ὀξὺ δ' ἐκεῖνα μαρανθῇ ἰδ' ἄνθεα χεύῃ ἔραζε,
Βλήμενον ἴσθι τόθ' υἷα, καὶ εἵμματα πένθιμα ἔσσαι.
Δώδεκ' ἔβησαν ἔτη καὶ τρεῖς ἐπὶ δώδεκα μῆνες,
Τόφρα δ' ἔθαλλε ῥοδῆ καὶ ἡδὺ ἔπνειε δίανθος·
Εἶτά ποτ' εἴαρος ὥρῃ, ὅτ' ὤρνυτο φωσφόρος ἠώς,
Χθὼν δὲ πόλος τ' ἐγέλα, ὀρνίθων τ' ἔθνε' ἄειδεν,
Ἄφνω ὕπερθ' ἤστραψε καὶ ἔκτυπεν ἐν νεφέεσσι
Δεινόν, σὺν δ' ἐκάλυψε πυκνὸς γνόφος αἶαν ἄπασαν.

'Εστονάχησε ροδῆ καὶ δάκρυ' ἔηκε δίανθος·
"Αμφω δ' ἐξεμαράνθη ἰδ' ἄνθεα χεῦεν ἔραζε.
Σὺν δ' ἄρα τοῖς μήτηρ δειλὴ χαμαὶ ἤριπεν ἄπνους. "[1]

Translation of the modern Greek Version, by Edward H. Noel.

     " ' I tell thee, mother, I cannot go
       To be a Turkish slave.
     I cannot and I will not.   I'd
       Be rather in my grave.
     My heart is sick and weary grown,
       I'll take my gun in hand,
     And go and dwell upon the hills
       And be a bold brigand ;

     The woods I'll have for company,
       The rocks my roof shall spread.
     With fox and wolf I'll hold discourse,
       A stone shall be my bed.
     On mountain top, with valiant Klephts,
       All day I'll make my lair,
     Mother, I'll fly—yet weep not thou,
       Yield not to dark despair.

     But bless me, mother dear, that I
       Full many a Turk may slay,
     And plant a rose, and plant a dark
       Carnation on that day ;
     And water them with sugar sweet,
       With musk too water them,
     And when the blossoms, mother mine,
       Come forth from branch and stem,

     Be sure thy son he is not dead
       But, like a warrior brave,
     He fights, and sends his Moslem foes
       Before him to the grave.
     But if should come a sad, sad day—
       That darkest day of all—

[1] Φιλολογικὰ Πάρεργα Φιλίππου Ἰωάννου, σελ. 509.

When both the plants together fade,
　　And all the blossoms fall,

Then, mother dear, I'm stricken down—
　　My span of life is run—
And thou, put mourning garments on,
　　And weep for thy lost son !'
Twelve years passed on, and fifteen months—
　　The rose still blossomed fair—
The crimson dark carnation shed
　　Its fragrance on the air.

But lo, one morn, one morn in spring—
　　It was the first of May—
The birds were singing in the bowers,
　　The sky was bright and gay,
When suddenly the lightning flashed,
　　The thunder muttered loud,
And darkness spread o'er hill and dale,
　　And wrapped them in a shroud.

Then from the dark carnation's breast
　　A sigh of sorrow flows,
And fast and thickly trickle tears
　　Adown the drooping rose.
And all at once they shrivel up,
　　And all their blossoms shed,
And as the last leaf flutters down,
　　Falls the poor mother dead!"

'Ωραιότατον τραγούδιον· αἱ δὲ συνοδεύουσαι αὐτὸ δύο μεταφράσεις ἐπιτυχέσταται καὶ ἀξιολογώταται. Ἔχετε κανὲν ἄλλο;

Ἔχω πολλὰ ἄλλα, πρὸς τὸ παρὸν ὅμως ἂς ἀναγνώσωμεν τὰ ἐξῆς δύο. Ἐκ τοῦ πρώτου ἐξ αὐτῶν μανθάνομεν ὅτι οἱ Κλέφται δὲν κατεγίνοντο ν' ἁρπάζωσι πρόβατα καὶ αἶγας, ἀλλ' εἶχον

A very beautiful song; and the two translations which accompany it are very successful and most excellent. Have you any other ?

I have many others, but for the present let us read the two following. From the first of these we learn that the Klephts did not occupy themselves with carrying off sheep and goats, but.

ὑψηλότερον καὶ ἡρωϊκώτερον
σκοπὸν πρὸς ὃν ἀνετρέφοντο ἐκ
νεαρᾶς ἡλικίας. Ἰδοὺ πῶς ὁ
περίφημος Νάννος συνέλεγε
καὶ ἐδίδασκε τοὺς νεαροὺς
Κλέφτας·

"Ἐβγῆκε ὁ Νάννος 's τὰ βουνά,
'ψηλὰ 's τὰ κορφοβούνια,
Καὶ μάζωνε Κλεφτόπουλα,
παιδιὰ καὶ παλλικάρια.
Τὰ μάζωξε, τὰ σύναξε,
τἄκαμε τρεῖς χιλιάδες,
Κ'ι ὁλημερὶς τὰ δίδαχνε,
κ'ι ὁλημερὶς τοὺς λέγει·
'Ἀκοῦστε παλλικάριά μου,
καὶ σεῖς παιδιὰ 'δικά μου,
Κλέφταις δὲν θέλω γιὰ τραγιά,
Κλέφταις γιὰ τὰ κριάρια·
Μόν' θέλω Κλέφταις γιὰ σπαθί,
Κλέφταις γιὰ τὸ τουφέκι,
Νὰ κάνουν χήραις κ'ι ὀρφανὰ
εἰς τῶν Τουρκῶν τὰ σπίτια,
Ἐδῶ νὰ κάνουν 'ξαγορά,
κ' ἐκεῖ χωριὰ νὰ καῖνε.'"

Εἰς τὸ ἐξῆς ὡραιότατον
τραγούδιον περιγράφονται μετὰ
πολλῆς ποιητικῆς χάριτος αἱ
τελευταῖαι παραγγελίαι τοῦ
γηραιοῦ Κλέφτου Δήμου εἰς τὰ
Παλλικάριά του·

"'Ο ἥλιος ἐβασίλευε, κ'ι ὁ
Δῆμος διατάζει·
'Σύρτε, παιδιά μου, 's τὸ νερό,
ψωμὶ νὰ φᾶτ' ἀπόψε,
Καὶ σὺ Λαμπράκη μ' ἀνεψιέ,
κάθισ' ἐδῶ κοντά μου·
Νὰ τἄρματά μου, φόρεσ' τα,

had a higher and more heroic
aim to which their education
was directed from early youth.
Here is the way in which the
famous Nannos collected and
trained young Klephts:

"Nannos went forth upon the
hills, high up on the mountain
tops, and collected young
Klephts, lads and youths.
He gathered and assembled them
and brought them to three
thousand, and all day long he
trained them and all day long
addressed them:
Hear me, my brave young
warriors, and you, children of
my own, I want not Klephts for
goats, nor Klephts for sheep; I
want Klephts only for the sword,
Klephts for the musket
to make widows and orphans in
the homes of the Turks,
here to get ransoms, and there
burn down the villages."

In the following exceedingly
beautiful song are described
with much poetic grace the last
commands of the aged Klepht
Demos to his Pallicars:

"The sun was setting and
Demos issues his commands:
'Go, my children, to the stream,
to eat your meal to-night,
and you, my nephew Lambrakis,
sit down here beside me:
here are my weapons, put them

καὶ ἰδὲς νὰ τὰ τιμήσῃς,
Καὶ σεῖς, παιδιά μου, πάρετε
τὸ ἔρημο σπαθί μου·
Κόψετε πράσινα κλαδιά,
στρῶστέ με νὰ καθίσω,
Καὶ φέρτε τὸν πνευματικὸ
νὰ μὲ 'ξομολογήσῃ,
Γιὰ νὰ τοῦ 'πῶ τὰ κρίματα
ὀσάχω καμωμένα·
Τριάντα χρόνι' Ἀρματωλὸς
κ' εἰκοσιπέντε Κλέφτης,
Καὶ τώρα μοῦρθ' ὁ θάνατος
καὶ θέλω νὰ 'πεθάνω.
Κάμετε τὸ κιβοῦρί μου
πλατύ, 'ψηλὸ νὰ γένῃ,
Νὰ στέκω ὀρθὸς νὰ πολεμῶ,
καὶ δίπλα νὰ γεμίζω.
Κ'ι ἀπὸ τὸ μέρος τὸ δεξὶ
ν' ἀφῆστε παραθύρι,
Τὰ χελιδόνια νἄρχωνται
τὴν ἄνοιξι νὰ φέρνουν,
Καὶ τὰ ἀηδόνια τὸν καλὸ
τὸν Μάι' νὰ κελαϊδοῦνε.' "

on, and see you do them honour,
and you, my children, take my
abandoned sword :
cut green boughs and strew them
for my seat,
and bring the confessor to give
me shrift,
that I may tell him the sins I
have committed.
Thirty years an Armatole and
twenty-five a Klepht,
and now death has come to me
and I am willing to die.
Make my coffin wide and let it
be high,
that I may stand erect to fight
and turn aside to load,
and on the right-hand side you
must leave a window
that the swallows may come to
bring the spring,
and the nightingales sing of the
lovely May.' "

Ὁ γηραιὸς Κλέφτης ὡς φαίνε-
ται δὲν ἐχόρτασε μὲ τὰς μάχας
τὰς ὁποίας ἔκαμεν εἰς τὴν ζωήν
του, ἀλλ' ἤθελε καὶ ἐν τῷ τάφῳ
ἀκόμη νὰ πολεμῇ.

Τοιοῦτοι ἦσαν πάντες ἐκεῖνοι
οἱ ὀρεινοὶ μαχηταί, οἱ ὁποῖοι
ἕν μόνον εἶχον μέλημα τοῦ
βίου των πῶς νὰ μάχωνται
ἀφόβως καὶ ἀνδρείως κατὰ τῶν
πολεμίων. Βεβαίως τὸ ὄνομα
τῶν ἀτρομήτων Σουλιωτῶν θὰ
εἶναι γνωστὸν εἰς ὑμᾶς, διότι
πολλοὶ Ἄγγλοι περιηγηταὶ
ἔγραψαν περὶ αὐτῶν. Τὰ
πολεμικὰ αὐτῶν ἀνδραγαθήματα
εἶναι πασίγνωστα. Ἔτρεχον

The aged Klepht apparently
was not satisfied with the battles
he had fought in his life, but he
wanted still to go on fighting
even in the tomb.

Such were all those highland
warriors, who had but one care
in life, how to fight the enemy
fearlessly and manfully. Of
course the name of the dauntless
Suliots is known to you, for
many English travellers have
written about them. Their
heroic deeds in war are known
to all. On their precipitous
mountains they ran like wild
goats and fought like lions, and

ἐπὶ τῶν ἀποκρήμνων αὐτῶν
ὀρέων ὡς αἴγαγροι καὶ ἐμάχοντο
ὡς λέοντες, καὶ ἐπὶ πολὺν
χρόνον ὑπῆρξαν ὁ τρόμος τῶν
Τούρκων. Τὸ ὑπὸ νεφελῶν
κεκαλυμμένον ἐκεῖνο ὄρος εἶναι
τὸ περίφημον Σοῦλι, τὰς ἀπρο-
σίτους τοῦ ὁποίου ἀκρωρείας
κατέλαβον οἱ Σουλιῶται περὶ
τὰ τέλη τοῦ ΙΖ´ αἰῶνος, καὶ
ἐσχημάτισαν μικρὰν αὐτόνομον
κοινότητα συνισταμένην ἐξ
ἑβδομήκοντα χωρίων. Ὑπε-
ράνω τῆς φοβερᾶς χαράδρας
δι᾽ ἧς ῥέουσι μεθ᾽ ὁρμῆς τὰ
ὕδατα τοῦ Ἀχέροντος ποταμοῦ,
παρὰ τὴν Κλείσουραν, ἔκειντο
τὰ πρῶτα χωρία τῶν Σουλιω-
τῶν, Ἀβαρικόν, Κιάφα καὶ
Σαμονέβα, εἰς ἀπόστασιν δὲ
μικρὰν ἡ πρωτεύουσα κώμη τῆς
κοινότητος, ἥτις ὠνομάζετο
Κακοσούλι. Ὑπεράνω τούτων,
εἰς μέρος ὀχυρώτατον ἐκ φύσεως,
ἔκειτο τὸ περίφημον Κιούγκι,
τὸ ὁποῖον ἀπηθανάτισεν ὁ
μοναχὸς Σαμουήλ. Οἱ Τοῦρκοι
πολλάκις προσεπάθησαν νὰ
καθυποτάξωσι τὸ Σοῦλι, ἀλλ᾽
αἱ ἀπόπειραι αὐτῶν ἀπέβησαν
μάταιαι. Κατὰ τὸ ἔτος 1790 ὁ
περίφημος τῆς Ἠπείρου σατρά-
πης Ἀλῆς συλλέξας ἰσχυρὰν
δύναμιν προσέβαλεν ἀπροσ-
δοκήτως τὸ Σοῦλι, ἀλλ᾽ ὑπέστη
ἐντελῆ ἧτταν, διότι οὐ μόνον
ἀπώλεσε τὸ πλεῖστον μέρος τοῦ
στρατοῦ αὐτοῦ, ἀλλ᾽ ἐδιώχθη
ὑπὸ τῶν Σουλιωτῶν μέχρι τῶν
Ἰωαννίνων. Δυσανασχετῶν ὁ
Ἀλῆς διὰ τὴν ἧτταν ταύτην

were for a long time the terror
of the Turks. That mountain
hidden by the clouds is the
famous Suli, the inaccessible
ridges of which the Suliots took
possession of about the end of
the 17th century, and formed
a small independent community
consisting of seventy villages.
Above the frightful chasm,
through which rush in a torrent
the waters of the river Acheron,
near Cleisura, were situated the
first villages of the Suliots,
Avaricon, Kiapha, and Samo-
neva, and at a little distance
from them the principal village
of the community, which was
called Cacosuli. Above these,
in a part which was excessively
strong by nature, lay the famous
Kiunghi, which the monk
Samuel rendered immortal.
The Turks often endeavoured
to make Suli subject to them,
but their attempts resulted in
failure. In the year 1790,
Ali, the celebrated satrap of
Epirus, collecting a powerful
force, unexpectedly attacked
Suli, but he suffered entire
defeat, for not only did he lose
the greater part of his army,
but he was pursued by the
Suliots as far as Janina.
Annoyed at this reverse, Ali
employed every means to gain

μετεχειρίσθη παντοία μέσα
ὅπως κυριεύσῃ τὸ Σοῦλι. Ἰδὼν
ὅτι διὰ τῶν ὅπλων δὲν ἠδύνατο
νὰ καθυποτάξῃ τοὺς ἀνδρείους
ὀρεινοὺς ἐπειράθη νὰ κατορ-
θώσῃ τοῦτο διὰ τοῦ χρυσοῦ καὶ
τῆς προδοσίας. Εἰς ἕνα ἐκ τῶν
προεχόντων ὁπλαρχηγῶν τοῦ
Σουλίου, τὸν Τσήμαν Ζέρβαν
ὑπεσχέθη ὀκτακόσια πουγκία
ἀργυρίου καὶ μεγάλας τιμὰς
ὅπως πείσῃ αὐτὸν νὰ προδώσῃ
τὴν πατρίδα του, ἀλλ' ὁ γενναῖος
Σουλιώτης ἔγραψεν αὐτῷ εἰς ἀ-
πάντησιν τὴν ἑξῆς ἐπιστολήν·

"Ἀπὸ ἐμένα τὸν Τσήμα
Ζέρβα, εἰς ἐσένα Ἀλῆ Πασᾶ.

Σ' εὐχαριστῶ πολὺ γιὰ τὴν
ἀγάπην 'πού ἔχεις γιατ' ἐμένα·
μόν' τὰ πουγκιά σου ποῦ μοῦ
γράφεις νὰ μοῦ στείλῃς μὲ τὸν
Μπέτσο, νὰ μὴ μοῦ τὰ στείλῃς,
γιατὶ δὲν 'ξέρω νὰ τὰ μετρήσω,
καὶ δὲν 'ξέρω τί νὰ τὰ κάνω·
μόν' κ'ι ἂν ἤξερα πάλιν δὲν
ἤμουν εὐχαριστημένος νὰ σοῦ
δώσω οὐδὲ ἕνα λιθάρι ἀπὸ τοὺς
βράχους τῆς πατρίδος μου, καὶ
ὄχι νὰ φύγω ἀπὸ τὸ Σοῦλι διὰ
τὰ πουγκιά σου καθὼς ὅπου
φαντάζεσαι. Τιμαῖς καὶ δόξαις,
'πού μοῦ ὑπόσχεσαι νὰ μοῦ
δώσῃς, δὲν μοῦ χρειάζονται,
γιατὶ εἰς ἐμένα πλοῦτος, δόξαις
καὶ τιμαῖς εἶναι τὰ ἄρματά μου,
ὅπου μὲ ἐκεῖνα φυλάω τὴν
πατρίδα μου, τὴν ἐλευθερίαν
μου καὶ τὰ παιδιά μου, καὶ
τιμῶ καὶ τὸ ὄνομα τοῦ Σου-
λιώτου καὶ ἀπαθανατίζω καὶ τὸ
'δικόν μου τὸ ὄνομα."

possession of Suli. Seeing that
he was unable by arms to subdue
the gallant mountaineers, he
tried to effect his purpose by
means of gold and treachery.
He promised eight hundred
purses of silver and high honours
to Tsima Zerva, one of the
principal chieftains of Suli, to
induce him to betray his country,
but the noble Suliot in reply
wrote to him the following
letter :

"From me, Tsima Zerva, to
you, Ali Pasha.

I thank you much for the
affection which you have for
me ; but your purses, which you
write to me that you will send
to me by Betso, you must not
send to me, for I do not know
how to count them, and I do
not know what to do with
them ; but even if I did know,
I should not in return be
pleased to give you even a
stone from the rocks of my
fatherland, still less to abandon
Suli for the sake of your purses,
as you imagine. The honour
and glory which you promise to
give me are of no use to me,
for to me my arms are wealth,
honour and glory, since it is with
them that I guard my native
land, my liberty, and my child-
ren, and confer distinction on
the name of Suliot and render
my own name immortal."

Ἐξαίρετον ἀπάντησιν ἔδωκεν εἰς τὸν δόλιον Ἀλῆ Πασᾶν ὁ φιλόπατρις Σουλιώτης.

Ναί, ἐξαίρετον, ἀλλ᾽ ἀτυχῶς ὁ πανοῦργος σατράπης μετὰ παρέλευσιν ὀλίγων ἐτῶν κατώρθωσε διὰ προδοσίας νὰ γείνη κύριος τοῦ Σουλίου, οὐχὶ ὅμως καὶ τῶν Σουλιωτῶν, διότι πολλοὶ ἐξ αὐτῶν ἔπεσον μαχόμενοι ὅτε ἀπεσύροντο ἐκ τῶν προσφιλῶν αὐτῶν ὀρέων, οἱ δὲ λοιποὶ κατέφυγον εἰς Πάργαν, τὴν ὁποίαν μετ᾽ ὀλίγον θὰ ἴδωμεν πρὸς τὰ ἀριστερὰ ἡμῶν. Ὁ ἀνδρεῖος μοναχὸς Σαμουὴλ μείνας τελευταῖος μετὰ πέντε συναγωνιστῶν ἐν τῇ ὀχυρᾷ θέσει τοῦ Κιουγκίου, καὶ μὴ θέλων νὰ παραδοθῇ εἰς τοὺς ἐχθρούς, ἔβαλε πῦρ εἰς τὴν πυριταποθήκην καὶ συναπέθανεν μετὰ πολλῶν πολεμίων. Ἕν σῶμα Σουλιωτῶν κατερχόμενον ἐκ τῶν ὀρέων ἐδιώκετο δραστηρίως ὑπὸ ἰσχυρᾶς δυνάμεως Τουρκαλβανῶν. Καταλαβόντες οἱ Σουλιῶται ὀχυρὰν θέσιν ὑπὲρ τὸν Ἀχέροντα ἐδυνήθησαν ἐπὶ δύο ἡμέρας ν᾽ ἀντικρούσωσι τὰς προσβολὰς τῶν ἐχθρῶν· ἀλλὰ τὴν τρίτην ἡμέραν εἶδον ὅτι οὔτε τροφὰς οὔτε πολεμεφόδια εἶχον. Ἐν τῇ στιγμῇ ταύτῃ τῆς ἀπελπισίας αἱ γυναῖκες ἀσπασθεῖσαι τοὺς ἄνδρας των καὶ λαβοῦσαι τὰ τέκνα των εἰς τὰς ἀγκάλας ἔδραμον ἐπί τινα ἐξέχουσαν πέτραν ὑπὸ τὴν ὁποίαν ἔχαινε φοβερὰ χαράδρα καὶ κάτω εἰς

It was an excellent answer that the patriotic Suliot gave to the crafty Ali Pasha.

Yes, an excellent one, but unfortunately the villainous satrap, after the lapse of a few years, succeeded, by means of treachery, in becoming master of Suli, but not of the Suliots, for many of them fell fighting while retreating from their beloved mountains, and the rest made their escape to Parga, which we shall see in a little while on our left. The brave monk Samuel, remaining last with five fellow-combatants in the stronghold of Kiunghi, unwilling to give himself up to his foes, set fire to the powder-magazine and perished with a great number of the enemy. One body of Suliots, descending from the mountains, was hotly pursued by a strong force of Mahometan Albanians. The Suliots, taking possession of a strong position above the Acheron, were able for two days to repel the enemy's attacks, but on the third day they saw that they had neither food nor ammunition. In this moment of despair the women embraced their husbands, and taking their children in their arms ran to a projecting rock beneath which

τὸ βάθος ἔρρεον μετὰ ῥόχθου τὰ ἀφρόεντα ὕδατα τοῦ Ἀχέροντος. Ἐκεῖ ἔμειναν ἐπὶ μικρὸν συσκεπτόμεναι, ἔπειτα ὡς ἀπὸ μιᾶς ὁρμῆς φιλήσασαι τὰ φίλτατα αὐτῶν τέκνα ἐσφενδόνησαν αὐτὰ εἰς τὸ βάραθρον. Τούτου γενομένου ἐπελάβοντο τῶν χειρῶν ἀλλήλων καὶ ἤρχισαν νὰ χορεύωσι κυκλικῶς μετὰ μεγάλης ταχύτητος, καὶ οὕτω χορεύουσαι ἐπήδησαν πᾶσαι μία μετὰ τὴν ἄλλην κάτω εἰς τὸν ποταμόν, προτιμήσασαι μᾶλλον ν᾽ ἀποθάνωσι παρὰ νὰ αἰχμαλωτισθῶσιν ὑπὸ τῶν Τούρκων.

Οἱ δὲ ἄνδρες τί ἔκαμον;

Προσεπάθησαν νὰ σωθῶσι διὰ νυκτερινῆς ἐξόδου, ἀλλ᾽ οἱ ἐχθροὶ ἐφύλαττον ἀγρύπνως πάσας τὰς διαβάσεις, ὥστε ἐκ τῶν ὀκτακοσίων ἀνδρείων μαχητῶν μόλις ἑκατὸν πεντήκοντα κατώρθωσαν νὰ σωθῶσιν εἰς Πάργαν· πάντες οἱ ἄλλοι ἐφονεύθησαν.

Ἐξ ὅσων μοὶ εἴπετε γίνεται κατάδηλον ὅτι οἱ Σουλιῶται ἀνεδείχθησαν καὶ αὐτῶν τῶν ἀρχαίων Σπαρτιατῶν ἀνδρειότεροι. Ἀλλ᾽ εἴπατέ μοι, παρακαλῶ, πλησιάζομεν εἰς τὴν Πάργαν;

Εἴμεθα ἀπέναντι αὐτῆς. Βλέπετε ἐκείνην τὴν μικρὰν χερσόνησον; ἐκεῖ εἶναι ἡ κατὰ τὰς ἀρχὰς τοῦ παρόντος αἰῶνος περίφημος γενομένη Πάργα. Εἰς αὐτὴν ὡς προεῖπον ὑμῖν κατέφυγον ὅσοι ἐκ τῶν Σου-

yawned a fearful chasm, where far down rushed with a roar the foaming waters of the Acheron. There they remained for a short time in deliberation, then as if with one impulse they kissed their beloved children and flung them into the abyss. When this was done, they took hold of each other's hands and began to dance in a circle with great rapidity, and, thus dancing, all of them leapt one after the other down into the river, thinking it better to die than to be captured by the Turks.

And what did the men do?

They tried to save themselves by a sally in the night, but the enemy sleeplessly watched every pass, so that of the eight hundred gallant warriors scarcely a hundred and fifty succeeded in safely arriving at Parga : all the rest were killed.

From what you tell me it is evident that the Suliots showed themselves even braver than the ancient Spartans. But tell me, please, are we approaching Parga?

We are opposite to it. Do you see that little peninsula? It is there that Parga, which became celebrated at the beginning of the present century, is situated. It was in that town, as I told you, that as many Suliots

λιωτῶν ἐσώθησαν μετὰ τὴν
ἅλωσιν τῆς πατρίδος των.

Δὲν ὑπέκειντο λοιπὸν οἱ
Πάργιοι εἰς τοὺς Τούρκους
τότε;
Οἱ κάτοικοι τῆς Πάργας
κατὰ τὸ 1401 ἐτάχθησαν ὑπὸ
τὴν προστασίαν τῆς Ἐνετικῆς
δημοκρατίας καὶ ἔμειναν ὑπ'
αὐτὴν μέχρι τῆς καταλύσεως
αὐτῆς τῷ 1797 ὅτε ἀνέλαβον
τὴν προστασίαν αὐτῶν οἱ
Γάλλοι. Ὁ Ἀλῆ Πασᾶς
ἐγκαρδίως μισῶν τοὺς Παργίους
διότι παρέσχον ἄσυλον εἰς τοὺς
Σουλιώτας ἐκαιροφυλάκτει ὅπως
κυριεύσῃ τὴν πόλιν των καὶ
τιμωρήσῃ αὐτοὺς ἀπηνῶς, ἀλλὰ
τὸ πραξικόπημα ὅπερ ἀπεπει-
ράθη κατὰ τῆς Πάργας τῷ
1814 ἀπέτυχε, διότι οἱ Πάργιοι
ἀπέκρουσαν αὐτὸν γενναίως καὶ
ἀπῆλθε κατῃσχυμμένος. Μετὰ
τὴν πτῶσιν τοῦ Ναπολέοντος ἡ
Πάργα ἐτέθη ὑπὸ τὴν προστα-
σίαν τῆς Ἀγγλίας, ἀλλ' αὕτη
μετὰ τρία ἔτη ἐπώλησεν αὐτὴν
εἰς τὸν ὁρκισθέντα νὰ ἐξολο-
θρεύσῃ τοὺς κατοίκους αὐτῆς
Ἀλῆ Πασᾶν· ὡς ἡμέρα δὲ τῆς
παραδόσεως τῆς πόλεως ὡρίσθη
ἡ δεκάτη Μαΐου τοῦ 1819. Ὅτε
οἱ Πάργιοι ἤκουσαν τὴν θλι-
βερὰν εἴδησιν ἔγειναν ὡς μαινό-
μενοι ἐξ ἀγανακτήσεως, καὶ ἀπε-
φάσισαν νὰ σφάξωσι τὰς γυναῖ-
κας καὶ τὰ τέκνα των καὶ ἔπειτα
νὰ πέσωσι μαχόμενοι ὑπὲρ τῆς
πατρίδος των· ἀνορύξαντες δὲ
τοὺς τάφους τῶν πατέρων των

as were saved took refuge after
the capture of their native
place.

Were not then the people of
Parga subject to the Turks at
that time? The inhabitants of Parga in
1401 put themselves under the
protection of the Venetian re-
public, and remained under its
safeguard until its overthrow in
1797, when the French under-
took their protection. Ali
Pasha, who heartily hated the
people of Parga for affording
an asylum to the Suliots, was
watching for an opportunity to
get possession of their city and
take a cruel revenge upon them,
but the attempt which he made
to surprise Parga in 1814 failed,
for the inhabitants courageously
repulsed him and he retired
covered with shame. After the
fall of Napoleon, Parga was
placed under the protection of
England, but that country after
three years sold it to Ali Pasha,
who had taken an oath to ex-
terminate its inhabitants. The
10th of May 1819 was fixed as
the day for giving up the city.
When the people of Parga
heard the dreadful news, they
were nearly mad with rage,
and resolved to kill their wives
and children and then fall fight-
ing for their fatherland. Dig-

καὶ ἐξαγαγόντες τὰ ὀστᾶ αὐτῶν ἀνῆψαν μεγάλην πυρὰν ἐν τῷ μέσῳ τῆς πόλεως καὶ τὰ κατέκαυσαν, ὅπως μὴ βεβηλώσωσιν αὐτὰ οἱ ἐπερχόμενοι ἤδη φανατικοὶ αὐτῶν πολέμιοι, διότι ἰσχυρὰ δύναμις τοῦ Ἀλῆ Πασᾶ ἦτο ἐστρατοπεδευμένη οὐ μακρὰν τῆς πόλεως ἑτοίμη νὰ καταλάβῃ αὐτήν. Ἄγγλος ἀξιωματικὸς ἔσπευσε τότε εἰς Κέρκυραν καὶ ἤγγειλεν εἰς τὸν ἁρμοστὴν Μαιτλάνδον τὰ συμβαίνοντα. Ὁ Μαιτλάνδος εὐθὺς ἔπεμψεν ἐκεῖ τὸν στρατηγὸν Ἄδαμς, ὅστις ἦτο ἀνὴρ ἀγαθὸς καὶ ἠγαπᾶτο ὑπὸ πάντων. Οὗτος δι' ἐντόνων παραστάσεων κατώρθωσε ν' ἀναστείλῃ τὴν ἐπὶ τὰ πρόσω πορείαν τοῦ στρατεύματος τοῦ Ἀλῆ, δι' ἠπίων δὲ παραινέσεων ἀπέτρεψε τοὺς Παργίους τῆς ἀποφάσεως αὐτῶν καὶ τοὺς ἔπεισε νὰ μετοικήσωσιν εἰς Κέρκυραν. Οὕτως ἄνευ αἱματοχυσίας ἐκενώθη ἡ πόλις καὶ εὐθὺς εἰσώρμησεν εἰς αὐτὴν παμμιγὴς συρφετὸς ἀγριομόρφων Τουρκαλβανῶν, ὧν προεπορεύετο σμῆνος χορευόντων καὶ ἀλαλαζόντων δερβισῶν, καὶ οὕτω κατέπεσε τὸ ἔσχατον προπύργιον Χριστιανικῆς ἐλευθερίας ἐπὶ τῆς Ἠπείρου. Τὸ ἑξῆς δημοτικὸν ᾆσμα εἶναι περὶ τῆς πωλήσεως τῆς Πάργας·

ging up the tombs of their fathers and taking out their bones, they lighted a great fire in the middle of the city and burnt them, lest their fanatical enemies, who were now coming, should profane them ; for a powerful force in the service of Ali Pasha was encamped not far from the city, ready to take possession of it. An English officer then hastened to Corfu and reported to Maitland, the High Commissioner, what was going on. Maitland at once sent there General Adams, who was a kind-hearted man and beloved by every one. He, by strong representations, succeeded in stopping the further advance of Ali's army, and by gentle advice turned the people of Parga from their resolve and persuaded them to remove to Corfu. In this way, without any bloodshed, the city was evacuated, and there immediately rushed into it a mixed rabble of savage-looking Mahometan Albanians preceded by a swarm of dancing and shouting dervishes, and thus fell the last bulwark of Christian liberty in Epirus. The following popular song is about the sale of Parga :

" ' Μαῦρο πουλάκι ποὔρχεσαι ἀπὸ τἀντίκρυ μέρη,
Πές μου τί κλάψαις θλιβεραῖς, τί μαῦρα μυρολόγια
Ἀπὸ τὴν Πάργα 'βγαίνοισε 'ποῦ τὰ βουνὰ ῥαγίζουν ;

Μήνα τὴν πλάκωσε Τουρκιὰ καὶ πόλεμος τὴν καίει;'
'Δὲν τὴν ἐπλάκωσε Τουρκιά, πόλεμος δὲν τὴν καίει,
Τοὺς Παργηνοὺς ἐπούλησαν 'σὰν 'γίδια, 'σὰν 'γελάδια,
Κ'ι ὅλοι 's τὴν ξενιτειὰ θὰ 'πᾶν νὰ ζήσουν οἱ καϊμένοι,
Θ' ἀφήσουνε τὰ σπίτιά τους, τοὶς τάφους τῶν γονηῶν των,
Θ' ἀφήσουν καὶ ταὶς ἐκκλησιαὶς Τοῦρκοι νὰ ταὶς πατοῦνε.
Τραβοῦν γυναῖκες τὰ μαλλιά, δέρνουν τᾶσπρά τους στήθια,
Μυριολογοῦν οἱ γέροντες μὲ μαύρα μυριολόγια,
Παπάδες μὲ τὰ δάκρυα 'γδύνουν ταὶς ἐκκλησίαις.
Βλέπεις ἐκείνη τὴν φωτιὰ μαῦρο καπνὸ 'ποῦ 'βγάζει;
'Εκεῖ καίγονται κόκκαλα, κόκκαλ' ἀνδρειωμένων,
'Ποῦ τὴν Τουρκιὰ τρομάξανε καὶ τὸν βεζίρη κάψαν.
'Εκεῖ 'ναι κόκκαλα γονηοῦ, 'ποῦ τὸ παιδὶ τὰ καίει,
Νὰ μὴ τὰ βροῦν οἱ Λιάπιδες, Τοῦρκοι μὴ τὰ πατήσουν.
'Ακοῦς τὸν θρῆνο τὸν πολὺν ὅπου βογκοῦν τὰ δάση,
Καὶ τὸν 'δαρμὸ 'ποῦ γίνεται, τὰ μαῦρα μυρολόγια;
Εἶναι 'π' ἀποχωρίζονται τὴν δόληα τὴν πατρίδα·
Φιλοῦν ταὶς πέτραις καὶ τὴν γῆ κ'ι ἀσπάζονται τὸ χῶμα.'—"

"'Bird of the sombre plumage, who comest from the land be-yond, tell me why the mournful wail and sorrowful lament which rend the hills are coming out from Parga? Is it that the Turk fell on it and the flames of war consume it?' 'The Turk fell not upon it, no flames of war consume it: the Pargians they have sold like cattle or like goats, and all the wretched people will go to live in foreign lands, will leave their homes, their fathers' tombs, will leave their churches for the Turks to trample under foot. The women tear their hair and beat their snowy breasts, the old men too in dark despair bewail their wretched fate, the priests with eyes bedimmed with tears strip the churches bare. Dost thou see that flame which sends out murky smoke?—there burn the bones, the bones of gallant men, who were the terror of the Turks, and shrivelled up the vizier's heart. There are the father's bones which the son is giving to the flames, lest Liaps (*Mahometan Albanians*) discover them and Turks shall trample them. Dost thou hear the loud weeping re-echoed by the woods, and the wail that rises, and the melancholy moan? It is that they abandon their afflicted fatherland, they kiss the rocks, they kiss the ground, and embrace the very soil.'"

Βλέπω παρῆλθεν ἡ ὥρα καὶ   I see it is late and it has

ἤρχισε νὰ σκοτεινιάζῃ· ἰδοὺ καὶ
ὁ κώδων ἠχεῖ, ὥστε ἂς ὑπάγω-
μεν νὰ γευματίσωμεν, καὶ μετὰ
τὸ γεῦμα ἂν ἀγαπᾶτε ἐξερχό-
μεθα πάλιν εἰς τὸ κατάστρωμα.

Μετὰ χαρᾶς.

———

Τοιαύτην ὡραίαν νύκτα ἔχω
χρόνια καὶ καιροὺς νὰ ἴδω.
Κυττάξατε πόσον καθαρὸς εἶναι
ὁ οὐρανός! Οἱ ἀστέρες ἀμυ-
δρὸν ῥίπτουσι φῶς, ἡ δὲ σελήνη
λάμπει ἐν τῷ μέσῳ αὐτῶν
μεγαλοπρεπῶς. Νομίζει τις ὅτι
εἶναι ἡμέρα.

Τοιαύτην τινὰ νύκτα ὡς
φαίνεται εἶχεν εἰς τὴν διάνοιάν
του ὁ ποιητὴς Παναγιώτης
Σοῦτσος ὅτε ἐν τῷ Ἀγνώστῳ
αὐτοῦ ἔγραφε τὴν ἑξῆς ὡραίαν
στροφήν·
"Λαμπρὰ σελήνη, ποία γαλήνη
Τὸ μέτωπόν σου περικυκλώνει!
Ἐδῶ τί στέκεις; ποῖον προ-
σμένεις;
Βόσκεις τῶν ἄστρων τὴν χρυσῆν
ποίμνην,
Βόσκεις, ποιμαίνεις;"
Ὡραία στροφή—Ἀλλ' ἀκού-
σατε· δὲν σᾶς φαίνεται ὅτι
κάποιος ἐκεῖ εἰς τὴν πρῷραν
τραγουδεῖ καὶ παίζει λύραν;
στοιχηματίζω εἶναι ὁ τυφλὸς
γέρων. Θέλετε νὰ ὑπάγωμεν
νὰ τὸν ἀκούσωμεν;

Χωρὶς ἄλλο.

Τί τραγοῦδι εἶναι αὐτὸ τὸ
ὁποῖον τραγουδεῖ τώρα;

Ἐπειδὴ δὲν ἤκουσα τὴν ἀρ-
χὴν δὲν εἰμπορῶ νὰ σᾶς εἴπω
μετὰ βεβαιότητος τίνος ἥρωος

begun to grow dark : there, the
bell is ringing ; so let us go
and dine, and after dinner, if
you like, we will come out on
deck again.

I shall be delighted.

———

Such a lovely night I have
not seen for years and years.
See how clear the sky is! The
stars shed a faint light and the
moon shines magnificently in
the midst of them. One fancies
that it is day.

Such a night, apparently, the
poet Panagiotes Soutsos had in
his mind when in his *Agnostos*
he wrote the following beautiful
stanza :

"Bright moon, what calm sur-
rounds thy face !
Why standest thou here? Whom
dost thou await ?
Art thou tending the golden
flock of the stars,
tending and herding them ?"

A pretty stanza—But listen :
does it not seem to you that
some one there in the bow is
singing and playing the lyre?
I bet that it is the blind old
man. Shall we go and hear
him ?

By all means.

What is that song that he is
now singing?

As I did not hear the begin-
ning I cannot tell you with
certainty of what hero he is

ἀνδραγαθήματα ᾄδει· ἀλλ' ὅταν
τελειώσῃ τὸν ἐρωτῶ. — Μᾶς
κάμνεις τὴν χάριν, γέρο, νὰ
μᾶς εἴπῃς τί τραγούδι ἦτον
αὐτὸ 'ποῦ ἐτραγούδησες τώρα;

Μετὰ χαρᾶς, παιδιά μου.
Ἦταν τὸ τραγούδι τοῦ Λιάκου.
Ἄ ὠρέ, ἐκείνου τοῦ ἀνδρειωμένου
Λιάκου. Ἄν δὲν τἀκούσατε ἀπ'
τὴν ἀρχή, νὰ τὸ 'ξανατρα-
γουδήσω καὶ γιὰ σᾶς.—Δός με,
παιδί μ', τὴ λύρα.—Τώρα ἀφηγ-
κρασθῆτε·

" Προσκύνα, Λιάκο, τὸν Πασᾶ,
  προσκύνα τὸν Βεζίρη,
Νὰ γένῃς Πρωταρματωλός,
  Δερβέναγας νὰ γένῃς.—
Ὅσῳ 'ναι Λιάκος ζωντανὸς
  Πασᾶ δὲν προσκυνάει·
Πασᾶ 'χει Λιάκος τὸ σπαθί,
  Βεζίρη τὸ τουφέκι.—
Ἀλῆ Πασᾶς 'σὰν τἄκοισε
  βαρειὰ τοῦ κακοφάνη·
Γράφει γραφὴ καὶ προβοδᾷ,
  μαῦρα μαντάτα στέλνει·
' Σὲ σένα Βελῆ Γκέκα μου,
  's ταῖς χώραις, τὰ χωριά μου,
Τὸν Λιάκο θέλω ζωντανὸν
  ἢ κἂν ἀποθαμμένον.'—
Ὁ Γκέκας 'βγαίνει παγανιὰ
  καὶ κυνηγάει τοὺς Κλέφτας,
Διαβαίνει λόγκους καὶ βουνά,
  τοὺς βρίσκει 's τὸ 'λημέρι
Π ἄλλοι γυαλίζαν τὰ σπαθιά,
  κ'ι ἄλλοι φουσέκια φτιάναν.
Κοντογιακούπης φώναξεν
  ἀπὸ τὸ μετερίζι·
' Καρδιά, παιδιά μου, κάμετε
  γιορούσι 's τὰ κριάρια.'—

singing the gallant deeds, but when he has finished I will ask him.—Will you do us the favour, father, to tell us what that song was you were singing just now?

With pleasure, my children. It was the song of Liacos. Ah, indeed, of the brave Liacos! If you did not hear it from the beginning, let me sing it again for you.—Give me the lyre, my boy.—Now listen.

" 'Submit, Liacos, to the Pasha, submit to the vizier, that you may be made Chief Armatole, be made commander of the passes.'—
' As long as Liacos lives, to no Pasha will he yield: for Pasha Liacos has his sword, his musket for vizier.'
When Ali Pasha heard these words deep was his displeasure: he writes a note and sends it, despatches a dark message:
'To you my Veli Ghecas, to my towns and to my villages: I want Liacos living, or dead at all events.'
Ghecas goes to set an ambush, is hunting for the Klephts, goes through the valleys and the hills, and finds them at their camp where some were polishing their swords, others making cartridges.
Condoyacoupis cried aloud from his entrenchment: 'My children, summon your courage and make a rush upon the sheep.'

'Ο Λιάκος ἐπετάχτηκε,
  'σὰν ἀετὸς πετιέται,
Σκούζει καὶ τρέμουν τὰ βουνὰ
  κ'ι ἀντιβογκοῦν οἱ κάμποι·
'Μέρα καὶ νύχτα πολεμοῦν,
  τρεῖς'μέραις καὶ τρεῖς νύχταις.
'Εκλάψαν 'Αρβανίτισσαις
  'ς τὰ μαῦρα φορεμέναις,
'Ο Βελῆ Γκέκας γύρισε
  'ς τὸ αἷμά του πνιγμένος,
Κ'ι ὁ Μουσταφᾶς λαβώθηκε
  'ς τὸ γόνα καὶ 'ς τὸ χέρι."

Up sprang Liacos,
like an eagle dashes out, gives a
shout and the hills tremble and
the plains send back the sound :
all day and night they fought,
for three days and three nights.
The Albanian women wept
clad in mourning raiment,
Veli Ghecas went back
drenched in his blood,
and Mustapha received a wound
in the knee and in the arm."

Εὖγε, πολὺ καλὰ μᾶς ἐτραγού-
δησες τὸ τραγοῦδι τοῦ ἀνδρειω-
μένου Λιάκου. Εἰξεύρεις καὶ
κανὲν ἄλλο νὰ μᾶς τραγουδήσῃς ;
 "Οσα θέλετε, παιδιά μου.
'Πέτε μου ποιὸ νὰ σᾶς τραγου-
δήσω.
 Εἰξεύρεις τοῦ Διάκου τὸ τρα-
γοῦδι ;
 'Ακοῦς ἐκεῖ, ἂν τὸ 'ξέρω !
Χίλιαις φοραῖς τῶχω τραγου-
δήσῃ.—Γεῶργο, παιδί μου, ἔλα,
νὰ μοῦ ζῆς, πλειὸ σιμὰ γιὰ νὰ
μὲ βοηθᾷς 'λίγο 'ς τὸ τραγοῦδι,
καὶ τήρα νὰ κρατᾷς καλὰ τὸ
ἴσο.

Bravo ! You sang us the song
of the brave Liacos very well
indeed. Do you know any
other to sing to us ?
 As many as you like, my
children. Tell me which one
to sing to you.
 Do you know the song of
Diacos ?
 Listen to him ! Do I know
it ! I have sung it thousands
of times.—George, my boy,
come closer, long life to you !
that you may help me a little
in the song, and take care to
come in at the right time.

Ο ΘΑΝΑΤΟΣ ΤΟΥ ΔΙΑΚΟΥ

(6 Μαΐου 1821)

"Πολλὴ μαυρίλα πλάκωσε, μαύρη 'σὰν καλιακοῦδα,
Μὴν ὁ Καλύβας ἔρχεται, μὴν ὁ Λεβεντογιάννης ;
Οὖτ' ὁ Καλύβας ἔρχεται, οὐδ' ὁ Λεβεντογιάννης,
'Ομὲρ Βριώνης πλάκωσε μὲ δεκοχτὼ χιλιάδαις.

'Ο Διάκος 'σὰν τ' ἀγροίκησε πολὺ τοῦ τοῦ κακοφάνη
'Ψηλὴν φωνὴν ἐσήκωσε τὸν πρῶτόν του φωνάζει·
'Τὸ στράτευμά μου σύναξε, 'μάσε τὰ παλλικάρια,
Δός τους μπαρούτη περισσὴ καὶ βόλια μὲ ταῖς φούχταις,
'Γλήγορα, καὶ νὰ πιάσωμε κάτω 'ς τὴν 'Αλαμάνα,
'Οποῦ 'ν' ταμπούρια δυνατά, ὁποῦ 'ν' καὶ μετερείζια.'
'Επῆραν τὰ 'λαφρὰ σπαθιὰ καὶ τὰ βαρειὰ τουφέκια,
'Σ τὴν 'Αλαμάνα ἔφθασαν καὶ πιάσαν τὰ ταμπούρια·
'Κιρδιά, παιδιά μου,' φώναξε, 'παιδιά, μὴ φοβηθῆτε,
'Ανδρεῖοι ὡσὰν "Ελληνες, ὡσὰν Γραικοὶ σταθῆτε.'
'Εκεῖνοι ἐφοβήθηκαν καὶ σκόρπισαν 'ς τοὺς λόγκους,
"Εμειν' ὁ Διάκος 'ς τὴν φωτιὰ μὲ δεκοχτὼ λεβένταις.
Τρεῖς ὥραις ἐπολέμαε μὲ δεκοχτὼ χιλιάδαις,
Σχίσθηκε τὸ τουφέκι του καὶ ἔγεινε κομμάτια,
Καὶ τὸ σπαθί του ἔσυρε καὶ 'ς τὴν φωτιὰν ἐμβῆκε,
"Εκοψε Τούρκους ἄπειρους κ' ἐφτὰ μπουλουκμπασίδαις,
Πλὴν τὸ σπαθί του ἔσπασεν ἐπαν' ἀπὸ τὴν φούχταν,
Κ' ἔπεσ' ὁ Διάκος ζωντανὸς εἰς τῶν ἐχθρῶν τὰ χέρια.
Χίλιοι τὸν πῆραν ἀπ' ἐμπρὺς καὶ διὸ χιλιάδες 'πίσω.
Κ'ι 'Ομὲρ Βριώνης μυστικὰ 'ς τὸν δρόμον τὸν ἐρώτα·
'Γίνεσαι Τοῦρκος, Διάκο μου, τὴν πίστιν σου ν' ἀλλάξῃς;
Νὰ προσκυνᾷς εἰς τὸ τζαμί, τὴν ἐκκλησιὰν ν' ἀφήσῃς;'
Καὶ κεῖνος τ' ἀπεκρίθηκε καὶ μὲ θυμὸν τοῦ λέγει·
'Πᾶτε καὶ σεῖς κ' ἡ πίστις σας, μουρτάταις, νὰ χαθῆτε,
'Εγὼ Γραικὸς γεννήθηκα, Γραικὸς θὲ νὰ 'ποθάνω.
"Αν θέλετε χίλια φλουριὰ καὶ χίλιους μαχμουτιέδαις,
Μόνον πέντ' ἔξη ἡμερῶν ζωὴν νὰ μοῦ χαρίστε,
"Οσον νὰ φθάσ' ὁ 'Οδυσσεὺς καὶ ὁ Θανάσης Βάϊας.'
'Σὰν τ' ἄκοισ' ὁ Χαλίλμπεης, μὲ δάκρυα φωνάζει·
'Χίλια μπουγκιὰ σᾶς δίνω 'γὼ κ'ι ἀκόμα πεντακόσια
Τὸν Διάκον νὰ χαλάσετε, τὸν φοβερὸ τὸν Κλέφτη,
Γιατὶ θὰ σβύσῃ τὴν Τουρκιὰ κ'ι ὅλο μας τὸ δεβλέτι.'
Τὸν Διάκο τότε 'πήρανε καὶ 'ς τὸ σουβλὶ τὸν βάλαν,
'Ολόρθον τὸν ἐστήσανε κ'ι αὐτὸς χαμογελοῦσε.
Τὴν πίστιν τους τοὺς ὕβριζε, τοὺς ἔλεγε μουρτάταις·
''Εμέν' ἂν ἐσουβλίσατε ἕνας Γραικὸς ἐχάθη·
"Ας εἶν' καλὰ ὁ 'Οδυσσεὺς κ'ι ὁ καπετὰν Νικήτας,
Αὐτοὶ θὰ κάψουν τὴν Τουρκιὰ κ'ι ὅλον σας τὸ δεβλέτι.' "

THE DEATH OF ATHANASIOS DIACOS

Translated by Miss M'Pherson

"Black shadows gather, black as crows, around us dark and drear,
Leventojannes is it? or Kalyvas who comes here?"
"No! Not Leventojannes nor Kalyvas comes again,
'Tis Omer Vriones with his Turks, full eighteen thousand men."
These tidings when Diakos heard it seemed right evil cheer,
He called his Protopallikar with a loud voice and clear:
"Go summon all my troops, my pallikars together call,
Give each man powder without stint, by handfuls give them ball;
Quick down to Alamana let us march, our post to take,
There earthworks strong and trenches are where we a stand may
    make."
Their heavy guns they shouldered then, took their light swords in
    hand,
To Alamana down they went and in the trench made stand.
"Courage! my lads," Diakos cried, "and never be afraid!
Like true Hellenes stand manfully, like Greeks stand undismay'd."
But stricken were his men with fear, they scattered through the
    wood.
Diakos stood and faced the fire with eighteen comrades good.
Three hours with eighteen thousand foes they battled long and
    well,
Until Diakos' musket burst and all to pieces fell.
Then out he drew his sword and where the fight was fiercest flew,
And countless Turks and seven Bouluk-Bashis[1] down did hew,
Till in his grasp close to the hilt asunder broke his brand,
And thus Diakos fell alive into the foeman's hand;
A thousand took him in the front, two thousand in the rear.
Omer Vriones on the road these words spoke in his ear:
"Diakos, wilt thou turn a Turk? change of thy faith wilt make?
And worship in the mosque with us, the Christian's church for-
    sake?"
Then out Diakos spoke and thus in wrath he made reply:
"Away! your faith and you apostates base, to ruin fly!
'Twas as a Greek that I was born, I as a Greek will die!

[1] Turkish captains.

But if a thousand Mahmoudiehs [1] and golden coins you will,
I'll give them so you spare my life but five or six days still,
Till that Odysseus has come back with Vaïas I hear."
When Chalil Bey had heard these words, he cried with many a
    tear :
" A thousand purses, Pasha, and five hundred more I'll pay
If straightway this Diakos, this fierce bandit you will slay,
Else will he all the Turks destroy, our empire's sway will break."
Then seized they on Diakos and impaled him on the stake,
And fixed it in the ground upright, he faced them with a smile,
He cast their false faith in their teeth, called them apostates vile ;
" 'Tis but *one* Greek that's gone when me upon the stake you kill,
Odysseus and Niketas may they live and prosper still !
They, they will overthrow you, Turks, and down your empire
    shake ! "

Σὲ εὐχαριστοῦμεν, γέρο· μᾶς ἐτραγούδησες πολὺ καλά. Τὸ μικρὸν τοῦτο δῶρον εἶναι διὰ τὸν κόπον σου.

Νᾶσθε καλὰ παιδιά μου. Θέλετε νὰ σᾶς τραγουδήσω καὶ κανένα ἄλλο τραγούδι;

Φθάνουν τὰ δύο τὰ ὁποῖα μᾶς ἐτραγούδησες, διότι ἡ ὥρα εἶναι περασμένη. Εἰμποροῦμεν νὰ σ' ἐρωτήσωμεν ποῦ πηγαίνεις;

Ἄν θέλ' ὁ Θεός, πηγαίνω 'ς τὴν 'Αθήνα· ἐκεῖ ἐλπίζω μὲ τὸ τραγοῦδι καὶ τὴν λύρα μου νὰ 'βγάζω τὸ ψωμί μου καὶ νὰ 'μπορῶ νὰ στέλνω τὸ ἐγγόνι μου τοῦτο 'ς τὸ σχολειὸ νὰ μάθῃ γράμματα νὰ προκόψῃ, καὶ νὰ μὴ μείνῃ τυφλὸ 'σὰν κ' ἐμένα, γιατὶ ἐγὼ ὁ δόλῃος δὲν εἶμαι μόνον τυφλὸς 'ς τὰ 'μάτια, ἀλλὰ καὶ 'ς τὰ γράμματα.

Οἱ λόγοι τοῦ γέροντος εἶναι ἄξιοι σημειώσεως, διότι ἐναργῶς

Thank you, father. You have sung to us very well indeed. Here is a little present for your trouble.

A happy life to you, my children ! Would you like me to sing you any other song ?

The two that you have sung to us are sufficient, for it is late. May we ask where you are going ?

I am going, please God, to Athens. There I hope with my songs and my lyre to get my bread and be able to send this grandson of mine to school to be educated, that he may rise in the world, and not remain blind like me, for I, unfortunate man that I am, am in darkness not only as regards my eyes but in respect of education.

What the old man says is worthy of note, for it shows

[1] Coins of Sultan Mahmoud II.

δεικνύουσι τὸν ἔμφυτον πρὸς τὰ
γράμματα ζῆλον τῆς Ἑλληνικῆς
φυλῆς. Εἶχε δίκαιον ὁ Ἅγιος
Παῦλος λέγων "Ἕλληνες
σοφίαν ζητοῦσιν."

—Ποιὸς εἶναι ἡ ἀφεντιά του;
Ἀπὸ τὴν ὁμιλία του κατα-
λαβαίνω πῶς δὲν εἶναι Ἕλ-
ληνας· φαίνεται ὅμως ὅτι ᾽μιλεῖ
καλὰ τὴν γλῶσσά μας· πρέπει
νὰ εἶναι κανεὶς διαβασμένος
ἄνθρωπος.

Εἶναι Ἄγγλος· γνωρίζει δὲ
καὶ τὰ ἀρχαῖα καὶ τὰ νέα
Ἑλληνικά, καὶ ἀγαπᾷ τὴν
Ἑλλάδα· πηγαίνει δὲ τώρα νὰ
ἴδῃ τὰς Ἀθήνας.

Εἶναι λοιπὸν ἀπὸ τὴν πατρίδα
τοῦ Μπάϊρων; Μ᾽ἔρχεται νὰ
σηκωθῶ νὰ τὸν φιλήσω.

Καὶ πῶς γνωρίζεις τὸ ὄνομα
τοῦ Μπάϊρων;

Μ᾽ ἐρωτᾷς πῶς γνωρίζω τὸ
ὄνομα τοῦ Μπάϊρων; Ἀμ᾽ ἐγὼ
τὸν εἶδα ᾽ς τὸ Μεσολόγγι, διότι
τότε ἤμουν ἐκεῖ μὲ τὸν μακαρίτη
τὸν πατέρα μου. Εἶχα τὰ
᾽ματάκιά μου τότε καὶ εἰμ-
ποροῦσα νὰ βλέπω τὸν γαλάζιο
οὐρανὸ καὶ τὤμορφο πρόσωπο
τοῦ Μπάϊρων. Ἐγὼ ἤμουν
ἐξ ἢ ἑφτὰ χρονῶν παιδί, καὶ ὁ
πατέρας μου, Θεὸς νὰ μακαρίσῃ
τὴν ψυχή του, μοῦ εἶπε μιὰ
᾽μέρα· "Βλέπεις αὐτὸν τὸν ἔ-
μορφο ἄνθρωπο, παιδί μου; εἶναι
Μυλιόρδος, καὶ ἦλθεν ἀπ᾽ τὴν
Ἐγγλιτέρα νὰ μᾶς βοηθήσῃ."
Ἦταν ἐμορφάνθρωπος ὁ Μπάϊ-
ρων, ἀλλ᾽ ὁ πικρὸς χάρος δὲν
μᾶς τὸν ἀφῆκε πολὺν καιρὸ νὰ

clearly the natural zeal of the
Greek nation for education.
St. Paul was right when he
said: "The Greeks seek after
wisdom."

—Who is the gentleman?
From his speech I know that he
is not a Greek; but he seems
to speak our language well: he
must be some learned man.

He is English; and he knows
both ancient and modern Greek,
and he loves Greece. He is
now going to see Athens.

Is he then from the country
of Byron? I feel inclined to
get up and embrace him.

And how do you know the
name of Byron?

Do you ask me how I know
the name of Byron? Why, I
saw him at Mesolonghi, for I
was there at that time with my
late father. I had my eyes then,
and was able to see the blue
sky and Byron's handsome face.
I was a boy, six or seven years
old, and my father, God rest his
soul! said to me one day: "Do
you see that handsome man, my
boy? He is a lord, and he has
come from England to help us."
He was a handsome man, was
Byron, but bitter death did not
leave him long to us to enjoy
his company: it took him from

τὸν χαροῦμε· μᾶς τὸν ἐπῆρε νηό, κατανηό. Θεὸς νὰ μακαρίσῃ τὴν ψυχοῦλά του!

Καληνύκτα γέρο.

Καληνύχτα καὶ τοῦ λόγου σας.

Βλέπω ἡ ἐνθύμησις τοῦ Βύρωνος μένει ἀκμαία παρὰ τοῖς Ἕλλησιν. Μετεφράσθησαν τὰ ποιήματα αὐτοῦ εἰς τὴν Ἑλληνικήν;

Ὀλίγα μόνον. Ἡ λογία Ἑλληνὶς Αἰκατερίνη Κ. Δοσίου μετέφρασεν εἰς γλαφυρωτάτους στίχους τὸν Γκιαοὺρ τοῦ Βύρωνος πρὸ πολλῶν ἐτῶν, καὶ νομίζω ἔχω ἐν μικρὸν ἀπόσπασμα ἐκ τῆς μεταφράσεως αὐτῆς ἐν τῇ συλλογῇ μου· ἂν ἀγαπᾶτε, ἂς ὑπάγωμεν κάτω νὰ τὸ ἀναγνώσωμεν.

Προθυμότατα.

Ὡς βλέπετε ἔχω καὶ τὸ Ἀγγλικὸν πρωτότυπον, ὥστε ἂς διέλθωμεν πρῶτον αὐτὸ καὶ ἔπειτα ἀναγινώσκομεν τὴν Ἑλληνικὴν μετάφρασιν.

Πολὺ καλά.

---

us, young, very young, God rest his dear soul!

Good-night, father.
Good-night to you too.

I see that the memory of Byron remains fresh among the Greeks. Have his poems been translated into Greek?

Only a few. The learned Greek lady Catherine C. Dosios translated *The Giaour* of Byron into very elegant verse many years ago, and I think I have a short extract from her translation in my collection. If you like, let us go below and read it.

I shall be delighted.
I have, as you see, the English original also, so let us go through that first, and afterwards we will read the Greek translation.
Very good.

"Clime of the unforgotten brave!
  Whose land from plain to mountain-cave
  Was Freedom's home, or Glory's grave—
  Shrine of the mighty! can it be
  That this is all remains of thee?
  Approach, thou craven crouching slave,
  Say, is not this Thermopylae?
  These waters blue that round you lave,
  O servile offspring of the free—
  Pronounce what sea, what shore is this?
  The gulf, the rock of Salamis!
  These scenes, their story not unknown,

Arise, and make again your own ;
Snatch from the ashes of your sires
The embers of their former fires ;
And he who in the strife expires
Will add to theirs a name of fear,
That Tyranny shall quake to hear,
And leave his sons a hope, a fame,
They too will rather die than shame :
For Freedom's battle once begun,
Bequeathed by bleeding Sire to Son,
Though baffled oft, is ever won.
Bear witness, Greece, thy living page !
Attest it many a deathless age !
While kings, in dusty darkness hid,
Have left a nameless pyramid,
Thy heroes—though the general doom
Hath swept the column from their tomb—
A mightier monument command,
The mountains of their native land."

Μετάφρασις Αἰκατερίνης Κ. Δοσίου.

"Τῶν μεγάλων ἀνδρῶν, μῆτερ, κλεινὴ χώρα τῶν ἀνδρείων
Ἀπὸ τῶν βουνῶν τὰ ἄντρα ἦσο μέχρι τῶν πεδίων
Προμαχὼν ἐλευθερίας εἴτε δόξης μαυσωλεῖον !
Νεκροθήκη ἡμιθέων ! Αὕτη ἡ κατάστασίς σου ;
Ταῦτα λείψανα τὰ μόνα ἐκ τῆς ἄλλοτε ζωῆς σου ;
Πρόσελθε, δειλὲ σὺ δοῦλε, τῶν ἀλύσεών σου φίλε,
Καὶ εἰπὲ δὲν εἶν' ἐκεῖναι αἱ ἀρχαῖαι Θερμοπύλαι ;
Καὶ τὸ κυανοῦν δὲ ὕδωρ τὸ τὴν γῆν σου πέριξ πλῆττον,
Γόνε χαῦνε προπατόρων αὐτονόμων, ἀνικήτων,
Λέγε, τίς ἡ παραλία, τίς ὁ σκόπελος ἐκεῖνος ;
Εἶν' ἡ θάλασσα, ὁ βράχος, ὁ λιμὴν τῆς Σαλαμῖνος !
Ἐγερθῆτε ! ἐγερθῆτε, ἀνακτήσατε γενναίως
Τὴν γῆν ταύτην, τῆς ὁποίας εἶναι ἄφθαρτον τὸ κλέος·
Εἰς τὴν τέφραν τῶν προγόνων εὑρετέ τινας σπινθῆρας
Καὶ ἀνάψατ' εἰς τὰ στήθη ἐνθουσιασμοῦ κρατῆρας·
Ὁ φιλόπατρις ἂν πέσῃ εἰς τὴν μάχην τῶν αἱμάτων,

Ὄνομα θὰ ἀποκτήσῃ φοβερὸν ὡς τῶνομά των
Αἰωνίως τῶν τιράννων τὰς ψυχὰς κατασπαράττον,
Εἰς τὰ τέκνα του θ᾽ ἀφήσῃ. δόξαν καὶ ἐλπίδα τόσην,
Ὥστε ἀντὶ τῆς δουλείας θάνατον νὰ προτιμῶσιν.
Ἀφοῦ ἡ ἐλευθερία ἅπαξ πόλεμον κινήσῃ,
Μάχονται τὰ τέκνα ὅταν ὁ πατήρ των τελευτήσῃ,
Ὥστ᾽ ἀργὰ εἴτε ταχέως αὐτὴ πρέπει νὰ νικήσῃ.
Σύ, Ἑλλάς, τοῦ λόγου μάρτυς· τῆς λαμπρᾶς σου ἱστορίας
Αἱ σελίδες ἀναγγέλλουν τὰς τοιαύτας ἀληθείας.
Βασιλεῖς ἐν ᾧ ἀγνώστους πυραμίδας ἔχουν μόνον,
Βυθισμένοι εἰς τὸ σκότος κ᾽ εἰς τὴν κόνιν τῶν αἰώνων,
Οἱ μεγάλοι ἥρωές σου,—ἂν καὶ τὸ ἐκ λίθου μνῆμα,
Ἡ ἀνιδρυθεῖσα στήλη ἔγεινε τοῦ χρόνου τρίμμα,—
Διαρκέστερον μνημεῖον ἔχουσιν οἱ δαφνηφόροι,
Τύμβον ἔνδοξον, μεγάλον—τῆς πατριδος των τὰ ὄρη."

Ἐπιτυχεστάτη μετάφρασις· ἡ δὲ γλῶσσα καθαρά, κανονικὴ καὶ λίαν γλαφυρά.

Τὸ ἑξῆς εἶναι ἀπόσπασμα ἐκ τοῦ τρίτου ᾄσματος τοῦ Δὸν Ζουάν, μετεφράσθη δὲ εἰς τὴν Ἑλληνικὴν ὑπό τινος φιλέλληνος ἐκ Σκωτίας, ὁ ὁποῖος ἐδημοσίευσεν αὐτὸ μετ᾽ ἄλλων μεταφράσεων ἀνωνύμως ἐν φυλλαδίῳ.

Δύνασθε νά μοι εἴπητε πότε καὶ ποῦ ἐδημοσίευσενὁ ἄγνωστος φιλέλλην τὸ φυλλάδιόν του;

Ἐὰν δέν με ἀπατᾷ ἡ μνήμη ἐδημοσίευσεν αὐτὸ ἐν Ἐδιμβούργῳ τῷ 1852. Ἰδοὺ τὸ ἀπόσπασμα·

"Ὦ θάλασσαι περικλεεῖς /
Ὦ νῆσοι Ἑλληνίδες !
Καθ᾽ ἃς Σαπφὼ ἡ φλογερὰ
Ἐρωμανοῦσα ᾖδε—
Καθ᾽ ἃς αἱ τέχναι ἔλαμψαν
Πολέμου καὶ εἰρήνης—

A most successful translation : the language is clear, correct, and very elegant.

The following is an extract from the third canto of *Don Juan*. It was translated into Greek by a philhellene of Scotland, who published it anonymously with other translations in a pamphlet.

Can you tell me when and where the unknown philhellene published his pamphlet?

If my memory does not betray me, he published it in Edinburgh in 1852. Here is the extract :

"The isles of Greece ! The isles
    of Greece !
Where burning Sappho loved
    and sung,
Where grew the arts of war and
    peace—

Καθ' ἃς ἠγέρθη Δῆλος
   Καὶ Φοῖβος ἐγεννήθη—
Τὸ θέρος τὸ ἀΐδιον
   Χρυσοῖ ὑμᾶς εἰσέτι·
Κατέδυ πᾶν λαμπρὸν ὑμῶν
   Πλὴν μόνον τοῦ ἡλίου.

Where Delos rose, and Phoebus sprung—
Eternal summer gilds them yet,

But all, except their sun, is set.

Αἱ Μοῦσαι αἱ Ἑλληνικαί,
   Ἡ λύρα τῶν ἡρώων,
Ἡ φόρμιγξ ἡ καλλίνικος,
   Ἡ γλυκερὰ κιθάρα,
Τὴν δόξαν εὗρον ἀλλαχοῦ
   Ἣν νῦν Ἑλλὰς ἀρνεῖται.
Ἐν τῇ πατρίδι τῶν Μουσῶν
   Νῦν ἄφωνοι αἱ Μοῦσαι,
Ἠχοῦσιν ὅμως πέραν τῶν
   Κυμάτων τῆς Ἑσπέρας.

The Scian and the Teian muse,

The hero's harp, the lover's lute,

Have found the fame your shores refuse ;
Their place of birth alone is mute
To sounds which echo further west
Than your sires' "Islands of the Blest."

Ὦ ὄρη φίλτατα ἐμοὶ
   Ὁρῶντα Μαραθῶνα!
Ὦ Μαραθῶνος πεδιὰς
   Ὁρῶσα τὰς θαλάσσας!
Ἐνταῦθα μόνος μελετῶ
   Τὴν τύχην τῆς πατρίδος·
Ὑμᾶς ὁρῶν φαντάζομαι
   Ἑλλάδα ἐλευθέραν·
Πατῶν τοὺς τάφους τῶν Περσῶν,
   Οὐ δύναμαι νομίζειν
Ἀνδράποδον ἀπόγονον
   Τῶν νικητῶν Ἑλλήνων."

The mountains look on Marathon,
And Marathon looks on the sea ;

And musing there an hour alone,

I dream'd that Greece might still be free ;
For, standing on the Persian's grave,
I could not deem myself a slave."

Ἡ μετάφρασις τοῦ φιλέλ-
ληνος Σκώτου δὲν ἀποδίδει μὲν
πανταχοῦ τὴν ἀκριβῆ ἔννοιαν
τοῦ πρωτοτύπου, εἶναι ὅμως
γεγραμμένη εἰς ὕφος γλαφυρὸν
καὶ ῥέον.
   Πόσον λυπηρὸν ὅτι ὁ Βύρων
δὲν ἔζησε νὰ ἴδῃ τὴν ἀγαπητήν

The translation of the Scotch philhellene does not render everywhere the exact meaning of the original, but it is written in an elegant and flowing style.

What a pity it was that Byron did not live to see his beloved

τοῦ Ἑλλάδα ἐλευθέραν καὶ
αὐτόνομον. Δύνασθε νά μοι
εἴπητε ποῖον ἔτος μετέβη ὁ
Βύρων εἰς Μεσολόγγιον ὅπως
βοηθήσῃ τοὺς Ἕλληνας εἰς τὸν
κατὰ τῶν Τούρκων ἔνδοξον αὐ-
τῶν ἀγῶνα;

Μάλιστα. Τῇ 24ῃ Ἰουλίου
τοῦ 1823, δηλαδὴ δύο ἔτη μετὰ
τὴν ἔναρξιν τῆς Ἑλληνικῆς
ἐπαναστάσεως, ἀπέπλευσεν ἐκ
Λιβόρνου ἔχων μεθ' ἑαυτοῦ τὸν
Κόμητα Γάμβαν, τὸν Κύριον
Τρελώνην, ἕνα Ἰταλὸν ἰατρὸν
καί τινα Ἕλληνα ἐκ Ῥωσσίας.
πρὸς δὲ καὶ ὀκτὼ ὑπηρέτας, καὶ
περὶ τὰς ἀρχὰς Αὐγούστου
ἔφθασεν εἰς Ἀργοστόλιον τῆς
Κεφαλληνίας ἔνθα ἔμεινε μέχρι
Δεκεμβρίου. Ἐκ Κεφαλληνίας
ἀπέπλευσεν εἰς Ζάκυνθον καὶ
ἐκεῖθεν εἰς Μεσολόγγιον· τὰ
κατὰ τὸν πλοῦν ὅμως δὲν
ὑπῆρξαν ἄνευ περιπετειῶν. Ἡ
ἑξῆς περιγραφὴ αὐτῶν ἐλήφθη
ἐκ τῶν Ἑλληνικῶν Χρονι-
κῶν, ἐφημερίδος ἐκδιδομένης
τότε ἐν Μεσολογγίῳ·

"Τὴν 15 Δεκεμβρίου ἀπέ-
πλευσεν ὁ Λόρδος ἀπὸ Κεφαλ-
ληνίας εἰς Ζάκυνθον μὲ δύο
πλοῖα, ἐξ ὧν τὸ ἕν, εἰς τὸ ὁποῖον
ἐπεβιβάσθη καὶ αὐτός, ἦτο
πλοιάριόν τι, κοινῶς ὀνομαζό-
μενον μύστικον, τὸ δ' ἄλλο μία
βομβάρδα, παρὰ τοῦ κυβερνήτου
Σπύρου Βαλσαμάκη διοικουμένη,
μεταξὺ τῶν ἐπιβατῶν τῆς ὁποίας
ἦτο καὶ ὁ Κόμης Γάμβας, φίλος
τοῦ Λόρδου, συνεπιφέρων ἱκανὴν
χρημάτων ποσότητα καὶ τὰ

Greece free and independent.
Can you tell me in what year
Byron went to Mesolonghi to
help the Greeks in their glorious
struggle with the Turks?

Yes. On the 24th of July
1823, that is to say, two years
after the outbreak of the Greek
revolution, he sailed from Leg-
horn, having with him Count
Gamba, Mr. Trelawney, an
Italian doctor and a Greek
from Russia, and also eight
servants, and about the begin-
ning of August he reached Argos-
toli in Cephallonia, where he
remained till December. From
Cephallonia he sailed to Zante
and thence to Mesolonghi. The
incidents of the voyage however
were not wanting in adven-
tures. The following descrip-
tion of them was taken from
the *Hellenic Chronicles*, a news-
paper published in those days
at Mesolonghi :

"On the 15th of December his
lordship sailed from Cephallonia
for Zante with two ships. One
of these, in which he himself em-
barked, was a small kind of
vessel commonly called a my-
sticon, the other a ketch
commanded by Captain Spyro
Valsamakis, and among the
passengers on board the latter
were Count Gamba, a friend of
his lordship, who had with
him a considerable sum of

πλειότερα τῶν πραγμάτων καὶ
ἐφοδίων τοῦ ῥηθέντος εὐγενοῦς
Λόρδου. Περὶ τὴν ἑσπέραν τῆς
17ης τοῦ αὐτοῦ μηνὸς ἀνεχώρη-
σαν ἀμφότεροι ἀπὸ Ζάκυνθον,
διευθυνόμενοι εἰς Κάλαμον καὶ
ἐκεῖθεν εἰς Μεσολόγγιον· καὶ
τὸ μὲν πλοιάριον τοῦ Λόρδου,
ὡς ταχυπορώτερον ἔφθασε δύο
ὥρας πρὸ τῆς ἀνατολῆς τοῦ
ἡλίου εἰς τὰς Ἐχινάδας (Σκρό-
φας), ὅπου εὑρέθη ἀπροσδοκή-
τως πλησίον μιᾶς φρεγάτας
Ὀθωμανικῆς, τὴν ὁποίαν δὲν
ἠδυνήθησαν νὰ γνωρίσωσι καὶ
διὰ τὸ ἀσέληνον τῆς νυκτός, καὶ
διὰ τὴν πληροφορίαν ὅτι ὁ
ἐχθρικὸς στόλος ἦτον εἰς Ναύ-
πακτον. Ἀλλ' ἀπ' αὐτὰς τὰς
κραυγὰς καὶ τὸν θόρυβον τῶν
ἀτάκτων Ὀθωμανῶν ἐννοήσας
τὴν ἀλήθειαν ὁ κυβερνήτης τοῦ
πλοιαρίου ἀμέσως ἔστρεψε τὸ
πηδάλιον πρὸς τὰς Ἐχινάδας,
ὅπου καὶ διεσώθη ἀπὸ οὔριον
ἄνεμον βοηθούμενος. Ἡ δὲ
βομβάρδα, μεταξὺ τῶν ἐπιβα-
τῶν τῆς ὁποίας ἦτο, καθὼς
εἴπομεν, καὶ ὁ Κόμης Γάμβας,
περὶ τὸ λυκαυγὲς περιέπεσεν
εἰς τὸν αὐτὸν τοῦ Λόρδου
κίνδυνον, ἀλλὰ κατὰ δυστυχίαν
δὲν ἠδυνήθη νὰ τὸν ἐκφύγῃ·
διότι ὁ κυβερνήτης της, μόλον
ὅτι ὑπώπτευσε τὸ πρᾶγμα διὰ
τοῦ πλοίου τὸ μέγεθος, ἐκλαμ-
βάνων ὅμως τὴν φρεγάταν
Αὐστριακήν, ἀφόβως ἠκολούθει
τὸν δρόμον του, καὶ ἐπλησίασε
τὸν ἐχθρόν, ὅστις ἀνύψωσεν
εὐθὺς τὴν Ὀθωμανικὴν σημαίαν

money and the greater part of
the baggage and equipment of
the noble lord. Towards even-
ing on the 17th of the same
month they both started from
Zante, directing their course to
Calamos and thence to Meso-
longhi, and his lordship's vessel,
being the swifter, arrived off
the Echinades (Scrophai) two
hours before sunrise, and there
unexpectedly found itself close to
an Ottoman frigate, which they
had failed to recognise through
there being no moon that night
and because they had been in-
formed that the enemy's fleet was
at Lepanto. But from the shout-
ing and noise of the undisciplined
Ottomans, the captain of the ship,
perceiving the truth, at once
changed his course for the Echin-
ades where he arrived safely,
having had the advantage of a
favourable wind.   The ketch,
which had among her passengers,
as we said before, Count Gamba,
about dawn encountered the same
peril as his lordship, but un-
luckily was not able to escape
it, for her captain, although he
had some suspicions from the
size of the vessel, took her for
an Austrian frigate, and pursu-
ing his course without fear,
came close to the enemy, who
immediately hoisted the Otto-
man ensign, which the ketch
answered with   the   Ionian.
Accordingly the enemy shouted
to him to come alongside, and

εἰς τὴν ὁποίαν ἡ βομβάρδα ἀπεκρίθη διὰ τῆς Ἰονικῆς. Ἀκολούθως ὁ ἐχθρὸς ἔκραξεν αὐτὴν νὰ πλησιάσῃ, καὶ ὁ Ὀθωμανὸς κυβερνήτης ἐδέχθη ξιφήρης τὸν τῆς βομβάρδας, διότι ὑπώπτευσε μήπως ἦτο Ἑλληνικὸν ἠφαίστειον (μπουρλότον) πλοῖον. Ἐξετασθεὶς δὲ ὁ κυβερνήτης τοῦ πλοίου πόθεν ἔρχεται, καὶ ἐὰν διευθύνετο εἰς Μεσολόγγιον,—Ναί, ἀπεκρίθη ἀπὸ τὸν ὑπερβολικὸν φόβον καὶ τὴν ἄκραν ταραχήν, ἥτις κατεκυρίευσε τὴν ψυχήν του. Ἡ ἀπερίσκεπτος αὕτη ἀπόκρισις ἔφερεν εἰς λύσσαν τὸν βάρβαρον, ὥστε ἐπρόσταξεν εὐθὺς τὴν σφαγὴν τοῦ Γραικοῦ κυβερνήτου καὶ τῶν ναυτῶν, καὶ τὸν καταβυθισμὸν τῆς βομβάρδας, ὅτε κατ᾽ εὐτυχίαν ὁ Βαλσαμάκης, ὅστις πρὸ χρόνων συνέπεσεν εἰς τὸν Εὔξεινον Πόντον νὰ διασώσῃ τὴν ζωὴν τοῦ αὐτοῦ κυβερνήτου, καλουμένου Ζεκεριᾶ, γνωρίσας αὐτὸν ἔκραξε μεγαλοφώνως· ‘Τὸν σωτῆρά σου φονεύεις;’ Ὁ Ὀθωμανὸς τότε ἐνθυμηθεὶς τὸν σωτῆρά του, τὸν κατησπάσθη καὶ τὸν ὑπεσχέθη ὅτι ἀφοῦ φθάσωσιν εἰς Πάτρας, θέλει συνεργήσει εἰς τὴν ἐλευθερίαν του. Ὁ δὲ Κόμης ἀείποτε σταθερὸς εἰς τὰς ἀποκρίσεις του, διεμαρτύρετο ἐναντίον πάσης βίας, ἥτις ἤθελε γένει κατ᾽ αὐτοῦ, λέγων ὅτι κατὰ τὴν μαρτυρίαν τῶν τακτικῶν ἐφοδιαστικῶν του ἐγγράφων

the Ottoman commander, sword in hand, received the captain of the ketch, for he suspected that she was a Greek fireship (bourloto). The captain of the ship on being asked where he came from, and if he was bound for Mesolonghi, from the excessive fear and utter confusion which overpowered him replied in the affirmative. This incautious answer so much enraged the barbarian that he at once ordered the slaughter of the Greek captain and his crew, and the sinking of the ketch, when by good luck Valsamakis, who some years before had happened in the Black Sea to save the life of that very captain, whose name was Zekeria, recognised him and cried out in a loud voice: ‘Will you kill the man who saved your life?’ The Ottoman then recollecting his preserver, embraced him, and promised that as soon as they arrived at Patras he would use his efforts to procure his liberation. The Count, however, always firm in his replies, protested against any violence which might be offered to him, saying that according to the evidence of his regular travelling papers he was on his way to Calamos, where he

διευθύνετο εἰς Κάλαμον, ὅπου
ἔμελλε νὰ συναντήσῃ ἔνα φίλον
του Ἄγγλον, διὰ νὰ συμπερι-
έλθωσι τὴν Εὐρωπαϊκὴν Τουρ-
κίαν. Εἰς τούτους τοὺς λόγους
τοῦ Κόμητος πεισθεὶς ὁ κυβερ-
νήτης, ὑπεσχέθη εἰς αὐτὸν ὅτι
τὴν ἐπιοῦσαν θέλει ἀπολυθῇ
καὶ οὕτως ἐπλησίασαν εἰς τὰς
Πάτρας. Τὴν ἀκόλουθον ἡμέ-
ραν ἐστάλη εἰς τὸ φρούριον τῶν
ΙΙ. Πατρῶν, ὅπου εὑρίσκετο ὁ
Ἰσοὺφ πασᾶς, καὶ μετὰ τριῶν
ἡμερῶν διατριβὴν εἰς τὸ φρού-
ριον, λαβὼν τὰ ἀναγκαῖα ἐφο-
διαστικὰ ἔγγραφα, ἀπέπλευσε
τῇ 23ῃ Δεκεμβρίου τὸ πρωῒ καὶ
ἔφθασε περὶ μεσημβρίαν εἰς
Μεσολόγγιον, ὅπου καὶ ἠξιώθη
τῆς ἀνηκούσης ὑποδοχῆς.

Ὁ δὲ εὐγενὴς Λόρδος ὅστις,
καθὼς εἴπομεν, διευθύνετο πρὸς
τὰς Ἐχινάδας φεύγων τὸν κίν-
δυνον τῆς φρεγάτας, περιέπεσεν
εἰς ἄλλον ὄχι μικρότερον, διότι
τρεῖς ὁλοκλήρους ἡμέρας ὠθού-
μενον ἀπὸ βιαιότατον ἄνεμον
τὸ πλοιάριόν του, ἐκινδύνευσε
νὰ συντριβῇ ἐναντίον τῶν μετα-
ξὺ Ἐχινάδων καὶ Δραγαμέστου
σκοπέλων. Ἐν τούτοις ὁ
Πρίγκιψ Μαυροκορδάτος μαθὼν
τοὺς κινδύνους καὶ τὰς ταλαι-
πωρίας ὅσας ἔπασχεν ὁ μεγαλό-
ψυχος Λόρδος, ἔστειλεν εὐθὺς
πέντε ἔνοπλα Ἑλληνικὰ πλοιά-
ρια καὶ ἕν πολεμικὸν βρίκιον,
Λεωνίδας ὀνομαζόμενον, τὰ ὁποῖα
ἐπρόσφερον πρὸς αὐτὸν πᾶσαν
χεῖρα βοηθείας, καὶ ἀκολούθως
περὶ τὴν αὐγὴν τῆς 24ης Δε-

was to meet an English friend,
in order that they might travel
together over European Turkey.
Convinced by the Count's words,
the captain promised him that
on the succeeding day he should
be set at liberty, and accordingly
they put in at Patras. On the
following day he was sent to
the fort of Old Patras where
Yusouf Pasha was, and after a
stay of three days in the fort,
receiving the necessary travel-
ling papers, he sailed on the
23d of December in the morn-
ing, and arrived about midday
at Mesolonghi, where he met
with a suitable reception.

The noble lord who, as we
said, was directing his course
to the Echinades, while escaping
from the danger of the frigate
encountered another peril not
less serious, for during three
whole days his little vessel,
driven by a very violent wind,
ran the risk of being shattered
on the rocks between the
Echinades and Dragamesto. In
the meantime Prince Mauro-
cordato, learning the dangers
and difficulties which the high-
minded nobleman was experi-
encing, at once despatched five
armed Greek boats and a brig
of war called the Leonidas,
which gave him every assistance,
and subsequently about dawn
on the 24th of December he

κεμβρίου κατενοδώθη εἰς Μεσο-
λόγγιον, ὅπου ὅλαι αἱ τάξεις
τῶν ἐγκατοίκων τὸν ὑπεδέ-
χθησαν μὲ προπομπὴν μεγίστην
εἰς ἔνδειξιν τῆς ὀφειλομένης
εὐγνωμοσύνης πρὸς ἄνδρα συν-
τελεστικώτατον εἰς τοῦ Ἑλ-
ληνικοῦ ἔθνους τὴν ἀναγέν-
νησιν."

Εὐχαριστῶ ὑμῖν ἐγκαρδίως
διὰ τὴν ἀνάγνωσιν τῆς περι-
κοπῆς ταύτης, ἥτις εἶναι σπου-
δαιοτάτη τῷ ὄντι.

Ἡ πόλις τοῦ Μεσολογγίου,
εἰς ἔνδειξιν εὐγνωμοσύνης διὰ
τὰς πρὸς αὐτὴν καὶ τὸ ἔθνος
ἀγαθοεργίας τοῦ Βύρωνος, μετὰ
παρέλευσιν ὀλίγων μηνῶν, ἐπο-
λιτογράφησεν αὐτόν. Ἰδοὺ τὸ
ψήφισμα·

"'Ἐπειδὴ ὁ Λόρδος Νόελ
Βύρων, βουλόμενος συμπρά-
κτωρ τῆς ἐλευθερίας τῇ Ἑλλάδι
γενέσθαι, καὶ τὴν Διτικὴν
μάλιστα τῆς λοιπῆς κινδυνεύου-
σαν ὁρῶν, ἔγνω εἰς ταύτην
ἀφικέσθαι τὴν πόλιν, καὶ ταύ-
την εὐεργετῶν ἁπάσης τῆς
Διτικῆς Ἑλλάδος τὴν σωτηρίαν
κατεργάσασθαι, ὃ δὴ καὶ τοῖς
ἔργοις ἐδήλωσεν, οὐ μόνον με-
γάλαις δωρεαῖς μεγίσταις ἐπαρ-
κέσας ἀνάγκαις, ἀλλὰ καὶ τοῖς
λόγοις καὶ τῷ ἀξιώματι αὐτοῦ
ὠφελιμώτατος τοῖς πράγμασι
γενόμενος, ἡ πόλις Μεσο-
λογγίου εὐεργέτην αὐτὸν ἀνα-
κηρίττει, καὶ πολίτην Μεσο-
λογγίτην ψηφίζεται, τῶν αὐτῶν
αὐτοῖς ἀπολαύοντα δικαίων, καὶ
ἀναγράφει τοῦτο ἐν τοῖς ἀρ-

arrived safely at Mesolonghi,
where all classes of the inhabit-
ants received him in great state,
in order to show the gratitude
they owed to a man who had
very greatly contributed to the
regeneration of the Greek race."

Thank you very much for
reading this passage, which is
indeed extremely interesting.

The city of Mesolonghi, as a
token of its gratitude for the
good service rendered by Byron
to itself and to the nation, after
the lapse of a few months en-
rolled him as a citizen. Here is
the decree :

" Whereas Lord Noel Byron,
wishing to co-operate in the
liberation of Greece, and see-
ing that the West was in greater
danger than the rest of the
country, resolved to come to
this city, and by his benevolent
assistance to it secure the
safety of the whole of western
Greece, which resolution he
evinced by his actual deeds, not
only by helping us in our great-
est need with magnificent pre-
sents, but also by his advice and
his influence rendering the great-
est service to our affairs, the city
of Mesolonghi proclaims him its
benefactor, and decrees him to
be a citizen of Mesolonghi, en-
joying the same rights as them-
selves, and records this in the

χείοις τῆς πόλεως, ἵνα δῆλον
γένηται πᾶσιν, ὡς οἱ Μεσο-
λογγῖται τοὺς ἀγαθοὺς ἄνδρας
οἴδασι τιμᾶν, καὶ τοῖς εὐεργέταις
γενομένοις αὐτῶν εἰς εὐγνωμο-
σύνην πολιτείαν διδόναι.
᾿Εν Μεσολογγίῳ, 17 Μαρτίου
1824."

Εἶναι τὸ Μεσολόγγιον ἀρ-
χαία πόλις;
Τοὐναντίον, εἶναι νεωτάτη,
καὶ συνῳκίσθη νομίζω περὶ τὰς
ἀρχὰς τοῦ παρελθόντος αἰῶνος.
Μέχρι τοῦ 1821 διετέλει πόλις
ἀσήμαντος, ὅτε ὅμως ὑψώθη ἡ
σημαία τῆς ῾Ελληνικῆς ἐπανα-
στάσεως κατέστη εἷς ἐκ τῶν
ἰσχυροτάτων προμαχόνων τῆς
ἐθνικῆς ἐλευθερίας. Τὸ Μεσο-
λόγγιον ὑπέστη τρεῖς μεγάλας
πολιορκίας, κατὰ τὰς ὁποίας οἱ
γενναῖοι αὐτοῦ πρόμαχοι ἔδειξαν
ἀνδρείαν ἀπαράμιλλον καὶ καρ-
τερίαν μοναδικήν. Κατὰ τὰς
δύο πρώτας πολιορκίας τῆς
ἡρωϊκῆς ταύτης πόλεως αἱ μεγά-
λαι τῶν Τούρκων προσπάθειαι
ὅπως κυριεύσωσιν αὐτὴν ἀπέ-
τυχον οἰκτρῶς, καὶ ἠναγκάσ-
θησαν οἱ ὑπερήφανοι πασάδες νὰ
λύσωσι τὴν πολιορκίαν καὶ νὰ
ἀπέλθωσι κατῃσχυμμένοι. ῾Ο
Σουλτάνος ἐπιθυμῶν σφόδρα νὰ
καθυποτάξῃ τὸ μέγα τοῦτο
προπύργιον τῆς Δυτικῆς ῾Ελ-
λάδος καὶ βλέπων ὅτι οἱ
στρατοὶ αὐτοῦ δὲν ἠδύναντο
νὰ κατορθώσωσι τὸ ποθού-
μενον ἐπεκαλέσθη τὴν βοή-

archives of the city, so that it
may be manifest to all that the
Mesolonghians know how to
honour good men, and that they
give to their benefactors, as a
mark of their gratitude, the
freedom of their city.

Mesolonghi,   17th   March
1824."

Is Mesolonghi an ancient
city ?

On the contrary, quite new :
I think it was founded in the
beginning of last century.   Till
1821 it remained a city of
no mark, but, when the standard
of the Greek revolution was
raised, it became one of the
strongest ramparts of national
liberty.   Mesolonghi sustained
three great sieges, in which its
noble defenders displayed un-
paralleled courage and unique
endurance.   In the two first
sieges of this heroic city the
vigorous efforts of the Turks to
gain possession of it miserably
failed, and the haughty pashas
were compelled to raise the siege
and retreat ignominiously.   The
Sultan, who had especially set
his heart on becoming master
of this great bulwark of western
Greece, seeing that his armies
were unable to accomplish his
desire called in the help of the
Egyptian Pasha Ibrahim, who

θειαν τοῦ Αἰγυπτίου Ἰβραχὴμ Πασᾶ, ὅστις κατὰ τὸ 1825 διὰ πυρὸς καὶ σιδήρου κατεγίνετο νὰ κυριεύσῃ τὴν Πελοπόννησον, καὶ εἶχε κατορθώσῃ νὰ καθυποτάξῃ τὸ πλεῖστον αὐτῆς. Κατὰ τὸν Δεκέμβριον τοῦ ἔτους τούτου τὸ Μεσολόγγιον ἐπολιορκήθη στενῶς καὶ κατὰ γῆν καὶ κατὰ θάλασσαν ὑπὸ τῶν συνηνωμένων δυνάμεων τοῦ Κιοταχῇ Πασᾶ καὶ τοῦ Αἰγυπτίου σατράπου Ἰβραχήμ, τοῦ ὁποίου ὁ στρατὸς ἦτο κατὰ τὸ Εὐρωπαϊκὸν σύστημα γεγυμνασμένος καὶ ὡδηγεῖτο ὑπὸ Εὐρωπαίων Χριστιανῶν ἀξιωματικῶν.

Ὢ τῆς αἰσχύνης! Εἴθε ἡ λήθη νὰ ἐκάλυπτε τὴν μνήμην των, διότι ἐμποιοῦσιν αἶσχος εἰς τὸν πολιτισμόν.

Ἀλλὰ τὰ νόθα ταῦτα τέκνα τοῦ Εὐρωπαϊκοῦ πολιτισμοῦ κατὰ τὴν πολιορκίαν παρεῖχον συνεχῶς εὐάρεστον διασκέδασιν εἰς τοὺς ἀνδρείους φρουροὺς τῆς ἡρωϊκῆς πόλεως, διότι διακρίνοντες αὐτοὺς μεταξὺ τῶν Αἰγυπτίων ἐγυμνάζοντο κατ' αὐτῶν εἰς τὴν σκοποβολήν, καὶ ὁ φονεύων τινὰ ἐξ αὐτῶν ἐλάμβανε βραβεῖον.

Παρεδόθη ἐπὶ τέλους τὸ Μεσολόγγιον εἰς τοὺς πολιορκοῦντας αὐτὸ πολυαρίθμους ἐχθρούς;

Τὸ Μεσολόγγιον οὐδέποτε παρεδόθη, ἀλλ' ἔπεσε γενναίως ὡς ὁλοκαύτωμα τῆς Ἑλληνικῆς ἐλευθερίας, διότι ὅτε οἱ ἡρωϊκῶς

in 1825 was engaged in subduing the Peloponnesus with fire and sword, and had succeeded in subjecting the greater part of it. In December of the same year Mesolonghi was closely besieged both by land and sea by the united forces of Kiotakhi Pasha and the Egyptian satrap Ibrahim, whose army was trained on the European system and was led by European Christian officers.

What a shame! Would that the memory of those men had been buried in oblivion, for they throw disgrace on civilisation!

But these bastard children of European civilisation during the siege constantly provided a pleasant pastime to the gallant defenders of the heroic city, for the latter, singling them out among the Egyptians, made target-practice of them, and whoever killed one of them received a prize.

Was Mesolonghi at last surrendered to the countless host of the enemy who besieged it?

Mesolonghi was never surrendered, but it fell nobly as a holocaust to Greek liberty, for when they who were heroically

αὐτὸ ὑπερασπίζοντες εἶδον ὅτι
οὐδεμία ἐλπὶς ὑπῆρχε πλέον νὰ
ἔλθωσι τροφαὶ ἢ στρατιωτικὴ
ἐπικουρία πρὸς διάλυσιν τῆς
πολιορκίας, ἀφοῦ ἐπὶ μῆνας
μεθ᾿ ὑπομονῆς ἀπαραδειγματί-
στου ὑπέστησαν ἐκ πείνης καὶ
παντοίων ἄλλων στερήσεων τὰ
πάνδεινα, τῇ δεκάτῃ Ἀπριλίου
τοῦ 1826 ἐποίησαν γενικὴν
ἔξοδον κατὰ τὴν ὁποίαν οἱ
πλεῖστοι μὲν αὐτῶν ἐφονεύθη-
σαν, χίλιοι δὲ καὶ τριακόσιοι
ἄνδρες καί τινες γυναῖκες καὶ
παιδία κατώρθωσαν νὰ σωθῶσιν
εἰς Ἄμφισσαν ὅπου εὗρον προ-
στασίαν καὶ περίθαλψιν· ἐκεῖθεν
δὲ οἱ πλεῖστοι μετέβησαν εἰς
Ναύπλιον, ὅπου ἦτο ἡ ἕδρα
τῆς κυβερνήσεως.

Μετὰ τὴν ἔνδοξον μέν, ἀλλὰ
λίαν θλιβερὰν πτῶσιν τοῦ
Μεσολογγίου, φοβοῦμαι ὁ ὑπὲρ
ἀνεξαρτησίας ἀγὼν τῶν Ἑλλή-
νων θὰ εὑρέθη ἐπὶ ξυροῦ
ἀκμῆς.

Ναί, ἦτο κρισιμωτάτη ἡ τότε
κατάστασις τῶν πραγμάτων.
Ἰδοὺ πῶς περιγράφει αὐτὴν ὁ
Α. Ρ. Ῥαγκαβῆς ἐν τῷ ἐπικη-
δείῳ αὐτοῦ λόγῳ εἰς τὸν ἀεί-
μνηστον Γεώργιον Γεννάδιον,
τὸν πατέρα τῆς Α. Ε. τοῦ ἐν
Λονδίνῳ πρέσβεως τῆς Ἑλλάδος
Κυρίου Ι. Γενναδίου.

"Εἶχε πέσει τὸ Μεσολόγ-
γιον, εὐγενὴς ἀπαρχὴ τῆς
ἐλευθερίας, καὶ οἱ ἡρωϊκοὶ
αὐτοῦ πρόμαχοι, ὅσοι ἔφυγον
τὰς φλόγας καὶ τοὺς ἐχθρούς,
οἰκτρὰ θύματα τοῦ λιμοῦ καὶ

defending it saw that there was
no longer any hope of supplies
reaching them, or of a subsidiary
army to raise the siege, after
they had undergone for months
with unexampled endurance all
the horrors of famine and every
other privation, on the 10th of
April 1826 they made a gallant
sally, in which the greater part
of them were killed, but thirteen
hundred men and some women
and children succeeded in arriv-
ing safely at Amphissa, where
they found protection and relief.
From that place most of them
went to Nauplia which was the
seat of government.

After the glorious but dis-
astrous fall of Mesolonghi, I am
afraid that the struggle of the
Greeks for independence was
wavering in the balance.

Yes, there was then a most
critical condition of affairs.
Here is how A. R. Rangabes
describes it in his funeral
oration upon the immortal
George Gennadius, the father
of H. E. Mons. J. Gennadius the
Greek envoy in London.

"Mesolonghi had fallen, the
first noble offering to liberty,
and its heroic defenders, as
many as had escaped the flames
and the enemy, the pitiable
victims of hunger and misery,

τῆς ταλαιπωρίας, εἶχον συρ-
ρεύσει κατὰ χιλιάδας εἰς Ναύ-
πλιον, καὶ ἐζήτουν παρὰ τῆς
κυβερνήσεως, ὡς μόνην ἀμοιβὴν
τῆς ἐνδόξου θυσίας των, ξηρὸν
ἄρτον διὰ νὰ τραφῶσι καὶ
πυρίτιδα διὰ νὰ πολεμήσωσιν.
Ἀλλ' ἡ κυβέρνησις ἦν ἐν
ἀπορίᾳ ἐσχάτῃ, τὸ ταμεῖον
κενόν, καὶ δεινὴ τῶν πραγμάτων
ἡ θέσις. Τὸ Μεσολόγγιον
πυρποληθὲν ἐφάνη λάμψαν
ἐπὶ τῆς Ἑλλάδος ὡς ἐπικηδεία
δᾳς τοῦ ἀγῶνός της. Ἡ Στερεὰ
μετὰ τὴν πτῶσιν τοῦ προμαχῶ-
νος τούτου ᾐσθάνθη τὰς δυνά-
μεις της παραλυθείσας ἐνώπιον
τοῦ φρονηματισθέντος ἐχθροῦ,
ἡ Πελοπόννησος ἐδῃοῦτο ἄνευ
σχεδὸν ἀντιστάσεως, ὑπὸ τοῦ
Αἰγυπτίου, καὶ ὁ κίνδυνος ἦν
περὶ τῶν ὅλων. Γενικὴ κατα-
στροφὴ καὶ διάλυσις ἐπέκειτο,
ἂν δὲν ἐξεπέμπετο στρατὸς
ἀναχαιτίσων τοὺς πολεμίους,
καὶ ἐμψυχώσων τοὺς προμάχους
τῆς ἐλευθερίας. Κατηφὴς καὶ
περίτρομος συνέρρευσεν ὁ λαὸς
τῆς Ναυπλίας εἰς τὴν πλατεῖαν
τῆς πόλεως, καὶ συνῆλθον ἐπὶ
τὸ αὐτὸ καὶ οἱ πειναλέοι στρα-
τιῶται, ἀπειλητικοὶ ἐν τῇ
ἀπελπισίᾳ των. Ἀλλ' οὐδεὶς
ἐτόλμα, οὐδεὶς ἤξευρε τί νὰ
προτείνῃ. Τότε ὁ Γεννάδιος,
προκύψας τοῦ ὄχλου, ἀνεπή-
δησεν εἰς τὴν ῥίζαν τῆς ἐν τῷ
κέντρῳ τῆς πλατείας ὑψουμένης
πλατάνου, καὶ ἐκεῖθεν, φλογε-
ρὸν τὸ βλέμμα ἐπὶ τὸ πλῆθος
πλανῶν, μετὰ φωνῆς στεντο-

had crowded by thousands into
Nauplia, and were begging from
the government, as the only
reward of their glorious sacri-
fice, dry bread to sustain them
and powder to fight with. But
the government was in the
utmost straits, the treasury
empty, and the situation most
critical. Mesolonghi in flames
seemed to have cast its glare
over Greece as the funereal
torch of her struggle. Con-
tinental Greece, after the fall
of this protecting rampart, felt
her power paralysed in the face
of a now arrogant enemy, the
Peloponnesus was being ravaged
by the Egyptian (Pasha) with
scarcely any resistance, and the
danger was one that threatened
complete destruction. General
ruin and utter collapse was im-
minent, unless an army were
sent to check the enemy and
put heart into the defenders
of liberty. Dejected and in
terror, the people of Nauplia
flocked to the public square of
the city, and there too were
collected the famished soldiers,
with a threatening mien in their
despair. But no one ventured
to submit any proposition : no
one knew what to propose. It
was then that Gennadius,
emerging from the crowd,
sprang upon the roots of the
plane - tree which grew in the
centre of the square, and from
that position flashing his fiery

ρείου, καὶ μετ' εὐγλωττίας
παντοδυνάμου, διότι ἦτο τῆς
καρδίας ἡ εὐγλωττία· ''Η
πατρίς,' ἀνέκραξε, ' καταστρέ-
φεται, ὁ ἀγὼν ματαιοῦται, ἡ
ἐλευθερία ἐκπνέει. 'Απαιτεῖται
βοήθεια σύντονος· πρέπει οἱ
ἀνδρεῖοι αὐτοί, οἵτινες ἔφαγον
πυρίτιδα καὶ ἀνέπνευσαν φλό-
γας, καὶ ἤδη ἀργοὶ καὶ λιμώτ-
τοντες μᾶς περιστοιχίζουσι νὰ
σπεύσωσιν ὅπου νέος κίνδυνος
τοὺς καλεῖ. Πρὸς τοῦτο ἀπαι-
τοῦνται πόροι, καὶ πόροι ἐλλεί-
πουσιν. 'Αλλ' ἂν θέλωμεν νὰ
ἔχωμεν πατρίδα, ἂν εἴμεθα
ἄξιοι νὰ ζῶμεν ἐλεύθεροι, πόρους
εὑρίσκομεν. "Ας δώσῃ ἕκαστος
ὅ τι ἔχει καὶ δύναται. 'Ιδοὺ ἡ
πενιχρὰ εἰσφορά μου. "Ας μὲ
μιμηθῇ ὅστις θέλει !'

Καὶ ἐπικροτοῦντος τοῦ πλή-
θους ἐκένωσε κατὰ γῆς τὸ
ἰσχνὸν διδασκαλικόν του βα-
λάντιον. . . . 'Αλλ' ὄχι,'
ἐπανέλαβε μετ' ὀλίγον, 'ἡ
συνεισφορὰ αὕτη εἶναι οὐτιδανή!
'Οβολὸν ἄλλον δὲν ἔχω νὰ
δώσω, ἀλλ' ἔχω ἐμαυτόν, καὶ
ἰδοὺ τὸν πωλῶ! Τίς θέλει
διδάσκαλον ἐπὶ τέσσαρα ἔτη
διὰ τὰ παιδιά του; "Ας κατα-
βάλῃ ἐνταῦθα τὸ τίμημα !'
Αἱ γενναῖαι αὗται λέξεις ἐξῆ-
ψαν ἀκάθεκτον ἐνθουσιασμόν,
καὶ πάντες μετὰ δακρύων
ἔσπευδον προσφέροντες οἱ μὲν
χρήματα, οἱ δέ, οὐδ' αὐτῶν

glances among the crowd, with
a stentorian voice, and with an
eloquence which was all-power-
ful because it came from his
heart: 'The fatherland,' he
cried, 'is being destroyed: the
struggle is resulting in failure:
liberty is at its last gasp. Un-
remitting help is required. It
is imperative that these brave
men who have lived on gun-
powder and breathed flames,
and who now surround us
inactive and starving, should
hasten where new danger calls
them. For this funds are re-
quired, and funds are wanting.
But if we wish to have a
fatherland, if we are worthy to
live free, we will find funds.
Let each of us give what he has
and what he can. Here is my
poor contribution. Whoever
likes, let him imitate me !'

And amid the plaudits of
the crowd he emptied on the
ground the slender purse of a
scholar. . . . 'But no!' he
resumed after a little, 'this
contribution is worthless. I
have not another penny to give,
but I have myself, and myself
I now offer for sale! Who
wants a teacher for his children
for four years? Let him pay
down here the price !' These
noble words kindled an inex-
tinguishable fire of enthusiasm,
and all, with tears in their eyes,
hastened to offer, some, money,
others, not even excepting the

ἐξαιρουμένων τῶν ὑπὸ πενίας
καὶ πείνης κατατρυχομένων
στρατιωτῶν, ὅ τι ἕκαστος ἢ
ὅπλον ἢ κόσμημα εἶχε τίμιον·
ὥστε ἐν μικρῷ χρόνῳ συνελέγη
ποσότης ἐπαρκὴς πρὸς θερα-
πείαν τῶν πρώτων καὶ μᾶλλον
ἐπειγουσῶν ἀναγκῶν. Ἀπεφα-
σίσθη δὲ νὰ συνέλθωσι καὶ τῇ
ἐπαύριον εἰς τὰς ἐκκλησίας,
ὅπου προσελθοῦσαι καὶ αἱ
κυρίαι νὰ προσφέρωσι τὸ κατὰ
προαίρεσιν καὶ αὐταί.

Ἀπὸ βαθέος ὄρθρου ὁ Γεν-
νάδιος περιέμενεν ἐν τῇ ἐκκλησίᾳ
τοῦ Ἁγίου Γεωργίου, ἀλλ' ἡ
λειτουργία ἀπέλυσε, καὶ αἱ
κυρίαι, ἴσως πτοηθεῖσαι τὴν
συρροὴν τῶν ξένων στρατιωτῶν,
δὲν ἐφάνησαν, ἢ ὀλίγαι μόνον
ὑπήκουσαν εἰς τὴν κλῆσιν.
Τότε τὸ αἷμά του αἰσθανθεὶς
ὑπὸ ἀγανακτήσεως ἀναβράζον,
καὶ ἀναβλέψας πρὸς τοὺς ἐκεῖ
παρισταμένοις μαθητὰς τῶν
δημοτικῶν σχολείων· 'Δυσ-
τυχῆ παιδία' ἀνέκραξε μὲ
φωνὴν κλονήσασαν τοὺς θόλους
τῆς ἐκκλησίας· 'δυστυχῆ
παιδία, σᾶς ἐγκατέλιπον αἱ
μητέρες σας! Ἠξεύρουσιν ὅτι
ὁ Ὀθωμανὸς σφάζει καὶ ἀνδρα-
ποδίζει, ὅτι αὔριον θὰ ἔλθη νὰ
σύρη καὶ σᾶς εἰς αἰχμαλωσίαν,
ἀλλ' ἀδιαφοροῦσι, φειδωλευό-
μεναι ὀλίγου χρισίου. Ἄλλος
προστάτης δὲν σᾶς μένει ἐπὶ
τῆς γῆς, ἀπὸ τὸν κοινὸν προ-
στάτην ἐκεῖ ἐπάνω. Πέσετε
εἰς τὰ γόνατα νὰ τὸν παρακαλέ-
σητε!' Καὶ τὰ παιδία, μὴ

very soldiers who were in the
greatest distress from poverty
and hunger, whatever each had
of any value, arms or ornaments,
so that in a short time a sufficient
amount was collected to provide
for the principal and most pres-
sing necessities. It was re-
solved that they should assemble
on the following day in the
churches, whither the ladies
also were to repair and make
what offerings they wished.

From the earliest dawn
Gennadius waited in St. George's
church ; but the service was
over, and the ladies, perhaps
alarmed at the concourse of
strange soldiers, had not made
their appearance, or only a few
had obeyed the summons. Then
he felt his blood boil with in-
dignation, and looking at the
pupils of the primary schools
who were present : 'Unhappy
children !' he cried with a
voice which shook the vault of
the church, 'unhappy children,
your mothers have deserted you !
They know that the Ottoman is
butchering and enslaving, and
that to-morrow he will come
and drag you too away into cap-
tivity ; but to save a little gold,
they look on with indifference.
No other protector is left you
in the world, except the common
Protector of us all above. Down
then upon your knees and call
on Him !' The children, not
daring to disobey that com-

τολμήσαντα νὰ παρακούσωσι
τὴν ἐπιτακτικὴν φωνήν, ἐγο-
νάτισαν ὅλα. 'Αποκαλύψας δ'
ἐκεῖνος τὴν κεφαλήν του, καὶ
τοὺς ὀφθαλμοὺς ὑψώσας πρὸς
οὐρανόν· ''Υψιστε Θεέ,' ἀνε-
φώνησε, 'Σὺ ὁ προστάτης τῶν
ἀθλίων καὶ τῶν μὴ ἐχόντων
καταφυγήν, μὴ ἐγκαταλίπῃς
καὶ Σὺ τὰ παιδία ταῦτα, τὰ
προσπίπτοντά Σοι. Σῶσον
αὐτὰ ἀπὸ αἰχμαλωσίας δεσμά.
Οἱ ἄνθρωποι τὰ παρήτησαν·
ἐπίβλεψον ἐπ' αὐτά, ἐπίβλεψον
ἐπὶ τῆς 'Ελλάδος, καθ' ἧς
πάντες ἐξανέστησαν, ἣν παρο-
ρῶσιν, ἣν προδίδουσιν αὐτά της
τὰ τέκνα. Δός, παρὰ τὰς
βουλὰς τῶν ἀνθρώπων, νὰ
ἐπιλάμψῃ ἐπ' αὐτῆς πάσης ὁ
ἥλιος τῆς ἐλευθερίας, καὶ νὰ
τελειωθῇ ἡ Σὴ δύναμις, τὰ δὲ
παιδία ταῦτα, πολῖται ἐλεύ-
θεροι, νὰ τὴν ὑπηρετήσωσί ποτε
ἐν πίστει καὶ εἰλικρινείᾳ, πρὸς
σωτηρίαν αὐτῆς καὶ πρὸς δόξαν
Σου αἰωνίαν! 'Η ἂν ὁ πάν-
σοφος Σὺ γινώσκῃς ὅτι πέ-
πρωται, εἰς ἀγενῆ τραφέντα
αἰσθήματα, εἰς ἰδιοτέλειαν
αὐξηθέντα καὶ φιλαρχίαν, νὰ
γείνωσί ποτε αὐτὰ δεινῶν τῇ
πατρίδι παραίτια, παράδος τα
μᾶλλον εἰς τῆς μαχαίρας τὸ
στόμα, καὶ παράδος καὶ ἐμὲ εἰς
αὐτό, πρὶν ἴδω ἐκ νέου τῆς
'Ελλάδος τὴν δουλικὴν ἡμέραν
καὶ ταπείνωσιν!'

Καὶ τοιαῦτα εὐξάμενος,
ἐρρίφθη ἔξω τῆς ἐκκλησίας,
ἀφεὶς τὸν λαὸν καταπεπληγ-

manding voice, all fell upon
their knees. Then uncovering
his head and raising his eyes
to heaven, he exclaimed : 'Most
High God, Thou, the protector
of those who are in misery and
have no refuge, do not Thou
too abandon these children pro-
strated now before Thee. Save
them from the chains of slavery.
Men have forsaken them.
Look Thou down upon them ;
look down upon Greece, against
whom all men have risen, whom
her own children abandon and
betray. Grant that, in spite of
the machinations of men, the
sun of liberty may everywhere
shine upon her, that Thy power
may be made perfect, that these
children, as free citizens, may
one day serve her in faith and
sincerity, for her salvation and
Thy eternal glory ! Or, if
Thou, who knowest all things,
knowest that it is destined that
these, fostered in ignoble senti-
ments and brought up in sel-
fishness and love of power, are
hereafter to be the cause of
misery to their country, give
them rather to the edge of the
sword, and give me too to it, be-
fore I see again a day of slavery
and humiliation for Greece !'

Having offered up this prayer,
he rushed out of the church,
leaving the people overcome

μένον καὶ δακρυροοῦντα, καὶ
αἱ συνεισφοραὶ ἐπανελήφθησαν
ῥαγδαιότεραι ἢ τὴν χθές, καὶ
αἱ κυρίαι ἔπεμπον μετὰ πάσης
προθυμίας οὐ μόνον χρημάτων
ποσότητας, ἀλλὰ καὶ αὐτοὺς
τοὺς νυμφικοὺς δακτυλίους, καὶ
αὐτοὺς τοὺς κόσμους τῶν κεφα-
λῶν των. Τοιοῦτον ἦν τότε τὸ
αἴσθημα τοῦ πατριωτισμοῦ, ἐξ
οὗ ἐβλάστησεν ἡ τῆς Ἑλλάδος
ἀνεξαρτησία· ἀλλὰ καὶ τοιαύτη
ἡ τοῦ εὐγενοῦς τούτου πα-
τριώτου ἐπιρροὴ εἰς τὸ ἐξάπτειν
καὶ ἀναπτύσσειν αὐτὸ εἰς ἔργα
ἀφοσιώσεως, ὥστε δι᾽ αὐτῆς
οὐ μόνον τὴν ἕδραν τῆς κυβερ-
νήσεως, καὶ τὴν κυβέρνησιν
αὐτὴν ἔσωσε, πόρους ἀνευρὼν
πρὸς περίθαλψιν χιλιάδων
στρατιωτῶν, οὓς αἱ πρὶν
κακουχίαι καὶ αἱ παραχρῆμα
στερήσεις ἐδύναντο νὰ παρ-
αγάγωσιν εἴς τι ἀπογνώσεως
τόλμημα, ἀλλὰ δυνάμεθα θαρ-
ρούντως καὶ τὸν ἀνώτατον
ἔπαινον σωτῆρος τῆς ὅλης
πατρίδος εἰς τὴν περίστασιν
ταύτην νὰ τῷ ἀπονείμωμεν,
διότι διὰ τῶν αὐτῶν πόρων
ἐξωπλίσθη καὶ ἐξεπέμφθη ὑπὸ
τὸν ἔνδοξον Καραϊσκάκην
στρατὸς ἐπανορθώσας τὸν
σχέδον ἤδη ἀπεγνωσμένον
ἀγῶνα, καὶ ἐπαναγαγὼν τὴν
νίκην ὑπὸ τὰς τεταπεινωμένας
τῶν Ἑλλήνων σημαίας. Ὅπως
ὅμως ᾖ πλήρης ἡ ἐκστρατεία,
ἀνεγνωρίσθη ἡ ἀνάγκη μορφώ-

with awe and in tears. The
contributions were now repeated,
and with greater profusion than
on the previous day ; and the
ladies, with the utmost eager-
ness, sent not only quantities of
money, but even their wedding-
rings, and the very ornaments
they wore upon their heads.
Such was at that time the feel-
ing of patriotism from which
sprang the independence of
Greece ; but so great was also
the influence of this noble
patriot in kindling and develop-
ing it into acts of devotion, that
through this influence he not
only saved the seat of govern-
ment but the government itself,
having devised funds for main-
taining thousands of soldiers
whom their previous misfor-
tunes and their present necessi-
ties might have impelled to
some daring act of desperation ;
and moreover we may without
hesitation award to him the
highest honour, that of having
been at this juncture the saviour
of the entire fatherland, for it
was by means of these very
funds that there was equipped
and despatched an army under
the famous Karaïskakes, which
renewed the struggle that had
almost been given up in despair,
and brought back victory to the
humiliated standards of the
Greeks. But in order that the
force for this expedition might
be complete, it was felt that

σεως καὶ ἱππικοῦ τάγματος, καὶ
τοῦτο ἐγένετο ἀφορμὴ νέου
δημοτικοῦ θριάμβου τοῦ Γεν-
ναδίου.

'Υπὸ κηρύκων συγκληθείς,
συνῆλθεν αὖθις ὁ λαὸς ὑπὸ τὴν
πλάτανον, ἀνυπόμονος ν' ἀκούσῃ
τὸν ἀγαπητὸν ῥήτορά του,
γενναῖόν τι καὶ ὠφέλιμον συμ-
βουλεύοντα. Οὗτος δέ, ἀφ' οὗ
ἐξέθηκε τῶν κοινῶν πραγμάτων
τὸν κίνδυνον καὶ τὴν θέσιν, καὶ
τὴν ἀνάγκην τῆς μορφώσεως
ἱππικοῦ· ''Αλλὰ ποῦ,' εἶπε,
'θέλομεν εὕρει τοὺς ἵππους;
'Εδῶ βλέπω πολλοὺς καὶ προΰ-
χοντας καὶ ὁπλαρχηγοὺς τρέ-
φοντας ἀνὰ δύο καὶ τρεῖς ἵππους
καὶ κομπάζοντας ἐπὶ τούτῳ ἐν
ταῖς ὁδοῖς. "Οστις ἔχει ἵππον
διὰ τρυφὴν καὶ ἐπίδειξιν, καὶ
δὲν τὸν προσφέρει εἰς τῆς
πατρίδος του τὴν ἀνάγκην,
εἶναι ἀνάξιος νὰ λέγηται αὐτῆς
προΰχων, ἢ νὰ φέρῃ τὸ ξίφος
τοῦ ἀρχηγοῦ. Διὰ τῶν ἵππων
τούτων δυνάμεθα νὰ μορφώσω-
μεν ἱππικόν· τοὺς λαμβάνομεν;'
'Τοὺς λαμβάνομεν' ἀνέκραξε
μιᾷ φωνῇ ὁ λαός· 'Καὶ ἂν δὲν
μᾶς τοὺς δώσωσι, τοὺς λαμβάνο-
μεν διὰ τῆς βίας;' 'Τοὺς λαμ-
βάνομεν διὰ τῆς βίας,' ἀπεκρί-
θησαν χιλιάδες στομάτων.
'"Αγετε λοιπόν,' διέταξεν ὁ
κινῶν τὸν λαὸν ἐκεῖνον, ὡς ἡ
λαῖλαψ κινεῖ τὰ κύματα. 'Αλλὰ
πρὶν ἢ προφθάσῃ νὰ ἐκτελεσθῇ
ἡ δεινὴ ἐντολή, τριακόσιοι
πεντήκοντα ἵπποι εἶχον κομισθῆ
εἰς τὴν πλατεῖαν ἐκ συνεισφορᾶς

a cavalry division should be
raised ; and this was the cause
of a fresh triumph for Gennadius
with the people.

Summoned by messengers,
the people again assembled
under the plane-tree, impatient
to hear their beloved orator
give them some noble and
useful advice. After setting
forth the situation and the
critical condition in which
public affairs were, and the
necessity of forming a cavalry
corps, he said : 'But where
shall we find horses? I see
before me many leaders and
chieftains who each keep two or
three horses and show how
proud they are of this in the
streets. Whoever keeps a horse
for luxury and ostentation, and
does not proffer it to supply the
necessities of his country, is not
worthy to be called one of her
leaders, or to wear the sword of
a commander. With these
horses we can raise a body of
cavalry : shall we take them?'
'We will take them!' cried the
people with one voice. 'And
if they refuse them, shall we
take them by force?' 'We
will take them by force,' came
the reply from thousands of
mouths. 'Come on then,' was
the command given by the man
who moved that crowd as the
tempest moves the waves. But
before the stern order could be
carried out, three hundred and

ἑκουσίου. Τότε καλέσας ἐκ
τοῦ πλήθους ὀνομαστὶ τὸν
Χατζῆ Μιχάλην· 'Σύ,' τῷ εἶπεν
ὁ Γεννάδιος, 'εἶσαι ἄξιος νὰ
διευθύνῃς τὸ ἱππικόν. Λάβε
τοὺς ἵππους τούτους, ὀργάνισον
αὐτούς, καὶ ἀναχώρησον ὅσον
τάχος.'

Οὕτως ἐν ταῖς ἡμέραις ἐκεί-
ναις τῶν ἐσχάτων κινδύνων,
οἵτινες ἀναδεικνύουσι τῶν ἀν-
δρῶν τὴν ἀξίαν καὶ τὴν ἀρετήν,
ὁ Γεννάδιος διὰ τῆς ἀτρομήτου
παρρησίας ἣν τῷ ἐνέπνεεν ἡ
συναίσθησις τοῦ καθήκοντος,
καὶ διὰ τῆς λάβρου του εὐγλωτ-
τίας, ἥτις ἐξεχεῖτο ἐκ καθαρᾶς
πηγῆς τῆς ἐνθουσιώδους καὶ
ἐναρέτου καρδίας του, κατέστη
δύναμις, ἥτις στρατηγοὺς
ἐνεκαθίστα, τὸν λαὸν δι' ἑνὸς
λόγου ἦγε καὶ ἔφερε, τῷ στρατῷ
ἐπεβάλλετο, ἀντετάσσετο κατὰ
μέτωπον τοῖς ὁπλαρχηγοῖς καὶ
τοῖς προὔχουσι, καὶ ὑψοῦτο
ὑπὲρ αὐτὴν τὴν τότε ἀνίσχυρον
καὶ κλονιζομένην κυβέρνησιν."

Πότε ἀπέθανεν ὁ Γεννάδιος;
'Ο μέγας οὗτος ἀνὴρ ὁ
ἀφιερώσας ὅλον αὐτοῦ τὸν βίον
ὑπὲρ τῆς ἀναγεννήσεως τοῦ
ἔθνους του, ὅπερ κατὰ παντοίους
τρόπους μεγάλως εὐηργέτησεν,
ἐτελεύτησε τὸν Νοέμβριον τοῦ
1854, ὅτε φοβερὸς λοιμὸς
ἐνσκήψας εἰς Ἀθήνας ἔπεμψε
πολλὰς χιλιάδας ψυχῶν εἰς τὸν
τάφον. Ἐπειδὴ δὲ ἡ κηδεία
αὐτοῦ ἔγεινεν ἐν μεγάλῃ σπουδῇ

fifty horses were brought into the square as a voluntary contribution. Then calling Haji Michales by his name out of the crowd, 'You are the man,' Gennadius said to him, 'to command the cavalry. Take these horses, form a regiment, and set out as soon as possible.'

Thus, in the days of those extreme dangers which reveal the worth and the qualities of men, Gennadius by that fearless freedom of speech which a sense of duty inspired in him, by that impetuous eloquence which flowed from the pure fountain of his passionate and noble heart, became a power, which appointed generals, led the people in any direction by a single word, imposed itself upon the army, resisted openly the chieftains and the leaders, and which even rose above the then feeble and tottering government."

When did Gennadius die?
This great man, who devoted his whole life to the regeneration of his race, which he immensely benefited in every way, died in November 1854, at the time when a fearful pestilence which attacked Athens consigned many thousands to the tomb. As his funeral had been conducted in great haste by reason of the

ἕνεκα τοῦ ἐπικρατοῦντος πανι-
κοῦ, καὶ δὲν ἀπεδόθησαν τότε
εἰς τὸν νεκρὸν τοῦ ἀοιδίμου
ἀνδρὸς δημόσιαι τιμαί, ὁ ποιητὴς
Ζαλοκώστας ἑρμηνεύων τὴν ἐπὶ
τούτῳ ἐκδηλωθεῖσαν γενικὴν
λύπην ἔγραψε τὸ ἑξῆς ὡραῖον
ἐλεγεῖον ἐπιγραφόμενον Τὰ
δάκρυα.

panic which then prevailed, and
no public honours were at the
time paid to the remains of this
celebrated man, the poet Zalo-
costas, giving expression to the
universal regret exhibited on this
account, composed the following
beautiful elegy entitled *The
Tears.*

"Τίς νὰ μοὶ δείξῃ τὴν γῆν ἥτις κρύπτει τὸν ἄριστον πάντων;
Ποῦ νὰ ζητήσω, Γεννάδιε, ποῦ τῆς ταφῆς σου τὸν τόπον;
Μαύρην κυπάρισσον, ὅπου κοιμᾶσαι, ποθῶ νὰ φυτεύσω,
Γόνυ νὰ κλίνω ποθῶ καὶ νὰ σπείρω ἓν ἄνθος, ἓν δάκρυ.
Μάτην, οὐαί, τῆς ταφῆς σου νὰ ἴδω ζητῶ ἓν σημεῖον,
Μάτην ζητῶ κ' ἐλαχίστου σημείου παρήγορον γράμμα,
"Ὧδε κοιμᾶται πατὴρ διδασκάλων, ἀπόστολος φώτων."
Ἄνευ ὀνόματος, τοῦτο καὶ ἤρκει νὰ δείξῃ ποῦ κεῖσαι·
Χῶμα, πλὴν ἄκριτον σὲ τὸν ἀοίδιμον ἄνδρα καλύπτει.
    Λύκεια κλείσθητε, ἄλυτον ἄγετε πένθος αἱ Μοῦσαι!
Ἄν τῶν τιμῶν ἐστερήθη τοῦ τάφου εἰς μαύρας ἡμέρας,
Ἄν δὲ τὸ γένος ποτὲ οὐδὲ μάρμαρον ἓν τῷ ἐγείρῃ,
Εἰ μηδὲν ἄλλο, κᾶν πλέκουσα σὺ κυπαρίσσινον στέμμα,
Γράψον τὸν βίον του, πότνια μῆτερ, Μουσῶν Μνημοσύνη.
    Νήπιον ἔτι διψῶν παιδείας, ἀλλ' ἄμοιρον πλούτου,
Μοῖρα ἡμῶν εὐεργέτις ὡδήγει αὐτὸν εἰς Δακίαν
Ὅπου τὸ γάλα Μουσῶν ὁ κλεινὸς τὸν ἐπότισε Λάμπρος.
Ἦσαν ἡμέραι δακρύων τὸ δοῦλον βαρύνουσαι γένος,
Τρέφουσαι μόνον ἐλπίδα διττήν, τὴν θρησκείαν καὶ γλῶσσαν.
Ἄνευ τῆς πίστεως, ἄνευ τῆς γλώσσης Ἑλλὰς δὲν ὑπῆρχε.
Δόξα, Γεννάδιε, δόξα εἰς σὲ τὸν γενναῖον υἱόν της!
Εἴκοσιν ἔτη ἐδίδασκες σὺ τῶν Πλατώνων τὴν γλῶσσαν.
Ὅτε ἡ πέδη τῶν δούλων εἰς ξίφος ὀξὺ μετεπλάσθη,
Ὅτε, εἰς μέγαν ἀγῶνα, τὸ βούκεντρον ἔγεινε λόγχη·
Τότε δέ, τότε λιπὼν τὴν σχολὴν τῆς σοφῆς Γερμανίας,
Ἔδραμες ὅπου ἡ γῆ ἐποτίζετο μ' αἷμα μαρτύρων,
Ὅπου ἐπάλαιον δύο ἀντίθετα ὅλως στοιχεῖα,
Τοῦτο ἀλήθεια, ψεῦδος ἐκεῖνο—Χριστὸς καὶ Μωάμεθ.
    Ὅτε τὰς λόγχας ἡμῶν ὁ κλυτὸς Φαβιέρος ὡδήγει,
—Ἤθελ' ἐκεῖνος νὰ ἴδῃ παντοῦ τοῦ Σταυροῦ τὴν σημαίαν—
Ῥήτωρ, ὁπλίτης καὶ σύ, μετ' αὐτοῦ εἰς τὴν Κάρυστον ἦλθες,

Ὅτε ὁ Ἄραψ σατράπης τὴν Πέλοπος γῆν ἐπλημμύρει
Κ' ἔμενον ἄλλοι νωθροὶ θεαταὶ τοῦ μεγάλου κινδύνου,
Στὰς ἐν τῷ μέσῳ προμάχων πολλῶν ἐριζόντων πρὸς ἄλλους,
Σὺ μὲ τοῦ λόγου τὴν δύναμιν πάντα μαλάξας τὰ πάθη,
Ἔπεισας ὅλους νὰ δράξουν τὰ ὅπλα φιλοῦντες ἀλλήλους.

Τέλος ἐπλήρου τοῦ χρόνου τὴν λάγηνον βούλησις θεία,
Σύμμαχοι δὲ κραταιοὶ τὴν καλὴν ἑκατόμβην τῆς Πύλου
Θύσαντες, φέρουν ἐδῶ τὸν ἀνδρεῖον στρατὸν τοῦ Μαιζῶνος,
Κ' ἔντρομος φεύγει ὁ Ἄραψ, ἡμᾶς βλασφημῶν ἐλευθέρους.
Ἱεροφάντης παιδείας καὶ ἄλλα τριάκοντα ἔτη,
Ἅπαν τὸ γένος, ἀείμνηστε, σὺ εὐεργέτης διδάσκων,
Ἄφησας ὅμως τὰ τέκνα σχεδὸν ἐνδεῆ καὶ τοῦ ἄρτου.
Δίστηνα τέκνα, τὴν μαύρην τοῦ οἴκου του κλείσατε θύραν,
Λύκεια κλείσθητε, αλυτον ἄγετε πένθος αἱ Μοῦσαι!
Τοῦτό μου ἦτο τὸ ὕστερον δάκρυ ὁ πρώτιστος θρῆνος."

ELEGY ON GEORGE GENNADIUS

Translated by Mrs. Edmonds

" Who now will show me the earth where the noblest of all is con-
    cealèd ?
Shadowy cypress I long to implant on the spot where thou'rt lying,
Longing my knee low to bend, and to sow there a tear and a flower.
Vainly !—alas ! all in vain—for a trace of thy tomb I am seeking,
Vainly I seek for a token wherein is some words' consolation,
Here the apostle of light and the father of learning is sleeping !
Name—although none—yet enough—it would tell me that there
    thou reposest—
Though—all ill-judging, the sod hath no ken of the great one it
    shroudeth.
Close the Lyceums !   Lament, O ye Muses, with sorrow unbounded !
If—in the days of our grief, he was borne to his grave with no
    honours—
If—by his people—his country—no marble be raised to him ever !
If—there be given nought else—thou—a wreath of the dark
    cypress weaving
Write of his life, Mnemosyne, O mother revered of the Muses !
Whilst but a child—poor and needy—athirst yet for wisdom and
    learning,
Led by a destiny loving his feet unto Dacia which guided,

There was he given to drink of the milk of the Muses by Lampros :[1]
Those were the days of our weeping—a people enslavèd thy
  burthen !
Yet didst thou cherish a twice linkèd hope in thy tongue and religion.
Lost had Hellas been for ever of faith and her language unmindful.
Glory to thee, Ọ Gennadius ! to thee, her brave son, be the glory !
Twenty long years, thou, still waiting, wast teaching the language
  of Plato—
When—for the fetters of slaves was exchangèd the sharp flashing
  falchion—
When—in the marvellous struggle, transformed was the goad to a
  jav'lin.
Then—then—at once from the school of wise Germany hastily
  fleeing—
Speddest thou straight to the land that was drenched with the
  blood of the martyrs,
Where there were wrestling in conflict two principles ever con-
  tending.
Here was the Truth—there the Falsehood—and ours was the
  Christ—theirs Mohammed !
What time the host of our spearsmen the redoubtable Favier[2]
  was leading
(He who the flag of the Cross was but hoping o'er all to see wav-
  ing)—
Cam'st thou to Karystos[3] with him, as orator camest and soldier—
When the satrap—the Arabian—the country of Pelops was smiting,
Others as careless beholders unmoved the great danger were view-
  ing—
Standing alone in the midst of the champions in wrathful conten-
  tion,
Thou, by the power of reason—assuaging their anger, beheld them
Lowering straightway their weapons—and each one the other em-
  bracing.
Filled was the chalice at last as the counsel divine had decreèd !
Strong were the comrades in arms who the Porte's goodly host
  overwhelming,

---

[1] Lampros Photiadês.
[2] General Favier, who had been with Marmont in the Napoleonic wars,
and who formed the first *regular* Greek corps, and under whom Gennadius
served.
[3] Karystos, a small town in the southern extremity of Euboea.

Hither came bearing along of brave Maison [1] the valiant battalion.

Trembling—the Arab he fled—while cursing us—then who were freemen !

Thirty long years yet again—thou—the well doing high-priest of learning,

Thou—who wilt aye be remembered—the whole of thy race wast instructing ;

Yet for thy children, how scant is the morsel of bread thou art leaving.

Close ye, O desolate children, the darkening door of his dwelling !

Close the Lyceums ! Lament, O ye Muses, with sorrow unbounded !

This was the last of my tears, and in this my most heartfelt bewailing."

Θὰ ἀνηγέρθη βεβαίως μνημεῖον εἰς τὸν μέγαν τοῦτον εὐεργέτην τοῦ ἔθνους.

Βεβαιότατα, καὶ ἐπ' αὐτοῦ ἐνεχαράχθησαν τὰ ἐξῆς δύο ἐπιτύμβια, τὸ ἓν εἰς τὴν ἀρχαίαν Ἑλληνικὴν καὶ τὸ ἄλλο εἰς τὴν νεωτέραν. Τὸ πρῶτον ἐποιήθη ὑπὸ Φιλίππου Ἰωάννου, τὸ δὲ δεύτερον ὑπὸ Ἀλεξάνδρου Σούτσου. Ἰδοὺ τὸ πρῶτον·

Of course a tomb was erected over this great benefactor of the nation.

Certainly, and upon it were engraved the two following epitaphs, one in ancient Greek and the other in modern. The first was composed by Philippos Johannou and the second by Alexander Soutsos. Here is the first :

" Χείλεα Γενναδίοιο, τὰ πεντήκοντ' ἐν ἔτεσσι
Προύχεεν ἠϊθέοις νᾶμα δαημοσύνης,
Τηκεδανῇ νούσῳ πελιωθέντα ξυνέμισσε,
Φεῦ ! ἄπνουν δὲ κόνις τῇδ' ἐκάλυψε δέμας.
Πενθεῖ μὲν πατρὶς Ἤπειρος, πενθεῖ δέ μιν Ἑλλὰς
Πᾶσα θανόντα, κόραι θ' αἱ Ἑλικωνιάδες.
Ἐν δὲ δόμῳ χήρη καὶ τέκνα δισάμμορα πενθεῖ
Τοῖσι πόθον καὶ ἄλγος κάλλιπεν οἰχόμενος."

" The lips of Gennadius, which for fifty years poured forth for

---

[1] General Maison was the commander of the French expeditionary corps sent to occupy the Morea, and expel the Egyptian troops at the close of the struggle.

the young a stream of learning, livid by wasting disease are closed. Alas! the dust here hides his lifeless frame. His native Epirus grieves for him, grieves for him all Greece that he is dead, grieve too the maids of Helicon. In his home his widow and his children ill-fated bewail their loss, to whom when he went away he left sorrow inconsolable."

Ἰδοὺ καὶ τὸ δεύτερον·   Here is the second one :

" Κλίνουσα εἰς τεφροδόχον λάγηνον ἡμιθραυσμένην
Ἡ Ἑλλὰς ἀπὸ τὰς λύπας κεφαλὴν λευκαινομένην
Κλαίει τὸν Γεννάδιόν της, ῥήτορα τῶν στρατοπέδων
Καὶ διδάσκαλον μυρίων φιλονόμων αὐτῆς παίδων."

"Bending over a half-broken urn of the ashes of the dead, her head grown white with grief, Hellas mourns her Gennadius, the orator of camps, the teacher of myriads of her loyal children."

Καλὰ καὶ δὲν ἐκοιμήθημεν, διότι βλέπω ἐφθάσαμεν εἰς Πάτρας.

It is well that we did not go to sleep, for I see we have arrived at Patras.

Ἂς σπεύσωμεν λοιπὸν νὰ ἐξέλθωμεν καὶ νὰ ὑπάγωμεν κατ' εὐθεῖαν εἰς τὸν σταθμὸν τοῦ σιδηροδρόμου, διότι ἡ διὰ τὰς Ἀθήνας ἁμαξοστοιχία ἀναχωρεῖ μετὰ τρία τέταρτα τῆς ὥρας.

Let us make haste then and disembark and go straight to the railway-station, for the train for Athens starts in three quarters of an hour.

Ἤλθομεν ἐγκαίρως εἰς τὸν σταθμὸν καὶ εὐτυχῶς εὕρομεν κενὴν ἄμαξαν. Πότε φθάνομεν εἰς τὰς Ἀθήνας ;

We have arrived at the station in time, and luckily we have found an empty carriage. When shall we reach Athens ?

Αὔριον πρωΐ, μικρὸν μετὰ τὴν ἀνατολὴν τοῦ ἡλίου.

To-morrow morning, a little after sunrise.

Εἰς καλὴν ὥραν θὰ φθάσωμεν· ἀλλ' ἂς κοιμηθῶμεν τώρα, διότι εἶμαι πολὺ κουρασμένος. Σᾶς εὔχομαι καλὴν νύκτα.

We shall arrive at a good time, but let us go to sleep now, for I am very tired. I wish you good-night.

Καλὴν νύκτα.

Good-night.

Ἐκοιμήθητε καλά;

Πολὺ καλά· μόνον ὅτε ἡ ἁμαξοστοιχία ἐστάθη ἐν τῷ σταθμῷ τῆς Κορίνθου ἀφυπνίσθην ἐκ μικροῦ τινος θορύβου, ταχέως ὅμως πάλιν ἀπεκοιμήθην· ἀλλ᾽ ἀκούσατε πόσον μελῳδικῶς κελαδοῦσι τὰ πτηνά! ᾄδουσι τὸν ἑωθινὸν αὐτῶν ὕμνον χαιρετίζοντα τὴν ἀνατολὴν τοῦ ἡλίου.·

Οἱ ἑξῆς τρεῖς στίχοι τοῦ Σοφοκλέους περιγράφουσι μετὰ πολλῆς χάριτος ταύτην τὴν ὥραν τῆς πρωΐας·

" Ὡς ἡμὶν ἤδη λαμπρὸν ἡλίου σέλας
Ἑῷα κινεῖ φθέγματ᾽ ὀρνίθων σαφῆ,
Μέλαινά τ᾽ ἄστρων ἐκλέλοιπεν εὐφρόνη."

Ποῦ εὑρισκόμεθα τώρα;

Διερχόμεθα διὰ τοῦ μεγάλου ἐλαιῶνος τῶν Ἀθηνῶν, ὅστις ἐκτείνεται σχεδὸν μέχρι τοῦ Πειραιῶς, καὶ μετ᾽ ὀλίγον θὰ διέλθωμεν πλησίον τοῦ περιφήμου Κολωνοῦ ὃν ἀπηθανάτισεν ἡ μοῦσα τοῦ Σοφοκλέους. Ἰδοὺ ὁ Κολωνός.

Ἐνταῦθα εἶναι ὁ Κολωνός; Οἵαν μεταβολὴν ἐπήνεγκεν εἰς αὐτὸν ὁ πανδαμάτωρ χρόνος! Ποῦ εἶναι ἐκεῖνος ὁ ἱερὸς χῶρος, ὅστις ἔβρυε " δάφνης, ἐλάας, ἀμπέλου, πυκνόπτεροι δ᾽ εἴσω κατ᾽ αὐτὸν ἠϋστόμουν ἀηδόνες;"

Θέλετε νὰ σᾶς ἀπαγγείλω ὀλίγους στίχους ἐκ τοῦ Οἰδίποδος ἐπὶ Κολωνῷ περὶ τῆς

Did you sleep well?

Very well indeed : only when the train stopped at the Corinth station I was awakened by a little disturbance there, however I soon went to sleep again; but hear how melodiously the birds are singing. They are singing their morning hymn as a greeting to the rising sun.

The following three lines of Sophocles describe with great elegance this hour of the morning :

"For behold, already the sun's brilliant light arouses the clear morning voices of the birds, and the dark night of the stars has vanished."

Where are we now ?

We are traversing the great olive-grove of Athens, which extends almost as far as the Piraeus, and we shall soon pass near the celebrated Colonos, which the muse of Sophocles has immortalised. Here is Colonos.

Is this Colonos? What a change all-subduing Time has brought upon it! Where is that sacred place which used to teem "with the laurel, the olive, the vine, in which the thickly - feathered nightingales sweetly sang"?

Would you like me to repeat to you a few lines of the *Oedipus Coloneus* about the

2 F

ἀρχαίας καλλωνῆς τῆς τοπο-
θεσίας ταύτης;

ancient beauties of this local-
ity?

Θά μοι κάμητε πολλὴν
χάριν.

You will do me a great
favour.

Ἀκούσατε λοιπόν·

Listen then :

" Εὐίππου, ξένε, τᾶσδε χώρας
ἴκου τὰ κράτιστα γᾶς ἔπαυλα,
τὸν ἀργῆτα Κολωνόν, ἔνθ'
ἁ λίγεια μινύρεται
θαμίζουσα μάλιστ' ἀηδὼν
χλωραῖς ὑπὸ βάσσαις,
τὸν οἰνῶπα νέμοισα κισσὸν
καὶ τὰν ἄβατον θεοῦ
φυλλάδα μυριόκαρπον ἀνήλιον
ἀνήνεμόν τε πάντων
χειμώνων· ἵν' ὁ βακχιώτας
ἀεὶ Διόνυσος ἐμβατεύει
θεαῖς ἀμφιπολῶν τιθήναις."

Translation by Lewis Campbell.

" Friend, in our land of victor-steeds thou art come
   To this Heaven-fostered haunt, Earth's fairest home,
      Gleaming Colonos, where the nightingale
   In cool green covert warbleth ever clear,
   True to the deep-flushed ivy and the dear,
      Divine, impenetrable shade,
   From wildered boughs and myriad fruitage made,
      Sunless at noon, stormless in every gale.
   Wood-roving Bacchus there, with mazy round,
   And his nymph-nurses range the unoffended ground."

Ἐπὶ τέλους ἐφθάσαμεν εἰς
τὴν ἔνδοξον πόλιν τῆς Παλλά-
δος, τὰς ἰοστεφάνους Ἀθήνας,
καὶ ἐνταῦθα λήγουσιν αἱ
εὐάρεστοι ἡμῶν συνδιαλέξεις·
πρέπει δὲ νὰ σᾶς ἀποχαιρετίσω
τώρα, διότι ἐγὼ μὲν θὰ μεταβῶ
εἰς Κηφισίαν, ὑμεῖς δὲ εἰς τὸ

At last we have arrived at
the celebrated city of Pallas,
violet-crowned Athens, and here
our pleasant conversations come
to an end. I must now bid
you good-bye, for I am going
to Kephisia and you to the
Hôtel de la Grande Bretagne,

ξενοδοχεῖον τῆς Μεγάλης Βρετανίας, ὅπου ἐλπίζω αὔριον μετὰ μεσημβρίαν νὰ ἔλθω νὰ σᾶς ἴδω.

Θὰ σᾶς περιμένω περὶ τὴν ὥραν τοῦ τεΐου.

Θὰ σᾶς ἔλθω χωρὶς ἄλλο κατ' ἐκείνην τὴν ὥραν.

Καλὴν ἐντάμωσιν λοιπόν.

Χαίρετε.

where I hope to come and see you to-morrow afternoon.

I shall expect you about tea-time.

I will come to you without fail at that time.

Au revoir then.

Good-bye.

APPENDICES

ΠΑΡΑΡΤΗΜΑ Α΄

Η ΑΝΑΓΝΩΡΙΣΙΣ

(Τὸ ποίημα τοῦτο κοινῶς πιστεύεται ὅτι ἀνήκει εἰς τὸν Ι΄ αἰῶνα.)

Κουρσεύουν οἱ Σαρακηνοί, κουρσεύουν Ἀραβίδες,
Κουρσεύουν τὸν Ἀνδρόνικον καὶ 'παίρνουν τὴν καλήν του,
Ἐγγαστρωμέν' ἐννηὰ μηνῶν, τῆς ὥρας νὰ γεννήσῃ·
'Στὴν φυλακὴν τὸ γέννησε, 'ς τὰ σίδερα τὸ τρέφει.
Ἡ μάννα του τὸ τάγιζε ψιχούδια μὲ τὸ γάλα,   5
Ἡ Ἀμήρισσα τὸ τάγιζε ψιχούδια μὲ τὸ μέλι,
Κ' ἡ μάννα τὤλεγε ἀπ' ἐδῶ· "ἆ υἱέ μου τ' Ἀνδρονίκου!"
Τὤλεγ' ἡ Ἀμήρισσα ἀπ' ἐκεῖ· "ἆ υἱέ μου τ' Ἀμηρᾶ σου!"
Χρονιὸς ἐπιάσε τὸ σπαθίν, καὶ διέτης τὸ κοντάριν,
Κ'ι ὅταν ἐπάτησε τοὺς τρεῖς κρατειέται παλλικάριν,   10
Ἐβγῆκε, διαλαλάθηκε, κανένα δὲν φοβᾶται,
Μήτε τὸν Πέτρον τὸν Φωκᾶν, μήτε τὸν Νικηφόρον,
Μήτε τὸν Πετροτράχηλον, τὸν τρέμει ἡ γῆ κ'ι ὁ κόσμος,
Κἂν ἔνι δίκαιος πόλεμος, μήτε τὸν Κωνσταντῖνον.
Ἐτράβησαν τὸν μαῦρόν του, πηδᾷ, καβαλλικεύει,   15
Φτερνιστηριὰν τοῦ 'χάρισε, 'πάνω εἰς βουνὶν ἐβγαίνει
Κ' εὑρίσκει τοὺς Σαρακηνούς, δικίμιν ἐπηδοῦσαν.
"Δικίμιν ποῦ πηδᾶτε σεῖς, πηδοῦν το κ' ἡ γυναῖκες,
Ὄχι γυναῖκες ἄτροφαις, ἀλλὰ κ' ἐγγαστρωμέναις.
Οἱ μαῦροί σας μετροῦντ' ἐννηὰ κ' ἕνας δικός μου δέκα,   20
Δέστε κ' ἐξαγκωνιάστε με, τρεῖς δίπλαις τ' ἀλυσίδιν,
'Ράψετε καὶ τὰ 'μάτια μου τρεῖς δίπλαις τὸ ραφίδιν,
Βάλτε καὶ 'ς ταῖς μασχάλαις μου τρικάνταρο μολύβιν,
Κομβῶστε καὶ 'ς τὰ πόδια μου δυὸ σιδηρένιαις κλάπαις,
Νὰ ἰδῆτε πῶς ἀναπηδοῦν Ῥωμαῖοι παλλικάρια."   25
Δένουν κ' ἐξαγκωνιάζουν τον τρεῖς δίπλαις ἀλυσίδιν,

APPENDIX I

THE RECOGNITION

(This poem is commonly believed to belong to the tenth century.)

The Saracens made a raid, the Arabs made a raid,
they raided Andronicus and took from him his lovely one,
nine months with child, near the time of her delivery.
She gave birth to it in prison, she nourished it in chains.
Its mother fed it with crumbs and milk,   5
the ameer's wife fed it with crumbs and honey,
and its mother said to it on this side, "Ah, my son of Andronicus!"
the ameer's wife said to it on that side, " Ah, my son of your ameer!"
At one year old he took the sword, and at two years old the spear,
and when he reached the third, he had the bearing of a young warrior, 10
he went forth, proclaimed himself, there was no one that he feared,
not Peter Phocas, nor Nicephorus
nor Petrotrachelus whom earth and heaven dread,
and, if the war were just, not even Constantinus.
They led to him his horse, he leapt up and bestrode it,   15
gave it the spur and goes forth upon a hill,
and finds the Saracens : in contest they were leaping.
"The contest in which you leap, even women leap in,
not women without child, but women who are pregnant.
Your horses number nine and mine makes up the ten,   20
bind me and tie my elbows with a triple chain,
and sew my eyes up with a triple stitch,
and put under my armpits three cantars' weight of lead,[1]
and fix two iron fetters on my feet,
that you may see how young Greek warriors leap."   25
They bound him and tied his elbows with a triple chain,

[1] A cantar is a Turkish weight, about six hundred pounds.

Βάλλουν εἰς ταῖς μασχάλαις του τρικάνταρο μολύβιν,
Κομβώνουν καὶ 'ς τὰ πόδια του δυὸ σιδηρένιαις κλάπαις,
Κ'ι ἀφοῦ ταῦτα τοῦ 'ποίκασι Σαρακηνοὶ λαλοῦν του·
"Ἄ βρὲ μωρὸν κ'ι ἀνήλικον κ'ι ἀπογαλακτισμένον,   30
Ἄν ἔχῃς τόσην προκοπήν, ἔπαρ' τὴν 'λευθεριάν σου !"
Τινάσσει τὰ δυὸ χέρια του καὶ κόφτει τ' ἀλυσίδιν,
Κλονίζει ταῖς μασχάλαις του καὶ πέφτει τὸ μολύβιν,
Καὶ δυὸ πηδήματά 'καμε κ' ἐβγήκασιν ἢ κλάπαις,
Κ'ι ἀπὸ τοὺς μαύρους τοὺς ἐννιὰ εὑρέθη 'ς τὸν 'δικόν του· 35
Φτερνιστηριὰν τοῦ 'χάρισε, 'ς τὸν κάμπον καταιβαίνει.
"Υἱέ μου," τοῦ λέγει ἡ μάννα του, "υἱέ μου" τοῦ λέγει πάλιν,
"Υἱέ μου, κ'ι ἂν 'πᾷς 'ς τὸν κύριν σου, στάσου νὰ σοῦ συντύχω.
Ὅλαις ἢ τένταις κόκκιναις, καὶ τοῦ κυροῦ σου μαύρη,
Κ'ι ἂν δὲν σ' ὁμόσουν τρεῖς φοραῖς μὴ γύρῃς νὰ πεζεύσῃς !" 40
Ὡσὰν τοῦ σύντυχ' ἔποικε κ'ι ὡς τοὔχε παραγγείλει.
Φτερνίζει δεύτερην φοράν, 'ς τὸν κάμπον ἐκατέβη,
Βλέπει ταῖς τένταις κόκκιναις καὶ τοῦ κυροῦ του μαύρη.
Γυρεύ' ἐδῶ, γυρεύ' ἐκεῖ, τὴν πόρταν δὲν εὑρίσκει,
Δίνει ἕνα κλῶτσον φοβερόν, ἔξωθεν ἔσω εὑρέθη.   45
Ἀνδρόνικος ὁ κῦρις του 'βγαίνει παρωργισμένος,
Νὰ καταιβῇ τὸν προσκαλεῖ, 'ρωτᾷ, 'ξαναρωτᾷ τον·
"Ἄ βρὲ μωρὸν κ'ι ἀνήλικον, πόθεν ἔν' ἡ γενεά σου,
Πόθεν ἡ ρίζα σου κρατεῖ, πόθεν τὰ γονικά σου; "
—"Ἄν δὲν ὁμώσῃς τρεῖς φοραῖς, δὲν γύρνω νὰ πεζεύσω." 50
—"Ἄν σύρω 'γὼ τὴν σπάθαν μου, καλὰ θέλω σοῦ 'μόσω."
—"Ἄν σύρῃς σὺ τὴν σπάθαν σου, ἔχω κ' ἐγὼ 'δικήν μου."
—"Ἄν πιάσω τὸ κοντάριν μου, σὲ κάμνω νὰ πεζεύσῃς."
—"Ἄν πιάσῃς τὸ κοντάριν σου, ἔχω κ' ἐγὼ 'δικόν μου."
—"Μὰ τὸ σπαθὶν 'ποῦ ζώννομαι δέκα φοραῖς ὁμόνω, 55
Εἰς τὴν καρδιάν μου νὰ 'μπηχθῇ ἂν σὲ καταδικήσω !"
Ἀκρόγυρε κ' ἐπέζευσεν ἀπὸ τὸν μαῦρον κάτω·
Τότε κατερωτῆσάν τον πόθεν ἔν' ἡ γενεά του,
Πόθεν ἡ ρίζα του κρατεῖ, πόθεν τὰ γονικά του.
Αὐτὸς ἀπελογήθηκεν, ἀπ' τὴν ἀρχὴν καὶ λέγει   60
Ὅτ' ἔν' υἱὸς τ' Ἀνδρονίκου Ἀραβοκουρσευμένου,
'Στὴν φυλακὴν 'γεννήθηκε, 'ς τὰ σίδερ' ἀνετράφη.
Ἀνδρόνικος 'ποῦ τὸν θωρεῖ, ἐλούσθη τῶν κλαμμάτων,
Σηκώνει τον 'ς τὰ χέρια του, τοὺς οὐρανοὺς δοξάζει·
"Δοξάζω σε, Πανάγαθε, κ'ι ἁγιάζω τ' ὄνομά σου, 65
Παντέρημος ἀπέμεινα, σήμερον 'ξανασαίνω."
Κ' εὐθὺς φωνάζει τὸν Παπᾶ, παράκλησιν σημαίνει,

they put under his armpits three cantars' weight of lead,
and they fixed two iron fetters on his feet,
and, when they had done this, the Saracens exclaimed to him :
" Ah, you baby urchin, not come to youth and only lately weaned, 30
if you have such great ability, then take your liberty."
He jerks his two arms and bursts the chain asunder,
he shakes his armpits and down falls the lead,
and he made two leaps and off came the fetters,
and over their nine horses he found himself upon his own :   35
he gave the spur to it, goes down into the plain.
" My son," his mother says to him, " my son," she says again,
" my son, if you are going to your father, stop that I may speak to you.
All the tents are crimson, and your father's is a black one,
and unless they swear three times, do not bend down to dismount." 40
As she told him so he did, and as she had commanded him.
He spurred a second time, went down into the plain,
he sees the crimson tents and the black one of his father,
he searches here, he searches there, but cannot find the entrance,
he gives a fearful kick, from outside found himself within.   45
Andronicus his father comes out in a raging passion,
calls upon him to dismount, asks him and asks again :
" Ah, you baby urchin, not come to youth, whence is your race,
whence is your stock, and whence your parents ? "
" Unless you swear three times, I do not bend down to dismount."50
" If I draw my sword, I will swear you a brave oath."
" If you draw your sword, I too have mine."
" If I take my lance, I will compel you to dismount."
" If you take your lance, I too have mine."
" By the sword which I gird on, ten times I swear :   55
may it be planted in my heart if I do you any wrong ! "
He bent down from above and dismounted from his horse.
Then they asked him whence his race,
whence his stock, and whence his parents.
He answered and relates from the beginning,   60
that he is the son of Andronicus who was raided by the Arabs,
that he was born in prison and brought up in chains.
Audronicus who looked at him was bathed in floods of tears,
he lifts him in his arms and glorifies the heavens :
" I give thee glory, All-beneficent, and sanctify Thy name,   65
I was left in utter desolation, to-day I breathe again."
And at once he calls the priest and he rings the bell for prayers,

Δίδει χαρίσματα πολλά, σχαρῆκιν τοῦ φουσάτου,
'Βγάλλει τὸ μαῦρο φλάμπουρο, τὸ κόκκινο σηκώνει,
Στήνει καὶ τέντα ὁλόχρυση, 's τὴν Κρήτη κουρσευμένη.

ΠΑΡΑΡΤΗΜΑ Β'

Δείγματα τῆς διαλέκτου τῶν Κυπρίων χωρικῶν [1]

ΑΣΜΑ ΕΛΑΦΙΟΥ

"'Λάφι μου χρυσοκέρατον ἴντα 'χεις καὶ δακρύζεις,
Καὶ μέσ' 's ταῖς πέτραις δέρνεσαι τὴν 'μέραν καὶ τὴν νύχταν;
Ἴντα κακὸν σοῦ ἔπαθες καὶ νὰ βουρᾷς 'ἐν θέλεις,
Μὲ τἄλλα 'λάφια νὰ βοσκᾷς 'ἐν θέλεις μέσ' 's τοὺς λόγκους;
Γιὰ τί χτυπᾷς τὰ πόδια σου, τὰ χρυσοκέρατά σου;
Γιὰ τί τὰ τρίβεις καὶ κογγᾷς 'σὰν νἄσουν λαβωμένον;
'Πέ μού το, 'λάφι, 'πέ μού το, 'πέ μού το κὴ ἂν 'μπορήσω,
Διῶ σου βοήθειαν ὅσην 'μπορῶ, ὅσην ἔχω κὴ ὅσην θέλεις."
"'Ἐν ἠμπορεῖς, ποτάμι μου, τίποτε νὰ μοῦ κάμῃς,
Βαθειὰ ὁ πόνος τὴν φωλειὰν μέσ' τὴν καρτιάν μου ἔχει.
Καὶ τί καλὸν 's τὴν γῆν αὐτὴν ἔχω γιὰ νὰ 'μπορήσω
μὲ τἄλλα 'λάφια γλήορις 's τοὺς λόγκους νὰ πετάξω;
Δυὸ ἐλαφάκια ἔκαμα 'ψηλά, χρυσοντυμένα,
Καὶ κεῖνα μοῦ τὰ 'πήρασι μ' ἀρφάνεψαν 'πὸ κεῖνα.
Τό 'να τὸ ηὖρε κυνηὸς νὰ πίνῃ 's τὸ ποτάμιν,
Μιὰν τουφεκιὰν τοῦ ἔδωκεν τώρριψεν εὐτὺς κάτω.
Τὸ ἄλλο τὸ μικρότερον μιὰν 'μέραν μέσ' 's τοὺς λόγκους,
Μὲ τἄλλα 'λάφια ἔτρωεν κὴ ἀντίκρυζεν τὸν ἥλιον·
'Ανάθεμά την τὴν στιγμὴν 'π' ἄφησεν τἄλλα 'λάφια,
'Εμπήχτηκεν μέσ' 's τὰ κλαδιά, καὶ μέσ' 's τὰ χορταράκια
'Εβόσκετουν μανάχον του κ' ἔτρωεν γλυστηρίδα.
'Ακόμα 'ἐν ἀπόφαεν καὶ νά σου ἕνας λύκος
'Επάνω του πετάχτηκεν μοῦ τώφαεν, μαννά μου.
Ὄς μου νερόν, ποτάμι μου, τὴν δίψαν μου νὰ σβύσω."
"'Πάρε καὶ πιὲ ὅσον 'μπορεῖς, πατέρ' ἀρφανεμένε."

---

[1] 'Αθανασίου 'Α. Σακελλαρίου Κυπριακά, ἔκδοσις πρώτη.

gives many gifts, in thanks for the army's greeting,
pulls out the black flag and raises high the crimson one,
and erects a tent all gold, got by plundering in Crete.

APPENDIX II

SPECIMENS OF THE DIALECT OF THE CYPRIOT PEASANTS

THE SONG OF THE STAG

"My stag with the golden horns, what ails you that you weep,
and torment yourself among the rocks day and night?
What evil did you suffer that you have no will to run about,
that you do not want to feed with the other stags in the woods?
Why do you dash about your feet and your golden horns?
Why do you rub them and are groaning as if you had been wounded?
Tell me, stag, tell me, tell me, and if I have the power,
I will give you help all I can, all I have, and all you wish."
"You can do nothing, my stream, for me,
the pain has its nest deep in my heart.
And what good thing have I on the earth, that I can
fly quickly to the woods with the other stags?
I was the father of two tall fawns all dressed in gold,
and they took them from me and bereft me of them.
One of them a hunter found drinking at the stream,
one shot he gave him and quickly laid him low.
The other, the younger one, one day in the woods,
with the other stags was feeding and basking in the sun:
accursed be that moment when he left the other stags,
and thrust himself among the boughs, and in the grass
was feeding all alone and eating the purslane.
Scarcely had he finished eating when, behold, a wolf
sprang on him and devoured him, alas!
Give me some water, O my stream, that I may quench my thirst."
"Take and drink as much as you can, O bereaved father!"

ΑΣΜΑ ΜΑΙΟΥ ΟΤΕ ΕΚΒΑΛΛΟΥΣΙ ΤΟΝ ΚΛΗΔΟΝΑ[1]

Καὶ 'μπαίν' ὁ Μᾶς, καὶ 'βκαίν' ὁ Μᾶς καὶ 'μπαίν' ὁ πρωταγιούνης,
Κὴ ὁ Μᾶς μὲ τὰ τραντάφυλλα κὴ ὁ Γιούνης μὲ τὰ μῆλα,
Κὴ Άουστος μὲ τὰ χλιὰ νερά, μὲ τὰ χλωρὰ τἀθθάσια.
Ἀνοίξετε τὸν κλήδονα νὰ 'μποῦσι τὰ κοράσια,
Νὰ τραουδήσουν γιὰ τὸν Μᾶν νὰ 'δοῦν τὸ ριζικόν τους.
Τὸ ριζικόν τους ἤτανε σταυρὸς καὶ δαχτυλίδιν.
'Σ τὴν πούγκάν μου τὸ ἔβαλα, τῆς μάννας μου τὸ 'πῆρα.
Μάννα κὴ ἂν εἶσαι μάννα μου, καὶ 'γιὼ παιδὶν 'δικό σου,
Κάμε θερμὸν καὶ λοῦσέ με μέσ' 'ς ἀρκυρὴν λεένην,
Καὶ μέσ' 'ς τἀρκυρολέενον ῥῖψ' ἀρκυρὸν μαχαῖριν·
Καὶ φόρησ' μου τὴν σκούφιαν μου τὴν τρανταμασσουρένην,
Ὁποὔχει τράντα μάσσουρους καὶ τράντα μασσουρούδια,
Καὶ γύρου γύρου τὰ πουλιὰ καὶ μέσα τὰ πεζούνια.
Πεζούνιά μου, πεζούνιά μου πετάξετέ με πέρα,
Νὰ 'δῶ τὸν θειόν μου ροδινόν, τὸν κύρίν μου φεγγάριν,
Νὰ 'δῶ τὸν πρῶτόν μ' ἀερφὸν 'ς τὴν μούλαν καβαλλάρην,
Νὰ σούσῃ τὸ μανίκιν του νὰ πέσῃ τὸ 'λοβάριν.
Ἐλᾶτε χήραις κὴ ὀρφαναὶς νὰ 'πάρετε 'λοβάριν,
Νὰ 'πᾶρτε σεῖς τὰ πίτερα καὶ 'γιὼ τὸ σημιδάλιν,
Νὰ κάμω τἀερφούλλη μου σαΐταν μὲ δοξάριν,
Ποῦ σαϊτέβκει τὸν ἀτὸν 'πάνω 'ς τὸ παμπουλάριν.

Ο ΑΓΙΟΣ ΓΕΩΡΓΙΟΣ ΚΑΙ Ο ΔΡΑΚΩΝ

Παπάδες καὶ πνευματικοί, 'δασκάλοι καὶ 'γούμενοι,
Ἐλᾶτε νὰ δροικήσετε μιὰν λύπην 'ταιρκασμένην,
Ν' ἀκούσετε τὰ θάμματα τἀῖου Γεωρκίου
Ποῦ ἔρκεται ἡμέρα του 'κοστρεῖς τοῦ Ἀπριλίου.
Δευτέρα ἔν' τῆς καθαρῆς 'ποῦ κάμνουν τὴν νομάδα,   5
Καὶ 'βκῆκαν 'πὸ τὸ σπίτιν τους τὴν πρώτην ἐβτομάδα,

[1] The Cledon (the ancient κληδών, an omen) is a species of incantation, probably of very great antiquity, performed by Greek girls for the purpose of discovering their future destiny : the manner of it is as follows. The girls collect on St. John's Eve and taking a basin of water place in it each of them a ring: the basin is then tied up in a cloth and deposited in the open air in some secure place, often on the roof of a house. On the following day the girls again assemble and one of them sings a song

THE SONG OF MAY WHEN THEY TAKE OUT
THE CLEDON

May comes in and May goes out and the first of June comes in,
and May with its roses and June with its apples,
and August with its tepid water and its green walnuts.
Open the cledon that the maidens may come in,
to sing for the May and see their fortune.
Their fortune was a cross and a ring.
I put it in my pocket and took it to my mother.
Mother, if you are my mother, and I am your own child,
make some warm water and wash me in a silver basin,
and in the silver basin throw a silver knife ;
and put on me my cap with thirty skeins,
which has thirty big skeins and thirty little skeins,
with birds all round, and in the middle pigeons.
My pigeons, my pigeons, fly across with me,
to see my uncle like a rose, my father like the moon,
to see my eldest brother riding on the mule,
to shake his sleeve that the pearl may fall.
Come widows and you orphan girls that you may get a pearl,
for you to take the bran and I the meal,
for me to make for my pet brother an arrow and a bow,
who shoots the eagle on the hen-house.

ST. GEORGE AND THE DRAGON

Priests and confessors, teachers and abbots,
come here to listen to a proper mournful tale,
to hear the miracles of St. George,
whose day falls on the twenty-third of April.
It was the first Monday in Lent, when people go to gather wild herbs, 5
that they left their house in the first week,

describing the ordinary events and character of a woman's life, not for-
getting of course the important subject of matrimony : a little girl,
selected for the purpose, then inserts her hand into the basin under cover
of the cloth and draws out a ring at hazard, and it is supposed that the
future life of the owner of the ring will be that described in the song.
Then another song is sung and another ring withdrawn, and so on, till
all the girls have had their fortunes told them.

Καὶ τρεῖς ἡμέραις ἔκαμαν ν' ἀρέξουν 's τὸ Βεροῦτιν,
Ψουμὶν νερὸν 'ἐν 'βρίσκεται ἐδῶ 's τὴν χώραν τούτην.
Ψουμὶν νερὸν ἔχει πολὺν ἁμὰ 'ν' μακρὰ 's τὸ πλάτος,
Καὶ μέσα ἐκατοίκησεν ἔνας μεάλος δράκος,   10
Καὶ 'ἐν ἀφίνει τὸ νερὸν 's τὴν χώραν γιὰ νὰ πέσῃ.
Ταῖνιν τοῦ ἐκάμασιν πόσα παιδιὰ νὰ φάῃ.
Καὶ οὖλοι εἶχαν ἔξ ὀκτὼ καὶ πέμπαν του τὸ ἔνα·
Μάρτε γυρὶν τάφέντη τους τοῦ μέα βασιλέα,
Κὴ αὐτὸς 'ἐν εἶχεν μανηχὰ παρὰ μιὰν θυγατέρα,   15
'Ποῦ ἔλαμπε 'σὰν ἥλιος, 'ποῦ λάμπει καθ' ἡμέραν,
Καὶ ὁ σκοπός του ἦτανε γιὰ νὰ τὴν ὑπαντρέψῃ.
Καὶ τώρα θέλων μὴ θελὼν τοῦ δράκου θὰ τὴν πέψῃ,
Διὰ ν' ἀφήσῃ τὸ νερὸν 's τὴν χώραν γιὰ νὰ 'πάῃ·
Διότι ἐκινδύνευκεν ἡ χώρα νὰ 'παιθάνῃ.   20
'Ἐν 'δύνατο ἄλλο λοιπὸν αὐτὸς διὰ νὰ κάμῃ,
Μόνον τὴν θυγατέρα του τὴν πέμπει γιὰ νὰ 'πάῃ.
Καὶ πρῶτον μὲν ἡ λυερὴ 's τὴν τσάμπραν της ἐμπαίνει
'Σὲ τούτην τὴν ἀπόφασιν πολλὰ ἐλυπημένη.
'Ἐμπέηκε δὲ τὸ λοιπὸν 's τὴν τσάμπραν της, ἀλλάσσει,   25
Μὲ κλάμματα καὶ ὀδυρμοὺς χαμαὶ 's τὴν γῆν σταλάσσει.
Καὶ ἀπὸ ἐκεῖ ἐφόρησε ροῦχα τῆς ὀρεξιᾶς της,
Μὴ μακρυὰ μήτε κοντά, ἴσια τῆς ἡλικιᾶς της.
'Παπέσω 'φόρησε χρυσᾶ, 'παπέξω χρυσταλλένια,
Τέλεια 'παπέξω 'φόρησε τὰ μαρκαριταρένια.   30
Φορεῖ καὶ τὴν κορώναν της κ' ἐγύρισεν νὰ 'πάῃ,
'Ποῦ τὴν θωρεῖ ἡ μάννα της κόντεψε νὰ 'παιθάνῃ,
Κὴ ἀπολοήθη κ' εἰπέν της μὲ δυὸ χείλη καμένα·
"Καὶ ποῦ 'πάει ἡ κόρη μου, κὴ ἀφίνει με ἐμένα ;
Ἐγιὼ 'ποθοῦσα, κόρη μου, γιὰ νὰ σὲ ὑπαντρέψω,   35
Τοῦ δράκου τοῦ πονηροῦ γιὰ νὰ σὲ κανισκέψω ;
Βασιλοπούλλα, κόρη μου, 'ποῦ νἄχῃς τὴν εὐκήν μου,
'Ἐλύθησαν τὰ μέλη μου καὶ τρέμει τὸ κορμίν μου.
Καὶ νάτουν τρόπος, κόρη μου, διὰ νὰ σὲ γλυτώσω,   40
'Ἐδίουν τὸ βασίλειόν μου, νὰ σὲ ἐλειτερώσω."
Κ' ἐτρέχασιν τὰ 'μάδια της 'σὰν τρέχει μία βρύσι,
'Ποῦ χύνεται ὁρμητικὴ χωρὶς καμμίαν στῆσι,
Καὶ ἔδερνεν τὸ στῆθός της κ' ἐτράβα τὰ μαλλιά της,
Καὶ ἔσχιζεν ταῖς βούκκαις της μὲ τὰ ὀνύχιά της.   45
Ἡ κόρη της τὴν πόνησε, μὲ θλιβερὴν καρτίαν
Καὶ λέγει της, "Μητέρα μου, ἔχε παρηορίαν,

and it took them three days to come to anchor at Beyrout,
and there was not to be found bread or water in this town.
There was plenty of bread and water but it was far away (in a cave),
and in it a great dragon made his home,   10
and he did not allow the water to run down into the town.
They made him a ration, how many children he should eat.
And all had six or eight and they used to send him one;
but the turn came of their master, the great king,
and he had none but only one daughter,   15
who shone like the sun which shines every day,
and his intention was to give her in marriage.
And now, willing or unwilling he has to send her to the dragon,
so that he may let the water go to the town;
for the town was in danger of perishing.   20
So he could do nothing else
but only send his daughter to go there.
And first the pretty darling goes into her chamber,
much afflicted at this decision.
So she went into her chamber and is changing her dress,   25
and with cries and lamentations she drops down upon the ground.
And afterwards she put on the clothes she wished,
neither long nor short, suitable to her age.
Inside she wore them of gold, outside of crystal,
outside of all she wore her pearl ones.   30
She put on her crown and turned to go,
and when her mother saw her she nearly died,
and she spoke and said to her with two parched lips:
" And where is my girl going, and abandoning me?
I was wishing, my child, to give you in marriage,   35
and now thus suddenly am I to send you to the dragon,
to give you as a present to the wicked dragon?
Princess, my child, may you have my blessing!
My limbs are paralysed and my body trembles.
Would that there were a way, my child, to save you!   40
I would give my kingdom to set you free."
Her eyes were running as a fountain runs,
which flows with a rush without ever stopping,
and she beat her breast and plucked out her hair,
and tore her cheeks with her nails.   45
Her daughter pitied her, and with heavy heart
says to her: " Mother, take consolation.

Κὴ ἂν κλάψῃς καὶ ἂν σκοτωθῇς ἐμένα 'ἐν γλυτώνεις,
'Πὸ δράκοντα τὸν πονηρὸν 'ἐν μὲ ἐλειτερώνεις.
'Ετσ' ἤτανε ἡ τύχη μου, ἔτσ' ἦταν τὸ γραφτόν μου,   50
Εἰς τὴν κοιλιὰν τοῦ δράκοντα νὰ κάμω τὸ θαφειόν μου."
Κὴ ἀφίνει καὶ τὴν μάνναν της μὲ πλῆξιν καὶ μὲ πόνον
Καὶ εἶχεν τὴν ὀρπίδα της εἰς τὸν Θεόν της μόνον,
Καὶ πιάνει κεῖνο τὸ στρατίν, κεῖνο τὸ μονοπάτιν,
Τὸ μονοπάτιν 'βκάλλει την 'ς τοῦ δράκοντα τὸ σκιάδιν,   55
'Σ τοῦ δράκοντα τοῦ πονηροῦ, 'ποῦ θέλει νὰ τὴν φάῃ.
Κ' ἐκεῖ 'βρε πέτραν ριζημιὰν καὶ 'πάνω της καθίζει,
Κὴ ἀρκίνησεν ἡ λυερὴ νὰ δακρυολοΐζῃ,
Κὴ ἀπὸ τὸν θρῆνον ποὔκαμε ἡ γῆ κατατρομάζει,
Κὴ ὁ οὐρανὸς τὴν πόνησε κ' εὐτέως συννεφιάζει.   60
'Δακρυολοοῦσε κ' ἔλεε "Δοξάζω σε, Θεέ μου,
Εἰς τὴν ἀνάγκην μου αὐτήν, Θεέ, βοήθησέ μου.
Θεέ, κὴ ἂν εἶμαι πλάσμα σου, Χριστέ, καὶ 'πάκουσέ μου,
Τὴν ποθητήν μου τὴν ζωὴν 'πὸ δράκον γλύτωσέ μου."
'Αλλ' ὅμως ἀπὸ τὸν πολὺν καὶ θρῆνον δὲ ἐκεῖνον,   65
'Επῆρεν εἰς τὰ 'μάδιά της ἕναν μεάλον ὕπνον.
Κὴ ἀπὸ ἐκεῖ ἐξύπνησεν μὲ θλιβερὴν καρτίαν,
Κ' ἐπρόσμενεν τὸν δράκοντα νὰ κάμῃ συντροφίαν.
'Αλλ' ὁ μεαλοδύναμος πολλὰ τὴν ἐλυπήθη,
Κ' ἐπάκουσέν της τὴν στιγμὴν 'ς αὐτὸν 'ποῦ 'προσευκήθη.   70
Κὴ ἀκούσετε, 'σὰν ἔστεκεν μὲ θλιβερὴν καρτίαν,
Θωρεῖ τὸν ἅϊν Γεώρκιον 'πὸ τὴν Καππαδοκίαν.
Καὶ καβαλλάρης 'βρίσκετο 'ς τὸν ἄππαρον τὸν γρίβαν,
Καὶ 'πέρνα δὲ ἀπὸ ἐκεῖ νὰ 'πᾷ 'ς τὴν ἐκκλησίαν,
'Βρίσκει τὴν κόρην μανηχὴν 'ς τοῦ δράκου τὸ σκιάδιν,   75
'Εστάθηκεν ὁ ἅϊος τὴν κόρην ἐρωτᾷ την·
"'Ίντα γυρεύκεις, λυερή, 'ς τοῦ δράκου τὸ σκιάδιν,
Τοῦ δράκοντα τοῦ πονηροῦ 'ποῦ θέλει νὰ σὲ φάῃ;"
Καὶ 'κείνη ἀποκρίθηκε, "'Ρέξε νὰ 'πᾷς, ἀφέντη,
'Ρέξε νὰ 'πᾷς, ἀφέντη μου, καὶ 'ν' ἄδικον καὶ κρίμα,   80
Εἰς τὴν καρτιὰν τοῦ δράκοντα νὰ κάμῃς σου τὸ μνῆμα."
'Αλλ' ἅϊος ἐθέλησεν τὴν κόρην νὰ τὴν σώσῃ,
Καὶ πονηρὸν τὸν δράκοντα γιὰ νὰ τὸν ἐσκοτώσῃ.
Καὶ πάραυτα ἐπέζεψεν 'ποῦ τὸ γριβὶν ἀππάριν,
Κ' εὐτὺς τῆς κόρης τὤδωσεν ἀπὸ τὸ χαλινάριν.   85
Λαλεῖ της "'Πάρ' το, σῦρέ το τἀππάριν ν' ἀποδρώσῃ,
Νὰ 'ξαπολύσω τὸ νερὸν κὴ χώρα νὰ γεμώσῃ."
Πάλε τῆς κόρης λέει της "Ὁ ὕπνος μὲ βιάζει

If you weep, and if you die you will not save me,
from the wicked dragon you will not free me.
Such was my lot, such was my written fate,   50
in the belly of the dragon to make my tomb."
And she left her mother, in distress and pain,
and she had hope only in her God ;
and she takes that road, that very path,
and that path takes her to the dragon's lair,   55
to that of the wicked dragon that wants to eat her ;
and there she found a block of stone, and seats herself upon it,
and the pretty darling began to lament in tears,
and from the lamentations which she made the earth trembles,
and the sky pitied her and at once is clouded over.   60
She wept and said : " I glorify thee, my God,
in this my trouble, my God, help me !
O God, if I am Thy creature, O Christ, hear me,
save my dear life from the dragon."
But on account of that great lamentation,   65
there came on her eyes a deep sleep.
And afterwards she awoke with a heavy heart,
and was waiting to make the dragon her companion.
But the Almighty had great pity on her,
and heard her the moment that she prayed to Him.   70
And, listen to this, while she was waiting with a heavy heart,
she sees St. George from Cappadocia,
and he was mounted on his brave horse,
and he was passing that way to go to church :
he finds the maiden alone in the dragon's lair,   75
and the saint stopped and asked the maid :
" What are you doing here, my pretty maid, in the dragon's lair,
that wicked dragon who wants to eat you ? "
And she answered : " Run and go away, sir,
run and go away, sir, it is wrong and a great pity   80
for you to make your tomb in the stomach of the dragon."
But the saint wished to save the maid,
and kill the wicked dragon.
And he at once alighted from his brave horse,   84
and straightway gave it to the maiden by the bridle.   [cool,
He says to her : " Take it, walk the horse about that it may become
so that I may let loose the water and the town may have plenty."
Again, he said to the maiden : " Sleep urges me

2 G

Νὰ πέσω καὶ νὰ κοιμηθῶ καθὼς ὀμβρὸς μὲ βάζει,
Κὴ ὄντας ἰδῆς τὸν δράκοντα κάμε ᾿ς ἐμένα γνῶσι,   90
Νὰ ᾿ξαπολύσω τὸ νερὸν κὴ χώρα νὰ γεμώσῃ."
Κὴ ὁ ἅϊος ἐπλάϊασε ἐκεῖ καὶ ἐκοιμάτουν,
Καὶ μετ᾿ ὀλίον ἄκουσεν αὐτοῦ τὴν μουγγαρκάν του.
Κὴ ὁ ἅϊος ᾿ποῦ τὴν δροικᾷ εὐτέως ἐσηκώστη
Καὶ τὸ χατζάριν τὸ χρυσὸν ᾿ς τὴν μέσην του ἐζώστη.   95
᾿Πάνω ᾿σὲ κείνην τὴν στιγμὴν ὁ δράκος ἀναφαίνει,
Καὶ ᾿λάβριζεν τὸ στόμαν του ὡσὰν λαμπρὸν ᾿π᾿ ἀφταίνει.
᾿Ποῦ τὸν θωρεῖ ὁ ἅϊος, εὑρέθη εἰς τὴν σέλλαν,
Καὶ ᾿παίρνει καὶ ᾿πὸ ᾿πίσω του εὐτὺς καὶ τὴν κοπέλλαν.
Ὁ δράκοντας ᾿ποῦ τὴν θωρεῖ ἐκίνησε κοντά τους,   100
Κ᾿ εὐτὺς μὲ τέτοιας λοῆς στέκει καὶ χαιρετᾷ τους·
"῏Ωρα καλή σου μπούκκωμα, ὥρα καλή σου γέμμα,
Καὶ ὡς τὰ ᾿λιοβουτήματα ᾿ποσπάζομεν τὰ τέλεια·
Πρῶτα τρώω τὸν ἄδρωπον κ᾿ ὕστερα τὴν κοπέλλαν,
Καὶ ὕστερα τὸν ἄππαρον ᾿πὸ τὴν χρυσὴν τὴν σέλλαν."   105
"Μπούκκωμα τρώεις χατζαρκάν, τὸ δεῖλις ἀλυσσίδιν,
Κὴ ὡς τὰ ᾿λιοβουτήματα γινίσκεσαι παιχνίδιν."
Κ᾿ ἐγύρισεν τὸν ἄππαρον μὲ πλάνον γιὰ νὰ ᾿πάῃ,
᾿Ποῦ τοὺς θωρεῖ ὁ δράκοντας γυρέβκει νὰ τοὺς φάῃ·
᾿Αλλὰ ᾿σὲ κείνην τὴν στιγμὴν καὶ εἰς αὐτὴν τὴν ὥραν,   110
Μιὰν χατζαρκὰν τοῦ ἔδωκεν τοῦ δράκοντα ᾿ς τὸ στόμαν,
Κὴ ὁ δράκος ἐμμουγγάρισε καὶ θάμματα ᾿μολόα,
Καὶ ᾿κεῖ ὁποῦ τὴν ἔφαεν τὸ γαῖμαν ἐπετοῦσεν,
Καὶ ᾿πάνω ἐσηκώνετουν καὶ κάτω ἐδυοῦσεν.
Καὶ ᾿ξεπεζέβκει παρευτὺς τὴν νέαν ᾿πὸ τἄππάριν,   115
Λαλεῖ της " Πάρ᾿ το, σῦρέ το, ἐτοῦτο τὸ λεοντάριν.
Πάρέ το, κόρη, σῦρέ το ᾿ς τὴν χώραν τοῦ κυροῦ σου,
᾿Εκεῖ εἰς τὸ παλάτιον τοῦ περιποθητοῦ σου,
Γιὰ νὰ τὸ ᾿δοῦν Χριστιανοὶ διὰ νὰ πιστωθοῦσι,
Κ᾿ οἱ ᾿Οβρῃοὶ οἱ ἄνομοι, νὰ ᾿δοῦν νὰ βαφτιστοῦσιν."   120
῾Η λυερὴ ᾿φοήθηκεν τὸν δράκοντα νὰ πιάσῃ,
Γιατὶ τὸν εἶδεν νὰ λαχτᾷ αὐτὸν καὶ νὰ ταράσσῃ·
᾿Αλλ᾿ ἔπειτα ἡ λυερὴ μ᾿ ἀΐου βοηθεῖαν
Τὸν ἔπιασεν τὸν δράκοντα εὐτὺς μὲ ἀφοῖαν,
Καὶ ἔσυρνέν τον κατὰ γῆς καὶ ᾿παιρνέν τον ᾿ς τὴν χώραν. 125
᾿Πάνω ᾿σὲ κείνην τὴν στιγμὴν καὶ καὶ εἰς αὐτὴν. τὴν ὥραν,
Καὶ ἔτσι ᾿σὰν τὸν ἔπαιρνεν ὁ δράκος μουγγαρίζει,
Καὶ τὸ θρονὶν τοῦ βασιληᾶ εὗρεν καὶ ῥαΐζει.
Κὴ ὁ βασιληᾶς ἀρώτησεν, " ῎Ιντα ᾿νι ᾿ποῦ συβαίνει,

to lie down and go to sleep at once while it impels me,
and when you see the dragon, let me know   90
so that I may let loose the water and the town may have plenty."
And the saint lay down there and slept,
and after a little while he heard its roar.
And the saint, on hearing it, at once arose,
and girded on his golden dagger at his waist.   95
At that moment the dragon appears,
and his mouth flamed like fire that burns.
As soon as the saint saw him he got into his saddle,
and immediately took the girl also behind him.
The dragon, when he saw her, went near to them,   100
and at once stands and greets them thus:
"I wish you a good journey, my breakfast; I wish you a good
journey, my lunch; and about sunset I shall tear to pieces the last:
first I shall eat the man, and afterwards the maid,
and after that the horse with the golden saddle."   105
"For breakfast you will eat the dagger, in the afternoon a chain,
and by sunset you will be a child's plaything."
And he turned his horse in pretence that he was going,
and the dragon seeing them (going) wants to eat them;
but at that moment and at that time,   110
he gave the dragon a stroke of his dagger in the mouth,
and the dragon roared and acknowledged a miracle,
and from where he received the (stroke) the blood darted out,
and he sprang up and sank down.
And he took down the girl directly from the horse,   115
and says to her: "Take it, lead it away, this ferocious beast.
Take it, maiden, lead it to your father's town,
there to the palace of him you long for,
that the Christians may see it and become confirmed in their faith,
and that the lawless Jews may see it and be baptized."   120
The darling girl was afraid to take hold of the dragon,
for she saw it quivering and writhing:
but afterwards the pretty maid, with the help of the saint,
took hold at once of the dragon with fearlessness,
and drew it along the ground and took it to the town.   125
At that moment and at that very time,
and just as she was taking it, the dragon roared,
and the king's throne bent and was cracked.
And the king asked: "What is it that is happening

'Σ τὴν μουγγαρκὰν 'ποῦ 'κοίσαμεν ἡ γῆ εὐτὺς νὰ τρέμῃ;" 130
"Οσοι τὸν ἐμισούσασιν, λαλοῦν του, πῶς συβαίνει,
Καὶ ἔρκεται ἡ κόρη του τὸν δράκοντα καὶ φέρνει,
Νὰ φᾷ καὶ τὴν βασίλισσαν "καὶ σὲ τὸν βασιλέα,
Καὶ ὅλους σου τοὺς μισταρκούς, 'ποῦ 'βρέθουνται σὲ σένα·"
'Αλλ' ὅσοι τὴν ἐμάθασιν ἐτούτην τὴν αἰτίαν, 135
Τοῦ εἴπασιν καταλεπτῶς πᾶσαν τὴν ἀλήθειαν.
Κὴ ὁ βασιληὰς χαρούμενος εὐτὺς τοὺς ἀποκρίθη,
"Καὶ ποιὸς ἔνι ὁ ἄνθρωπος ὁποῦ μὲ ἐλυπήθη;
Πρέπει νὰ τὸν δουλεύκωμεν καὶ νύχταν καὶ ἡμέραν,
Καὶ 'γιὼ καὶ ἡ βασίλισσα κ' ἡ μιά μου θυγατέρα, 140
Νὰ δώσω καὶ τὴν κόρην μου γιὰ νὰ γενῇ γαμπρός μου,
Νὰ κάτσῃ εἰς τὸν θρόνον μου ὡσὰν παιδὶν 'δικόν μου."
'Πάνω 'σὲ κείνην τὴν στιγμὴν ὁ ἅϊος εὑρέθη,
Καὶ 'σὰν ἀτὸς ὁλόχρυσος ὀμπρός του φανερώθη.
" 'Εγιὼ εἶμαι 'ποῦ σοῦκαμα," λαλεῖ, "αὐτὴν τὴν χάριν, 145
Καὶ γλύτωσα τὴν κόρην σου 'πὸ κεῖνο τὸ λεοντάριν.
'Εν θέλω 'γιὼ τὴν κόρην σου, γιὰ νὰ γενῶ γαμπρός σου,
Οὔτε νὰ ὀνομάζουμαι ὡσὰν παιδὶν 'δικό σου,
Μόν' 'κεῖ χαμαὶ 's τὸν σκοτωμὸν ἐκείνου τοῦ θερίου,
Νὰ χτίσῃς μίαν ἐκκλησιὰν τᾶϊου Γεωρκίου, 150
'Ποῦ ἔρκεται ἡμέρα του 'κοστρεῖς τοῦ 'Απριλίου,
Καὶ μὲ τἀμάξια τὸ κερὶν καὶ μὲ τᾶσκιὰ τὸ 'λᾶδιν,
Καὶ μὲ τὸ βορτονόμουλον νὰ φέρνῃς τὸ λιβάνιν."
Κὴ ὅσα τοῦ εἶπεν ἔκαμεν, καὶ ὅσα τοῦ ἀναγγέλλει,
Οὖλα τὰ ἐτελείωσεν καθὼς τοῦ παραγγέλλει. 155

that the earth straightway trembles at the roar we heard?"   130
All who hated him, told him how it happened,
that his daughter was coming and bringing the dragon
to eat the queen, "and you, the king,
and all your attendants who are with you:"
but as many as had learnt the cause of this,   135
told him minutely the whole truth.
And the king joyfully at once answered:
"And who is the man who took pity on me?
We must wait upon him day and night,
both myself and the queen and my only daughter,   140
and I must give him my daughter that he may be my son-in-law,
to sit on my throne just as a son of my own."
At that very moment the saint arrived,
and appeared before him like an eagle all of gold.
"I am he," he said, "who gave you this boon,   145
and saved your daughter from that ferocious beast:
I do not want your daughter, in order to become your son-in-law,
neither to be named as your own son,
but only, there at the spot where the beast was killed,
that you should build a church of St. George,   150
whose day comes on the twenty-third of April,
and that in carts the wax (for tapers) and in skins the oil,
and on a mill-mule you should bring the incense."
And whatever he said to him he did it; and whatever he told him,
he carried it all out just as he ordered him.   155

ΠΑΡΑΜΥΘΙ ΤΟΥ ΤΡΙΜΜΑΤΟΥ

'Αρκὴ τοῦ Παραμυθιοῦ καὶ καλὴ 'σπέρα τῆς ἀφεγκιᾶς σας.

Μιὰν φορὰν ἦταν ἔνας γέρος ξυλοφόρος, κεῖχεν τρεῖς κόραις, εἶχε καὶ τρία χτηνὰ καὶ 'πήαινεν κ' ἔφερνεν ξύλα νὰ ταῖς ἐξῇ. Λοιπόν, κυρά μου, τοῦτος 'ἐν ἐμπόρει νὰ ταῖς ἐξήσῃ, καὶ λυπᾶτο πολλά, καὶ πῶς 'ἐν ἐμπόρει νὰ προτερέσῃ τίποτες ν' ἀγοράσῃ ἔναν μικρὸν πρᾶμαν τῶν κορῶν του. Μιὰν ἡμέραν ἀξιώθηκεν νὰ 'πάρῃ ἔναν μαντῆλιν. Λοιπὸν χαρὰν ἦ κόραις του ὅταν τὸ εἶδαν, καὶ θέλησεν νὰ τὸ σκουφωθῇ ἦ μεάλη. Τὴν ἡμέραν 'ποῦ τὸ ἐσκουφώθηκεν ἐθέλησε νὰ κάτσῃ 's τὸ παναθύριν, 'ποῦ ἦταν ἔνα μικρὸν σέντε 'ποῦ εἶχεν παναθύριν 's τὸ στενόν. Λοιπόν, κυρά μου, περνῶντας ἔνας πραματευτὴς εἶδέν την καὶ ἄρεσέν του πολλά. Τέλος πάντων, κυρά μου, ἀρώτησεν εἰς ταῖς γειτόνισσαις, ἂν ἦτον 'λεύτερη ἦ 'παντρεμμένη. Εἶπάν του "ὄϊ, ἔνι 'λεύτερη," κεῖπέν τους νὰ τοῦ κάμουσιν προξενιὰν γιὰ νὰ τὴν 'πάρῃ, κὴ ἂν 'ἐν ἔχῃ τίποτες, 'ἐν πειράζει,

THE STORY OF THE GHOUL

The beginning of the tale, and good evening to your ladyship.

Once upon a time there was an old wood-carrier, and he had three daughters, and he had three beasts of burthen, and he used to go and bring firewood, to support the girls. Now, my lady, this man could not support them, and he was very sorry for this, and also that he could not manage to buy any single little thing for his daughters. One day he was able to buy one handkerchief. So his daughters were very pleased when they saw it, and the eldest wanted to put it on her head. The day when she put it on her head, she took a fancy to sit at the window, where there was a small upper room, which had a window on to the street. Now, my lady, a merchant, as he was passing by, saw her and was very much taken with her. At last, my lady, he asked the women of the neighbourhood if she was unmarried or married. They said to him: "No, she is unmarried," and he told them to arrange the match for him, that he might get her, and that if

αὐτὸς 'παίρνει τὴν ἔτσι χωρὶς
τίποτες. Λοιπόν, κυρά μου,
ἀποφασίσασιν οἱ γονηοί της,
εὐκαριστηθήκασιν, ἔδωσάν τού
την.

῞Οταν ἐπῆεν ἡ κοπέλλα 's
τὸ σπίτιν τοῦ γαμπροῦ, τὴν
εὐκαρίστησιν ὅπου ἔλαβεν ὁ
ἄντρας της, ἔδωσέν της ἑκατὸν
ἔναν κλειδίν, καὶ εἰπέν της, τὰ
ἑκατὸν νὰ τὰ ἀνοίξῃ, τὸ ἔναν
νὰ μὲν τὸ ἀνοίξῃ, γιατὶ ἔνι ἔναν
γέρημον σπίτιν. Τέλος πάν-
των, λαλεῖ της, "Παρὰ νὰ τῶχῃς
νὰ 'ν' ἄχρηστον πρᾶμα, 'ός μού
το," καὶ ἐπιασέν το. Λοιπὸν
τούτη ἄνοιξεν, εἶδεν πλούτη
πολλὰ καὶ σιάστισε.

Τέλος πάντων ὅταν ἐχόρ-
τασεν τὸ πλοῦτος, ἐμπῆκέν της
ἡ ἰδέα πῶς τόσον πλοῦτος
ἐφιαρεύτην τῆς το καὶ μιὰν
τσάμπραν ὄϊ· ἐμπῆκέν της 's
τὸν νοῦν ν' ἀνοίξῃ καὶ τὴν
ἄλλην τσάμπραν. Λοιπόν,
κυρά μου, τούτη μιὰν ἡμέραν
ἐπαρατήρησεν ποῦ ἔβαλεν τὸ
κλειδὶν καὶ ἐπιασέν το καὶ
ἄνοιξεν· παρατηρᾷ 'ἐν βλέπει
τίποτες παρὰ τέσσερες τοίχους
ὤφκαιρους καὶ ἔναν σεντοῦκιν
μεάλον μέσα. 'Σὰν ἀσκοποῦσε
βλέπει ἔναν παναθίριν καὶ
'βλέπεν κάτω 's τὸ στενόν.
Λέει, "ά! 'δὲ τὸν ἄντρα μου,
γιατὶ ἔνι τοῦτο τὸ παναθίριν
καὶ βλέπει 's τὸ στενὸν καὶ
γιὰ νὰ μὲν βλέπω ὄξω γιὰ
τοῦτο τὸ ἔχει βαδωμένον τὸ

she had nothing, it did not
matter, that he would take her
as she was, without anything.
So, my lady, her parents made
up their minds, and were much
pleased, and gave her to him.

When the maiden went to
the bridegroom's house, from
the joy which her husband felt,
he gave her a hundred and one
keys, and told her to open
the hundred (rooms), but the
one, not to open it, for it
was an empty room. At last
he says to her: "Instead of
keeping that (one key), to be a
useless thing, give it to me;"
and he took it. So she opened
(everything) and saw great
riches, and was astonished.

At last, when she had had
enough of the riches, the
thought came to her how it
was that he entrusted to her
so much wealth, but not the
one chamber; and it came into
her mind to open also the other
chamber. So, my lady, one
day she watched where he put
the key, and she took it and
opened (the chamber): she looks
round and sees nothing but four
bare walls and one big chest
inside. While she was looking
she saw a window, and it
looked down on the street.
"Ah!" she says, "see my
husband now, because there is
this window and it looks upon
the street, and that I may not
look outside, that is why he

σπίτιν. Λοιπὸν ἐφάνηκέν της
τῆς καϋμένης νὰ κάτσῃ 'ς τὸ
παναθύριν καὶ νὰ βλέπῃ ὄξω.
Λοιπόν, κυρά μου, ἅμα κ'
ἔκατσε πολλὴν 'λίην ὥραν,
εἶδεν ἔναν λείψανον καὶ 'περ-
νοῦσεν.

Λοιπόν, κυρά μου, τοῦτο τὸ
λείψανον μήτε κλάμματα εἶχεν
μαζί του μήτε τίποτες. Ὅταν
τὸ εἶδεν ἐτοῦτο, ἐπῆράν την τὰ
κλάμματα, γιατὶ ἔτσι 'ενὰ τὴν
πάρουν καὶ τούτην, γιατὶ ὁ
ἄντρας της 'ἐν ἔθελεν τοὺς
'δικούς της νάρκουντ' ἔσω της.
Ὅταν τὸ θάψασιν τοῦτο τὸ
λείψανον κ' ἔφυεν ὁ κόσ-
μος, βλέπει τὸν ἄντραν της
καὶ 'μπαίνει μέσα 'ς τὰ μνή-
ματα καὶ κάμνει μιὰν κεφαλὴν
ἴσια μ' ἔναν κόσκινον, καὶ
κάμνει τρία 'μάτια, κάμνει
κᾶτι χέρκα, τῆς ἐφαίνουνταν
πῶς ἅπλωνεν οὖλον τὸν κόσμον
ἀπὸ τὸ μάκρος 'ποῦ ἔκαμνεν,
ἔκαμνεν κᾶτι 'νύχια μεάλα μιὰν
πῆχυν μάκρος, καὶ ἄρκισε νὰ
σγάφτῃ νὰ 'βκάλῃ τὸ λείψανον
νὰ τὸ φάῃ. Ἐβάσταξεν τούτη
ὅσον νὰ βεβαιωθῇ καλὰ πῶς
ἔτρωεν τὸ λείψανον. Τότες
ὅταν ἐβεβαιώθη, πιάνει την ἔνα
ρίόν, μὰ ἴντα ριόν! ἦρτεν
τούτη ἐπλάγιασεν.

'Σ τὴν πολλὴν ὥραν 'ποῦ
ἐγλύτωσεν ὁ ἄντρας της, ἦρτεν
τοῦτος εἰς τὸ σπίτιν του ὅπως
ἔρκετουν πάντα, ἀνοίει τὸ
σπίτιν, παρατηρᾷ, ηὗρεν πατή-
ματα μέσα· "ἄ!" λαλεῖ, "'ἐν

had the room shut up. So it
occurred to her, poor thing, to
sit at the window and look out-
side. Then, my lady, she had
only sat there a very little
while, when she saw a funeral
pass by.

Now, my lady, this funeral
had no weeping with it nor
anything. When she saw this,
a fit of crying took her, for (she
thought) they would carry her
too in the same way, because
her husband did not wish her
relations to come to her house.
When they had buried the
corpse and the people had gone
away, she sees her husband
going among the tombs, and he
is getting a head as big as a
sieve and is getting three eyes,
and is getting such arms:
he appeared to her to be ex-
tending over the whole world
from the size that he was
getting: he was getting such
big nails, a cubit long; and he
began to dig, to take out the
corpse to eat it. She braved it
out till she was quite sure
that he was eating the corpse.
Then, when she was sure, a
shivering seized her, but what
a shivering! And she went
and lay down.

After a long time, when
her husband had finished, he
came home as he always did,
opens the chamber, looks
about him, and found foot-
steps inside. "Ah!" he says,

ἔνι καλὴ δουλειά, πρέπει ἡ
γεναῖκά μου ν' ἄνοιξεν τὸ
σπίτιν, καὶ εἶδε," λαλεῖ,
"ἐκεῖνα 'ποῦ τῆς ἔκρυφα."
Ἀνοίει τὸ σεντοῦκιν, ἐφύλα-
ξεν ἐκεῖνα 'ποῦ ἔφερεν, ταῖς
πετσιαῖς, τὰ κόκκαλα καὶ τὰ
μαλλιά, κάμνει καλὴν παρα-
τήρησιν, βλέπει καὶ τὸ πανα-
θύριν ἀνοιχτόν. Ἔπειτα βα-
δώνει το καὶ λαλεῖ, "νὰ 'πάω
νὰ τὴν εὔρω, νὰ 'δῶ ἴντα 'ενὰ
μοῦ 'πῇ, ἂν μοῦ τὸ 'μολογήσῃ."
Πάει τοῦτος εἰς τὴν τσάμβραν
'ποῦ ἐκοιμούνταν, 'βρίσκει την
'πὸ κάτω σὲ τρία παπλώματα
σκεπασμένην 'πὸ τὸ ριὸν 'ποῦ
τὴν ἐβάστα. Ὅταν τὸν νοιώθῃ
τούτη νὰ τῆς κοντέβκῃ, 'πὸ τὸν
φόον της περίττου ἀκόμα τὴν
ἐδυνάμωνε τὸ ριόν. Λαλεῖ της,
"ἴντα 'χεις, χαρῶ σε, καὶ εἶσαι
ἄρρωστη;" "Ἄ," λαλεῖ του,
"'ενὰ 'παιθάνω," (καὶ 'ποῦ ν'
ἀνοίξῃ τὰ 'μμάτια της νὰ τὸν
'δῇ, 'ποῦ τὸν φόον της περίττου
ἐχώννετο 'πὸ κάτω 'πὸ τὸ πά-
πλωμα). Λαλεῖ της, "χαρῶ
σε, θέλεις τὴν μάνναν σου νὰ
πάω νὰ σοῦ τὴν φέρω;" Λαλεῖ
του κείνη, "ἄ! νὰ τώκαμες."
Πααίνει τοῦτος ὄξω, μετα-
μορφώνεται ὁ ἴδιος καὶ 'γίνηκεν
ἴδια ἡ μάννα της. Ἤρτεν
τούτη, 'μπαίνει, ἀρκίνησεν νὰ
τῆς λαλῇ, "ἴντα 'χεις, κόρη
μου, τυραννισμένη μου; Τοῦτος

"this is not a good business,
my wife must have opened the
room, and must have seen,"
says he, "what I kept secret
from her." He opens the chest
and stowed away in it what he
had brought, the skins, the
bones, and the hair ; and he
looks well about him and sees
the window open. Then he
shuts it and says : "I must
go and find her, and see what
she will tell me, if she will
confess it to me." He goes to
the chamber where she was
sleeping, and finds her covered
up under three blankets, on
account of the shivering which
still kept on with her. When
she perceived that he was
approaching her, from her fear,
her shivering became still more
violent. He says to her :
"What is the matter with you,
my dear, that you are ill ?"
"Ah !" she says to him, "I
shall die" (I do not know how
she could open her eyes to see
him, when from fear she was
pushing herself still further
under the blankets). He says
to her : "Would you like me
to go and fetch your mother,
my dear ?" She says to him,
"Ah ! I wish you would do so."
He goes out, transforms himself
and became exactly like her
mother. She (the ghoul) comes
and enters and begins to say to
her : "What ails you, my child,
my poor sufferer ? This unpar-

ὁ ἀσιγχώρητος οὖλον νὰ σὲ
τυραννῇ, ὁ ἄφοος τοῦ Θεοῦ,
'ποῦ σὲ τυραννεῖ οὐλ' ἡμέραν;
'πέ μου, κόρη μου, ἴντα σοῦ
'καμε καὶ εἶσαι ἄρρωστη;"
"'Εν μοὔκαμε, μαννοῦλλά μου,
τίποτες, ἔτσι εἶμαι ἄρρωστη."
Λαλεῖ της, "κόρη μου, τόσα
πλούτη 'ποῦ 'χεις 'ός μου καὶ
μένα 'λία νὰ κυβερνηθῶ."
Λαλεῖ της "ὄϊ, μαννοῦλλά μου,
'ἐν ἐμπορῶ, ὅταν ἔρτῃ ὁ γαμ-
πρός σου, ζήτησέ του νὰ σοῦ
δώσῃ, γιατὶ ἐγιὼ 'ἐν ἐμπορῶ νὰ
σοῦ δώσω." Ὅταν εἶδεν ὅτι
ἔκατσεν πολλὴν ὥραν καὶ
πάντα τὰ ἴδια τῆς ἔλεεν, ἐσηκώ-
θηκεν, ἀποχαιρέτησέν την καὶ
'πῆεν. Ἐπῆεν, κυρά μου, καὶ
'γίνηκεν ὡς καθὼς ἤτουν καὶ
ἦρτεν πάλε· λαλεῖ της, "πῶς
ἐπέρασες, χαρῶ σε, ἦρτεν ἡ
μάννα σου;" Λαλεῖ του, "'ἐν
ἠξέρεις, μοῦ ἐζήτησεν 'λίους
παράαις νὰ τῆς δώσω νὰ ζήσουν·
μὰ 'ἐν ἤσουν 's τὸ σπίτιν καὶ
'ἐν τῆς ἔδωσα. "'Ας εἶεν τῆς
δώσῃς," λαλεῖ της, "'ἐν ἤσουν
σοῦ νοικοκυρά;" "'Όϊ," λαλεῖ
του, "ἔπρεπε νὰ ἤσουν ἡ
ἀφεγκιά σου νὰ τῆς δώσῃς,
γιατὶ ἐγιὼ 'ἐν τῆς ἐδίουν."

Τέλος πάντων, λαλεῖ της,
"θέλεις καὶ τοὺς ἄλλους συγ-
γενεῖς σου νὰ 'πάω νὰ σοῦ τοὺς

donable man, is he always to
torment you, this man who does
not fear God, who torments you
all day long? now tell me, my
child, what did he do to you
that you are ill?" "He did
nothing at all to me, mother,
only I am ill." She says to
her: "My child, now that you
have so much riches, give a
little to me too, to keep my-
self." She says to her: "No,
little mother, I cannot: when
your son-in-law comes, ask him
to give you some, for I cannot
give you any." When she (the
ghoul) saw that she had stayed a
long time and always got the
same answer from her, she got
up, bade her good-bye and went
away. Went away, my lady,
and became as he was before
and came again: he says to
her: "How have you been
getting on, my dear? did your
mother come?" She says to him:
"You don't know, she asked
me to give her a little money
for them to live on; but you
were not at home, and so I did
not give her any." "I wish
you had given her some," he
says to her, "were you not the
mistress of the house?" "No"
she says to him, "your lord-
ship ought to have been here
to give it to her, for I was not
going to give her anything."

At last he says to her:
"Would you like me to go
and bring you your other

φέρω;" "Ἄ!" λαλεῖ του,
"ἔτσι νὰ τῶκαμες." Μὲ τὸν
ἴδιον τρόπον ἔτσι ἐμετα-
χειρίστη γιὰ ὅλους της τοὺς
συγγενεῖς. Ἔμεινεν μόνον ἡ
στετέ της. Λαλεῖ της, " θέλεις
καὶ τὴν στετέν σου;" "Ἄ!"
λαλεῖ του, "νὰ τῶκαμες νὰ
μοὔφερνες καὶ τὴν στετέν μου,
τὴν καλήν μου." Ἐπῆγεν,
ἐγίνηκεν ἴδια ἡ στετέ της καὶ
ἦρτεν, ἐμπῆκεν ἔσω μ' οὔλαις
του ταὶς πονηρίαις. Πειὸν ὅτι
καὶ θωρρεῖ τούτη τὴν στετέν
της· "καλῶς την τὴν στετέν
μου, καλῶς την, ἔλα, στε-
τοῦλλά μου, ν' ἀκούσης τὰ
πάθη μου!" "'Πέ μου, κόρη
μου, 'πέ μου, ἴντα σοὔκαμε
τοῦτος ὁ ἀσυγχώρητος;" Ἄ-
νοιξεν κεῖπεν τὴν ὁμιλίαν της
ὡς καθὼς ἔτυχεν κεῖδεν τὸν
ἄντραν της. Ὅταν ἐτελείωσε
τὴν ὁμιλίαν της τέλεια, 'ποτουν-
τουνίζεται τοῦτος ἕναν 'ποτουν-
τούνισμα μεάλον, καὶ μὲ μιᾶς
ἔγεινεν ἕνας Τρίμματος ἔτσι
πῶς τὸν εἶδεν τὴν πρώτην
φοράν. "Ἄ! βρῶμα," λαλεῖ
της, "ἐγίνηκα οὔλοί σου οἱ
συγγενεῖς 'ἐν ἐγελάστης, καὶ
τῆς στετές σου ἔθελες νὰ
'μολοήσῃς τὸ μιστικόν σου
πῶς ἐὼ ἤμουν Τρίμματος;
Ἄν τὸ ἐφύλαες τὸ μιστικόν
σου," λαλεῖ της, "'ἐν σ' ἔτρωα,
μὰ ὅταν τὸ ὡμολόησες 'ενὰ σὲ

relations also?" "Ah!" says
she to him, "I wish you would
do so!" He acted just in the
same way for all her other
relations. Only her grand-
mother was left. He says to
her: "Do you want your grand-
mother too?" "Ah!" she
says to him, "I wish you would
do this, to bring me my grand-
mother too, my good (grand-
mother)." He went and be-
came exactly her grandmother,
and returned, and came in
with all his cunning. As soon
as she sees this grandmother of
hers: "Welcome, grandmamma,
welcome: come, dear little grand-
mamma, and hear my suffer-
ings!" "Tell me, my child,
tell me, what has this un-
pardonable man done to you?"
She began and told her her story,
just in what way she happened
to see her husband. When she
had finished her account com-
pletely, he roared one tremend-
ous roar and in a moment be-
came a ghoul exactly like what
she saw him the first time.
"Ah! you dirty thing!" he
says to her, "I turned myself
into all your relations and you
were not deceived, and did you
want to confess to your grand-
mother your secret, that I was
a ghoul? If you had kept
your secret," says he, "I was
not going to eat you, but now
that you have confessed it, I
shall eat you; now you cannot.

φάω, τώρα 'ἐν γλυτώνεις 'πὸ
τὰ χέρκα μου," λαλεῖ της.
"Οταν τὸ εἶδεν τὸ πρᾶμα καὶ
'ἐν εἶχεν πειὸν ἔλεος, τότες
ἐσηκώθηκεν τούτη 'πὸ τὰ ῥοῦχα
καὶ ἐχαζιρέβκετουν νὰ φύῃ.

'Πάει τοῦτος ὁ Τρίμματος
καὶ χαζιρέβκει μιὰν λαμπρα-
κιὰν 'ποῦ ἐξέβκαινεν ἡ γλῶσσα
τοῦ λαμπροῦ μεσούρανα καὶ
βάλλει μιὰν σοῦχλαν καὶ ἐπυρώ-
νετουν, ἔρκεται καὶ 'βρίσκει την
τούτην καὶ λαλεῖ της, "κόπιασε
νὰ 'πᾶμεν, καὶ περιμένει σε ἡ
σοῦχλα. "Ιντα νὰ σοῦ κάμω,"
λαλεῖ της, "'ποῦ ἔφτασα καὶ
ἔμοσα μὲ τοῦτον τὸν τρόπον νὰ
σὲ φάω ὀφτήν, εἰ δὲ ἔθελα σὲ
ῥουφήσει." "'Αμμάν! ἀφέντη
μου," λαλεῖ του, "πρῶτα καὶ
ὕστερα εἶμαι 'δική σου, ἀλλὰ
ζητῶ σου δυὸ ὥραις νὰ μοῦ
χαρίσῃς τὴν ζωήν μου, νὰ κάμω
τὴν προσευκήν μου, ταῖς μετά-
νοιαίς μου, καὶ τότες τρώεις
με." 'Πάει τούτη καὶ πιάνει
κεῖνο τὸ κλειδίν, κὴ ἀνοίει τὴν
τσάμπραν κείνην τὴν κρυφήν,
κὴ ἀνοίει τὸ παναθύριν, καὶ
'κρέμησεν ὄξω 'ς τὸν δρόμον.

Τέλος πάντων ἐβουροῦσεν
τούτη γιὰ νὰ 'βρῇ κανέναν νὰ
τὴν ἐγλυτώσῃ. 'Κεῖ 'ποῦ
ἐβούρα, φτάνει ἔναν καρρε-
τάρην κὴ ἀρκίνησεν νὰ τὸν
παρακαλῇ νὰ 'δῇ τὸν Θεὸν νὰ
'δῇ καὶ κείνην νὰ τὴν λυπηθῇ
νὰ τὴν ἐγλυτώσῃ, καὶ 'πάνω
·της ἔνι φορτωμένη παράαις νὰ

get out of my hands" he says
to her. When she saw the
state of things, and that he had
no pity for her, then she rose
out of the bed-clothes and pre-
pared to run away.

This ghoul goes and prepares
such a bonfire that the tongue
of the flame went out into the
midst of the sky, and he puts
a spit into it and it was getting
red-hot, and he comes and finds
her and says to her: "Give
yourself a little trouble and let
us go, for the spit is waiting for
you. What can I do for you,"
says he to her, "once that I
have taken an oath to eat you
roasted in this way? Other-
wise I would have only
swallowed you." "Alas, my
lord," she says to him, "now
and at any time I belong to
you, but I ask you to grant
me my life for two hours, so
that I may say my prayers and
perform my prostrations and
then you shall eat me." She
goes and takes that key, and
opens that secret chamber, and
opens the window and lets her-
self down out into the street.

And then she ran to find
some one to save her. While
she was running, she overtakes
a carter and began to beg
him to look at God and look
at her, and pity her and save
her, and that she was loaded
with money and would give all
of it to him, for a ghoul was

τοῦ τὰ δώσῃ οὖλα, γιατὶ τὴν
τρέχει ἕνας Τρίμματος νὰ τὴν
φάῃ, καὶ ποῦ νὰ 'πάῃ νὰ
γλυτώσῃ. Λαλεῖ τῃς, "καὶ
ποῦ νὰ σὲ βάλω, κόρη μου, νὰ
σὲ γλυτώσω; τρώει με καὶ
μένα καὶ τὸν ἄππαρόν μου·
μόνον βούρα ὀμπρὸς κ' ἔχει
ἕναν καμηλάρην τοῦ βασιλέα,
κεῖνος 'μπορεῖ νὰ σὲ γλυτώσῃ."
Βούρα καὶ νὰ βουρήσῃς ἔφτα-
σεν τὸν καμηλάρην. Τέλος
πάντων ἀρκίνησεν νὰ τὸν παρα-
καλῇ γιὰ νὰ τὴν γλυτώσῃ ἀπὸ
τὸν Τρίμματον 'ποῦ ἐκυνῆάν
την νὰ τὴν φάῃ. Λοιπόν,
κυρά μου, ἐλυπήθηκέν την καὶ
ἐκαταίβασε μιὰν μπάλαν παμ-
πάκιν καὶ ἔβαλέν την μέσα.

Ὅταν ὁ Δράκος ἐπύρωσεν
καλὰ τὴν σοῦχλάν του ἐφώνα-
ξεν· "Αἴ! 'ποῦ εἶσαι, ἔλα καὶ
ἔνι ὥρα," ἐφώναξέν της, ἀλλὰ
'ἐν ἔρκετουν, ἐπῆε κὴ ἀσκόπα
ἀπὸ τὸ ἕνα μέρος 's τὸ ἄλλο νὰ
τὴν εὕρῃ. Ὅταν εἶδεν 'ποῦ 'ἐν
τὴν ηὗρεν, 'ποῦ ἀσκόπα τὸ ἕνα
μέρος καὶ τὸ ἄλλο, θωρεῖ τὸ
παναθύριν ἀνοιχτόν, κρεμνᾷ
ἔτσι 'σὰν ἦταν Τρίμματος, καὶ
'βλέπεν τοὺς δρόμους νὰ τὴν
εὕρῃ. Βούρα καὶ νὰ· βουρήσῃς,
ἔφτασεν τὸν καρρετάρην καὶ
φωνάζει του· "αἰ καρρετάρη,
'πόμεινε, γιατὶ τρώω σε καὶ
σένα καὶ τὸν ἄππαρόν σου."
Ὅσοι τὸν ἐθωροῖσαν εἰς τὸν
δρόμον ἄλλοι ἐπαιθνήσκασιν,
καὶ ἄλλοι ἐμεινίσκασι 'λιωμέ-
νοι· Ὁ καϋμένος ὁ καρρετάρης
ἅμα 'ποῦ ἄκουσεν τοῦ Τριμ-

running after her to eat her, and (she did not know) where to go to save herself. He says to her: "Where can I put you, my girl, to save you? He will eat me too, and my horse: only run farther on, and there is a camel-driver of the king: he may be able to save you." Running and running, she overtook the camel-driver. Then she began to beg him to save her from the ghoul who was chasing her to eat her. So, my lady, he took pity on her and unloaded a bale of cotton and put her inside it.

When the monster had well heated his spit, he cried out: "I say! where are you? Come here, it is time," he called to her, but she did not come, and he went and looked from one side to the other to find her. When he saw he could not find her, as he was looking from one side to the other, he observes that the window is open, and he lets himself down from it, just as he was, in the form of a ghoul, and was looking along the streets to find her. Running and running, he overtook the carter and cries out to him: "O you carter! stop, or I will eat you, both you and your horse." As many as saw him in the street, some died and others fainted away on the spot. The

μάτου 'ποῦ τοῦ ἐφώναξεν, ἐστά-
θηκε. Λαλεῖ του, "βρέ, 'ἐν
εἶδες καμμιὰν κοπέλλαν ἀπὸ
'δὰ νὰ περνᾷ; Νὰ μοῦ 'πῇς."
Λαλεῖ του, "μὰ τὸν Θεόν, ἀφέν-
τη μου, 'ἐν εἶδα τίποτες, μόνον
βούρα ὀμπρὸς 'ποῦ ἔνι ἕνας
καμηλάρης, ἴσως εἶδέν την
ἐκεῖνος."

Βούρα καὶ νὰ βουρήσῃς, ἔφ-
τασεν τὸν καμηλάρην, ἐφώναξέν
του καὶ κείνου τὸ ἴδιον, ἐστάθη-
κεν, ἀρώτησέν τον καὶ κεῖνον.
Λαλεῖ του, 'ἐν ἔχει χαπάριν, 'ἐν
εἶδέν την. Θωρεῖς τον τοῦτον
καὶ 'στράφηκεν. Λέει " ἂς πάω
'ς τὸ σπίτιν ν' ἀσκοπήσω, ἴσως
τὴν εὕρω." 'Κεῖ 'ποῦ ἦρτεν εἰς
τὸ σπίτιν συλλοᾶται μόνος του·
λαλεῖ " ἂς πάρω τὴν σούχλάν
μου ἀναμμένην καὶ νὰ 'πάω νὰ
κάμω παρατήρησιν καλὴν 'ς τὸν
καμηλάρην." Βάλλει τὴν σούχ-
λαν εἰς τὸν ὦμόν του, κρεμνᾷ 'πὸ
τὸ παναθύριν καὶ πάει, φτάνει
τὸν καμηλάρην, λαλεῖ του· "Αἴ,
καμηλάρη, 'πόμεινε καὶ νὰ κάμω
μιὰν παρατήρησιν." 'Ο καμη-
λάρης καὶ ἡ κοπέλλα 'ποῦ ἀκού-
σασιν, ἦταν 'πὸ τὸν φόον τους
νὰ 'ξεψυχήσουσι. Τέλος πάν-
των μὲ κείνην τὴν σούχλαν
ὅποιος τὸν ἐθώρει, 'πὸ τὸν
φόον του ἐβάδωνεν τὰ 'μμάτιά
του, 'ποῦ 'ἐν ἐμπορούσασι νὰ
τὸν 'δοῦν. Γλήγορα, λαλεῖ του,
" βρέ, καταίβας' μου ταῖς μπά-
λαις οὖλαις 'πὸ ταῖς καμήλαις."
'Εκαταίβασέν ταις ὁ καϋμένος ὁ
καμηλάρης, καὶ ἐμπόρει νὰ μὲν

poor carter, as soon as he heard
the ghoul call him, stopped.
He says to him: "Here, you
fellow, did you not see any
girl pass this way? You must
tell me." He says to him:
"By Heaven, my lord, I have
seen nothing; only run farther
where there is a camel-driver;
perhaps he saw her."

Running and running, he
overtook the camel-driver, and
he shouted out the same thing
to him, and he stopped, and he
enquired of him also. He tells
him that he knows nothing
about it, and had not seen her.
Then, you see, he turned back.
He says: "Let me go home and
look, perhaps I shall find her."
Just as he arrived at the house,
he thinks to himself: "Let me
take my spit red-hot," says he,
"and let me go and thoroughly
search the camel-driver." He
puts the spit on his shoulder,
lets himself down from the
window, and goes off, overtakes
the camel-driver and says to
him: "Here, you camel-driver,
stop, that I may make a search."
The camel-driver and the girl,
when they heard him, were like
to expire with fear. In short,
whoever saw him with that spit
shut his eyes from fear, for they
could not look at him. At once
he says to him: "You fellow,
unload for me all the bales from
off the camels." The poor camel-
driver unloaded them: and

ταῖς καταιβάσῃ! Τότε μιᾶς
μιᾶς μπάλας ἔβαλεν τὴν σοῦ-
χλαν ἀφτούμενην καὶ 'βκαλέν
την, ἔφτασεν εἰς τὴν μπάλαν
'ποῦ ἦταν ἡ κοπέλλα μέσα, καὶ
ἔβαλέν την τὴν σοῦχλαν 'σὲ
οὔλαις ταῖς μπάλαις. "Ἅγια,"
λαλεῖ του, "'πήαινε 's τὴν δου-
λειάν σου." Ὅταν ἔφυεν ὁ
Τρίμματος, ἀρωτᾷ ὁ καμηλάρης
τὴν κοπέλλαν πῶς ἐπέρασεν, ἂν
τὴν ἐπλήωσεν πούποτες. "Ἄ!"
λαλεῖ του, "καὶ καλὸν 'ποῦ μ'
ἐπλήωσε μόν' 's τὸ πόδιν· μὰ
ἐγιὼ ἐσφόγγισα τὴν σοῦχλαν
μὲ τὸ παμπάκιν καὶ 'ἐν ἐφάνη
τὸ γαῖμαν." Λαλεῖ της, "μὲν
πλήσσῃς, κόρη μου, κὴ ὅταν σὲ
'πάρω 's τὸν βασιλέα, αὐτὸς ἔνι
τόσον καλὸς καὶ 'ἐνὰ σὲ για-
τρέψῃ."

Ἔφτασεν ὁ καμηλάρης εἰς τὸ
βασίλειον, καὶ ἐκαταίβασεν
οὔλαις ταῖς μπάλαις μέσα 's
τὴν αὐλήν· κείνην τὴν μπάλαν
'ποῦ 'ταν μέσα ἡ κοπέλλα ἔβα-
λέν την 's τὸ σπίτιν του 'ποῦ
ἐκοιμάτουν μέσα, πάλε 's τὴν
ἴδιαν αὐλήν. Ἡ δούλαις νὰ
τὸν 'δοῦσιν νὰ τὸ κάμῃ τοῦτο
ἐνομίσασιν πῶς 'ἐνὰ τὴν κλέψῃ
καὶ ἐμαντάτεψάν τον 's τὸν
βασιλέα. Ὁ βασιλέας εὐτὶς
ἐμήνισεν τοῦ καμηλάρη νὰ 'πάῃ
καὶ θέλει τον. Ἅμα ἐπῆεν,
ἀρώτησέν τον ὁ βασιλέας, γιατὶ
τὸ ἔκαμεν τοῦτο νὰ κρύψῃ
κείνην τὴν μπάλαν τὸ παμ-
πάκιν; Λαλεῖ του, "βασιλέα
μου πολυχρονεμένε μου, 'ἐν
ἔθελα νὰ τὸ κλέψω, μὰ ἔχει

could he help unloading them?
Then he put the red-hot spit
into the bales one by one and
took it out, and he came to the
bale in which the girl was, and
he put the spit into all the
bales. "Come now," says he
to him, "go about your business."
When the ghoul had gone away,
the camel-driver asks the girl
how she had fared, and if he
had wounded her anywhere.
"Oh!" she says to him, "and
it was a good thing that he
only wounded me in the foot;
but I wiped the spit with the
cotton and so no blood showed
on it." He says to her: "Never
mind, my girl, and when I take
you to the king, he is so good
that he will cure you."

The camel-driver arrived at
the palace, and unloaded all the
bales in the courtyard; but that
bale in which the girl was, he
put into the room in which he
slept, which again was in the
same court-yard. The maid-
servants, on seeing him do this,
thought he wanted to steal it,
and they reported him to the
king. The king at once sent a
message to the camel-driver, to
come to him for he wants him.
As soon as he went there the
king asked him why he did this,
hiding that bale of cotton. He
says to him: "Your majesty,
may you live many years! I
did not want to steal it, but
there is a reason for my doing

αἰτίαν τὸ πρᾶμα, καὶ ἔθελα ν᾽ ἄρτω νὰ σοῦ 'πῶ. Τὴν ἡμέραν," λαλεῖ του, "᾽ποῦ ἔφερνα τὸ παμπάκιν, τοῦτο καὶ τοῦτο συνέβη," λαλεῖ του. "Ἕνας Τρίμματος ἔτρεχεν ἐτούτην τὴν κοπέλλαν νὰ τὴν φάῃ, καὶ ἐλυπήθηκά την καὶ ἔβαλά την μέσ᾽ ᾽ς τὴν μπάλαν νὰ τὴν γλυτώσω." "Καὶ τώρα," λαλεῖ του, "ἔχεις. την εἰς τὸ βασίλειον τούτην τὴν κοπέλλαν;" Λαλεῖ του, "μάλιστα ἔχω την." Εὐτὺς φορτώνεται τὴν μπάλαν καὶ ἔβκαλέν την ᾽πάνω ᾽ποῦταν ὁ βασιλέας, ᾽ξαπορράβκει τὴν μπάλαν καὶ ἔβκαλεν τὴν κοπέλλαν ᾽πὸ μέσα.

Ἅμα ἐξέβηκεν ἡ κοπέλλα εὐτὺς ἔκαμεν σκῆμα ᾽ς τὸν βασιλέα, ἐχαιρέτησέν τον καὶ παρακαλεῖ πολλὰ τὸν βασιλέα νὰ μὲν ἔβκῃ ὄξω λόος, πῶς μιὰ κοπέλλα ᾽ποῦ τὴν ἐκυνῆαν ὁ Τρίμματος ἦρτεν ἐδῶ νὰ γλυτώσῃ. Λαλεῖ της ὁ βασιλέας· "ἴντα φοᾶσαι, κόρη μου, ἐγὼ εἶμαι ἕνας βασιλέας, ἴντα κακὸν ᾽μπορεῖ νὰ κάμῃ ᾽ς τὸ σπίτιν μου;" Εὐτὺς ὁ βασιλέας μηνᾷ κ᾽ ἔρκεται ὁ γιατρὸς κὴ ἄρκισεν νὰ γιατρέβκῃ τὸ πόδιν της. Λοιπόν, ὅταν ἔγεινεν καλὰ ἡ νέα, ἐζήτησέν τους δουλειὰν νὰ δουλέβκῃ γιὰ νὰ μὲν κάθεται. Ἀρώτησάν την, ἴντα δουλειαῖς ἤξερεν κ᾽ ἔκαμεν. Εἶπέν τους ὅτι ᾽ξέρει καὶ πλουμίζει καὶ ζήτησεν τοῦ βασιλέα νὰ τῆς δώσουν ἕνα κομμάτιν βελοῦδον κιονβέζιν, μετάξιν, μαρκαρι-

it, and I was coming to tell you. The day," says he to him, "when I was bringing the cotton, so and so happened," he says to him, "a ghoul ran after this girl to eat her, and I took pity on her and put her in the bale to save her." "And now," he says to him, "have you got this girl in the palace?" He says to him: "Yes, I have got her." At once he loads himself with the bale, and brought it to where the king was, unsews the bale and took the girl out of it.

As soon as the girl came out, she made a bow to the king, greeted him, and earnestly begs the king that not a word should come out, that a girl, whom the ghoul was pursuing, had come there to save herself. The king says to her: "Why are you afraid, my girl, I am a king; what harm can he do in my house?" The king immediately sends a message, and the doctor comes and begins to cure her foot. Well, when the girl was all right, she asked for some work to do so as not to sit (idle). They asked her what work she knew how to do. She told them that she knew how to embroider, and she begged of the king that they should give her a little piece of violet velvet, silk, pearls, and gold thread. So, my lady,

τάριν, γροισάφιν. Λοιπόν, κυρά μου, τούτη ἔκατσε καὶ 'πλούμισε τὸν βασιλέα μὲ τὸν θρόνον του, μὲ τὴν κορώναν του. Ὅταν τὸ ἐτέλειωσε κ' ἔδωκέν το 'ς τὸν βασιλέα, αὐτὸς τόσον 'ποῦ τοῦ ἄρεσεν 'ποῦ ἔμεινεν ξερός.

Λοιπόν, κυρά μου, ὁ βασιλέας λαλεῖ τῆς βασίλισσας μιὰν ἡμέραν, "καλλίτερην 'πὸ τούτην 'ἐν θενὰ 'βροῦμεν γιὰ νύφην μας, ἴντα πειράζει πῶς 'ἐν ἔνι 'πὸ βασιλικὸν γαῖμαν, ὅταν ἔνι προκομμένη, καλόγνωμη· ἐμένα ἀρέσκει μου, νὰ μοῦ 'πῇς καὶ σοῦ τὴν γνώμην σου." Λαλεῖ του ἡ βασίλισσα, "ὅ τι κάμνεις ἡ ἀφεγκιά σου εἶμαι καὶ 'γιὼ εὐκαριστημένη." Εὐτὺς ἐφωνάξασι καὶ τὴν νέαν κ' εἰπάν της τὴν γνώμην τους.

Τότες ἔκλαψεν ἡ κοπέλλα πολλὰ καὶ λαλεῖ τους, "πῶς 'μποροῦμεν νὰ τὸ κάμοιμεν τοῦτο; Μάλιστα, μεάλη μου ἡ τύχη, ἀλλ' ὅταν τὸ ἀκούσῃ ὁ Τρίμματος, τρώγει με καὶ μένα καὶ τὸν γυιόν σας. Ὅμως," λαλεῖ τους, "ὅταν θέλετε νὰ τὸ κάμετε τοῦτο νὰ χτίσετε ἕναν ἀνῶϊν 'ποῦ νὰ 'βκαίνουν μὲ ἑφτὰ σκάλαις 'πάνω εἰς ἐκεῖνον τὸ ἀνῶϊν, καὶ 'ς τὴν κάτω σκάλαν νὰ κάμουσιν μὲ μαστορκὰν δύο λάκκους, καὶ νὰ βάλοισι μιὰν ψάθαν 'πὸ 'πάνω νὰ σκεπάζουνται οἱ λάκκοι, καὶ νὰ στρώσοισι ταῖς σκάλαις οὔλαις ῥόβιν, καὶ οἱ γάμοι νὰ γενοῦσι κρυφὰ μιὰν

she sat down and embroidered (on it) the king with his throne and his crown. When she had finished it and had given it to the king, he was so pleased with it that he remained lost in wonder.

Well, my lady, one day the king says to the queen: "We shall not find any one better than her for our daughter-in-law, what does it matter if she is not of royal blood, when she is so clever, and of such good disposition? she pleases me: and you also, tell me your opinion of her." The queen says to him: "Whatever your majesty does, I am quite contented." They at once called for the girl and told her their intention.

Then the girl cried a great deal, and says to them: "How can we do this? Certainly, it is great good fortune for me, but when the ghoul hears of it, he will eat both me and your son. However," says she to them, "when you wish to do this, you must build an upper room, so that (people) shall go up to that upper room by seven staircases, and in the lowest staircase they must cleverly make two pits, and put a mat over them so that the pits may be covered, and they must strew seeds of the bitter vetch all over the stairs, and the marriage must

2 H

νύχταν γιὰ νὰ μὲν ἀκούσῃ κα-
νένας ὄξω.

Τέλος πάντων, κυρά μου,
ἐγινήκασιν οἱ γάμοι, καὶ 'πὸ
στόμα 'σὲ στόμαν ἐπῆεν εἰς τὰ
'φκιὰ τοῦ Τρίμματου πῶς ἡ
γεναικά του 'πῆρεν τὸ βασιλό-
πουλλον ἄντραν. Σηκώνεται
τοῦτος καὶ φορτώνεται κάμποσα
τσουβάλια μαύρους, καὶ γίνεται
καὶ κεῖνος ἕνας πραματευτὴς
καὶ 'πάει 'ς τὸ βασίλειον. 'Επῆεν
νύχτα τοῦτος, καὶ 'ἐν ἔφτασεν ἡ
κοπέλλα νὰ τὸν 'δῇ, ὡς τὴν
ὥραν 'ποῦ 'βάλλασι τραπέζιν κ'
ἐκάτσασιν νὰ φᾶσιν. Τὴν
ὥραν 'ποῦ τὸν βλέπει μέσ' 'ς τὸ
τραπέζιν ἡ νύφη τοῦ βασιλέα,
εὐτὺς ἐκατάλαέν τον πῶς ἦταν
ὁ Τρίμματος. Εὐτὺς κάμνει
νόημα τῆς πεθερᾶς της νὰ τὸν
ἀρωτήσωσι ἴντα ἔνι ἡ πραματειά
του 'ποῦ ἔφερεν εἰς τὸ βασίλειον.
'Αρώτησάν τον, εἶπεν ὅτι ἔνι
φιστούκια τοῦ Χαλεπιοῦ, καϊσιὰ
ξερὰ καὶ κάστανα. "Αμα 'ποῦ
ἄκοισεν ἔτσι ἡ νύφη τοῦ βασι-
λέα, ἐβίασέν τους νὰ 'πᾶσιν νὰ
τῆς φέρουσιν ἀπὸ ἐκεῖνα 'ποῦ
ἔφερεν, γιατὶ βλάφτεται. Λοι-
πὸν ἀρκίνησε νὰ τοὺς λαλῇ,
" καὶ 'παίρνω σας συμπάθιον
γιὰ τώρα, νὰ πάρουν 'πομονὴν
ὡς τὸ πωρνόν, καὶ τότες μετὰ
χαρᾶς." 'Ο μασκαρᾶς τοῦ
βασιλέα, 'ποῦταν 'ς τὸ τραπέζιν,
ἄκουσεν, εὐτὺς ἐκαταίβη κάτω
καὶ 'πάει ν' ἀνοίξῃ τὰ σακκιὰ
νὰ 'βκάλῃ 'πὸ μέσα. "Αμα
'ποῦ ἔγγισεν 'πάνω εἰς ἕνα

take place secretly one night, so that no one may hear of it outside.

At last, my lady, the marriage took place, and from mouth to mouth it came to the ears of the ghoul that his wife had taken the king's son for a husband. He gets up and loads himself with several sacks with black men in them, and he makes himself into a merchant and goes to the palace. He went at night and the girl had no opportunity of seeing him until the time when they had laid the table and had sat down to eat. When the king's daughter-in-law saw him at the table, she at once knew that he was the ghoul. She immediately makes a sign to her mother-in-law for them to ask him what his merchandise is that he has brought to the palace. They asked him and he said that it was pistachio nuts of Aleppo, dried apricots and chestnuts. Directly the king's daughter-in-law heard this, she urged them to go and bring her some of those things that he had brought, for it would do her harm (in her condition if she did not get them). Then he began to say to them: "I hope you will excuse me for the present, and let them have patience till the morning, and then (I will bring them) with pleasure." The king's jester who was at the

σακκίν, εὐτὺς ἀποκρίθηκεν ὁ
μαῦρος 'πὸ μέσα· "ἔνι ὥρα,
ἀφέντη;" Μὲ τὸν ἴδιον τὸν
τρόπον ἐδοκίμασεν οὖλα τὰ
σακκιά, καὶ εὐτὺς ἐξέβηκεν
τοῦτος 'πάνω κ' εἶπέν τοις πῶς
ἔνι οὖλα τὰ σακκιὰ μαύρους
γεμάτα. Ἅμα 'ποῦ τὸ ἄκουσεν
ἡ νύφη τοῦ βασιλέα, βάλλει
τους καὶ βιάζουν τον νὰ καταίβῃ
κάτω ν' ἀνοίξῃ, ἂς ἔνι καὶ νύχτα.
Πειὸν τοῦτος ὅτι καὶ εἶδεν ὅτι
ἐθέλασι νὰ φανερωθοῦν τὰ
κρυφά του, ἐπαραμέρισεν 's ἕνα
μέρος καὶ 'ἐν ἐφαίνετουν.
Ἐκαταιβήκασιν κάτω, παίρνου-
σιν καὶ τὸν τζελλάττην μιζίν
τους, ἐπῆαν 's τὸ πρῶτον σακκίν·
λαλεῖ τους 'πὸ μέσα "ἔνι ὥρα;"
"Ναί," λαλοῦν του, καὶ ἅμα
ἐξέβηκεν ἐκόψασι τὴν κεφαλήν
του. Μὲ τὸν ἴδιον τρόπον
ἐπῆασιν εἰς οὖλα τὰ σακκιὰ
καὶ 'σκοτώσασι τοὺς μαύρους.
Τότες εἴπασι τῆς νύφης τους,
" μὲν φοᾶσαι, κόρη μου, νὰ 'ποῦ
'γίνηκεν ἡ γνώμη σου." Αἲ!
τότες 'ποῦ ἦρτεν ἡ ὥρα ἡ
διωρισμένη 'ποῦ 'παaίνασι καὶ
'πλαγιάζασι, ἐπῆασι καὶ κεῖνοι
νὰ 'πλαγιάσουσι καθὼς καὶ
οὖλοι τοῦ βασιλειοῦ ἐπλαγιά-
σασιν.

Ὁ καλὸς ὁ Τρίμματος ὅταν
εἶδεν ὅτι ἦταν οὖλοι κοιμισμένοι,
γένεται πάλε ἔτσι Τρίμματος,
καὶ 'παaίνει 'πάνω 'ποῦταν ἡ
κοπέλλα νὰ τὴν καταιβάσῃ νὰ
τὴν φάῃ, καὶ ἐπέταξεν χῶμα

table heard this and at once went
down and proceeded to open
the sacks to take the things out.
As soon as he touched one of
the sacks, the black man at once
answered from inside: "Is it
time, my lord?" In the same
way he tried all the sacks, and
immediately went up and told
them that all the sacks were
full of black men. When the
king's daughter-in-law heard
this, she made them compel
him to go down to open them,
no matter if it was night. As
soon as he saw that his secrets
would be discovered, he with-
drew somewhere and could not
be seen. They go down and
take the executioner with them,
and come to the first sack: he
says to them from inside: "Is
it time?" "Yes," they say to
him, and as soon as he came
out, they cut off his head. In
the same way they went to all
the sacks and killed the black
men. Then they said to their
daughter-in-law: "Do not be
afraid, my child, there, your
wish is fulfilled." Well, when
the regular time came to go to
bed, they too went to bed, just
as all the people of the palace
went to bed.

That excellent person, the
ghoul, when he saw they had
all gone to sleep, becomes a
ghoul again as before, and he
goes up where the girl was, to
bring her down to eat her, and

τοῦ νεκροῦ 'πάνω 's τὸν ἄντραν
της γιὰ νὰ κοιμηθῇ καὶ νὰ μὲν
νοιώσῃ. Ὅτι καὶ βλέπει τον ἡ
κοπέλλα 'ποπανωθιόν της, τότες
ἐτσίμπαν τὸν ἄντραν της, ἐκούν-
τα τον νὰ νοιώσῃ, κεῖνος ποῦ
νὰ νοιώσῃ; Τέλος πάντων,
κυρά μου, 'πάει πιάνει την,
λαλεῖ της, "κόπιασε, κυρά μου,
καὶ καρτερᾷ σε ἡ σούχλα· ἴντα
νὰ κάμω," λαλεῖ της, "'ποῦ
εἶμαι 'μομένος γιὰ νὰ σὲ φάω 's
τὴν σούχλαν, ἀλλειῶς τώρα
εὐτὺς ἐθενὰ σὲ καταπιῶ." Ἔ-
πιασέν την 'πὸ τὸ χέριν κὴ
ἀρκινήσασιν νὰ καταιβαίνουσιν
ταῖς σκάλαις. Ὅταν ἐκαται-
βήκασι ταῖς τρεῖς σκάλαις,
λαλεῖ του, "μὰ σοῦ νὰ καται-
βαίνῃς 'μπροστὰ γιὰ τί ἐγιὼ
φοοῦμαι." Τώρα αὐτὸς ὑπό-
φερέν την γιὰ νὰ μὲν γείνῃ
καμμιὰ ἀνακατωσιὰ καὶ ἀκού-
σουσιν, ἀλλειῶς ἔπαιρνέν την.

Λοιπόν, κυρά μου, ὅταν
ἐκόντεψαν τέλεια εἰς τὴν κάτω
σκάλαν, πιάνει ἡ κοπέλλα τὸ
ξύλον τῆς σκάλας δυνατὰ καὶ
διᾷ του μιὰν κουγκιάν, καὶ
χάνει τὰ πόδιά του ὁ Τρίμματος
'πὸ τὸ ρόβιν, καὶ πέφτει μέσα
's τὸν λάκκον, καὶ τὸν ἐφάασι
τὸ λεοντάριν καὶ τὸ καπλάνιν.
Τότες ἡ κοπέλλα 'πὸ τὸν φόον
της 'ποῦ τὸν ἐκούντησεν, εἶπέ
σου, "ἂν μὲν ἔπεσεν μέσ' 's τὸν
λάκκον, τώρα 'ενὰ σηκωθῇ νὰ

he sprinkled corpse-dust on her
husband, so that he should go
to sleep and not be aware (of
anything). When the girl sees
him above her, then she pinched
her husband, and nudged him so
that he might take notice : but
how could he take notice ? At
last, my lady, he goes and takes
hold of her, and says to her :
"Take the trouble to come, my
lady, for the spit is waiting for
you : what can I do now," says
he to her, "when I have sworn to
eat you on the spit ? Otherwise
I would now at once have
swallowed you." He took hold
of her by the hand and they
began to go down the staircases.
When they had gone down the
three staircases she says to him :
"But you must go first, for I
am afraid." On this occasion
he submitted to her, so that
there should be no disturbance
made and people should hear,
otherwise he would have taken
her (by force).

Well, my lady, when they
had got quite near to the bottom
staircase, the girl takes a strong
hold of the railing of the stair-
case and gives him a push, and
the ghoul loses his footing
through the seed of the bitter
vetch, and falls into the pit, and
the lion and the leopard devoured
him. Then the girl, through
her fear at having pushed him,
said : "If he has not fallen into
the pit, he will get up now and

μὲ φάῃ," ἔπεσεν τοῦ μάκρου καὶ
τοῦ πλάτου καὶ ἐλιώθηκεν 'πάνω
'ς τὴν σκάλαν. 'Εξημέρωσεν ὁ
Θεός, ἐσηκώθην ἡ βασίλισσα
καὶ ὁ βασιλέας, περιμένουσι νὰ
σηκωθῇ τὸ ἀντρόϋνόν τους,
ἡ νύφη τους, ὁ γυιός τους, 'ἐν
ἐσηκωθήκασι. Λαλεῖ ἡ βασί-
λισσα, "ἁς πάω νὰ 'δῶ ἴντα
κάμνουσι." Πιάνει τὴν σκάλαν
καὶ 'βκαίνει, βλέπει τὴν νύφην
της 'ς τὴν σκάλαν 'λιωμένην,
τὸν γυιόν της τὸ ἴδιον 'πεθαμ-
μένον. Εὐτὺς φέρνουσι τὸν
γιατρόν, ἔρχεται. Λοιπόν, κυρά
μου, ἔρκεται ὁ γιατρός, ἐξελιο-
θύμησεν τὴν νύφην, τὸν γυιόν,
ἔφερέν τους εἰς τὰς αἰστήσεις
των. 'Αρκίνησεν νὰ τοὺς ἀρωτᾷ
ἡ βασίλισσα ἴντα ἐπάθασιν
κηὐρέν τους εἰς τέτοιαν κατάστα-
σιν. 'Εκατσεν ἡ νύφη τους καὶ
τῆς τὰ ἐξήησεν, ὅσα τῆς ἔτυχαν
οὔλην τὴν νύχταν. Εἶπέν της
νὰ 'πᾶσιν νὰ παρατηρήσουσι 'ς
τὸν λάκκον ἴντα ἐγίνηκεν ὁ
Τρίμματος. 'Επῆασιν, εἴδασιν,
κυρά μου, ἦταν ἡ ὥρα 'πού
ἐγλυτώσασι 'πού τὸν ἐφάασι τὰ
θερκά. Τέλος πάντων, κυρά
μου, ἐγείνασιν τώρα οἱ γάμοι
σαράντα 'μέραις καὶ σαράντα
νύχταις, ἐγλεντήσασι, ἀφήσαμέν
τους ἐμεῖς ἐκείνους ἐκεῖ καὶ
ἤρταμεν δά.

eat me," and she fell at full
length and fainted on the stair-
case. God brought the day:
the queen and the king got up,
and waited for their married
couple to get up: their daughter-
in-law and their son did not
get up. The queen says: "Let
me go and see what they are
doing." She takes the staircase
and is going up and she sees
her daughter-in-law in a faint
on the staircase and her own son
in a similar way like a dead man.
They at once bring the doctor and
he arrives. So, my lady, the
doctor comes, and he revived her
daughter-in-law and her son and
brought them to their senses.
The queen began to ask them
what had happened to them that
she found them in such a state.
Their daughter-in-law sat down
and related to the (queen) what
had happened to her during all
the night. She told her that
they must go and look in the
pit (to see) what had become of
the ghoul. They went and
looked, my lady, and that was
the time 'that they were saved
when the beasts ate him. Then
at last, my lady, the marriage
festival took place for forty days
and forty nights, and they en-
joyed themselves, and we left
them there and came here.

APPENDIX III

Answers to Riddles, Pages 252 to 258

1. Πυροβόλον, *a cannon.*
2. The letter β.
3. The island Θήρα.
4. Ἀλειματοκέρι, *a tallow candle.*
5. The letter Ω in Greek and the letter O in English.
6. Γραφίς, *a pen.*
7. Ἠχώ, *an echo.*
8. Στατήρ (καντάρι), *a steelyard.*

www.ingramcontent.com/pod-product-compliance
Lightning Source LLC
Chambersburg PA
CBHW052333110726
47901CB00005B/1223